DIE KARTE ... UND IHR RAND

Teil 1

JENSEITS DES IMPERIUMS

EINS

Öffne nach Einbruch der Dunkelheit niemals die Tür

Das laute Donnern des Panzerhandschuhs an der Tür riss Dash Cowley aus seinen Träumen. Sofort erfüllten ihn Erinnerungen an eine andere Nacht, in der stählerne Fäuste sein Leben zerstört hatten. Einen Augenblick lang war er wieder in der Vergangenheit, als Tore aufgestoßen wurden und Schreie die Luft zerrissen ...

Dann war er wach und blickte sich wild im Dämmerlicht der Hütte um, blinzelte die Erinnerungen fort. Aber die Faust hämmerte weiter, und jetzt gesellte sich eine raue Stimme dazu: »He, Physicus! Aufwachen!«

»Vater?«, rief Zar mit zittriger Stimme vom Dachboden herunter.

»Pst!«, zischte Dash. Er spähte zur Tür. Hinter den Spalten in den Wänden der primitiven Blockhütte flackerte Fackelschein. Bis zur Morgendämmerung würden noch Stunden vergehen. Die Kiefern ächzten im Wind, etwa eine Meile entfernt krachten die Wellen gegen die Küste.

Niemand kommt zu dieser Stunde her. Damit boten sich zwar Hunderte mögliche Erklärungen für das Klopfen an der Tür an, doch alle waren unheilvoll. »Lass dich bloß nicht sehen«, zischte Dash Zar zu, während er sich seine Kleider überwarf. »Lass den Vorhang zugezogen.«

»He, aufwachen!«, brüllte die Stimme von draußen erneut.

»Ich komme ja schon.«

Wenige Stunden nach Dashs Ankunft in Teshveld, diesem von Garda verlassenen Dorf an der Küste, hatte man ihn gewarnt, nach Einbruch der Dunkelheit niemals die Tür zu öffnen. Er vergewisserte sich, dass der Türbalken richtig eingehakt war. »Wer ist da?«, rief er.

»Gravis. Aus der Schenke. Ich habe Edelmänner bei mir, sie brauchen einen Physicus.«

»Was?« In Teshveld gab es keine Edelmänner. Aber es war unzweifelhaft Gravis' Stimme.

Eine kalte Männerstimme mit einem unverkennbaren bolgravianischen Akzent ertönte. »Mach Tür auf, oder wir sie schlagen ein, verstanden?« Die Stimme war tief, in jeder Silbe lag eine schwerfällige Autorität.

Scheiße, was hat ein Bolgravianer hier zu suchen?

Zar steckte das blasse Gesicht durch den Vorhangspalt. Dash seufzte. *Zieh den verdammten Vorhang zu.* Dann öffnete er die Tür, bevor diese tatsächlich noch eingeschlagen wurde.

Eine Faust im Panzerhandschuh kam ihm entgegen und verharrte einen Zoll vor seiner Nase. Dash spähte daran vorbei und sah einen großen, robusten Mann mit ergrauendem Haar und einem Bart wie aus Stahlwolle. Allem Anschein nach ein Ranger aus Norgania in den Vierzigern oder Fünfzigern. Seine hellblauen Augen weiteten sich, aber er senkte die geballte Faust keineswegs, während er Dash musterte.

Der Norganianer erschien nicht beeindruckt, was auch verständlich war. Dash war sich durchaus bewusst, dass er keine heldenhafte Gestalt bot – nur einen schlanken Mann in den Dreißigern mit einem stechenden Blick, schwarzem Haar, das die ersten Spuren von Grau zeigte, und einer Hakennase. Bei gutem Licht wäre er einigermaßen ansehnlich gewesen, aber im Augenblick war sein Haar zerzaust und das Kinn stoppelig.

»Das ist er, unser Physicus«, überschlugen sich Gravis' Worte.

Die flackernde Fackel in seiner Faust tauchte alle in rötliches Licht. »Dash Cowley, so heißt er. Kam vor vier Monaten her. Der erste vernünftige Heiler, den wir seit Jahren haben.«

»Cowley«, wiederholte die bolgravianische Stimme gedehnt. Sie gehörte einem Mann im Gewand eines Adligen, der hinter dem Norganianer stand. Er war glatt rasiert und elegant, hatte eine blonde Haarmähne und einen hochmütigen Ausdruck im Gesicht. Sein heller Umhang war mit einem Kragen aus blauem Fuchsfell besetzt, ausgesprochen nobel, aber in diesem abgeschiedenen Küstenkaff völlig fehl am Platz. Dennoch vermittelte seine Kleidung den Eindruck, dass er sie schon lange am Leib trug, als wäre er bereits seit langer Zeit auf der Reise. »Du behandeln kranken Freund, verstanden?«, befahl er.

Ehrlich gesagt würde ich dir lieber deinen bolgravianischen Hals durchschneiden, als mich um deinen verdammten Freund zu kümmern, dachte Dash. Aber der Bolgravianer hatte außer dem Norganianer drei weitere Soldaten dabei. Dash schloss aus den konischen Helmen und langen Steinschlossmusketen, die von ihren Schultern hingen, dass es Landsleute des Bolgravianers waren. Einer war ein Sergeant, die anderen beiden schleppten eine Trage mit einem verhüllten Bündel. Atemwolken umgaben sie. Über ihren Köpfen schimmerten Planetenringe am Firmament, die silbrigen Lichtbänder teilten den Himmel wie die Klingen eines Himmelsgottes.

Kragga, der Bolgravianer ist vermutlich ein Lord ... aber was hat er in dieser Einöde zu suchen?

»Hier ist der Physicus, genau wie ich gesagt habe, mein Lord«, säuselte Gravis. Er hielt seine Mütze in der Hand. »Es ist eine kalte Nacht und ein langer Weg.«

»Sergeant, bezahl ihn«, fauchte der Bolgravianer. »Du, Physicus Cowley, wo du herkommen?«

»Ich bin Otravianer«, sagte Dash wahrheitsgemäß. Seine Nase verriet das sowieso. »Meine Honorarsätze sind ...«

»Wir zahlen, wie du arbeiten, was du am Ende verdienen,

ney?«, knurrte der Mann. Er stieß Dash zur Seite und betrat die Hütte. Sein Blick huschte zu dem Vorhang, der den Raum vom Dachboden abtrennte. »Was da oben?« Als Dash zögerte, fügte er hinzu: »Ich lassen sowieso durchsuchen von meinen Männern, also sag schon.«

»Mein, äh, Kind«, gestand Dash ein. »Zar, zeig dich.«

Sie schob ihre sommersprossigen Wangen mit weit aufgerissenen Augen durch den Vorhangspalt.

»Ah, junges Mädchen, yuz?«, schnurrte der Bolgravianer. »Du, Mädchen, runterkommen.«

Dash knirschte mit den Zähnen. »Zieh dich zuerst an«, rief er. Wenn dieser Bastard sie misshandelte ...

Aber die beste Chance, die Bolgravianer wieder loszuwerden, bestand darin, so schnell wie möglich ihren Wunsch zu erfüllen, also zündete Dash eine Öllampe an und räumte hastig den Tisch frei. Dann trat er zurück, während die Soldaten die Trage auf den Tisch wuchteten. Darauf lag ein dicker rothaariger Mann mit gerötetem Gesicht, der stark schwitzte und nach Pisse und Fäkalien stank. Blutdurchtränkte, schlecht gewickelte Verbände bedeckten seine rechte Seite.

»Was ist mit ihm passiert?«, wollte Dash wissen und fragte sich, ob man den Mann überhaupt unbeschadet anfassen konnte. »Äh, mein Lord ...?«

»Lord Vorei Gospodoi, das sein ich. Du sprechen Bolgravianisch? Wäre einfacher.«

In der Tat sprach Dash etwas Bolgravianisch, aber das würde er sicher nicht zugeben. »Nur Magnianisch, mein Lord.«

Der Bolgravianer grunzte ärgerlich. Sein Blick richtete sich auf Zar. Das dürre Mädchen kletterte, in ein Jungenhemd und Hose gekleidet, die Leiter nach unten. Gospodoi vertrat ihr den Weg zu Dash und ignorierte ihr Zusammenzucken, als er ihre Wange streichelte. »Hm. Weich wie alle Otravianer, ney? Dein Name, Mädchen?«

»Sie wird Zarelda gerufen«, antwortete Dash für sie. »Sie ist meine Krankenhelferin. Um diesen Mann zu behandeln, brauche ich ihre Hilfe.«

Gospodoi zeigte ein kaltes Lächeln, gestattete dem Mädchen aber dann, an ihm vorbeizuflitzen.

»Cowley, du werden Mann heilen oder dir und Tochter passieren Schlimmes.«

Verfluchte Bolgravianer. Wir haben einen ganzen Kontinent durchquert, um Arschlöchern wie dir zu entkommen.

»Ich werde mein Bestes tun«, antwortete Dash, »aber ich muss wissen, was ihm fehlt.«

»Dieser Mann haben unbekannte Krankheit aus dem Nordwesten.«

»Dem Nordwesten? Aber dort gibt es nichts außer ...«

Gospodoi fixierte ihn mit einem frostigen Blick. »Ich dir das sagen, du für dich behalten, ney? Er wurden krank an Ort jenseits der Meerenge, heißen Verdessa.«

Das neu entdeckte Land? Gerüchten zufolge gab es dort nichts außer einem schmalen, steinigen Strand unter den Eisklippen, andererseits hatte das bolgravianische Imperium gerade erst angefangen, sich dort umzusehen. In Dash regte sich widerstrebendes Interesse. »Verdessa. Davon habe ich gehört.«

»Neuer Ort.« Gospodoi grinste hämisch. »Alle neuen Orte werden von Bolgravianern entdeckt. Wir die größte Nation, erobern ganz Shamaya, yuz. Entdecken, ausbreiten, ausbeuten. Ganz egal, wohin du auch gehen, Otravianer, und welche Frauen du auch finden, die Bolgravianer hatten sie zuerst.« Er kicherte, dann zeigte er mit dem Finger auf den Kranken. »Dieser Mann sein Kartomagiker. Du wissen, was Kartomagiker sein?«

Heilige Garda! »Ja, ich weiß, was ein Kartomagiker ist«, gab Dash zu.

»Du gebildeter Mann, das gut. Also du ihn retten, yuz?«

»Ich werde mein Bestes tun.«

»Das du werden«, stimmte Gospodoi ihm zu, »oder ich brechen dir Hände ... und vielleicht auch hübscher Tochter?«

Bei diesem Bolgravianer war jeder zweite Satz eine Drohung. »Wie lange ist er schon krank?«

»Zwei Wochen.«

»So lange? Gab es niemanden in Verdessa oder Sommahafen, der ihn heilen konnte?«

Gospodoi wollte antworten, aber die Mühe, alles richtig ins Magnianische übersetzen zu müssen, war ihm zu lästig. Also warf er dem Norganianer einen finsteren Blick zu. »Du erklären es, Vidarsohn.«

Der Norganianer ergriff das Wort: »Ich bin Vidar Vidarsohn. Der Kartomagiker ist ein Ferreaner namens Lyam Perhan. Er wurde am Rand des Eisherzes krank, im Norden Verdessas. Wir hatten den größten Teil unserer Arbeit erledigt, also sind wir zur Küste gereist, und dort schien es ihm wieder besser zu gehen. Wir segelten nach Süden in Richtung Sommahafen. Aber kurz nach der Abreise aus Sommahafen verschlechterte sich sein Zustand. Teshveld ist das erste Dorf, das wir an dieser Straße gefunden haben.«

»Yuz, es sein genauso, wie Vidarsohn gesagt haben«, mischte sich Gospodoi ein. »Du behandeln Perhan, machen ihn gesund.« Er streichelte über Zars Haare. Dann drehte er sich auf dem Absatz um. »Vidarsohn, du bleiben und passen mit meinen Männern auf. Ich bleiben in Schenke.«

Klar wirst du das, dachte Dash mürrisch, *und vermutlich trinkst du ihren besten Grog und bezahlst nicht.* Aber das war das Problem von Gravis, dem Schankwirt. Dash hingegen musste diesen Kartomagiker irgendwie retten.

Lord Gospodoi ging, ohne einen Blick zurückzuwerfen. Dash wandte sich an Zar und gab ihr eine Reihe Anweisungen: Er brauchte gekochtes Wasser, Betäubungsmittel sowie die Kräuterpackungen, die er für den nächsten Ausbruch der Slaanfliege vorbereitet hatte. Die bolgravianischen Soldaten machten es sich draußen gemütlich, pinkelten gegen die Rückwand der Hütte und stahlen Dashs Feuerholz.

Der norganianische Ranger setzte sich an Dashs Tisch und schnupperte an dessen Weinkrug. »Rotwein aus Rannock?« Er schenkte sich einen Becher ein. »Habt Ihr den aus der Heimat mitgebracht?«

Fragen waren unwillkommen, genau wie die Tatsache, dass jemand Dashs Wein stahl, aber der Norganianer war ein Hüne, der gewalttätig aussah, also begrenzte er seine Reaktion auf Sarkasmus. »Ich habe ihn *gekauft*, Vidarsohn.«

»Nennt mich Vidar«, grollte der Ranger. Seine Züge waren zerklüftet, an seiner rechten Schläfe pochte eine Ader. »Was macht ein otravianischer Heiler in diesem von Garda verlassenen Loch?«

»Das frage ich mich jeden Tag. Aber wie jeder Physicus habe ich einen Eid geleistet, Krankheiten zu heilen, wo ich sie finde.«

»Die meisten Heiler, die mir begegnet sind, wurden eher von Münzen als von Eiden motiviert«, grunzte Vidar. »Und die meisten Männer, die in einer solchen Scheißhütte hausen, tun das, weil sie nicht gefunden werden wollen.«

»Und ich wette, die meisten davon wollen auch nicht darüber reden«, bemerkte Dash. »Wenn Ihr nichts dagegen habt, kümmere ich mich jetzt um Euren bolgravianischen Freund, den Kartomagiker, damit ich meine Hände retten kann.«

»Er ist kein Freund.« Vidar trank von dem Wein. Er wischte sich den Mund ab. »Ein guter Tropfen.«

»Wie schön«, meinte Dash. »Und warum kümmert sich ein Norganianer um einen Haufen Bolgravianer?«

»Weil ich gern imperiale Silbermünzen in meinem Geldbeutel habe«, sagte Vidar. »Und sie sind der einzige Arbeitgeber in der Gegend.«

»Ihr habt sie durch Verdessa geführt? Was gibt es schon in dieser Einöde?«

»Das geht Euch nichts an, Heiler. Kümmert Euch um Eure Arbeit, und ich leiste Eurem Wein Gesellschaft.«

Dash schäumte innerlich, aber er und Zar machten sich ans

Werk. Sie entfernten die Kleidung des Kartomagikers, trennten die schmutzigen Verbände auf und enthüllten die Wunde. Aus einer verschorften Einstichstelle sickerte eine übel riechende Flüssigkeit. *Das ist keine Krankheit,* dachte Dash, der sich zusammenreißen musste, um bei dem Gestank nicht zu würgen.

»Ich habe noch nie erlebt, dass ein Heiler bei einem üblen Geruch kotzen will«, bemerkte Vidar aufmerksam.

»Ich habe eine empfindsame Nase«, erwiderte Dash. »Zar, Duftkräuter.«

»Vielleicht seid Ihr aber auch nur ein lausiger Heiler.« Vidar schnaubte. »Oder ein Hochstapler.«

Das lag zu nah an der Wahrheit, aber Dash verzog keine Miene. »Was ist ihm zugestoßen?«

»Stürzte durch eine Eisschicht auf einen darunter verborgenen Ast. In der Wildnis war er zu nichts zu gebrauchen. Ich musste ihn während der ganzen Reise an die Hand nehmen. Vermutlich sind verrottende Splitter in der Wunde.«

Dash drückte an der Verletzung herum, dann nickte er. »Es hat sich entzündet. Sein Blut ist vergiftet. Allein die Verkrustung des Fleisches verhindert, dass sich das vergiftete Gewebe in seinem Körper ausbreitet und ihn umbringt. Zar, was schlägst du vor?«

Die fünfzehnjährige Zar hatte in Anbetracht der stinkenden Verletzung entsetzt das Gesicht verzogen, aber sie brachte eine verständliche Antwort zustande: »Wir waschen die Wunde aus, reinigen sie, kauterisieren, dann legen wir eine Kräuterpackung darauf.«

»Gut«, sagte Dash zufrieden. »Aber betrachte seinen allgemeinen Zustand und wie er schwitzt. Was glaubst du, übersteht er das Kauterisieren? Und was ist mit der Betäubung?«

Zar dachte nach, und sie gingen ein paar Möglichkeiten durch, dann machten sie sich an die Arbeit. Zar warf Vidar einen Seitenblick zu. Leise fragte sie: »Was ist ein Kartomagiker, Vater?«

Dash schüttelte den Kopf, aber der Norganianer schaute auf. »Was ist? Beantwortet ihre Frage.«

Dash kam zu dem Schluss, dass das bloße Wissen nicht gegen das Gesetz verstieß. »Ein Kartomagiker erforscht die Welt mit Praxxis, um die geologische Zusammensetzung eines Gebiets zu bestimmen. Dazu setzt er insbesondere die Weitsicht, die Vorausschau und Erdmagie ein.«

Zar betrachtete ihren Patienten nun mit leuchtenden Augen. »Das ist eine gute Sache, oder?«

»Ich glaube, schon. Aber dabei darfst du nicht vergessen, dass das Imperium die Erkenntnisse von Kartomagikern für gewöhnlich zur gewaltsamen Kolonisierung nutzt und Tausende Menschen vertreibt oder ausbeutet, bis sie vor Erschöpfung tot umfallen. Das erforschte Land wird so lange geschändet, bis nichts mehr grünt und es für Generationen unbrauchbar ist.«

»Oh.« Zars wachsende Bewunderung verpuffte.

»Das klingt wie das Gerede der Liberali, Cowley«, knurrte Vidar. »Das Imperium hat die alte Liberali-Partei in Otravia vor neun Monaten verboten. Hat sie mit guter alter Blutarbeit ausgemerzt.«

Bei Gardas Titten, Menschen, die ich kannte …

»Ich habe Otravia schon vor Jahren verlassen«, behauptete Cowley. »Außerdem interessiere ich mich nicht für Politik.«

»Es gibt keine unpolitischen Otravianer«, spottete Vidar, dann seufzte er. »Hört zu, Cowley oder wie auch immer Ihr heißt. Ihr habt mein Mitgefühl. Mein Land ist von den Bolgravianern genauso geschändet worden wie Eures. Also höre ich auf, Euch Fragen zu stellen, die Ihr nicht beantworten wollt.«

Sie teilten einen verständnisvollen Blick, dann wandte sich Dash an seine Tochter. »Lass uns wieder an die Arbeit gehen.«

Sie schufteten mehrere Stunden lang, reinigten die Wunde und schnitten entzündetes Fleisch heraus, bevor sie ein halbes Dutzend Egel ansetzten, die das vergiftete Blut heraussaugen sollten. Die Atmung des Kartomagikers stabilisierte sich, aber das war auch die einzige gute Nachricht.

Kartomagiker, es tut mir leid, aber vermutlich wirst du nie wieder aufwachen. Dash senkte den Kopf. Es schmerzte, nicht genug zu wissen, nicht genug tun zu können. Ein echter Heiler hätte den Mann vielleicht retten können, aber hier draußen machte einen das Wissen, wie man eine Wunde kauterisierte und einen Schnitt nähte, zum besten Physicus des ganzen Distrikts. Das hier war der westliche Rand des Imperiums – der letzte Ort, an dem man noch untertauchen konnte.

Mit einem Seufzen zog Dash die Egel ab, dann mischte er ein Tonikum zusammen und nahm dabei unauffällig und verstohlen ein kleines blaues Fläschchen in die Hand. Daraus gab er einen Tropfen in einen von zwei Tonbechern. Nachdem er dem Kartomagiker das Tonikum eingeflößt hatte, holte er ein kleines Fässchen und goss exakt einen Fingerhut einer bernsteinfarbenen Flüssigkeit in die Becher. Das präparierte Trinkgefäß stellte er vor Vidar ab.

»Das ist urstianischer Rye, der beste von Ferrea. Der ist doch bestimmt ein paar Neuigkeiten wert?«

Vidar schob den leeren Weinbecher zur Seite, nahm den Rye und kippte ihn herunter. Dann lächelte er. »Der ist gut. Wo habt Ihr ihn her?«

»Von einem Händler in Falcombe, das liegt hier an der Landstraße. Hat ein Vermögen gekostet, denn eine solche Ware findet man hier draußen so gut wie nie. Wir sind hier nicht in Reka-Dovoi oder Kortovrad.«

»Was Ihr nicht sagt.« Vidar schnaubte belustigt.

Dash schenkte eine weitere Runde ein, und der Ranger erzählte: neue gescheiterte Aufstände im Landesinneren von Magnia, noch mehr politische Meuchelmorde und Intrigen. »Aber wir sind drei Monate auf der anderen Seite der Meerenge gewesen, also wage ich, zu behaupten, dass das alles längst überholt ist«, kam Vidar zum Schluss und gähnte.

»Eine erfolgreiche Expedition?«

Vidar kicherte. »Wenn ich Euch das sage, muss ich Euch umbringen.«

Sie plauderten noch ein paar Minuten, dann fing Vidarsohn an zu lallen. »Dieser Rye ... ist ... verflucht stark, Cowley ...«

»O ja, urstianischer Rye ist eine wahre Bestie«, stimmte Dash ihm zu. Er lächelte und wartete. Der Zustand des Rangers verschlechterte sich schnell, der Kopf sank ihm auf die Brust, dann sackte er in sich zusammen und fing an zu schnarchen.

»Beim Blute Gardas, Vater, du hast ihn betäubt«, quiekte Zar.

Dash begab sich zur Tür und spähte hinaus in die eiskalte Nacht. Die drei Soldaten aus Bolgravia beugten sich über das lodernde Feuer, das sie mit seinem Feuerholz gemacht hatten. *Wenn diese Bastarde länger bleiben, sind wir bald bettelarm.*

»Ich will die Aufzeichnung dieses Kartomagikers lesen«, sagte er zu Zar. »Du gehst schlafen.«

Er strich ihr über die Haare, und sie teilten eine nervöse, aber vertraute Umarmung. Sie hatten viel zusammen durchgemacht und ein enges Verhältnis, aber Zar war offensichtlich klar, dass sie weiterziehen mussten, sobald Gospodoi und seine Männer abgereist waren. Falls der Bolgravianer jemandem mit den falschen Beziehungen ihre Beschreibung gab, würde die Jagd auf sie fortgesetzt werden.

Garda allein weiß, wo wir hin sollen ... Es gibt nicht mehr allzu viele Orte, an die wir flüchten können. Es sei denn, wir verlassen den Kontinent ...

Zar stieg wieder nach oben auf den Dachboden, und Dash kehrte zu dem bewusstlosen Kartomagiker zurück und entfernte den Beutel unter dessen Kopf. Ohne den schlummernden Vidarsohn vollständig aus den Augen zu lassen, nahm er die Aufzeichnungen heraus, die alle Kartomagiker mit sich führten. Er fing an zu lesen. Es war auffällig, dass die älteren Einträge auf Magnianisch verfasst waren, das so gut wie jeder lesen konnte, die jüngeren aber auf Ferreanisch. Dies war ein Standardfach auf otravianischen Universitäten – aber nicht in Bolgravia.

Ich kann Ferreanisch fließend lesen, aber jede Wette, dass Gospodoi es nicht kann. Die meisten Bolgravianer sind zu faul, um die Sprachen anderer Völker zu lernen. Er las schnell, denn er wollte fertig werden, bevor sein ungebetener Gast erwachte:

> *Ich, Lyam Perhan, Imperialer Kartomagiker, gebe dieses Zeugnis ab. Im Jahr 1534 ME begleitete ich Lord Vorei Gospodoi von Bolgravia auf einer Expedition, die ihren Anfang in Sommahafen nahm und über die Meerenge in das neu entdeckte Land Verdessa führte, das von Bolgravia beansprucht wird.*

Die Aufzeichnungen benannten die genauen Kursangaben und die ausgespähten Bodenschätze, dazu gesellten sich ein paar spärliche Notizen über Flora und Fauna. Perhan hatte nichts über die Einwohner geschrieben, aber er erwähnte einen See in den Bergen am Rand des Eisherzes, jener gewaltigen Eismasse im Norden. Als Dash die Wasseranalyse las, sprang ihm ein im Text verborgenes, obskures chemisches Symbol förmlich ins Auge.

Istariol … Bei der heiligen Garda, er hat Spuren von Istariol gefunden! Die magischen Untersuchungen deuteten noch viel mehr an: eine Istariolader größer als alle, die seit den Mizrakriegen entdeckt worden waren. Bei dem Gedanken, was ein solches Vorkommen in den richtigen Händen ermöglichen würde, fing Dashs Blut an zu kribbeln. Möglicherweise könnte diese Ader den Freiheitskampf in Otravia wieder neu entfachen, vielleicht sogar auf dem ganzen magnianischen Kontinent. Der Ruf der Heimat flammte in Dash auf, und auch das brennende Verlangen nach Vergeltung an den Mandarykes und allen anderen Verrätern, die den Bolgravianern den Einmarsch in Otravia ermöglicht hatten.

Er überflog den Rest der Aufzeichnungen und fand keine weitere Erwähnung von Istariol, aber vermutlich hatte Perhan alles bewusst vage gehalten. *Die Ferreaner haben genauso schwer gelitten wie der Rest von uns. Vielleicht wollte Perhan Gospodoi nicht verraten, was er entdeckt hat, also hat er das Wissen auf diese Weise versteckt, damit nur ein gleich gesinntes Auge es erkennt ...*

Dash steckte die Aufzeichnungen zurück in den Beutel, dann streckte er sich auf seiner Pritsche aus, schloss die Augen und träumte von einer glorreichen Rückkehr in seine Heimat.

Es schienen nur Minuten vergangen zu sein, bevor Zar ihn wach rüttelte. »Vater«, murmelte sie, »er erwacht – und die Sonne geht auf.«

Dash schaute verschlafen auf und rieb sich die Augen. Erfrischt fühlte er sich nicht, aber in seinem Inneren kribbelte die Aufregung. Nach zu vielen Jahren im Exil lockte die Gelegenheit, aber er ließ sich nach außen nichts anmerken, während er sich das Gesicht wusch, das Feuer entzündete und Wasser zum Kochen aufsetzte. Dabei behielt er Vidar Vidarsohn im Auge. Der Norganianer kam schnarchend langsam wieder zu Sinnen.

Der Kartomagiker hat genug Istariol entdeckt, um einen Krieg zu entfesseln, aber ich bin mir fast sicher, dass er niemandem davon erzählt hat. Trotzdem, weiß noch jemand außer ihm und mir von seiner Entdeckung?

Er warf Zar einen Blick zu und erkannte das Gesicht ihrer Mutter in ihren Zügen. Hatte er das Recht, sie in einen seiner Pläne zu verwickeln? *Lass es sein,* drängte ihn die Vorsicht. *Halt den Kopf unten.* Aber die Aufzeichnungen des Kartomagikers waren eine Schatzkarte. Eine solche Chance ungenutzt verstreichen zu lassen, würde ihn innerlich zerreißen.

Und was ist die Alternative? Im Exil zu sterben, während die Mandarykes meine Heimat ruinieren?

»Zar«, sagte er leise. »Würden wir die Gelegenheit erhalten, nach Hause zurückzukehren, würdest du sie doch ergreifen, oder?«

»Natürlich. Ich bin es in der Fremde leid.«

Er zuckte innerlich zusammen. Hätte er sie nicht ihrer Mutter gestohlen, wäre sie in diesem Augenblick zu Hause. *Aber sie wäre der Willkür der Mandarykes und ihrer bolgravianischen Freunde hilflos ausgeliefert, genau wie ihre Mutter, und sie hätten ihr schnell beigebracht, mich zu verabscheuen.*

»Es wäre zu unserem Nutzen.« Er wollte sich selbst genauso überzeugen wie sie. »Denk an alles, was wir einst hatten.«

»Ich weiß, Vater.« Sie warf ihm einen warnenden Blick zu, weil sich Vidar wieder rührte.

Weiterhin unentschlossen, bedeutete Dash ihr, die Unterhaltung vorerst zu beenden. »Machst du uns Frühstück, bitte?« Er wandte sich dem Norganianer zu. »Alles in Ordnung, mein Freund?«

Vidar blinzelte und wurde wach, dann starrte er auf den leeren Becher. »Bei Deos Eiern, das ist harter Stoff.«

»Entspanne dich, Freund Vidar. Die Reise hat dich bestimmt zutiefst erschöpft.«

»Du hast ja keine Vorstellung«, knurrte Vidar. »Wie oft stand ich kurz davor, diese Arschlöcher zu erstechen. Diese arroganten Bastarde glauben, ihnen würde die ganze verkraggte Welt gehören.«

»Das tut sie auch. Dein Land – jedermanns Land. Sie haben die mächtigsten Zauberer, sie haben die größten Armeen und das meiste Gold. Die drei Säulen des Imperiums.«

Vidar sah ihn direkt an. »Hast du an Colfars Rebellion teilgenommen?«

Dash blinzelte und gab die Worte des Norganianers aus der vergangenen Nacht zurück. »Wenn ich dir das verrate, muss ich dich töten.« Die beiden Männer lachten. Dann fügte Dash hinzu: »Wir haben verloren. Mehr gibt es dazu nicht zu sagen.«

»Aye«, antwortete der Norganianer schließlich. »Ich bete nur, dass sich eines Tages die Gelegenheit ergibt, zurückzuschlagen – aber auf eine Weise, bei der ich mein Leben nicht sinnlos wegwerfe.«

»Wollen wir das nicht alle?«, meinte Dash.

Ohne Vorwarnung flog die Tür auf. Dash griff nach dem Dolch und fuhr herum – zu Lord Gospodoi, der mit einem selbstzufriedenen Gesichtsausdruck dort stand.

Der gezückte Stahl ließ den bolgravianischen Adligen kichern. »Physicus leisten Friedensschwur, ney?«

Dash steckte den Dolch zurück in die Scheide. »Teshveld ist nicht sicher, nicht einmal für einen Heiler.«

»Yuz, aber vielleicht sein es hier nirgendwo sicher für Physicus Cowley?«, meinte Gospodoi und ließ den Umhang aufklaffen. Rapier und Dolch kamen in Sicht; die Edelsteine in den Griffen waren mehr wert als ganz Teshveld zusammen, was nicht viel zu sagen hatte. Langsam betrat er die Hütte und musterte den bewusstlosen Perhan. »Wie gehen es Patienten?«

»Er lebt, aber ich glaube nicht, dass ich noch viel tun kann«, erwiderte Dash. Er fragte sich, wie gut Gospodoi mit seinem Schwert umgehen konnte. »Die Entzündung sitzt zu tief.«

Gospodoi schnalzte mit der Zunge, als müsste er ein Kleinkind schelten, das ihn schwer enttäuscht hatte. »Ich dich gewarnt.« Er packte Zar an den Haaren. »Vielleicht ich lassen deine Tochter für dein Versagen bezahlen.«

»Ich kann nicht das Unmögliche schaffen«, erwiderte Dash und hielt den Tonfall trotz seines hämmernden Pulses unterwürfig. Die bolgravianischen Soldaten spürten, dass Gewalt in der Luft lag, und drückten sich jetzt um die Tür herum. »Er war zu krank. Ihr seid ungerecht.«

»Ungerecht?« Gospodoi schnaubte und riss an Zars Haaren. Sie schrie auf.

Dann lachte der Bolgravianer und ließ das Mädchen los. »Ich machen nur Spaß, yuz? Es sein spaßig, Mann wegen nichts schwitzen zu sehen.« Er legte Zar die Hand in den Nacken. »Du können also Ferreanisch lesen?«

Dashs Herz klopfte schneller, aber er behielt eine ausdruckslose Miene bei. »Niemand wird meiner Tochter etwas antun.«

»Natürlich.« Gospodoi zog die Aufzeichnungen aus dem Beutel unter Perhans Kopf. »Du übersetzen die ferreanischen Worte hier drin, und alles werden gut für dich – und für kleines Vögelchen Zar. Erzähle mir von dieser ›gescheiterten‹ Expedition.«

Dash wurde klar, dass Gospodoi offensichtlich seinen Kartomagiker in Verdacht hatte, ihm gegenüber nicht ganz offen gewesen zu sein. *Das Imperium mag keine Versager,* dachte er.

Also holte er tief Luft, unterdrückte seine Sorge wegen der Drohungen, die seine Tochter betrafen, nahm die Aufzeichnungen entgegen und begab sich an sein Schreibpult.

»Zar, niemand wird dir etwas tun«, sagte er entschlossen. »Geh nach oben in deine Kammer und räum auf.«

»Yuz«, schnurrte Gospodoi. »Ziehen hübsches Kleidchen an.«

Zar schoss die Leiter hoch wie ein Frettchen und riss die Vorhänge hinter sich zu. Dash konzentrierte sich auf Vidar Vidarsohn. Seine Anwesenheit würde möglicherweise den entscheidenden Ausschlag geben. *Einen oder zwei kann ich niedermachen, aber unmöglich sie alle – es sei denn, Vidarsohn hilft mir.*

Sie hatten lediglich die Anfänge einer Verbindung geknüpft, aber zumindest teilten sie dieselbe Ansicht, was die Bolgravianer betraf. Also schenkte er dem Ranger ein Grinsen und sagte: »Wie geht es deinem Kopf, mein Freund?« Die Anfänge eines Plans ergaben sich. »Du hattest letzte Nacht etwas zu viel *Mondfeuer.*«

In den meisten Gegenden von Norgania und Otravia war Mondfeuer ein Slangbegriff für Istariol.

Vidar kniff die Augen zusammen, dann streckte er sich und stand auf. »Von Mondfeuer kann ich nie genug kriegen.«

»Was sein dieses Mondfeuer?«, wollte Gospodoi wissen.

Dash gab ihm den Krug. Es war noch ein ordentlicher Rest Rye übrig. »Das hier.«

Gospodoi schnupperte daran, dann ließ er den Tonkrug absichtlich fallen. Das Gefäß zersplitterte und verspritzte den kostbaren Inhalt über die Binsen auf dem Boden. »Ich pissen besseres Getränk als das hier«, bemerkte er.

Du verkraggtes Arschloch.

»Was für eine Verschwendung«, murmelte Vidar. Ein Funkeln lag in seinem Blick, die Ader in seiner Schläfe pulsierte.

»Ich kann von einer alten Flamme noch mehr Mondfeuer bekommen«, sagte Dash und tippte unauffällig auf die Aufzeichnungen.

Botschaft verstanden?

Er erwartete irgendein Zeichen, aber abgesehen von der pochenden Ader war Vidars Ausdruck unleserlich. *Ist das die Anspannung oder der Abscheu für seine Brotgeber? Was nun auch zutrifft, ich bin mir ziemlich sicher, dass er aufgebracht ist.*

Er brauchte dringend eine handfestere Bestätigung. Also legte Dash eine Hand ins Kreuz, wo Gospodoi sie nicht sehen konnte, und beschrieb einen Kreis: magnianisches Finger-Rotwelsch. *Stehst du auf meiner Seite?*

Vidar runzelte die Stirn.

Komm schon, Mann, bist du dabei?, fragte Dash sich. Seiner Ansicht nach hatten sie vergangene Nacht oberflächlich Freundschaft geschlossen, hatten sogar darin übereingestimmt, dass sie gern gegen die Unterdrücker zurückschlagen würden. *Aber bestimmt hätte keiner von uns gedacht, dass das hier und jetzt bedeutet.*

Gospodoi schritt zur Tür und rief auf Bolgravianisch nach seinem Sergeanten.

Haben sie etwa einen Verdacht?, sorgte sich Dash, als der Sergeant zur Tür kam und das Innere der kleinen Hütte musterte. Anspannung legte sich wie Frost auf alles. Vidar ging zum Kamin und wärmte sich an den prasselnden Flammen die Hände. Plötzlich sagte er, als wäre ihm der Gedanke erst nachträglich gekommen: »Erzähl mir mehr von dieser alten Flamme, Physicus.«

Er hat verstanden. Es bedurfte einiger Anstrengung, keinen

Seufzer der Erleichterung auszustoßen. »Sie starb an einer Entzündung, niemand vermochte etwas dagegen zu tun. Dann kamen die verdammten Adligen und rissen alles an sich.«

»Du reden zu viel«, sagte Gospodoi. »Du hören damit auf und lesen Aufzeichnungen.«

Dash fing gehorsam an. »Ich, Lyam Perhan, Imperialer Kartomagiker, gebe dieses Zeugnis ab ...«

»Ney, ney«, unterbrach Gospodoi ihn ungeduldig, »du gehen zur Wasserdeutung, letzter Eintrag. Vorlesen.«

Dash tippte mit einem Finger dreimal schnell hintereinander, dann noch zweimal, dann einmal –

– und bewegte sich. Seine Hand schoss zu dem verborgenen Dolch in der an der Unterseite des Schreibpults befestigten Scheide. Er riss ihn heraus und rammte ihn Gospodoi in die Niere. »Jetzt, Vidar!«

Gospodoi bäumte sich auf, als die Klinge in seinen Körper drang – aber Vidar stand einfach nur mit weit aufgerissenem Mund da, und Dash begriff, dass der Ranger seine kryptischen Nachrichten keineswegs verstanden hatte.

Shansa Mor! »Beweg dich!«, brüllte er den Norganianer an.

Der große bolgravianische Sergeant stand genauso überrascht wie erstarrt in der Tür – niemand war so dumm, einen bolgravianischen Lord auf diese Weise anzugreifen. Aber die beiden Soldaten hinter ihm stießen einen Schrei aus und fummelten nach ihren Waffen.

»Was zum ...?«, keuchte Vidar.

»*Jou* ...«, stieß Gospodoi hervor und griff nach der Pistole, aber seine Beine gaben nach, und er taumelte gegen das Pult.

Der Sergeant riss endlich das Schwert aus der Scheide, konnte sich aber nicht entscheiden, ob er Dash oder Vidar angreifen sollte.

»*Kragga!*«, rief Dash aus und zog den Dolch aus Gospodois Bauch; das Blut des Adligen spritzte in einer Fontäne quer durch den Raum. Der Mann brach in die Knie, stürzte in den

Kamin und verteilte Asche und Funken überall hin. Die Flammen griffen schnell auf seine Kleider über, und er kreischte, als sie aufloderten.

Der Sergeant traf seine Entscheidung, er hob das Langschwert und hieb nach Vidar – und die Klinge traf den niedrig hängenden Querbalken des Raums.

Vidar starrte die Waffe an, dann den Bolgravianer, und jetzt hämmerte der Puls in seiner Schläfe richtig.

Dann knurrte er.

Draußen vor der Hütte brüllten die Soldaten und fuchtelten mit ihren Steinschlossmusketen herum, aber da sie bis jetzt noch nicht geschossen hatten, ging Dash davon aus, dass sie nicht geladen waren. Doch einer der Männer hatte genug Verstand, das Bajonett auf die Mündung zu rammen, und er sprang durch die Tür und warf sich auf den Norganianer.

Und Vidar hatte sich noch immer nicht gerührt ...

Dann begriff Dash plötzlich, dass diese Lähmung nicht von Furcht herrührte, sondern etwas anderes, etwas Tieferes am Werk war. In Vidars Augen loderte ein bernsteinfarbenes Licht, sein Rückgrat verdrehte sich, und seine Haltung wurde geduckt, er breitete die Hände aus, während er ein tierähnliches Brüllen von sich gab. Er schlug das Bajonett zur Seite, dann rammte er dem Mann die Finger in die Kehle – nein, da schoben sich zwei Zoll lange Krallen aus den Fingerspitzen – und zerfetzte sie.

Dash starrte ihn ungläubig an. *Kragga mor, er ist ein Bärenmann!*

Der Soldat brach eingehüllt in eine Blutwolke zusammen, während der zweite Mann mit geladener Muskete an der Türschwelle auftauchte. Er sah Vidar über seinem sterbenden Kameraden stehen und zielte. Der Vorhang zur Dachkammer flog zur Seite, und Zar erschien, eine Armbrust in den Händen. Ein scharfes Schnappen ertönte, als sie den Abzug betätigte, der Bolzen krachte in die Waffe des Soldaten, die mit lautem Brüllen eine Flamme ausspie. Die Bleikugel prallte vom Boden ab und bohrte sich sechs Zoll von Dashs Kopf entfernt in die Holzwand. Aber er war bereits in Bewegung und schleuderte den Dolch, der sich in die linke Schulter des Soldaten bohrte und ihn zurücktaumeln ließ.

Mit wütendem Gebrüll ging Vidar auf ihn los, mit einem sechs Fuß weiten Sprung, der den Soldaten draußen zu Boden warf; seine Zähne, die sich in lange, wilde Reißzähne verwandelt hatten, gruben sich in den Hals des Mannes. Vidar schüttelte ihn, das Genick brach, und der Soldat erstarrte. Aber der Ranger riss weiter an dem Fleisch – dann wandte er das blutverschmierte Gesicht wieder der Tür zu.

Im nächsten Augenblick stürmte er zurück in die Hütte direkt auf Dash zu ...

... der einen Satz machte, sein altes Armee-Falchion von dem Stützbalken riss, an dem es hing, und den Griff gegen die Schläfe des Bärenmannes hieb. Vidar brach zusammen, sackte benommen auf die blutgetränkten Binsen. Der Puls an seiner Schläfe schlug langsamer, Krallen und Reißzähne bildeten sich wieder zurück.

In nur zehn Sekunden hatte sich die Hütte in ein Schlachthaus verwandelt.

Laut keuchend wandte sich Dash dem Kamin zu – und es verschlug ihm entsetzt den Atem, denn Gospodoi, der zumindest bewusstlos hätte sein sollen, wenn nicht sogar tot, erhob sich auf die Knie. Seine Finger malten uralte Runen, die glühend in der Luft schwebten. Er murmelte: *»Skiamach! Animus!«*

Der Gestank von Schwefel und Rauch erfüllte den Raum. Der Bolgravianer brüllte *»Impetu!«* und stieß die rechte Faust in Dashs Richtung, schlug quer durch den Raum zu. Die Luft verschwamm, schlug *Wellen.*

Aber Dash war bereits zur Seite gesprungen. Die Woge aus reiner Macht schleuderte ihn dennoch herum. Er blieb jedoch auf den Beinen, und er hielt noch immer das Schwert. Er warf sich mit einem Satz nach vorn und stieß die Klinge in Gospodois Brust, schickte ihn erneut rückwärts ins Feuer. Wieder tosten die Flammen über Gospodois verbrannte Seidenkleidung, aber diesmal blieb der Bolgravianer wie erstarrt.

Von der Furcht ergriffen, das Feuer könnte die ganze Hütte ergreifen, eilte Dash zur nächsten Flüssigkeit, in diesem Fall der Pisseimer. Er kippte den Inhalt über dem brennenden Lord aus, der stinkenden Qualm zur Decke schickte. Aber die Flammen erloschen.

Vor Erleichterung keuchend riss Dash das Schwert aus dem Körper, vom Chaos der letzten Augenblicke wie betäubt.

Ruckartig setzte sich Gospodoi auf. Sein Fleisch war verbrannt, seine Kleidung qualmte, aber seine Augen strahlten das gleiche grelle Azurblau aus wie das Licht, das aus einem Anhänger um seinen Hals strömte. Er streckte die verkohlten Finger aus, und eine unsichtbare Macht packte Dash an der Kehle und schnürte ihm die Luft ab.

»*Skiamach, contundito!*«, krächzte Gospodoi. Zorn verzerrte seine gequälten Züge. Sein Griff wurde fester, versuchte, mit einem Ruck Dashs Genick zu brechen.

»Nein«, würgte Dash hervor und fiel auf ein Knie, während seine Sicht verschwamm.

»Vater!«, hörte er Zar wie aus weiter Ferne rufen.

Das Falchion entglitt ihm beinahe, während seine Glieder zuckten und der Druck um seinen Hals unerträglich wurde. Undeutlich nahm er wahr, wie Gospodois Hände gegen den Uhrzeigersinn kreisten, und er fühlte, wie sich die unsichtbaren Mächte darauf vorbereiteten, ihm den Kopf vom Körper zu reißen. Mit einem Aufwallen von Kraft, die, wie er genau wusste, seine letzte Kraft war, griff er das Falchion fester und legte die ganze Energie in eine Bewegung, schwang die Klinge mit all seiner verbliebenen Kraft im Bogen.

Gospodois Kopf flog förmlich von seinem Hals, Blut spritzte, und der Torso krachte zurück in den Kamin, wo er endlich reglos liegen blieb.

Dash sah nur noch das Blut, scharlachrote Ströme, die sich über die Welt ergossen, während ihn der Druck um seinen Hals schließlich zu Boden riss. Dunkelheit brauste in seinem Geist, während er zur Seite kippte.

Dash erwachte. Zar hielt seinen Kopf im Schoß.

»Vater?«, sagte sie nervös, als er auf den blutgetränkten Binsen seines Hüttenbodens die Augen aufschlug. Seine Kleidung war mit vergossenem Rye und Urin getränkt.

Hinter Zars Schulter erschien Vidar und starrte ihn mit einer Mischung aus Verblüffung und Zorn an. »Bei Gardas Titten, welcher traurige Physicus fällt denn beim Anblick von Blut in Ohnmacht?«

»Er ... Praxxis ... keine Luft.« Dash keuchte. »Bin bewusstlos geworden.«

Vidar schnaubte, dann grinste er wild. »Das hat Spaß gemacht. Aber du hättest mich warnen können.«

»Ich habe dich gewarnt«, krächzte Dash empört. »Zumindest habe ich es versucht.«

»Wann denn?«, wollte Vidar wissen. »Deo auf seinem Thron, Cowley, dieser Mann war ein verfluchter Praxxismagier. Das gesamte verkraggte Imperium wird nach ihm suchen, und das wiederum bedeutet, dass ich jetzt ein verfluchter Gesetzloser bin. Nein, wir alle. Eigentlich wollte ich mit dem Geld, das er mir laut Vertrag zahlen musste, in den Ruhestand gehen.«

»Er hätte dich nicht bezahlt«, sagte Dash. »Er hätte dich umgebracht.«

»Woher willst du das denn verdammt noch mal wissen?«

Dash antwortete nicht; ihm war gerade bewusst geworden, dass seine Tochter einen Schock erlitten hatte. Der Blick in ihren weit aufgerissenen Augen verkündete: *Liebe Garda, ich habe beinahe einen Mann umgebracht.* Sich mit einem Holzschwert im Schwertkampf zu üben war weit davon entfernt, eine echte Waffe mit Absicht zu benutzen.

Dash schaute zu Vidar hoch. »Ich habe versucht, es dir begreiflich zu machen. Während du geschlafen hast, habe ich Perhans Aufzeichnungen gelesen. Dort standen tatsächlich Dinge, die er Gospodoi verschwiegen hat. Große Dinge.«

Vidar starrte ihn an. »Wovon sprichst du?«

»Das ›Mondfeuer‹? Die ›alte Flamme‹? Kapierst du jetzt?« Dash strich Zar über den Rücken und küsste sie auf die Stirn. »Geht es dir wieder besser?«

Vidar blickte noch immer verwirrt drein. »Nein. Ich verstehe es nicht.«

»Ich schon.« Zar schniefte. Einen Augenblick lang hellte sich ihre Miene auf, dann fiel ihr Blick wieder auf die Leichen, und sie wurde blass.

»Was verstehen?«, wollte Vidar wissen. »Das lohnt sich hoffentlich, Cowley, denn sollten sie uns erwischen, werden wir mit Sicherheit aufgehängt. Ich würde gern wissen, warum ich den Verbrechertod an der Seite eines Mannes sterben muss, den ich nicht einmal kenne.«

»Keine Sorge, es lohnt sich«, erwiderte Dash. Er kontrollierte seine Stimme und hielt sie betont ruhig. *Er ist ein Bärenmann. Wenn er wieder die Beherrschung verliert, wird er mir den Kopf abreißen.* »Mondfeuer sagt man auch für Istariol, und ›Flamme‹ ist ein Spitzname für einen Ferreaner. Ich habe versucht, dir zu sagen, dass der ferreanische Kartomagiker eine Menge Istariol gefunden hat. Das hat er Gospodoi aber verschwiegen.«

Vidar starrte ihn an. »Dann hast du mir also nicht von einem besoffenen Mädchen erzählt, das du mal gevögelt hast?«

Zar schnaubte.

»Du hältst den Mund«, befahl Vidar ihr. Er fixierte Dash mit einem finsteren Blick. »Du redest.«

Dash setzte Zar auf einen Stuhl, dann holte er die Aufzeichnungen. »Dein Kartomagiker hat in einem Fluss in Verdessa Spuren von Istariol gefunden, das hat er in seinen Aufzeichnungen niedergeschrieben. Aber er wollte offensichtlich nicht, dass Gospodoi es erfährt, denn er schrieb auf Ferreanisch und hat Gospodoi erzählt, seine Deutung hätte nichts ergeben. In dem Augenblick, in dem ich Gospodois Verdacht bestätigt hätte, hätte er uns drei umgebracht.«

Der Norganianer fing an, Flüche auszustoßen.

»Ich nehme an, das bedeutet, dass wir wieder weiterziehen müssen«, maulte Zar.

»Es tut mir leid«, entschuldigte sich Dash bei ihr, »aber ich hatte keine Wahl.«

»Dann sollte ich wohl packen. Dabei hat es gerade angefangen, mir hier zu gefallen«, fügte sie sarkastisch hinzu. Sie kletterte die Leiter zum Dachboden hinauf und mied sichtlich den Blick auf die Toten.

Dash wandte sich Vidar zu und wählte seine Worte mit Bedacht. »Es tut mir leid wegen deines Geldes, Vidar, aber glaube mir, du hättest es nicht bekommen.« Dann schenkte er ihm ein zuversichtliches Lächeln. »Aber die Sache kann uns immer noch reicher machen als in deinen kühnsten Träumen.«

»Meine Träume können sehr kühn sein«, knurrte Vidar. »Istariol, sagst du? Der verdammte Kartomagiker hat Istariol gefunden und das vor Gospodoi und mir geheim gehalten? Das bedeutet also, die Einzigen, die davon wissen, sind jetzt er, du und ich ...« Er hielt inne und dachte über die eigenen Worte nach.

»Genau. Aber Perhan ist nicht mehr zu helfen. Es tut mir leid, wenn er dein Freund war.«

»Ich kannte ihn kaum, aber er schien ein anständiger Bursche zu sein.« Vidar verzog das Gesicht. »Was ist also mit diesem Istariol?«

»Ich weiß, wo er die Spuren gefunden hat. An einem See am Rand eines Gebirges. Kommt dir das bekannt vor?«

»Aye. Dort hat sich der Kartomagiker verletzt, direkt am Rand des Eisherzes. Aber er hat nur das Wasser an einer Flussmündung einer Prüfung unterzogen, der Fluss entströmte dem Eisland.«

Dash dachte darüber nach. »In diesem Fall müssen wir wohl dem Fluss zu seiner Quelle folgen. Dort draußen gibt es eine riesige Istariolader, Vidar Vidarsohn. Wir können es finden, abbauen, verkaufen und ein Vermögen machen.«

»Otravianer, du träumst«, grollte Vidar. »Verdessa wird vom Imperium beansprucht, dort gibt es bereits eine Garnison. Selbst wenn wir unentdeckt dorthin kommen würden, wie sollten wir es aus der Erde holen? Dazu braucht man Arbeiter. Außerdem ist Istariol nur für einen Zauberer von Wert, und die dienen alle dem Imperium.«

»*Cognatus, animus*«, flüsterte Dash. Er fühlte den Strom der Macht, als der Familiargeist auf seiner Schulter erschien. Er nahm die Gestalt eines smaragdgrünen shadranischen Papageis an, unsichtbar für alle außer Dash.

Dash malte ein Zeichen in die Luft: *Ignus,* die Rune des Feuers. Cognatus lenkte die Energie, und eine Flamme bildete sich auf den Fingerspitzen des Mannes, wo sie hübsch tanzte, ohne ihn zu verbrennen.

»Nicht alle Zauberer dienen dem Imperium.« Er beobachtete Vidars Reaktion.

»Ich werde auch Zauberin«, rief Zar, die auf der obersten Sprosse der Leiter zur Dachkammer hockte.

Vidar starrte vom Vater zur Tochter, Skepsis rang mit Gier.

Die Gier siegte.

»Bei Gardas Hintern! Hältst du es tatsächlich für möglich, dass wir das schaffen?«

Dash entging nicht, dass er »wir« gesagt hatte. »Es ist möglich. Denk darüber nach, wir könnten reicher als Könige werden.«

Der Bärenmann schaute zum Himmel. »Ihr beiden werdet mein Tod sein, oder?«

Vermutlich, dachte Dash. *Ich habe den meisten den Tod gebracht.*

ZWEI

Wer kommt mit mir?

Willst du die Toten finden, folge den Krähen. Das hatte Dashs Vater zu sagen gepflegt. Als Dash vor zwanzig Jahren noch ein Junge gewesen war, hatte der Mann urstianische Reiter bekämpft. Er hatte den Rang eines Colonels bekleidet, als die Bolgravianer das erste Mal versucht hatten, ihr Land zu erobern, und dabei gescheitert waren.

»Sie glaubten, uns auf die Probe stellen zu können«, hatte sein Vater stets geprahlt, »aber Otravia war für sie bereit.«

Aber als sie zurückkehrten, waren wir nicht bereit, oder? Ein paar von uns haben ihnen sogar die verkraggte Tür geöffnet.

Aber das war jetzt unwichtig. Wichtig war nur, die Toten zu begraben, bevor die Krähen sie fanden und andere Aasfresser mitbrachten. Dash und Vidar Vidarsohn nahmen die Schaufeln, die zur standardmäßigen Ausrüstung der Soldaten gehörten, und schaufelten im Schatten der Bäume hinter der Hütte eine tiefe Grube.

Trotz der Kälte war es eine schweißtreibende Arbeit, und die beiden Männer zogen sich schnell bis zur Hose aus. Vidar war untersetzt, bestand nur aus Muskeln, die sich langsam in Fett verwandelten.

»Also«, sagte Dash. Er stützte sich auf die Schaufel, um zu verschnaufen, während der Norganianer weiter schuftete. »Wer ist Vidar Vidarsohn?«

Vidar zögerte, dann antwortete er: »Ich war ein einfacher Soldat in der Königlichen Armee von Norgania, ein Späher. Bis ich in ein dämliches Duell mit einem Adligen geriet. Ich habe den Mistkerl umgebracht, dann bin ich abgehauen. Ich landete in Bolgravia, wo man gerade die Armee zur Invasionsstreitmacht umstrukturierte. Ich war dort, als Tempeskov die Idee mit dem Salventakt hatte. Er hat die Kriegsführung verändert, da gibt es keinen Zweifel. Hat die Steinschlossmuskete von einer Kuriosität, mit der man Bauern einschüchterte, zu einer entscheidenden Waffe gemacht.«

Dash spuckte auf die ausgehobene Erde. »Du hast während der Eroberungszüge für die Bolgravianer gekämpft?«

»Nein. Als das losging, bin ich gegangen. Habe nicht einen verfluchten Schuss für sie abgegeben. Unsere Einheit kam zu diesem Dorf in der Nähe von Consadyne, in Magnia. Der Widerstand war bereits gebrochen, aber die Bolgravianer haben jeden Überlebenden in einer Reihe aufgestellt, Männer, Frauen, Kinder, selbst die Babys, und jeden einzelnen von ihnen als Exempel für den Rest des alten Königreichs mit ihren Speeren hingerichtet. Also habe ich ein paar Rechnungen beglichen und mich verdrückt. Jetzt ist im halben Imperium ein Kopfgeld auf mich ausgesetzt.« Er verzog das Gesicht. »Ist aber nicht besonders hoch, falls du auf Ideen kommen solltest.«

Es ist bestimmt nicht so hoch wie mein Kopfgeld. Dash stieß mit dem Fuß gegen Vorei Gospodoi. Die verkohlte, kopflose Leiche stank. »Wusste er, wer du bist?«

Vidar lachte guttural. »In Bolgravia habe ich nie meinen richtigen Namen benutzt. Und was ist mit dir, Cowley? Was ist deine Geschichte?«

»Die kurze Version lautet, als vor vier Jahren die Pro-Bolgravia-Fraktion in Otravia die Macht ergriff, schnappte ich mir meine Tochter und ergriff die Flucht.«

»Als Zauberer musst du bei der Rebellion einen ganz schön hohen Rang bekleidet haben«, meinte Vidar.

Dash schüttelte den Kopf. »Keine Namen sind sicherer.«

»Das ist nur gerecht. Aber warum ausgerechnet an diesen Ort kommen?«

Da hatte er nicht unrecht. Die Küste von Pelaria war so ziemlich der kälteste Ort auf dem Festland, im Winter prasselte der Schneeregen herab, im Sommer breitete sich der Schimmel aus.

»Ein elender Ort, um sich zu verstecken«, fügte der Norganianer hinzu.

»Ich glaube, das ist so nahe am Rand des Imperiums, wie es nur möglich ist, ohne die Zivilisation gleich ganz hinter sich zu lassen. Hier draußen spricht niemand mit den Imperialen, und man liefert einander auch nicht aus.«

»Also gehe ich einmal davon aus, dass dein Kopf mehr wert ist als meiner. Aber ich würde ihn genauso wenig wie du zu Geld machen.«

»Dann soll gemeinsames Schweigen unser Bund sein«, schlug Dash trocken vor.

»Aye, da bin ich dafür. Und für Istariol. Der Preis des Blutstaubs geht immer nur in die Höhe.«

»Das ist wahr.« Dash legte unauffällig beide Hände auf den Schaufelgriff, bevor er die nächste Frage stellte, nur für den Fall, dass sie möglicherweise Unmut erregte. »Du bist also ein Bärenmann?«

Vidars Züge verhärteten sich. »Aye. Ist das ein Problem?«

»Für die meisten Leute schon. Aber ich habe in Colfars Rebellion an ihrer Seite gekämpft.«

»Ich habe es größtenteils unter Kontrolle. Falls es das ist, was du dich fragst.«

Größtenteils … Dash warf dem Mann einen Blick voller Mitgefühl zu. Für gewöhnlich hatten Bärenmänner kein langes Leben. Sie waren eine aussterbende Art, ein Erbe der Mizrakriege. Vidar schien in seinen Vierzigern zu sein, was von einer beträchtlichen Selbstdisziplin kündete.

Obwohl ich ihn trotzdem bewusstlos schlagen musste.

Aber im Großen und Ganzen war ein Bärenmann ein Vorteil, und Vidar hatte sich bei dem Blutbad trotz der Verwirrung auf seine Seite geschlagen. Vielleicht waren sie noch keine Freunde, aber Dash hatte das Gefühl, dass das durchaus eine Möglichkeit war. Er schlug auf den Schaufelgriff. »Lass uns das hier erledigen, dann können wir uns in Ruhe unterhalten.«

Sie stürzten sich mit grimmiger Energie auf die Arbeit und gruben so tief, wie es das Wurzelwerk erlaubte. Dann rollten sie die ordentlich ausgeraubten Leichen in das Loch. Aus Respekt hatten sie für Lyam Perhan, den Kartomagiker aus Ferrea, ein einzelnes Grab geschaufelt. Vermutlich war er zu seinem Dienst gezwungen worden; das war nun einmal die Art der Bolgravianer.

Als Dash den Mann vor seinem Begräbnis durchsucht hatte, hatte er eine wichtige Entdeckung gemacht: Im Hemdsaum befand sich eine winzige Kristallphiole, kaum größer als sein kleiner Finger, die mit rötlichem Wasser gefüllt war. Dash hatte sie hinter Vidars Rücken ins Licht gehalten und gelächelt, dann hatte er sie vorsichtig weggesteckt.

Als sie die Gräber gefüllt hatten, sagte er: »Tritt zurück.« Vidar sah neugierig zu. Dash murmelte *»Cognatus, animus!«*, und sein Familiar erschien vor seinen Augen. Vidar konnte ihn nicht wahrnehmen. Cognatus machte es sich in seiner üblichen Papageiengestalt auf Dashs Schulter bequem, dann tauchte er in den Körper des Mannes. Dashs Sicht veränderte sich und enthüllte ihm eine zusätzliche Schicht des Lebens. Er sah Wasser ins Blattwerk sickern und die Insekten und Würmer im Erdboden, und in allem pulsierte das Sonnenlicht.

Dash zeichnete *Terra*, die Rune der Erde. *»Renovare, nunc.«*

Plötzlich geriet der ganze Boden in heftige Bewegung, Samen erwachten zum Leben, überall spross Gras, um das Grab zu bedecken. Nachdem Dash zufrieden war, beendete er es mit *»Abeo, Cognatus amico«* und entließ den Familiar, seinen magischen Wächter und Partner.

Der unsichtbare Papagei erschien wieder auf seiner Schulter und liebkoste seine Wange. Dashs Sicht wurde wieder normal. Dann stieg der Geist in die Lüfte, umkreiste Vidar, der ihn weder hören noch sehen konnte, um zwischen die Bäume zu flitzen. Dash hatte Cognatus dazu abgerichtet, Distanz zu halten, denn man konnte nie wissen, wer gerade in seine Richtung sah. War man unvorsichtig, konnte ein Zauberer den Familiar eines anderen Praktizierenden spüren.

Vidar betrachtete die nun verborgenen Gräber mürrisch. »In der Nähe von Zauberei war mir noch nie behaglich zumute«, murmelte er. »Das bolgravianische Militär hatte viele Soldzauberer, und das waren verdammt gruselige Burschen.«

»Ich benutze sie nicht leichtfertig«, versicherte Dash ihm.

Vidar ließ den Blick über die Gräber schweifen, die so gut wie unkenntlich waren. »Gute Arbeit«, musste er zugeben und streckte die Hand aus. »Wenn wir schon Gefährten sind, sollten wir uns darauf die Hand geben.«

Sie schüttelten sich die Hände, dann zogen sie die Hemden an, bevor sie die Beute in Augenschein nahmen. Drei Musketen und eine Pistole mit ausreichend Pulver und Blei, die Edelsteine, die sie aus den Griffen von Gospodois Rapier und Dolch gebrochen hatten, ein paar Silbermünzen, die der Adlige in seinem Beutel gehabt hatte, und natürlich Perhans Aufzeichnungen. Dash nahm es an sich und gab Vidar den Geldbeutel des Bolgravianers. »Wenn man dich in den Dienst gezwungen hat, verdienst du ihn.«

Vidar lächelte dankbar, dann deutete er auf die Schusswaffen. »Jeder zwei?«

»Klar. Such du sie aus.«

»Ich ziehe es vor, nahe heranzugehen«, knurrte der Bärenmann, »aber für ein paar Musketen bekomme ich einen ordentlichen Preis.«

»Ich würde sie behalten – wenn wir das Istariol holen, werden wir sie brauchen.«

»Auch wieder wahr.« Vidar nahm die Steinschlosspistole und warf sie Dash zu. »Ein Adliger wie du hält eine Pistole doch bestimmt für die Waffe eines Feiglings.«

Dash zielte auf einen Baum in der Nähe. »Ich habe das mit dem ›Ruhm des Krieges‹ schon vor Jahren hinter mir gelassen. Auf einem Schlachtfeld kommt es nur darauf an, zu überleben.« Er wirbelte die Pistole am Abzugsbügel um den Finger und schob sie dann in den Gürtel. »Ich nehme die hier und eine Muskete. Ich hatte keine Feuerwaffe mehr, seit ich das westliche Pelaria verlassen habe.«

Sie teilten gerade die Edelsteine auf, als Zar in die Reisekleidung eines Jungen gekleidet mit dem Frühstück erschien. »Wenn wir weiterziehen, können wir auch genauso gut zuerst ordentlich frühstücken«, verkündete sie.

Als sie fertig waren, fragte Dash: »Weißt du über Blutstaub Bescheid?«

Vidar kicherte. »Natürlich weiß ich über Blutstaub Bescheid.« Er zögerte, dann fügte er widerstrebend hinzu: »Allerdings weiß ich nicht, was davon tatsächlich stimmt. Aber ich weiß, dass man ihn für einen mächtigen Zauber braucht. Er ist mehr wert als Gold, und man muss ihn schürfen. Und er ist selten.«

»Das ist es im Großen und Ganzen«, erwiderte Dash. »Selbst wenn wir nur eine kleine Menge finden, lohnt das schon die Reise. Aber Perhans Aufzeichnungen deuten an, dass es um viel Istariol geht, eine Hauptader, und das könnte ein riesiger Schatz sein. Bei der Flammengrube, damit könnte man ein ganzes Land kaufen!«

»Dann wäre es aber zu viel, um es tragen zu können«, meinte Vidar.

»Das stimmt, und mit einem Sack allein wird man kein Vermögen machen. Außerdem hat das bolgravianische Imperium ein großes Interesse an Istariol. Wenn wir es verkaufen, müssen wir das aus einer Position der Stärke heraus tun, oder irgendein Bastard wird es uns einfach abnehmen und uns auf den Richtblock bringen.«

»Dann nehmen wir uns nur gelegentlich etwas von der Ausbeute«, schlug Vidar vor. »Gerade genug, dass wir davon leben können.«

»Und dafür müssen wir ständig in die Wildnis ziehen?« Dash schüttelte den Kopf. »Nein, das wird auch nicht funktionieren. Von dem Augenblick an, in dem wir es verkaufen, sind wir eine Zielscheibe. Istariol ist kein Spiel, das man halbherzig betreiben kann. Entweder macht man es richtig oder gar nicht. Wenn es genug davon gibt, können wir uns ein Königreich kaufen. Aber wir schaffen das nicht allein. Wir brauchen Unterstützung. Ich habe ein paar Freunde, die ich ins Boot holen kann, aber damit das funktioniert, werden wir eine Menge Arbeiter brauchen.«

Das gefiel Vidar nicht. »Wir können nicht einfach jedem erzählen, dass wir Istariol gefunden haben. Jemand wird auf direktem Weg zum Gouverneur in Sommahafen gehen, und bald wird man uns jagen.«

Dash hatte den gleichen Gedanken gehabt. »Da bin ich mir nicht so sicher. Teshveld ist gewissermaßen eine Grenze, der Rand der Welt. Diese Gegend ist voller Flüchtlinge, Menschen, die alles verloren haben. Meiner Meinung nach bekommen wir genug Leute zusammen, um eine Mine betreiben und sie auch verteidigen zu können. Hier in der Wildnis gibt es keinen Mann – und so weit ich gesehen habe auch keine Frau –, die nicht mit einer Waffe umgehen können. Und keiner von ihnen hat etwas für das Imperium übrig.«

Vidar sah skeptisch aus. »Hast du nicht gesagt, dass ihr erst vor kurzer Zeit eingetroffen und für euch geblieben seid? Wie kannst du da jemanden kennen?«

»Hier gibt es nur eine Ortsansässige, die sich aufs Heilen versteht, und sie ist Kirchenphysicus, also bekomme ich alle Geschichten zu hören«, versicherte Dash ihm. »Glaube mir, wenn wir die Leute davon überzeugen können, dass das Unternehmen kein Hirngespinst ist und eine ordentliche Erfolgschance hat, werden sie nicht plaudern. Wir müssen uns nur klammheimlich aus dem Staub machen, und sobald wir das Zeug haben, verkaufen wir es außerhalb des Imperiums. Zum Beispiel in Shadra im Zarros-Archipel. Die sind noch immer unabhängig. Wenn wir unsere Karten richtig ausspielen, liegen wir dort innerhalb von zwei Jahren in der Sonne.«

Vidar schürzte die Lippen und stieß einen leisen Pfiff aus. »Sonne, Sand und schlanke, dunkelhäutige Frauen? Ich bin dabei.«

»Aber was ist mit zu Hause?«, fragte Zar. »Was ist mit Mutter?«

Dash warf ihr einen warnenden Blick zu. »Solange die Mandarykes herrschen, haben wir kein Zuhause.«

»Aber ...«

»Nicht«, warnte Dash, und seine Tochter verstummte. »Istariol kann viel verändern. In Shadra könnten wir wieder Verbindung mit dem Widerstand in Otravia aufnehmen.«

»Was meinst du damit?«, wollte Vidar wissen. »Wenn wir schon Partner sind, muss ich wissen, was du planst.«

Dash sah Zar stirnrunzelnd an, dann erklärte er: »Meine Gemahlin hatte sich kurz vor dem Umsturz der Mandarykes von mir scheiden lassen – sie sind die Verräter, die in Otravia die Macht ergriffen haben, sie haben uns an die Bolgravianer verkauft. Sie ist jetzt mit einem von ihnen verheiratet.« Es überraschte ihn etwas, wie sehr ihn dieses Bekenntnis noch immer schmerzte. »Sie hat es getan, um ihre Familie zu beschützen, aber meine kam an den Galgen. Ich habe mir Zar geschnappt und die Flucht ergriffen. Cowley ist nicht mein richtiger Name. Ich werde ihn dir eines Tages verraten. Wenn der richtige Zeitpunkt gekommen ist, werde ich ihn der ganzen Welt verraten.«

»Schon gut«, erwiderte Vidar, »aber eines will ich klarstellen. Ich werde für deine Sache nicht den Märtyrer spielen. Ich bin wegen des Geldes dabei, und ich kann mir nicht vorstellen, dass einer von denen, die wir rekrutieren wollen, das anders sehen wird. Wir tun uns zusammen und werden reich, dann gehen wir auseinander, und deine Suche nach Wiedergutmachung ist deine Sache. Verstanden?«

»Verstanden.« Dash hielt seine Miene unbewegt, während Vidar ihn musterte.

Schließlich seufzte der Norganianer. »Also gut, wie geht es weiter?«

»Wie es weitergeht? Wir schicken ein paar Botschaften, dann gehen wir zu Gravis Schankwirts Haus und bestellen einen Becher.«

Wenn Dash genau in den dunkelsten Winkel der Dachsparren der Schenke spähte, konnte er das Funkeln von Rattenaugen sehen; mit Sicherheit konnte er ihren Kot riechen. Die Küchenschaben waren genauso groß, und der Wein war es lediglich wert, ausgespuckt zu werden. Aber Gravis braute das beste Bier im Umkreis von Meilen, und sein Geschäft lief ganz ordentlich – oder hätte es zumindest getan, wäre einer seiner Kunden auch den Kredit würdig gewesen, den er einräumte. Der Laden war selten voll oder laut, denn die Hälfte seiner Kundschaft waren Flüchtlinge aus dem Imperium, denen nicht daran gelegen war, Aufsehen zu erregen. Trotzdem war es die bei Weitem beste Schenke im ganzen Bezirk.

Nachdem Gravis gewissen Leuten die Nachricht übermittelt hatte, dass Dash eine Versammlung abhalten wollte, war der Laden an diesem Abend allerdings voll. Als Dash eintrat, Vidar Vidarsohn und Zarelda hinter sich, begrüßte er den Gastwirt mit einer Handbewegung.

Seine Tochter blickte sich schüchtern um; es war das erste Mal, dass sie die Schenke betreten durfte.

Dash warf einen Blick in die Runde. Ein Heiler wusste schnell, wer in jeder Gemeinschaft wer war, selbst in einer so verschlossenen und lockeren wie dieser hier. Es gab alle möglichen Leute, von Dorfbewohnern bis zu Kleinbauern, von Söldnern bis zu Jägern. Und sie alle waren hauptsächlich an diesem Ort, um dem

Imperium zu entkommen. Die meisten der hier versammelten Leute hätten einem Bolgravianer lieber die Kehle durchgeschnitten, als dieselbe Luft atmen zu müssen.

Dash hatte die Meinungsführer bereits identifiziert. Sir Elgus Rhamp war ein Ritter aus Pelaria, und die Hälfte im Raum würde tun, was er tat. Elgus war ein untersetzter Mann mit einer breiten Brust und einem zum Zopf geflochtenen Bart. Um ihn herum war sein übliches Gefolge versammelt, und alle zechten ordentlich. Rhamp ins Boot zu holen war unvermeidlich, aber er würde unweigerlich versuchen, das Kommando an sich zu reißen – und den Löwenanteil. *Ich werde ihn auf seinen Platz verweisen und dafür sorgen müssen, dass er dort auch bleibt ...*

Die andere einflussreiche Person war die lokale Priesterin, Mater Varahana. In Magnia betrachtete man es als unmännlich, das Ordensgelübde abzulegen, also dienten allein Frauen als Vermittlerin zu Deo. Nach Dashs Ansicht verdammte man sie dazu. Aber Varahana war eine alte Freundin, was sie für sich behalten hatten.

Er entdeckte die Priesterin, eine knochige, elegante Frau, die mit hochgeschlagener Kapuze neben der einzigen anderen Heilerin der Gegend saß. Tatsächlich war Kemara Solus die einzige echte Heilerin, denn Dash war nie mehr als ein Feldscher gewesen.

Dash lehnte sich gegen die Theke. »Gravis, eine Runde Bier für alle und drei Pokale deines besten Rotweins.« Er warf ein halbes Dutzend Silbermünzen – der Großteil seines restlichen Geldes – auf das Holz, und genau wie erwartet zog das Klirren der Münzen viele Blicke auf sich. »Und für Zar ein Zitronenale.«

Dash vergewisserte sich, dass gewisse Leute nicht gekommen waren, vor allem Larch Falkenstein, der Vogt des Gouverneurs oder einer seiner Grenzwächter. Soviel er wusste, hielten sie sich im Augenblick am südlichen Ende des Distrikts auf. »Ich vertraue darauf, dass niemand hier ist, den wir nicht eingeladen haben?«

»Hier sind nur Leute versammelt, die das Imperium nicht mögen, genau wie Ihr gebeten habt«, antwortete der Wirt.

»Gut. Gebt mir fünf Minuten, dann stellt mich vor.« Dash schob Vidar ein Ale zu, nahm den Rotwein und ging zu dem Tisch, an dem Varahana und Kemara saßen. »Mater Varahana, Heilerin Kemara«, begrüßte er sie und reichte jeder einen Pokal. Den dritten behielt er für sich. »Bitte – das geht auf mich.«

Mater Varahana hob eine perfekt gewölbte Braue. »Garda segne Euch«, sagte sie förmlich, dann blinzelte sie ihm zu. »Ich liebe Rote.« Sie warf der rothaarigen Kemara einen Seitenblick zu, der Dash in seinen Wein schnauben ließ. Dann verschluckte er sich, als Varahana die Kapuze zurückstreifte und einen glatt rasierten Schädel enthüllte.

»Bei Gardas ... äh ...«

»Dash, mein Lieber, wusstet Ihr nicht, dass alle guten Priesterinnen alle sechs Jahre ihren Kopf rasieren, um unsere Liebe zu Garda zu bezeugen wie auch unsere Absage an jede irdische Eitelkeit?« Ihre Augen funkelten, während sie ihn schalt. Sie drehte den Kopf, bis sie ihm das Profil zuwandte. »Was haltet Ihr davon?«

Er starrte sie an und bemühte sich, den Verlust ihrer üppigen kastanienbraunen Locken zu ignorieren, die er während des Krieges gekannt hatte. »Es steht Euch«, gab er schließlich zu.

»Ich weiß«, schnurrte sie. »Ihr kennt doch Novate Kemara?«

»Ja«, erwiderte er und wandte sich der Laienschwester zu. Er hatte es schon immer für ungerecht gehalten, dass Heiler unabhängig arbeiten durften, aber einer Frau keine andere Wahl blieb, als das Ordensgelübde abzulegen, wenn sie das Handwerk ausüben wollte. Er nickte ihr zu. »Frau Kemara.«

»Meister Cowley«, erwiderte Kemara Solus kühl. »Ich hoffe, dass der Grund, aus dem Ihr uns hier alle eingeladen habt, mehr Hand und Fuß hat als Eure angeblichen Fertigkeiten als Heiler.«

Die Ferreanerin war Ende zwanzig und hatte ein hartes Gesicht und grüne Augen. Ihr kämpferisch wirkendes Antlitz wurde von scharlachroten Locken eingerahmt. Ihre Vergangenheit hatte offensichtlich Narben hinterlassen, aber Dash mochte ihre nüchterne Art. Ihre Wege hatten sich seit seiner Ankunft oft gekreuzt – sie hatte seine mangelnde Ausbildung schnell erkannt, war aber dankbar für jeden gewesen, der ihre Last mindern konnte, also waren sie zu einer stillschweigenden Übereinkunft gekommen.

»Wir müssen alle unseren Lebensunterhalt verdienen«, erwiderte Dash gleichmütig. Varahana kicherte. »Ich kenne meine Grenzen. Und ja, ich habe für jeden hier einen Vorschlag zu machen, die Chance auf ein neues Leben.« Er wandte sich der Priesterin zu und senkte die Stimme. »Ich brauche Eure Unterstützung, Vara – Ihr seid eine anerkannte Gelehrte, und Eure Hilfe wird von entscheidender Bedeutung sein.«

»Ihr wisst, dass ich nicht lügen kann, mein Lieber.«

»Das müsst Ihr auch nicht. Ich wollte Euch nur vorwarnen, dass ich nachher Eure ehrliche Reaktion auf etwas brauche, das ich den Leuten zeigen muss. Jeder weiß, dass Ihr eine gebildete Frau seid.«

»Einmal eine Gelehrte, immer eine Gelehrte«, stimmte Varahana ihm traurig zu. Bevor man sie in die Priesterschaft gezwungen hatte, war sie auf Magnias bester Universität unterrichtet worden.

»Worum geht es hier?«, wollte Kemara wissen. »Wenn Ihr für eine neue Rebellion rekrutiert ...«

»Das tue ich nicht«, unterbrach Dash sie. »Diese Tage sind vorbei. Das Imperium hat gesiegt.«

Sie wechselten einen bitteren Blick. Zumindest beim Thema Bolgravia waren sie einer Meinung.

»Die Menschen in Teshveld sind hergekommen, um den Kämpfen und ihren Folgen zu entkommen«, sagte Kemara. »Niemand will wieder damit zu tun haben. Wir alle haben zu viel verloren.«

»Genau wie ich auch«, sagte Dash. »Ich habe alles verloren –

außer meiner Tochter.« Er warf einen Blick auf Zarelda, die nervös an der Theke lehnte, eine dürre Jugendliche, eine zerbrechliche Mischung aus Draufgängertum und Hemmungen. Die Jungs aus der Gegend beobachteten sie voller Interesse.

»Sie wird erwachsen«, bemerkte Varahana. »Sie war so ein Wildfang in Colfars Lager, nicht wahr? Denkt sie mittlerweile nach, bevor sie den Mund aufmacht?«

»Manchmal. Es sei denn, sie verliert die Beherrschung.«

»Wie ihr Vater?«, fragte Kemara.

»Ich? Nein. Ich verliere niemals die Beherrschung. Ich weiß immer, wo sie ist.« Er berührte Varahanas Pokal mit seinem. »Ich sollte mal anfangen.«

Auf halbem Weg zur Theke fing ihn ein glatt rasierter Mann mit schwarzen Locken und einem Schlafzimmerblick ab. »Befehlshaber!« Jesco Duretto umarmte ihn. »Schön, dich zu sehen. Ich konnte es nicht glauben, als mich dieser Botenvogel fand. Ich musste meine Klingen schärfen.«

»Ich bezweifle, dass sie je Gelegenheit hatten, stumpf zu werden«, erwiderte Dash und musterte seinen alten Kameraden. Jesco gehörte zu den wenigen, die dem unschönen Ende von Colfars Rebellion entkommen waren, aber er sah aus wie immer, ein tänzelnder Duellkämpfer, der stets im Hier und Jetzt lebte. Aber er war noch immer der beste Fechter und Schütze, den Dash kannte. »Ich hatte schon Sorge, dass der Vogel dich nicht findet.«

»Du kannst mich immer finden, Dash«, sagte Jesco. »Wo steckt die junge Zar?« Er blickte sich um und entdeckte sie an der Theke. Als er die Limonade sah, zuckte er zusammen. »Sie ist aber groß geworden. Als ich in ihrem Alter war ...«

»Das will ich nicht wissen«, schnitt ihm Dash das Wort ab. »Du bist hier im Grenzgebiet, Jesco. Reiß dich zusammen, sonst wird sich der ganze Raum hier anstellen, um dich zu fesseln und aufzuknüpfen.«

»Fesseln, wie aufregend! Worum geht es denn, Dash?«

»Um Reichtum jenseits aller Vorstellung. Oh, und dem Imperium dabei eins reinzuwürgen.«

Jesco tätschelte den Schwertgriff. »Du brauchst nicht weiterzureden – ich bin dabei.«

Dash schlug ihm auf die Schulter, dann winkte er Vidar herbei. Er stellte sie einander vor, den flinken Schwertkämpfer und den hünenhaften Bärenmann, bevor er weiterging und dabei einer Frau zunickte, die ihm zublinzelte. Noch ein Gesicht aus seiner Vergangenheit. Dann trank er einen Schluck Wein, um sich die Zunge zu befeuchten, bevor er zu Gravis murmelte: »Lasst uns anfangen.«

Der Wirt hämmerte auf die Theke, was die leisen Unterhaltungen verstummen ließ. »Leute, kann ich mal eure Aufmerksamkeit haben? Die meisten von euch kennen Dash Cowley, unseren Physicus. Er hat mich gebeten, die Nachricht weiterzugeben, dass sich uns allen eine Gelegenheit bietet. Füllt eure Becher – auf Dashs Kosten –, dann trinkt auf sein Wohl und hört ihn an.«

Leises, dankbares Gemurmel ertönte – Freibier war Freibier –, und sobald jeder seinen Becher hatte, stellte sich Dash auf eine Bank und sprach laut genug, dass seine Stimme noch auf der anderen Seite des Raums zu verstehen war.

»Leute, glaubt es oder auch nicht, aber bin nicht wegen dem Wetter oder dem tollen Leben hergekommen. Ich wollte einfach nur etwas Frieden. Ich glaube, die meisten von euch sind aus ähnlichen Gründen hier. Habe ich recht?«

Zögerndes, zustimmendes Gemurmel ertönte, mit mehr war im Moment nicht zu rechnen. Er zog die Aufzeichnungen des Kartomagikers aus der Tasche und hielt sie in die Höhe. »Aber manchmal klopft die Gelegenheit trotzdem an die Tür, und darum bin ich jetzt hier – mit einem Vorschlag für euch alle. Es ist ein einmaliges, geheimes Angebot. Also wenn hier jemand nicht schwören kann, das für sich zu behalten, was ich jetzt verkünde, dann soll er bitte gehen. Ich werde über niemanden urteilen – ich will ihn nur nicht hier haben.«

Niemand ging. Natürlich bedeutete das keineswegs, dass er sich auf ihr Schweigen verlassen konnte, das wusste er genau. Aber er hoffte, sich auf ihre Habgier verlassen zu können.

»Ich bin kürzlich in den Besitz dieses Tagebuchs gekommen«, fuhr er fort. »Ich würde sogar so weit gehen, es eine Schatzkarte zu nennen. Ihr habt alle die Gerüchte über die neuen Länder gehört, die das Imperium im Nordwesten erschließt, der Ort, den sie Verdessa nennen.«

Seine Zuhörer gaben ihr Einverständnis kund, klangen neugierig, aber noch immer skeptisch.

»Die Bolgravianer haben einen Kartomagiker losgeschickt, um den potenziellen Reichtum dieser neuen Länder festzustellen.« Er schwenkte die Aufzeichnungen. »Er hat es nicht lebendig zurückgeschafft, aber seine Aufzeichnungen schon.«

Jetzt hatte er ihre volle Aufmerksamkeit. »Wo habt Ihr es her?«, rief jemand.

»Der Kartomagiker hat es mir gegeben«, sagte Dash. »Er wollte nicht, dass die Bolgravianer von seinem Fund erfahren, also hat er behauptet, die Mission sei ein Fehlschlag – aber mir hat er die Wahrheit gesagt. Vermutlich hat ihm mein Gesicht gefallen.«

»Es ist ein hübsches Gesicht.« Jesco konnte sich die Bemerkung nicht verkneifen. »So ehrlich, gewissermaßen.« Das brachte ihm einen Lacher ein, aber jeder der Anwesenden stellte sich eine weitaus blutigere Weise vor, wie er vermutlich daran gekommen war.

»Woher sollen wir wissen, dass es echt ist?«, fragte Sir Elgus Rhamp.

»Wie? Wir zeigen es natürlich einer Gelehrten.« Dash sprang zu Boden und legte die Aufzeichnungen vor Varahana ab. »Ihr alle kennt Mater Varahana. Sie ist nicht nur Priesterin, sondern auch eine ehemalige nyostianische Gelehrte. Sie kann meine Behauptungen bestätigen.«

Während Kemara den Heiler mit stummem Misstrauen musterte, schlug Varahana die Aufzeichnungen neugierig auf und blätterte sie schnell durch.

»Ist das echt?«, fragte Dash laut.

»Es trägt das imperiale Siegel. Es sieht echt aus«, erwiderte Varahana.

»Und was ist damit?« Er reichte ihr die Phiole mit der rötlichen Flüssigkeit, die er bei Lyam Perhans Leiche gefunden hatte.

Die Priesterin kniff die Augen zusammen, dann riss sie sie weit auf. Sie öffnete den Behälter, roch daran, dann schmeckte sie das Wasser.

»Istariol«, flüsterte sie.

Absolutes Schweigen breitete sich in dem Raum aus.

Jeder beugte sich vor und strengte sich an, die Worte der Mater zu verstehen.

»Wie rein ist die Probe?«, fragte Dash.

»Die Konzentration ist hoch – aber das könnte jeder leicht herstellen, dazu braucht man nur eine Prise Istariol und Flusswasser.«

»Aber das habe ich nicht getan. Sie war bei den Aufzeichnungen dabei. Darf ich Eure Aufmerksamkeit auf den Eintrag auf Seite siebenunddreißig lenken? Ich habe ihn markiert.«

Varahana blätterte weiter und las. »Im Ernst? Bei der Großen Herrin ... In Verdessa?«

»Im nördlichen Verdessa, in einem Fluss, der aus dem Eisherz kommt. Ein Niemandsland.«

»Die Bolgravianer beanspruchen Verdessa«, sagte Elgus Rhamp grob.

»Dazu haben sie kein Recht«, erwiderte Jesco.

»Aye.« Dash nickte. »Aber es steht außer Frage, dass wir sie umgehen müssen.«

Jedem der Anwesenden stand nun die nackte Gier ins Gesicht geschrieben – ausgenommen Varahana; sie sah nur beunruhigt aus.

Sichtlich erregt bahnte sich Elgus Rhamp einen Weg durch

die Menge nach vorn. »Ihr sagt, dort in der Wildnis gibt es Istariol? Und das Imperium weiß das nicht?«

»Das sage ich«, erwiderte Dash. »Die wertvollste Substanz auf der ganzen Welt, die nur auf uns wartet. Aber ihr alle wisst, dass das Imperium Istariol für sich beansprucht. Wenn wir die Vision und den Mut haben, es uns zu holen, dann müssen wir das unter absoluter Geheimhaltung tun. Wir holen es aus der Erde, dann verschwinden wir dort, verkaufen es in kleinen Mengen auf dem Schwarzmarkt und werden reich. Aber ich kann das nicht allein tun. Der Abbau von Istariol ist eine aufwendige Unternehmung. Darum habe ich euch alle heute eingeladen. Finden wir diesen Schatz, aber ohne eine breite Spur für die Bolgravianer zu hinterlassen, damit sie uns folgen können.«

Das traf einen Nerv, und im nächsten Moment hallten Fragen durch den Schankraum: Wie sollten sie zu der Istariolader kommen? Wie würden sie sie abbauen? Wie sollten sie das Mineral zurück ins Land schaffen, ohne dass das Imperium ihr Unternehmen zerschlug?

Dash tat sein Bestes, aber ihm wurde klar, dass immer noch beträchtliche Zweifel bestanden. An einem Ort wie diesem war Vertrauen nicht leicht zu erringen, aber zumindest waren sie ehrlich interessiert.

Oder größtenteils interessiert. »In meinen Ohren klingt das wie ein Haufen Pferdescheiße«, rief Elgus' ältester Sohn Osvard laut und streitlustig. Seine Sorte blühte bei Zwistigkeiten auf.

»Was hätte Dash von einer Lüge?«, fragte Jesco laut. Er musterte den jungen Söldner aus Pelaria kühl. Osvard schnaubte höhnisch, aber niemand schien eine Antwort zu haben. Jeder wusste, wie sehr die im Exil lebenden Otravianer das Imperium hassten. Gier tat den Rest; sie *wollten* ihm glauben, also besiegte das sämtliche Zweifel.

»Und wenn das Imperium es herausfindet?«, rief jemand.

»Sollte das jemals geschehen – nun, dann werden wir bereits weg sein«, erwiderte Dash.

»Und wie verkaufen wir es?«, wollte ein anderer wissen.

»Einige von euch kennen da bestimmt jemanden«, erwiderte Dash trocken. Mindestens die Hälfte der hier anwesenden Männer hatte Verbindungen zum Schwarzmarkt, davon war er überzeugt. »Hört zu, ich weiß, dass das keine kleine Sache ist. Meiner Schätzung nach brauchen wir fünfzig oder sechzig Männer, um dieses Vorkommen abzubauen, und die werden ihre Familien zur Unterstützung brauchen. Das Istariol zu finden wird uns Monate kosten, ganz zu schweigen davon, genug aus der Erde zu holen, damit wir alle zufrieden sind. Dann müssen wir zurück in die Zivilisation und es verkaufen. Ihr würdet eure Existenzen für mindestens ein Jahr aufgeben, und vermutlich bedeutet es sogar, dass ihr nie wieder an diesen Ort zurückkehren werdet. Aber da wartet ein Vermögen auf uns. Niemand, der sich daran beteiligt, wird jemals wieder arm sein. Einige von euch werden in ihre Heimat zurückkehren können, sie werden wieder ihr richtiges Leben aufnehmen können. Wenn ihr jemals für eine bessere Existenz gebetet habt, ist das eure Chance.«

Er blickte sich im Raum um und stellte schließlich die Frage. *»Wer ist dabei?«*

Jeder verstummte, sah den anderen an.

Dann hob Elgus Rhamp die Hand und verkündete: »Ich bin dabei, ich und meine Leute. Wir sind kampfstark genug, um dieses Unternehmen zu bewältigen.«

Das überzeugte die Hälfte der Anwesenden auf der Stelle – dann stand Mater Varahana auf, was den Raum sofort verstummen ließ. »Hat Deo die Erde nicht für uns alle mit Schätzen gefüllt?« Ihr trällernder, gebildeter Rhythmus bot einen scharfen Kontrast zu Elgus Rhamps grobem Akzent. »Hat er seinem Volk nicht gesagt: ›Holt die Ernte ein und pflückt die Früchte von meiner Hand, denn sie sind für alle gedacht?‹ Alle Menschen, vergesst das nicht, nicht nur die Bolgravianer.« Sie zeigte auf Dash. »Ich war Militärkaplanin, und ich kenne diesen Mann. Ich bürge für ihn. Ich gebe diesem Unternehmen meinen Segen.«

Dash hob dankend die Hand. »Als Beweis eures Vertrauens werde ich etwas enthüllen, das nicht viele wissen. Ihr kennt mich als Dash Cowley, aber mein wahrer Name ist Raythe Dashryn Vyre. Ein paar von euch haben vielleicht von mir gehört.«

Das leise Murmeln, das diese Enthüllung zur Folge hatte, verriet ihm, dass sie in der Tat von Raythe Vyre gehört hatten, einem von Colfars Kommandanten in dem blutigsten Aufstand gegen die bolgravianischen Eroberer. Raythe Vyre, dieser Name stand für Rebellion und Widerstand gegen das bolgravianische Imperium.

»Wie sollen wir Euch dann nennen?«, fragte jemand.

»Vor dem Gouverneur und seinen Männern bin ich ›Dash Cowley‹, aber ansonsten könnt ihr mich Raythe nennen. Und jetzt kennt ihr mein dunkelstes Geheimnis«, sagte er. »Und nur für den Fall, dass sich jetzt jemand fragt, ob es nicht einfacher wäre, den Gouverneur über mich und meinen verrückten Plan zu informieren, lasst mich Folgendes sagen: Von den paar Silbermünzen für euren Verrat werdet ihr nicht viel haben, dafür riskiert ihr ein Messer in den Rücken von jemandem, der hier wirklich mitmachen will.«

Sir Elgus Rhamp schlug auf den nächsten Tisch. »So jemanden gibt es nicht unter uns«, brüllte er und starrte finster in die Runde, als würde allein sein Wille dafür sorgen. »Wozu ist das Leben gut, wenn nicht für solche Chancen?«

Nach diesen Worten brüllten seine Männer ihre Zustimmung, hämmerten auf die Tische, pfiffen und johlten, und die letzten Einwände wurden vom Jubel hinweggefegt.

Jesco jubelte energisch mit ihnen, aber Vidar blieb ruhiger. Stumm trank er sein Ale und betrachtete die begeisterten Zecher. Und Zarelda blickte sich im Schankraum um und erinnerte sich vermutlich an ähnliche Szenen, als Dash für Colfar Leute rekrutiert hatte ...

Und diese Menschen, die damals meinem Ruf gefolgt sind, sind größtenteils tot ...

Eine Stunde später hielt Raythe Vyre das erste Treffen mit den Personen ab, die er als seine Hauptleute ansah. Sir Elgus Rhamp betrachtete das vermutlich keinesfalls auf diese Weise, aber daran ließ sich nichts ändern. Die anderen waren Jesco Duretto, Vidar Vidarsohn, Mater Varahana, Kemara Solus, Gravis Schankwirt, und nachdem Rhamp darauf bestanden hatte, drei seiner Leute: seine Frau Tami sowie seine ältesten Söhne Osvard und Banno. Zar saß still in der Ecke, wo ihr kaum jemand Beachtung schenkte, aber sie hörte aufmerksam zu.

Halte unsere Verbindung geheim, signalisierte Raythe der Frau, bevor er sich räusperte, um anzufangen. Aber Kemara kam ihm zuvor und erhob sich.

»Schafft dieses Schwein hier raus«, knurrte sie und zeigte mit dem Finger auf Osvard Rhamp.

»Wo liegt das Problem?«, fragte Raythe, während der streitlustig aussehende Osvard die Heilerin finster anstarrte, aber dann fiel es ihm wieder ein. Einen Monat zuvor hatte sie Osvard im Schankraum die Nase gebrochen, nachdem er sie befummelt hatte.

»Friede«, knurrte Sir Elgus. »Heilerin, er hat seine Lektion gelernt.«

»Er hat sich entschuldigt, und wir haben ein Bußgeld bezahlt«, fügte Banno, der jüngere Sohn, hinzu. Im Gegensatz zu seinem älteren Bruder war er ein ernsthafter Junge mit einem offenen Antlitz. »Es ist alles vergessen.«

»Wirklich?« Kemara schnaubte verächtlich.

Osvard erweckte nicht den Anschein, als hätte er alles vergessen, aber unter dem energischen Blick seines Vaters senkte er den Kopf. »Ich war betrunken und habe dafür büßen müssen«, sagte er mürrisch. Unbewusst berührte er die schiefe Nase.

»Es ist alles in Ordnung«, mischte sich Tami ein und legte die Hand auf Rhamps Arm. »Ossi wird tun, was man ihm sagt.«

So ist das also, dachte Raythe und hielt seine Miene unbewegt. *Tami hat ihr Bett gemacht – und zwar im wahrsten Sinne des Wortes. Aber vermutlich brauchte sie nach dem Scheitern der Rebellion Schutz.*

Für diesen Schutz hatte sie sich nicht an ihn gewandt, und einen Augenblick lang vermisste er sie schrecklich, obwohl es zwei Jahre her war, dass sie Liebende gewesen waren.

»Heilerin«, wandte er sich an Kemara, »seid Ihr damit zufrieden?«

»Nein, aber ich dulde ihn«, erwiderte sie.

»Vergebung ist Gotteswerk«, bemerkte Mater Varahana. »Muss ich euch daran erinnern, dass *Novate* Kemara ihr Gelübde als Laienschwester abgelegt hat? Damit genießt sie den vollen Schutz der Kirche.«

»Ich habe verstanden«, grollte Sir Elgus. »Können wir endlich weitermachen?«

»Ausgezeichnet.« Raythe wandte sich wieder Varahana zu. »Was ist mit Euch, Mater? Ich weiß, Ihr habt uns Euren Segen gegeben, aber werdet Ihr uns begleiten?«

»Ich muss darüber nachdenken, wo meine Pflicht liegt.«

»Bleibt oder geht mit, aber da ist auch die Frage, was Ihr Euren Vorgesetzten sagen wollt«, erinnerte Raythe sie.

»Aye, das ist auch meine Pflicht.« Varahana tat so, als würde sie intensiv nachdenken. Dann sagte sie: »Wollen wir ehrlich sein. Ich wurde von der Universität und meinen Studien verbannt, weil ich mich öffentlich gegen das bolgravianische Imperium und seine Annexion der Kirche ausgesprochen habe. *Deo* ist Gott und nicht irgendein Imperator, der in Reka-Dovoi auf dem Thron sitzt. Mein Herz und mein Verstand sprechen da eine eindeutige Sprache. Ich werde eure Expedition begleiten, und ich werde sie nicht verraten.« Nachdenklich schwenkte sie den Rest ihres Weins in dem Pokal. »Außerdem brauchen Männer ihren Gott am meisten, wenn es um Reichtum und Gefahr geht.«

»In der Tat mehr als je zuvor«, meinte Sir Elgus. »Das weiß ich aus Erfahrung.« Misstrauisch blickte er von der kahl rasierten Priesterin zu Raythe. »Ich muss die Frage stellen: Was ist Eure Geschichte, Dash … äh, Raythe?«

»Varahana, mein Freund Jesco und ich haben alle in Colfars Rebellion gekämpft. Wie Ihr seht, sind wir alle davongekommen und haben seitdem Kontakt gehalten.«

»Colfar war ein tapferer Narr.«

»Da widerspreche ich nicht, aber lasst uns auch nicht schlecht von den Toten sprechen.« Raythe hob die Aufzeichnungen. »Wir haben wichtigere Dinge zu besprechen. Wenn wir das schaffen wollen, müssen wir schnell handeln. Die meisten der Leute, die wir eingeladen haben, wurden ausgewählt, weil sie Jäger und Fallensteller sind. Sie schlagen nirgendwo Wurzeln und wissen, wie man schnell und effektiv reist. Also sollten wir meiner Ansicht nach ziemlich schnell untertauchen können. Trotzdem wird es den Behörden auffallen, wenn fünfzig Familien einfach so verschwinden. Man wird uns mit Sicherheit jagen.«

»Auch meine Leute reisen mit wenig Gepäck«, verkündete Elgus.

»Aber ich habe meine Brauerei und meine Destille«, sagte Gravis. »Das kann ich nicht alles zurücklassen. Ich bin Brauer, kein Bergmann.«

Elgus schlug ihm auf den Rücken. »Keine Sorge, Schankwirt, wir gehen nirgendwo ohne dich hin. Nicht ohne dein Bier.«

»Das wird keine fröhliche Landpartie«, warnte Raythe. »Wir werden vom Antlitz der Erde verschwinden. Der Kartomagiker hat die Istariolspuren in einem Fluss gefunden, der aus dem Eisherzen kommt. Das bedeutet, dass wir mindestens ein Jahr lang von dem leben müssen, was wir mitnehmen. Wir werden Wagen, Pferde, Ochsen, Wasserträger und Getreidewagen brauchen, Ersatzkleidung und Decken, Waffen – was man so alles braucht. Ganz zu schweigen von Heilern, Schmieden, Handwerkern, Bogenmachern, Seilmachern, Radmachern – sämtliche essenziellen Fertigkeiten, die ein Dorf benötigt, um überleben und gedeihen zu können.«

»Wie werden wir das Istariol abbauen, sobald wir es gefunden haben?«, wollte Osvard wissen. »Wir können nicht durch soliden Felsen und Eis graben.«

Raythe wollte antworten, aber Mater Varahana hielt ihn mit einer Geste ab, denn im Grunde war sie noch immer die Akademiedozentin und erklärte es mit energischen und klaren Worten. »Die Tatsache, dass so viel Istariol in den Fluss dringt, besagt, dass es sich nahe der Oberfläche befinden muss, möglicherweise in natürlichen Höhlen. Eine der Eigenschaften von Istariol besteht darin, dass seine Anwesenheit zu geothermischen Aktivitäten führt, die den Boden unnatürlich warm halten.«

»Und was bedeutet das praktisch?«, fragte Vidar.

»Wo Istariol ist, ist die Region wärmer, feuchter und fruchtbarer«, erklärte Varahana. »Forscher haben Flecken mit üppiger Vegetation und angenehmem Klima noch Hunderte Meilen innerhalb des Eisherzen gefunden, und dafür ist das Vorhandensein von Istariol verantwortlich. Möglicherweise schweben sogar Felsinseln Hunderte von Fuß über dem Boden. Unter bestimmten Umständen ist Istariol leichter als Luft – in den alten Tagen, bevor das Imperium auf diesem Kontinent das ganze Istariol ausgegraben hat, waren fliegende Felsen ein alltäglicher Anblick. Manche hatten einen Durchmesser von Hunderten von Fuß.«

»Das muss man sich mal vorstellen«, hauchte Zar.

Banno Rhamp sah sie an, als würde er sie das erste Mal sehen, und lächelte.

Raythe schürzte die Lippen, als seine Tochter das Lächeln schüchtern erwiderte, aber im Augenblick hatte er dringendere Sorgen. »Ich habe einen groben Plan erstellt. Wir brauchen zwei Wochen, um uns für den Aufbruch vorzubereiten. Also verschwinden wir an dem Tag, nachdem Falkenstein und seine Grenzwächter ihre monatliche Patrouille an diesem Ende der Provinz beendet haben. Wir nehmen die alte Küstenstraße nach Norden.«

»Die Geisterstraße«, murmelte Banno. »Klingt passend.«

Die Geisterstraße war eines der unvollendeten Projekte des verlorenen und unbetrauerten Imperiums von Magnia, bevor das bolgravianische Imperium den Westkontinent unterworfen hatte. Sie schlängelte sich meilenweit durch den Wald und bestand aus festgetretener Erde. Niemand wusste genau, wo sie endete, aber es bestand nicht der geringste Zweifel, dass sie den schnellsten und unverdächtigsten Weg aus Teshveld bot.

»Wir verschwinden wie Geister«, scherzte Raythe.

»Oder sind am Ende genauso tot«, knurrte Kemara.

»Seid Ihr dabei oder nicht?«, fragte Tami sie geradeheraus.

»Ich bin dabei«, erwiderte Kemara. »Ich werde nur nicht alles blindlings akzeptieren, was man mir sagt.«

Raythe erhob sich von seinem Platz und wandte sich Sir Elgus zu. »Und nur damit das von Anfang an klar ist: Das ist meine Idee, und ich habe den Befehl.«

Der Ritter stand ebenfalls auf. »Ich bringe fünf Dutzend gedrillte Krieger zu diesem Unternehmen mit. Das ist so ziemlich die einzige Streitmacht, die Ihr habt. Ich erkenne an, dass es Eure Idee ist, aber ich sollte ein gleichwertiger Partner sein.«

Sie maßen sich mit Blicken.

Zauberei benötigte Zeit und Kraft, Worte und Gesten. In jedem Kampf waren die entscheidenden Sekunden, die benötigt wurden, um einen Zauber einzusetzen, die Sekunden, in denen Zauberer starben. Schlachtfelder benötigten Waffen und keine Magie, es sei denn, man war gut geschützt und hatte ausreichend Zeit zur Vorbereitung. Aber nicht jede Zauberei war Schlachtfeldmagie, und Raythe hatte Cognatus seit Beginn der Besprechung unsichtbar zwischen den Dachbalken schweben lassen. Er machte eine Geste, und der Familiar landete auf seiner Schulter, was ihm gerade genug der Sicht eröffnete, um in die Seele des Ritters blicken zu können.

Er sah einen Mann, der von seinen Niederlagen heimgesucht wurde, den die Geister der Männer, die er gegen Bolgravia ins Feld geführt hatte, an den Rand der Welt gedrängt hatten. Da waren verlorene Schlachten und kostbare Leben, die in den Schlamm getrampelt worden waren. Er war ein Polterer, der der Welt eine eiserne Maske zeigte, sich aber dahinter zusammenkauerte.

Raythe legte einen Hauch von *imperium* in seine Stimme: Kontrolle. »Ich glaube, wir wissen alle, dass die Führung dieser Gruppe sowohl Wissen als auch Kraft erfordern wird. Ich weiß, was wir suchen und wie man es benutzt. Ich bin ein Praxxiszauberer und ein Adliger aus Otravia. Ich wurde geboren, um zu führen, und Ihr solltet mir glauben, wenn ich Euch sage, dass mir alles Nötige zur Verfügung steht, um genau das zu tun. Das ist *meine* Expedition. Wir werden die Beute gleichmäßig teilen – und ich meine auch gleichmäßig, bis zur kleinsten Familie oder dem letzten Fallensteller. Wir Anführer werden die Entscheidungen treffen, aber falls wir zu keiner Einigung kommen, wird die entscheidende Stimme die meine sein.«

Er sah, wie Elgus in seinem Inneren nach Trotz suchte, aber angesichts Raythes Erklärung brach der Widerstand unausgesprochen zusammen.

»Aye«, murmelte der Ritter, »es ist Eure Idee. Wir arbeiten mit Euch zusammen.«

»Vielen Dank«, sagte Raythe ernst. Er blickte sich im Raum um und schätzte die Reaktionen ein. Osvard und Banno schien die unerwartete Kapitulation ihres Vaters zu verblüffen, während der Rest sichtlich erleichtert war, dass der angespannte Augenblick vorüber war. Ausgenommen Kemara. Nur ein anderer Zauberer wäre dazu imstande gewesen, den Einsatz so subtiler Magie zu bemerken, aber sie musterte ihn mit einem seltsamen Gesichtsausdruck. Er war fest davon überzeugt, dass sie etwas von Cognatus' Anwesenheit bemerkt hatte.

Ist sie möglicherweise ein latentes Talent? Wenn das der Fall war, konnte das von Vorteil sein. Er nahm sich vor, mit ihr darüber zu sprechen, sobald sich die Gelegenheit dazu bot.

Aber im Augenblick hatte er, was er wollte. »Dann sind wir uns alle einig«, sagte er. »Wir haben zwei Wochen, um unser Leben einzupacken. Und falls jemand auch nur ein Wort zu Falkenstein und seinen Grenzwächtern sagt, dann solltet ihr mir besser glauben, wenn ich sage, dass die Flammengrube zu gut für sie sein wird.«

DREI

Falkenstein

Siebenundachtzig, achtundachtzig, neunundachtzig …

Kemara Solus zog die Bürste durch ihre langen, scharlachroten Locken und fragte sich, ob sie richtig daran tat, sich dieser verrückten Expedition anzuschließen.

Ich hatte geglaubt, dieses Kloster würde mich noch eine Weile länger verbergen … Aber nein, die Straße rief sie wieder.

»Dash Cowley«, der sich jetzt anscheinend Raythe Vyre nannte, war offensichtlich nicht zu trauen, auch wenn Mater Varahana ihm sichtlich zugeneigt war. Otravianische Exilanten wollten nur eine Sache: die Rebellion wieder entfachen, und Vyre gehörte zu jenen, die die Flöten spielten und den Tanz in den hoffnungslosen Krieg anführten. Und sein Blick jagte ihr einen Schauder ein; sie wollte nicht, dass die Augen des Zauberers auf sie gerichtet waren.

Er ist die letzte Person, in deren Nähe ich sein sollte …

Aber sein verrückter Plan bot ihr Hoffnung. Nur Geld allein konnte Sicherheit kaufen, und Istariol, das magische Pulver, das große Magie entfachte, war mehr wert als Gold.

Also hatte sie ihre Kräuter eingepackt, während das alte Kloster schlafen ging. »Istariol«, flüsterte sie und schmeckte das Wort auf der Zunge. »Blutstaub. Gardas Tränen. Mondfeuer.«

»Aye«, sagte eine leise Stimme von der Tür. »Ich fürchte, es ist eine gefährliche Suche.«

Mater Varahana hatte einen leisen Schritt.

»Mater, ich habe Euch nicht gehört«, sagte Kemara, während ihre Vorgesetzte eintrat und sich setzte.

»Ihr habt wunderschönes Haar«, sagte Varahana und betrachtete sich selbst im Spiegel. »Ich glaube, ich werde mir auch weiterhin den Kopf rasieren. Mein Haar ist nie mehr als ein Ärgernis gewesen, und dieser Stil betont alle meine guten Seiten.«

»Ich glaube nicht, dass es dabei um modisches Aussehen gehen soll, Mater.«

»Alles ist eine modische Wahl, meine Liebe.«

Diese Bemerkung war so untragbar für eine Priesterin, dass Kemara ihre Worte nicht zurückhalten konnte. »Warum habt Ihr nur jemals das Gelübde abgelegt?«

»Das war nicht meine Entscheidung«, erwiderte Varahana. »Meine Familie wollte keine Frau als Oberhaupt, erst recht keine nyostianische Gelehrte mit *Liberali*-Ansichten, also zwang man mich nach dem Tod meines älteren Bruders in die Kirche, damit mein jüngerer Bruder als *paterfamilias* übernehmen konnte.«

»Das ist leider nicht ungewöhnlich«, sagte Kemara mit grimmigem Mitgefühl.

»Oh, es wurde noch schlimmer. Ich habe es gewagt, die Nachgiebigkeit der Kirche dem bolgravianischen Imperator gegenüber zu kritisieren, und wurde an diesen Ort hier verbannt«, sagte Varahana mit brüchiger Fröhlichkeit. »Ich hatte eine Bibliothek – jetzt habe ich nur noch ein Buch, das voller ›göttlicher Wahrheit‹ ist. Ich fühle mich so wohl wie ein Schwein im Schlamm, meine Liebe. Aber was ist mit Euch? Werdet Ihr das volle Gelübde ablegen?«

Kemara schnaubte. »Ich bin nur eine Novate geworden, um meine Heilerinnenlizenz zu bekommen. Und ich mag meine Haare.«

»Ich auch.« Varahana berührte Kemaras scharlachrote Locken und seufzte. »Wie kommt Ihr mit Euren Vorbereitungen voran?«

Varahana hatte wie versprochen ihren Vorgesetzten in Falcombe nichts von Raythes Mission verraten, genauso wenig wie die unmittelbar bevorstehende Abreise ihrer Klostergemeinschaft.

»Ich bin bereit«, berichtete Kemara.

»Aber Ihr vertraut Raythe doch offensichtlich nicht?«

»Ich ... nun, er ist ein Praxxiszauberer.«

»Und laut des Diktats von Elymas damit von Deo gesegnet.« Varahana kicherte leise.

»Daran glaube ich nicht.«

»Dass die Gaben eines Zauberers von Deo kommen? Ein Diktat der Erzmater hat den Status der Heiligen Schrift, vergesst das nicht.« Aber Varahanas Tonfall deutete darauf hin, dass sie da einer Meinung waren und keineswegs mit den Schriften von Erzmater Elymas übereinstimmten.

»Ich habe Zauberer kennengelernt«, sagte Kemara. »Sie gehören zu den am wenigsten göttlichen Menschen, die mir je begegnet sind.«

»Trotzdem steht es uns nicht zu, das infrage zu stellen«, bemerkte Varahana mit sanftem Sarkasmus. »Jedenfalls war Raythe einer der besseren Befehlshaber während der Rebellion. Ich würde ihm mein Leben anvertrauen.«

Sie sprach mit solcher Zuneigung, dass sich Kemara fragte, ob die Priesterin in Raythe verliebt war. »Ich hatte schon von ihm gehört«, gestand sie ein, »aber die Leute haben ihn als Diener des Bösen bezeichnet.«

»Nur seine Feinde«, erwiderte Varahana scharf. »Er hat seine Division gut geführt, hat Männer aus mindestens sieben Nationen zu einer Streitmacht vereint und uns durch ein paar wirklich schreckliche Situationen gebracht. Ich war seine Kaplanin. Seine Männer haben ihn geliebt.«

»Nun, ich bin gegen seinen Charme immun, aber ich vertraue auf Euer Wort in dieser Sache, Mater.«

»Skeptizismus kann auch gesund sein«, meinte Varahana.

»Davon gibt es in dieser Kirche viel zu wenig, obwohl uns allen auch Gehirne gegeben wurden und nicht nur Knie. Aber ich lasse Euch jetzt in Frieden.« Sie schlug das Segenszeichen über Kemaras Kopf und ging so lautlos, wie sie gekommen war.

Als sie weg war, zog Kemara den rechten Ärmel in die Höhe und musterte die Tätowierung aus Stab und Sichelmond, das Zeichen des Zauberlehrlings, das an der Unterseite ihres Unterarms mit verblichener Tinte gestochen war. Einen Augenblick lang erfüllte das Brausen der Flammen und die Schreie einer geliebten Person ihre Ohren. Sie flüsterte Gebete, bis der unterdrückte Hass schwand und sie keuchend und verschwitzt zurückließ.

Die zwei Wochen flogen in fiebriger Hast vorbei. Teshveld war weniger eine Gemeinschaft als vielmehr eine Ansammlung von Jägern, Fallenstellern und Fischern, Kleinbauern und Flüchtlingen, die alle mürrisch und voreinander auf der Hut waren. Aber bis jetzt war niemand aus den Rängen ausgebrochen und zum Gouverneur in Sommahafen geeilt, zumindest nicht, soweit Raythe wusste. Die imperialen Patrouillen kamen im regelmäßigen und bekannten Zyklus vorbei, was die Geheimhaltung erleichterte.

Die meisten der ungefähr vierzig Individuen, die in der Schenke gewesen und mit der Reise einverstanden gewesen waren, hatten Familien. Ein paar davon kannten andere, die nicht dort gewesen waren, aber interessiert sein würden, und man war an sie herangetreten und hatte ihnen vorsichtig auf den Zahn gefühlt, sie dann zur Geheimhaltung verschworen. Raythe machte sich Sorgen, aber während die Tage verstrichen, kam er langsam zu dem Schluss, dass ihr Geheimnis nicht bekannt werden würde. Die Expedition wuchs auf sechzig Familien an, dazu kamen viele alleinstehende Männer, hauptsächlich Jäger und Fallensteller, und die Söldner in Rhamps Diensten. In wenigen Tagen würden fast 300 Seelen zur Geisterstraße aufbrechen.

Aber an einem kalten Nachmittag trabte Larch Falkenstein,

Hauptmann der Grenzwächter des Gouverneurs – die Schläger, die im abgelegenen Teshveld als Ordnungshüter durchgingen –, auf Raythes Hof. Begleitet wurde er von einem Dutzend Männer, die mit Säbeln und ein paar Musketen bewaffnet waren. Es wurde still; selbst die Vögel im Wald verstummten.

Raythe sägte mit nacktem Oberkörper Holz, Schweiß rann seinen Rücken hinunter. Sein alter Wagen lag in die Einzelteile auseinandergenommen in der Nähe, während er die Achsaufhängung reparierte. Es war unmöglich, zu verbergen, was er da tat, also richtete er sich auf. Seine Gedanken rasten. *Was hat Falkenstein hier zu suchen?*

»Meister Cowley«, rief der Hauptmann der Grenzwächter und warf einen misstrauischen Blick auf Zar, die auf der Veranda Erbsen schälte. »Was habt Ihr vor?«

Raythe legte die Säge weg, streckte die schmerzenden Hände und schaute ihn an. »Reparaturen, Hauptmann.« Die Grenzwächter hatten bestenfalls einen schlechten Ruf, und ihr heutiges Verhalten deutete darauf hin, dass sie mit Ärger rechneten. Und den würde es garantiert geben, sollte Falkenstein die erbeuteten bolgravianischen Musketen im Haus finden.

»Ist jemand krank?«, fragte Raythe und hoffte trotz allem auf eine simple Erklärung.

Falkenstein war ein korpulenter Mann mit lederartiger Haut und einem dichten Bart. Er beugte sich im Sattel vor. »Sie haben eher den Verstand verloren«, sagte er mit seinem breiten Akzent. »Ich habe mit Orban Croft gesprochen, und er hat gesagt, dass hier Leute wegen Dash Cowley alles zusammenpacken, aber er hat keine Ahnung, warum sie das tun. Und da seid Ihr und macht Euren Wagen bereit.«

Orban Croft, dieser neugierige Mistkerl …

Hatte jemand das Wort »Istariol« oder den Namen »Raythe Vyre« in Larch Falkensteins Ohr geflüstert? Das war hier die alles entscheidende Frage. Croft hatte nicht an der Zusammenkunft teilgenommen – was hatte man ihm erzählt? Und wer?

»Davon höre ich zum ersten Mal«, erwiderte Raythe höflich. Er verbarg sein Entsetzen. Sein Schwert und seine Pistole lagen in der Hütte.

»Das ist ja ein dürrer Kerl«, schnaubte einer von Falkensteins Männern höhnisch.

Piper, oder?, dachte Raythe. Ja, er war schlank, aber er war auch muskulös, und es gab viele Narben, die er sich in der Schlacht verdient hatte, die letzte von der Bleikugel eingeschlossen, die man nach Colfars letztem Kampf aus ihm herausgeschnitten hatte. Er konnte sich nicht vorstellen, dass Falkensteins Männer mit ehrenvollen Wunden prahlen konnten; sie nagten nur am Fett des Landes. Aber dreizehn gegen zwei – von denen einer ein halbwüchsiges Mädchen war –, das war genau die Art von Chance, die Falkensteins Männern gefiel.

»Orban Croft hat da bestimmt wie üblich etwas durcheinandergebracht«, meinte er. »Ich habe mich hier niedergelassen.«

Falkenstein musterte ihn zweifelnd. »Sagt Euch der Name ›Gospodoi‹ etwas?«

»Natürlich. Der bolgravianische Lord, dessen Gruppe vor ein paar Wochen bei mir war. Einer von ihnen war krank, aber ich konnte ihm helfen.« Raythe hielt kurz inne, als müsste er nachdenken, dann fuhr er fort: »Ich bin mir ziemlich sicher, dass sie nach Osten weitergereist sind.«

Verwirrt verzog der Hauptmann das Gesicht. »Gouverneur Veterkoi hat gerade einen Brief von seinem Amtskollegen in Falcombe bekommen, der anfragt, warum Lord Gospodoi nicht zurückgekehrt ist.«

»Ich habe nicht die geringste Ahnung. In die Richtung ist er aufgebrochen. Aber die Straßen zwischen hier und Falcombe sind nicht gerade sicher.« *Und woher sollte der Gouverneur überhaupt von seinem Kommen wissen?*

Falkenstein beantwortete seine unausgesprochene Frage. »Lord Gospodoi hat einen Vogel vorausgeschickt, um dafür zu sorgen, dass seine Unterkunft bereit ist.« Er strich sich über den

Bart. »Wir werden uns mal umsehen, ja? Uns vergewissern, dass hier nichts von den Besitztümern des Lords in der Ecke liegt.«

Zar warf ihm einen ängstlichen Blick zu, was nicht unbemerkt blieb.

»Macht sich die Kleine wegen was Sorgen?« Piper grinste hämisch. »He, Zweigenbein, was ist los mit dir?«

»Gar nichts«, gab Zar hitzköpfig zurück, »aber was mit dir los ist, ist offensichtlich.«

»Komm mir nicht dumm, Mädchen«, knurrte Piper und schwang sich aus dem Sattel. Er ging auf sie zu. »Eure Kleine braucht eine Tracht Prügel, Cowley. Ich kümmere mich darum.«

Raythe vertrat ihm den Weg. Er reichte dem Mann bis zur Brust. »Falkenstein, pfeift Euren Hund zurück«, rief er.

Piper ballte die Faust. Raythe fixierte den Grenzwächter mit einem finsteren Blick. »Lass es.«

Der Schläger war nicht beeindruckt. »Oder was, kleiner Mann?«

»Willst du das wirklich herausfinden?«

»Verpiss dich!«, knurrte der Grenzwächter und versetzte Raythe einen Stoß gegen die Brust ...

... aber Raythe war längst nicht mehr da. Er trat einen Schritt zur Seite und drehte sich, was die Hand des Mannes harmlos an ihm vorbeischießen ließ. Gleichzeitig riss er das Knie in die Höhe und rammte es Piper in den Schritt. Dabei ergriff er den Arm des Grenzwächters und zerrte ihn herum. Piper stieß krampfhaft die Luft aus, klappte zusammen und landete auf dem Rücken. Raythe stellte den Fuß fest auf seinen Hals. Pipers Gesicht lief rot an, während er vergeblich nach Luft rang.

Ein halbes Dutzend Klingen waren bereits gezogen, und drei Männer nahmen die Musketen und machten sie schussbereit – da öffnete sich die Hüttentür und enthüllte Jesco Duretto, der seine Muskete im Arm hielt. Ihr Hahn war gespannt. Er grinste breit. Einen Moment später erschien Vidar Vidarsohn hinter der Hütte und schwang mit tiefem Knurren eine riesige Holzfälleraxt.

»Ich wette, das hat wehgetan«, sagte Jesco hämisch zu Piper. »Du wirst bestimmt eine Woche lang Falsett singen.« Er richtete die Muskete auf den nächsten Grenzwächter. »Aber wenigstens lebt er noch, was?«

Der Wächter erstarrte.

»Halt!«, bellte Falkenstein, und seine Männer hatten genug Disziplin – oder waren sich ihrer Sterblichkeit bewusst –, um dort zu verharren, wo sie waren. Jescos einschüssige Muskete war auf drei Männer gerichtet, aber Vidars Knurren saugte die Luft aus ihren Lungen, und sie erstarrten wie ein Hirsch im Angesicht eines Wolfs. Urängste überwältigten ihren natürlichen Trotz.

»Dazu besteht keine Notwendigkeit, Hauptmann«, sagte Raythe ruhig. »Eure Bolgravianer sind nicht hier. Versucht es auf der Straße nach Falcombe.«

Jesco zielte jetzt auf den Hauptmann. Die Grenzwächter berechneten mit angespannten Mienen ihre Chancen. Möglicherweise standen sie zu ihren Gunsten, aber wenn es losging, würden einige von ihnen definitiv dabei sterben.

Einen Augenblick lang rangen Stolz und Furcht auf Falkensteins Gesicht, dann spuckte er aus. »Ihr vergesst Euren Platz, Cowley. Der Gouverneur hat uns das Recht verliehen, dahin zu gehen, wo wir hinwollen.«

»Gibt er euch auch das Recht, Kinder einzuschüchtern, oder dient das nur eurem eigenen Vergnügen?«

Falkenstein kniff die Augen zusammen, aber er machte eine Geste. Zögernd senkten seine Männer ihre Feuerwaffen und steckten die Säbel zurück in die Scheiden. Nicht, dass Raythe das beruhigte, denn Klingen konnten sofort wieder gezogen werden. Aber Jescos Muskete und Vidar stellten ebenfalls eine deutliche Bedrohung dar, also nahm er den Fuß von Pipers Hals und holte seine Axt vom Holzstapel.

Piper rollte sich herum und rang würgend nach Luft. Als er wieder zu Atem gekommen war, schaute er mit einem mörderischen Blick zu Raythe hoch. Seine Hände zuckten.

»Ist es wirklich wert, deswegen zu sterben?«, fragte Raythe leise und klatschte mit dem Axtschaft in die linke Handfläche.

Benommen und mit finsterer Miene kämpfte sich Piper auf die Beine. »Du solltest nicht ...«, setzte er an, aber seine Stimme kam in einem atemlosen, krächzenden Quieken heraus, also verstummte er.

Raythe wandte sich wieder an Falkenstein. »Müssen wir diese Unterhaltung von vorn beginnen, Hauptmann?«

Falkenstein bedachte seine Möglichkeiten. Legal gesehen konnte er tun, wonach immer ihm der Sinn stand; für gewöhnlich wurde jeder, der ihm Widerstand leistete, nach einer inspirierenden Tracht Prügel in Sommahafen in eine Zelle geworfen. Aber das waren hauptsächlich Dorfbewohner ohne Kampfausbildung und kein Otravianer im Exil, der offensichtlich mehr als nur ein Heiler war. Er legte die Stirn in Falten, dann befahl er Piper, wieder aufzusitzen. Er wandte sich Raythe zu.

»Ihr geht zu weit, Cowley«, knurrte er. »Ihr alle.«

»Ich habe gesehen, wie ein Mann ein junges Mädchen bedroht«, mischte sich Jesco ein. »Ich glaube, Euer Abschaum geht zu weit.«

Falkenstein grunzte, dann zog er an den Zügeln und wendete das Pferd. »Wir kommen wieder«, versprach er, bevor er die Hand hob und losritt. Die Männer folgten ihm.

Raythe sah den Reitern nach. Ihm entging nicht, dass sie jetzt langsamer wurden und nicht etwa schneller.

»Bleibt wachsam«, warnte er. »Zar, geh rein.«

»Aber Va...«

»Geh rein!«, fauchte Raythe, als die Reiter plötzlich johlten, die Pferde herumrissen und den Weg entlanggaloppierten. Klingen blitzten im matten Licht, als sie aus den Scheiden gerissen wurden.

In der Schlacht geschärfte Instinkte traten sofort in den Vordergrund: Jesco zielte und drückte ab, der Hahn schnappte zu und entzündete das Pulver in der Pfanne, die Muskete brüllte auf, spuckte Feuer und füllte die Luft mit schwarzem Qualm. Im nächsten Augenblick warf einer der Reiter die Arme in die Höhe und stürzte rücklings von seinem Tier.

Jesco zog das Schwert, Vidar knurrte wie ein Wolf und bleckte die Zähne.

Raythe ließ sich auf ein Knie fallen und rief: *»Cognatus, animus!«*

Seine Sinne brüllten auf, Licht zuckte durch seinen Schädel, als er fühlte, wie Cognatus in ihn eindrang. Sein Familiar erfüllte seine Sinne, blickte durch seine Augen und verband sich mit seinem Verstand. Seine unmittelbare Umgebung knisterte plötzlich voller Möglichkeiten, aber er war noch immer durch eine Klinge oder eine Bleikugel verwundbar.

Die Schützen der Grenzwächter blieben zurück, um nachzuladen, aber der Rest schwang die gekrümmten Säbel und stürmte herbei.

»Praesemino!«, rief Raythe – *bereite dich vor* –, und während Cognatus seine Glieder mit Macht flutete, fiel die Lufttemperatur deutlich spürbar.

Aber der Feind war fast da …

Jesco stellte sich vor ihn, so wie er es immer tat – und zu seiner Überraschung schloss sich Vidar ihm an, selbst als die Menschenmaske, die sein Bärentum verbarg, verrutschte und sich seine Züge verzerrten.

»Immer muss ich das tun«, beschwerte sich Jesco, während die Reiter auf sie zugaloppierten, »aber es ist schön, Gesellschaft zu haben. Willkommen bei uns, Vidar – betrachte dich einfach als Raythes Schild.«

Vidar hob die Axt und brüllte auf; sein Mund füllte sich mit scharfen Zähnen.

»So ist's richtig«, sagte Jesco im Plauderton. »Obwohl ich dich warnen sollte, es ist eine undankbare Aufgabe.«

Im nächsten Augenblick fielen die Angreifer über sie her, die Pferde stiegen auf die Hinterbeine, während die Reiter zuschlugen. »Los geht's«, rief Jesco, parierte einen Hieb und stieß seinem Gegner die Klinge in die Seite. Der Mann kreischte auf, riss an den Zügeln und trieb das Pferd aus der Reihe. Vidar brüllte vor Zorn, als sich beschlagene Hufe vor ihm in die Luft erhoben; er hieb dem Tier die Axt in die Kehle, und es stürzte und begrub den Reiter unter sich. Ein Schrei wurde plötzlich abgeschnitten.

Zar brüllte etwas aus der Tür und schoss mit der Armbrust, aber der Bolzen flog irgendwo hin. Sie schrie vor Zorn.

Endlich waren Raythe und Cognatus bereit. »*Paratus!*«, rief er, während er *Caeli,* die Rune der Luft, zeichnete. »*Impetus potentia nunc!*« Ein Schwall aus Macht löste sich aus seiner Handfläche und traf die Reitergruppe. Tiere und Menschen flogen durcheinander, Knochen brachen, und Köpfe schlugen mit hässlichen Geräuschen auf dem Boden auf.

»Aber es ist befriedigend«, fuhr Jesco fort und redete auf den benommenen Vidar ein, als würden sie in Gravis' Schenke sitzen und einen Becher teilen. »Ich liebe es, wenn er das tut.«

Vidar brüllte, und das auf ihn zukommende Pferd scheute zur Seite, kollidierte mit einem anderen und ging in die Knie, zerrte seinen Reiter mit sich. Jetzt, da nur noch ein halbes Dutzend Grenzwächter im Sattel saßen, kam Falkenstein zum Vorschein, der mit der Pistole zielte.

»*Habere scutum!*«, rief Raythe, und diesmal schickte Cognatus durchsichtige Energie aus, die einen Schild wie aus Glas formte. Falkensteins Pistole knallte, aber die Kugel traf die unsichtbare Mauer und fiel zu Boden, um harmlos zwischen den zerschlagenen Männern und Tieren liegen zu bleiben.

»Jee-hah!«, brüllte Jesco. Er stürzte sich ins Chaos und hieb jeden nieder, der auf die Füße zu kommen versuchte. Dann sprang Vidar – ein riesiger Sprung von ganzen zehn Schritten – und riss einen weiteren Mann zu Boden. Als der Bärenmann ihm mit dem einzigen Hieb einer gewaltigen Klaue die Kehle herausriss, verließ die wenigen übrig gebliebenen Grenzwächter der Mut. Sie galoppierten los, mit Falkenstein an der

Spitze. Die, die am Boden lagen und sich noch bewegen konnten, kämpften sich langsam und voller Schmerzen auf die Füße und humpelten davon. Sie ließen acht Tote und vier Pferde, die nie wieder laufen würden, zurück.

Raythe stöhnte, als er den angerichteten Schaden sah. Einen kurzen Augenblick lang hasste er seine Kräfte. »*Abeo, Cognatus, amico*«, murmelte er. Die Verbindung mit seinem Familiargeist löste sich auf. Es fühlte sich an, als hätte ihm jemand einen Hieb gegen den Hals versetzt. Der unsichtbare Papagei nahm wieder Gestalt an und ließ sich auf seiner Schulter nieder, krächzte aufgeregt über das Massaker.

Jesco sah, dass Vidar dem Hauptmann der Grenzwächter nachjagen wollte. Er packte den Axtschaft des Bärenmannes und rief: »Vidar, Vidar – sie sind weg. Das reicht!«

Die Augen des Berserkers blitzten bernsteinfarben, sein tierhaftes Gesicht verzerrte sich ... aber Jescos Worte schienen den roten Schleier zu durchdringen. Keuchend sackte er auf die Knie und starrte die blutverschmierten Hände an, dann richtete er den Blick auf die Toten und Verwundeten, die um sie herum lagen.

Es heißt, ein echter Bärenmann hasst, was er ist, rief sich Raythe in Erinnerung.

Aber Jesco schien das nicht zu stören. »Gut gemacht, Zottelkopf, wir sind fertig«, sagte der Shadraner fröhlich. »Fühlst du dich jetzt besser?«

Der Ranger warf ihm einen heimgesuchten Blick zu, dann erschauderte er.

Jesco tätschelte ihm den Kopf. »Erzähl mir nicht, das hätte keinen Spaß gemacht«, bemerkte er.

Heilige Garda, dachte Raythe, *wir sind noch nicht einmal aufgebrochen, und das Töten hat schon begonnen.*

»Wie lange, bevor sie mit Verstärkung zurückkommen, Anführer?«, fragte Jesco.

»Bei ihrem Tempo sind sie bei Einbruch der Nacht in Sommahafen, also ist es durchaus vorstellbar, dass der gute Hauptmann morgen Mittag wieder da ist.« Raythe seufzte. »Er wird vermutlich eine Abteilung von fünfzig Mann als Verstärkung mitbringen – das sind zu viele für uns. Andererseits ist mein Wagen so gut wie fertig; ich muss ihn nur noch zusammenschrauben. Reisen wir einen Tag früher als geplant ab. Wir fahren zu Gravis' Schenke und benachrichtigen die anderen.«

»Gut. Ich habe diesen schäbigen Ort satt«, verkündete Jesco. Er schlug Vidar auf die Schulter. »Gut gekämpft, Bruder.«

Der Bärenmann erhob sich zittrig auf die Füße. »Aye, du auch. Und du hast mich zurückgeholt – ich stehe in deiner Schuld.«

»Du hast einen Mann getötet, der mich töten wollte. Ich stehe in deiner Schuld.« Jesco lächelte. »Wir sind also quitt.« Er ging zu einem Pferd mit gebrochenen Beinen und zog die Klinge, um das Tier von seinem Elend zu erlösen. Plötzlich blieb er stehen. »Raythe, kannst du die armen Viecher heilen?«

Raythe runzelte die Stirn. »Nicht sofort, nein.«

»Schade, dass wir nicht genug Zeit haben«, meinte Jesco und stieß sein Schwert in die Brust des Tieres. Er kümmerte sich auch um den Rest der verletzten Pferde, dann zeigte er auf das letzte Tier, das ein paar Dutzend Meter weit weg getrabt war, sie aber nun misstrauisch beäugte. Es war unversehrt. »Das gehört mir.«

Vidar betrachtete das Schlachtfeld. »Ich hatte es so verstanden, dass du für deine Magie Istariol brauchst.«

»Nur für die großen Sachen«, erklärte Raythe. »So kleine Zauber wie den hier kann ich aus eigener Kraft vollbringen.«

»Klein«, wiederholte Vidar und riss die Augen auf. »Kein Wunder, dass die bolgravianischen Zauberer unsere Heere in Stücke gerissen haben.«

Sie machten sich alle an die Arbeit, und eine Stunde später war der Wagen beladen. Jesco, der sich mit seinem neuen Reittier anfreundete, machte sich über Vidars Fellumhang lustig. »War das dein Vater? Oder deine Mama?«

Raythe überließ die beiden sich selbst und begab sich zu seiner noch immer erschüttert aussehenden Tochter. Er legte einen Arm um ihre Schultern. »Alles in Ordnung, Zar?«, fragte er leise.

»Ich hasse diesen Ort.« Der Blutgestank ließ sie die Nase rümpfen. »Ich bin froh, dass wir gehen.«

Ihre tonlose Stimme strafte ihre Worte Lügen.

Seit Beginn unserer Flucht haben wir nicht länger als ein Jahr am selben Ort gelebt, dachte Raythe. *Sie braucht wirklich Stabilität.*

»Wenn wir das nicht tun, wird kein Ort für uns jemals sicher sein, und es besteht nicht die geringste Hoffnung auf ein besseres Leben«, erklärte er ihr. »Manchmal muss man einfach weiterziehen, um den Weg nach Hause zu finden.«

»Ich weiß. Es ist nur ...« Sie biss sich auf die bebende Unterlippe. »Ich vermisse Mama«, platzte sie dann hervor.

Sie hatte Mirella stets vergöttert. Sie war zwölf gewesen, als sie vor dem Staatsstreich der Mandarykes entkommen waren. Jetzt war sie fast sechzehn.

»Wir holen sie uns zurück«, versprach Raythe ihr. »Das schwöre ich.«

Drei Tage später trieb Larch Falkenstein sein Pferd an, und die sechzig Grenzwächter hinter ihm folgten ihm mit donnernden Hufen. Sie galoppierten den Hang zu der Lichtung hinunter, auf der Dash Cowley – oder wie auch immer sein richtiger Name lautet – lebte. Auf dem Hof verstreut lagen acht tote Männer und vier tote Pferde. Man hatte den Toten die Waffen abgenommen und sie den Elementen und wilden Hunden überlassen.

»Wie ich es mir gedacht habe«, grollte Falkenstein. »Der Bastard hat sich aus dem Staub gemacht.«

Der Gouverneur, den die Neuigkeit, dass Cowley ein Zauberer war, verstört hatte, hatte einen Tag lang gezögert, dann war ein weiterer ganzer Tag vergangen, während er Männer abkommandiert und zwei Praxxiszauberer aus dem in der Nähe gelegenen bolgravianischen Hafen von Gollostrad herbeibefohlen hatte.

Cowleys Abwesenheit störte Falkenstein nicht übermäßig – tatsächlich war er nicht besonders begierig gewesen, dem Zauberer erneut gegenüberzutreten. Aber ihn alarmierte die Tatsache, dass der größte Teil von Teshveld ebenfalls verschwunden zu sein schien.

Auf den letzten fünf Meilen haben wir niemanden gesehen – jedes Bauernhaus und jede Hütte, an denen wir vorbeigekommen sind, war verlassen. Was geht hier vor?

Das war eine ernste Angelegenheit. Seiner Rechnung nach fehlten ungefähr vierzig oder fünfzig Familien, was weniger Steuern für den Gouverneur bedeutete. Darüber hinaus bedeutete es keine Vorräte für den Winter, keine Lebensmittel für Mensch oder Tier und erst recht keine Schankmädchen, die diesen von Deo verlassenen Ort halbwegs erträglich machten.

Sogar meine Tochter ist verschwunden ... Der Gedanke brachte Falkenstein auf, obwohl das Mädchen ihm nur auf der Tasche lag. Auch wenn er es niemals zugegeben hätte, waren die wenigen Gelegenheiten, bei denen ihre Mutter ihm erlaubt hatte, sie im Arm zu halten, ihr ein Vater zu sein, wie Balsam für seine gequälte Seele gewesen. Dass er sie möglicherweise niemals wiedersehen würde, war eine schreckliche Vorstellung.

Schweiß trat auf seine Stirn, als er das Pferd vor der Hütte zügelte. Die Tür stand offen, und der Wagen war verschwunden.

Gouverneur Veterkoi wird mich dafür verantwortlich machen, das weiß ich.

»Die Scheißkerle sind einfach abgehauen.« Piper war dank seiner geschwollenen Luftröhre kaum zu verstehen. »Sie alle.«

»Offensichtlich«, grollte Falkenstein. »Durchsucht die Hütte – reißt sie auseinander. Ich will wissen, wo sie hin sind.«

Während seine Männer abstiegen, wandte er sich an die Praxiszauberer, die der Gouverneur ihm zugeteilt hatte, zwei mürrische blonde bolgravianische Brüder frisch von der Akademie. »Könnt Ihr sie finden, meine Lords?« Er hasste es, den fremden Eroberern gegenüber so unterwürfig sein zu müssen.

Die jungen Männer blickten ihn an. »Yuz«, antworteten sie fast gleichzeitig in leisem, akzentbehaftetem Tonfall, bevor sie sich wieder ihrem Gespräch zuwandten und ihn bewusst ignorierten.

Kochend vor Wut trieb Falkenstein seine Männer an, aber die Suche war kurz und fruchtlos. Cowley war weg, aber wer vermochte schon zu sagen, wo er hin war?

In diesem Augenblick erklang Hufgetrappel. Ein einsamer Reiter kam in langsamem Trab den Hügel hinunter auf sie zu. Der Mann war nicht groß und trug auch keine Rüstung, aber es schien ihm völlig egal zu sein, dass er auf sechzig schwer bewaffnete Männer zuritt, und das ließ Falkenstein innehalten.

»Halt!«, rief er und warf den bolgravianischen Zauberern einen Blick zu, die etwas murmelten und mit den Fingern Muster in die Luft zeichneten. Der Reiter störte sich nicht daran, sondern kam weiterhin langsam auf sie zu.

»Ich sagte halt!«, rief Falkenstein erneut.

Dieses Mal zügelte der Reiter das Pferd und hob die rechte Hand, die ein Medaillon aus Eisen hielt.

Er war noch nicht nahe genug, dass Falkenstein den ins Metall geprägten Doppeladler von Bolgravia hätte erkennen können, aber der Hauptmann hatte nicht den geringsten Zweifel, dass er ihn dort sehen würde.

»Wer von euch ist Hauptmann Falkstein?«, fragte der Fremde mit ausdrucksloser Stimme.

Er war zugleich gewöhnlich und seltsam, kein hochgeborener Bolgravianer, sondern aus einem der geringeren Stämme dieses riesigen Landes. Sein Haar war dunkel, das blasse Gesicht von der Sonne verbrannt und glatt rasiert. Er hatte große wässrige graue Augen und trug eine seltsam arglose Miene zur Schau; als würde er die Gefahr nicht erkennen, in der er schwebte.

»Es heißt Falkenstein, und das bin ich«, sagte Falkenstein. »Wer seid Ihr?«

Der Reiter musterte ihn ohne Eile, als würde er darüber nachdenken, ob sein Gegenüber diese Information wert war. »Mein Name ist Toran Zorne«, sagte er schließlich in flüssigem Magnianisch. »Ich bin Unter-Komizar des Ramkiseri.«

Der bolgravianische Geheimdienst ...

Falkenstein sah, wie die beiden Zauberer einen beunruhigten Blick tauschten, dann führten sie die rechten Fäuste an die Herzen, und das war alarmierend, denn für gewöhnlich verbeugten sich Zauberer vor niemandem, nicht einmal vor dem Gouverneur. Aber natürlich waren die Mitglieder des Ramkiseri ebenfalls Magier – und sie waren berüchtigt.

Dieser Toran Zorne ist vermutlich ein viermal besserer Zauberer als meine bolgravianischen Zwillinge.

»Wie ... äh ... wie können wir dienen?«, krächzte Falkenstein, dem nicht entging, dass seine Männer bereits andere Dinge gefunden hatten, die sie anstarren konnten.

Zorne blickte sich um, seine Miene blieb dabei so unbewegt wie seine Stimme. »Ich suche einen Mann namens Jesco Duretto, einen shadranischen Söldner. Er stand bis vor Kurzem in Falcombe unter Beobachtung, bis er verschwand. Habt Ihr ihn gesehen?«

Falkenstein war der Name unbekannt, aber vor ein paar Tagen war ein Shadraner hier gewesen, ein schmieriger Mörder mit olivfarbener Haut und losem Mundwerk. »Vielleicht kenne ich ihn«, sagte er vorsichtig.

»Da gibt es kein ›vielleicht‹, du kennst ihn oder du kennst ihn nicht. Was denn nun?«

Falkenstein schluckte seine Ungeduld herunter. In Anwesenheit eines Agenten des Ramkiseri verlor man nicht die Geduld. »Vor ein paar Tagen war ein Shadraner hier, aber ich habe seinen Namen nicht erfahren.«

»Es ist deine Aufgabe, dieses Land zu kontrollieren«, erwiderte Zorne auf diese seltsame, unbeteiligte Weise, die er zur Schau stellte. »Warum hast du seinen Namen nicht in Erfahrung gebracht?«

Weil er eine Muskete auf mich gerichtet hatte … »Es tut mir leid, Komizar, aber …«

»*Unter*-Komizar. Warum war er hier?«

»Äh, er war bei einem Mann namens Cowley, Dash Cowley, der hier mit seiner Tochter lebt, einer dürren Kleinen von etwa fünfzehn Jahren.« Der Bolgravianer ließ nicht erkennen, ob ihm der Name etwas sagte. »Da war auch noch ein Norganianer.«

»Beschreib diese Leute.«

»Cowley ist Physicus, dunkles Haar, von schmaler Gestalt, eine Nase wie das Ruder eines Flussbootes. Seine Tochter wird Zarelda gerufen – sie ist so dünn wie ein Schilfrohr. Der Norganianer war ein großer Bastard, größer als sechs Fuß. Oh, und er war ein Bärenmann, bei Garda.«

»Dash Cowley.« Der Mann vom Ramkiseri dachte nach. »Das ist nicht sein richtiger Name, aber ich glaube, das sind die Leute, die ich suche. Wo sind sie jetzt?«

»Weg.«

Der Ramkiseri sah ihn an, als wäre er ein zurückgebliebenes Kind. »Wohin weg?«

»Das wissen wir nicht.«

Unter dem ausdruckslosen Blick des Mannes platzte Falkenstein mit der ganzen Geschichte heraus. Am Ende sagte er: »Jetzt hat es den Anschein, als wäre der ganze verdammte Bezirk verschwunden. Das könnten beinahe dreihundert Leute sein.«

»Drei Männer haben dich und deine Leute vertrieben?«

Falkenstein schluckte. »Ihr wart nicht dabei.«

Zorne hörte sich das mit steinernem Schweigen an. »Dein Rückzug war richtig«, sagte er dann, was irgendwie überraschend war. »Sie hätten dich sonst getötet, denn sie sind kompetenter als du.« Er musterte den Kreis hartgesichtiger Männer, dann konzentrierte er sich auf die beiden bolgravianischen Zauberer, feuerte eine Salve knapper Sätze in ihrer Muttersprache auf sie ab.

Schließlich wandte er sich wieder Falkenstein zu. »Warum hast du diesen Mann überhaupt konfrontiert?«

Falkenstein errötete. Er war es nicht gewöhnt, auf diese Weise befragt zu werden – die einzige Ausnahme war der Gouverneur –, und erst recht nicht vor seinen Männern.

»Ein bolgravianischer Lord namens Gospodoi ist als vermisst gemeldet worden, und es ist bekannt, dass er Cowley besucht hat.«

»Ich weiß von Lord Gospodoi.« Zorne runzelte die Stirn. »Was sollte er mit Cowley zu tun haben?«

»Jemand aus seiner Gruppe war krank, das hat zumindest der Schankwirt gesagt. Cowley ist Physicus.«

»Er ist kein Heiler. Er ist ein Dissident und ein Rebell. Wo ist dieser Schankwirt?«

»Weg, mit dem Rest.«

Auf Zornes Gesicht zeigte sich kurz leichte Verärgerung, die größte Gefühlsregung, die er bis jetzt in dieser Unterhaltung gezeigt hatte. Er stieg vom Pferd und sprach kurz mit den jungen Zauberern auf Bolgravianisch. Nach einer Minute wandte er sich wieder Falkenstein zu. »Bring deine Männer hundert Meter auf der Straße außer Sicht, Hauptmann. Dann kommst du mit einem Mann zurück. Zu Fuß.«

Falkenstein bemerkte, dass seine Männer aufmerksam darauf warteten, ob er den Befehl befolgen würde. Er hätte sich so gern geweigert, aber er hielt seinen Zorn verborgen. »Ihr habt den Komizar gehört …«, sagte er kurz angebunden.

»*Unter*-Komizar«, unterbrach ihn Zorne.

»*Unter*-Komizar … Kommt schon, bewegt euch.«

Er trieb seine Männer die Straße hinauf über den Hügel. Piper warf einen Blick über die Schulter. »Ich hoffe, dieser Bastard hängt Cowley an den Eiern auf«, knurrte er.

»Das wird er«, erwiderte Falkenstein. »Diese Spione vom Ramkiseri sind ausgebildete Fährtenleser und Meisterfolterer. Cowley erwartet eine Welt aus Schmerzen. Ich muss zurück und dem Unter-Komizar helfen. Ihr wartet hier und stellt nichts Dummes an.« Er musterte die Gesichter und wählte den

Mann aus, den er am wenigsten vermissen würde. »Piper, du kommst mit mir.«

Piper warf ihm einen nervösen Blick zu. »Äh ... wozu braucht Ihr mich denn?«

»Dieser verkraggte Unter-Komizar will, dass mich jemand begleitet, und ich will meinen besten Mann.«

Piper war nicht einmal mit Abstand sein bester Mann, aber er war zu blöd, das zu wissen.

Falkenstein übergab Simolon den Befehl, dann ging er zurück.

»Dieses verfluchte Praxxis verhagelt mir den Tag«, jammerte der untersetzte Piper, der sich nicht beeilte.

»Nicht nur dir«, murmelte Falkenstein. »Halt den Mund und tu, was Zorne sagt.«

Was auch immer das sein wird. Er befeuchtete sich die plötzlich trockenen Lippen. *Nichts wird passieren. Wir sind hier alle auf derselben Seite.*

Sie gesellten sich wieder zu den drei Bolgravianern vor Cowleys verlassener Hütte, und ihre Nerven bebten noch mehr als zuvor, als sie sahen, dass die beiden jungen Zauberer ein Dreieck in einem Kreis in die Erde gekratzt hatten. Auf Falkensteins Stirn bildeten sich Schweißperlen, aber Piper zitterte sichtlich am ganzen Leib.

»Ah«, sagte Zorne, als sie näher kamen, »kommt her. Du, Hauptmann, stellst dich dort hin.« Er zeigte auf eine Stelle außerhalb der in den Dreck gegrabenen Linien. »Und du, wie ist dein Name?«

»Äh, Piper ... Piper.«

»Dann komm her, Piper-Piper.« Zornes ausdruckslose Stimme beraubte das Missverständnis jeden Spotts. Aber etwas anderes, Undefinierbares hatte sich in seinen Tonfall geschlichen, denn Piper gehorchte ohne Widerspruch, und Falkenstein wäre ihm beinahe gefolgt. Die beiden blonden Brüder nahmen ihre Positionen an den Spitzen des Dreiecks ein, was die dritte Spitze frei ließ.

Zorne führte Piper in die Mitte des Dreiecks in dem Kreis.

Falkenstein beschlich eine schreckliche Vorahnung. Er wollte etwas sagen, musste aber entdecken, dass das nicht möglich war.

»Stell dich dorthin, ja, genau da.« Zorne sah mit seinen ausdruckslosen Augen nach oben in Pipers raues, zerschlagenes Gesicht. »Wir werden Lord Gospodoi finden, aber ich fürchte, dass er, sollte er hergekommen sein, tot ist. Der Mann, den ihr Cowley nennt, er ist kein guter Mann. Ich habe den Befehl, ihn zu finden. Ich habe noch niemals versagt. Niemals.«

»Äh ... Das ist gut«, begann Piper.

»Ruhe. Du wirst zuhören. Wir sind alle zu einem höheren Zweck fähig. Das hat man mir beigebracht, und ich glaube daran. Mein Zweck besteht darin, Übeltäter zu finden und zu eliminieren. Dein Zweck ist es, Blut für deinen Herrn zu vergießen, ja.«

»Ja«, wiederholte Piper tonlos.

»Ja, da sind wir uns einig. Aber Lord Gospodoi wird vermisst, und ich muss ihn finden. Wirst du Blut vergießen, Piper-Piper?«

Nicht, schrie etwas in Falkensteins Verstand, aber seine Kehle – und sein ganzer Körper – waren erstarrt. Die beiden jungen blonden bolgravianischen Zauberer beugten sich vor und leierten kaum hörbar Beschwörungsformeln.

Zornes Augen blitzten hellblau auf, als würde ein Sonnenstrahl durch Eis fallen.

»Äh ... ja ...«, murmelte Piper.

»Ausgezeichnet.«

Zornes Blick bewegte sich nicht – aber seine rechte Hand zuckte auf Pipers Unterkiefer zu. Dabei winkelte er die Hand ab, während ein Stoßdolch aus einer am Unterarm verborgenen Scheide herausschnellte und dem Grenzwächter durch Zunge und Gaumen ins Gehirn drang. Piper war tot, bevor er auf dem Boden aufschlug.

Shansa mor ...

Falkenstein hätte die Flucht ergriffen, wenn ihm das möglich gewesen wäre, aber er schien mit dem Boden verwachsen zu sein. Er konnte nur zusehen, wie Zorne den Grenzwächter auf den Rücken wälzte und ihm unbewegt die Kehle durchschnitt. Blut pumpte aus der Wunde und floss in die Furchen am Boden, bis dort ein scharlachrotes Dreieck und ein Kreis feucht schimmerten.

Der Singsang der Zauberer-Zwillinge wurde lauter, während Zorne seinen Platz an der dritten Spitze des Dreiecks einnahm und in das Ritual einstimmte. Falkenstein wusste nur wenig über Praxxis, aber er hatte von Zaubern gehört, die Blut oder sogar ein Leben benötigten. Minuten verstrichen, während er zitternd kurz davor stand, die Flucht zu ergreifen, schreckliche Angst hatte, womöglich das nächste Opfer zu sein, und glaubte, dass die einzige Möglichkeit, am Leben zu bleiben, darin bestand, keine Aufmerksamkeit auf sich zu ziehen.

Obwohl der Nachmittag noch lange nicht vergangen war, wurde es dunkel, das Licht verblasste, und Schatten bildeten sich, obwohl es nichts gab, das sie werfen konnte. Pipers Körper fiel in sich zusammen, während er sein Blut verlor, und wurde zu einer vertrockneten Hülle. Pergamentartige Haut spannte sich über die Knochen, die Augenhöhlen waren leer, und die Zähne bleckten den Himmel an.

Dann erbebte der Boden, ein Streifen Sonnenlicht bezeichnete einen Pfad direkt zu einer Baumgruppe hinter der Hütte.

»Ah«, sagte Zorne zufrieden und senkte die Arme.

Die beiden jungen Zauberer schwankten, fielen auf die Knie und atmeten schwer, während Zorne seinen Platz verließ und zu Falkenstein trat. »Der Blutpreis für deinen Mann wird bezahlt werden«, sagte er. »Bedauerlicherweise braucht Nekromantie einen Tod, und allein diese Magie kann die Toten finden.«

»Also wusstet Ihr, dass Gospodoi tot ist?«, stammelte Falkenstein.

»Ich habe es vermutet.«

Nur eine Vermutung – also wäre Piper für nichts gestorben, falls er sich geirrt hätte. Beim heiligen Deo ...

»Und jetzt?«, schaffte er zu sagen.

»Wir werden sehen, was wir gefunden haben.« Zorne führte den Weg zu einer makellos erscheinenden Lichtung an. Er zeichnete ein dunkles Muster, das in der Luft hängen blieb, und sprach dabei einen Praxxiszauber. Plötzlich brach der Boden auf, wie von einem gigantischen Pflug durchpflügt, Erde und Blätter flogen in die Höhe und in ihre Gesichter, raubten ihnen die Sicht und verstopften die Nasen.

Dann wogte ihnen der übelkeitserregende Gestank von verwesendem Fleisch entgegen. Selbst Falkenstein, der an solche Dinge gewöhnt war, musste würgen, aber als er sich erholt hatte, hatte der Zauber sein Werk getan. Die Erde war zur Seite geflossen, um mehrere Leichen zu enthüllen: Lord Gospodoi und seine Gruppe, noch immer bekleidet. Käfer schwärmten über sie. Der Kopf des bolgravianischen Lords lag neben seinem Körper in der Grube.

»Sieh doch, Hauptmann. Dein Cowley? Er ist wirklich kein guter Mann«, sagte Zorne. »Ich werde ihn seiner gerechten Strafe zuführen – und du wirst mir dabei helfen.« Er wandte sich den Zwillingen zu. »Findet die Spur.«

Die beiden jungen Zauberer fingen an, neue Zeichen in die Erde zu graben.

Einen schrecklichen Augenblick lang befürchtete Falkenstein, dass dieser nächste Zauber seinen Tod erforderte, aber Zorne sagte: »Hauptmann, du dienst jetzt mir. Hol deine Männer. Auf uns wartet Arbeit.«

Beim Blick in dieses gefühllose, unerbittliche Antlitz kam Falkenstein plötzlich der Gedanke, dass dieser Mann ohne Seele geboren war.

»Habt Ihr das gespürt?«, stieß Kemara Solus hervor, dann errötete sie.

Interessant. Raythe sah sie an. »Aye. Aber es überrascht mich, dass Ihr es getan habt.«

Sie standen auf einer Anhöhe und betrachteten einen unbefestigten Pfad, der sich in die nördlichen Wälder schlängelte. Unter ihnen breitete sich das Teshveldtal aus, ein großes Mosaik aus Feldern, bis zur Küste eingesäumt von zerklüfteten, bewaldeten hohen Hügeln. Das Meer war ein ferner graugrüner Schimmer unter einem düsteren Himmel. Der Weg, der Beginn der Geisterstraße, führte in nordwestliche Richtung zwischen die Bäume; die Karawane aus Wagen und berittenen Männern und Frauen folgte ihm in das Tal. Kemaras kleiner, überladener Karren, der von ihrem widerspenstigen Maultier gezogen wurde, wartete neben Raythes Wagen. Jesco, Vidar und Zar lungerten in der Nähe herum. Sie waren aus einem ganz bestimmten Grund am Ende der Karawane.

Kemaras Miene nach zu urteilen, hätte sie lieber den Mund gehalten. »Vor dem Noviziat habe ich auf einer nyostianischen Academia studiert«, gab sie zu.

Ah ... Jetzt war ihre bittere Art verständlicher. »Ihr seid eine gescheiterte Zauberin?«, rief Raythe, bedauerte seine gedankenlosen Worte aber sofort.

»Vielen Dank für die Erinnerung«, fauchte Kemara und warf ihm einen finsteren Blick zu. »Ja, darum bin ich nur eine unbedeutende Heilerin und Hebamme in der finstersten Provinz und keine hochgestellte Ziege, die machen kann, wonach auch immer ihr verdammt noch mal der Sinn steht, weil sie von Deo einen Freifahrtschein bekommen hat.«

»Es tut mir leid. Manchmal ist meine Zunge schneller als mein Verstand.« Er dachte an Zar und lächelte. »Das liegt in der Familie, wie Ihr vielleicht schon bemerkt habt.«

»Die Zauberei auch?«

»Nicht unbedingt.«

Auch wenn die Fähigkeiten zur Zauberei gelegentlich vererbt wurden, manifestierten sie sich für gewöhnlich rein zufällig. Das Talent entsprang Persönlichkeit und Antrieb, nicht dem Blut; es erforderte eine gewisse Geisteshaltung, die eine gewissermaßen verrückte Überzeugung, dass man die Realität verändern konnte, mit analytischer Disziplin und der Vorstellungskraft, das zustande zu bringen, in Einklang brachte.

Es wäre mir in vielerlei Hinsicht lieber, wenn Zar diese »Gabe« nicht hat, gestand er sich ein. *Aber natürlich wäre ich stolz, wenn sie sich bei ihr manifestiert.*

»Ich gehe davon aus, dass man Eure Gabe ausgebrannt hat, nachdem Ihr bei Euren Prüfungen gescheitert seid?«

»Aye. Aber ich bedaure das nicht, müsst Ihr wissen – die ganze Sache hat mir Angst eingejagt.«

Das ließ ihn stutzen. Zum einen war Cognatus von Kemara fasziniert. Der unsichtbare Familiar, der heute die Gestalt einer Katze angenommen hatte, schlich um sie herum und schnupperte. Für gewöhnlich hatte er kein Interesse an Nicht-Zauberern.

Ob sie das Ausbrennen versaut haben?

Aber bevor er weitere Fragen stellen konnte, schlenderte Jesco herbei, die Muskete in den Armen und die Frisur wie immer makellos. »Was gibt es?«, säuselte er. »Etwas Aufregendes?«

»Jemand hat gerade Praxxis benutzt«, erwiderte Raythe. »Womöglich bei meiner alten Hütte.«

Zarelda kam ebenfalls näher. »Was haben sie gemacht?«

»Das kann man unmöglich sagen, aber dem Gouverneur stehen zwei Absolventen der Academia zur Verfügung – Zwillingsbrüder namens Jorl und Karil. Möglicherweise haben sie versucht, uns zu finden. Was ich gerade gespürt habe, war Hohes Praxxis, etwas Großes und Kompliziertes.«

»Werden sie uns verfolgen?«, wollte Jesco wissen. »Das wird ein Spaß.«

»Ich hoffe, nicht.« Raythe war sich ziemlich sicher, dass sie das tun würden, aber er wollte Zar beruhigen. »Tretet alle zurück. Ich muss etwas erledigen.«

Jesco drängte Zar, Vidar und Kemara zurück, bis sie einen sicheren Abstand eingenommen hatten.

Die Karawane aus siebzig Wagen, von denen ein Drittel ihre Vorräte transportierten, hatte die imperiale Straße nach Osten ungefähr vor einer Meile verlassen. Ihr Zug hatte auf der viel bereisten und widerstandsfähigen Oberfläche kaum Spuren hinterlassen, aber hier auf der wenig benutzten Geisterstraße war ihre Fahrt deutlich zu sehen. Raythe hatte ein paar der Jäger darum gebeten, dafür zu sorgen, dass kein verräterischer Müll zurückgelassen wurde, aber das Land selbst zeigte deutlich ihre Richtung an. Das musste sich ändern.

Er malte ein Zeichen in den Boden – *Terra* für Erde –, dann rief er Cognatus zu sich und begann mit seinem Zauber. Die weiße Katze wurde zu dem Papagei, der in seine Brust hineinflog, und sie verschmolzen zu einem Wesen. Seine Sicht verschwamm, um sich gleich darauf zu einer wunderschönen Intensität zu schärfen.

Raythe benutzte die nötigen Worte und Symbole.

Cognatus war die Energie, und er war der Kanal: Ihr Bund verwandelte Magie in Realität.

Es war derselbe Zauber, mit dem er bei seiner Hütte das Massengrab verborgen hatte, nur dass er diesmal von größerem Ausmaß war, eine mächtige, aber subtile Energiewelle, die sich langsam ausbreitete und für die erschöpfende Anstrengung zuerst nur wenig vorzuweisen hatte. Aber dann stieg im Norden ein heftiger Wind auf und wehte meilenweit in einer knisternden Woge über das niedergetrampelte Gras ihres zurückgelegten Weges.

Als er erstarb, war die unberührte Wildheit des Geländes wiederhergestellt, es existierte nicht mehr der geringste Hinweis, dass sich hier ein Huf oder Rad im Boden abgedrückt hatten. Tierkot war vom Untergrund verschluckt worden, nicht ein Grashalm war geknickt. Raythe schickte einen zweiten Impuls aus, der sämtliche Spuren magischer Energien beseitigte.

Er hatte so unauffällig wie möglich gearbeitet. Mit etwas Glück gab es in der Nähe keine Zauberer, die seine Bemühungen gespürt hatten. Aber das hatte seinen Preis gefordert, und er sackte zusammen und konnte sich kaum noch auf den Beinen halten. Er fühlte sich, als hätte ihm gerade jemand das Mark aus den Knochen gesogen. Jesco erschien an seiner Seite und stützte ihn. Raythe hatte dergleichen schon mehrere Male getan, und jedes Mal war es so gewesen, als hätten sich hundert Blutegel an ihm genährt.

»Gut gemacht, Befehlshaber«, murmelte Jesco. »Lass mich dich in dein Boudoir tragen.«

»Der Sattel reicht«, murmelte Raythe. Er warf Kemara einen Blick zu. »Wie viel davon habt Ihr sehen können?«

Sie zögerte. »Ich habe gesehen, wie sich Euer Familiar mit Euch vereinigt hat«, sagte sie dann. »Ich sehe ihn manchmal bei Euch. Manchmal habe ich auch wilde Geister gesehen, vor allem in der Nähe von Flüssen und alten Totenackern. Aber wie ich bereits sagte, ich bin bei den Prüfungen gescheitert.«

»Das Ausbrennen hätte Euch blenden müssen, Ihr dürftet keine Geister mehr wahrnehmen können.«

»Das weiß ich auch«, fauchte sie, »aber die Leute, die sich um mich gekümmert haben, waren nicht die Gewissenhaftesten.«

Das klang überzeugend. Nur einer von zehn mit dem nötigen Potenzial kam weit genug, und viel zu oft hatten graduierte Zauberer nur wenig Interesse daran, die Gabe in anderen zu nähren. »Wenn man Eure Gabe nicht völlig versiegelt hat, könntet Ihr noch immer ein nützliches Talent entwickeln«, sagte Raythe. Er wollte ihr Hoffnung geben. »Manche Leute sind Spätentwickler.«

»Und manche haben nicht das Verlangen, in der Natur herumzupfuschen«, erwiderte sie.

»Nun hört aber auf, jeder will Zauberer werden.«

»Nein, tun sie nicht. Ich bleibe bei der Heilkunst. Jetzt, da Ihr viel zu beschäftigt seid, muss sich jemand bei dieser Expedition darum kümmern.« Sie warf den Kopf zurück und ging mit weit ausholenden Schritten davon.

»Man muss sich wirklich schlecht fühlen, um sie um Hilfe zu bitten«, grollte Vidar.

»Tatsächlich kümmert sie sich gut um ihre Patienten«, meinte Jesco. »Nur in Raythes Gegenwart ist sie übellaunig.«

Gescheiterte Zauberin, schlecht ausgebrannt, verbittert. »Ich könnte mir denken, dass ihr Leben sehr schwer war«, sagte Raythe nachdenklich. »Für diejenigen, die an den Prüfungen scheitern, ist es nicht einfach. Die Welt lag zu ihren Füßen, und plötzlich will niemand mehr etwas von ihr wissen. Vermutlich erinnere ich sie an all das, was sie verloren hat.«

Er vergaß Kemaras Probleme für den Augenblick, er hatte dreihundert andere Menschen, um die er sich sorgen musste. »Lasst uns aufbrechen.« Er löste sich von Jesco und begab sich zu seiner Tochter, die gedankenverloren Teshveld betrachtete.

»Zeit zum Weiterziehen«, sagte er. »Bist du für ein Abenteuer bereit?«

»Teshveld war ein Scheißloch, aber ich wollte nach Hause gehen und nicht weiter in die Wildnis.«

»Wir haben kein Zuhause mehr, jedenfalls nicht, bis die Mandarykes gestürzt sind«, sagte er ihr erneut. »Und für diese Chance müssen wir das hier tun.«

Wenn ich nach Otravia zurückkehre, muss es an der Spitze eines Heeres sein. Wir werden das Istariol finden und dazu benutzen, die Intrigen der Mandarykes zu zerschlagen und Freiheit und Gerechtigkeit wiederherzustellen. Er blickte den Hang hinab zu der langen Reihe aus Wagen und Karren, zu jeder der Personen, die von der Hoffnung auf ein besseres Leben angetrieben wurden.

Ich hoffe, sie werden sich ihre Träume alle erfüllen – und dass sie mein Traum nicht alles kosten wird.

VIER

Die Verwilderten

Falls es auf der Geisterstraße Geister gab, konnte Kemara keine entdecken, obwohl es genug Grabmarkierungen gab. Alle paar Meilen erhoben sich ein Dutzend oder mehr, die letzten Ruhestätten der Kriegsgefangenen und Sklaven, die hier vor langer Zeit geschuftet hatten, bevor die alten Magnianer ihren Traum aufgegeben hatten, das Reich vom hohen Norden bis zum tiefsten Süden miteinander zu verbinden.

Trotzdem hob sich Kemaras Laune. Auf ihrem Weg durch den nebelverhangenen Wald sprach die düstere, schwermütige Schönheit der endlosen Kiefern sie an, obwohl dieser Ort unheimlich war. Die Straße schien etwas an sich zu haben, das das wuchernde Unterholz in Schach hielt, aber es schien keinerlei Einfluss auf die Tierwelt zu haben. Das Meer war außer Hörweite, aber Vogelgezwitscher erfüllte die Luft, und der Wind sang in den Baumwipfeln. Für Kemara, deren Augen für die Geisterwelt geöffnet waren, gab es auch andere flüchtige Eindrücke von Vögeln und wilden Tieren, die nicht wirklich dort waren, und manchmal konnte man winzige zottelige Ziegenmänner oder anmutige Wassernymphen entdecken, die sie verborgen hinter Ästen oder direkt unter der Oberfläche eines Bachlaufs neugierig beobachteten.

Sie zu sehen schmerzte Kemara, denn sie fing unweigerlich an, über all das zu grübeln, was sie verloren hatte.

Aber in der neu geformten Reisegesellschaft geschah genug, mit dem sie sich ablenken konnte. Im Verlauf des Tages kam so gut wie jeder zum Karren der Heilerin und verlangte Salben oder Ratschläge. Vierzehn der Frauen waren schwanger, und diejenigen, die bald mit der Niederkunft rechnen konnten, befürchteten, die beschwerliche Fahrt würde dafür sorgen, dass die Kinder zu früh kamen. Schon bald mangelte es Kemara an Schlaf und auch Geduld, und bald hielt sie bei jeder sich bietenden Gelegenheit hinten im Karren ein Nickerchen und überließ es ihrem stoischen Maultier, den richtigen Weg zu finden.

Ihr war gar nicht klar gewesen, wie tief sie geschlafen hatte, als sie jemand an der Schulter rüttelte und ihren Namen rief.

»Frau Solus?«, wiederholte eine junge Stimme und riss sie aus den Tiefen eines schrecklichen Traums. »Frau Heilerin?«

Mühsam erwachte Kemara und fand sich in dem sanften, durch die grünen Blätter gefilterten Licht wieder. Zar Vyre beugte sich über sie. Der Karren hatte neben dem Pfad angehalten, und Beca, das Maultier, stand mit gesenktem Kopf da und graste emsig. Kemara entdeckte den Rest der Karawane hundert Meter voraus, verteilt auf einer Lichtung.

»Äh ... ich bin wach, ich bin wach«, sagte sie und gähnte. »Was ist?«

»Wir haben einen Fluss erreicht, also schlagen wir das Lager früher auf. Wir können uns endlich waschen«, fügte Zar in einem zutiefst dankbaren Tonfall hinzu.

»Welch ein Segen.« Kemara musterte das junge, fohlenhafte Mädchen. »Wofür steht Zar eigentlich? Zara? Zarette?«

»Zarelda.«

»In Alt-Otravianisch steht das für ›Kriegerin‹, nicht wahr?« Kemara sah sie erneut von Kopf bis Fuß an. »Wie kann ich dir helfen?«

Das Mädchen blickte sich um, um sich zu vergewissern, dass sie wirklich allein waren, bevor es sich vorbeugte und murmelte, obwohl es keine Zuhörer gab. »Ich habe wirklich schlimme

Kopfschmerzen und sehe Sterne, als hätte mich jemand geschlagen. Und mir ist wirklich schlecht, versteht Ihr?«

»Hm.« Sie fixierte das Mädchen mit einem strengen Blick. »Bist du schwanger?«

»Nein – nein!« Zar sah entsetzt aus. »Ich habe noch nie ... äh ...«

»Schon gut, schon gut.« Kemara dachte kurz nach, dann sagte sie langsam: »Ich habe dich sagen hören, dass du Zauberin wie dein Vater sein möchtest. Nun, so fängt das an. Aber mach dir noch keine zu großen Hoffnungen, denn das ist nicht die einzige Möglichkeit.«

Die Warnung kam zu spät, denn Zar machte große Augen, bis sie so rund wie Untertassen waren. »Es geschieht tatsächlich? *Endlich*? Oh ...«

Offensichtlich gab es keine anderen Möglichkeiten, soweit es sie betraf. Sie brach in Tränen aus, umarmte Kemara und führte dann ein Tänzchen auf der Stelle auf.

»Das ist sicher aufregend, davon bin ich überzeugt«, bemerkte Kemara trocken, »aber du solltest das besser für dich behalten, bis wir es mit Sicherheit wissen. Einverstanden?«

Das Mädchen schien vor Aufregung zu zerplatzen, sagte dann aber gehorsam: »Ich verrate es keiner Seele, versprochen – abgesehen von meinem Vater.« Und sie rannte wie ein aufgescheuchtes Reh zum Wagen ihres Vaters.

Garda beschütze sie, dachte Kemara und kreuzte die Fäuste über der Brust. *Bitte lass sie nicht das durchmachen, was ich erlitten habe.*

Jeder der Wagen, die ihrem unbekannten Ziel entgegenrollten, war seine eigene kleine Welt. *Eine wahre Metapher für das Leben,* dachte Raythe, während sie an ihm vorbeifuhren. *Das Leben geht vorüber, und wir tun das auch.* Jede Einheit war einzigartig, ein Individuum oder eine Familie mit ihren auf die grundsätzlichen Notwendigkeiten reduzierten Besitztümern, aber jeder hatte seine eigene persönliche Note. Der Schmied Lynd Borger schleppte Amboss und Blasebalg mit sich herum und seine Frau und die sieben Kinder. Gravis Schankwirts Wagen war als Kneipe auf Rädern ausgestattet, während Kemaras Karren zugleich ihre Apotheke war. Einige reisten zusammen mit Freunden oder Gleichgesinnten, andere blieben für sich, als führe die Karawane nur zufällig in ihre Richtung. Und doch waren sie alle Teile des größeren Ganzen.

Raythes mittelgroßer Wagen war spärlich beladen. Die wenigen Erinnerungen an ihr altes Leben daheim in Otravia, die er mitgenommen hatte, waren sorgfältig verborgen. Nachts schlief er unter dem Wagen, während Zar im hinteren Teil lag, wo die alten Dachbodenvorhänge ihr etwas Privatsphäre verschafften. Während der Abende sah er sie mittlerweile nur selten; sie trieb sich mit anderen ihres Alters im ganzen Lager herum und war begierig darauf, akzeptiert zu werden. Sie hatte nie richtige Freunde gehabt, also war es schön, zu sehen, wie sie langsam aufblühte.

Aber sie hat angefangen, das Praxxis zu entwickeln. Ihr Leben wird sich auf die eine oder andere Weise völlig verändern.

Obwohl er und ihre Mutter beide Zauberer waren und trotz ihrer unerschütterlichen Überzeugung, diese Kräfte zu entwickeln, hatten die Chancen für Zar schlecht gestanden. Selbst jetzt war es nicht mehr als eine Möglichkeit, bis sie dann die Fähigkeiten tatsächlich manifestierte und einen Familiar fand. Aber Cognatus beobachtete sie nun eifrig, genau wie andere Geister, die, kaum mehr als ein Hauch von Energie, die Gestalt von kleinen Tieren und winzigen Menschen annahmen und für alle außer ihm unsichtbar blieben. Und vielleicht Kemara.

Den Tag über überließ er Zar das Kommando über den Wagen, während er die Wagenreihe abritt und sich vergewisserte, dass alles in Ordnung war, und die Namen und Gesichter lernte. Die Reihenfolge war schnell etabliert worden: Sir Elgus Rhamps Reiter trabten auf ihren Schlachtrössern voraus, als würde ihnen das Land gehören, aber sie vergewisserten sich, dass die Flüsse passierbar waren, und auch wenn die meisten der Söld ner jung und arrogant waren und körperliche Arbeit als unter ihrer Würde betrachteten, ließen sie sich gelegentlich sogar dazu herab, die umgestürzten Bäume und Felsen zu beseitigen, die die Straße häufig blockierten. Sie befolgten ihre Befehle nur widerwillig und brachen wegen Kleinigkeiten Streit vom Zaun, erst recht nach einem Abend bei Gravis' Wagen, wo sie mit den Schankmägden zechten, bis sie umfielen. Sie hatten bereits die Hälfte der Biervorräte des Schankwirts geleert und weigerten sich mittlerweile, jeden anderen auch nur in die Nähe zu lassen. Die meisten der Streitereien im Wagenzug drehten sich um ihr Verhalten.

Die zweite Gruppe setzte sich aus den Dorfbewohnern und Bauern zusammen, die Haus und Hof zurückgelassen hatten, um Raythes verrücktem Traum zu folgen. Mater Varahana sprach mit eindringlichen Worten über Glauben und Zusammengehörigkeit, und die einfachen Leute – alles fromme, im Schweiße ihres Angesichts schuftende Anhänger von Deo und Garda, die am Rand der Landkarte geendet waren, weil sie Träumen gefolgt waren, die das Leben ununterbrochen zerstört hatte – scharten sich um sie. Diese Leute schlossen zusehends die Reihen, um ihre Frauen vor Rhamps aufdringlichen Männern zu beschützen.

Die dritte Gruppe waren die Jäger und Fallensteller, ungefähr vierzig von ihnen, die meisten davon alleinstehend. Von Natur aus Einzelgänger, folgten sie mehr oder weniger einem Jäger namens Cal Foaley, zu dem Vidar eine Freundschaft knüpfte. Einige waren gefährliche Männer mit seelischen Narben, und selbst Rhamps Söldner begriffen, dass man sich besser nicht mit ihnen anlegte.

Alles zusammen waren es ungefähr dreihundert Menschen, zwei Drittel davon erwachsene Männer, der Rest sechzig Ehefrauen und ebenso viele Kinder.

Am Ende der ersten Woche hatten sie hundert Meilen zurückgelegt, wobei die Geisterstraße sie unterstützt hatte, genau wie die Beschwörungen der alten magnianischen Zauberer, die bei ihrem Bau geholfen hatten. Ihr Werk sorgte dafür, dass Unterholz sie nicht überwucherte.

Einhundert Meilen – aber wir sind noch immer Hunderte von Meilen von Verdessa entfernt, und bei unserer Ankunft wird es Hochsommer sein … wenn wir zusammenhalten können. Ich schätze, das ist meine Aufgabe.

»Frau Kemara?«

Dieses Mal war es Mater Varahanas Stimme, die Kemara aus dem tiefsten Schlummer riss. Sie wälzte sich herum und sah, dass die Sonne kaum über dem Horizont stand. Die Luft war kalt, der Tau lag noch dicht auf dem Boden. Der Wind stöhnte in den Kiefern, die die landeinwärts gerichtete Flanke bedeckten, der Westen war offenes Grasland, das sich bis zur zwanzig Meilen entfernten Küste erstreckte.

»Was ist?«, fragte sie nervös; von anderen geweckt zu werden, brachte stets schlimme Erinnerungen zurück.

»Bess Shapple hat Leibschmerzen«, sagte die Priesterin. »Sie hat nach Euch gefragt.«

»Hilft das Gebet nicht?«, fragte Kemara, unterdrückte ein Gähnen und setzte sich auf.

»Witzig«, sagte Varahana verdrossen. »Sie hat Angst, ihr Baby zu verlieren.«

Das erstickte sämtliche Leichtfertigkeit, und auch wenn Kemaras Müdigkeit blieb, verschwand die Schläfrigkeit. Sie kämpfte sich auf die Füße und stopfte ihr Bettzeug in den hinteren Teil des Karrens, bevor sie die Stiefel anzog und sich ihre Tasche und ein Schultertuch schnappte. Sie wandte sich der Priesterin zu. »Ich bin so weit«, sagte sie knapp. »Geht voraus.«

Sie eilten durch das erwachende Lager, in dem die Frühaufsteher die Kochfeuer schürten oder in die Büsche stolperten, um sich zu erleichtern. Sie waren seit zwei Wochen unterwegs und hatten laut Raythe Vyres Berechnungen fast zweihundert Meilen zurückgelegt, aber die Geisterstraße würde bald enden und die Reise schwieriger.

Ronno Shapple, ein dickbäuchiger Fallensteller mit einer Mähne aus grauen Locken, kam ihnen entgegengeeilt. Er ergriff Kemaras Hand. »Bess hat Krämpfe, sie kann ihr Essen nicht bei sich behalten«, plapperte er. »Ich mache mir Sorgen ...«

»Natürlich macht Ihr Euch die«, schnitt ihm Kemara das Wort ab. »Ich sehe nach ihr, Ihr haltet die Zuschauer fern.« Sie betrat das Zelt, in dem Bess stöhnend unter einer Decke lag und trotz der kühlen Luft schwitzte. Das halbe Dutzend um sie herum versammelte Frauen machte den Weg frei, als Kemara herbeigeeilt kam.

»Bess, was ist los?« Sie ging neben dem Bettzeug auf die Knie und ergriff die Hand der Frau.

»Sie hat ...«, begann Jayne Ruelle, aber Kemara schüttelte den Kopf.

»Das sagt mir Bess selbst, bitte«, befahl sie streng. Zweifellos meinten sie es gut, aber keine von ihnen hatte auch nur die geringste medizinische Ausbildung. »Außer Nella alle raus hier.«

Nella Baird, die stämmige Frau eines Bauern, genoss es sichtlich, den Rest aus dem Zelt zu befördern, bevor sie murmelte: »Dumme Weiber.«

»Frisches Wasser, bitte, Nella«, befahl Kemara, aber dahinter steckte mehr der Grund, sich einen Augenblick Frieden zu erkaufen, als dass sie es wirklich brauchte. Sobald die Frau gegangen war, schenkte sie Bess ein aufmunterndes Lächeln. »Also, was ist?«

Bess war eine Frau mit groben Zügen, die verbraucht wirkte. Sie schenkte der Heilerin einen erschöpften Blick, in dem Angst lag. »Irgendwas da drin stimmt nicht«, stöhnte sie. »Es ist wie eine Geburt, aber ich bin noch Monate davon entfernt. Und etwas in meinem Rücken stimmt nicht. Ich habe diese stechenden Schmerzen, als würden Messer in meine Oberschenkel stechen, dann wird es taub, und ich kann mich nicht bewegen. Ich habe Angst, als Krüppel zu enden.«

Kemara blieb zuversichtlich, während sie ein paar Fragen stellte und die Arme und Beine ihres Schützlings bewegte, um in Erfahrung zu bringen, welche Bewegungsfreiheit die Frau hatte. Nach ein paar weiteren Fragen ließ sie die Frau des Fallenstellers den Rock nach oben ziehen, und sie scherzten über kalte Hände, während sie den angeschwollenen Bauch und die Genitalien abtastete. Als sie das Ohr auf den Bauch drückte, konnte sie einen Herzschlag hören, der zwar schnell und schwach ging, aber nicht über Gebühr. »Sie ist zweifellos lebhaft, Bess. Blutungen?«

»Keine.« Bess grunzte. »Hätte ich welche, wäre ich völlig hysterisch.«

»Das ist ... Eure dritte Schwangerschaft?«

»Die vierte. Beim ersten Mal war es eine Fehlgeburt.«

»Viele Frauen haben beim ersten Mal eine Fehlgeburt«, erinnerte Kemara sie. »Das bedeutet nicht, dass Ihr dieses Kind verliert.«

Nella kehrte zurück und fing an, Wasser abzukochen, während Kemara ein paar lindernde Kräuter auswählte. *Vermutlich sind es nur der Ischias und gequetschte Nerven am Rückgrat,* dachte sie, aber sie konnte sich nicht völlig sicher sein, und der Herzschlag des Babys war etwas beunruhigend. Also kümmerte sie sich darum, die Schmerzen ihrer Patientin zu lindern, während draußen die übliche Morgenroutine ihren Lauf nahm. Vieh wurde zusammengetrieben, Pferde und Maultiere an Wagen und Karren angeschirrt, während Kinder kreischten und Dampf abließen, bevor sie einen weiteren Tag in engen Wagen durchgeschüttelt wurden.

Dann steckte Raythe Vyre den Kopf ins Zelt. »Frau Kemara, auf ein Wort?«

Kemara runzelte die Stirn, als er sich wieder zurückzog, was Bess trotz ihres Unbehagens kichern ließ. »Ihr könnt ihn nicht leiden, oder?«

»Zauberer bereiten mir Unbehagen«, sagte Kemara, was in der Tat der Wahrheit entsprach. »Das ist alles.«

»Aber Ihr seid trotzdem mitgekommen?«

»Ich konnte Euch nicht ohne Hebamme losziehen lassen, Bess, Euch und die anderen Mädchen, die schwanger sein werden, bevor das hier zu Ende ist.« Sie seufzte. »Ich sollte besser mal sehen, was Eure Lordschaft auf dem Herzen hat.«

Bess griff nach ihrer Hand. »Was passiert da in meinem Leib, Kem? Seid ehrlich zu mir, keine Ausflüchte.«

»Die Wahrheit ist, ich weiß es nicht genau. Es könnte ein Problem sein oder einfach nur ein verdorbener Magen oder so. Das wird uns die Zeit verraten – aber ich komme mit den meisten Dingen klar. Durchhalten, Mädchen. Wir bringen Euch da durch.«

Kemara entzog ihr sanft die Hand, erhob sich und ging hinaus, wo Raythe Vyre aufmerksam Ronno Shapple zuhörte. »Meiner Frau geht es nicht gut«, sagte der Fallensteller gerade. »Wir müssen sie zurück in die Zivilisation zu einem richtigen Heiler schaffen.«

»*Einem richtigen Heiler?*«, knurrte Kemara, die das mitbekommen hatte. Elgus Rhamp kam mit gereizter Miene angestürmt.

»Ihr müsst scherzen, Ronno«, erwiderte Raythe. »Wir sind zweihundert Meilen von Teshveld entfernt, ganz zu schweigen von allem, was man als ›Zivilisation‹ bezeichnen könnte. Wir kehren nicht um, das steht fest.«

Ronno stand seine Sorge ins Gesicht geschrieben. »Ich hätte nicht mitkommen sollen.«

»Ihr werdet hier dieselbe Hilfe wie in Teshveld bekommen«, erklärte Raythe ihm nicht ohne Mitgefühl. »Dort gab es nur mich und Kemara – oh, und den Arzt des Gouverneurs, der euresgleichen sowieso nicht behandelt hätte.«

»Aye, das mag ja sein. Aber wir können sie nicht bewegen. Ihr müsst die Karawane anhalten.«

»Wir bleiben nicht für eine kranke Frau stehen – und auch

für keinen Mann«, verkündete Elgus Rhamp mit rauer Stimme. »Bei Gardas Zitzen, würden wir das tun, wären wir jetzt kaum zehn Meilen von Teshveld entfernt, und die Männer des Gouverneurs würden uns umzingeln.«

»Aber das sind wir nicht«, fauchte Ronno zurück. »Wir sind mitten im verdammten Nichts, und die Späher haben gemeldet, dass der Weg hinter uns frei ist. Was sind ein oder zwei Tage verglichen mit einem Leben?«

»Das wäre ein Präzedenzfall, den wir uns nicht leisten können«, erwiderte Rhamp.

Raythe bemerkte Kemara. »Wie geht es ihr?«

»Ihr Magen ist in Unruhe, und sie ist fiebrig und hat zumindest einen eingeklemmten Nerv im Rücken. Mehr kann ich im Augenblick nicht sagen.«

»Seht Ihr?«, rief Ronno. »Könnt Ihr sie Euch mal ansehen, Raythe?«

Kemara wollte aufbrausen, aber Raythe kam ihr zuvor. »Kemara versteht mehr vom Heilen als ich, vor allem, wenn es um das Kinderkriegen geht. Ich habe volles Vertrauen zu ihr.« Er wandte sich ihr zu. »Eure Diagnose?«

»Im besten Fall hat sie sich den Rücken verrenkt und ist fiebrig. Im schlimmsten Fall ist ihr Rücken kaputt, und ihr Ungeborenes fühlt sich unwohl und ist fiebrig. Ich würde sie gern einen oder zwei Tage hier behalten.«

Rhamp wollte sie anbrüllen, aber Raythe hob die Hand. »Elgus hat recht, wir können nicht wegen Kranken anhalten. Könnt Ihr Euch um sie kümmern, während wir weiterfahren?«

»Nicht, wenn es ein richtiges Problem gibt.« Sie senkte die Stimme und wandte sich von Ronno ab. »Es ist nicht ausgeschlossen, dass sie eine Fehlgeburt erleidet. Wenn sie reist, riskieren wir, sie und das Kind zu verlieren.«

Raythe seufzte. »Also gut, und wenn ich für euch Wachen abkommandiere, und ihr holt uns ein, sobald sie in Ordnung ist?«

Kemara biss sich auf die Unterlippe und versuchte, alles zu

durchdenken. Solange sie ihre ganze Zeit einer Patientin widmete, würde sie alle anderen vernachlässigen.

Aber im Augenblick brauchte Bess sie am meisten.

»Wenn Ihr Euch ein paar Tage lang um die Versorgung der Kranken kümmert, dann dürfte es so am besten sein«, sagte sie. »Bess im Augenblick zu bewegen wäre für sie eine Qual.«

»Ich kann ein paar Männer entbehren«, bot Elgus Rhamp an.

Kemara verfolgte, wie beide Männer ihr mangelndes gegenseitiges Vertrauen unter Kontrolle zu bringen versuchten. Als Raythe sie ansah, dachte sie: *Nicht Rhamps Männer – nicht nach dem, was Osvard getan hat.*

Offensichtlich verstand Raythe ihre Furcht. »Ich stelle Jesco und ein paar Jäger ab.«

»Es ist wichtig, dass meine Männer ihren Teil beisteuern«, sagte Rhamp schroff.

»Dann hättet Ihr dafür sorgen müssen, dass Euer Sohn die Hände bei sich behält«, fauchte Kemara.

»Wann lasst Ihr das endlich hinter Euch, Heilerin? Mein Junge hatte den größeren Schaden.«

»Das sehe ich anders!«

»Ich hätte es längst verziehen.«

»Für das, was er tun wollte, gibt es keine Entschuldigung«, brüllte sie ihn an. »Kapiert Ihr das nicht?«

Der pelarianische Ritter zuckte genervt mit den Schultern. »Ihr seid der Anführer«, sagte er spitz zu Raythe.

»Elgus, Eure Leute haben sich alle auf Osvards Seite gestellt«, stellte Raythe klar. »Ich bin nicht der Einzige, der gehört hat, wie davon getuschelt wird, ›die Sache in Ordnung zu bringen‹ oder dass es ›Auge um Auge‹ heißt. Ich werde Frau Kemara niemanden aufzwingen, der unerwünscht ist.«

Rhamp richtete sich zu seiner vollen Größe auf. »Ihr schwingt große Reden darüber, Vertrauen aufzubauen, Raythe, aber das ist alles nur heiße Luft«, grollte er. Dann stürmte er davon.

Kemara atmete auf. »Danke.«

»Ich habe versucht, ihm Brücken zu bauen, aber ich mache keine Fortschritte«, murmelte Raythe. »Bis jetzt haben wir Glück gehabt. Menschenleeres Land und anständiges Wetter haben dafür gesorgt, dass niemand versucht hat umzudrehen, aber ein Deserteur, der nach Teshveld zurückkehrt und sein Maul aufreißt, und wir sind alle am Ende. Nehmt Euch einen Tag und eine Nacht, um alles zu regeln, ja? Aber nicht länger. Tut Euer Bestes – aber vergesst nicht, das Wichtigste ist, dass niemand von Bord geht. Passt auf Euch auf und viel Glück.«

Dann eilte er fort.

Eine Stunde später standen der Wagen der Shapples, ihr Karren und die drei abkommandierten Wächter auf einer weiten Ebene am Rand des endlosen Kiefernwaldes, und alle sahen zu, wie der Wind von der zwanzig Meilen entfernten Küste Wolken herantrieb. Sie waren allein und weit von jeder Hilfe entfernt.

Im Zelt eingesperrt, um dem Nieselregen zu entgehen, schien die Zeit nicht zu vergehen. Die Minuten wurden von Bess' gequälten Atemzügen gezählt, unterbrochen von Perioden unruhigen Schlafs. Kemara braute Kräutertee und andere Elixiere, die die Schmerzen lindern sollten, massierte Gliedmaßen und sorgte für so viel Ablenkung wie möglich mit ihrer ständigen Konversation und Aufmunterung.

Es war anstrengend.

Draußen vor dem Zelt hörte die Heilerin Jesco Duretto, Cal Foaley, einen wettergegerbten, wolfshaften Mann, der, soweit sie es verstanden hatte, eine Legende unter den Jägern war, und einen jungen Neuling namens Eidan Marr kommen und gehen. Ronno kam und ging und kümmerte sich auf jene fahrige Weise, die für Männer so typisch war, wenn sie gezwungen waren, etwas zu tun, das sie für Frauenarbeit hielten, um seine Kinder, den fünfjährigen Benji und den dreijährigen Kan.

Als Kemara gegen Abend Essen roch, kroch sie aus dem Zelt. Die Dämmerung war hereingebrochen, und der Regen hatte endlich aufgehört und einen klaren Himmel zurückgelassen. Die Planetenringe waren in Sicht und schienen beinahe nahe genug, um sie anfassen zu können.

»Wie geht es ihr?«, fragte Jesco und schaute von den gewürzten Gemüsekuchen auf, die er zubereitete; die anderen beiden Wächter waren außer Sicht. Die lange Muskete lag geladen neben ihm, und er saß neben dem Feuer auf dem Sattel. Der Sonnenuntergang stand unmittelbar bevor, der lange Abstieg in die Nacht war im Gang.

»Sie schläft.« Kemara gähnte und streckte sich wieder, fühlte, wie ihre Muskeln protestierten. »Wo sind Ronno und die Kleinen?«

»Holen mehr Wasser von dem Bach dort drüben.« Jesco zeigte nach Norden. »Foaley erkundet die Gegend, und Eidan bewacht den Waldrand. Wir sind ziemlich sicher, dass es auf der Küstenseite nichts gibt, das uns Probleme machen könnte.«

Kemara schaute sich um. Hier an der Grenze des Graslandes war der Horizont ausgesprochen breit, obwohl das Meer hinter den Küstenhügeln außer Sicht war.

Jesco warf einen Blick in Richtung Bach. »Da sind Ronno und seine Jungen. Gut abgepasst. Das Essen ist fast fertig.«

Da die beiden Jäger noch immer weg waren, gaben sie Ronno, Benji und Kan ihre Portionen. Kemara schlang ihr Essen herunter und bereitete einen Gemüsekuchen für Bess vor. Dann meldete sich der junge Eidan von den Bäumen. Er winkte fröhlich, während er ihren Schatten verließ. Die Sonne stand im Begriff, die Hügel im Westen zu berühren, und die Wolken waren rot und golden umrahmt.

Eidan war noch hundert Meter weit weg, als Jesco plötzlich schrie: »Eidan, lauf …!«

Erst da sah Kemara die dunklen, zweibeinigen Schatten, die sich von den dunklen Bäumen lösten und auf den jungen Mann zurannten. Jesco schnappte sich seine Muskete, während Eidan panisch losstürmte.

Die Heilerin kniff die Augen zusammen und versuchte, zu erkennen, was ihn da eigentlich verfolgte – dann krachte Jescos Waffe und spuckte eine Flamme und schwarzen Rauch aus. Einer der Verfolger warf die Arme in die Höhe und stürzte zu Boden. Aber die anderen kamen näher und gaben seltsame, kreischende Laute von sich.

»Bei Garda«, hörte sich Kemara selbst aufstöhnen, während Jesco hektisch nachlud.

Eidan, dem klar wurde, dass man ihn gleich überholen würde, fuhr herum und riss die Klinge aus der Scheide.

»Ronno, schnappt Euch eine Waffe«, fauchte der Shadraner. »Kemara, schafft die Kinder in den Wagen.«

Der Fallensteller schrie seine Jungen an, während Eidan mit einer Reihe von Hieben einen Angreifer zurückdrängte, aber ein weiterer näherte sich von der Flanke. Dann stieß Jescos Muskete eine weitere Flamme aus, und der zweite Angreifer brüllte auf. Er wurde herumgerissen und hielt sich die Schulter.

Eidan stieß einen Freudenschrei aus, hieb seinen Gegner nieder und rannte auf das Lager zu, während seine Angreifer – sieben oder acht haarige, abgerissene Männer in zerlumpten, ungegerbten Fellen – zögerten, möglicherweise erschrocken von Jescos Treffsicherheit.

Der junge Jäger rannte, so schnell er konnte, und vergrößerte den Abstand zu ihnen – aber noch während Kemara eine Warnung rief, schleuderte ein Angreifer seinen Speer, der sich in Eidans Rücken bohrte und ihn zu Boden schickte.

O nein!

»Jungs!«, rief sie Benji zu, der die Hand seines jüngeren Bruders hielt und rückwärts zurückwich, »in den Wagen! *Sofort!*«

Jesco fluchte, während Ronno unbeholfen einen Pfeil einspannte und ohne zu treffen schoss.

Kemara schnappte sich den kleinen Kan, warf ihn sich über die Schulter, dann packte sie Benjis Hand und rannte mit pochendem Herzen zum Wagen. Mittlerweile hatte sie ihren

Feind erkannt: die wilden Männer, auch als Ferali bekannt, die mit Triumphgebrüll auf den verletzten Jäger zustürmten. Jesco schoss erneut, und ein weiterer ging zu Boden, aber der Rest stürzte sich auf Eidan. Ihre primitiven Keulen hoben und senkten sich, dann schleiften drei von ihnen den jungen Mann weg, während Ronno von Panik erfüllt unzusammenhängendes Zeug stammelte und erneut verfehlte.

Wenige Sekunden später waren die Ferali zwischen den Bäumen verschwunden. Eidan hatten sie mitgenommen. Kemara musste schlucken, als sie daran dachte, was das zu bedeuten hatte. »Ihr bleibt hier!«, schärfte sie den Jungen ein und starrte sie finster an, bis sie gehorchten, dann rannte sie zum Zelt.

»Was ist los?«, wollte Bess wissen. »Ich habe Schüsse gehört.«

»Da sind Ferali«, zischte Kemara. »Könnt Ihr Euch bewegen?«

Bess schlug die Arme vor die Brust. »Wo sind meine Jungs?«

»Im Wagen, und dort müsst Ihr auch hin«, befahl die Heilerin. »Es tut mir leid, aber wir müssen Euch dorthin bringen.«

Bess stöhnte, gehorchte aber. Die Angst um ihre Familie überwog die Schmerzen. Wieder knallte Jescos Muskete, während Kemara ihrer Patientin dabei half, aus dem Zelt zu kriechen. Dann zerrte sie sie auf die Füße. Ein nervöser Blick zum Wald verriet ihr, dass sich die Ferali noch immer zwischen den Bäumen herumtrieben. Einer von ihnen kroch in Deckung, jaulte leise.

»Hört auf zu schießen«, befahl Jesco dem Fallensteller, der zu viel Angst hatte, um mit seinem Bogen vernünftig kämpfen zu können. Er hatte bereits die Hälfte seiner Pfeile verschwendet, ohne etwas zu treffen. »Lasst es.«

Von der Aufregung angetrieben, half Kemara Bess, zum Wagen zu hinken, dort stemmte sie sie hoch, damit sie hinten bei ihren Söhnen war. Jesco war dicht hinter ihr und zerrte Ronno mit sich, und das gerade noch rechtzeitig, denn plötzlich kam eine Pfeilsalve aus den Bäumen und verfehlte sie knapp, während sie in Deckung gingen. Kemaras Maultier und die Pferde,

Jescos Hengst Befehlshaber und die beiden anderen Reittiere sowie die beiden stämmigen Zugtiere, zerrten an ihren Seilen, aber vielleicht wollten die Ferali die Tiere lebendig erbeuten, denn bis jetzt hatten sie sie noch nicht ins Visier genommen.

Und wenn sie wieder im Sturmangriff kommen?

»Frau Kemara, habt Ihr jemals eine Waffe abgefeuert?«, rief Jesco. Er klang zweifelnd.

»Tatsächlich habe ich das, ja.«

Der Shadraner grinste. »Ausgezeichnet. Eidans Pistole ist in seiner Satteltasche.« Er deutete auf einen Stapel Ausrüstung auf halber Strecke zu den Pferden. Trotz ihrer heiklen Lage wirkte er völlig ruhig.

»Ich nehme sie«, platzte Ronno heraus.

»Ihr bleibt bei Eurem Bogen«, befahl Jesco. »Trefft etwas, dann überlege ich es mir vielleicht anders.«

Beschämt ließ der Fallensteller den Kopf hängen.

»Geht schon, Kemara«, drängte Jesco. »Ich schieße, wenn sie sich aus der Deckung wagen.«

Kemara nickte, dann rannte sie zu Eidans Sachen und fand schnell die kleine Pistole mit dem hölzernen Griff, zusammen mit Pulver und Blei. Wieder warf sie einen Blick zu den Bäumen, entdeckte dort niemanden und entschied, die Waffe vor der Rückkehr zum Wagen zu laden.

Wie geht das noch mal? Zuerst das Pulver, in den Lauf und auf die Pfanne – dann die Kugel hineinrammen.

Sie hatte den Ladevorgang zur Hälfte beendet, als ein Pferd wieherte. Sie wandte den Kopf und entdeckte jemanden, der bei den Tieren stand, wo er die Seile löste.

Kemara erstarrte – der Mann auch.

Der Ferali war nur mit einem Lendenschurz bekleidet, in der Hand hielt er etwas, das mehr wie ein Metzgerbeil als ein Schwert aussah. Rost und altes Blut hatten die Klinge verfärbt. Er war dünn, fast schon ausgezehrt, aber muskulös. Sein zotteliger Bart war so schmutzig wie sein Haar; das einzig Helle an ihm waren seine Augen, so sehr war er von der Sonne verbrannt. Selbst auf die Distanz von dreißig Metern konnte sie seinen erdigen Gestank riechen.

Dann stieß er einen Schrei aus, der die Tiere scheuen ließ, und rannte auf Kemara zu.

Liebe Garda ...

Die Reflexe übernahmen die Herrschaft. »Die Kugel in den Lauf rammen ...«, murmelte sie.

Der Mann warf sich auf sie, die brutale Klinge zum Hieb erhoben, während sie den Hahn mit beiden Daumen zurückriss und aus einer Entfernung von kaum drei Schritten den Abzug drückte.

Die Pistole brüllte auf und prellte ihr Handgelenk – der Ferali wurde zurückgestoßen. Der Mündungsblitz blendete Kemara, ihre Ohren dröhnten, alle anderen Geräusche wurden übertönt.

Blut spritzte aus einem Krater in der sonnenverbrannten Brust des Angreifers, er stolperte zurück, umklammerte die Wunde und keuchte nach Luft, während Kemara das Gleichgewicht verlor und sich in das feuchte Gras setzte. Sie starrte den Mann entsetzt an.

Der Ferali stürzte nach Luft ringend und starb vor ihren Augen, die Verzweiflung auf seinem Gesicht prägte sich ihr für ihre zukünftigen Albträume ein. Ihr wurde bewusst, dass sie kurzatmig war und kurz davor stand, in Ohnmacht zu fallen, aber irgendwie fand sie die Kraft, den Ladestock zu drehen und die Bürste in den Lauf zu stoßen, um ihn zu reinigen, dann lud sie nach.

Erst jetzt fiel ihr ein, sich umzusehen. Jesco beobachtete sie. Lässig hielt er den Daumen nach oben, dann richtete er die Aufmerksamkeit wieder auf den Wald, während sie das Grasland nach weiteren Angreifern absuchte.

Sie konnte niemanden entdecken und rief leise: »Beca ...«

Beca benahm sich wie das Maultier, das sie war, und ignorierte sie.

Jeder Nerv in Kemaras Körper summte vor Anspannung. Sie kroch auf das Tier zu; die Furcht, dass jemand im Gras lauerte, raubte ihr beinahe die Luft. Beca sträubte sich, als sie ihre Zügel ergriff und zog, aber dann – *Wunder über Wunder* – folgte sie, und die anderen Pferde schlossen sich ihr an. Kemara führte sie ins Lager, und bei jedem Schritt pochte das Herz in ihrer Brust.

»Alles in Ordnung?«, rief Jesco.

»Aye.« Es überraschte sie, dass sie es tatsächlich war. Sie fühlte sich ungeheuer lebendig, jeder Nerv war entflammt, ihre Sinne drohten überwältigt zu werden. »Aye, mir geht es gut.«

Ich habe einen Mann getötet – aber mir geht es gut.

Sie band die Tiere am Wagen fest, dann zog sie sich neben Bess in die Höhe, die sich mit verzerrtem Gesicht mit einem Arm den Bauch hielt. Aber mit dem anderen drückte sie ihre Söhne an sich und sah so ruhig aus, wie man es unter den Umständen erwarten konnte.

Kemara schenkte ihr ein, wie sie hoffte, beruhigendes Lächeln. »Alles in Ordnung mit Euch?«

»Natürlich«, grunzte Bess, dann flüsterte sie: »Kem, Ihr habt da Blut.«

Die Heilerin sah an sich herab und entdeckte die scharlachroten Flecken auf ihrem Mieder. »Das ist nicht meins.« Sie kontrollierte das Grasland, dann richtete sie den Blick auf den Wald, der jetzt in Dunkelheit versank. Von den Ferali war nichts zu sehen, aber sie waren mit Sicherheit noch immer da.

Es sei denn, sie haben den armen Eidan mitgenommen, um ihn zu kochen. Plötzlich fing ihre Hand an zu zittern, und sie schüttelte sich ärgerlich.

Ronno kam zum Wagen gelaufen und ergriff die Hand seiner Frau. Bess sah Kemara an. »Gebt uns einen Augenblick, Kem, bitte?«

Die Heilerin war dankbar, vom Wagen steigen zu können. Geduckt rannte sie zu Jesco, der ein Stück abseits vom Feuer hinter seinem Sattel kauerte. Der gut aussehende Shadraner grinste sie an. »Gute Arbeit. Wie geht es ihnen?«

»Bess hält sich gut, Ronno weniger.« Sie blickte sich um. »Wo ist Cal Foaley?«, fragte sie dann. »Hätte er nicht schon längst wieder da sein müssen?«

»Wenn jemand auf sich aufpassen kann, dann er.« Jesco spähte am Musketenlauf entlang und runzelte die Stirn. »Wir verlieren das Licht, und es ist noch eine ordentliche Menge von den Bastarden übrig. Überrennen sie uns im Schutz der Dunkelheit, sind wir am Arsch.« Er schnitt eine Grimasse. »Und genau das werden sie tun, wenn sie noch so weit denken können.«

So sah Kemara das auch. »Und schaffen sie das?«

»Ganz bestimmt. Vor ein paar Generationen waren sie genau wie wir. Aber manche Leute lassen die Wildnis in ihre Seelen und sind am Ende nicht besser als die Tiere, die sie jagen.« Sein Ausdruck war ein Mittelding zwischen Mitleid und Abscheu.

»Was sollen wir also tun? Wenn wir sie nicht kommen sehen, können wir sie auch nicht aufhalten.«

Der Shadraner dachte nach. »Wir fahren.«

Kemara schüttelte den Kopf. »Es ist eine klare Nacht, und vermutlich können sie im Dunkeln wesentlich besser sehen als wir. Und ich weiß nicht, ob Bess überhaupt fahren kann.«

»Möglicherweise wird sie es müssen.«

Liebe Garda, müssen wir etwa eine Entscheidung treffen zwischen Bess und ihrem Ungeborenen und dem Rest von uns?

Dann hatte sie eine Eingebung. »Ich habe eine Idee.«

Zu ihrer Überraschung stimmte Jesco ihrem Plan zu, obwohl es bedeutete, an Ort und Stelle zu bleiben und den Ferali die Stirn zu bieten. Aber vielleicht auch gerade deswegen; er schien für die Gefahr zu leben.

Ihre kleine Überraschung vorzubereiten dauerte nicht lange, dann zogen sie Kemaras Wagen ungefähr dreißig Schritt hinter einen provisorischen Wall aus Sätteln, Gepäck und Shapples Wagen. Die Tiere zurrten sie dazwischen fest. Während die Dunkelheit wuchs, ließen sie das Feuer niederbrennen, damit sich ihre Nachtsicht verbesserte.

Ronno suchte Deckung unter dem Wagen, während sich Jesco und Kemara hinter die Satteltaschen duckten.

»Sagt mal, Heilerin«, meinte Jesco irgendwann, »da wir hier alle sterben werden, warum erzählt Ihr mir nicht Eure Geschichte?«

Sie sah ihn unsicher an. »Ihr zuerst.«

Der Shadraner kicherte. »Klar. Geboren im Süden, von bolgravianischen Kanonen zur Waise gemacht, aufgewachsen obdachlos auf dem Markt. Überlebte, indem ich ... na, das könnt Ihr Euch ja denken. Ich war ein hübscher Junge, sehr gefragt. Dann nahm mich ein reicher Mann auf, brachte mir das Fechten bei und entdeckte, dass ich sehr gut darin bin. In Shadra kann man ganz gut davon leben, für Adlige und Kaufleute Ehrenhändel auszutragen. Am Ende musste ich die Flucht ergreifen. Ich kam in den Norden, wurde in die pelarianischen Kriege verwickelt – da habe ich Raythe und Varahana kennengelernt. Der Krieg hat Spaß gemacht, aber wir haben verloren, also kamen wir nach Westen.«

Das Fehlen jeglichen Selbstmitleids oder Begeisterung in seiner Stimme, diese völlige Sachlichkeit, traf einen Nerv in Kemara. Es erinnerte sie an sich selbst oder vielmehr daran, wie sie gern gewesen wäre – nur dass er über einen Charme verfügte, den sie nie gehabt hatte. Selbst ihre Freunde hielten sie für übellaunig und mürrisch.

»Und was ist mit Euch?« Er lächelte auf diese herzerweichende Weise, obwohl er eindeutig nicht daran interessiert war, ihr Herz zu erweichen. Oder das jeder anderen Frau.

»Nun ...« Sie zögerte aus Gewohnheit, denn sie war es nicht gewohnt, ihre Vergangenheit zu enthüllen. Für solche Augenblicke hatte sie verschiedene Versionen der Wahrheit einstudiert, aber vermutlich würde er sie schnell durchschauen. Außerdem hatte sie Angst, und die Unterhaltung half.

»Ich wurde offensichtlich in Ferrea geboren.« Zum Beweis hob sie einen dichten Zopf. »Ich sollte eine Gardaschwester werden, aber dann ...« Abrupt hielt sie inne, fragte sich, ob sie es ihm wirklich verraten sollte.

»Dann ...?«

Sie schluckte und sammelte ihren Mut. »Und dann ...«

Ein schriller Schrei ertönte, und vermutlich ein Dutzend Ferali stürmte mit einem wilden Heulen aus der Dunkelheit. Kemara stieß einen Fluch aus, eine Mischung aus Furcht und Erleichterung. Sie riss die Lunte hoch, die sie hatte glimmen lassen, während Jesco den Hahn seiner Steinschlossmuskete spannte.

Kemara hielt die Lunte an die schmale Pulverspur zu ihren Füßen. Sofort schoss eine Feuerspur in die Dunkelheit und entzündete das Gras vor den Füßen der anstürmenden Wildmänner, blendete sie und tauchte sie in Licht. Die wilden Schreie der Blutlust verwandelten sich in Entsetzen, die Angreifer wichen zurück und rückten automatisch dichter zusammen.

Kemara riss die Pistole hoch und feuerte zusammen mit Jesco. Ronnos Bogen erwachte summend zum Leben, und diesmal traf sein Pfeil. Drei Wildmänner wurden von den Füßen gerissen und stürzten zu Boden; sie schrien ihren Schmerz heraus, aber der Rest griff weiter an.

Jesco stieß die vorbereitete Fackel ins Lagerfeuer und ließ sie zu feurigem Leben erwachen. Den flammenden Scheit in der linken und die Klinge in der rechten Hand, warf er sich den zur Hälfte geblendeten Wildmännern entgegen. Dem ersten Gegner schlitzte er den Bauch auf, dem nächsten den Hals, bevor er einem anderen die Fackel ins Gesicht rammte. In Sekunden lag die Hälfte der Angreifer am Boden.

Aber der Rest schwärmte an ihm vorbei auf Ronno und Kemara zu. Der Fallensteller schoss erneut. Sein Ziel krümmte sich mit einem Pfeil im Bauch zusammen, aber es war keine

Zeit, die Pistole nachzuladen, also blieb Kemara nur ihr Dolch. Sie holte aus und schleuderte ihn dem Mann entgegen, der auf sie zukam, einem Berg aus schweißbedeckten Muskeln und gierigen Augen. Die Waffe flog wie gezielt und bohrte sich tief in die Brust, ließ den Angreifer taumeln. Auf seinem Gesicht zeichnete sich Unglaube ab, er riss die Klinge heraus – aber als er den nächsten feuchten, gurgelnden Atemzug nahm, krachte er zu Boden und schnappte wie ein Fisch auf dem Trockenen nach Luft.

Der nächste Wildmann traf Kemara wie ein stürmender Ochse und schleuderte sie auf den Rücken. Sie keuchte, als sich ihre Lunge leerte, bekam keine Luft mehr und war völlig benommen. Überwältigt von seinem Gestank nach fauligem Fleisch und von seinem Gewicht festgenagelt, fragte sie sich, ob es das gewesen war – aber dann wurde ihr bewusst, dass er sich nicht bewegte.

Zögernd tastete sie über seinen Körper und entdeckte einen Pfeil, der aus der linken Seite ragte. Mühsam arbeitete sie sich unter ihm hervor und entdeckte erst jetzt Cal Foaley, der vorbeilief und Ronnos Angreifer zuerst die Sehnen durchtrennte und dann die Kehle aufschlitzte.

Jesco schlitzte einem anderen den Bauch auf – und die letzten beiden Ferali ergriffen mit schrillem Wehklagen die Flucht. Der erste kam zehn Schritte weit, bevor Foaley Ronno den Bogen aus den zitternden Fingern riss und ihn erschoss. Der zweite schaffte ein Dutzend Schritte mehr, bis er in dem qualmenden Grasland kaum noch zu sehen war, aber Foaleys nächster Pfeil traf ihn in den Rücken, und er ging wie ein gefällter Ochse zu Boden.

Jesco schenkte Cal Foaley ein breites Lächeln – ein echtes Versprechen, falls der Jäger interessiert war. Er ergriff seine Hand und hieb ihm auf den Rücken. »Ich wusste, dass du dort draußen bist – ich habe darauf gezählt.«

»Hätte ich mich zu euch gesellt, hätte es sie trotzdem nicht abgehalten«, knurrte Foaley, »also habe ich windabgewandt und außer Sicht gewartet, um sie zu überraschen. Diese Tiere sind berechenbar.« Er wandte sich dem Fallensteller zu und schlug ihm auf die Schulter. »Guter Schuss, Ronno. Du hast den Rhythmus gefunden, genau im richtigen Augenblick.«

Ronno murmelte schüchtern etwas, dann eilte er zu seinem Wagen, beugte sich hinein und umarmte seine Familie.

Jesco schlenderte zu Kemara, zog sie auf die Füße und umarmte sie, und einen Augenblick lang wünschte sie, er wäre ein anderer, bevor sie einfach nur den körperlichen Kontakt und die Erleichterung, überlebt zu haben, genoss. »Das hier ist eine echte Kriegerin«, verkündete der Shadraner überschwänglich. »Ich hätte keinen lieber, der mir den Rücken schützt.«

Auch Cal Foaley drückte ihre Schulter. Seine wettergegerbte Miene hatte eine gewisse Ähnlichkeit mit denen, die er getötet hatte, aber in seinen Augen funkelten Intelligenz und Humor, nicht nur dieser nackte Hunger. »Ich habe alles gesehen. Gute Arbeit, Frau.«

Sie warf ihm einen dankbaren Blick zu, dann schaute sie sich um.

Ihr Blick fiel auf tote Augen und von Wunden entstellte Körper, die unnatürlich verrenkt am Boden lagen und ihn mit ihrem Blut tränkten. Plötzlich gaben ihre Knie nach, der Mageninhalt stieg ihr in die Kehle, und sie erbrach ihr Abendessen, obwohl sie in einem Leben voller Kranker, Verletzungen und Geburten wahrlich genug Blut gesehen hatte.

Jesco kniete sich neben sie und legte eine mitfühlende Hand auf ihre Schulter. »Das ist normal, eine Reaktion auf die Gewalt. Das machen wir alle durch.«

»Ich weiß«, erwiderte sie und fühlte sich trotzdem noch immer gedemütigt. »Man sollte annehmen, dass ich damit kein Problem habe, denn neues Leben zur Welt zur bringen ist eine mindestens genauso blutige Angelegenheit.«

Jesco erschauderte. »Da habt Ihr nicht unrecht. Aber hört:

Es tut mir leid, aber wir müssen los für den Fall, dass noch mehr von ihnen kommen.« Er warf einen Blick auf die Leichen. »Außerdem bin ich zu faul, diese Bastarde zu begraben, und sie stinken jetzt schon.«

Kemara seufzte. Sie spülte sich den Mund mit Wasser aus und begab sich zu dem Wagen, wo die beiden Kinder saßen und sie mit angsterfüllten, staunenden Augen anstarrten. Sie wollte nicht wissen, wie viel sie möglicherweise gesehen hatten. Aber Bess saß aufrecht, und bevor sie etwas sagen konnte, kam die Frau des Fallenstellers ihr zuvor. »Ich habe es gehört. Brechen wir auf.«

»Die Achse meines Karrens ist gefedert«, sagte Kemara. »Das wird eine angenehmere Fahrt für Euch.«

»Aye«, erwiderte Ronno dankbar, »dann machen wir das.«

Als sie in die Nacht aufbrachen, Bess hinten in Kemaras kleinem Karren und Ronno auf dem Kutschbock seines großen Wagens, lenkte Jesco sein Schlachtross Befehlshaber heran. Er beugte sich herunter und sagte in zutiefst verschwörerischem Tonfall: »Ich glaube, Ihr wolltet mir Eure finstersten Geheimnisse verraten, als man uns so rüde unterbrochen hat.«

Kemara schnalzte mit der Zunge, und Beca setzte sich in Bewegung. »Ihr habt Eure Gelegenheit verpasst. Ihr werdet bis zum nächsten Mal warten müssen, wenn wir wieder dem sicheren Tod ins Auge blicken.«

»Ich kann es kaum erwarten.«

Kemara schnaubte. »Ihr vielleicht nicht, aber ich habe da keine Eile.« Dann tippte sie auf die Pistole im Gürtel. »Glaubt Ihr, ich kann sie behalten? Hatte Eidan, äh, Angehörige?«

Jesco schüttelte den Kopf. »Nur ein paar Freunde.«

Sie versuchte, nicht an den armen jungen Mann zu denken und was vermutlich mit seinem Körper passieren würde. Aber vielleicht würde der Ferali-Stamm weiterziehen, wenn die Wildmänner nicht zurückkehrten, und seine Leiche würde unberührt im Wald liegen bleiben.

»Wenn ich sterbe, lasst die Wölfe meine Knochen verschlingen«, zitierte sie aus einem alten Gedicht. »Lasst die Krähen meine Augen fressen und die Stare mein Haar zum Nestbau holen.«

»Aber gebt mein Schwert meinem Sohn, damit ich bei ihm bin, wenn der Kampf gewonnen wird«, beendete Jesco das Gedicht. »Behaltet Eidans Pistole. Bei Eurem nächsten Kampf wird er an Eurer Seite sein.«

»Möge das noch viele, viele Jahre in der Zukunft liegen«, wünschte sie.

»Irgendwie glaube ich kaum, dass wir so viel Glück haben werden.« Jesco trieb sein Pferd an. »Kommt schon, wenn wir uns etwas beeilen, sollten wir die Karawane gegen Abend eingeholt haben.«

Raythe hob den Sextanten und richtete ihn auf den kaum sichtbaren Bogen der planetarischen Ringe. Er notierte die Messung. Sie hatten Teshveld vor jetzt dreiundzwanzig Tagen verlassen, waren drei Wochen und mehr als dreihundert Meilen von ihrem Aufbruchsort entfernt. Dank der Geisterstraße und dem guten Wetter waren sie ausgezeichnet vorangekommen. Jesco, Kemara, Foaley und die Shapples waren nach nur einem Tag wieder zu ihnen gestoßen, und Bess' Zustand hatte sich, Garda sei Dank, stabilisiert. Kemaras Einschätzung nach war es hauptsächlich ein eingeklemmter Nerv gewesen, was ein verdorbener Magen zusätzlich verschlimmert hatte.

Aber das war eine Woche her, und jetzt sahen sie sich einem neuen Problem gegenüber. Hier, wo die schneebedeckten Berge Norden und Osten säumten, endete die Geisterstraße. Sie führte zu einer Klippe am Meer – und hörte auf. Ein Berg stieg in die Höhe, der letzte Zahn eines Kieferknochens voller Gipfel, die sich vom nördlichen Gebirge bis zu den Klippen am Meer erstreckten. Es führte kein offensichtlicher Weg weiter.

»Was zum Kragg haben sie sich nur gedacht?«, beklagte sich

Elgus Rhamp, als sich die Anführer versammelten, um den trostlosen Ausblick zu betrachten. »Wer baut denn eine Straße bis zum Rand einer verfluchten Klippe?«

Raythe suchte nach einem Hinweis, warum das Imperium die Straße bis zum Rand einer Klippe bauen sollte, die Hunderte Fuß zu einer zerklüfteten Felsküste abfiel, an der Wellen gegen den Stein hämmerten. Ein Berg blockierte ihren Weg, und Vidar hatte berichtet, dass der Versuch, einen Pfad unter der überhängenden Klippe zu finden, scheitern musste. Es gab keinen deutlich sichtbaren Weg mehr.

Mit Sicherheit hat man die Route vor Beginn der Bauarbeiten vermessen – warum eine Aufgabe beginnen, die man nicht zu Ende führen kann?

Varahana trat an seine Seite. Nachdenklich betrachtete sie die Landschaft. »Vielleicht wollte man die Straße um die westliche Flanke dieses Gipfels bauen, aber das Land ist in die See gestürzt. Sie hatten weder eine andere Route noch die Möglichkeit, hier vorbeizukommen, also gab man das Vorhaben auf.«

»Schon möglich«, stimmte Raythe ihr zu. »Wie lange ist das her, was glaubt Ihr?«

»Achtzig Jahre.« Sie deutete auf einen Friedhof in der Nähe. »Die Daten auf den Grabsteinen entsprechen vermutlich dem Jahr, in dem die Arbeiten an der Straße eingestellt wurden. Ich glaube nicht, dass sie darüber hinaus gehen.«

»Verdammt.« Raythe seufzte schwer. »Vielleicht gibt es eine Route landeinwärts, die die Landvermesser übersehen haben.« Aber er bezweifelte es.

»Wie ist Euer Kartomagiker nach Verdessa gekommen?« Kemara gesellte sich zögernd zu ihnen.

»Sie sind auf direktem Weg gesegelt. Für uns war das nie eine Möglichkeit.«

»Aber wir sind aufgebrochen, ohne vorher zu wissen, ob es einen Weg dorthin gibt«, bemerkte sie sarkastisch.

»Es wird ihn geben«, sagte er energisch, »selbst wenn wir jeden Wagen auseinandernehmen und auf der anderen Seite der Berge wieder zusammenschrauben müssen.«

Oben auf der Klippe war das Gelände völlig eben, dafür hatten die Straßenbauer vor langer Zeit gesorgt, und der felsige Untergrund und das Küstenklima hatten verhindert, dass alles wieder überwuchert wurde. Die Wagen schwärmten aus, die Reisenden beanspruchten Gelände und kümmerten sich um die unzähligen häuslichen Aufgaben. Raythe baute sein Zelt auf und drängte Zar, ihren Teil der Arbeit zu erledigen, dann gesellten sie sich zu der Menge um das große Lagerfeuer, wo der Fang des Tages neben scharf gewürztem Wurzeleintopf und Fladenbrot gekocht wurde.

Nach der Mahlzeit holten ein paar Männer Musikinstrumente hervor, angeführt von einem dürren jungen Harfenspieler namens Norrin. Jesco war mit seiner Fiedel dabei, und ohne große Diskussionen stimmten die Spieler eine Reihe von Tänzen an, während die Zuhörer in die Hände klatschten und mitsangen, wenn es Worte zur Melodie zu singen gab.

Der Wind wurde stärker, Funken lösten sich aus dem riesigen Feuer. Der nächste Tanz war eine Polka, und Männer strömten auf den freien Platz, ergriffen Hände und wirbelten ihre Partnerinnen energisch herum.

Raythe sah, wie seine kurzhaarige, jungenhafte Tochter die Tänzer sehnsüchtig beobachtete, und legte einen Arm um ihre Schultern.

»Ich wünschte, ich könnte tanzen«, sagte sie.

»Ich habe nie gesagt, dass du es nicht kannst.«

Sie warf ihm einen Blick zu. »Du hast es mir nie beigebracht.«

»Das ist nicht gerade das Hohe Praxxis – finde es selbst heraus.«

Sie schwankte zwischen dem Wunsch, mitzumachen, und der Angst, sich dabei zum Narren zu machen.

»Geh schon«, drängte er sie. »Denk daran, in wenigen Tagen werden sich vermutlich deine Fähigkeiten manifestieren und du wirst deinen Familiar-Geist finden. Danach wirst du so mit neuen Dingen beschäftigt sein, dass du vergessen wirst, wie man sich entspannt.«

»Ich kann es nicht erwarten.« Ihre Aura wurde jeden Tag stärker, und hätte Raythe die Hexensicht benutzt, hätte er alle möglichen Arten von Geistern um sie herumschwirren sehen, unsichtbare und körperlose Bündel aus Energie und Willenskraft, die einen Wirt und Partner suchten. Der von ihr auserwählte Familiar würde ihr näherstehen als ein Ehemann oder Liebhaber.

Cognatus erschien aus dem Nichts und landete in seiner Papageiengestalt auf Raythes Schulter und gurrte dessen Tochter an.

Ja, ich weiß, stimmte Raythe ihm in Gedanken zu.

Der Familiar kreischte aufgeregt und flatterte mit den Geisterschwingen. Vermutlich hatte er Raythes Worte nicht verstanden – Praxxisgeister verstanden nur Alt-Magnianisch –, aber er nahm die Stimmung wahr.

Nach ein paar Tänzen stand Mater Varahana auf. »Morgen früh halte ich eine Stunde nach Sonnenaufgang eine Messe für die Gläubigen«, rief sie. »Ich erwarte, jeden von euch zu sehen.«

Sofort ertönte eine Mischung aus pflichtbewussten und andächtigen Beteuerungen, auf jeden Fall da zu sein. Dann rief jemand: »Erzählt eine Geschichte vom Zweiten Zeitalter.« Varahana runzelte die Stirn, dann nickte sie. Das Zweite Zeitalter endete mit dem Aufstieg der Heiligen Kirche nach dem Fall der heidnischen Aldar, und die meisten Geschichten aus dieser Zeit enthielten eine deutliche moralische Botschaft.

Jesco sprang auf die Füße und legte die Fiedel ab. »Eine Geschichte aus dem Zweiten Zeitalter?«, rief er. »Da kenne ich nur eine. Kommt zu mir, und ich erzähle euch von Vashtariel, dem letzten Gottkönig der Aldar.«

Begeisterte Zustimmung ertönte, und Augenblicke später

war Jesco in der Mitte eines großen Kreises das Zentrum der Aufmerksamkeit und in seinem Element. Er strich das Haar zurück, stellte sich in Positur und fing an.

»Es gibt zwölf Zeichen der Verdammnis, so lehrt uns Mutter Kirche. Zwölf schreckliche Sünden, von denen uns jede für alle Ewigkeit in die Flammengrube schicken wird, sollten wir, ohne zu bereuen, sterben.« Jesco blinzelte übertrieben. »Was die genauen Einzelheiten betrifft, müsst ihr Mater Varahana fragen.« Das brachte ihm einen Lacher ein.

Er warf sich wieder in Pose und fuhr fort: »Aber im Zweiten Zeitalter ließen die Aldar, die die Herrscher waren, solche Sünden nicht gelten. Für sie gab es nur die Ehre, eine ganz bestimmte Art von Ehre, die sie *Mana* nannten. Allgemein als furchtlos, edelmütig, lustvoll und eloquent bekannt zu sein, steigerte das *Mana*. Sie maßen sich mit ihren Rivalen in rituellen Zweikämpfen. Beleidigungen wurden mit Blut beantwortet. Bescheidenheit war Schwäche, Stolz war Stärke. Und Zauberei war die größte Kunst von allen. Eine gar schreckliche Form der Zauberei, die als *Mizra* bekannt und so mächtig war, dass sie die Welt zerstören konnte. Tatsächlich erzog man die Aldar dazu, jede der einschränkenden Regeln zu brechen, nach denen wir leben. Sie töteten, sie stahlen, sie vergewaltigten, sie prahlten, sie putzten sich heraus und glänzten. Sie wollten ihren Göttern nicht dienen, sondern ihnen in Arroganz und Hybris nacheifern. Besser, für seine Sünden berühmt zu sein, als durch Tugend vergessen zu werden, sagten sie. Da sie zugleich beide Geschlechter verkörperten, stand ihnen jedes Laster und jedes sinnliche Vergnügen offen. Und Vashtariel, der König der Aldar, führte selbst nach dem Standard seines Volkes ein Leben aus berüchtigten Exzessen.«

Mittlerweile waren die Reisenden von Jescos Geschichte völlig gebannt – er hatte noch nie ein Publikum enttäuscht. Die Gesichter mit den weit aufgerissenen Augen ließen Raythe lächeln. Selbst Varahana amüsierte sich. Dann warf er seiner Tochter einen Blick zu und entdeckte, dass ihr Blick nicht auf Jesco gerichtet war, sondern auf Rhamps Sohn Banno – der ihn erwiderte. Er tippte Zar auf die Schulter, während er dem jungen Mann einen finsteren Blick zuwarf und die kleine gegenseitige Bewunderungsgesellschaft auflöste. Zumindest für diesen Augenblick.

Jesco, der von diesem kleinen Drama nichts mitbekam, erzählte weiter. »Vashtariels Palast – sein Rath – war auf einem Felsen erbaut, der so viel Istariol enthielt, dass er hoch über dem Boden schwebte und mit gewaltigen Ketten dort festgemacht werden musste. Der Rath Argentium, so hieß er, der Silberpalast. Der König hatte dreißig Gemahlinnen, eine für jeden Tag des Monats und alle von unübertrefflicher Schönheit. Er vögelte jede nacheinander auf einem riesigen Bett aus Seide und Perlen. Mit Zauberei erschuf er Drachen, auf denen er ritt, wie andere Männer Pferde reiten. Jeden Tag übte er sich im Schwertkampf und trat dabei gegen die besten Gladiatoren der Stadt an, und nachdem er sie getötet hatte, frühstückte er die Leber der Gefallenen. Seine Günstlinge wurden mit luxuriösen Geschenken überhäuft, aber seine Feinde wurden unweigerlich vernichtet und in Sklavenketten gelegt.«

Jesco griff nach seinem Pokal, um sich die Kehle zu befeuchten, bevor er weitermachte. »Ach, könnte man doch nur ein Gottkönig sein, jeden Augenblick bis zur Neige auskosten, ohne jede Furcht vor Schuldzuweisungen, Vorwürfen oder Tadel.«

Die Menge machte Scherze und ermunterte Jesco, bis er daherstolzierte wie ein aufgeblasener aldarischer Lord; er scherzte mit seinem Publikum, bevor er mit seiner Geschichte fortfuhr.

»Vashtariels Höflinge wurden die verrückten Exzesse ihres Königs leid und träumten davon, ihn zu stürzen, aber sein Kampfgeschick war so groß, dass niemand es wagte, sich ihm entgegenzustellen. Aber sein verschlagenster Feind war sein engster Berater, sein Bruder und Hochwesir Tashvariel, der seit jeher eifersüchtig auf seinen älteren Bruder gewesen war und sich danach verzehrte, ihn zu übertreffen. Eine seiner Pflichten bestand darin, jede Gemahlin für das königliche Bett vorzubereiten, und er wollte sie unbedingt besitzen, vor allem die silberzüngige Shameesta, ihre Anführerin. Aber der Hof war voller Augen, keine Gemahlin blieb je allein, also blieb seine Besessenheit ungestillt. Und da sie nicht gestillt werden konnte, fraß sie ihn auf.«

Die Zuhörer murmelten erwartungsvoll und schlugen andächtig das Zeichen Gardas, der Fürsprecherin, denn das war auch ihre Geschichte.

»Tashvariel fing an, die Lebern der erschlagenen Gladiatoren mit Istariolpulver zu versehen, die einzige von Vashtariels Speisen, die den Vorkostern verwehrt blieb. Als das Istariol in seinem Körper kristallisierte, wurde der Gottkönig zusehends von seiner eigenen Göttlichkeit überzeugt, und seine bereits starken Zauberkräfte wurden noch mächtiger. Aber auch immer unberechenbarer, was niemandem verborgen blieb. Als der erste Teil der Verschwörung nach Plan ging, nahm Wesir Tashvariel den zweiten in Angriff. Er lehrte seine auserwählte Heldin, eine Gladiatorin namens Garda, einen geheimen Pfad der Zauberei, ein Gegengewicht zum *Mizra* namens *Praxxis,* und als er davon überzeugt war, dass sie bereit war, bereitete er eine Reihe von Gladiatorenkämpfen vor. Ohne jede Hilfe von seiner Seite triumphierte Garda mühelos in jedem. Um ihre Tapferkeit zu ehren, wählte Gottkönig Vashtariel Garda als sein nächstes Opfer aus.«

Jesco zog die Klinge und vollführte eine Reihe theatralischer Fechtmanöver, bevor er weiter erzählte, was das Publikum jubeln ließ. »An jenem schicksalhaften Morgen wurde Garda in die heilige Arena des Palastes gebracht, dazu bestimmt, das Opfer des Gottkönigs zu werden – und sein Frühstück. Gekleidet in imperiales Purpur und mit seinen wogenden schwarzen Locken und wie Kupfer glänzender Haut war er die Verkörperung dunkler Majestät – aber Garda mit ihrer hellen Haut und ihrem hellen Haar leuchtete wie ein gefallener Stern. Vashtariel trat der Gladiatorin entgegen und hieb auf ihre Verteidigung ein, aber Garda unterschied sich von allen seinen Gegnern, denn ohne sein Wissen war sie von der Macht ihres menschlichen Gottes Deo erfüllt. Sie parierte jeden seiner Hiebe, bis er zu dem Schluss kam, dass er betrügen und sie mit seiner Zauberei besiegen musste – aber als er sie mit seinem Mizra vernichten wollte, hielt sie mit dem unbekannten Praxxis dagegen, das seine Magie aufhob. Das Gefühl, das ihn nun erfüllte, erkannte er kaum, denn es war sehr lange her, dass er das letzte Mal Angst verspürt hatte. Er verdoppelte seine Anstrengungen, sie zu töten. Jede schlaue List und subtile Technik scheiterte, selbst brutale Gewalt war ihrem Können und ihrer Agilität nicht gewachsen, und am Ende durchbohrte ihre zustoßende Klinge sein Herz, und der Gottkönig stürzte zu ihren Füßen.«

Gespannte Stille war eingetreten, aber bei diesen Worten schlug jeder Gardas Zeichen.

Jesco nahm erneut seine heroische Pose ein, bevor er mit seiner Geschichte fortfuhr.

»Aber Vashtariel weigerte sich, zu sterben! Mit dem Mizra wollte er das eigene Herz erneut zum Schlagen bringen, eine Zauberei, die solche Kraft und solches Geschick erforderte, dass nur ein Verrückter davon geträumt hätte, sie zu meistern. Da seine Macht von dem überschüssigen Istariol, das er unabsichtlich zu sich genommen hatte, gefährlich verstärkt und seine Kontrolle durch Furcht und Wahn geschwächt war, waren seine Zauber zugleich von durchschlagendem Erfolg – und verhängnisvoll. Er beschwor seine Götter und öffnete sich der vollen Macht des Mizras – und es verschlang ihn! Das löste eine gewaltige Explosion aus, die seiner ganzen Art Qualen und Vernichtung brachte, der Ära der Aldar ein Ende bereitete und ganz Shamaya in den ewigen Winter und Jahrhunderte des Elends stürzte. Tatsächlich hat die Eiszeit, die Vashtariel heraufbeschwor, uns noch heute im Griff, ein halbes Jahrtausend später.«

Alle in der Runde verstummten, obwohl jeder die alte Geschichte kannte.

Jesco wartete ein paar Sekunden, dann fragte er: »Hat Vashtariel überlebt? Nein! Der Gottkönig, der so viele des eigenen Volkes vernichtet hatte, wurde völlig verschlungen. Hat sein verräterischer Bruder Tashvariel von seinem perfiden Plan profitiert? Nein, denn auch er wurde verschlungen, zusammen mit der prächtigen Shameesta und allen anderen Königinnen. Haben Aldar überlebt?«

Jesco blickte sich um, dann schüttelte er traurig den Kopf.

»Nein, die Aldar sind umgekommen, vom ältesten Mann bis zum jüngsten Baby. Sie sind weg und überließen uns Menschen die Welt.«

Tiefes Schweigen kehrte ein, als jeder über den Tod der schrecklichen Aldar nachdachte.

Mater Varahana brach es. »Aber lasst uns nicht Garda vergessen«, sagte sie andächtig, »die von Deo beschützt und geholt wurde, um an seiner Seite zu sitzen, auf der rechten Seite des heiligen Throns, wo sie als seine Jungfrau dient: auf ewig unberührt, auf ewig unsere Streiterin.«

»Keine gute Tat bleibt ungesühnt«, scherzte Jesco, bevor er sich mit Schwung vor seinem Publikum verneigte. »So endet meine Geschichte vom Sturz Vashtariels, dem letzten Gottkönig der Aldar.«

Er bekam herzlichen Applaus, obwohl ihm Varahana für die letzte Bemerkung einen strengen Blick zuwarf. Die Musikanten stimmten den nächsten Tanz an, Jesco bediente sich bei Gravis' Ale, und die zwanglosen Feierlichkeiten der Nacht gingen weiter.

»Ist das wirklich so passiert?«, fragte Zar ihren Vater. Bei ihrer Flucht aus Otravia war sie zu jung für die Schule gewesen, und seitdem hatte sich ihr Unterricht auf Lesen, Schreiben, Rechnen und Kartenlesen konzentriert: die nötigen Fertigkeiten des Lebens. Da blieb wenig Zeit für Geschichte.

»So sagt es die Mutter Kirche«, erwiderte Raythe wohlüberlegt.

»Also eigentlich nicht?«, sagte Zar im gleichen Tonfall.

»Wer kann das schon mit Sicherheit sagen? Wenn es wahr ist, wer hat dann überlebt, um davon zu berichten? Aber es rechtfertigt fein säuberlich alle möglichen Dinge, vor allem den Aufstieg der Kirche und die Benutzung der Praxxiszauberei.«

»Und was ist deiner Meinung nach passiert?«

Raythe überlegte, was er antworten sollte. Die Orthodoxie der Kirche war im Imperium sehr strikt – in bolgravianischen Territorien wäre Jesco für so eine respektlose Darstellung der Geschichte schnell von der Bühne gezerrt und eingesperrt worden –, und eines Tages würden sie alle in diese strenge Welt zurückkehren. Aber er wollte, dass seine Tochter mit einem wachen Geist aufwuchs und Fragen stellte.

»Die Historiker in Otravia haben uns damals, bevor die Kirche die Universitäten übernahm, gelehrt, dass die Aldar Menschen wie wir waren, nur ein anderer Stamm. Aber sie haben ihre magische Macht – das Mizra – und das Istariol während ihrer dynastischen Kriege missbraucht, und das hat unser Klima zerstört. Die Polarkappen haben den tiefen Norden und Süden verschluckt, und die Welt wurde viel kälter. Es gibt archäologische Fundstücke, die ich gesehen habe, die diese Theorie erhärten. Was jedoch den Rest angeht …«

Zar dachte darüber nach, während Jesco und Norrin eine lebhafte Melodie anstimmten und plötzlich der größte Teil der Menge mittanzte. Sie stand auf und streckte sich. »Weißt du, Vater, ich glaube, ich will tanzen.«

Er blickte sich um und lächelte; das war bis jetzt der fröhlichste Abend ihrer Reise. »Dann los«, sagte er.

Sie streckte ihm die Hand entgegen. »Kommst du?«

Sein Lächeln verschwand, denn plötzlich stand nicht Zar dort, sondern Mirella, die gebieterisch verlangte, dass er den Walzer mit ihr tanzte. Ihr erster Tanz.

»Ich … ich glaube, den lasse ich aus«, stammelte er, schockiert von den Gefühlen, die ihn überkamen. »Geh, hab Spaß.«

Sie zog eine Schnute, aber einen Augenblick später stand sie bei den Frauen und begriff schnell den Rhythmus des Tanzes. Sie drehten sich und gingen nach vorn, um die Reihe der Männer zu treffen, verneigten sich und zogen sich wieder zurück. Als Augenblicke später Banno Rhamp Zar gegenüber in der Reihe der Männer erschien, hellte sich ihre Miene auf.

Raythe kochte innerlich, aber das gehörte zum Erwachsenwerden, also verdrängte er den Gedanken und genoss stattdessen den Anblick der Freude auf ihrem Gesicht. In den letzten Jahren hatte sie nicht viele solche Augenblicke erlebt.

Bald war jedermann auf den Beinen, und der Boden erbebte unter dem enthusiastischen Stampfen so vieler Füße.

»Tanzt Ihr, Meister Vyre?«, fragte eine Frau. Er wandte sich um. Tami stand neben ihm, eine Hand in die Hüfte gestützt.

»Früher schon«, sagte er angespannt. »Solltest du nicht bei Elgus sein?«

»Der alte Furz hat zu viel getrunken, um noch tanzen zu können, und seine Söhne sind Idioten.«

»Du hast dich selbst in diese Lage gebracht«, sagte er mitleidlos. »Ich wusste nicht einmal, dass du mit ihm zusammen bist.«

»Nein, das wusstest du allerdings nicht, oder?«, bemerkte sie. »Jesco hast du einen Vogel geschickt, aber mir nicht. Was für ein Glück, dass ich in der Nähe war, hm?« Sie tätschelte durchtrieben seinen Arm. »Vermisst du *uns* nicht, Raythe?«

»Eigentlich nicht«, sagte er, ohne nachzudenken, dann verfluchte er sich für seine Grobheit.

Tami zuckte zusammen. »Jetzt bin ich aber am Boden zerstört.«

»Es tut mir leid, das kam jetzt garstiger raus, als es gemeint war. Aber das Leben geht weiter.« Er erwiderte ihren Blick. »Ich bin froh, dass ich ein verständnisvolles Ohr in Rhamps Lager habe. Er behandelt dich doch gut?«

Sie blickte quer durch das Lager zu dem großen Söldner. Er trank mit seinen bärtigen Henkersknechten, zotteligen Riesen wie die Trollochs aus den norganianischen Legenden. »Ach, du weißt schon. Es ist keine Liebe, aber er hält nachts meinen Hintern schön warm, und er nennt mich auf dem Höhepunkt seiner Leidenschaft nicht ›Mirella‹.«

Diesmal war es Raythe, der zusammenzuckte. »Aye, nun …«

»Keine Sentimentalitäten, einverstanden?« Tami lächelte träge und ließ seinen Arm los. »Trotzdem ist es eine Schande, dass du nicht mehr tanzt. Du warst gut darin.«

Er schluckte einen alten Schmerz herunter, als er zusah, wie sie mit wackelnden Hüften davonschlenderte, erinnerte sich daran, wie es zwischen ihnen gefunkt hatte, bevor alles auseinandergebrochen war, kurz bevor Colfars Rebellion in Anarchie versank. Und das brachte ihn zurück zu Mirella und dem Pfad der Zerstörung, den er zurückgelassen hatte, seit er sie verloren hatte.

Liebe Garda, lass zu, dass diese Expedition mir das verschafft, was ich brauche, um alles wiedergutzumachen …

Zarelda rieb sich den Schlaf aus den Augen und spähte zu den Pferden, die auf dem taufeuchten Gras weideten. In der bitterkalten Luft stieg Dampf aus ihren Nüstern, und Zar konnte kaum die Zehen spüren.

Aber letzte Nacht hatte sie tatsächlich getanzt – und hauptsächlich mit dem süßen, hübschen Banno Rhamp.

Ist er zu alt für mich? Er war zwanzig, also fünf Jahre älter als sie, was nach einer gewaltigen Kluft klang. Aber als er beim Tanz ihre Hände genommen und sich ihre Blicke getroffen hatten, war es gar nicht wie eine Kluft erschienen.

Ich bin fast sechzehn, rief sie sich in Erinnerung. *Da sind die meisten Mädchen schon verheiratet.*

Nicht, dass sie im Augenblick heiraten wollte, nicht, da das Erwachen ihres Praxxis unmittelbar bevorstand, aber sie hatte genug von dem einsamen Leben, das sie und ihr Vater führten.

Nun hellwach, zog sie Strümpfe und Stiefel an, dann eilte sie zur Klippe. Dabei rieb sie sich die Unterarme, damit ihr etwas wärmer wurde.

Banno hatte die Morgenwache, wie er ihr erzählt hatte – und da stand er. Bei ihrem Anblick trat ein Lächeln auf sein ansehnliches Gesicht. Schnell schlüpfte er aus seinem schweren, mit Pelz gesäumten Lederumhang und legte ihn ihr um die Schultern, eine höfische Geste, die ein Kribbeln in ihr auslöste.

»Gestern Abend hat Spaß gemacht«, sagte sie schüchtern. Ausnahmsweise fühlte sie sich frei und wagemutig, so wie ein ganz normales Mädchen.

»Das hat es. Der beste Abend der Reise. Es fühlt sich endlich so an, als würden wir zu einer echten Gemeinschaft.«

»Es sind die Männer deines Vaters, die hauptsächlich für sich bleiben«, erwiderte sie.

»Ich weiß«, gestand er. »Um die Wahrheit zu sagen, einige unserer Soldaten sind nicht gerade zivilisiert.«

Zar lachte. »Das glaube ich sofort.« Sie war sich bei dem Fest durchaus bewusst gewesen, dass Banno und die meisten Dörfler sich wie Ehrenmänner verhalten hatten, während viele der Männer des Ritters sie mit nackter Gier angestarrt hatten. »Einige der Jäger sind genauso schlimm«, sagte sie und bemühte sich, bei der Unterhaltung mitzuhalten. »Vidar und Foaley müssen sich ebenfalls anstrengen, damit sie sich benehmen.«

Der Sonne ging auf, und Zar bewunderte die Weise, wie sie sein Gesicht in goldrotes Licht tauchte. »Was hältst du eigentlich von dieser Reise?«

Er grinste. »Und was hältst *du* davon?«

»Mein Vater ist verrückt!«, rief sie. »Er glaubt, er kann nach Otravia zurückkehren und die Bolgravianer vertreiben. Und Mutter wird sich einfach wieder in seine Arme werfen. Er glaubt, dass alles wieder wie früher sein kann.«

»Und du nicht?«

»Mutter hat einen Mandaryke geheiratet«, gestand sie. »Nichts kann je wieder wie früher sein.«

»Sie hat einen von ihnen *geheiratet?*« Er stieß einen leisen Pfiff aus.

»Ich glaube, es war entweder das oder sterben. Vater sagt immer, sie bekämpft den Feind von innen.«

»Davon bin ich überzeugt.«

»Ich vermisse sie jeden Tag. Seit vier Jahren kämpfen oder verstecken wir uns und geben vor, ein Niemand zu sein.« Ärgerlich blinzelte sie die Tränen weg.

»Und früher seid ihr jemand gewesen?«, fragte er neugierig.

»Wir waren Vyres«, sagte sie stolz. »Großvater gehörte dem Rat an, und Vater wollte bei den nächsten Wahlen antreten – also ja, wir waren jemand.« Ihr wurde klar, wie prahlerisch das klang, also fragte sie: »Was ist mit deiner Familie?«

»Wir sind nicht reich, aber Haus Rhamp ist in Pelaria ein altes Geschlecht«, erwiderte Banno. »Wir haben gekämpft, als Bolgravia uns überfiel. An diesem Tag habe ich zwei Brüder verloren. Wir haben uns zurückgezogen, mehr Männer angeheuert, und Vater brachte diejenigen von uns, die noch da waren, nach Vassland. Wir wurden zu einer Söldnerkompanie, und seitdem haben wir für kleine Barone Wagen und Festungen bewacht. Vater glaubt, das ist unsere letzte große Chance, um die Freiheit zu erringen.«

»Eure Verluste tun mir leid«, sagte Zar förmlich. »Es ist gut, dass du noch Brüder hast.«

»Aye, das ist wahr, aber im Schloss meiner Familie im nördlichen Pelaria lebt jetzt ein bolgravianischer Gouverneur. Sie haben alles gestohlen, was von Wert war, und die Steuern vervierfacht.« Er starrte aufs Meer. »Eines Tages werde ich jeden verdammten Bolgravianer in Pelaria töten oder bei dem Versuch sterben.«

Sie verfielen in Schweigen, bis Banno sie frech angrinste. »Hast du eigentlich auch einen Rock?«

Sie schnaubte und bewarf ihn mit einem Steinchen. »Einen oder zwei, aber damit kann man unmöglich reiten oder etwas

Praktisches machen. Außerdem werde ich Zauberin, also trage ich bald die Roben eines Lehrlings.«

Er stieß einen leisen Pfiff aus. »Du wirst weit über mir stehen«, sagte er wehmütig. »Du wirst Diener brauchen, die deinen Haushalt besorgen und für dich kochen.«

»Ha! Das wäre eine tolle Sache. Seit wir Otravia verlassen haben, musste ich Mutter, Tochter, Dienstmagd und alles verdammte andere sein«, grummelte sie, bevor ihr bewusst wurde, dass sie geflucht hatte. Also verdoppelte sie den Einsatz trotzig. »Und das wird sich verkraggt noch mal nicht in naher Zukunft ändern, oder?«

»Ich schätze, Mater Varahana wird dich fürs Kloster haben wollen.« Banno lächelte. »Ein stilles, frommes Mädchen wie du.«

Bei dem Gedanken brachen beide in Gelächter aus.

Dann erscholl die Stimme ihres Vaters vom Rand des Lagers: »Zar, füttere die Pferde und kümmere dich um das Frühstücksfeuer. Banno, zurück auf deinen Posten.«

Zar wechselte einen reuelosen Blick mit ihrem neuen Freund und eilte los. Dabei versuchte sie herauszufinden, ob ihr Vater wirklich böse war.

Eigentlich nicht, entschied sie. Vielleicht ein bisschen. Sie wollte ihn necken, als plötzlich die Welt wackelte und sie ins Leere taumelte ...

Kemara beugte sich gerade über ihr Kochfeuer, als sie eine Bewegung wahrnahm. Raythe Vyre starrte sie an. Er erschien nervös.

»Was ist?«, fragte sie brüsker als beabsichtigt, aber sie hasste es, überrascht zu werden, und sein durchdringender Blick bereitete ihr stets Unbehagen. »Was ist los?«

»Es ist Zar. Ich glaube, sie manifestiert.«

Kemara erinnerte sich an ihre Erfahrung und verzog das Gesicht. »Ich nehme an, Ihr braucht jemanden, der genau weiß, was er tut, wenn es um Medizin geht«, bemerkte sie bissig, aber er nahm den Sarkasmus nicht einmal wahr.

»Ja, in der Tat. Bitte?«

»Weil Ihr so nett gefragt habt«, murmelte sie und löschte schnell das Feuer, bevor sie den Beutel mit den unverzichtbaren Kräutern nahm, den sie stets bereithielt. Kurz überprüfte sie, dass sie genügend Tiegel mit beruhigenden Salben hatte, dann wandte sie sich ihm zu. »Zu Euren Diensten, Lord Vyre.«

»Einfach nur Raythe.« Er führte sie zu seinem Wagen, wo Jesco Duretto neben der abwesend wirkenden Zarelda saß, die am Boden lag. Vidar stand hinter ihnen und beobachtete sie nervös.

Kemara ging zu dem Mädchen, scheuchte Jesco fort und kniete nieder. Zar war völlig reglos, ihr Mund war schlaff und ihre Haut bleich und feucht, aber ihre blicklosen Augen glühten, und sie zitterte. Die Heilerin nahm ihre Hand und zählte den rasenden Puls, dann schaute sie auf. »Ja, sie manifestiert ihr Talent. Habt Ihr so etwas schon einmal gemacht?«

»Nein«, gab Raythe zu. »Zu Hause ist die Kirche immer zur Stelle. Aber die Theorie ist mir vertraut.«

»Das ist ein Trost. Wir werden Decken und Suppe brauchen.«

»Aber sie ist bereits zu heiß ...«

»Decken! Suppe! Und kocht Wasser ... viel Wasser.« Sobald sie die Männer zu den ihnen zugewiesenen Arbeiten geschickt hatte, damit sie so lange wie möglich aus dem Weg waren, kramte sie in ihren Kräutern herum und ging in Gedanken noch einmal alles durch, was die Nyostianer ihr über den Prozess beigebracht hatten.

»Dein Kern wird auskühlen, aber weil sich deine Poren öffnen werden, wirst du zu schnell Wärme verlieren. Diese Wärme werden wir bewahren müssen«, sagte sie laut, »also brauchen wir etwas Warmes zum Trinken, Wolldecken und Hyoscaöl für die Haut.«

Sobald sie die verlangten Dinge hatte, scheuchte sie die Männer wieder weg, dann entkleidete sie Zar bis auf die Unterwäsche und steckte sie neben dem Feuer, das nun prasselte, in ein Nest aus Wolldecken. Sie massierte das Hyoscaöl ein und fütterte das Mädchen mit der Suppe, die Raythe zubereitet hatte. Die ganze Zeit sprach sie zu ihr, denn sie erinnerte sich, wie sie während ihrer Manifestation gelähmt, aber bei Verstand gewesen war, und sie ging davon aus, dass auch Zar alles um sich herum mitbekam.

»Dir wird nichts passieren, Mädchen, bleib nur aufmerksam. Dein Vater hat das durchgemacht und ich auch.«

Sie winkte Vyre herbei, und während sie dafür sorgte, dass sich Zar wohlfühlte und bequem lag, grub er um sie herum Symbole in den Boden, bis sie ein Kreis aus Runen umgab, die mit dem gleichen hellblauen Licht glühten wie die Energie, die aus Zars Augen blutete.

»*Cognatus, ministro*«, murmelte Raythe, und sein Familiar, der shadranische Papagei, auf den Kemara schon zuvor einen Blick erhascht hatte, erschien auf seiner Schulter.

»Hallo«, begrüßte sie ihn, und er sah sie neugierig an. Dann verwandelte er sich in eine grüne Katze und sprang zu Boden, damit er die Schutzzeichen umkreisen konnte. »Ja, ich kann dich sehen«, sagte sie, was ihn fauchen ließ. »Und hören.«

»Ihr müsst weit in der Initiation gekommen sein, bevor man Euch durchfallen ließ«, bemerkte Raythe. Trotz der Sorge um seine Tochter war er offensichtlich fasziniert.

Das war keine Unterhaltung, die sie führen wollte, nicht jetzt und auch nicht in Zukunft. »Nicht bestanden ist nicht bestanden«, sagte sie kurz angebunden und beendete das Thema.

Er wollte etwas erwidern, aber Cognatus drehte sich um und jaulte, als überall um sie herum fahle Umrisse erschienen. Raythe streckte die Hand aus. »*Cognatus, veni.*«

Der Familiar floss in ihn hinein und verschwand, was Raythes Aura pulsieren ließ, aber Zar wimmerte, und er und Kemara richteten ihre Aufmerksamkeit auf das Mädchen.

»Bleibt ruhig«, sagte die Heilerin und ignorierte die geisterhaften Umrisse außerhalb des Schutzkreises.

Raythe nahm die Hand seiner Tochter. »Zar, hör mir zu. Das

ist der Augenblick, von dem ich dir erzählt habe, hast du verstanden? Deine Seele öffnet sich, und sie will sich mit einem Geist verbinden – aber du musst den richtigen auswählen, erinnerst du dich? Ich wünschte, ich könnte dir das abnehmen, aber das kann ich nicht, und es wird nicht leicht sein. Du musst ihnen zuhören, ein Gespür für ihre Natur bekommen, bevor du deine Wahl triffst, also lass dir Zeit. Warte, bis nur noch zwei übrig sind, dann gib mir ein Zeichen, und ich öffne den Kreis. Dann wird es vorbei sein.«

Das Mädchen gab keinerlei Zeichen, dass es verstanden hatte, aber Kemara dachte wieder an ihr eigenes Erwachen. So vieles dabei war überwältigend gewesen, ihr Körper und ihr Verstand waren viel zu aufgepeitscht gewesen, aber am Ende war sie bei Bewusstsein gewesen und hatte sich bewegen können. *Und dann habe ich alles versaut.*

»Sei stark, Mädchen«, flüsterte sie und teilte einen angespannten Blick mit Raythe. Sie kam zu dem Schluss, dass er viel sympathischer war, wenn er Angst hatte. Und er liebte seine Tochter offensichtlich. »Jetzt wird es nicht mehr lange dauern.«

Außerhalb des Kreises tanzten Schatten, funkelnde Augen richteten sich auf das Mädchen, dessen Seele sich öffnete. Sie alle waren begierig, in sie einzudringen.

Zu viel, zu viel – es war eine Lichtflut, ein Ozean aus Feuer, gefrorene Hitze und brennende Kälte. Jeder Atemzug, den Zarelda nahm, trug zu viel Wissen in sich, die Gerüche waren so überwältigend, dass sie ihr Übelkeit verursachten, der Geschmack füllte ihren Mund und ertränkte sie – aber die ganze Zeit hielten die Stimmen ihres Vaters und Kemaras sie im Hier und Jetzt verankert.

Du musst den richtigen in dich lassen ... Ihr Vater hatte ihr das gesagt, und sie hatte es auch gelesen, aber nicht richtig verstanden. Wie sollte sie wissen, wer der richtige Geist war? Als sie reglos aus dem Kreis in die Nacht starrte, erblickte sie die dort versammelten Geister, schimmernde Lichtflecken und Energie, die ständig neue Gestalten annahmen. Sie wurden zu Vögeln, Echsen, Katzen, Heuschrecken und sogar zu Fischen oder halbmenschlichen Hybriden, je zur Hälfte winzige Männer und mythische Ungeheuer. Sie alle schwebten vor dem Kreis. Ihr erschienen sie völlig real, aber sie wusste, dass nur ein Zauberer sie sehen konnte, und zum ersten Mal fiel ihr auf, dass keiner von ihnen auch nur einen Grashalm bog. Sie waren nur für sie da, und das war sowohl wunderbar wie Furcht einflößend.

Sie hatte das Lehrbuch, das ihr Vater ihr gegeben hatte, von vorn bis hinten gelesen und sogar teilweise verstanden. *Magie wird durch Symbiose gewirkt,* hatte sie das erste Kapitel gelehrt. *Die Geister sind pure Energie, aber diese Energie können sie nicht entladen, darum müssen wir Zauberer der Kanal für diese Energie sein. Indem wir uns mit einem Geist verbinden, werden wir ihr Kanal für den Austausch mit der Welt: Wir leiten sie mit Worten und Zeichen. Aber um echte Erfolge zu erzielen, um eine wirklich stabile zauberische Partnerschaft zu erreichen, muss man einen Geist wählen, dessen Natur der eigenen Natur am besten entspricht.*

Bei der Lektüre dieser Worte war es völlig natürlich und einfach erschienen, aber als die Geister den Kreis um sie schlossen, fand sie sich von ihren zahlreichen Augen genauso überwältigt wie von ihren hungrigen Mündern und ausgestreckten Pfoten und Krallen. *Nimm mich,* riefen sie alle. *Nimm mich.*

Sie schloss die Augen.

Wähle niemanden, und deine Gabe wird verblassen. Triff die falsche Wahl, und der Fehlgriff wird dich und deinen falsch gewählten Familiar verschlingen und vergiften. Deine Gabe wird sich in zerstörerisches Mizra verwandeln, und der Kirchenbann wird dich treffen.

Trotzdem waren Fehlgriffe selten, das hatte ihr Vater ihr versichert. »Als ich Cognatus sah, da *wusste* ich es einfach. Folge deinem Herzen, Zar.«

Jetzt schaute sie stumm in die Nacht hinaus, wo die Schatten im Licht aus ihren Augen tanzten, sich ihr präsentierten und *sie* kosteten. Ihnen war der Einsatz genauso bewusst wie ihr, auch sie wollten keine unpassende Verbindung. Und als die Zeit verstrich, wurden die sich verändernden Schatten immer weniger.

Am Ende werden es nur noch zwei sein, hatte sie gelesen, *die am besten zu deiner Seele passen. Aber der eine wird besser zu den Mächten passen, die das Leben nähren und die wir als Praxxis bezeichnen, während der andere mehr der Zerstörung oder dem Mizra zugeneigt ist. Diese letzten beiden sind Zwillinge, Licht und Finsternis. Wähle das Licht.*

Also wartete sie, bis endlich nur noch zwei Geister um sie warben, ein roter und ein brauner Fuchswelpe, die sie unablässig umkreisten. Beide waren absolut bezaubernd, weiche, einnehmende Fellbündel. Ihre großen Augen versprachen Liebe, während sie eine Gestalt nach der anderen annahmen, von Lämmern zu Katzen zu Welpen zu Fröschen und zurück zu Füchsen, die schon immer Zars Lieblingstiere gewesen waren.

Der rote war so süß, dass sie beinahe nach ihm gegriffen hätte – aber dann fiel ihr auf, dass er nie zuerst eine neue Gestalt annahm. Er wartete auf ihre Reaktion, auf seinen Konkurrenten, er war *berechnend,* während der ganz gewöhnlich aussehende braune eine glänzende Unschuld besaß.

Sie gab ihrem Vater ein Zeichen, und er ließ den magischen Kreis verblassen. Sie griff nach dem kleinen braunen Fuchs. Der Geist stieß ein Gurren aus und löste sich in ihr auf, und ihre Seele jubilierte.

Im nächsten Augenblick biss ihr der rote beinahe die Hand ab; plötzlich fauchte und knurrte er, prallte gegen die Luftmauer über dem Schutzkreis, und eine Sekunde lang sah Zar nur zuschnappende Zähne und Krallen, die auf die Schutzzeichen einschlugen, während sich Zorn messergleich in ihre Seele bohrte.

Dann fauchte ihr Vater etwas und schlug das Ding zur Seite. Jetzt war da nur noch ihr Auserwählter, ein kleiner brauner Fuchswelpe, der sie anstrahlte und auf ihren Schoß hüpfte. Zar verliebte sich.

»*Ego nomine vos ›Adefar‹*«, fiel ihr noch rechtzeitig ein zu murmeln. *Ich gebe dir den Namen Adefar*: die Kurzform von Adela, der Name, den ihre Mutter für ihren Familiar gewählt hatte.

Ihr Vater und Kemara, die zu ihren beiden Seiten standen, blickten zu dem kleinen Geschöpf herunter, dann schnupperte Vaters Cognatus an Adefar, der das respektvoll erwiderte wie ein Kind bei einem Erwachsenen. Zar lächelte den Papagei und den Fuchswelpen an und fand, dass sie als Paar so gar nicht zusammenpassten.

»Gut gemacht«, sagte ihr Vater. »Du hast den richtigen Familiar gewählt. Jetzt musst du lernen, mit ihm zu leben.«

Zar streichelte ihren neuen Gefährten und fühlte sich glücklicher als je zuvor im Leben. Ihr Vater lächelte und umarmte sie fest. Als er sie endlich wieder losließ, wandte sie sich Kemara zu und erwartete von ihr ebenfalls eine Umarmung.

Stattdessen erhob sich die Heilerin. »Ich gratuliere«, murmelte sie und ging. Das war seltsam, andererseits aber kaum mehr als ein winziger Makel in einem ansonsten perfekten Augenblick.

Ihr Vater tätschelte ihr Knie. »Zu Hause hätte man dich in dem Augenblick, in dem du dein Potenzial gezeigt hättest, auf deine Eignung überprüft, auf einer Academia aufgenommen und dich durch deine Manifestation geleitet – aber hier draußen hast du das alles allein gemacht. Aber eines darfst du nie vergessen: Ab sofort bist du fähig, andere Menschen zu töten – und dich selbst auch. Ich weiß, dass du es kaum erwarten kannst, Dinge auszuprobieren. Aber vergiss niemals, dass Zurückhaltung die prägende Eigenschaft eines jeden guten Zauberers ist. Du musst deinen Geist und deine Macht meistern, bevor du anfängst, sie zu benutzen.«

Pflichtschuldig nickte sie, dabei schnurrte sie beinahe, während sie den Fuchswelpen streichelte.

»Lerne die Worte, lerne die Runen«, fuhr ihr Vater fort. Er klang todernst. »Lerne, was du kannst und was nicht. Natürlich werde ich dir dabei helfen.« Er zerzauste ihre Haare. »Und vergiss niemals, dass dein Familiar für jeden außer anderen Zauberern unsichtbar ist, also wird es andere Leute nur verärgern, wenn du anfängst, ihn zu streicheln oder mit ihm zu reden. Oder sonst wie auf ihn reagierst.«

»Er ist so süß«, sagte sie und betrachtete ihre neue Liebe.

»Er ist genau das, was dir seiner Meinung nach gefällt«, sagte ihr Vater, »aber dir muss klar sein, dass ›er‹ vermutlich Jahrhunderte alt ist und eigentlich kein Geschlecht hat – Geister können jede gewünschte Gestalt annehmen. Er wird dich auf die Probe stellen, deine Geduld und deinen Willen reizen, aber zeige ihm Liebe, und er wird sie erwidern. Ist euer Bund stark, wirst du einen Freund wie keinen zweiten haben.«

»Ich bin bereit«, sagte sie stolz. »Darauf habe ich mein ganzes Leben lang gewartet.«

»Ich weiß.« Er legte den Arm um sie und drückte sie an sich. »Das hast du gut gemacht, Novizin Zarelda. Willkommen in einer größeren Welt.«

»Und, Meister Vyre, habt Ihr eine Lösung gefunden?«, fragte Mater Varahana und trat neben Raythe an den Rand der Klippe, wo die Straße ins Meer stürzte.

»Noch nicht«, gestand Raythe.

Seit drei Tagen stand er hier und spähte über die Steinkante auf die von Gischt umspülten Felsen in der Tiefe, und er war sich darüber im Klaren, dass man anfing, ihn in Zweifel zu stellen. Ununterbrochen hatte er über das Problem nachgedacht, aber bis jetzt war ihm lediglich eingefallen, die Klippe zu zerstören und aus dem Geröll einen Pfad entlang des Ufers zu erschaffen. Aber das war keine besonders praktische Lösung, wie er zugeben musste, und darüber hinaus hatte er seine Zweifel, dass er über die dazu nötige Kraft verfügte.

»Habt Ihr eine Idee?«

Die Haltung der Mater ließ erahnen, dass sie das in der Tat hatte. »Habt Ihr Euch die Landzunge einmal genau angesehen?«

Raythe wandte sich dem Berg zu, der sich beinahe senkrecht über ihnen erhob und das Gebirgsmassiv mit der Küstenlinie verband. »Vidars Jäger haben nach einem Weg durch die Berge gesucht, aber bis jetzt haben sie nur ein paar Wildziegenpfade entdeckt.«

Der Bärenmann, der mit Jesco in der Nähe stand, grunzte mürrisch. »Das ist ein Ausläufer der Großen Nordmauer«, grollte er. »Bis jetzt habe ich nichts gefunden, auf dem sich ein Pferd mühelos bewegen könnte, geschweige denn ein beladener Wagen.«

Varahana lächelte schmal. »Dann lasst mich euch zeigen, was ich heute Morgen entdeckt habe.«

Während Cognatus durch die Luft flatterte, folgten Raythe, Jesco und Vidar der Priesterin in den Schatten der Landspitze. Sie führte sie zwischen Kiefern einen steilen Hang hinauf und bahnte ihnen einen Weg durch das Unterholz. Nachdem sie ein paar Minuten in die Höhe gestiegen waren, erschien ein niedriger Bach, der durch einen schmalen Felsspalt plätscherte. Es gab kaum genug Platz, dass zwei Leute nebeneinander hergehen konnten, aber mit etwas Vorsicht konnte ein Wagen hier fahren. Als Varahana die Sandalen von den Füßen streifte und so anmutig wie ein Reiher stromaufwärts watete, blieb den Männern keine Wahl, als ihr zu folgen. Aber sie murrten über das kalte Wasser.

Je weiter sie gingen, umso tiefer wurde das Wasser, bis sie nach ungefähr sechzig gewundenen Metern zu einem kleinen Teich kamen, der zur Hälfte von einem Vorhang aus dicken Schlingpflanzen verborgen wurde, die vom Rand einer mehr als fünfzig Fuß hohen Klippe wucherten. Die heilige Frau stellte sich dramatisch in Pose und zeigte in die Höhe. »Ta-da!«

Raythe kniff die Augen zusammen und folgte der Richtung ihres Fingers – und stieß einen überraschten Ruf aus, denn die Schlingpflanzen wanden sich um ein herabgestürztes Fallgatter aus Eisen von einer Breite von etwa zwanzig Fuß. Aus diesem

Winkel konnte er sehen, dass die Felswand unnatürlich flach war.

»Was ist das?«, fragte Vidar.

»Ein Rath. Das Haus eines Aldars«, sagte Mater Varahana in einem beinahe andächtigen Tonfall.

»Ein Aldar?«, quiekte Jesco und schlug hastig ein Zeichen gegen das große Böse.

Raythe zog sein Falchion und hackte einen Weg durch das üppige Grün, das die Klippe bedeckte, bis sie den wuchernden Pflanzenvorhang hinter sich ließen. Dort fanden sie die Überreste eines uralten Holztores, das geborsten an seinen Angeln hing und einen feuchten Luftzug entließ, der nach Verfall roch.

»Fühlt ihr das? Die Luft dort drin ist in Bewegung – also muss es eine andere Öffnung geben«, sagte Varahana.

Raythe murmelte *»Cognatus, animus: lumis«,* während er Flux, die Rune der Energie, in die Luft zeichnete. Als sein Familiar in ihn eindrang, hatte er das Gefühl, dass Cognatus dieser Ort kein bisschen behagte, aber in seiner linken Handfläche bildete sich eine matte Lichtkugel, die das Innere der Höhle erleuchtete und einen dunklen Tunnel enthüllte.

»Jetzt können wir sehen«, sagte er fröhlich zu Jesco.

»Du kannst manchmal so ein Angeber sein«, murmelte der Shadraner. »Wer hat das Tor eingeschlagen?«

»Das könnte jeder gewesen sein. Tiere, Räuber oder einfach auch nur die Zeit«, erwiderte Varahana. »Immerhin sind die Aldar vor fünfhundert Jahren gestorben.«

»Jeder weiß, dass Raths heimgesucht werden«, knurrte Vidar. »Darum nennen die Ferreaner Geister auch ›Gespenster‹.«

»Unsinn«, widersprach Varahana energisch. »Ein Rath war einfach nur ein Ort zum Wohnen. Die Aldar haben für die Ewigkeit gebaut, und am Ende haben sie hauptsächlich unter der Erde gelebt, um den verheerenden Stürmen zu entkommen, die sie auf die Welt losgelassen hatten. Nur wenige Siedlungen sind den Mizrakriegen entgangen, aber ein paar waren so gut verborgen, dass man sie nie gefunden hat. Das hier könnte eine davon sein.«

Raythe hatte die Überreste von zwei aldarischen Festungen im südlichen Otravia gesehen. Beide waren kaum mehr als zerborstene Steine gewesen, die die Natur zurückerobert hatte und die von Glücksjägern und Dieben ausgeplündert worden waren, aber was, wenn diese hier unberührt geblieben war? Relikte der Aldar waren immer gesucht, und einige konnten Tausende Silbermünzen wert sein.

»Lasst ihn uns erforschen«, sagte er. »Vielleicht gibt es einen Weg durch das Küstenland. Dieser Bach könnte der Rest einer alten Straße sein. Raths waren oft auch Minen, und die Stollen waren breit genug für Wagen.«

»Ich könnte hierbleiben und das Tor bewachen«, schlug Jesco vor.

Vidar sah ihn fragend an. »Hast du Angst?«

»Angst? Ich bin entsetzt!«

»Du? Der furchtlose Jesco Duretto?«, höhnte Vidar.

»Ich weiß, ich weiß. Der beste Fechter seit Anbeginn der Schöpfung, auch der beste Schütze, und die Rebellion habe ich ohne jeden Kratzer überstanden. Und willst du wissen, warum das so ist? Angst. Ich habe so viel Angst, dass ich mich schneller ducke, härter kämpfe und schneller töte als alle anderen. Und du, großer Mann?«

»Ein Norganianer kennt keine Angst. Wir kommen, um zu töten.« Vidar schenkte Varahana ein breites Grinsen. »Wenn Ihr sagt, dass es dort drinnen keine Geister gibt, dann gibt es keine Geister.«

»Das habe ich nicht gesagt.« Varahana lächelte. »Aber wir haben einen Zauberer dabei. Ich werde mich hinter ihm verstecken.«

»Und ich werde mich wie gewöhnlich hinter Jesco verstecken, damit sich der Kreis schließt«, sagte Raythe energisch. »Gehen wir endlich, damit wir nicht zu spät zum Abendessen kommen.«

Sie zogen die Stiefel wieder an, dann ging Raythe voraus. Sein Praxxislicht brannte gleichmäßig, seine Schritte waren sicher. Zuerst war der Untergrund mit verfaulenden Blättern und Überresten wie den Knochen vor langer Zeit verstorbener Tiere übersät, aber das hörte nach einer Weile auf, bis alles nur noch von einer dünnen Staubschicht bedeckt war. Der Rath war schon lange Zeit ohne jedes Leben.

Dann öffnete sich der Tunnel zu einem großen Raum, in dessen Mitte ein zerbrochener Springbrunnen stand. Varahana keuchte auf und eilte darauf zu. »Große Garda, seht euch das an«, rief sie. Ihre Stimme hallte durch die Tunnel.

Auf dem Boden lag die zerbrochene lebensgroße Statue eines Mannes in langer Robe, wunderbar gearbeitet in goldenem und hellem Marmor. Alter oder Zerstörung hatten die feineren Einzelheiten des Gesichts abgeschliffen.

»Ist das ein Aldar?«, wollte Jesco wissen.

»Ich glaube, schon. Allem Anschein nach war die Kirche schon vor langer Zeit hier«, sagte Varahana voller Bedauern, als würde sie selbst nicht der Kirche angehören. »Nach den Mizrakriegen sind sämtliche Darstellungen der Aldar zerschlagen und ihre Wohnstätten gründlich geplündert und dann verlassen worden. Es war niemandem erlaubt, in den Raths zu leben.«

»Wer will auch schon an so dunklen, unheimlichen Orten leben?«, murmelte Jesco.

»O nein, einst waren sie voller Licht und Farben«, erwiderte die Mater, die sich aufmerksam umsah. »Sie waren wunderschön.«

Vier Ausgänge führten von dem Hof, und sie waren aus Südosten gekommen. Links führte eine Treppe in die Tiefe, dem leisen Rauschen von Wellen nach zu urteilen, möglicherweise zur Küste. Der Weg zu ihrer Rechten war blockiert, aber der Pfad, den sie brauchten, verließ genau gegenüber in nordwestlicher Richtung den Raum.

»Gehen wir weiter«, entschied Raythe. »Vidar, bitte markiere unseren Weg.«

Sie gingen durch die von Raythes Praxxislicht erhellte Dunkelheit. Auch wenn sie alle gebildet waren, hatten die meisten von ihnen auf den Knien ihrer Großmütter die Geschichten über das versunkene Aldar gehört, von rachsüchtigen, unmenschlichen Geistern mit Giftatem, deren bloße Berührung einem Menschen die Seele aus dem Leib reißen konnte. In dieser uralten Leere konnte man solche Geschichten nicht so ohne Weiteres vergessen.

»Wer genau waren die Aldar eigentlich?«, wollte Jesco plötzlich wissen. »Ich habe gehört, dass sie acht Fuß groß waren und von den Sternen kamen. In den Geschichten heißt es, dass sie Flügel hatten und ihre Augen einen Mann auf der Stelle verbrennen konnten.«

»Das ist alles Unsinn«, sagte die Mater. »Es waren Menschen wie wir, und sie benutzten das Mizra, um sich das Leben leichter zu machen, bis es sich gegen sie wandte und vernichtete. Sie waren arrogante Sklavenhalter, die sich zum reinen Vergnügen bekriegten.«

Sie betraten die nächste Halle. »Was haben wir denn hier?«

Raythes Licht enthüllte einen weiteren Hof mit einem ausgetrockneten Teich, in dessen Mitte sich ein Springbrunnen erhob. Allerdings gab es hier ein kuppelförmiges Dach mit einem richtigen Oberlicht in die Welt über ihnen. Abgesehen von ein paar zerborstenen Buntglasscheiben, durch die Schlingpflanzen in die Tiefe wucherten, war die Kuppel größtenteils intakt. Auf dem von Rissen durchzogenen Steinboden lagen kleine Haufen aus vertrockneten Blättern und Geröll, aber am erstaunlichsten war die beinahe unversehrte Statue, die sich ein Dutzend Fuß hoch über den Platz erhob. Vier Arme waren weit ausgebreitet, aber alle an den Ellbogen abgebrochen; zu ihren Füßen lag der Kopf, der nun nur noch ein zerschmetterter Marmorklumpen war. Die Statue stellte eine schlanke Frau mit geflügelten Füßen dar, deren Gewand mit einer Schlange als Gürtel verschlossen wurde.

»Ist das eine Aldar?«, fragte Vidar. »Seht doch, ich habe euch doch gesagt, dass sie nicht menschlich waren. Sie hat vier Arme.«

»Nein, das ist eine ihrer Göttinnen.« Varahanas Gelehrtenseite war völlig fasziniert. »Vielleicht ist es Kiiyan, sie wurde am meisten verehrt. Die Sterbenden beteten zu ihr und baten um Gnade im Leben nach dem Tode. Die zusätzlichen Arme sind ein Symbol ihrer Attribute. Normalerweise würden sie Laternen oder Blumen halten.«

»Ki-ee-yan.« Jesco sprach das neue Wort mit andächtiger Betonung aus. Er sammelte Götter, zu denen er im Kampf beten konnte. Er verneigte sich. »Wir wollen hier niemandem schaden, Hohe Dame.«

Raythe schnaubte und ging weiter. Er wollte einen Sockel vor dem Brunnen näher in Augenschein nehmen, auf dem ein Steinkasten aufgeschlagen worden war. Vorsichtig stieß er gegen eine Kupferscheibe, die in dem Geröll lag. Einen Augenblick lang pulsierte ein schwaches rotes Licht unter seinem Finger – im nächsten Moment brach eine Stelle an der Wand nach innen zusammen und enthüllte eine rechteckige Öffnung. Das Poltern der fallenden Steine hallte durch den Raum.

Alle zuckten überrascht zusammen und hoben die Waffen, während der Lärm durch die stille Ruine echote und ein Schwall staubiger Luft über ihnen zusammenschlug. Raythe sah die Kupferscheibe erneut an, aber das leichte Schimmern, das er zu sehen geglaubt hatte, war verschwunden. Obwohl die neue Öffnung bedrohlich schimmerte, bewegte sich dort nichts.

»Wir sollten gehen«, schlug Jesco vor. »Dieser ganze Ort könnte über uns einstürzen.«

»Nein«, erwiderte Varahana. »Denkt doch nur: Was auch immer sich dort unten befindet, ist nie geplündert worden. Stellt euch das nur vor!«

»Ich stelle es mir vor, darum bin ich ja der Meinung, dass wir hier verschwinden sollten.«

»Uns passiert schon nichts«, sagte Raythe. »Sie sind alle tot. Aber wir sollten es uns ansehen. Wenn wir die Karawane hier durch führen, müssen wir wissen, ob es sicher ist.«

Jesco stöhnte, aber Varahana schnappte sich Raythe und zog ihn mit sich, da er das Licht hielt. Vidar folgte ihnen mit misstrauischer, aber entschlossener Miene.

Raythe und Varahana wechselten einen neugierigen Blick, dann traten sie gemeinsam durch den aufgebrochenen Torbogen. »Seht Ihr?« Er untersuchte die zerbrochenen Siegel. »Es war von innen verschlossen.«

»Das ist nicht gut«, quiekte Jesco und klang ganz anders als seine übliche selbstbewusste Frohnatur.

»Die Adligen wurden zusammen mit ihren obersten Dienern bestattet«, dozierte Varahana. »Es wurde von ihnen erwartet, sich mit dem Toten einzumauern.«

»Wie nett«, sagte Jesco. »Raythe, nur damit du es weißt, wenn du stirbst, bist du auf dich allein gestellt.«

Raythe lachte und ging weiter, wo Stufen tiefer in die Dunkelheit hinein führten. Der Verputz an den Wänden wurde von tiefen Spalten durchzogen, aber man konnte noch immer die Überreste eines Wandbildes ausmachen, auf dem Götter der Aldar mit mehreren Armen um die Vorherrschaft stritten oder an Höfen mit hochgewachsenen, schlanken hellhäutigen Leuten ihre Urteile fällten – sollten das Aldar sein? Alle Götter trugen Masken, einige davon wild, andere friedlich, in den verschiedensten Farben wie Rot, Weiß, Schwarz, Blau oder Grün gehalten, während die Aldar schmale, hellhäutige Gesichter hatten.

»Das ist so wunderschön«, hauchte Varahana. »Seht doch, das ist Kagemori, der Totengott mit der Dämonenmaske, und Kiiyan mit den Tauben. Und der Jade-Imperator mit der smaragdgrünen Drachenmaske ... Liebe Garda, ich habe noch nie ein so großes aldarisches Wandgemälde gesehen.«

Raythe betrachtete Kagemori mit der schwarzen Maske und den roten Augen und erschauderte. Der Totengott war gerade im Begriff, einen Bittsteller zu enthaupten, während wilde Tiermänner die Kadaver derjenigen fraßen, die bereits geprüft und nicht für würdig befunden worden waren. »Wo kommen wir hier hin?«, fragte er Varahana.

»Ich weiß es nicht«, gestand sie ein und konnte den Blick nicht von dem Wandgemälde losreißen, versuchte, sich jede Einzelheit einzuprägen.

Ein Stück weiter wurden die barbarischen Gemälde noch verstörender und zeigten zerstückelte Körper zu Füßen ihrer Henker sowie die verzerrten Mienen der Verurteilten, die gebräunte, menschliche Gesichter aufwiesen.

Vidar betrachtete die gegenüberliegende Wand. »Seht euch das an.«

»Es zeigt den Paradiessaal des Jade-Imperators«, rief Varahana aus. Auf der höfischen Szene spielten Musikanten den Tänzern auf. Varahana trat vor die nächste Tafel und lachte laut; das Geräusch hallte fröhlich durch die fast vollständige Dunkelheit. »Nun, sie waren offensichtlich wirklich Sünder, die keine Scham kannten.«

Alle studierten die Szene, in der die meisten Gäste im Palast des Jade-Imperators nackt und mit jenen Dingen beschäftigt waren, die die Priesterinnen von Deo und Garda missbilligten, selbst wenn sie nur der reinen Fortpflanzung dienten.

»Im Himmel der Aldar wird gevögelt?« Jesco kicherte. »Wenn ich sterbe, will ich dorthin.«

»Jesco, das ist Blasphemie«, warnte Vidar, allerdings war er mehr Varahanas wegen beleidigt als seinetwegen.

»Wir wissen, dass die Aldar ganz andere Sitten hatten«, sagte Varahana erhaben, obwohl in ihren Augen ein Funkeln lag. »Sexuelle Begegnungen wurden nicht als sündhaft betrachtet, und sie waren ziemlich …« Sie war vor einer Tafel stehen geblieben, auf der die Akteure offensichtlich beide weiblich waren. Sie errötete, brachte ihren Gedanken aber zu Ende. »Äh ... ziemlich liberal.«

»Kein Wunder, dass sie alle in der Flammengrube schmoren«, meinte Raythe sarkastisch. »Wollen wir weiter?«

»Euch wird aufgefallen sein, dass die Adligen von heller Haut waren«, sagte Varahana auf dem nächsten Treppenstück nach unten. »Helle Haut impliziert ein Leben frei von jeder Mühe. Die Aldar glaubten, dass nur jene von edler Geburt ins Paradies aufstiegen; geringere Wesen wurden wiedergeboren und suchten Läuterung. Darum waren ihre hauptsächlichen religiösen Symbole das Heilige Rad und der Uros, eine Schlange, die den eigenen Schwanz verspeist.«

»Reinkarnation«, wiederholte Jesco leise. »Ich würde gern als Königin wiedergeboren.«

»Ich glaube, das ist bereits geschehen«, scherzte Varahana, und der Shadraner prustete vor Lachen.

»Für eine Priesterin seid Ihr ganz witzig«, sagte er. »Wie ernst nehmt Ihr Euer Gelübde?«

Varahana warf ihm einen finsteren Blick zu. »So ernst, wie ich meinen Rang nehme.«

Nur eine Jungfrau konnte zur Mater werden.

»War ja nur eine Frage.« Jesco klimperte mit den lächerlich langen dichten Wimpern über den großen, leuchtenden Augen. »Ich erkundige mich nur im Namen eines Freundes. Trägt Felle, ziemlich groß, ist ein echtes Tier.«

Vidar knurrte warnend.

»Seht Ihr, was ich meine?« Jesco lachte. »Ihr habt einen Verehrer, ob Ihr nun eine Priesterin seid oder nicht.«

»Ich bringe dich schnell um«, versprach Vidar. Varahana schenkte beiden Männern einen ziemlich verblüfften Blick.

»Schluss damit«, unterbrach Raythe sie gereizt. »Konzentrieren wir uns auf unsere Aufgabe, ja?«

Der Weg führte weiter in die Tiefe. Nun zeigten die Wandgemälde ein Reich im Meer, das von einer Göttin mit blauer

Maske und Tentakeln als Haare beherrscht wurde. Aber sie waren in keinem guten Zustand, da sie durch das Wasser gelitten hatten, das aus den Felsen gesickert war. Der Tunnel endete an einem Torbogen, hinter dem sich ein kleiner Raum anschloss. Davor lagen zwei zusammengesunkene Skelette in Gewändern, die zu Staub zerfielen, als Varahana sie berührte. Sie schlug Gardas Zeichen über beiden. »Ruht in Frieden, ihr Treuen«, sagte sie leise.

»Verkraggte Narren«, schnaubte Jesco.

»Vermutlich hatten sie keine Wahl, und ihre Familien dürften für ihr Opfer belohnt worden sein«, erwiderte die Mater mit trauriger Stimme, bevor sie dann plötzlich herausplatzte: »Liebe Garda, das ist wirklich ein Grabmal der Aldar – ich bin im Paradies!«

Sie eilte in den nächsten Raum. Raythe folgte ihr, und sein Praxxislicht erhellte eine nur spärlich geschmückte, ovale Kammer, deren Durchmesser etwa ein Dutzend Fuß betrug. Hier stand ein Sarkophag, dessen Größe die eines Menschen übertraf. Der Deckel war mit Staub bedeckt. Varahana zufolge zeigten die Gemälde an den Wänden den Jade-Imperator und die Hohe Dame Kiiyan, denen ein kniender, maskierter Krieger huldigte.

Varahana begab sich zu dem Sarkophag und wischte den Staub mit der Hand weg. Dann zuckte sie zurück. Raythe trat neben sie. Der Deckel war aus Glas, und nun, da der Schmutz entfernt war, konnten sie deutlich ein Wesen in einem kostbaren Gewand und einer Dämonenmaske sehen. Die sichtbare Haut der Leiche war von Alter und Austrocknung dunkel, die Finger nur noch Knochen, aber ein Ring am rechten Zeigefinger glänzte golden.

»Es ist der Mann – oder die Frau – auf dem Gemälde«, hauchte Varahana. Sie deutete auf die kniende Gestalt. »Seht Ihr, es ist dieselbe Maske. Um so eine Gruft zu haben, muss das ein aldarischer König oder eine Königin sein.« Ihre Stimme war ehrfurchtsvoll. »Ich habe schon davon gehört, dass aldarische Skelette jahrtausendelang intakt bleiben, aber die Kirche hat sie bei ihrem Feldzug, jede Erinnerung an die Aldar auszumerzen, alle verbrannt. Eine so intakte Gruft zu finden ist unglaublich!«

»Es heißt, die Aldar konnten durch reine Willenskraft nach Belieben Mann oder Frau sein«, hauchte Jesco. »Das muss man sich mal vorstellen.«

Varahana sah ihn an. »Euch ist schon klar, dass das nur ein Ammenmärchen ist, oder? Es basiert auf schlechten Übersetzungen alter Texte. Die Aldar benutzten keine geschlechtsspezifischen Bezeichnungen wie ›Er‹ oder ›Sie‹ in ihren Schriften, und sie zeigten sich Menschen nie ohne ihre Masken, also verbreitete sich die Geschichte, sie hätten kein Geschlecht. Das ist alles Unsinn – und das ist eine Tatsache.«

Jesco zuckte mit den Schultern. »Tatsachen werden überbewertet. Ich ziehe meine eigenen süßen Fantasien vor.«

Varahana winkte ab und konzentrierte sich wieder auf den Aldar in der Grabstätte. »Das ist großartig, Raythe.« Sie studierte die Aufschrift an der Seite, dann übersetzte sie die Symbole. »Bu-ra-ma-na-ka ... Buramanaka. Das bedeutet so viel wie ›Verschlingender Wind‹.«

»Nett«, meinte Jesco. »Offensichtlich ein liebenswerter Bursche, mochte Kinder ... am liebsten zum Frühstück.«

»Wir sollten ihn verbrennen«, knurrte Vidar.

»Niemals!«, rief Varahana. »Das ist ein Fund von unschätzbarem Wert.«

»Sollte eine Priesterin diesen Ort nicht exorzieren?« Varahanas Leidenschaft amüsierte Raythe.

»Ein Exorzismus ist Schwachsinn. Das ist nur ein Schauspiel für das Volk«, erwiderte die Mater und trampelte damit auf jahrhundertealten Kirchentraditionen herum. »Liebe Garda, ich könnte so viel lernen, wenn ich dieses Skelett untersuche und seine Kleidung und seine Besitztümer – seht doch nur, wie gut erhalten alles ist. Wenn wir es zurücklassen und ein anderer findet es, wird man es aller Voraussicht nach vernichten. Und wer kann schon sagen, welches Wissen für alle Zeiten verloren sein wird? Raythe, können wir das mitnehmen?«

Raythe sah von dem aufgeregten Gesicht der Priesterin zu der Maske des toten Aldars und zurück. »Ich verstehe das, Vara, das tue ich wirklich. Aber denkt an die praktische Seite. Wie sollten wir das sicher transportieren? Es würde in dem Augenblick zerfallen, in dem wir versuchen würden, es zu bewegen.« Er studierte die unheimliche Leiche, dann schenkte er der Priesterin einen mitfühlenden Blick. »Diese Ringe sind wertvoll. Ihr könnt sie nehmen.«

Varahana sah entsetzt aus. »Aber die Maske ...«

»Die nicht«, beharrte Raythe. Aldarische Masken hatten einen seltsamen Ruf.

Varahana sank in sich zusammen, aber sie widersprach nicht. »In Ordnung, wenn Ihr darauf besteht.« Sie wandte sich wieder dem Sarg zu, fand den Verschluss und öffnete ihn, dann ergriff sie den Deckel und hob ihn in die Höhe.

Furcht ...

»Habt Ihr das gehört?«, fragte Raythe. Es klang, als hätte jemand das Wort »Furcht« geflüstert – oder war es »Vyre« gewesen? Aber sonst hatte niemand darauf reagiert, also glaubte er sofort, sich getäuscht zu haben.

»Was gehört?«, quiekte Jesco. »Einen Geist?«

»Nein«, antwortete Raythe, griff auf seine Zauberersicht zurück und schaute sich um. »Hier sind keine Geister.«

Varahana schlug den Segen über dem toten Aldar, dann zog sie die Ringe von den Knochenfingern. Sie übergab sie Raythe. »Die werden nicht verkauft«, sagte sie streng.

»Ich weiß.« Er gab sie ihr zurück. »Behaltet sie, eine Erinnerung an diesen Ort.«

Das ließ ihre Wangen beinahe glühen, dann wandte sie sich wieder der Maske zu und betrachtete sie voller Verlangen. »Können wir ...«

»Aldarische Masken waren zauberische Artefakte«, erinnerte Raythe sie.

»Dann sollten wir sie zerstören«, mischte sich Jesco ein.

»Das würde nicht genügen. Es sind besondere Riten notwendig, um sie unwirksam zu machen.« Er schloss den Glasdeckel und stieß die Luft aus. »Wir sollten diese Gruft wieder versiegeln. Es wäre nicht gut, wenn jemand hier runter kommt – erst recht nicht, da man sehen wird, dass kürzlich jemand hier war.«

Als sie wieder oben waren, verbarg er mit Cognatus' Hilfe ihre Spuren, dann tat er mit Erdmagie sein Bestes, das zerstörte Steinsiegel zu reparieren. Aber selbst nach den Zaubern blieb es schwach und voller Spalten, also zeichnete er die Rune *Visu* – das Auge –, um es mit einer Illusion zu verbergen. »Das wird reichen müssen«, sagte er den anderen. »Solange sich niemand dagegen stützt, wird es jahrelang verborgen bleiben.«

Der nächste Gang führte über eine Reihe serpentinenartiger Rampen in eine kargere Gegend, bis sie in eine ausgebrannte Eingangshalle mit einem riesigen Doppeltor kamen, das teilweise zerbrochen und den Elementen ausgeliefert war. Auf den oberen Verzierungen der Säulen nisteten Vögel, am Boden lagen alle möglichen Blätter, Zweige und alte Knochen, der angehäufte Schutt von Jahrhunderten. Die Decke war teilweise eingestürzt, die Luft stank nach Verfall.

Jesco, der heftig schwitzte, eilte zum Tor und kletterte über die Trümmer, um nur wenige Augenblicke später zurückzukehren und zu berichten, dass sich jenseits eine passierbare Pflasterstraße und ein bewaldetes Tal befanden. »Der Eingang ist deutlich sichtbar«, sagte er, »aber ich glaube nicht, dass hier jemand lebt. Im Tal gibt es keinerlei Anzeichen von Kochfeuern.«

»Die Geisterstraße ist seit Jahrzehnten für alle gesperrt gewesen«, erinnerte Raythe sie. »Hier draußen sollte niemand sein, und es ist kein fruchtbares Land.« In Gedanken ging er den Weg durch, den sie gekommen waren. »Wir müssen ein paar Treppen überbrücken, und es gibt ein paar enge Stellen, aber ich glaube, dass wir unsere Leute mit etwas Mühe hier durchbekommen, und zwar mit ihren Wagen.«

»Solange sie nicht zu abergläubisch sind, um es zu versuchen«, sagte Varahana. »Sie werden eine Ermunterung brauchen.«

»Ich bin sicher, dass Ihr sie überzeugen könnt, Vara. Und dass Ihr diesen Weg gefunden habt, ist großartig.«

»Deo wird immer unseren Weg erleuchten«, zitierte die Mater, »selbst in der dunkelsten Höhle.« Ihre Miene erhellte sich. »Ist dieser Ort nicht einfach unglaublich? Jetzt kann ich glücklich sterben.«

»Gouverneur, Eure Leute sind verschwunden. Was unternehmt Ihr deswegen?«

Der Ton von Toran Zornes Stimme veränderte sich nur selten, wie Larch Falkenstein bemerkt hatte. Ob er nun mithilfe eines weiß glühenden Messers einen Bauern befragte oder mit dem Gouverneur der Provinz sprechen musste, immer überwog derselbe unverändert monotone Tonfall. Ihm haftete eine beinahe kindhafte Schlichtheit an, als würde ihm das gefühlsmäßige Vermögen fehlen, seinem Vokabular einen Ausdruck zu verleihen.

Der Mann hat keine Seele, dachte er erneut.

Gouverneur Milek Veterkoi schien genauso zu empfinden. Der oberste lokale Bürokrat des Imperiums war ein fetter, schmierig aussehender Mann, der zusammengesunken auf dem Stuhl seines Arbeitsgemachs hockte, flankiert von grauhaarigen Funktionären, die ihm abwechselnd ins Ohr flüsterten. Das Gouverneurshaus stand in Sommahafen, fünfzehn Meilen von dem auf so geheimnisvolle Weise entvölkerten Dorf namens Teshveld entfernt.

»Mir ist egal, wo sie hingegangen sind, Meister Zorne«, erwiderte Veterkoi. »In Teshveld für Recht und Ordnung zu sorgen kostet mehr, als die Steuern einbringen. Das Imperium ist ohne sie besser dran.«

»Sie sind imperiale Untertanen und dürfen ohne Eure Erlaubnis die Grenze nicht überqueren.«

»Aber das haben sie«, fauchte der Gouverneur. »Ich wollte diese Bastarde und ihre Hurenfrauen ohnehin nicht haben. Meinetwegen können sie alle in die Flammengrube fahren.«

»Der Ramkiseri hält nichts von Flüchtlingen«, sagte Zorne energisch. »Und ich habe Grund zu der Annahme, dass sich mehrere gesuchte Männer und Frauen unter ihnen befinden.«

Der Gouverneur schnaubte höhnisch. »Sie sind *alle* Kleinkriminelle und Abschaum, Zorne.«

»Bei ihnen sind otravianische Rebellen, die vom Lictor steckbrieflich gesucht werden. Für ihre erneute Ergreifung hat er eine hohe Belohnung ausgesetzt. Vor allem ein Mann, der hier unter dem Namen Dash Cowley bekannt ist, hat einen Kopfpreis von einhunderttausend Silbermünzen.«

Die Augen des Gouverneurs drohten hervorzuquellen und Falkensteins auch.

Bei Gardas Titten, das reicht, um sich dreimal zur Ruhe zu setzen, dachte der Hauptmann der Grenzwache.

»Ich, äh …«, stammelte Gouverneur Veterkoi, dann riss er sich zusammen. »Wer ist dieser Mann?«

Das ist eine verdammt gute Frage, dachte Falkenstein. *Und was hat er getan und vor allem wem?*

»Sein richtiger Name ist Raythe Vyre«, sagte Zorne tonlos.

»Colfars rechte Hand?«, rief Veterkoi aus. Dann fragte er: »Wer bekommt die Belohnung?«

»Jede Belohnung wird demjenigen zufließen, der maßgeblich zum erfolgreichen Abschluss der Angelegenheit beiträgt. Wir von der Behörde profitieren nicht von unserer Arbeit; unsere Belohnung ist die Aufrechterhaltung des imperialen Friedens.«

Der Ramkiseri ist genauso korrupt wie jedes andere Ministerium auch, und der einzige Frieden, für den er sorgt, ist der des Grabes! Aber Falkenstein musste zugeben, dass Toran Zorne so etwas wie eine Ausnahme zu sein schien. Ein Mann, der das Ideal verkörperte, keine Bestechungen annahm und keine Kompromisse machte. *Ein Wunder, dass man ihn noch nicht abgestochen hat.*

»Der Schlüssel dieses Erfolgs wird der Beamte sein, der die Verantwortung für die nötige Unterstützung meiner Untersuchung übernimmt«, fügte Zorne hinzu und warf dem Gouverneur einen bedeutungsvollen Blick zu. »Diese Person wird auch die Verantwortung dafür übernehmen müssen, die Belohnung zu verteilen.«

Veterkoi beugte sich vor, entschlossen, dieser Mann zu sein. »Wenn ich Euch also Soldaten gebe und Ihr diesen Unruhestifter findet, bekomme ich die Belohnung – natürlich um sie unter jenen zu verteilen, die einen Anteil verdienen.«

»Das ist korrekt«, sagte Zorne steif.

»Ich glaube, dann verstehen wir uns, Unter-Komizar Zorne. Verfügt über meine Provinz. Aber findet die Flüchtlinge und erringt diese Belohnung für mich.«

Zorne verzog keine Miene. »Ich brauche ein Schiff – oder besser noch zwei. Mit einer Abteilung Marinesoldaten.«

»Zwei Schiffe?« Veterkoi hob die Brauen.

»Vyres Leute sind nicht nach Osten gezogen, zurück in das Imperiumsgebiet. Es ist zu dicht bevölkert, um sich dort verbergen zu können. Hätten sie ein Schiff bestiegen, hätten wir davon erfahren. Also müssen sie entweder nach Süden nach Shadra aufgebrochen sein, oder sie fliehen nach Nordwesten in die Küstenwälder. Zwischen hier und Shadra patrouillieren Flotten, und der dortige imperiale Gouverneur ist wachsam.« Sein Tonfall deutete an, dass Veterkoi das nicht war.

»Also komme ich zu dem Schluss, dass Vyre auf der Geisterstraße nach Norden zieht«, fuhr Zorne fort, »und wenn das der Fall ist, werde ich Schiffe brauchen, um ihn überholen zu können.«

»Aber wo wollen sie hin?« Veterkoi war verwirrt.

»Verdessa«, erwiderte Zorne. »Von dort kehrte Lord Gospodoi zurück, nur um von Vyre ermordet zu werden, und aus diesem Zwischenfall muss ich schließen, dass Lord Gospodoi in Verdessa etwas Wertvolles gefunden hat.«

»Dann sollt Ihr Eure Schiffe bekommen«, sagte Veterkoi widerstrebend. »Ich werde eine Woche brauchen, um sie aus dem Süden zurückzurufen. Sie müssen neu ausgestattet werden, und Ihr werdet den ganzen Weg gegen die Nordwinde ankreuzen müssen. Möglicherweise ist es besser für Euch, ihnen nachzureiten«, schloss er hoffnungsvoll.

Zorne dachte darüber nach, dann schüttelte er den Kopf. »Nein, ich werde trotz der Verzögerung Eure Schiffe nehmen. Falls ich mich irre, kann ich mit ihnen meinen Kurs korrigieren, ohne in der Wildnis gestrandet zu sein. Und ich will Hauptmann Falkensteins Männer als Späher behalten. Wir werden morgen aufbrechen.«

Falkenstein erinnerte sich an die tödliche Gewalt, die Vyre und seine Freunde gegen seine Männer entfesselt hatten. Er verspürte nicht den geringsten Wunsch, sich erneut mit ihnen anzulegen. Also warf er Veterkoi einen Blick zu und schüttelte andeutungsweise den Kopf, aber der Gouverneur ignorierte ihn und winkte hochmütig mit der Hand.

»Natürlich, Komizar. Falkenstein und seine Männer gehören Euch«, sagte er, und Falkensteins Herz sank. »Ich werde höchstpersönlich Eure Mannschaft aussuchen und die Schiffe requirieren. Und vielen Dank, Komizar.«

»Unter-Komizar«, korrigierte Zorne.

Mit einem stummen Seufzer salutierte Falkenstein seinem alten und seinem neuen Kommandanten, aber Zorne eilte bereits davon, nachdem er für den Gouverneur kaum mehr als ein flüchtiges Nicken übrig gehabt hatte.

Falkenstein beeilte sich, ihn einzuholen. »Dieser Bastard von Vyre muss wirklich die Verkörperung des Bösen sein«, meinte er, während sie eine Treppe hinuntereilten.

»Böse?« Zorne erschien verblüfft. »Ich erkenne dieses Konzept nicht an. Männer von niedriger Art werden von Selbstsucht und animalischen Bedürfnissen beherrscht. Nur höher entwickelte Männer handeln aufgrund von Prinzipien. Wie die meisten Menschen gehört Vyre zur niederen Art.«

So wie du, Falkenstein, schien der ausdruckslose Blick aus seinen grauen Augen hinzuzufügen.

Als sie den Gouverneurspalast verließen, konnte sich Falkenstein des Gedankens nicht erwehren, dass Zorne vermutlich sein Tod sein würde – und dass er dem Mann besser einen Dolch in den Rücken stieß, bevor das geschah.

Aber vielleicht sprechen da ja nur meine Selbstsucht und die animalischen Bedürfnisse ...

FÜNF

Durch den Rath

Die Reise durch den Rath der Aldar war nicht schwierig, aber ihre flackernden Fackeln stellten einen erbärmlichen Schutz gegen die Finsternis und die schiere Bedrohung der Tunnel dar, die jedem Reisenden die Luft aus der Lunge zu rauben schienen. Die Trostlosigkeit, die die Aldar als ihr Erbe hinterlassen hatten, zermalmte jede Hoffnung wie eine Lawine. Die Reisenden flüsterten, schlichen und beteten sich ihren Weg durch das Labyrinth.

Kemara Solus hatte keinen Spaß daran, Beca durch das Zwielicht zu locken. Doch sie hatte größere Sorgen als ein paar uralte Geister. Einen Monat zuvor hatte Osvard Rhamp in Gravis' Schenke nach ihrer Brust gegriffen, um sie genüsslich zu streicheln, also hatte sie ihm die Nase gebrochen. Angeblich sollte die Angelegenheit vergessen sein, aber sie wusste genau, dass Osvard nicht zu der Sorte gehörte, die Vergangenes vergangen sein ließ, und in letzter Zeit hatte er angefangen, sich wieder in ihrer Nähe herumzutreiben. Mater Varahana hatte Sir Elgus in ihrem Namen gewarnt, aber sie war sich ziemlich sicher, dass der alte Ritter das einfach ignoriert hatte.

Er wird etwas versuchen, ich weiß es. Ihre Mutter hatte ihr beigebracht, dass eine unverheiratete Frau der Welt tapfer die Stirn bieten und ihr eine Maske der Furchtlosigkeit präsentieren musste, sonst würden die Männer sie in den Dreck trampeln.

Du musst für dich selbst kämpfen, denn das wird niemand sonst tun. Aber ihre Mutter war ganz allein gestorben, weil sie die andere Lektion, die sich Kemara zu Herzen genommen hatte, nicht befolgt hatte: Einheit ist Stärke. Kemara hatte stets dafür gesorgt, sich für den gegenseitigen Schutz mit anderen Frauen anzufreunden.

Manchen Männern konnte man eine Nacht oder auch zwei vertrauen, aber nur eine Frau konnte eine Freundin sein. Und die einzige Person, die sie je von ganzem Herzen geliebt hatte, war auf schreckliche Weise gestorben, und sie hatte nur dabei zusehen und nicht das Geringste unternehmen können.

»Trost ...«

Die dunkle Stimme, die ihr ins Ohr flüsterte, als sie in eine große Halle kam, in der die staubigen Trümmer eines großen Springbrunnens zu Füßen einer kopflosen Statue lagen, ließ sie zusammenzucken. Ein Torbogen auf der anderen Seite zeigte, wo es weiterging. Beca zitterte nervös, und der Karren kam zum Stehen. Kemara entdeckte eine Fackel in einem Wandhalter, die den Ausgang markierte, aber dieses Flüstern war anscheinend aus Richtung des Brunnens gekommen.

Trost – oder etwa doch Solus?

Im nächsten Augenblick ertönte rechts von ihr ein Knirschen, eine große Staubwolke wallte auf und enthüllte einen zuvor verborgenen Gang. Einen Moment lang befürchtete Kemara, der ganze Tunnel würde einstürzen.

Dann bildete sich ein schattenhafter Umriss in der neuen Öffnung, und eine Frauenstimme flüsterte: *»Kemara.«*

Die Stimme riss an ihrem Herzen und erinnerte sie daran, dass es in der Dunkelheit schlimmere Dinge als Osvard Rhamp gab.

»Ionia?«, flüsterte sie, um dann den Kopf zu schütteln. *Ionia ist tot. Sie ist Asche.*

Aber der Schatten oder die Gestalt in einem Kapuzenumhang winkte sie zu sich, dann drehte er sich um und verschwand in der Dunkelheit. Kemara starrte ihm hinterher, von unerwarteter Trauer und Entsetzen in Bann geschlagen.

Dann lenkte sie Beca zur Seite, band sie fest, nahm die Fackel, die vorn an ihrem Kutschbock steckte, und eilte zu der neuen Tür – aber die war nicht normal. In der Luft hing ein durchsichtiges Schimmern, das den Durchgang verzerrte, aber sie konnte mühelos in den dahinterliegenden Gang schauen.

Das ist eine Illusion, erkannte sie. Jemand hatte einen Schleier über diesen Teil der Wand gelegt, und hätte sie nicht diese Stimme gehört, wäre sie einfach daran vorbeigefahren. *Und hätte ich Ionia nicht gesehen …*

Sie zögerte und warf einen Blick zurück, aber der nächste Wagen war noch nicht in Sicht, also trat sie mit hoch erhobener Fackel einfach ein. Auf der anderen Seite fand sie einen staubigen Gang, dessen Boden mit Geröll übersät war. Überall gab es Wandgemälde mit alten Göttern und Leuten, die Krieg führten oder sich vergnügten. Sie hielt inne, um sie sich genau anzusehen, da flüsterte diese Stimme von der nächsten Biegung: »*Kemara …*«

Sie fuhr herum und entdeckte einen zarten Schemen. Sie eilte dahinter her, aber er bewegte sich schnell und blieb immer gerade am Rand ihres Sichtfelds. Leichtsinnig folgte sie ihm, bis sie die Stufen zu einer kleinen Kammer hinuntereilte, die von zwei Skeletten bewacht wurde. In dem kleinen Raum erhob sich ein Sarkophag mit einem Glasdeckel. Von der geisterhaften Frau fehlte jede Spur, und die Stimme war androgyn geworden, trug aber ein fremdartiges Trällern in sich.

»*Koni'ka, Kemara*«, sagte sie. »*Toru gigaku ka.*«

Die Sprache war ihr bekannt, es war Aldarisch, genau wie Ionia es ihr beigebracht hatte, und die Stimme hatte gesagt: *Grüße, Kemara. Nimm die Maske.* Bei dem Gedanken, dass man sie nicht nur erkannt hatte, sondern auch, wer es getan hatte, pochte ihr Herz. Die Furcht von Jahren stieg in ihr auf und ließ sie an Ort und Stelle erstarren, denn genau *davor* war sie weggelaufen, und zwar seit ihrer Flucht aus Ferrea.

Nein, korrigierte sie sich, *ich bin vor dem Imperium geflohen. Zu dem hier bin ich geflohen ...*

Sie spähte in die Schatten, in der Hoffnung, ihre einstige Mentorin sehen zu können, aber da war niemand. Aber dann fing die uralte Asche, die die Decke verkrustete, plötzlich an zu funkeln, und das Gesicht einer Frau bildete sich – Ionia, die sie beruhigend und voller Verlangen anblickte.

»Kemara, mein geliebtes Herz, nimm sie«, flüsterte sie. *»Sie hat auf dich gewartet.«*

Kemara wollte etwas erwidern, aber das Gesicht verschwand, und die Worte blieben unausgesprochen. Ihr Herz pochte schmerzhaft, als sie sich über den Sarkophag beugte und ihn untersuchte. Darin lag ein vertrocknetes altes Skelett, dem man jeden Schmuck oder Ringe geraubt hatte, dabei wären sie nicht der wahre Schatz gewesen, denn der lag noch immer dort.

Eine Gigaku, eine aldarische Geistermaske.

Der Gegenstand war Furcht einflößend; lackiert in einem dunklen Scharlachrot, waren die Züge weder männlich noch weiblich. Die Nase war gerümpft, die Augenhöhlen riesig, und der Rachen bestand nur aus Zähnen. Sie hatte Ziegenhörner. Wenn man nicht genau wusste, was sie darstellte, war sie zweifellos ein historischer Schatz – aber Kemara wusste Bescheid. Gigaku dienten dazu, Geister zu kanalisieren; das Tragen der Maske erschuf einen Bund, der dem der Praxxiszauberer mit ihren Familiaren ähnelte.

Ich sollte die Finger davonlassen ...

Aber Ionia wollte, dass sie sie nahm, und die Maske wollte wieder in der Welt sein. Darüber hinaus war sie wirklich wertvoll, ganz besonders für bestimmte Leute – vermutlich war sie sogar mehr wert, als Kemara jemals mit dieser Reise zu verdienen hoffen konnte, selbst wenn sich Vyres Versprechen als wahr erweisen sollten.

Ich muss sie ja nicht tragen, sagte sie sich. *Ich könnte sie verkaufen und das Leben führen, das ich will ...*

Für solche Artefakte gab es einen blühenden Schwarzmarkt, und sie kannte gewisse Leute ...

Ich werde sie nicht tragen, schwor sie sich. *Ich werde sie nur verkaufen.*

Habgier trieb sie an, das wusste sie, aber was sie weitaus mehr beunruhigte, war das Wissen, dass sie sich nicht wirklich sicher war, worauf sie eigentlich so gierig war. Trotzdem hob sie den Deckel und nahm das Ding mit spitzen Fingern. Einen Augenblick lang musste sie wirklich mit sich ringen, es sich nicht aufs Gesicht zu setzen. Irgendwoher nahm sie die Kraft, es unter ihren Mantel zu schieben.

Sie schloss den Sarkophag wieder, senkte den Kopf und eilte fort.

»*Trost*«, flüsterte die Stimme.

Solus bedeutete »Sonnenkind«, es hatte nichts mit Gnade oder Trost zu tun, dennoch fühlte es sich wie ein Trost für all das an, das sie durchgemacht hatte. *Ich werde sie nicht benutzen. Ich werde sie nur verkaufen und alles hinter mir lassen.*

Als sie die Kammer verließ, weigerte sie sich, einen Blick zurückzuwerfen, obwohl sie genau wusste, dass sie Ionia mit *diesem* Ausdruck im Gesicht dort stehen sehen würde. Sie blinzelte die Tränen fort, eilte die Stufen hinauf und floh.

Während ihrer Erforschung waren ein paar Wagen an ihrem Karren vorbeigefahren, aber niemand schien neugierig geworden zu sein, so wie auch niemand zu bemerken schien, dass sie aus einem verborgenen Gang kam, Beca losband und sich wieder in die Karawane durch den dunklen Rath einreihte.

Als sie ihr Tier durch das zerbrochene Tor der Eingangshalle wieder ins Licht führte und sie zur Sonne blickte, musste sie schockiert entdecken, dass sie nur ein paar Stunden unter der Erde verbracht hatte. Es war ihr wie eine Ewigkeit vorgekommen.

Raythe Vyres jungenhafte Tochter stand in der Nähe des Tores und winkte ihr schüchtern – dann stolzierte Banno Rhamp vorbei, und zog Zars Aufmerksamkeit auf sich.

Kemara schnaubte voller Verachtung. Wenn Raythe nicht frühzeitig Großvater werden wollte, musste er dem schnell ein Ende bereiten.

Sie lenkte Beca zu den versammelten Wagen und hörte, wie die Reisenden lautstark über die alten Ruinen der Aldar staunten und dass sie gewagt hatten, sie zu durchfahren.

Der Tag war kalt und klar, und der Wind von den schneebedeckten Gipfeln im Norden machte ihn noch kälter. Kemaras Blick wurde von ihrem zerklüfteten Rand angezogen, der südlichen Grenze des Eisherzes, diesem riesigen unerforschten Niemandsland, in dem seit den Mizrakriegen nichts und niemand mehr gelebt hatte. Sie näherten sich wirklich dem Kartenrand, der Grenze dessen, wo Menschen überleben konnten.

Dann spürte sie einen auf sich gerichteten Blick, als hätte ihr jemand einen weiß glühenden Viehtreiber gegen den Hinterkopf gestoßen. Sie schaute zurück und entdeckte Osvard Rhamp ein Dutzend Meter weit entfernt, wo er sich auf einen Speer stützte, Rotblatt kaute und sie anstarrte. Als sich ihre Blicke trafen, rieb das Schwein anzüglich den Speerschaft und grinste, wobei er sich die Lippen leckte.

Sie wandte sich ab und trieb Beca schnell zu einer freien Stelle, die von Leuten umgeben war, die sie gut kannte. Sie achtete darauf, ihren Nachbarn einen Gruß zuzurufen, damit auch alle mit Sicherheit wussten, dass sie da war.

Er wird wieder etwas versuchen, und zwar bald. Die Konsequenzen sind ihm egal.

Aber jetzt warteten ihre Patienten auf sie, musste das Abendessen zubereitet und ein Lager aufgeschlagen werden. Sie rieb Beca ab und gab ihr Futter, dann ging sie zu einem Fluss in der Nähe, wo sie die hochschwangere Regan Morfitt traf, die in einem oder zwei Monaten so weit sein würde.

Als Kemara ins Lager zurückkehrte, war sofort offensichtlich, dass jemand in ihren Besitztümern herumgewühlt hatte – nein, mehr als das. Man hatte die Träger ihrer beiden anderen Kleider durchtrennt und mit dem Messer das Wort »Schlampe« in die Vorderseite geschnitten.

Sofort überprüfte sie ihr Geheimversteck, aber die Maske lag noch dort, zusammen mit ihren paar erbärmlichen Juwelen, den angelaufenen Silberohrringen und Armreifen. Man hatte sie nicht ausgeraubt, aber sie kam sich vergewaltigt vor.

Ganz egal, was ich auch tue, er wird mich nicht in Frieden lassen …

»Was ist denn jetzt schon wieder?« Raythe gähnte, als die nächste Person über ihm aufragte, um die nächsten Probleme auf ihn abzuladen.

»He, Miesling.« Zar ging neben den Scheiten ihres Kochfeuers in die Hocke und erweckte sie zu neuem Leben.

Er schoss in die Höhe. »Zar! Tut mir leid, mein Schatz, ich habe nicht mitbekommen, dass du es bist.« Er kniff die Augen zusammen. »Wo bist du gewesen?«

»Ha! Du hast nicht mal gemerkt, dass ich weg war.«

Das ist in der Tat wahr. »Es tut mir leid, Zar. Ununterbrochen kamen die Leute zu mir, als könnte ich alle Probleme lösen.«

»Es ist deine Expedition«, stellte seine Tochter klar. »Was hast du erwartet?«

»Vielleicht etwas mehr Selbstständigkeit?« Er seufzte schwer. »Rhamps Schläger glauben, sie könnten tun und lassen, was ihnen gefällt, die Hälfte der Waldläufer sind beinahe verwildert, und die normalen Dorfbewohner fühlen sich nicht sicher. Und ich bin leider davon überzeugt, dass sie da sogar recht haben.«

»Nicht alle von Rhamps Männern sind schlecht«, erwiderte Zar. »Banno …«

»Halte dich von ihm fern. Er ist zehn Jahre älter als du.«

»Fünf.«

»Egal. Sein älterer Bruder ist ein Schläger, und ich wette, er ist kein bisschen besser.«

Sie stand auf und stemmte die Hände in die Hüften. *Sie ähnelt Mirella so sehr.* »Du hast nicht die geringste Ahnung«, fauchte sie.

»*Du* hast nicht die geringste Ahnung«, gab er zur Antwort. »Banno mag ja ›nett‹ sein, aber er hat noch einen weiten Weg vor sich, um zu beweisen, dass er vertrauenswürdig ist, und da mir sein Vater vermutlich in dem Augenblick, in dem wir das Istariol finden, einen Dolch in den Rücken stoßen wird, hält sich meine Hoffnung da in Grenzen.«

»Ja, als wäre deine Menschenkenntnis so verdammt gut.«

»*Zarelda!*«

Einen Augenblick lang starrten sie einander heißblütig an, dann schwand sein Zorn. »Hör zu, es tut mir leid, wirklich. Sei einfach vorsichtig, einverstanden?« Als sie noch immer so wirkte, als würde sie gleich davonstürmen, sagte er: »Warum schauen wir nicht mal, was dein neuer Familiar so kann?«

Ihre Miene wurde sofort weicher, obwohl sie noch immer wütend war, aber sie machte eine herrische Geste, und ihr Familiar schoss aus der Dunkelheit herbei und leckte ihre Waden. Er trug noch immer die Gestalt eines Fuchswelpen.

Raythe rief Cognatus herbei, und gemeinsam mit Zar sah er zu, wie die beiden Familiare vorsichtig umeinander herumschlichen und dabei eine Gestalt nach der anderen annahmen – aus einer Katze wurde ein Hund, dann ein Wolf, dann ein Bär –, und plötzlich schlugen sie wild aufeinander ein.

Zar stieß einen Schrei aus, aber Raythe beruhigte sie. »Lass sie. Sie werden einander nicht verletzen.«

»Bist du sicher?«

»Sie spielen bloß ... nun gut, eigentlich stellen sie einander auf die Probe.« Sie sahen den beiden bei ihrem Ringkampf zu, bei dem sie sich genauso schnell bewegten, wie sie ihre Gestalt änderten, sich stumm anknurrten und quiekten, bis Raythe etwas Energie heraufbeschwor, um sich mit Cognatus zu verbinden.

»*Opperio, Cognatus*«, rief er, und der Familiar schoss augenblicklich auf seine Schulter und blieb dort als Papagei hocken.

Zars Familiar fauchte ihn an, bis auch sie rief: »*Opperio, Adefar ...*«

Aber statt ihr zu gehorchen, flitzte der Geist den nächsten Baum hinauf und blieb dort sitzen, um sie von dort oben mit runden Augen anzustarren.

»*Opperio!*«, rief Zar erneut und zeigte auf eine Stelle zu ihren Füßen. Aber ihr Familiar keckerte wie ein trotziges Kind und verschwand. »*Adefar – Adefar?*«

Sie wollte ihm nachjagen, aber Raythe legte ihr die Hand auf den Arm. »Warte. Er stellt dich auf die Probe.«

»Aber warum?«

»Weißt du noch, was ich dir gesagt habe? Egal, wie er auch aussieht, er ist *kein* süßer Fuchswelpe. Er ist ein wildes Wesen, dem noch nie zuvor Grenzen gesetzt wurden. Er will dir nicht dienen und auch nicht dein Freund sein – er will *du* sein. Also musst du die Grenzen bestimmen, so wie bei jedem anderen Schoßtier auch.«

»Aber er soll doch kein Schoßtier sein«, platzte sie heraus. »Ich will, dass wir Gefährten sind.«

Er strich über ihren Arm. »Das werdet ihr auch sein, Zar, aber jetzt im Augenblick will er der Meister sein, und das darfst du nicht zulassen.« Er lächelte, denn ihm fielen die eigenen Mühen ein. »Eines musst du dir merken: Ein Geist ist bestenfalls so schlau wie ein wirklich kluger Hund. Sie können Befehle erkennen, und sie reagieren auf Stimmungen, aber sie sind nicht schlau genug, um die Kontrolle zu haben. *Du* musst der Meister sein, und das bedeutet, dass du den Kampf der Willenskräfte gewinnen musst.«

»Ich bin doch kein Rüpel«, maulte sie. »Ich will, dass er mich liebt.«

»Natürlich bist du das nicht – und weißt du, was? Ich habe genau das Gleiche durchgemacht. Also hör zu. Manche Zauberer versuchen, sich ihren Familiar mit Gewalt zu unterwerfen. Das kann funktionieren, und die diesen Weg beschreiten, werden dir sofort erzählen, dass das die einzige Möglichkeit ist. Aber ein Familiar, der einen Groll gegen dich hegt, wird dir am

Ende den Tod bringen. Er wird dich auslaugen, er wird ineffizient und bösartig sein, er wird zu dem Ding werden, zu dem du ihn machst. Aber wenn du geduldig und entschieden bist und alles mit Liebe tust, wird er dich damit auch belohnen.«

Sie dachte eine Weile nach. Dann fragte sie: »Also was soll ich tun?«

»Einfach abwarten. Sei nicht zornig, versuch nicht, ihn in dich zu ziehen oder ihn zu bestrafen. Warte, sei offen, und er kommt zu dir zurück.« Er zerzauste ihre widerspenstigen Haare. »Geduld.«

Sie stöhnte, dann seufzte sie schwer. »Wenn du das geschafft hast, dann kann ich das wohl auch, nur besser.«

Er schnaubte. »Das ist der richtige Kampfgeist.«

Sie umarmte ihn kurz, dann stand sie auf. »Ich muss spazieren gehen.«

Er runzelte die Stirn. Es war später Abend, und im Lager schliefen so gut wie alle. »Geh nicht zu weit weg«, warnte er sie. »Bleib innerhalb der Lagergrenze.«

»Ich will nur pinkeln«, sagte sie scharf. »Ist das in Ordnung?« Sie fuhr auf dem Absatz herum und stürmte davon, ließ ihn ratlos zurück, wie sie das in diesen Tagen immer häufiger tat. Sie wurde erwachsen und veränderte sich schnell, und im Grunde wusste er nicht, was er tun sollte.

Cognatus zirpte ungeduldig, und er streichelte seine weichen Federn, dann entließ er ihn, damit er tun konnte, was er wollte. Der Gedanke war verführerisch, Zar von ihm beobachten zu lassen, aber der Familiar würde die Aufgabe sowieso schnell vergessen haben.

Ihr wird nichts passieren, sagte er sich. *Sie wird ihren Familiar bis zur Morgendämmerung gebändigt haben.*

Fünf Minuten später war er gerade damit beschäftigt, das Feuer zu schüren, als der Schrei eines Mädchens die Luft zerriss und sein Herz fast stehen blieb.

Kemara starrte von ihrem winzigen Lichtkreis in die Nacht hinaus und weigerte sich wie ein verkraggtes Kleinkind, Tränen über ihre zerstörte Kleidung zu vergießen.

Was willst du deswegen unternehmen?, fragte die Dunkelheit, eine Finsternis, die jetzt ein lackiertes Gesicht trug.

Sie hatte herumgefragt und herausbekommen, wer sie zerschnitten hatte. Eine von Rhamps Lagerfrauen. »Osvard hatte nicht einmal den Schneid, es selbst zu machen«, murmelte sie. Ihn damit zu konfrontieren, würde nichts bringen.

Sie hatte den Abend bei den anderen Frauen verbracht, sogar mit Gardas Schwestern die Abendgebete gesungen, alles, nur um nicht allein zu sein, aber das Lager ging schlafen, und ihre Gefährtinnen zogen sich für die Nacht zurück.

Ich hätte mich neben Varahanas Wagen stellen sollen. Dafür ist es jetzt zu spät – aber ich habe schon allein gelagert, und ich bin nur ein paar Meter von Relf Turners Familie entfernt. Mir wird nichts passieren.

Rhamps Leute, die vor den offenen Toren der Aldarfestung lagerten, hatten gesungen und auf ihren zweifelhaften Mut getrunken. Aber der Lärm hatte sich bald gelegt, und sie atmete auf. Schließlich schloss sie erleichtert die Augen und versank beinahe sofort in einem Traum, in dem sie ein maskiertes Wesen wie ein aufrecht gehender Panther durch die uralten Aldarruinen verfolgte.

Irgendwann später erwachte sie; ihr war kalt, weil sie ohne Decke eingeschlafen war. Alles war still, die Planetenringe am Himmel schienen so nahe zu sein, dass sie nur die Hand auszustrecken brauchte, um sie zu berühren. Sie nahm die Decke und drehte sich auf den Rücken, schlief wieder ein …

… und schreckte hoch, weil jemand nur wenige Meter entfernt durchs Gras schlich. Sie zog das Messer, obwohl es mehr Werkzeug als Waffe war, und setzte sich auf.

»Wer ist da?«, rief sie, aber natürlich antwortete niemand.

Die Temperatur schien zu fallen, was sie frösteln ließ. Da war eine Bewegung, rechts von ihr – und als sie herumfuhr, kicherte irgendwo links ein Mann, und sie fuhr erneut herum und sah einen großen Umriss aus den Schatten aufragen. Sie öffnete den Mund, denn sie war nicht zu stolz, um zu schreien.

Aber die Schatten verschwammen, eine grobe Hand legte sich auf ihr Gesicht und würgte den Schrei ab, während sich eine andere Hand um ihr Handgelenk schloss und es verdrehte. Ein Schmerz zuckte den ganzen Arm hinauf, das Messer entfiel den plötzlich leblosen Fingern. Sie versuchte zu kämpfen, aber auch wenn sie kräftig für eine Frau war, von einem zum Schwertkämpfer ausgebildeten Mann mit Schultern wie Felsen und Muskeln, die sie nicht mit zwei Händen umspannen konnte, wurde sie mühelos zu Boden gerissen. Ihr Gesicht wurde in die Erde gedrückt, ein schweres, stinkendes Gewicht landete schmerzhaft auf ihr und trieb ihr die Luft aus der Lunge. Undeutlich spürte sie einen zweiten Mann, der sich näherte – dann trat ein Stiefel auf ihre Hand, und ihr Aufschrei wurde vom Dreck gedämpft.

Roter Schmerz durchzuckte ihren Schädel, Blut schoss aus ihrer Nase.

»Jetzt sitzt du nicht mehr auf deinem hohen Ross, was, *Heilerin?*«, knurrte ihr Osvard Rhamp ins Ohr. Seine freie Hand packte ihren Rock und zerrte ihn nach oben, entblößte ihre Oberschenkel, während sie sich unter ihm aufbäumte.

»Ossi, du hast doch gesagt, du wolltest sie nicht …«, platzte der andere Mann heraus.

»Halt die Schnauze«, fauchte Osvard und drückte ihr Gesicht wieder in die Erde. »Entspann dich, *Heilerin.* Das ist dein letztes Vergnügen, bevor ich dich zur Flammengrube schicke.«

Es gelang ihr, den Kopf weit genug zu drehen, um zu verhindern, dass er ihr die Nase brach, als er ihn wieder auf den Boden knallte, aber das raubte ihr so weit die Sinne, dass sie einfach dalag, während er an seinem Gürtel und seiner Hose zerrte. Ihr ganzer Körper verkrampfte sich vor Entsetzen …

Dann schrie jemand, nur ein paar Meter weit weg, ein schriller Schrei, der die Nacht zerriss. *Der Schrei eines jungen Mädchens.*

Osvard knurrte wie das Tier, das er war, aber er ließ sie nicht los. Stattdessen fuhr der zweite Mann herum und stürzte dem Laut entgegen.

Zar war am Rand der Lagerfeuer vorbeigeschlendert und hatte intensiv nachgedacht. *Geduld.* Sie hasste das Wort, aber bei Garda, in den vergangenen Jahren hatte sie sie gelernt, im Elend der Rebellenlager und während der Flucht danach. Sie war in einem Haus in einer großen Stadt aufgewachsen, aber vier Jahre Armut und Furcht hatten ihr auch Durchhaltevermögen beigebracht.

Nachdem sie gepinkelt hatte, ging sie in die Richtung, in der sie Adefar zuletzt gesehen hatte, rief nicht nach ihm und mied die Ablenkung durch andere Menschen, mied auch Rhamps Lager, obwohl sie sich Bannos beruhigende Gegenwart sehr wünschte.

Sie konnte spüren, dass Adefar immer näher schwebte und ihren Willenswettstreit langsam verlor, und sie entschied, noch eine Weile hier zu verweilen, um zu sehen, ob der Familiar aus eigenem Antrieb zurückkehren würde.

Aber dann hörte sie das gequälte Keuchen einer Frau, es war voller Abscheu, und da waren finstere, heiße männliche Stimmen, und sie entdeckte Bewegungen neben dem nächsten Lagerfeuer: Kemaras kleines Lager. Da lag jemand auf der Heilerin, grunzte und zerrte an ihrer Kleidung.

Einen Augenblick lang verstand sie nicht und wollte sich abwenden, peinlich berührt, weil sie störte – und dann rammte der Mann Kemaras Gesicht in den Boden, und ihr wurde klar, wessen sie dort Zeuge wurde.

Zar reagierte sofort, die instinktive Reaktion von jemandem, der davon betroffen war, was jede Frau fürchtete: Sie schrie wie ein Wassergeist, der Laut stieg aus ihrem Inneren und zerriss die Stille.

Der Mann auf Kemara starrte ruckartig in ihre Richtung, und sie erkannte Bannos älteren Bruder – dann stürmte ein Mann auf sie zu, den sie zuvor nicht gesehen hatte. »Du da, halt den Mund!«

In ihrem Entsetzen erstarrte ihr Verstand – aber ihr Körper reagierte, ließ sie rückwärts stolpern, während sie *»Vater!«* kreischte. Sie versuchte, zur Seite auszuweichen, aber der Mann erwischte sie sofort und warf sie schwer zu Boden.

Er landete auf ihr, der Aufprall auf die Erde trieb ihr die Luft aus der Lunge, und etwas in ihrem Kopf schien zu reißen. »Sei still, sei still, sei still«, stammelte er, und seine Hände rissen an ihrer Bluse ...

Dann schoss Adefar wie ein Strom aus reiner Wut in sie hinein, Licht und Hitze brodelten in ihrer rechten Hand, und sie stieß sie ihrem Angreifer ins Gesicht. Etwas wie eine reißende Flut eiskalten Feuers tobte durch ihren Körper und entlud sich als Blitz sengender Hitze aus ihrer Handfläche und verbrannte die Wange des Angreifers.

Sein Körper zuckte von ihr herunter und krümmte sich zusammen, heulte vor Schmerzen, während sie aufstehen wollte, aber die Beine gehorchten ihr nicht, nach diesem Energieausbruch war ihr ganzer Körper plötzlich wie gelähmt.

Aber selbst in der Hitze des Abscheus und Entsetzens jubelte ein Teil von ihr: *Adefar ist für mich gekommen.* Sie drückte ihn sanft an ihre Seele, während um sie herum die Nacht lebendig wurde.

Raythe rannte sofort los, stürmte durch die Dunkelheit und rief Cognatus zu sich, während er auf den Nachhall der Stimme seiner Tochter zueilte und um ihn herum das ganze Lager zum Leben erwachte. Fackeln flammten auf, und Stimmen erschollen – dann schrillte der nächste Schrei, aber diesmal kam er von einem Mann, und Raythe erkannte eine Mischung aus Panik und Schmerz. Er hielt darauf zu, ein kleines, noch brennendes

Lagerfeuer kam in Sicht, und etwas am Boden bewegte sich. Ein Mann stieg von einer Frau – und im Feuerschein glitzerte kalter Stahl.

Dann war er da, packte das Handgelenk des Mannes und verdrehte es kräftig, hämmerte ihm die Faust gegen den Kiefer, was ihn zurücktaumeln ließ. Das Messer flog in die Dunkelheit, aber der Mann griff ihn erneut an, und jetzt erkannte er Osvard Rhamp. Die Flammen färbten sein Gesicht kupferrot, und er riss das Schwert aus der Scheide.

Raythe sah den wilden Hieb kommen und warf sich zur Seite, trat mit beiden Beinen zu und senste Osvard von den Füßen, schickte ihn zu Boden. Er rollte sich von dem nächsten Hieb fort, der sich ins Gras neben seinem Kopf grub, riss das Falchion aus der Scheide und kam wieder auf die Füße.

Auf dem Boden rollte sich Kemara Solus ebenfalls herum und streifte den Rock nach unten. Blut und Erde klebten in ihrem Gesicht, und es war völlig klar, was Raythe hier verhindert hatte. Aber von Zarelda fehlte jede Spur.

Osvard griff wieder an und führte einen tödlichen Stoß aus. Raythe parierte aggressiv, dann setzte er zu einem hohen Schlag an, der so spät zur Finte wurde, dass er mit dem Auge nicht mehr wahrzunehmen war. Der Hieb wurde zum Schnitt, der Osvards Arm aufschlitzte. Der Söldner heulte auf und ließ das Schwert ins Feuer fallen. Raythe nahm eine Hand von seinem Falchion, ballte die Faust und hieb sie dem Mann gegen den Unterkiefer.

Osvard stürzte schwer; er hatte das Bewusstsein verloren, bevor er auf dem Boden landete. Raythe fuhr herum, hielt kurz inne, um sich zu vergewissern, dass Kemara nicht schwer blutete, dann wandte er sich den Schatten zu.

»Zar?«, rief er entsetzt.

»Vater!« Die Stimme seiner Tochter klang erstickt, aber auch irgendwie triumphierend, und er stolperte in die Dunkelheit, bis er sie auf dem Boden fand, wo sie ihren Familiar in den Armen hielt. Neben ihr lag ein junger Mann, der sich wand und wimmernd das Gesicht hielt, nur mit dem eigenen Schmerz beschäftigt war.

Raythe ging neben seiner Tochter auf die Knie und hielt sie, während sie schluchzte.

Dann platzten Vidar Vidarsohn und Jesco Duretto mit gezogenen Waffen in das Licht von Kemaras Lagerfeuer, und andere Stimmen verlangten zu wissen, was geschehen war.

»Ich habe dich, ich habe dich«, sagte Raythe zu seiner Tochter. »Was ist passiert?«

»Ich ... ich«, stammelte Zar, dann wand sie sich in seinem Griff und zeigte ihm die linke Hand. Sie glühte noch, helles, orangefarbenes Licht flackerte mit scharlachroten Flämmchen, aber noch während er darauf starrte, verblasste der Schein.

Er begriff sofort. *Sie hat Zauberei benutzt, ohne jede Ausbildung ...*

Sie war bleich und voller Angst, ihre Bluse war zerrissen, und sie stand unter Schock, sowohl durch den Angriff wie auch den Einsatz von Praxxis. Aber sie war auch aufgeregt. Er zog sie auf die Füße und umarmte sie fest, während er einen Blick auf den Mann am Boden warf. Poel, der jüngste von Rhamps wilden Söhnen.

»Was ist passiert?«, verlangte er erneut zu wissen, aber obwohl er vor Zorn bebte, war die Sache eindeutig. Die eigentliche Frage hingegen war: Was sollte er nun tun?

»Rhamp!«, brüllte eine Stimme in der Dunkelheit. »Elgus, kommt raus, sofort!«

Der Ritter war bereits wach und bewaffnete sich, der Alarm, der sich im Lager verbreitete, hatte ihn geweckt. Er warf Tami einen grimmigen Blick zu, die ebenfalls aufgestanden war und sich den Schwertgurt über das Nachthemd schnallte. »Was ist denn los?«, fragte er verschlafen, während er hinausstapfte und sah, dass sein Lager zum Leben erwachte. Die Reise hatte den Jungs nicht gutgetan, sie verloren ihre Disziplin, und er merkte sich, dafür zu sorgen, dass das wieder anders wurde.

Dann blickte er sich wütend um und zählte Gesichter. *Da ist Banno ... Nesto und Falgram ... Kragga! Wo stecken Osvard und Poel?*

Er hatte nur Söhne gezeugt – seine Frau hatte immer gescherzt, dass er etwas kompensieren wollte. Aber sie war die Einzige gewesen, die sich so eine Bemerkung hatte leisten können. Poels Geburt hatte sie das Leben gekostet, und seine Jungs waren nach diesem Verlust nur noch wilder geworden. Tami hatte ihn seit Tagen gewarnt, dass sein Ältester und Jüngster irgendetwas Dämliches planten.

Ich hätte auf sie hören sollen.

»Rhamp!« Die Stimme gehörte Raythe Vyre.

Während sich seine Leutnants Thom der Blutige und Krähenfuß zu ihm gesellten, klopfte ihm Tami auf die Schulter und eilte dann mit einer Armbrust in der Hand in die Schatten. Er lächelte. Auf sie konnte man sich verlassen.

»Was ist denn, Vyre?«, brüllte er trotzig zurück, während das große Lagerfeuer zu neuem Leben geschürt aufloderte und eine Gruppe seiner Mitreisenden am Rand seines Lagers enthüllte: Raythe Vyre und Vidar Vidarsohn. Und diesen Shadraner, Jesco Duretto. Vyre hatte seine Tochter neben sich, die so bleich wie ein Gespenst war. Und dieses ferreanische Miststück, Kemara Solus, die vermutlich für den ganzen Ärger verantwortlich war, war auch da. Ihr Gesicht war blutig.

Aber erstarren ließ ihn der Anblick von Osvard und Poel, die Schlingen um den Hals hatten, deren Enden von Duretto und Vidarsohn gehalten wurden. Die Seile waren – wie er erst jetzt realisierte – über den Ast des Baumes geschlungen, unter dem sie alle standen. Zorn machte sich in seinem Bauch breit, und seine Hand flog zum Schwertgriff.

Niemand behandelte einen Rhamp auf diese Weise ... Er gab Krähenfuß ein Zeichen, sich auf den Kampf vorzubereiten. *Vielleicht ist das der Augenblick, Vyre unter die Erde zu bringen.* Er ging los, um diesen Bastarden entgegenzutreten, die es wagten, seine Jungs zu bedrohen.

Als er nahe genug heran war, um in normaler Lautstärke reden zu können, hatte er einen freundlichen Gesichtsausdruck aufgesetzt. Ein Lächeln konnte einen Hieb besser als die meisten anderen Listen maskieren. »Raythe«, sagte er gelassen, »was ist denn das Problem?«

Vyre ließ sich nicht einen Moment lang täuschen. »Wie lautet die Strafe für Vergewaltigung, Elgus?« Er machte eine Geste, und Duretto und Vidarsohn zogen an den Seilen. Osvard und Poel waren gezwungen, sich auf die Zehen zu stellen; ihre Augen traten hervor. Osvard blutete am Arm, und Poel hatte einen roten Handabdruck ins Gesicht gebrannt. »Ich glaube, das ist Hängen.«

»Kommt schon, Raythe. Wir sind hier in der Wildnis, nicht im Imperium. Wir wissen doch alle, dass Solus mit meinem Sohn ein Tänzchen aufgeführt hat. Sie macht doch für jeden Mann die Beine breit, nur um ihm eins auszuwischen.«

»Lügner!«, fauchte Kemara.

»Ich habe ihr nichts getan, Paps«, rief Osvard und kämpfte gegen Vidars Schlinge an. »Ich habe nichts getan und Poel auch nicht. Wir wollten ihr nur zeigen, wo ihr Platz ist, mehr nicht.«

Neben ihm quiekte Poel seine Zustimmung. Er hatte den Tod seiner Mutter nie verwunden und klammerte sich wie ein Parasit an Osvard. Trotzdem war er Elgus' Fleisch und Blut.

»Also ich habe noch immer nicht verstanden, was eigentlich passiert ist, Raythe.« Elgus wurde nun entschiedener. »Wir hängen doch keinen Mann, wenn Zweifel bestehen. Und meine Söhne haben mehr Respekt verdient, als einfach gelyncht zu werden.« Er breitete die Arme aus. »Reden wir darüber, von Mann zu Mann.«

»Nein«, rief Kemara. »*Ich* weiß, was passiert ist. Hängt die stinkenden Bastarde.«

Thom der Blutige murmelte: »Herr, wir sind fünfzig, sie sind zu dritt. Bringen wir die Scheißkerle um.«

Der Gedanke war verführerisch, aber noch während Elgus

darüber nachdachte, gab es Bewegung an beiden Flanken. Mater Varahana traf mit ihren Dörflern und deren Familien ein. Ein schneller Blick reichte aus, um zu erkennen, dass die meisten Männer Waffen in den Händen hielten.

Zur gleichen Zeit erschienen Cal Foaley und seine Jäger an der anderen Flanke. Sie waren förmlich gespickt mit Klingen und Bögen, eine weitaus tödlichere Bedrohung.

Das flößte Elgus genug Zweifel ein, um zu zögern, aber das größere Problem bestand darin, dass er Vyre noch brauchte, bis sie das Istariol gefunden hatten. *Zieht euch zurück,* signalisierte er Krähenfuß, und die Männer hinter ihm nahmen die Hände von den Waffen.

Nachdem das erledigt war, trat er vor, und Vyre kam ihm entgegen. »Raythe, das ist doch Unsinn.«

»Osvard wollte Kemara vergewaltigen – und Poel hat sich auf meine Tochter gestürzt.«

Scheiße, seine verkraggte Tochter. Was zum Kragg hat sich der dämliche Hund nur dabei gedacht? Schnell änderte er die Taktik. »Was hat sich denn angeblich zugetragen?«

Vyre erwiderte seinen Blick. »Das ganze Lager hat gesehen, wie Osvard die Heilerin verfolgt hat. Ich akzeptiere nicht, dass sie ihn provoziert hat. Sie trifft in dieser Angelegenheit keine Schuld.«

»Sie hat dem Jungen die Nase gebrochen«, erwiderte Elgus. »Damit wird er ununterbrochen aufgezogen – das geht ihm ganz schön an die Nieren.« Er hob die Hand. »Nicht, dass das Vergeltung rechtfertigt. Aber er ist jung.«

»Alt genug, um sie mit einem Messer an der Kehle zu Boden zu drücken und ihr die Kleider vom Leib zu reißen, mit Poels Hilfe. Als Zar dazukam und Alarm geben wollte, hat Poel sie angegriffen.«

Das alles klang glaubhaft, aber Elgus erkannte seine Öffnung. »Osvard wollte ihr nur einen Schreck einjagen, davon bin ich überzeugt. Der bellt doch nur und beißt nicht – und was Poel angeht, bezweifle ich, dass er ihn überhaupt hoch bekommt.«

»Osvard hat Kemara gesagt, dass er sie vergewaltigen und danach umbringen wird. Poel hat Zar zu Boden geworfen und ihre Bluse aufgerissen.«

Elgus schäumte innerlich. *Ich sollte die beiden zu Brei schlagen.* Aber man durfte ihn nicht dabei erleben, wie er hier nachgab. Eine Söldnergruppe anzuführen erforderte unantastbare Autorität.

»Raythe, wir sind jetzt in der Wildnis. Hier draußen haben imperiale Gesetze nicht die geringste Bedeutung. Meine Jungs sind nicht schlecht, sondern einfach nur schrecklich dumm. Bei der Flammengrube, ich wette, wir waren in ihrem Alter genauso! Man glaubt, ein Mädchen will einen haben, dann kriegen sie das große Zittern, und dann? Der Schwanz hängt aus der Hose, und man sieht wie ein Vergewaltiger aus. Und wer ist denn hier wirklich zu Schaden gekommen?« Er senkte die Stimme noch mehr. »Wir brauchen einander, Raythe. Schneidet meine Jungs los, und wir vergessen die Sache.«

Oder ich töte dich und deine Leute, und wir schaffen es auch irgendwie ohne dich, befand er.

Raythes Gedanken rasten und suchten nach einem Mittelweg, der für alle zufriedenstellend war, eine Möglichkeit, wie jeder von diesem Abgrund zurückweichen konnte, denn die Drohung war nicht besonders verschleiert. Allein die Notlage seiner Söhne hielt Elgus Rhamp zurück. Das und die Hoffnung auf das Istariol.

Aber Rhamps Söhne einfach davonkommen zu lassen, würde seine eigene Autorität zerstören.

Ihm fiel nur eine Möglichkeit ein.

»Sie erhalten die otravianische Strafe für versuchte Vergewaltigung«, sagte er zu Elgus. Als der Ritter widersprechen wollte, hob er die Hand und brachte ihn zum Schweigen. »Bindet sie an den Baum«, rief er Jesco und Vidar zu. »Dann bringt mir eine Pferdepeitsche.«

»Vyre ...«, setzte Elgus an.

»Sie kommen gut davon«, fauchte Raythe und ging, wandte ihm absichtlich den Rücken ungeschützt zu, denn er wusste, dass Cognatus ihn warnen würde, falls das Schlimmste eintrat.

Mittlerweile war das ganze Lager hier versammelt. Mater Varahana eilte herbei, aber Raythe winkte sie weg. »Das ist nicht Eure Sache, Vara«, murmelte er. »Niemand hat Blasphemie begangen.«

Sie hielt ihm eine Pferdepeitsche hin. »Eure Bedürfnisse wurden vorhergesehen, mein Schatz.«

Er warf ihr einen Seitenblick zu und verbarg ein Lächeln, während er die Peitsche nahm. »Ihr seid wirklich die Weise.« Er wandte sich Foaley zu. »Wie viel Autorität habt Ihr über die Jäger?«, fragte er leise.

»Ich würde es nicht Autorität nennen, aber sie hören zu.«

»Wie ist ihre Meinung über Rhamp?«

»Sie halten ihn für ein Arschloch.«

»Gut.«

»Euch auch, aber nicht ganz so sehr.«

»Ausgezeichnet. Schön, dass ich auf jemanden zählen kann. Könnt Ihr auf meinen Rücken aufpassen? Tami ist irgendwo dort draußen, und wer weiß, auf wen sie bei einer Krise schießen würde.«

Foaley nickte, während Raythe sich bis zur Taille entkleidete, dabei die Narben und Vertiefungen alter Wunden entblößte und genug Muskeln, dass die meisten sehen konnten, dass er kein Schwächling war. Dann ließ er die Peitsche knallen, um ein Gefühl dafür zu bekommen. Er trat zu dem Baum, an dem Osvard und Poel ausgezogen wurden.

»Ich habe keine Angst vor dir, du Zwerg«, bellte Osvard, aber Poel neben ihm wimmerte. Jeder wusste, dass längeres Auspeitschen die Rückenmuskeln völlig zerstören und einen Mann zum Krüppel machen konnte, der den Rest seines Lebens in Qual lebte.

»Mater Varahana, was ist die übliche Anzahl von Schlägen für versuchte Vergewaltigung?«, rief Raythe.

»Zwanzig Hiebe«, antwortete die Priesterin emotionslos.

»Dann also zwanzig.«

Er berührte Poels Rücken mit der Peitsche, und der junge Mann, der noch nicht erwachsen war, brach in Tränen aus. Raythe stählte sich für das, was getan werden musste.

»Vyre …«, begann Elgus Rhamp mit angespannter Stimme.

»Fass Poel an, und ich bringe dich um«, knurrte Osvard.

Raythe hielt inne. »Was ist die Strafe dafür, einen Vollstrecker zu bedrohen, Mater?«

»Äh, zwanzig mehr.«

»Vielen Dank.« Raythe wandte sich wieder Poel zu. »Bist du zusammen mit deinem Bruder Osvard zu Frau Kemaras Lagerfeuer gegangen? Hast du dabei geholfen, sie unten zu halten? Hast du meine Tochter zu Boden geworfen und ihre Kleidung zerrissen?«

Der schluchzende junge Mann brach zusammen. »Es tut mir leid, es tut mir leid, es tut mir so leid«, stöhnte er.

Im Kreis zischten die Männer und Frauen aus Varahanas Gemeinde grimmig und empört.

»Das hier wird dich daran erinnern, derartige Dinge nie wieder zu tun«, verkündete Raythe ernst.

Dann holte er mit der Peitsche weit aus und ließ sie auf den blassen, pickligen Rücken des Jungen sausen. Sie hinterließ einen roten Striemen von der rechten Schulter bis zur linken Hüfte. Poel kreischte auf und brach am Baumstamm zusammen, wurde nur noch von den um seine Handgelenke geknoteten Seilen gehalten.

Osvard fauchte wie ein wütender Leopard. »Ich bring dich um …«

»Halt dein verkraggtes Maul«, brüllte Elgus seinen Sohn an. Er trat in den Kreis und betrachtete die präzise Peitschenwunde. »Das macht Ihr nicht zum ersten Mal, Vyre«, bemerkte er.

»Ich habe meine eigene Disziplin durchgesetzt, wie es jeder gute Offizier tun sollte.«

»Ein Mann sollte immer seine eigene Disziplin durchsetzen«, stimmte Elgus ihm zu. Er berührte die Schulter seines schluchzenden Sohns und murmelte: »Er hat seine Lektion gelernt. Brecht ihn nicht. *Bitte.*«

Raythe spürte sein Flehen und senkte die Peitsche, aber nicht aus Furcht, sondern aus Verständnis. An diesem Punkt hatten sie zumindest einen Mittelweg erreicht. »Also gut. Jesco, schneide ihn ab.«

»Das tue ich.« Elgus zog einen Dolch und schnitt die Fesseln durch, dann setzte er sein weinendes Kind auf dem Boden ab. Erst jetzt sah er den Handabdruck, der sich in das Gesicht des jungen Mannes eingebrannt hatte. »Was bei der Flammengrube …«

»Meine Tochter hat das Praxxis benutzt, eine zufällige Entladung der Macht während des Angriffs«, erklärte Raythe.

Elgus starrte Zarelda an, und Raythe befürchtete Gewalt, aber stattdessen machte der Ritter Gardas Zeichen. »Niemand wird sie jemals wieder anfassen«, sagte er ernst. »Das schwöre ich.«

Raythe glaubte ihm – aber tat Zar das auch? Sie nickte, bevor ihr Blick in eine andere Richtung zuckte – zu Banno Rhamp, der völlig elend aussah.

Ob ihr das endgültig klarmacht, wie die Rhamps sind?

Aber da war noch immer Osvard, um den es sich zu kümmern galt. Raythe hob die Pferdepeitsche, aber Finger legten sich um sein Handgelenk.

»Lasst mich«, verlangte Kemara. Ihre Augen leuchteten wie Monde. »Gebt die Peitsche mir.«

Die Intensität auf ihrem Gesicht überwand Raythes Einwände. Er sah Elgus an, der nur grunzte. »Wenn es das ist, was sie will.« Offensichtlich glaubte er, dass das Osvards Strafe erleichtern würde.

Zögernd übergab Raythe die Peitsche. »Hört zu …«

»Ich weiß, was ich tue«, fauchte sie und stellte sich Osvards höhnischer Miene.

»Komm schon«, verspottete sie der Söldner. »Oder noch besser, warum schiebst du dir den Peitschengriff nicht in die …«

Die Peitsche durchschnitt die Luft, ein Schemen aus eiskaltem blauem Licht, das sich in Raythes Augen brannte. Die geschmeidige, mit Knoten versehene Lederschnur biss in Osvards Rücken, und er schrie, als sich Haut und Muskeln bis auf den Knochen teilten. An der ganzen Länge des Wundrands bildete sich Eis und schwärzte die Haut.

»Bei Gardas Zitzen«, keuchte Elgus. »Was bei der Flammengrube …«

Raythe war beinahe genauso erstaunt. Obwohl er ihr Potenzial erahnt hatte, hatte er weder die sich aufstauende Energie gespürt noch durchgeführte Zauber gesehen – und Kemara schien sprachlos vor Entsetzen über das, was sie gerade getan hatte, was nichts Gutes verhieß.

Unkontrollierte Zauberei – Mizra *– ist die Macht, die Zivilisationen vernichtet.*

Osvard fiel auf die Knie und hing an den Fesseln an seinen Handgelenken; er wand sich, während sich das Eis ausbreitete und in die Tiefe grub, und Raythe erkannte, dass ihn das umbringen konnte. Er kniete nieder und legte dem Mann eine Hand auf den Rücken, während er Cognatus rief und einen Gegenzauber murmelte. Kemaras Magie brach in sich zusammen, und Raythe sah sie an. Sie starrte nur entsetzt auf die Szene, während die umstehenden Leute vor ihr zurückwichen.

Sie hat die Kontrolle verloren. Das geschah gelegentlich bei Halbwüchsigen mit magischem Potenzial, aber sie war Anfang dreißig. *Sie braucht eine vernünftige Ausbildung oder muss richtig ausgebrannt werden, bevor das ein böses Ende nimmt.*

Aber das Gemurmel um sie herum machte deutlich, dass jedermann der Ansicht war, sie hätte das absichtlich getan. »Noch eine Zauberin«, hörte Raythe aus allen Richtungen. »Sie ist auch eine Arcanus.« Viele schlugen andächtige Zeichen, denn die Kirche beharrte darauf, dass Praxxis Gardas Geschenk an die Welt war.

Und genauso viele sahen ängstlich und feindselig aus.

Osvard hatte das Bewusstsein verloren, aber als Raythe Puls und Atmung überprüfte, lebte er noch. Er erhob sich und nahm Kemara die Peitsche ab. Sie wehrte sich nicht. »Ich glaube, der Strafe ist Genüge getan«, sagte er zu Elgus. »Und ich glaube, Ihr habt genug Gründe gesehen, warum Eure Leute Frau Kemara – und jeder Frau in unserer Karawane – den Respekt erweisen sollten, der ihnen zusteht. Leisten die Ritter von Pelaria nicht den Eid, allen Frauen zu dienen und sie zu beschützen?«

Elgus betrachtete seinen Sohn, dann die Peitsche. »Wir alle haben in dieser Nacht viel gelernt«, sagte er mit angespannter Stimme. »Ich kontrolliere meine Leute.« Dann warf er Kemara einen finsteren Blick zu. »Ihr kontrolliert Eure.«

»Ich bin niemandem Rechenschaft schuldig«, erwiderte Kemara.

Der Ritter ballte die Faust – aber dann machte er eine abschätzige Geste daraus und ging. Seine Männer nahmen Osvard und Poel. Es wurden eine Menge Blicke über die Schulter geworfen, zu gleichen Teilen eine Mischung aus Furcht und Groll. Jeder wusste über Praxxis Bescheid, aber nur ein Zauberer wusste, was es erreichen konnte und was nicht, und das verstärkte die natürliche Furcht vor dem Unbekannten. Und Kemara danach noch anzugreifen, würde echten Mut erfordern.

Aber das bedeutete noch lange nicht, dass sie sicher war. »Vielleicht solltet Ihr in mein Lager ziehen, Frau Kemara«, schlug Raythe vor, während alle gingen.

»Warum, damit Ihr mich beschützen könnt?«, fauchte sie höhnisch.

»Offensichtlich braucht Ihr den Schutz …«

»Er hat mich überrascht. Das passiert nicht noch einmal.«

»Aber ich könnte Euch unterrichten …«

»Ich bin nicht interessiert. Die Gabe wurde in Fesseln gelegt.«

»Aber ...«

Dann meldete sich Zar zu Wort. »Kemara, Ihr könnt doch zusammen mit mir lernen«, schlug sie vor.

Unsicherheit trat in Kemaras wütende Miene. Aber dann verengten sich ihre Augen. »Ich lerne es nicht. Ich will es nicht.«

Sie fuhr herum und stürmte fort.

In den nächsten Tagen empfand Zarelda die Anspannung in der Karawane wie eine Schlinge, die sich immer fester um ihren Hals legte.

Rhamps Soldaten und ihr Gefolge hielten sich von den anderen Gruppen fern, aber in ihrem Lager wurde nicht länger gefeiert, denn Sir Elgus hatte ein Machtwort gesprochen. Die Dinge hatten sich verändert, das war klar. Zar sehnte sich danach, Banno zu sehen, aber er schien das Lager nicht verlassen zu dürfen.

Außerdem wollte sie unbedingt mit Kemara sprechen. Der Angriff hatte ein flüchtiges Band zwischen ihnen gesponnen, zumindest glaubte sie das, und manchmal ertappte sie die rothaarige Heilerin dabei, wie sie in ihre Richtung blickte.

Allerdings gab es eine wunderbare Entschädigung: Adefar gehörte wieder ihr, und ihre Verbindung fühlte sich abgeschlossen an. Die Gefahr, in die sie geraten war, und seine augenblickliche Reaktion hatten ihre dummen kleinen Machtspiele unwichtig gemacht, und jetzt war ihr Familiar die personifizierte Hingabe. Er schützte sie für den Fall, dass man sie erneut angriff. Jeder Augenblick, den sie erübrigen konnte, wurde zu der Ausführung harmloser kleiner Zauber genutzt, um ihre Beherrschung zu vervollkommnen. Zöpfe wurden geflochten, Zweige wurden entzündet und wieder gelöscht sowie Windstöße aus dem Nichts heraufbeschworen. Das war wunderbar und reichte beinahe aus, um die Albträume zu kompensieren, von Poel gewaltsam zu Boden gedrückt zu werden ...

Aus genau so einem Traum schreckte sie eines Nachts hoch. Sie gesellte sich zu ihrem Vater, der neben dem Feuer saß, und schaute hoch zu den funkelnden Sternen und Shamayas Planetenringen. Jesco und Vidar schliefen, genau wie Kemara, deren Karren ganz in der Nähe stand. Ihr Vater betrachtete die Ferreanerin mit einem seltsamen Gesichtsausdruck.

»Gefällt sie dir?«, murmelte sie und stocherte mit einem Stock im Feuer.

Er räusperte sich. »Sie würde mir den Kopf abreißen.«

»Irgendwie mag ich sie. Aber ich wünschte, sie würde das Praxxis lernen.«

Ihr Vater seufzte. »Aye, ich auch.«

Sie sahen zu, wie Cognatus und Adefar umeinander schlichen, um dann Vogelgestalt anzunehmen und in die Dunkelheit aufzusteigen, mit sinnverwirrender Schnelligkeit und Gewandtheit über ihren Köpfen zu flattern, bis sie sich in Luft auflösten und gleich wieder erschienen. Das brachte Zar auf einen Gedanken.

»Wie kommt es, dass ich Adefar und auch Cognatus manchmal sehen kann, dann aber wieder nicht?«

»Geister sind kleine Bündel aus Intellekt und Energie«, erwiderte ihr Vater. »Sie können sich vor uns oder auch voreinander verbergen, wenn sie das wollen, und wir können ihnen befehlen, das zu tun. In Teshveld habe ich Cognatus die meiste Zeit angewiesen, unsichtbar zu bleiben, nur für den Fall, dass jemand über die Hexensicht verfügt und erkennt, was ich bin. Auch du kannst deine Aura verbergen. Es ist oft besser, wenn niemand weiß, wer oder was du bist.«

»Also könnten mitten unter uns weitere Zauberer sein, aber wenn sie ihre Aura und ihre Familiare verbergen, würden wir sie nie erkennen?«

»Wenn sie dazu geschickt genug sind, dann ja.«

»Das ist wirklich erschreckend.«

»Das ist es, aber es ist nun einmal eine Tatsache, dass Magie langsam ist, und ich würde mich in jedem Fall gegen die meisten anderen Zauberer behaupten können. Ich fürchte mich mehr vor einem Meuchelmörder mit einer Pistole oder einem Bogen.«

Zar fröstelte. Sie war es nicht gewöhnt, die Welt auf diese Weise zu sehen.

»Ich vermisse es, mich sicher zu fühlen«, gestand sie.

»Ich auch.« Er zog sie an sich und drückte sie. »Ich auch.«

In der Abenddämmerung des fünften Tages nach dem Rath der Aldar saß Raythe neben seiner Tochter und übte mit ihr Praxisworte, während Vidar und Jesco in der Nähe würfelten und scherzten. Kemara saß ein kleines Stück entfernt allein über das eigene Feuer gebeugt, bei ihnen und doch von ihnen getrennt.

Dann hustete jemand umständlich am Rand ihres Lichtkreises. Sir Elgus Rhamp stand unbewaffnet mit zwei kleinen Fässern unter den Armen da. »Raythe«, rief er, »können wir uns unterhalten?«

Alle standen auf, und Raythe spähte in die Schatten, aber der Ritter schien allein zu sein.

»Kommt!«

Elgus betrat den Kreis aus Wärme und überreichte die beiden Fässchen. »Wir sind bei dem Rest von Gravis' Brauvorräten angelangt«, polterte er. »Die letzten beiden Alefässer rollt man in diesem Augenblick in Varahanas und Vidars Lager, aber ich dachte mir, Ihr wüsstet das gute Zeug zu schätzen.«

Endlich ein Friedensangebot.

Das war nötig, aber Raythe war sich bewusst, dass seine Tochter das möglicherweise nicht so sehen würde. Er sah sie fragend an. »Versöhne dich, wenn du's musst«, murmelte sie. »Aber vergiss nicht, wie er ist.«

Sie wollte gehen, aber Sir Elgus vertrat ihr den Weg und ging auf ein Knie herunter. »Meine Söhne haben sich falsch verhalten, und ich entschuldige mich demütig. Euer Diener, Frau Zarelda.«

»Äh … danke«, stammelte sie und eilte fort, bevor sie kurz stehen blieb, und rief »Wird auch verkraggt noch mal Zeit« über die Schulter. Raythe bedeutete Jesco und Vidar, dass alles in Ordnung war, dann lud er Elgus ein, sich zu setzen.

Sie tranken ein paar Gläser Rye und sprachen über den Alltag der Expedition, womit sie einander auf subtile Weise daran erinnerten, dass sie zusammenarbeiten mussten, falls das hier funktionieren sollte. Elgus erzählte ihm, dass sich Osvard und Poel erholten und außergewöhnlich reumütig waren, was Raythe bezweifelte, und sie sprachen über den Stand der Verpflegung, die etwas sparsamer gehandhabt werden musste.

Schließlich sprach Elgus das Praxxis an beziehungsweise die Enthüllung zweier weiterer Praktizierender. »Ihr habt zwei Zauberinnen am Hals, Raythe. So wie ich es verstanden habe, sind sie bis zum Abschluss ihrer Ausbildung eine Gefahr für uns alle.«

»Das klappt schon«, erwiderte Raythe. »Ihr haltet Eure Söhne unter Kontrolle, ich kümmere mich um die beiden.«

Elgus runzelte die Stirn. »Also liegt das Praxxis im Blut?«

»Eigentlich nicht. Theoretisch kann jeder Magie anwenden. Aber es braucht einen gewissen Intellekt und Einstellung, sie zu meistern. Das völlige Vertrauen in die eigenen Fähigkeiten, das Vermögen, sich etwas vorstellen zu können – das an einen Tagtraum grenzt –, ein Talent für Sprachen, um mit den Geistern in ihrer Sprache kommunizieren zu können. Und das Verständnis, wie die Natur funktioniert – Tiere, Pflanzen und Mineralien. Das schaffen nicht viele Menschen.«

»Aber Ihr und Eure Tochter habt es doch beide. Das muss doch im Blut liegen?«

»Zarelda denkt wie ich. Magie hat sie schon ihr ganzes Leben lang beherrschen wollen, und sie weiß, dass sie es kann, weil ich es kann. Sie wird es im Handumdrehen gemeistert haben. Und Kemara ist eine Weile ausgebildet worden – ihre Kontrolle ist nicht perfekt, aber das können wir wieder in Ordnung bringen.«

Besser er glaubt das, als die Wahrheit zu erfahren.

»Sie ist ein scharfzügiges Miststück«, murmelte Elgus, bevor er beschwichtigend die Hand hob. »Ich will nicht behaupten, dass das, was passiert ist, ihre Schuld ist – aber einige Leute wundern sich, warum eine Zauberin vorgeben sollte, nur eine Heilerin zu sein.«

»Ich habe in Teshveld genau das Gleiche getan«, erinnerte Raythe ihn.

»Aber seitdem habt Ihr Eure Talente benutzt, um uns zu helfen. Was hat sie gemacht?«

»Leben gerettet. Menschen geheilt.«

Der Ritter grummelte etwas, dann zuckte er mit den Schultern. »Vielleicht tut sie ja jetzt mehr, da sie aufgeflogen ist. Stimmt es nicht, dass zwei Zauberer viel mächtiger sind, wenn sie zusammenarbeiten?«

Unter dem groben Aussehen schien Elgus offensichtlich einen funktionierenden Verstand zu haben. Vielleicht schmiedete er noch immer seine Intrigen, aber hoffentlich hatte diese Unterhaltung seine Einstellung geändert.

»Ihr sprecht von einem Block«, sagte Raythe. »Auf der Arcanus Academia teilt man uns in jungen Jahren in Zweiergruppen auf, wenn man zueinander passt, das ist richtig. Ein starker Block kann viel mehr erreichen als ein einzelner Zauberer. Falls ich mit Zarelda oder Kemara einen Block zustande bekomme, wird das die Mühe wert sein.«

Obwohl ich mich mit niemandem mehr verbunden habe, seit Luc Mandaryke und ich im Streit auseinandergegangen sind …

»Also wie geht es weiter, Raythe?«, fragte der Ritter. »Wann sind wir in Verdessa?«

Raythe gab seinen Männern ein Zeichen, sich zu ihnen zu gesellen. »Wir sind nur noch wenige Tage von der Shardak-Bucht entfernt. Gospodois Schiff hat sie auf dem Weg nach Westen passiert. Die Bucht ist von Bergen eingeschlossen, aber sie ist laut den Aufzeichnungen völlig zugefroren, also müssten wir mit unseren Wagen direkt nach Verdessa fahren können.«

»Wo wir das Risiko eingehen, auf imperiale Patrouillen zu stoßen«, bemerkte Elgus.

»Das ist wahr. Aber der von uns gesuchte Fluss ist auf dieser Seite der imperialen Garnison in Rodonoi, in den Ausläufern der Berge. Die Imperialen wissen nicht, dass wir kommen, und mit etwas Glück werden sie gar nicht bemerken, dass wir vorbeigefahren sind.«

Darauf hob Elgus sein Glas.

Sie standen auf und gaben sich die Hand. »Euer Sohn Banno macht meiner Tochter den Hof«, bemerkte Raythe. »Ich habe nichts gegen die Freundschaft einzuwenden, aber weiter geht das auf keinen Fall.«

»Ich rede mit dem Jungen.« Elgus nickte Jesco und Vidar zu. »Meine Herren.«

Als sie ihm nachsahen, dachte Raythe: *Ich vertraue dir immer noch nicht, aber ich schätze, du wirst für den Augenblick Frieden halten.*

SECHS

Krankheit

Mater Varahana hob Kopf und Hände zum Himmel und beschwor Gardas Hand über ihre Gemeinde, dabei verspürte sie Heiterkeit und Einssein; das überraschte sie jedes Mal aufs Neue.

Dann musterte sie die Versammlung. Normalerweise besuchten sechzig bis siebzig Leute die Morgenmesse. Aber heute waren es nur vierzig, von denen die meisten besorgt erschienen. Der Grund dafür war ihr unbekannt, und ihre Nervosität griff langsam auf sie über. Mittlerweile kannte sie von jedem die Lebensgeschichte und betrachtete ihre Bedürfnisse als die eigenen.

Vorn knieten ihre sechs Gardaschwestern, die in ihren formlosen Kutten mit den Kapuzen anonym erschienen. Das Ethos der Schwesternschaft bestand darin, im Dienst an anderen zu verschwinden: Namen wurden nur selten benutzt, und von jeder Schwester wurde erwartet, jede Aufgabe zu erfüllen, die man ihr auftrug. Varahana hielt das in gewisser Weise für Wahnsinn.

Aber ist Religion denn nicht genau das? Eine Selbsttäuschung für die Massen, sich dazu zu zwingen, das Unglaubliche trotz aller gegensätzlicher Vernunft zu glauben, weil man Angst hat, dass das eigene Leben ansonsten nicht mehr Sinn als das einer Ameise hat. Und doch stehe ich hier und predige diese Märchen …

Dann rief sie sich zur Ordnung, weil sie ihren Gedanken nachhing, während ihre Gemeinde auf Worte der Ermutigung und Inspiration wartete. Also konzentrierte sie sich wieder auf die

Gegenwart. »Liebe Glaubensbrüder und -schwestern, wie immer versammeln wir uns an diesem wunderschönen Morgen ...«

Sie verstummte, als Carroda Layle mit einem flehenden Ausdruck im Gesicht am Rand der Versammlung erschien.

»Mater«, rief sie, »die Störung tut mir schrecklich leid, wirklich, aber bitte kommt schnell ... meine Shana, sie ist so krank ...«

Unruhe entstand, selbstgerechtes Räuspern über die Unterbrechung ihrer Andacht, während andere riefen: »Sie ist nicht die Einzige, Mater.«

Und wie um das zu bekräftigen, beugte sich Lew Fulter nach vorn und übergab sich ins Gras.

Varahana bedeutete ihren Schwestern, sich zu erheben, und eilte zu Carroda. »Was ist denn mit Eurer Tochter?«, fragte sie, während ihre Gemeinde sich um sie drängte, um die Neuigkeit zu hören.

Carroda, eine Bauersfrau, die sich vehement gegen diese »verrückte Reise ins Nichts« ausgesprochen hatte, nahm ihre Hände. »Shana hat sich die ganze Nacht übergeben.«

»Mein Junge auch«, sagte Ardo Myle und fuchtelte aufgeregt mit den Händen. »Meine Frau ist jetzt bei ihm.«

»Hat jemand Raythe Vyre Bescheid gegeben?«, fragte Varahana.

»Seine Lordschaft ist beim ersten Licht mit den Spähern aufgebrochen«, sagte jemand.

»Und Rhamp hat sein Lager abgeriegelt«, warf Lews Bruder Tawyn ein. »Vermutlich sind sie auch krank.«

»Raythe muss Bescheid wissen«, sagte Varahana energisch. »Jemand soll ihn suchen. Carroda, bringt mich zu Shana.«

»Und wenn Ihr auch krank werdet?«, verlangte Tawyn zu wissen. »Wir können Euch nicht riskieren, Mater.«

»Garda wird mich beschützen«, behauptete Varahana, obwohl sie nicht daran glaubte.

Das half, um die Mauer der Menschen ein paar Schritte zurückzuhalten, während Carroda sie zum Wagen ihrer Familie zerrte. Carrodas Ehemann warf ihr einen bösen Blick zu, als wäre die Krankheit Deos Schuld.

Der Gestank nach Krankheit schlug einem sofort auf den Magen, aber Varahana wusste, wie man Übelkeit bezwingen musste, selbst wenn andere den Kampf verloren. Shana, ein geisterhaft blasses Kind, das sich an eine zerfledderte Puppe klammerte, wimmerte benommen und starrte ins Leere. Ihre Haut war kalt, aber schweißbedeckt, ihr Puls schlug schnell und schwach, obwohl sie nur langsam und schwach atmete. Die Vorderseite des Nachthemds und die Decke waren mit Erbrochenem verkrustet, die Arme des Mädchens voller blauer Flecke, die Nase war verstopft. Nicht ein Symptom verriet die Natur der Krankheit – die hoffentlich nicht tödlich war.

»Shana?«, sagte sie, aber das Mädchen reagierte nicht. Sie tippte ihm gegen die Wange, dann kniff sie hinein, zuerst sanft, dann fester, aber außer einem kaum merkbaren Zucken der Augäpfel erhielt sie keine Reaktion. Als wäre die Kleine in ihrem Inneren gefangen und käme nicht heraus.

Was ist das?

Die ganze Zeit blickte Carroda ihr über die Schulter; auf ihrem stets mürrischen Gesicht zeichnete sich Verzweiflung ab. »Sie ist ein gesundes Mädchen«, flüsterte sie. »Was hat sie?«

»Es ist zu früh, das sagen zu können«, erwiderte Varahana. »Hat Frau Kemara sie sich schon angesehen?«

»Wir haben nach ihr gesucht, aber sie war weder in ihrem Lager noch bei Eurer Messe.«

»Sie ist bestimmt bei anderen Patienten. Haltet Shana warm, obwohl sie schwitzt. Die Fähigkeit ihres Körpers, die Temperatur zu regulieren, ist gestört. Ich werde nachsehen, ob noch jemand diese Symptome hat.«

Carroda nahm sie bei den Schultern. »Mater, wollt Ihr kein Gebet sprechen, damit sie sicher ist?«

Wissen wird sie retten, keine Gebete. Es gelang Varahana, diese Worte nicht auszusprechen. »Natürlich«, sagte sie und zwang ihre Stimme zur Ruhe. Sie sprach ein Gebet, und obwohl Carroda weinte, schienen die mechanischen Worte, wenn nicht dem Mädchen, so doch wenigstens ihr, zu helfen.

Varahana sah zuerst nach Lew Fulters Jungen, dann ging sie von Wagen zu Wagen und fand überall das Gleiche. Beim fünften stieß sie auf Kemara Solus, die mit brennenden Kräutern versuchte, die Nase eines Jungen von ihrer Blockade zu befreien.

Die Heilerin schaute auf. »Habt Ihr mit Vyre gesprochen?« Ihr brüsker Ton war mit Sicherheit der Erschöpfung zuzusprechen, die ihr ins Gesicht geschrieben stand.

»Noch nicht.« Varahana segnete den Jungen. »Wann habt Ihr davon erfahren?«

»Gegen Mitternacht – seitdem bin ich bei der Arbeit, gehe von einem Fall zum nächsten. Ich konnte keine Bisse oder Schnitte entdecken. Sie haben nicht dasselbe gegessen, es gibt niemanden, mit dem alle Kontakt hatten. Vielleicht verseuchtes Wasser?«

»Habt Ihr etwas Vergleichbares schon einmal gesehen?«

Kemara verzog das Gesicht. »Das ist das Problem. Abgesehen von den Atemproblemen und der Übelkeit gibt es viele blaue Flecken, aber ich wüsste nicht, wo sich alle gestoßen haben sollen. Nichts identifiziert diese Krankheit eindeutig, es könnten zu viele Dinge sein.«

»Das habe ich auch gedacht«, gab Varahana zu.

»Wird Vyre dabei von Nutzen sein?« Kemara erschien skeptisch.

»Raythe hat noch nie behauptet, dass man mit Praxxis Krankheiten heilen kann, jedenfalls habe ich das noch nie gehört. Ich habe gesehen, wie er damit Wunden versiegelt und dergleichen, aber die Körpersäfte, die Krankheiten verursachen, sind für gewöhnlich zu klein, um sie auf diese Weise zu bekämpfen.«

Kemara seufzte. »Dann liegt es an uns. Ich habe versucht, das Erbrechen zu stoppen und ihre Atemwege zu befreien, aber nichts funktioniert richtig. Wenn überhaupt, wird es schlimmer. Wenn wir keine Methode finden, diese Krankheit zu behandeln, was auch immer es ist, werden bald Menschen sterben.«

Raythe kam zurück ins Lager galoppiert. Jesco, der ihn aufgespürt hatte, hatte ihn bereits über alles in Kenntnis gesetzt. Sie begaben sich auf direktem Weg zum Feuer in der Lagermitte, wo sich die Dorfbewohner und Bauern versammelt hatten. Varahana, ihre Sprecherin, wartete zusammen mit Elgus Rhamp und einem seiner Ratgeber, dem narbengesichtigen Mann namens Krähenfuß. Die präparierte Vogelkralle, der er seinen Namen verdankte, hing an seinem Hals.

»Sir Elgus, ist Euer Lager ebenfalls betroffen?«, fragte Raythe und zog den Ritter und die Priesterin beiseite.

»Aye«, knurrte Rhamp.

»Wie viele Fälle?«

»Ungefähr einer von vieren, so wie im Rest des Lagers, wie ich gehört habe.« Der pelarianische Ritter warf Kemara einen finsteren Blick zu, als sie sich zu ihnen gesellte. »Die Heilerin kann weder die Ursache noch ein Heilmittel finden.«

»Aber ich arbeite daran, statt hier rumzustehen und mich zu beschweren«, erwiderte Kemara. »Lord Vyre, kann ein Praxxismagier uns etwas darüber sagen?«

»Ich wünschte, es gäbe was. Was ich nicht sehen kann, kann ich auch nicht manipulieren, wie Varahana bestimmt erklärt hat. Aber ein paar Dinge kann ich tun, zum Beispiel Wärme benutzen, um bestimmte Flüssigkeiten zu trocknen. Aber in dem Fall habt Varahana und Ihr das Wissen; ich habe nur die Werkzeuge.«

»Ehrlich gesagt hätte ich gedacht, Ihr wärt von größerem Nutzen«, murmelte Elgus.

»Gebt mir eine Reihe Soldaten oder einen Wall, der niedergerissen werden muss, und ich zeige Euch gern, was ich kann«, erwiderte Raythe angespannt. Rhamp einzuschüchtern blieb seine oberste Priorität.

Elgus hob beschwichtigend die Hand. »Tut mir leid, Raythe. Da spricht nur meine Sorge. Nichts für ungut.«

»Kein Problem«, log Raythe. »Kemara, gebt mir Arbeit.«

Varahana überließ es Kemara und Raythe, mögliche Arzneien für die Atemnot zu finden, und ging. *Damit behandeln sie nur die Symptome,* entschied sie. *Was ist die Ursache?*

Dieser Gedanke ließ sie nicht los. Sie streifte eine formlose Robe und einen Umhang über und ging, überließ ihren sechs Schwestern die nächste Gebetsrunde. Angeregt von Kemaras Bemerkung über eine verdorbene Quelle begab sie sich zum Fluss, wo selbst jetzt Frauen ihr Wasser holten. Sie spähte über die Schulter und probierte das Wasser – es war sehr kalt, aber sie konnte nichts Ungewöhnliches schmecken. Sie fragte sich, ob sie Raythe bitten sollte, die Benutzung des Wassers zu verbieten, nur für alle Fälle, aber ohne einen Beweis schien das voreilig zu sein.

Varahana zog die Stiefel aus und hängte sie sich an den Schnürsenkeln um den Hals, bevor sie stromaufwärts stapfte. Das eiskalte Wasser reichte ihr bis zu den Oberschenkeln, und die Strömung setzte ihr zusehends mehr Widerstand entgegen.

Sie arbeitete sich durch eine Reihe von sanften Biegungen, Vertiefungen und seichten Stellen hundert Meter weiter flussaufwärts und suchte nach Hinweisen. Ein verfaulender Tierkadaver hätte eine Erklärung geboten, aber da war nichts zu entdecken, nicht einmal gefährliche Pflanzen, und häufige Schlucke Wasser enthüllten nichts Unerwünschtes.

Trotz der Wärme des Tages war der kleine Fluss eiskalt. Sie brauchte eine Verschnaufpause, also watete sie zum Ufer, wo ein kleiner Flecken aus flachem, moosbedecktem Kies in spätes Sonnenlicht getaucht war.

Sie wollte gerade auf trockenes Gelände steigen, als sie innehielt, denn dort gab es deutliche Spuren, dass jemand die schlammigen Kiesel aufgewühlt hatte, obwohl kein deutlicher

Stiefelabdruck oder Fußabdruck erhalten war. Sie beugte sich vor und entdeckte Schleifspuren im Schlamm, als wäre dort etwas über den Boden gezerrt worden, aber da war kein Blut zu sehen, sondern nur diese Spuren im Schlamm.

Ein Jäger, der mit einem Ast seine Spur verwischte?

Sofort fühlte sie sich unbehaglich. Die niedrigen Hügel, die mit Büschen und vom Wind gebeutelten Bäumen gesprenkelt waren, boten ausreichend Deckung für einen Verfolger, und die Schatten wurden länger. Jedes Mal, wenn sie sich umdrehte, wuchs das Gefühl, beobachtet zu werden.

Dann blieb ihr Blick auf etwas im Wasser hängen, und sie runzelte die Stirn. Plötzlich schoss ein Strom dunkler Flüssigkeit aus dem Schlick empor und wurde vom Flusswasser verdünnt. Sie holte eine Glasphiole aus der Gürteltasche und hielt sie über das winzige Loch, aus dem weiterhin Flüssigkeit austrat, bis sie mit einer grünlichen Probe gefüllt war.

Smaragdgrün … von irgendwo unter dem Flussbett …

Eine vage Erinnerung stieg in ihr auf, irgendein obskurer Vortrag, vielleicht auch etwas, das sie vor vielen Jahren gelesen hatte, bevor man sie in die Kirche gezwungen hatte. Sie hielt die Probe an die Nase und schnupperte, aber da war nur ein schwacher Eigengeruch, nur ein leicht unangenehmer Duft nach Tang.

Woran versuche ich mich zu erinnern?

Ihr stand hier draußen kein Laboratorium zur Verfügung, um die Probe zu analysieren, genauso wenig wie die nötige Fachliteratur. Und sie war eine halbe Meile vom Lager entfernt und würde in kurzer Zeit das Licht verlieren. Falls das nicht die gesuchte Antwort war, würde der Rückweg ins Lager, um dort darüber zu grübeln, nur wertvolle Zeit verschwenden.

So sehr es gegen ihre Ausbildung verstieß, manchmal musste man einfach auf das Glück vertrauen. Nach einem weiteren Blick über die Schulter, weil sie das Gefühl einfach nicht abschütteln konnte, beobachtet zu werden, nahm sie zögernd einen winzigen Schluck.

Bitter, pflanzlich … unangenehm. Und sie erkannte es immer noch nicht.

Sie verschloss den Rest in der Phiole und sann über das Kribbeln auf ihrer Zunge nach, die einzige nachwirkende Eigenschaft der Flüssigkeit.

Dann traf es sie wie ein Schlag – sowohl der Geschmack wie auch die Antwort.

Sie wollte etwas sagen, nur um ihrer Verzweiflung Ausdruck zu verleihen, aber ihre Zunge wurde taub, bevor ihr Mund jedes Gefühl verlor. Sie hätte die Probe niemals anrühren dürfen …

»O … nein …«, nuschelte sie und schwankte, als der Boden unter ihr zu kippen schien. Sie wollte aufschreien, aber ihre Kehle war wie zusammengeschnürt, und während ihre Nase verstopfte, stieg ihr Mageninhalt nach oben und sie verlor jegliche Kraft. Die Knie gaben unter ihr nach, als der Boden in ihr Gesicht krachte. Laute verzerrten sich, und ihre Sicht verschwamm zu einem zitternden Schemen; die nächsten Krämpfe kamen, und sie übergab sich, und die widerliche Flüssigkeit sammelte sich vor ihrem Mund in einer Pfütze.

Und von unterhalb des Flussbetts, wo die Flüssigkeit herausgespritzt war, wanden sich ein Dutzend Umrisse durch den Kies, und skeletthafte Hände brachen durch den Boden …

Sie fühlte förmlich, wie ihre Lunge verstopfte. Die Beine konnte sie nicht bewegen, aber in ihren Fingern war noch etwas Leben; verzweifelt stieß sie sich in den Hals, um erneut zu brechen, während sich die dunklen Umrisse ihren Weg aus dem Flussbett krallten. Dann schoss ihr grüner und stinkender Mageninhalt aus dem Mund.

Sie hörte einen rauen Schrei, und etwas Schweres knirschte im Kies, als sie zur Seite kippte und ihr bereits die Sinne schwanden.

Raythe Vyre trat aus dem nächsten stinkenden Zelt, wo ein weiterer Dorfbewohner im Sterben lag, und blickte zum Himmel, um die Stunde zu schätzen. Die Dämmerung war hereingebrochen, und im Sommer hielt sich das Tageslicht im Norden lange, es würde noch Stunden dauern, bevor es richtig dunkel war.

Den ganzen Tag war es allen Kranken immer schlechter gegangen, bei vielen Fällen ging ihr Atem so flach, dass nicht offensichtlich war, ob sie noch lebten. Mehrere Male hatte er Praxxis eingesetzt, um Atemwege zu klären, aber sie füllten sich einfach wieder. Dreimal hatte er den Herzschlag sterbender Patienten neu starten müssen, die junge Shana Layle eingeschlossen. Mittlerweile war das halbe Lager krank. Und er und Kemara waren kein Stück näher daran, herauszufinden, was sie krank gemacht hatte.

Wenn es das Wasser war, mussten einige von ihnen immun sein, er hatte das Wasser selbst getrunken, und ihm ging es gut. *Vielleicht ist es nur zeitweise gefährlich.*

Er entdeckte Kemara Solus, die gerade aus einem anderen Zelt trat, und ging zu ihr.

»Seid Ihr schlauer?«, fragte sie mit gedämpfter Stimme.

»Nein«, gestand er. Die Krankheit war noch immer ein Geheimnis – genau wie sie. Sie hatten den ganzen Tag gearbeitet, oft Seite an Seite. Aber selbst jetzt hatte sie sich nur langsam geöffnet. Sein üblicher Charme hatte nicht funktioniert – nicht, dass er etwa mit ihr flirtete, nicht in so einer Krise. Doch er hatte versucht, sich mit ihr anzufreunden, das konnte er nicht abstreiten, aber ohne das geringste Anzeichen von Erfolg.

Sie zählte die neuesten Namen auf, die der Krankheit erlegen waren. »Jetzt ist das halbe Lager krank.«

»Ich weiß.« Er warf einen Blick in die Richtung von Rhamps Lager. Der Pelarianer hatte es für Außenstehende geschlossen, aber die Krankheit wütete dort genauso.

»Wir können nicht aufbrechen«, erwiderte Kemara schnell. »Das würde die Hälfte der Patienten auf der Stelle umbringen.«

»Das weiß ich auch. Ich muss Varahana finden. Sie hat bestimmt gründlich über das Problem nachgedacht.«

Kemara warf ihm einen verletzten Blick zu – zweifellos war sie der Ansicht, dass er sich nur vor der richtigen Arbeit, Leben zu retten, drücken wollte –, aber das hielt ihn nicht zurück.

Varahana könnte etwas entdeckt haben.

Er eilte zu ihrem Wagen, wo er sofort von ängstlichen Männern und Frauen umgeben war, die alle von ihm verlangten, sich als Nächstes um ihre Frau, ihren Ehemann oder ihr Kind zu kümmern, darum brauchte es einige Zeit, bis klar war, dass man Varahana zuletzt gesehen hatte, wie sie allein flussaufwärts ging.

»Bitte – hört mir zu! Mater Varahana sucht nach dem Grund dieser Seuche, und ich muss sie finden. Wenn wir zurückkehren, sehe ich nach euren Kranken, das verspreche ich.« Kurz dachte er darüber nach, ihnen zu befehlen, das Wasser zu meiden, aber in Wahrheit stand ihnen keine andere Möglichkeit zur Verfügung. Dann hatte er einen Gedankenblitz: Viele Heiler glaubten, dass man Wunden besser mit abgekochtem Wasser reinigen sollte.

»Ich will, dass ihr alle das Wasser kocht, bevor ihr es benutzt, habt ihr verstanden? Kocht es – und verbreitet die Kunde im Lager für mich, wollt ihr das tun? Das Wasser zum Trinken und Kochen und zum Auswaschen von Wunden muss abgekocht werden.«

Ihnen eine Aufgabe zu geben, funktionierte. Diejenigen, die ihn um Hilfe angefleht hatten, wurden zur Arbeit motiviert, und er konnte sich Jesco und Vidar schnappen. Zusammen gingen sie zum Fluss. Die Dunkelheit breitete sich in der bewaldeten Schlucht und den mit Bäumen bewachsenen Hängen aus, das lange Zwielicht neigte sich seinem Ende zu.

»Mater Varahana?«, rief Vidar unablässig, ohne eine Antwort zu erhalten.

»Wir brauchen Licht«, murmelte Raythe und wechselte zur Praxxissprache. »*Cognatus, animus … praesemino lumis.*« Der vertraute Energieschub formte sich zu einer hellen Kugel in seiner linken Hand, die ungefähr auf zwanzig Fuß Entfernung für freie Sicht sorgte, aber darüber hinaus schwärmten die Schatten aus, als würden sie sich zur Schlacht aufstellen.

Vidar knurrte und befreite sich von einer Schicht Menschlichkeit. Vornübergebeugt hielt er die Nase in den Wind und fing an, zu wittern, während Jesco, den die wildere Seite seines Kameraden nicht im Mindesten störte, die Klinge zog und das Gardazeichen schlug.

Raythe wollte etwas sagen, als irgendwo voraus ein brennender Pfeil in die Luft schoss, wieder zur Erde stürzte und verschwunden war …

»Was …?«, setzte Jesco an.

Vidar knurrte erneut und krümmte sich noch mehr zusammen, sein Gesicht verzerrte sich zu einer wilden, von Nüstern beherrschten Visage; seine Gliedmaßen schwollen an, sein Rückgrat bog sich. Stoff riss, und er befreite sich von seiner Kleidung. Mit einem Knurren und nach vorn tastenden Bewegungen schnüffelte er geräuschvoll.

Jesco warf Raythe einen verwirrten Blick zu.

»So kann er jemanden auf eine Meile Entfernung riechen«, murmelte Raythe. »Vielleicht …«

»Aye, und sie finden«, grollte Vidar. Er war kaum noch dazu fähig, Worte zu bilden. Dann heulte er auf und stürmte flussaufwärts in die Dunkelheit.

»Scheiße«, rief Raythe aus und rannte hinter dem Bärenmann her. Jesco folgte ihnen.

Varahana kam wieder zu Sinnen, und Flammen schossen um sie herum durch die Luft und brausten über ihren Kopf. Über ihr keuchte jemand und tanzte eine Art Polka um ihren Körper. Steine hatten sich schmerzhaft in ihre nasse Haut gebohrt. Ein Herzschlag donnerte wie eine Trommel und dröhnte in ihrem Kopf.

Dann begriff sie, dass es ihr Herzschlag war und dass Tami über ihr stand und mit einer Fackel in der einen und einem Schwert in der anderen wild um sich schlug. An jeder Seite befanden sich in Flussranken gehüllte Gestalten mit ungefähr menschenähnlichen Proportionen, die sie umkreisten wie Geier eine sterbende Kuh.

Sterbende Kuh ... das bin ich ...

Sie wollte aufstehen, aber dazu war sie einfach nicht in der Lage. Doch ihre Zunge hat sich genug gelöst, dass sie ein paar Worte lallen konnte. *»Ver ... de ... ghul ...«*

»Ich weiß«, fauchte Tami und stieß einem der sie umkreisenden Verdeghul die Fackel entgegen. Das Ding fing Feuer, kreischte auf und wich in eine tiefere Stelle des Flusses zurück. Einen Augenblick lang bot sich Varahana ein Gesicht wie auf einen Totenschädel geklebte tote Blätter, mit Augen wie schleimige Teiche.

Verdeghuls – grüne Ghule – waren Relikte der längst vergangenen Kriege, auf Pflanzen basierende Lebensformen, die zum Töten gezüchtet worden waren. Sie schieden Gift aus, dann fraßen sie die Gelähmten und Toten.

Das Geheimnis war gelüftet – falls sie oder Tami lange genug lebten, um davon zu berichten.

Aber das erschien wenig wahrscheinlich. Varahana versuchte, sich erneut zu bewegen, und diesmal verhedderte sie sich beinahe in Tamis Beinen. Sie waren von einem Dutzend Ghulen umgeben, die die Flammen kaum auf Abstand hielten. Immerhin lagen zwei tot im flachen Uferwasser.

Varahana verdoppelte ihre Anstrengungen und würgte, bis sie nur noch sauren Magensaft ausspie. Sie pustete Schleim aus ihrer Nase, bis sie wieder besser atmen konnte, dann warf sie ihren Umhang in das Feuer. Er fing sofort an zu qualmen. Die ganze Zeit kämpfte Tami wie eine Löwin und trieb die Angreifer immer wieder zurück. Dabei fluchte sie ununterbrochen und verhöhnte ihre Gegner. Das war in diesem Fall zwar sinnlos, aber vielleicht konnte sie einfach nicht beim Kämpfen den Mund halten.

Endlich schaffte es Varahana, sich auf die Knie zu rollen und mühsam aufzurichten. Sie packte ihren mittlerweile brennenden Umhang am versengten Kragen und ließ ihn durch die Luft wirbeln, half Tami, die Verdeghuls zurückzutreiben. Die Kreaturen knurrten, blieben aber auf Abstand.

Plötzlich griffen sie alle zusammen an und kreischten im Chor. Flussranken peitschten wie Tentakel, und obwohl Tami einen Ghul in Brand steckte, schlang sich eine um ihr Handgelenk und riss sie von den Füßen. Varahana wollte zu ihr, aber etwas krachte von hinten gegen sie, und sie ging unter mindestens drei Ungeheuern zu Boden. Als sie auf dem Kies aufschlug, drang der Gestank von verrottetem Seetang in ihre Nase. Zähne schnappten nach ihrem Nacken, bissen in ihre Schulter und die linke Hüfte, was sie vor Schmerz und Verzweiflung aufschreien ließ.

Dann traf etwas die Reihen der Verdeghuls und schleuderte die Körper zur Seite. Brüllend vor Wut schwang sich eine Kreatur, eine Mischung aus Bär und Wolf, auf Varas liegende Gestalt und hieb nach rechts und links.

Ein Ghul hielt noch immer ihr Bein gepackt, aber sie gewann ihre Kräfte zurück, jeden Moment mehr, und sie konnte den Dolch ziehen, den sie völlig vergessen hatte, und dem Ungeheuer direkt ins Auge stoßen. In dem Augenblick, in dem sich sein Griff lockerte, trat sie es fort, und es landete kreischend in den Flammen.

Plötzlich flammten noch mehr Fackeln auf, und sie konnte Raythe und auch Jesco sehen, dann wanden sich drei weitere Ghule im Feuer. Eine Lichtkugel brannte plötzlich über der kleinen Lichtung und beleuchtete Raythe und Jesco, die die restlichen Verdeghuls mit Feuer und Stahl zurückzwangen.

Die überlebenden Ungeheuer fuhren mit einem Jammern herum und flohen ins Unterholz, wo sie zornig durch die Büsche krachten – und dann kehrte Stille ein.

Varahana hatte es gerade wieder geschafft, sich auf die Knie zu erheben, als Vidar – oder die Bestie, in die er sich verwandelt hatte – sie mit aller Gewalt umarmte und sich dann wie ein Kind über die Schulter warf. Mit einem lauten Heulen zu den Planetenringen am Himmel rannte er flussabwärts, und sie wurde auf seinen mächtigen Schultern durchgeschüttelt, während ihr das Blut in den Kopf stieg.

Gnädigerweise verlor sie erneut das Bewusstsein.

»Bewegt euch, bewegt euch«, rief Raythe und trieb die Karawane an. »Bringt diese Wagen auf Tempo – und bleibt zusammen, habt ihr gehört? Niemand wird zurückgelassen.«

Diejenigen seiner Anführer, die dazu in der Lage waren – Elgus Rhamp, Cal Foaley und Jesco Duretto –, nahmen seine Worte vorn und hinten entlang der sich bildenden Reihen auf. Peitschen knallten, und Tiere machten ihrem Unmut Luft, um Mitternacht geweckt worden zu sein. Reiter flankierten sie und erhellten mit Fackeln den Weg durch die Dunkelheit und hielten nach Gefahren Ausschau.

Raythes Praxxissicht verriet ihm, dass die Nacht voller Leben war. Das Nest der Verdeghuls zählte mindestens fünfzig Ungeheuer, vielleicht auch mehr, und sie waren in der Nähe und hungrig. Sie stürzten sich auf die Toten und Sterbenden, scheuten aber für gewöhnlich den offenen Kampf. Solange er seine Leute von ihrem Territorium fortschaffen konnte, würde ihnen nichts geschehen.

»So weit, so gut«, murmelte Raythe, als die Wagenreihe Foaleys Vorhut ungefähr nach Nordwesten folgte. Er ritt die Reihe zurück und zählte im Geist Namen ab, bis er das Ende der Reihe erreicht hatte, wo Vidar Varahanas Wagen lenkte. Er war wieder vollständig zum Mensch geworden und saß neben einer der namenlosen Schwestern der Mater. Aus irgendeinem Grund schienen die Nonnen nicht besonders glücklich über die Tatsache zu sein, dass der hünenhafte Ranger ihren Wagen lenkte.

Raythe winkte Vidar zu, dann warf er einen Blick hinten in den Wagen, wo vier der Schwestern um die dort liegende Varahana geschart waren. Sie rang noch immer mit dem Gift der Verdeghuls, denn sie war schlimm gebissen worden und hatte die Probe in der Phiole gekostet, die nun in seiner Tasche steckte.

Da ich jetzt weiß, worum es sich handelt, müsste ich ein Gegengift herstellen können. Dann könnten einige der schlimmsten Fälle gerettet werden, so wie Shana Layle …

Dann zuckte er zusammen, denn ihm wurde klar, dass er den Wagen der Layles noch nicht gesehen hatte.

»Wer ist hinter uns?«, fragte er Vidar.

»Die Nachhut und vielleicht ein paar Nachzügler. Jesco ist dort.«

»Ich sehe nach ihm. Kümmere du dich um Vara.«

»Das mache ich«, erwiderte Vidar in einem Tonfall, der viel mehr sagte als seine Worte.

Raythe dankte ihm mit einer Handbewegung, zog an den Zügeln und machte sich auf die Suche nach Jesco. Er fand den Shadraner ein paar hundert Meter weiter hinten bei einer Gruppe von Männern und zwei Wagen, darunter zu seiner Erleichterung auch der Wagen der Layles. *Das sind alle, Garda sei Dank.*

»Also Verdeghuls«, bemerkte Jesco, als Raythe ihn erreichte. »Ich habe nie geglaubt, dass es sie wirklich gibt.«

»Früher haben sie die Schlachtfelder von Ost-Otravia heimgesucht«, sagte Raythe mit einem Schaudern. »Ich vermute, dieser Haufen jagt für gewöhnlich Tiere, die vom Fluss trinken. Ist hier alles in Ordnung?«

Jesco senkte den Kopf. »Shana ist gestorben, während wir nach Varahana gesucht haben.« Er deutete zum Wagen der Layles ein paar Dutzend Meter voraus. »Ihre Trauer ist tief. Sie war ihr einziges Kind, das Zentrum ihres Lebens.« Jesco stiegen Tränen in die Augen; er blickte zur Seite. »Ich kann mir so einen Verlust nicht einmal vorstellen.«

»Verdammt …« Auch Raythe verspürte einen Kloß im Hals. »Was für eine Verschwendung!«

Hinter ihnen zogen sich die Verdeghuls, die sie beschattet hatten, in der Ferne zurück, sie ließen diese gefährlichen Eindringlinge gern ziehen; zweifellos würden sie das Lager plündern und nehmen, was zurückgelassen worden war.

»Ist Shana die Einzige, die am Gift gestorben ist?«

»Sieben.« Jesco zählte die Namen der Opfer auf, Männer, Frauen und Kinder. »Viele sind noch krank, aber jetzt, da wir wissen, was die Ursache war, erholen sich die meisten. Kemara wirkt wahre Wunder.«

»Aye«, gestand Raythe ein, »sie mag mürrisch sein, aber sie ist hartnäckig und versteht ihr Handwerk.«

»Aye, und sie kann gut mit ihren Schützlingen umgehen, vor allem den Frauen und Kindern.«

»Also mag sie nur keine Männer?«

»Nö, eigentlich nur dich nicht.« Jesco kicherte. »Und da wir gerade von Frauen sprechen, die wir bewundern, ich glaube, Varahana hat einen Bewunderer. Unser zotteliger Norganianer ist wirklich wild geworden, als er bemerkte, dass die gute Mater in Schwierigkeiten steckt.«

»Das ist mir nicht entgangen. Ein seltsames Paar.«

»Die anspruchsvolle Gelehrte und der wilde Bärenmann?« Jesco grinste. Er tat nichts lieber, als über Romanzen zu klatschen. »Er kann einen ganzen Tag verbringen, ohne ein Wort zu sagen, sie keine zehn Sekunden. Ich sehe das nicht.«

»Ach, ich weiß nicht«, erwiderte Raythe. »Die meisten Pärchen ähneln sich im Grunde, aber manche halten nach dem Gegenteil Ausschau, Menschen, die etwas sind, das sie nicht sind. Und er ist ein guter Mann.«

»Da stimme ich dir zu – aber sie ist unsere Mater. Würde etwas zwischen ihnen passieren, gäbe es einen Aufstand. Und sie nimmt ihr Gelübde sehr ernst.«

»Aye, das ist wahr.« Raythe seufzte. »Komm schon, verschwinden wir, bevor noch mehr dieser verkraggten Ghule kommen.«

Sie gaben ihren Tieren die Sporen und trabten zurück zur Karawane. Es würde eine lange Nacht werden und viele Meilen brauchen, bevor sich jemand sicher genug fühlen würde, um wieder ein Lager aufzuschlagen.

SIEBEN

Die Eisbucht

»Liebe Garda, das waren ... was, zwei Monate?«, fragte Raythe.

»Fühlt sich länger an«, erwiderte Jesco. Sie hatten sich beim Fahren abgewechselt. »Wir haben ... wie viele Meilen waren das? Was schätzt du? Ungefähr vierhundert?«

»Aye, aber seit wir diese Prärie hinter dem Aldar-Rath durchquert haben, haben wir im Durchschnitt nur fünf Meilen am Tag geschafft.« Raythe zeigte nach Norden. Trotz des Spätsommers lag noch immer Schnee auf den Höhen. »Bei diesem Tempo wird es Herbst, bevor wir den Ort erreichen, an dem Perhan das Istariol gefunden hat.«

Seit ihrer Flucht vor den Verdeghuls hatten sie ein paar schwierige Wochen durchlebt. In dieser Höhe war das Wetter so unberechenbar wie ein pelarianischer Frühling, was schlimm genug war, und die alte Straße der Aldar war vom Land verschlungen worden und hatte sie in einem dunklen, feuchten Wald ohne einen Pfad stranden lassen. Aber die Späher waren weitergeritten und mit der Nachricht zurückgekehrt, dass es voraus ein Küstenplateau gab. Es kostete ein paar Tage harter Arbeit, einen Weg durch die riesigen Bäume zu schlagen, damit die Expedition weiterfahren konnte, aber die gemeinsame Arbeit half dabei, die Kameradschaft zwischen den Reisenden wieder zu stärken, denn die Jäger arbeiteten an der Seite von Rhamps Söldnern und den Bürgern von Teshveld.

Jesco zeigte auf eine andere Bergkette, die aus dem Norden kam. »Sieh sie dir an, ist unser Weg schon wieder versperrt?«

»Keine Angst, siehst du diesen Gipfel, der wie eine Speerspitze geformt ist, der südlichste? Das ist der Lucallus, er markiert die Stelle, an der die Berge auf die Küste treffen. Dort werden wir die zugefrorene Bucht finden, und nachdem wir die überquert haben, sind wir in Verdessa.«

»Der Lucallus?«, wiederholte Jesco und rümpfte die Nase. »Du meinst, man hat ihn nach …«

»… nach Luc Mandaryke benannt? Ja.«

»Ich werde besonders auf ihn pissen«, versprach der Shadraner.

»Tu das. Hoffentlich zerbröckelt er und stürzt ins Meer.« Raythe warf Jesco die Zügel zu. »Hier. Ich will meine Tochter finden. Sie ist zu lange weg.«

»Du bist ihr Vater, nicht ihr Kindermädchen.«

Das ignorierte Raythe, sprang von dem fahrenden Wagen, lief zur Rückseite und band Jescos Schlachtross los, einen Wallach, den er Befehlshaber nannte. Auf dem Weg zum Ende der Wagenreihe rief man ihm Grüße zu oder beschwerte sich; waren sie ernst genug, zügelte er das Pferd und hörte sich die ganze Geschichte an. Die Vorräte wurden knapp, und sie hatten sich jetzt vollständig in die Hände der Jäger begeben, die jeden Tag nach Pflanzen, Zwiebeln und Wurzeln, Fisch und frischem Fleisch suchten.

Eine Gruppe jüngerer Reiter hatte sich um Cal Foaley geschart und hörte aufmerksam zu, als ihnen der Jäger die Befehle für den Tag gab. Unter dem Dutzend Reiter befand sich auch Zar, wie immer wie ein junger Mann gekleidet. Raythes Stirnrunzeln wurde noch ausgeprägter, als er sah, dass Banno Rhamp an ihrer Seite war. Schweigend verfolgte er, wie Foaley eine Reihe von Befehlen herunterratterte, sie in Vierergruppen aufteilte und dann losschickte, um die Fernpatrouillen für den Nachmittag abzulösen, dann rief er »Zar!«, als sie mit ihrer Patrouille aufbrechen wollte.

Sie starrte ihn an, der trotzige Ausdruck auf ihrem Gesicht warnte ihn, sie nicht in der Öffentlichkeit zu blamieren.

Foaley gesellte sich zu ihm. »Lord Vyre, was ist?«

»Guten Morgen, Cal. Was macht Zar denn hier? Ich habe ihr befohlen, heute im Lager zu bleiben.«

Foaley kratzte sich nachdenklich an der Nase. »Sie ist eine genauso gute Reiterin wie die anderen. Sogar besser als die meisten«, sagte er lakonisch.

»Darum geht es nicht. In diesem Lager gibt es Männer, von denen ich nicht will, dass sie in ihrer Nähe ist.«

»Sie kann sich durchsetzen. Die Jungs machen einen weiten Bogen um sie; sie wissen, dass sie das Praxxis hat, und tatsächlich fürchten sie sie jetzt – und die meisten sind mehr als nur ein wenig stolz auf sie.«

Raythe sah Banno stirnrunzelnd an. »Der Bogen ist nicht groß genug, was einige von ihnen angeht.«

»Der? Er ist ein guter Junge. Wie alt ist das Mädchen? Fünfzehn? Die meisten Leute würden das für ein gutes Alter zum Heiraten halten. Die beste Möglichkeit, Euch keine Sorgen mehr um Eure Tochter machen zu müssen, wäre, sie zu verheiraten. Macht sie zu einem Problem von jemand anderem.«

»Sie verheiraten? Seid Ihr verrückt? Wisst Ihr eigentlich ... egal. Hört zu, wir sind auf der Reise, seit sie zwölf war, und ich werde so etwas nicht gutheißen, bis wir wieder da sind, wo wir hingehören.«

»Das könnte aber eine lange Warterei werden«, meinte Foaley. »Wollt Ihr keine Enkel haben?«

Raythe biss sich auf die Unterlippe. So hatte er das noch nie betrachtet. Aber Zar war von adliger Geburt, und es war auch noch otravianischer Adel, also weit über einem pelarianischen Söldner. »Wenn die Zeit und der Ort stimmen – und der Freier –, werde ich darüber nachdenken.«

»Gut. Und in der Zwischenzeit habe ich ein paar Späher, die abgelöst werden müssen.«

Raythe räusperte sich, dann gab er nach. »Also gut. Aber behaltet sie im Auge.«

Foaley salutierte ihm spöttisch, dann ritt er zu seinen Protegés. Er teilte Banno und Zar verschiedenen Patrouillen zu, und nach einem finsteren Blickduell mit seiner Tochter gab Raythe nach.

Sie wird erwachsen, ob es mir gefällt oder nicht.

Mit einem scharfen »Yar!« trieb Zar ihr Pferd an und galoppierte davon. Raythe sah ihnen mit einem seltsamen Gefühl im Herzen nach. Sie war sein Küken, aber schon viel zu bald würde sie davonfliegen.

Freiheit war ein galoppierendes Pferd in der Prärie. Die anderen Reiter der Patrouille waren weit hinter ihr, als Zar über den frostbedeckten steinigen Untergrund preschte. Sie hatte schreckliche Angst gehabt, ihr Vater würde ihr vor versammelter Mannschaft befehlen, zum Wagen zurückzukehren, und war bereit gewesen, trotzig zu reagieren – aber glücklicherweise hatte Foaley sie unterstützt, und ihr Vater hatte nachgegeben.

Nach einer Weile drosselte sie ihr Tempo und ließ sich von den anderen einholen. Ihr Anführer, ein Jäger namens Xan Lynski, rief: »Bleib beim Trupp, Mädchen.« Sein autoritärer Tonfall hatte einen nervösen Unterton, als hätte er tatsächlich Angst vor ihrer Reaktion, aber sie erkannte an, dass er mehr über den Weg wusste als sie, also gehorchte sie ohne Widerspruch.

Die anderen beiden Reiter holten sie endlich ein – Rolfus Bohrne, einer von Rhamps Männern, und Ando Borger, der dritte Sohn des Schmieds.

»Wir sind heute die Vorhut«, erinnerte Lynski, »also lösen wir Morros Patrouille ab und reiten den ganzen Nachmittag voraus, lagern für die Nacht und stoßen morgen früh wieder zur Karawane. Aber zuerst habe ich etwas zu verkünden: Wer auch nur einen Finger gegen Zar erhebt, verliert seine verdammte Hand. Wenn ihr eine Frau wollt, bezahlt eine von Gravis' Mägden. Verstanden?«

»Wir brauchen nicht zu zahlen.« Rolfus Bohrne grinste spöttisch. »Außerdem ist für sie bereits bezahlt worden.«

»Was?«, fauchte Lynski.

Zarelda schaute irritiert zu, wie Bohrne sein Pferd antrieb und fortritt, dabei kreuzte er den Weg eines anderen Reiters, der nördlich von ihnen auf einem Hügelkamm erschien. Ihr Herz pochte heftiger, als sie Bannos braunes Tier erkannte, aber in die erste Freude mischte sich Empörung. *Also ist jemand bezahlt worden? Das wollen wir doch mal sehen!*

Lynski sah aus, als würde er erwägen, Bohrne einen Pfeil in den Rücken zu jagen, dann richtete er einen bösen Blick auf den herantrabenden Banno. »Bei der Flammengrube, was geht hier vor?«

»Planänderung«, sagte Banno. »Ich bin zu Eurer Patrouille abkommandiert worden.«

Lynski schaute finster drein, dann verdrehte er nur die Augen. »Na gut, dann folgt mir«, rief er und schlug die Richtung zu den Küstenbergen ein.

Banno setzte sich an Zars Seite. »Hallo, du.«

»Was tust du?«, fragte sie. »Ich weiß, dass Foaley keine Änderung bei den Patrouillen genehmigt hat.«

»Was er nicht weiß, macht ihn nicht heiß.« Banno lächelte. »Ich wollte einfach nur bei dir sein.«

Ihr Herz pochte schneller, und sie musste schlucken, bevor sie fragte: »Geht es deinen Brüdern besser?«

»Poel geht es gut. Dein Vater war gnädig. Aber deinen Handabdruck wird er sein ganzes Leben im Gesicht tragen.«

Sie errötete. »Das war keine Absicht. Ich glaubte, ich würde um mein Leben kämpfen, und es ist einfach passiert.«

»Ich mache dir keinen Vorwurf, ehrlich«, sagte Banno. »Es ist gut, dass du dich schützen kannst.«

»Ich habe kaum einen Zeh ins Wasser getaucht«, antwortete sie, denn sie wollte ihn nicht verschrecken. »Ich muss noch eine Million Dinge lernen.«

»Was denn?«

»Zum einen muss ich eine neue Sprache lernen, obwohl ich sie eigentlich schon seit Jahren lerne. Alt-Magnianisch ist die Sprache des Praxxis, und ich brauche sie, um meinem Familiar Befehle zu geben.«

Banno blickte sich um. »Ein Familiar?«

»Er heißt Adefar. Im Moment ist er ein Vogel. Du kannst ihn nicht sehen, aber er kreist über uns.«

»Warum Alt-Magnianisch?«

»Damit Adefar weiß, dass ich mit ihm spreche. Sonst würde er auf alles reagieren, was ich sage, und das wäre katastrophal.«

»Das glaube ich gern!« Banno lachte. »Was kannst du alles?«

»Im Moment nicht besonders viel.« Sie hielt inne. »Willst du das wirklich wissen?« Als er eifrig nickte, lächelte sie. »Also, Praxxis setzt sich aus drei Teilen zusammen. Proteus – da geht es um den eigenen Körper; Menteus – da geht es um den Geist. Und Mundius, da geht es um unsere Welt. Eine Novizin wie ich beginnt mit einem davon, aber schließlich werde ich sie alle lernen. Manche Zauberer spezialisieren sich, andere machen alles.«

Banno sah sowohl beeindruckt als auch nervös aus. Das gefiel ihr durchaus.

»Was lernst du zuerst?«

»Mundius. Bald kann ich Feuer machen und es auch wieder löschen, Wasser reinigen, die Erde formen, Pflanzen wachsen lassen, solche Dinge eben. Im Imperium würde man mich auf eine Arcanus Academia schicken, um das alles zu lernen, aber hier draußen sind nur Vater und ich.«

»Und die Heilerin«, erinnerte Banno sie.

Zar konnte Kemaras Zögern, etwas zu lernen, nicht begreifen, aber ihr fiel gerade noch rechtzeitig ein, der Version ihres Vaters nicht zu widersprechen. »Kemara bleibt für sich.«

»Hast du immer schon gewusst, dass du Zauberin werden wirst? Wegen deiner Eltern?«

»Es klingt seltsam, aber es wird nicht vererbt. Mein Vater sagt, es sei ein Wesenszug, keine Sache des Blutes. Man muss verrückt genug sein zu glauben, dass man die Welt verändern kann, aber diszipliniert genug, um sie zu kontrollieren.«

»Und wenn du es nicht meistern kannst?«

»Die Macht stirbt.« Sie dachte an Kemara. »Oder sie bringt dich um.«

Banno stieß einen leisen Pfiff aus. »Dann hoffe ich, du meisterst sie.«

»Das werde ich.« Der Gedanke, es nicht zu schaffen, war ihr nie gekommen, nicht ein einziges Mal.

Eine Weile ritten sie schweigend, dann fragte Banno: »Wo hast du gelebt, bevor du nach Teshveld gekommen bist?«

Sie sprach wirklich nicht gern über ihre Vergangenheit, aber Banno hatte ein nettes, ernstes Gesicht und einen wirren Haarschopf, den sie zu gern gezähmt hätte. »In ganz Pelaria. Aber meistens durfte ich das Haus nicht verlassen, und wenn, dann nur als Junge verkleidet. Vater hat immer behauptet, Heiler, Baumeister oder Händler zu sein, und irgendwie haben wir uns durchgeschlagen. Bis jemand misstrauisch wurde und wir weiterziehen mussten.«

»Da muss es schwer gewesen sein, Freunde zu finden.«

»Freunde?«, wiederholte sie und konnte die Verbitterung nicht aus der Stimme heraushalten. »Ich habe nie Freundschaften schließen können.«

Banno ignorierte ihren plötzlichen Stimmungswechsel und lachte. »He, ich auch nicht. Wir sind bereits seit vor meiner Geburt auf der Reise und verdingen uns an jeden, der uns bezahlt. Die Ortsansässigen hassen uns meistens, also bleiben wir für uns.«

»So war das auch, als wir mit Colfar bei der otravianischen Rebellion ritten«, erwiderte sie. »Ich habe das einfach nicht verstanden, weißt du? Diese Städte, die wir angeblich ›befreiten‹? Es war völlig in Ordnung, dass wir für sie starben, aber die

Hälfte der Zeit weigerten sie sich, uns einzulassen. Was sollte das?«

»Es ist erstaunlich, dass wir uns nie zuvor begegnet sind, obwohl wir uns so ähnlich sind«, dachte er laut nach, und erst da wurde ihr bewusst, dass sie ihn wie ein hirnloses Adelsfräulein anlächelte – genau die Art Mädchen, die sie verabscheute, die nur an Jungs und hübsche Kleider dachte.

»Hast du schon mal jemanden getötet?«, platzte sie mit der ersten Sache heraus, die ihr in den Sinn kam, und die gedankenlose, ungehobelte Frage ließ sie sofort innerlich zusammenzucken.

»Erst einmal. Wir beschützten einen Wagenzug und wurden von Banditen überfallen. Ich saß neben einem Kutscher, und er bekam einen Pfeil in den Bauch. Einer der Banditen wollte aufspringen, aber ich hackte ihm die Hand ab, und er landete unter den Rädern. Er hätte mich beinahe mit sich gerissen, und der Wagen wäre um ein Haar im Graben gelandet, aber ich konnte ihn im letzten Moment herumreißen. Deo, hatte ich Angst!«

Irgendwie war dieses Eingeständnis liebenswerter als jede Zurschaustellung von Heroismus. »Tut mir leid, dass ich gefragt habe.«

»Die Frage war berechtigt«, erwiderte Banno. »Ich habe dieses Leben nie gewollt. Immer, wenn ich Baumeister sehe, denke ich: ›Das will ich sein.‹ Vielleicht eines Tages.«

»Ich hatte immer die Vorstellung, dass Soldat zu sein glamourös ist«, gestand Zarelda ein.

»Das wohl kaum! Wir stehen nur rum und sehen böse aus. Schlaue Söldner kämpfen nicht, wir unterzeichnen nur den Vertrag und hoffen, dass wir es nicht tun müssen. Paps ist wirklich gut darin, die richtige Seite zu wählen und uns schnell dort wegzuschaffen, wenn sich alles in Scheiße verwandelt.«

»Da ist mein Vater auch gut drin. Ich schätze, die beiden sind gar nicht so unterschiedlich. Aber mein Vater ist ein Praxismagier, und man will ihn bestimmt nicht zum Feind haben. Ich hoffe wirklich, dein Vater denkt daran.«

»Das hoffe ich auch.« Er errötete, dann zeigte er auf den Horizont, wo gerade die Patrouille in Sicht kam, die sie ablösen sollten. Mittlerweile rückten die Küste auf der einen und die Berge auf der anderen Seite immer näher. Der Speerspitze genannte Berggipfel nahm bei ihrem Näherkommen gewaltige Ausmaße an.

Bei Sonnenuntergang erreichten sie seine Ausläufer und zügelten die Pferde auf einem Kamm, der die Bucht überblickte. In der Nähe führte ein sanft absteigender Hang zu einem einsamen Steinstrand, aber die Berge blockierten den Blick voraus. Das musste die Bucht sein, von der ihr Vater gesprochen hatte, die sie überqueren mussten, um nach Verdessa zu kommen, das dunkel und grün nur eine oder zwei Meilen entfernt auf der anderen Seite lag.

Es gab nur ein Problem. Die Bucht war nicht länger zugefroren.

»Verdammt«, murmelte Raythe. Er stand auf dem Felskamm über der Bucht, und der von salziger Gischt erfüllte Wind zerrte an ihm und seinen Anführern. Das Meer, eine Masse aus schmutzigen graubraunen Wellen und weißen Schaumkämmen, hämmerte in riesigen Wogen gegen die felsige Küste und ließ den Boden erbeben.

Wieder blickte er in Lyam Perhans Aufzeichnungen, als könnten die dort geschriebenen Worte – *die Bucht scheint das ganze Jahr zu Eis erstarrt zu sein* – das Meerwasser auf magische Weise wieder in Eis verwandeln.

Der Kartomagiker hatte sich offensichtlich geirrt.

Rechts von Raythe ergoss sich ein Fluss aus einer Schlucht an der Seite des gegenüberliegenden Lucallus, der südlichsten Spitze der Bergkette. Sie hatten nicht die geringste Chance, ihn zu überqueren, nicht mit den Wagen und dem Vieh. Die Karawane war gestrandet, es gab keinen Weg, der weiterführte.

Nur eine halbe Meile entfernt auf der anderen Seite der Bucht lag Verdessa und verhöhnte sie, sein erdiges Grün bot einen starken Gegensatz zu der leblosen braunen Tundra zu ihren Füßen. Die blühenden Wälder dort drüben mit ihrer reichen Jagdbeute bedeuteten vermutlich, dass man wie ein König speisen konnte. Hier würden sie verhungern.

Der Lucallus, dachte Raythe mit Bitterkeit. Als er gehört hatte, dass der verkraggte Luc Mandaryke einen Berg nach sich benannt hatte, hatte er gelacht, aber im Augenblick fühlte es sich so an, als würde sein alter Todfeind dort oben stehen, auf ihn hinunterblicken und sich köstlich über sein Scheitern amüsieren.

Im Grunde sind wir so richtig am Arsch.

Hinter ihm stand Sir Elgus Rhamp, schwankte im Wind und starrte ausdruckslos über die Bucht. Mater Varahana schaute in den Himmel, und ihre Lippen bewegten sich, beteten vielleicht um eine Eingebung. Kemara Solus hatte die Hände in die Hüften gestützt, und ihre Miene war reglos.

Dahinter standen die Männer, Frauen und Kinder, die ihnen von Teshveld gefolgt waren; sie alle warteten darauf, dass ihre Anführer eine Lösung hatten.

»Nun, Lord Vyre?«, rief Kemara. »Wie wollt ihr uns da rausholen?«

Ich habe nicht die geringste Ahnung ... »In ein paar Monaten wird die Bucht wieder zugefroren sein«, murmelte er.

»Wir haben noch Proviant für ungefähr einen Monat«, fauchte sie.

»Sagt mir etwas, das ich noch nicht weiß.«

»Und was? So etwas wie ›Ihr habt es vermasselt‹?«

Er ignorierte sie und konzentrierte sich wieder darauf, irgendeinen Weg auf die andere Seite zu finden, aber selbst ein Zauberer, der den Wind kontrollierte, konnte nicht fliegen, und nichts an den schroffen Klippen des Lucallus bot einen Hinweis auf eine weitere verborgene Festung der Aldar. Außerdem ging es in diesem Fall auf der anderen Seite eines reißenden Flusses weiter, der durch eine Schlucht strömte. »Vielleicht können wir ja Flöße bauen und über die Bucht setzen«, dachte er laut.

»Wirklich?« Kemara schnaubte. »Es ist vielleicht Eurer Aufmerksamkeit entgangen, aber die Wagen sind aus kurzen Brettern gemacht. Nichts, was wir konstruieren könnten, würde mehr als ein paar Leute oder Pferde tragen. Außerdem ist das Meer wild genug, um alles in Stücke zu reißen, das wir zusammenzimmern könnten.«

»Es wird auch ruhige Tage geben«, erwiderte Raythe hoffnungsvoll, und sein Verstand arbeitete. Er deutete auf die dicht bewaldete Küste auf der anderen Seite. »Wir könnten eine Mannschaft losschicken, die dort Bäume fällt.«

Elgus Rhamp nickte langsam. »Möglicherweise.«

»Nein, mit Flößen geht das nicht«, sagte nun Varahana. »Man könnte sie weder steuern noch antreiben, und der Rückweg würde jedes Mal den größten Teil des Tages erfordern. Selbst ohne Missgeschicke müssten wir mindestens einen Monat hier verweilen.«

»Dann brauchen wir eine schnellere Lösung.« Er sah Kemara an. »Wir brauchen also das Praxxis.«

»Was denn, könnt Ihr einfach eine Brücke herbeizaubern?« Ihre Stimme war eine Mischung aus Sarkasmus und Neugier.

Also ist sie doch etwas an dem interessiert, was sie möglicherweise zustande bringen könnte.

»Ich könnte die Geister dazu bringen, aus Felsen und Erde eine Dammstraße zu bauen, aber sie würden das auch nicht schneller schaffen als eine Gruppe von Männern. Und jede Brücke über den Fluss – jetzt mal angenommen, wir könnten das Holz für unsere Zwecke wie gewünscht zurechtschneiden – würde uns nur zu dieser Bergflanke bringen, die so steil ist, dass sie nur die Agilsten erklimmen könnten. Wir werden uns ansehen, ob es im Landesinneren einen besseren Weg auf die andere Seite gibt, aber uns gehen die Vorräte und damit auch die Zeit aus.«

»Mit anderen Worten, Ihr seid nicht von Nutzen?«

Was ist ihr nur zugestoßen, dass sie so viel Angst vor ihren Kräften hat? »Nein, nur dass wir eine schlauere Lösung brauchen. Es wird einen Weg geben, davon bin ich überzeugt.«

Die Zuschauermenge verstummte, dann setzte die Langeweile ein – es war nicht besonders interessant, einem Mann beim Nachdenken zuzusehen –, und schließlich zerstreute sie sich, gefolgt von ihren Anführern.

Am Ende waren nur noch er und Varahana übrig. »Irgendwelche Ideen?«, fragte er sie.

»Könnt Ihr die Planetenringe zur Erde rufen, um eine Brücke zu bauen?«

Sie teilten ein Lächeln und blickten hinauf zum matten Schein der Ringe, die beinahe vollständig von den dahinjagenden Wolken verborgen wurden.

»Das wäre schön.«

Da kam ihm ein Gedanke. »Ich werde Holz und einen Sextanten brauchen. Und ich muss es richtig berechnen«, murmelte er. »Außerdem wird es den Rest des Istariols verbrennen, das ich gehortet habe. Aber die Richtung stimmt, und ich glaube, ich kann auch die Distanz bezwingen.«

Varahana hatte nicht die geringste Idee, wovon er sprach.

Nach einem weiteren Blick auf die Ausrichtung der Planetenringe war er davon überzeugt, dass es funktionieren könnte. Mit steigender Zufriedenheit rief er Jesco und Vidar herbei. »Ich habe eine Lösung«, sagte er. »Ihr müsst die besten jungen Zimmermänner finden, die wir haben, dann werden wir eine Mannschaft über die Bucht bringen müssen.«

»Was wollt Ihr tun?«, fragte Varahana.

»Es gibt die Möglichkeit, mit dem Praxxis ein Tor zwischen zwei Orten zu öffnen, aber das ist verzwickt, und wenn es aktiviert ist, löst es eine Art Sinnesexplosion aus, die jeder andere Zauberer im Umkreis von mindestens hundert Meilen wahrnehmen wird. Als würde man eine riesige Fackel schwenken, die allen verrät, wo wir sind. In der imperialen Garnison in Verdessa muss es Praxxiszauberer geben. Sie werden unsere Aktivitäten spüren und sich das näher ansehen wollen.«

»Gibt es keine andere Möglichkeit?«, fragte Vidar.

»Mir fällt nichts anderes ein, nicht für die Zeit, die wir haben – oder vielmehr nicht haben.«

»Die Nahrung wird gefährlich knapp«, stimmte Jesco ihm zu.

»Aber in den Wäldern dort drüben wird es Wild geben«, meinte Raythe, »wenn wir einen Weg um die Klippen finden, können wir unsere Jäger aussenden, während ich an dem Tor arbeite.« Er schlug Vidar auf die Schulter. »Ich werde Zarelda auf die andere Seite schicken müssen, also sorge dafür, dass, wer auch immer mit ihr geht, vertrauenswürdig ist.«

»Raythe, entspannt Euch«, sagte die Mater. »Sie ist viel erwachsener, als Ihr ihr zugesteht.«

»Aye«, stimmte er ihr zu, »und genau das bereitet mir Sorgen.«

Zarelda hatte das »Lordprotektor«-Gespräch schon seit Tagen erwartet, aber als ihr Vater sie endlich auf dem Hang über der ungelegen aufgetauten Bucht fand, verlief es nicht einmal annähernd so wie erwartet.

»Hör zu«, sagte er, »ich werde dich nicht über Männer im Allgemeinen oder Banno im Besonderen aufklären. Das haben wir alles schon durch, und es wird uns beide langweilen. Aber *bitte,* sei vorsichtig. Ich bin zu jung, um schon Großvater zu werden.«

Sie verzog das Gesicht. »Paps, das ist das Letzte, was ich will.«

»Gut.« Er stieß einen tiefen Seufzer aus, was ihn noch älter erscheinen ließ, dabei war er mit sechsunddreißig bereits uralt. »Eines Tages lassen wir uns irgendwo nieder, an einem sicheren Ort, und dann hast du die Freiheit, deine eigene Herrin sein zu können.«

»Wir waren nicht mal zu Hause sicher«, murmelte sie.

»Das ist wahr, aber das war auch nicht normal. Für gewöhnlich erleben die Großen Häuser eine derartige Säuberung nur einmal in jedem Jahrhundert.«

Er zerzauste ihre Haare, und sie fragte sich, ob er überhaupt bemerkt hatte, dass sie es wachsen ließ; sie war es leid, wie ein Junge auszusehen.

»Irgendwann bekommen wir unser altes Leben zurück«, versprach er.

»Und wenn dieser Tag nie kommt? Soll ich mein Leben als alte Jungfer verbringen? Willst du das?«

»Nun ja, im Idealfall schon«, erwiderte er, aber dann zwinkerte er ihr zu. »Ich will nur, dass du vorsichtig bist, und das nicht nur mit deinem Körper, sondern auch mit deinem Herzen. Du bist erst fünfzehn.«

»Fast sechzehn ...«, begann sie.

»In der Tat«, unterbrach er sie. Plötzlich lächelte er, kramte in der Tasche herum und zog ein kleines Kästchen hervor. »Als ich ›erst‹ gesagt habe, meinte ich eigentlich ›Alles Gute zum Geburtstag morgen, du sechzehnjähriges Mädchen‹.«

Sie konnte nicht glauben, dass sie so die Zeit vergessen hatte. Ihr Herz klopfte, Freude und Liebe für ihren Vater erfüllte sie.

»Morgen werde ich volljährig«, wurde ihr klar. Sie warf ihm einen neckenden Blick zu.

»Versuche, diese Tatsache zu ignorieren. Du stehst noch immer unter meinem Schutz.« Er schaute ihr in die Augen. »Zar, lass uns dieses Istariol finden, stinkreich werden, die Mandarykes stürzen und Mutter zurückgewinnen. Dann kannst du tun und lassen, was du willst. Mehr verlange ich nicht.«

»Das ist alles?«, fragte sie sarkastisch.

»Es ist machbar, denke ich«, beharrte er. »Freunde?«

Wie gewöhnlich gewann dieses schiefe Lächeln, das seit ihren frühesten Erinnerungen ihr Leuchtfeuer gewesen war, sie mühelos. Sie umarmten sich fest, und alles war wieder in Ordnung.

»Freunde«, wiederholte sie und krümmte den kleinen Finger.

Als er sich einhakte, lächelte er. »Gut. Übrigens habe ich eine Aufgabe für dich, meine Zaubernovizin.«

»Fang!«, rief Ando Borger, und das Seil schnellte über die Klippe.

Banno Rhamp fing es mit der linken Hand und klammerte sich mit der rechten an einem Steinvorsprung auf Augenhöhe fest. Seine Fußspitzen klemmten in kaum vorhandenen Vertiefungen im Stein, der Fluss schoss nur wenige Meter tiefer dahin.

Am vergangenen Nachmittag hatten Foaley und Vidarsohn zwischen den Klippen eine Stelle markiert, an der man über den Fluss setzen konnte. Bei Ebbe war die Strömung tückisch schnell; bei Flut erschuf ein Rückstau mehrere wirbelnde Gegenströmungen, die den Strom zu einem trägen Strudel voller Treibholz und Gischt machten.

Es bestand keine Möglichkeit, Wagen, Pferde oder Ausrüstung hier herunter und auf die andere Seite zu bekommen, aber jeder, der gelenkig genug für eine Kletterpartie war, konnte es schaffen. Das andere Ufer war ungefähr vierzig Meter weit entfernt und genauso steil, aber auf beiden Seiten existierten genug Felsvorsprünge, an denen man sich festhalten konnte.

Banno sicherte das Seil an einem Holzscheit, das am Wasserrand steckte und für die Kletterer hinter ihm einen Orientierungspunkt bildete. Die meisten waren jüngere Männer aus Teshveld, die Söhne von Söhnen von Handwerkern, die mit Hammer und Säge in den Händen aufgewachsen waren. Sogar der junge Norrin Harfner war da, das Instrument neben einem Beutel mit Werkzeugen auf den Rücken geschnallt.

Und Zar ist bei uns. Der Gedanke ließ ihn lächeln.

Sie erschien hinter dem letzten Mann, das Gesicht vor Konzentration angespannt, während sie die Nischen und Vorsprünge ertastete, um dann mit einem breiten Grinsen zu den jungen Männern zu springen.

»Das ist einfach«, sagte sie. »Ich verstehe nicht, wofür ihr ein Seil braucht.«

»Wir haben Beutel voller Nägel und Werkzeuge«, knurrte Rolfus Bohrne. »Männerarbeit.«

»Arbeiterwerk«, erwiderte sie. »Folgt mir.«

Raythe Vyre hatte Banno persönlich darüber belehrt, dass Zar unantastbar war. Das war schon peinlich genug gewesen, aber danach hatte ihn sein eigener Vater zur Seite genommen. »Mach ihr den Hof, wenn du willst, Junge, aber bleib anständig«, hatte Elgus ihm gesagt. »Es gefällt mir zuzusehen, wie sich Vyre wegen seiner Tochter windet, aber im Augenblick brauche ich seinen guten Willen, also schön keusch bleiben.«

Das war kein Problem. Er mochte Zar sehr, aber auf keinen Fall wollte er, dass Raythe Vyre hinter ihm her war. Im Augenblick reichte ihm ihre Gesellschaft.

Der nächste Teil, die Flussüberquerung, war der gefährlichste. Obwohl es Flut war und sich das Wasser so gut wie nicht bewegte, gab es genug Treibgut, das sich in der Kleidung, den Haaren oder den Gliedmaßen verfangen und den Schwimmer in die Tiefe ziehen konnte.

Ando Borger, der nominell gesehen das Kommando hatte, gab seine Befehle. »Einer nach dem anderen, und seid vorsichtig. Passt auf Treibholz auf und lasst euch nicht in etwas verfangen. Der Erste, der drüben ist, spannt für den Rest von uns das Seil. Der Erste, der bereit ist, hat die Ehre, uns über den Fluss zu führen.«

Die jungen Männer zogen die Hemden aus, und alle bemühten sich, der Erste zu sein – dann drehten sie sich erwartungsvoll zu Zarelda um, ein paar spannten die Muskeln, um eine Reaktion zu provozieren.

Aber sie errötete nicht einmal, sie lachte nur, ergriff eine Seilrolle, warf Banno das eine Ende zu und tauchte voll bekleidet in den Fluss. Im nächsten Moment kam sie wieder an die Oberfläche und schwamm zum anderen Ufer.

»Seht sie euch an!«, rief Ando Borger aus.

Sie schwamm gut, durchschnitt die Wirbel, bis sie kurz vor dem gegenüberliegenden Ufer wieder Fuß fand und auf den kurzen Kiesstreifen watete. Wasser strömte aus ihrer Kleidung.

Zar schlang das Seil um einen Felsen, und Banno folgte ihrem Beispiel an seinem Ende, bis es straff genug gespannt war, damit sich die Männer mit ihren schweren Beuteln daran festklammern konnten.

Es dauerte fast eine Stunde, bevor sie alle am anderen Ufer standen.

Banno gesellte sich zu Zar, die auf einem Felsen saß und sich in der Sonne trocknete. »Gratuliere«, sagte er. »Du bist die Erste in Verdessa.«

»Ich weiß.« Sie schenkte ihm ein zufriedenes Grinsen. »Ich habe wieder gewonnen.«

Beschwingt eilte Zar den anderen voraus und kletterte die Felswand hinauf, dann half sie Banno, ein Seil für die anderen zu befestigen, bevor sie oben an der Klippe entlang den ganzen Weg bis zu den Felsen über der Bucht kletterte. Adefar begleitete sie, flitzte hin und her, verwandelte sich aus reiner Freude von einem Tier in das nächste, wurde vom Reptil zur Ziege und dann wieder zum Fuchs.

Die jungen Männer waren von der Last ihrer Werkzeuge behindert, und sie ließ sie zurück, alle außer Banno, der mannhaft ausschritt, um mit ihr mitzuhalten. Als er sie einholte, schwitzte er stark, seine Wangen waren gerötet und sein Haar voller Gischt.

»Warte!«, rief er verärgert.

Zar ging noch schneller, die Freiheit und die Freude am Leben verliehen ihr Flügel, aber schließlich kam sie zu einer Einkerbung in der Klippe, von deren oberem Rand sich Wasser in die Tiefe ergoss, ein kleiner unregelmäßiger Wasserfall, der bis nach unten in die Brecher stürzte. Sie spähte über die Wegkante und sah Dutzende von Metern tiefer Wellen, die sich an einem Kreis aus Felsen brachen. Aber die Oberfläche im Inneren des Kreises war unbewegt, und es sah tief aus. Zars Vorstellungskraft brachte sie auf durchtriebene Gedanken.

Banno erschien hinter ihr und blieb schwer atmend stehen. »Um Gardas willen, Zar«, keuchte er, »geh langsamer. Wir wissen nicht, was dort draußen lauert – und du könntest abstürzen.«

»Abstürzen?« Plötzlich lachte sie. »Was denn, etwa so?«

Sie drehte sich um, tat so, als würde sie dabei das Gleichgewicht verlieren, und stürzte über den Rand. Banno schrie entsetzt auf.

Sie fiel durch den Wasserfall auf den schäumenden Ozean in der Tiefe zu.

Mit dem sie beschützenden Adefar an ihrer Seite atmete sie tief ein, hielt sich die Nase zu und landete mit den Füßen zuerst genau in der Mitte des Felskreises im Wasser. Als sie den steinigen Grund berührte, schnellte sie mit einem kräftigen Tritt zurück an die Oberfläche. Die eisige Kälte ließ sie nach Luft schnappen.

Gut, das war dumm – aber liebe Garda, es hat Spaß gemacht, den Ausdruck auf seinem Gesicht zu sehen.

Im nächsten Augenblick landete Banno neben ihr im Wasser und ließ eine große Fontäne aufspritzen. Sie kreischte auf, als er an ihr vorbeischoss und dann wieder auftauchte. Er packte ihre Unterarme, und sie traten Wasser. »Was in der Flammengrube hast du dir dabei …«

Sie packte sein Gesicht und küsste ihn auf den Mund, der an diesem eiskalten Ort heiß und salzig war, dann drückte sie ihn unter Wasser und schwamm aufspritzend fort. Als er nach Luft schnappend und Wasser spuckend wieder an die Oberfläche kam, war sie auf einen der Felsen geklettert und lachte hysterisch.

»Zar!«, rief er mit rotem Gesicht.

Sein Anblick, als er auf den Felsen zuschwamm, ließ sie kichern, aber als er neben ihr nach oben kletterte, traf eine Welle den Teich und riss ihn von den Füßen. Er verschwand, tauchte hustend wieder auf und musste lachen, und sie verspürte eine Woge überwältigender Zuneigung.

Das war der erste echte Spaß, den sie seit Wochen gehabt hatte. Seit dem Tanz. Banno kletterte neben ihr hoch, zitterte vor Kälte und Gelächter, richtete den Blick fest auf sie, und sie kam ihm entgegen, nahm ihn bei den Schultern und küsste ihn erneut, halb im Wasser und halb außerhalb, genoss seinen Geschmack, während seine Lippen die ihren erforschten, und dann, als sich ihre Münder öffneten, tanzten ihre Zungen umeinander, und ein Gefühl wie Praxxisenergie durchzuckte sie. Sie stöhnte leise in seinen Mund und fühlte, wie ihre Seele mit der seinen verschmolz.

»Das ist wunderschön«, sagte er, als sich ihre Lippen voneinander lösten, »aber wir werden erfrieren.«

Sie zitterte zur Erwiderung, aber das kam nicht von der Kälte. Doch er hatte recht, trotz ihres brennenden Herzens drang das Frösteln direkt in das Mark ihrer Knochen.

»Lass uns zur Küste gehen«, keuchte sie.

Zu ihrer Überraschung hob er sie hoch und watete zum Strand, einem winzigen Sandstreifen unter den Klippen, drückte sie an seine Brust. Seine großen, wunderschönen braunen Augen ließen sie nicht los. Dann legte er sie auf dem Sand ab, schmiegte sich an sie und küsste sie erneut, trank sie.

»Weißt du, was heute ist?«, flüsterte sie. »Mein Geburtstag.«

Er nahm den Kopf zurück und schaute auf sie herunter, füllte ihren Blick und ihre Sinne. Sein starker Körper fühlte sich so unnachgiebig an wie die Klippen, aber so sanft und wärmend wie die Sonne. Ihre nasse Kleidung war kaum zu spüren, während sie sich fest umschlungen hielten. »Wie alt?«

»Sechzehn. Nach imperialem Gesetz volljährig.«

Er schluckte. »Deo auf seinem Thron, dein Vater würde mich umbringen.«

»Mich auch«, kicherte sie, dann küsste sie ihn erneut. »Ist mir egal.« Sie starrte ihn an, verlangte von ihm, die Führung zu übernehmen, die Initiative zu ergreifen.

Er stöhnte und senkte den Blick. »Das ist nicht richtig«, murmelte er, »nicht ohne die Zustimmung unserer Eltern.«

Ihre Enttäuschung war vernichtend. Ein Augenblick, der sich anfühlte, als hätte er sich Monate in ihr aufgebaut, löste sich auf und ließ sie an allem zweifeln.

»Hast du Angst vor meinem Vater? Oder vor deinem?«, wollte sie wissen, und es klang bitterer, als sie beabsichtigt hatte.

Bin ich nicht gut genug für ihn? Oder ist er nicht der, der ich will, dass er sein soll ...?

Er setzte sich auf und sah sie an. »Zar, du bist unbeschreiblich toll. Aber ich will besser als mein Vater und meine Brüder sein. Ich will nicht nur ein weiterer Söldner sein, der sich alles nimmt und eine Spur von Mädchen zurücklässt, die in Schwierigkeiten stecken. Ich will, dass das richtig abläuft, und ich bin bereit zu warten.«

Seine Selbstbeherrschung milderte ihre Enttäuschung.

»Und ich will, dass es an einem netten Ort geschieht«, fügte er hinzu, »nicht unterhalb einer Klippe in eiskaltem Salzwasser, während Rolf Bohrne und Ando Borger und der Rest von oben zusehen.«

Auch wieder wahr.

Das tötete den Rest ihrer Leidenschaft und gab ihr den Glauben an ihn zurück. *Er kann genauso gut fühlen wie denken,* dachte sie bewundernd, und ihr Geist war trotz der feuchten Kälte in Wärme gehüllt.

»Wie kommt es, dass du nicht verheiratet bist?«, platzte sie heraus. Mit zwanzig war er schon lange überfällig.

Er verzog das Gesicht. »Ich wollte ja, schon mehrere Male,

aber die Kriege kamen immer dazwischen. Beim ersten Mal wechselten die Allianzen, und sie wurde abgesagt. Beim zweiten Mal mussten wir nach einer Niederlage die Flucht ergreifen. Beim dritten Mal fing sich meine Verlobte die Seuche ein, als das Schloss ihres Vaters belagert wurde. Seitdem sind wir zu oft unterwegs.« Er warf ihr einen nervösen Blick zu. »Ich schätze, ich bringe Pech.«

»Mir nicht«, sagte sie zu ihm.

Er küsste sie erneut, und für eine lange Minute konnte sie nichts anderes tun, als ihn hungrig verschlingen, bis sie sich voneinander lösten und sich dann einen Weg die schmale Küste entlang suchten und sich an den Fels klammerten, wenn die Wellen hereinbrachen.

Schließlich kamen sie zu einem langen Strand an der Westseite der Bucht, zitterten in ihren vom Meersalz steifen Kleidern im kalten Wind und fanden ein Stück Treibholz, auf das sie sich setzen und wärmen konnten, bis die anderen eintrafen. Sie kamen mit ihren schweren Bündeln den Hang hinunter. Ando Borger hatte Bannos Zeug ebenfalls mitgebracht; er hatte es am Wasserfall zurückgelassen, als Zar in die Tiefe gesprungen war.

»Glaubt bloß nicht, ich hätte euch beide nicht gesehen«, sagte der Sohn des Schmieds leise zu Banno und Zar. »Denkt an eure Tugend und dass Garda von oben zusieht«, riet er. »Beherrscht euch.«

»Das tun wir«, erwiderte Banno, »aber Zar wird eines Tages meine Frau werden – du wirst es erleben.«

Andos Brauen schossen in die Höhe, aber er richtete sich auf und schüttelte den Kopf.

Zar wandte sich Banno zu, seine Worte hatten sie sprachlos gemacht. Vom ersten Kuss zur geheimen – oder nicht so geheimen – Verlobung innerhalb von wenigen Minuten? Es fühlte sich leichtfertig und verrückt an, aber irgendwie fühlte es sich nicht falsch an. Die meisten Mädchen wurden mit buchstäblich

Fremden verlobt, bevor sie sechzehn waren, und einige wurden trotz des imperialen Gesetzes noch jünger verheiratet.

Ihr Herz jubilierte, als sie ihren Mann betrachtete und sich das Leben vorstellte, das sie zusammen führen würden.

Ich kann warten, dachte sie zittrig. *Aber nicht zu lange.*

»Du siehst irgendwie beunruhigt aus, Befehlshaber«, meinte Jesco. »Hast du etwas auf dem Herzen?«

»Nur die vor mir liegende Aufgabe«, log Raythe.

Als Zar hinter der Landzunge auf der anderen Seite der Flussmündung verschwunden war, hatte sich das trotz ihrer Abschiedsworte angefühlt, als hätte er sie verloren. Sie darin zu bekräftigen, ihren Weg zu finden, war nicht das Gleiche, als sie tatsächlich loszulassen.

Die letzten Tage hatte er sich sehr bemüht, nicht darüber nachzudenken, was möglicherweise auf der anderen Seite der Bucht vor sich ging – obwohl er trotzdem aus der Ferne ein Auge auf sie hielt. Zars junge Männer schienen hart bei der Arbeit zu sein, denn durch sein Fernglas hatte er die Bäume gesehen, die gefällt und zurechtgeschnitten wurden. Jeden Abend funkelten ihre Kochfeuer in der Abenddämmerung. Dennoch machte er sich Sorgen, was möglicherweise geschah, nachdem die Feuer verloschen waren.

Dann kamen Varahana und Kemara, die kaum einen Blick füreinander übrig hatten. »Ich sollte besser sehen, was die beiden wollen«, entschuldigte er sich bei Jesco.

Varahana legte in dem Moment los, in dem er in Hörweite war. »Raythe, wie lange werdet Ihr das noch zulassen?«

Er wusste, was sie meinte. Obwohl Kemara ihr Nachtlager neben dem seinen aufschlug, weigerte sie sich noch immer, sich unterrichten zu lassen. Sie würde weder die Praxxissprache lernen noch eine Manifestation erleben, und das bedeutete, dass ihre Gabe in ihrem Inneren schwärte, und das würde ein böses Ende nehmen. Sollte ein Mizrageist in sie eindringen, konnte sie sämtliche Kontrolle verlieren – Menschen konnten verletzt werden oder möglicherweise sogar sterben.

»Das ist nicht meine Entscheidung«, erwiderte er. »Man kann ein Pferd zum Wasser führen, aber …«

Varahanas normalerweise so gütige Züge verzogen sich ärgerlich; die Weise, auf die sie Kemara anstarrte, verriet Raythe, dass sie eifersüchtig war. Manche Gelehrte konnten einfach nicht begreifen, warum sie mit ihrem gewaltigen Intellekt Zauberei nicht verstehen konnten. »Sie hat eine Vergangenheit, die sie mir nie verraten hat, als ich sie aufnahm. Ich hatte geglaubt, sie würde mir vertrauen, aber jetzt … ich bin irritiert, Raythe. Sie ist unmöglich.«

»Willkommen in meiner Welt.« Sie drehten sich um und sahen Kemara an, die jedes Wort mitbekommen hatte.

»Frau Kemara, wir schulden es unseren Mitreisenden, Euch entweder auszubilden oder noch einmal zu versuchen, die Gabe auszubrennen. Wir können das nicht einfach so weiterlaufen lassen.«

Kemara schaute sie finster an. Dann fragte sie: »Was braucht man für den Versuch, mein Potenzial erneut auszubrennen?«

Raythe schnalzte enttäuscht mit der Zunge. Die Gabe eines Zauberers war selten, und ihre Weigerung, sie anzunehmen, fühlte sich für ihn wie ein persönlicher Verrat an, aber er versuchte, sie zu verstehen. *Vielleicht hat das, was sie beim ersten Mal durchgemacht hat, sie zu sehr traumatisiert. Was für eine Verschwendung!*

Er teilte einen resignierten Blick mit Varahana. »Kemara, ich habe das noch nie zuvor gemacht, aber ich kenne die Theorie. Im Augenblick brauche ich meine ganze Energie für das Übersetzen, aber danach finden wir bestimmt eine Gelegenheit.«

Sie sah erleichtert aus und machte einen ironischen Knicks, dann stürmte sie fort.

»Mir ist noch nie jemand mit so großem Potenzial begegnet, der es nicht haben will«, kommentierte er.

»Manche müssen gegen ihren Willen hineingestoßen werden – so wie ich und die Kirche«, erwiderte Varahana.

»Aber Ihr habt Euch mit Eurem Schicksal abgefunden.«

»An den meisten Tagen, Raythe, aber nicht an allen. Es ist schwer zu ignorieren, dass es nicht meine Wahl war. Ich vermisse meine Bücher, meine Freunde ... manchmal vermisse ich sogar meine Familie, dabei sind sie die Bastarde, die mich gezwungen haben, das Gelübde abzulegen.«

»Dann geht doch«, drängte er. »Wir sind mitten im Nirgendwo, und das ist nicht einmal imperiales Territorium. Wenn Ihr nicht länger Priesterin sein wollt, dann legt das Amt ab. Lasst Euer Haar wachsen, tut, was Ihr wollt.«

Sie lachte, aber ihre Stimme brach dabei. »Wie könnte ich das tun, Raythe? Ich würde so viele Menschen enttäuschen. Ich bin hier die Vertreterin von Garda und Deo – dieses Vertrauen kann ich nicht verraten. Sie sind meine Herde, meine Gemeinde.«

»Ihr habt sechs Gardaschwestern. Erhöht eine von ihnen.«

Sie warf ihm einen schiefen Blick zu. »Raythe, mein Lieber, die sind nur gut im Singen und Beten. Seit frühester Jugend kennen sie nichts anderes als ein Nonnenkloster, und die meisten von ihnen sind über sechzig. Warum habe ich wohl das Kommando, was glaubt Ihr?«

Er seufzte und versuchte es erneut. »Nun, Elgus und ich machen die Regeln, wie es gerade nötig ist. Warum könnt Ihr dann keine Kirchengesetze erfinden? Neue Länder, neue Regeln. Schafft das dämliche Zeug wie kahl geschorene Köpfe und Enthaltsamkeit doch einfach ab.« Dann errötete er, weil er Angst hatte, zu viel gesagt zu haben.

Aber Varahana lachte nur. »So funktioniert das nicht, mein Schatz. Bei der Kirche geht es um Tradition, Rituale und gemeinsamen Glauben. Ich kann nicht einfach etwas verändern, das mir nicht passt. Meine Gemeinde hat mir ihre Seelen anvertraut.« Sie schaute traurig zur Seite, wo Vidar Holz für das Tor zurechtsägte. »Selbst wenn ich den Wunsch hätte, das ›zu tun, was ich will‹, ich kann es nicht.«

Sie verstummten, und Raythe hatte das Gefühl, eine Bürde zu teilen, genau wie großes Bedauern.

Sie hat recht, sie alle haben sich unserer Fürsorge anvertraut, selbst Elgus und seine Männer.

Varahana drückte seine Hand. »Kopf hoch, Raythe. Ihr könnt nicht für jeden die Entscheidungen treffen.«

»Das ist wahr.« Er warf ihr einen dankbaren Blick zu und wechselte das Thema. »Übrigens, Vara, ich hoffe, ich kann auf Euer Wissen zurückgreifen. Ich brauche jemanden, der mit mir an diesem Praxxistor arbeitet, um uns auf die andere Seite zu schaffen. Helft Ihr mir?«

Die Mater sah erstaunt aus. »Ich bin keine Zauberin, auch wenn ich mir wünsche, ich wäre eine.«

»Aber Ihr seid in Mathematik geschult und wisst doch vermutlich, wie ein Sextant funktioniert?«

Die Verlockung, ihre Bildung benutzen zu können, übertrumpfte sofort ihre seelsorgerischen Pflichten. »Ich würde gern helfen«, sagte sie. »Solange ich meine rituellen Aufgaben erfüllen kann, steht Euch jeder Augenblick, den ich erübrigen kann, zur Verfügung.« Sie klimperte mit den langen Wimpern. »Welch ein Vergnügen, meinem Verstand etwas zu tun zu geben.«

»Immer gern. Es freut mich, für einen Funken Vergnügen in Eurem trockenen und staubigen Leben zu sorgen.«

»Raythe, mein Schatz, ich habe einen Vorrat Gemeindewein und beide Hände, also ist mein Leben nicht so trocken, wie Ihr vielleicht denkt.« Sie grinste durchtrieben.

»Ihr habt gerade meinen Glauben an Deo zerstört«, rief er. Seine Wangen brannten.

»Den habt Ihr doch noch nie gehabt, mein Lieber«, stellte Varahana fest und kicherte schamlos. »Wann fange ich an?«

»Morgen früh? Bringt Papier mit. Falls Ihr welches habt.«

»Ich reiße ein paar leere Seiten aus einem Gesangbuch«, erwiderte sie und tänzelte davon.

Ihm wurde bewusst, dass er noch immer rot war, und wandte sich hastig der vor ihm liegenden Aufgabe zu.

Ein West-Tor: Deo auf seinem Thron, weiß ich überhaupt noch, wie das geht?

Kemara erwachte in dem feuchten Gras und starrte auf die Unterseite ihres Wagens, dann glitt ihr Blick zum nächsten Feuer, wo Raythe Vyre gerade die Glut zu neuem Leben entfachte, während seine Kameraden erwachten. Der Anblick des Zauberers aus Otravia rief ihr augenblicklich ihre Ablehnung des Praxxisunterrichts ins Gedächtnis zurück.

Er weiß nicht, was er da von mir verlangt.

Aber es war eine Erleichterung, dass sie ihn endlich dazu gebracht hatte, die Gabe aus ihr herauszubrennen.

Wieder starrte sie auf die Unterseite des Karrens, wo ein verborgenes Fach das gestohlene Artefakt aufbewahrte. *Koni'ka, Kemara,* flüsterte die Aldarmaske mit ihrer kalten Reptilienstimme. Mit einem Frösteln blendete sie den unheilvollen Laut aus. In Pelaria gab es einen Mann, der mit illegalen Dingen handelte und ihr dafür zehntausend Silbermünzen geben würde.

Abrupt kroch sie unter dem Wagen hervor und hängte die feuchte Decke über eine Schnur, um ihr Sichtschutz zu geben, während sie sich auszog und in ein trockenes Gewand schlüpfte, dann das Oberteil zuschnürte und ihre Haare zu einem losen Knoten band.

»Frau Kemara«, rief Raythe. »Möchtet Ihr gern Kaffee?«

Ihr ganzes Wesen stöhnte vor Verlangen. »Ihr habt noch Kaffee?«

»Wir haben ihn mit Zichorie gestreckt, aber er ist noch genießbar.«

»Ich bin dabei.« Sie nahm einen Becher entgegen und trank mit kleinen Schlucken, ließ die Wärme und den Geschmack in sich sinken, während sie Jesco Duretto bewunderte, der gerade in einer kleinen Pfanne Pfannkuchen zubereitete. Der attraktive Shadraner war wie immer frisch rasiert und zurechtgemacht, sodass er ein erfreuliches Erscheinungsbild bot. Priesterinnen mochten ja die Eitelkeit anprangern, aber er lebte dafür.

Vidars Pferd war weg, und Raythe saß auf einem breiten Holzstück und starrte finster über die Bucht, wo seine Tochter mit den jungen Männern lagerte. *In ihrem Alter habe ich genauso leichtsinnige Dinge getan,* dachte sie. Vyres Unbehagen amüsierte sie.

»Als ich jung war, widersetzte ich mich meinen Eltern und lief weg, um mich den nyostianischen Schwestern anzuschließen«, bemerkte sie, und als er sie ansah, fügte sie hinzu: »Ihr glaubt doch wohl nicht, dass ich aus einer Familie komme, die eine Gelehrte zur Tochter haben wollte? Wäre es nach meinen Eltern gegangen, hätte ich in einer Taverne Bier ausgeschenkt. Manchmal haben die Kinder einen klareren Blick als ihre Eltern.«

»Aber meistens haben sie das nicht. Banno kommt aus einer Söldnerfamilie.«

»Er ist der Sohn eines pelarianischen Ritters. Und soweit ich das mitbekommen habe, will Zar mehr als alles andere Zauberin werden. Das wird sie nicht wegwerfen.«

»Aber in der Hitze des Augenblicks ...«

»Ach, hört endlich auf, Euch selbst zu quälen. Sie ist ein vernünftiges Mädchen, und er ist ein überraschend anständiger Junge. Und was könnte schlimmstenfalls passieren? Für die nächsten zwei Wochen ist sie nicht fruchtbar.«

Raythe gab einen undefinierbaren Laut von sich.

Ihn zu quälen macht wirklich Spaß. »Mal ehrlich, was spielt das denn für eine Rolle? Als ich in ihrem Alter war, habe ich es ausprobiert, und es war ziemlich widerlich. Danach habe ich es jahrelang nicht mehr getan.« Sie blinzelte dem amüsierten Jesco zu, der zurückgrinste.

Raythe startete einen Gegenangriff. »Ich verstehe Euch nicht. Wer in aller Welt weist Zauberei zurück?«

Das vernichtete ihre Stimmung auf der Stelle. »Als ich bei meinen Prüfungen versagte, hat mich die Kirche beschissen behandelt. Man hat mich durch die Flammengrube geschleift, und das mache ich nicht noch einmal durch.«

Zu ihrer Erleichterung schwieg der Otravianer. Sie aßen Jescos Pfannkuchen und sahen zu, wie sich die Frauen mit ihren Eimern zur Flussmündung aufmachten, um Trinkwasser zu holen.

»Also, Raythe«, brach Jesco schließlich das Schweigen, »was ist nun ein West-Tor eigentlich?«

Raythes Miene hellte sich auf. »Du weißt doch hoffentlich, dass Shamaya, unsere Welt, eine Kugel ist, die im Nichts schwebt?«

»Das haben mir meine nyostianischen Lehrer beigebracht«, warf Kemara ein, die wider Willen interessiert war. »Sie haben erklärt, dass Shamaya sich um die Sonne dreht, die Planetenringe sich aber um uns drehen.«

Jesco blinzelte. »Schwachsinn! Ich habe ja schon viel Blödsinn gehört, aber das ist einfach nur albern.«

»Warum?«, fragte Kemara überrascht über seine Ignoranz.

»Weil sich alles offensichtlich um das Zentrum des Universums drehen muss, und das bin ich.« Jesco schlug sich fröhlich auf die Oberschenkel, als sie losprustete. »Wir alle haben eine Schulbildung, Raythe, also komm zum Wesentlichen.«

Raythe schnaubte, aber dann fuhr er fort: »Also gut, Shamaya dreht sich nach Osten dem Sonnenaufgang entgegen, auf einer Achse, die von den Polen durch das Zentrum unserer Welt führt.« Er hob ein Ei auf und drehte es langsam. »Genau so. Man hat berechnet, dass sich die Welt mit mehr oder weniger tausend Meilen in der Stunde dreht, aber wir bekommen davon nichts mit, weil sich der ganze Planet bewegt, die Luft mit eingeschlossen – und wir fliegen nicht davon, weil es die Schwerkraft gibt. Aber stell dir mal vor, du wärst dazu in der Lage, dich einen Augenblick lang eben *nicht* mit dem Rest der Welt zu drehen. Also statt dich mit tausend Meilen in der Stunde nach Osten zu bewegen, würdest du einfach an Ort und Stelle hängen. Damit würdest du praktisch mit eintausend Meilen in der Stunde nach Westen eilen.«

»Und dabei von jedem Hügel, Baum und herankommendem Bauwerk plattgemacht werden.« Jesco schnaubte.

»Natürlich – aber wenn du nun substanzlos bist, sodass dich nichts berühren kann? Zauberer haben entdeckt, dass Geister, die Wesen, die wir für unsere Magie benutzen, in einem Energiefeld existieren, das man *Aether* oder *Nebulum* nennt. Indem man etwas mit Nebulum tränkt, macht man es für eine Weile substanzlos.«

Kemara beugte sich vor. »Damit es sich unbeschadet mit tausend Meilen in der Stunde nach Westen bewegt? Das ist beeindruckend«, gestand sie ein. »Und das tut ein West-Tor?«

»Genau«, sagte Raythe. »Man baut ein Tor auf, das alles, was hindurchschreitet, mit Nebulum erfüllt. Das Nebulum hält es im Geisterreich in Stasis. Baut man auf der anderen Seite der Bucht ein weiteres Tor auf, genau westlich des ersten Tores auf exakt der gleichen Höhe, und erfüllt es mit dem Gegenzauber, wird der so behandelte Gegenstand oder die Person quasi durch das zweite Tor jenseits der Bucht getrieben, dabei ihres Nebulums beraubt und auf dieser weit entfernten Küste abgesetzt, und zwar innerhalb« – er hob die Augen und rechnete stumm – »von dreieinhalb Sekunden.«

Jesco stieß einen Pfiff aus. »Warum machen wir das nicht immer?«

»Weil es unglaublich viel Zeit und Energie kostet, und jeder Zauberer im Umkreis von Meilen kann es spüren«, erwiderte Raythe. »Die Bolgravianer haben es einmal versucht, um eine Streitmacht ins Territorium der Pelarianer zu befördern – sie hatten von eingeschleusten Zauberern ein Tor auf einer genau berechneten Position errichten lassen und konnten ungefähr tausend Männer transportieren, bevor die Pelarier es bemerkten und das Portal zerstörten. Aber die Bolgravianer haben eine oder zwei Stunden lang nicht mitbekommen, dass man ihnen auf die Schliche gekommen war, und in dieser Zeit waren nicht nur die bereits erfolgreich durchgeschickten Männer eingekreist und niedergemacht geworden, sondern alle Soldaten, die in der Zwischenzeit durch das Öffnungstor geschritten waren, blieben im Nebulum gefangen. Dadurch wurden sie zur Beute der hungrigen Geister. Es war eine absolute Katastrophe, darum macht man das so gut wie nie und nur selten mit mehr als einer Handvoll Menschen. Der einzige Grund, warum das für uns funktionieren wird, besteht in der Tatsache, dass wir Hunderte Meilen von der Zivilisation entfernt sind und unser Ziel nur eine Meile weit entfernt und exakt im Westen ist.«

»Das klingt schrecklich gefährlich«, sagte Kemara.

»Im Augenblick ist es vermutlich unsere einzige Wahl.«

Sie dachte darüber nach, dann nickte sie zögernd. »Vermutlich schon. Habt Ihr alles, was Ihr braucht?«

»Ja, aber es wird sämtliches Istariol verbrauchen, das ich noch habe. Ich besitze nur ein paar Prisen.«

»Und du musst diese Berechnung völlig fehlerlos durchführen«, bemerkte Jesco.

»Aye. Längengrad, Breitengrad, Achsenneigung, Jahreszeit, Geschwindigkeit«, stimmte Raythe ihm zu. »Varahana arbeitet daran. Ich werde dieses Tor aufbauen, während die Mater die Position meines Tores berechnet und natürlich auch des Tores, an dem Zar arbeitet.«

»Ihr vertraut unsere Sicherheit einer Novizin ohne jede Erfahrung an?«, rief Kemara. *Bei Gardas Klinge, er ist leichtsinnig.*

»Ich überprüfe Zars Arbeit doppelt und dreifach, aber sie muss den Anfang machen. Das Empfangstor ist sehr einfach aufzuladen, aber das dauert ziemlich lange. Die Position ist entscheidend, und die berechnen Varahana und ich. Aber ich könnte Hilfe gebrauchen, das erste Tor mit Nebulum zu füllen.« Er sah Kemara an. »Das könntet Ihr tun, falls Ihr dazu bereit seid. Ihr würdet uns damit tagelange Anstrengungen ersparen.«

Sie biss sich auf die Lippe, dann willigte sie ein. Ungewollt gab sie immer mehr pure Energie ab – dieser Einsatz würde möglicherweise sogar den Druck vermindern. »Ich tue es.«

Die Abenddämmerung war hereingebrochen, ein grauer Tag wich der Nacht, und im Lager ignorierte Zarelda die Männer, die ihr verwirrt dabei zusahen, wie sie mit einem sechs Fuß langen Holzstab mit einer kreisrunden Metallscheibe an der Spitze arbeitete. Auf der anderen Seite der Bucht hatte ihr Vater eine orangefarbene Lichtkugel beschworen. Aber ihr Durchmesser betrug nur wenige Zoll, und die sorgfältigen Anpassungen, die er an seinem Ufer vornahm, ließen den von ihr ausgehenden Lichtstrahl jedes Mal dreißig oder vierzig Fuß weit tanzen. Seit zwanzig Minuten jagte sie nun diesem Signal hinterher und wurde zusehends gereizter.

»Halt doch das verkraggte Ding still«, fluchte sie und genoss die Freiheit, so viel fluchen zu können, wie sie nur wollte. Natürlich konnte ihr Vater sie nicht hören, aber ihr gefiel die Vorstellung, dass seine Ohren bei ihrer ständig farbiger werdenden Anhäufung von Obszönitäten brannten.

Der kleine glühende orangerote Punkt verharrte auf einem Felsen über ihr, und sie eilte den Hang hinauf, fing ihn mit der Scheibe ein und achtete darauf, dass der orange Lichtstrahl genau in ihrer Mitte blieb. An der Stelle stieß sie den Stab in die Erde. Das Licht zitterte etwas, und Zar musste die Scheibe justieren, aber dann kam es zur Ruhe, Licht blitzte über die Bucht.

Adefar kam in Spatzengestalt vom Himmel geschossen und tollte begeistert als Fuchswelpe herum, dann war er mit einem Satz auf ihrer Schulter und liebkoste sie.

»Ja!«, schnurrte sie.

»Was ist passiert?«, fragte Banno, der Adefar nicht sehen konnte und auch sonst nicht unbedingt begriff, was sie da tat.

»Wir haben die Position des Tores«, antwortete sie, blickte über die Bucht und winkte hektisch. Ihr Vater war im Zwielicht nicht auszumachen, aber sie wusste, dass er sein Fernglas auf sie gerichtet hatte. »Genau hier müssen wir den Torrahmen bauen, und zwar in den exakten Maßen, die ich dir sagen werde.« Sie schichtete Steine um den Stab, damit er auch an der genauen Stelle stehen blieb.

»Warum?«

»Wegen der Magie, klar?« Sie war sehr mit sich zufrieden. Hier stand sie nun, gerade mal sechzehn, und half bereits bei Praxxiszauberei, und ein hübscher junger Mann, der sie bewunderte, verfolgte jede ihrer Bewegungen. Diesen Gedanken im Hinterkopf, streckte sie die Brust raus und spähte geheimnisvoll in die Ferne, machte auf »gefühlvoll, aber verlockend«, also so, wie sie sich ihre Mutter vorstellte. Natürlich nur nicht als ein so verräterisches Miststück.

»Das wird unglaublich«, prahlte sie. »Wir werden jeden von dort nach hier holen, und zwar in der Zeit eines Blinzelns.«

Banno sah mit Sicherheit beeindruckt aus.

Später ließ sie ihre Schützlinge schwer arbeiten, das Holz auf genau die richtige Länge zuzuschneiden und es zusammenzufügen, dann das Tor genau dem gegenüber zu errichten, das ihr Vater auf der anderen Seite der Bucht konstruierte. Drei Tage vergingen mit einer Reihe kleiner Siege und ärgerlicher Fehler, aber Adefar war aufmerksam und gehorsam, genau wie ihr Gefolge aus jungen Männern. Das Leben an dieser vom Wind gepeitschten, eiskalten Küste war nicht bequem, doch es war sehr befriedigend.

Aber der Augenblick, vor dem sie sich gefürchtet hatte, kam viel zu bald. Sie stand bei der Holzkonstruktion und versuchte herauszufinden, ob sie den Mittelpunkt bis auf den letzten Zoll genau einrahmte, als eine Stimme hinter ihr ertönte.

»Es muss mindestens einen Fuß höher sein«, bemerkte ihr Vater.

Sie erstarrte, plötzlich war ihr Mund ganz trocken. Ihr Abenteuer war zu Ende. Sie hatte nicht länger das Kommando, war nicht länger frei – und sie hatte es falsch gemacht. Hinter ihm konnte sie Jesco sehen, der den Schwertgriff streichelte, während er die nur zur Hälfte bekleideten jungen Männer im Lager musterte.

»Äh, guten Morgen«, murmelte sie.

Ando und die anderen waren ganz Auge und Ohr, warteten darauf, dass sie zurechtgestutzt wurde.

»Die Form ist auch falsch«, fügte ihr Vater hinzu. »Es sollte ein gleichseitiges Dreieck sein.«

»Es ist gleichseitig«, erwiderte sie, »aber die Enden sind eingegraben.«

»Das solltest du einberechnen.«

»Das habe ich, aber wir mussten tiefer gehen, damit es stabil ist.«

»Dann hättest du das Holz neu schneiden müssen.« Raythe warf den jungen Männern einen Blick zu, die mit einer gewissen rachsüchtigen Belustigung zuschauten. »Du da … Ando Borger? Ich habe dir den Befehl übergeben – wo sind die Proviantstapel? Und das übrig gebliebene Holz?«

Sie arbeiteten den ganzen Morgen, bis die Neigung genau richtig war, keine Sache von Zoll, sondern den Bruchteilen von Zoll. Schließlich platzierte Raythe einen Edelstein in die Tormitte. Der Stein schwebte in der Luft, dann flammte er auf; im nächsten Moment wurde er von einem Strahl von der anderen Seite aufgespießt.

»Sie sind aufeinander abgestimmt«, verkündete er und lächelte endlich. »Wir können morgen damit anfangen, das Tor mit Macht aufzuladen.« Er winkte die anderen fort. »Tochter, auf ein Wort, bitte.«

Sie tauschte einen nervösen Blick mit Banno, dann folgte sie ihrem Vater zur Küste, wo Wellen zwischen dem auf den glatten grauen Kieseln aufgeschichteten Treibholz schäumten. Sie wartete, bis das Schweigen unbehaglich wurde, dann platzte es aus ihr heraus: »Paps, es ist *nichts* passiert!« Sie starrte auf die Gischt. »Wir haben uns geküsst, das ist alles«, murmelte sie dann. »Ich bin nicht meine Mutter.«

»Gut, aber das wollte ich nicht fragen.« Er zerzauste ihre Haare. »Was macht Adefar? Seid ihr richtig miteinander verbunden?«

»Es ist wunderbar.« Sie strahlte. »Als wäre er ein Teil von mir.«

»Du bist ein Naturtalent«, sagte er, und sie jubelte innerlich. »Ich glaube, du bist für diese nächste Aufgabe bereit.«

Er führte sie zurück zu dem Dreieck und bat sie, die rechte Hand auf einen Balken zu legen, dann legte er die Finger darauf. »Schließ die Augen und konzentriere dich auf das Gefühl der Berührung.« Sie gehorchte und war sich bewusst, dass Banno und die anderen aufmerksam zusahen. Adefar hockte in seiner Fuchswelpengestalt auf ihrer Schulter und sah neugierig zu.

Mit einiger Mühe gelang es ihr, sie alle aus ihrem Bewusstsein zu verdrängen, und sie erklärte sich bereit.

»Gut. Jetzt rufe Adefar in dich hinein und zeichne Flux, die Rune der Kraft«, befahl er.

Sie malte die Rune mit hellem Licht, was die Zuschauer raunen ließ, und dabei schien ihre Seele anzuschwellen. »Erledigt«, murmelte sie und schaute auf die Hand ihres Vaters, die die ihre bedeckte.

»Gut. Jetzt fühle die Hitze meiner Handfläche auf deinem Handrücken. Spüre, wie rau das Holz unter deinen Fingern ist. *Lausche und fühle,* Zarelda«, wiederholte er, dann hielt er inne und murmelte etwas in der Runensprache. Sie bemühte sich, den Worten zu folgen, verlor aber den Faden und tat nur noch das, worum er sie gebeten hatte. Fühlte einfach.

Nach einem Moment erkannte sie, dass ein Strom von ihm in

sie und dann weiter in das Holz floss, das kaum merklich zu vibrieren begann.

»Spürst du das?«, murmelte er. »Ich brauche dich, damit du übernimmst. Adefar ist bereits Teil der Kette, also brauchst du nur den gleichen langsamen Energiefluss aufrechtzuerhalten.«

Das seltsame summende Gefühl durchdrang jetzt ihren ganzen Körper. »Ja, ich fühle es.«

»Gut. Lerne es kennen – werde dazu.«

Sie gehorchte ihrem Vater, und als sie ihr ganzes Bewusstsein daran anpasste, verschwand die Welt.

»Jetzt«, sagte Raythe, »ergreifst du die Kontrolle.«

Das war schwerer, aber da war sie: Energie knisterte durch sie hindurch ins Holz.

»Gut gemacht.« Raythe nahm die Hand weg, aber der Strom floss weiter durch sie in den Rahmen. »Jetzt kann uns jeder Zauberer im Umkreis von Meilen spüren, aber beeile dich nicht – das Wichtigste ist jetzt, es richtig hinzubekommen. Lass dir Zeit, du hast den ganzen Tag.«

»Den ganzen Tag?«, stieß sie hervor. »Und wenn ich pinkeln muss?«

Ihr Vater kicherte. »Du kannst ein paar Minuten gehen, und die Verbindung bleibt bestehen. Entspann dich – nichts von dem, was du tust, wird für die Expedition wichtiger sein.«

»Fühlst du das, Hauptmann Falkenstein?« Toran Zornes Stimme, für gewöhnlich so monoton, hob sich überrascht. Es war das Lebhafteste, das Larch Falkenstein je von dem Mann vom Ramkiseri gehört hatte.

»Ich fühle nichts«, antwortete der Grenzhauptmann verblüfft und blickte sich auf dem Vorderdeck der Fregatte um, einem der beiden Schiffe, die Zorne requiriert hatte. Die Fregatte war mit einem Dutzend Kanonen ausgerüstet, Zylinder aus Eisen, die mit Pulver gefüllte Eisenkugeln Hunderte von Metern weit schießen konnten; das zweite Schiff, ein Truppentransporter, war mit Falkensteins Männern und einem Kontingent bolgravianischer Seesoldaten besetzt.

Zorne hatte die Fregatte zu seinem Flaggschiff gemacht und Falkenstein bei seinen Männern auf dem Transporter gelassen, aber als sie an diesem Abend in einer abgeschiedenen Bucht unter dem prägnanten Gipfel des Burarath geankert hatten, war er zu Zorne gerufen worden.

»Jemand sammelt viel Praxxis«, sagte Zorne weihevoll und zeigte entlang der Küste nach Westen.

Obwohl sich Falkenstein nur zu bewusst war, dass alle Ramkiseri nicht nur unerbittliche Meuchelmörder, sondern auch Zauberer waren, ließ ihn die Erinnerung frösteln. Auf seinen Armen breitete sich Gänsehaut aus. »Wenn das Vyre ist, ist er uns voraus.«

Zorne dachte darüber nach. Er beriet sich nur selten mit jemandem, nicht einmal mit den beiden bolgravianischen Zauberern, die ihm der Gouverneur zur Verfügung gestellt hatte. Falkenstein vermochte seine Stimmungen nicht zu deuten; tatsächlich kam er langsam zu dem Schluss, dass die Menschheit für Zorne ein genauso großes Rätsel war wie der Ramkiseri für sie. Er verhielt sich, als wäre alles nur schwarz und weiß, ein seltsamer Fehler in dieser Welt grauer Doppelzüngigkeit.

»Morgen segeln wir in die Richtung«, verkündete Zorne. »Ist es Vyre, schön und gut. Das bedeutet, dass wir ihn gefunden haben. Ist er es nicht, befindet er sich noch immer hinter uns.« Er schaute zu den Bergen. »Nach den vielen Verzögerungen, den Stürmen und dem ganzen Gegenwind, hatte ich gehofft, sie hier zu finden – mir erscheinen diese Berge unpassierbar. Wie sollten sie sie umgangen haben?«

Falkenstein schaute sich um. »Vielleicht gibt es im Landesinneren einen Weg.«

»Vielleicht«, wiederholte Zorne und lehnte sich gegen die Reling, wo die Brise sein Haar zerzauste. Er hatte es zusammen mit dem Bart wachsen lassen, seit er auf dem Schiff war.

Die Matrosen der bolgravianischen Marine trugen traditionell Bärte. Falkenstein hatte sich gefragt, ob Zorne sich ihrem Erscheinungsbild anpassen wollte.

Der Unter-Komizar betrachtete nachdenklich die Küste, dann nahm er die Schultern zurück. »Wir haben noch zwei Stunden Tageslicht. Der Kapitän soll das Boot ins Wasser lassen. Du und ich werden an Land gehen und nach Spuren von Vyre suchen.«

Falkenstein holte die Ruder an Bord, als das Boot auf das steinige Ufer auflief, und der Matrose, den sie mitgenommen hatten, ein mürrischer Bursche namens Trimble, der ununterbrochen Rotblatt kaute, hielt das Gefährt ruhig, damit der Hauptmann und Zorne aussteigen konnten. Falkenstein holte scharf Luft, als er bis zu den Knien im eiskalten Wasser stand, aber der Ramkiseri verzog nicht einmal die Miene.

Allerdings hatte Zorne seinen Teil geleistet und genauso angestrengt wie Falkenstein und Trimble gerudert, und jetzt half er wortlos und ohne seinen Rang oder seine Überlegenheit zur Schau zu stellen, dabei, das Boot auf den Strand zu ziehen.

»Warte hier«, befahl er Trimble.

»Wie wollen wir dort hinauf?«, fragte Falkenstein, der sich die zerklüfteten Klippen ansah, die sich über die Bucht erhoben.

»Das müssen wir nicht«, erwiderte der Bolgravianer und hielt auf eine Felsnase zu, die das Meer glatt geschliffen hatte; an ihrer Basis häufte sich Geröll auf. »Warte hier«, sagte er. Er hob die Hände und webte Muster mit den Fingern, während er einen Strom fremdartiger Worte murmelte. Die Luft zischte und schimmerte, Schatten tanzten über die von Spalten durchzogene Klippenwand. Eine Minute lang geschah nichts – dann zerbröckelten die aufgeschichteten Steine, und Falkenstein starrte auf von der Zeit in Mitleidenschaft gezogene Stufen und etwas, bei dem es sich möglicherweise um einen Torbogen in der Felswand handelte.

Zornes Gesicht zeigte einen Ausdruck flüchtiger Zufriedenheit. »Ich hatte recht. Der Burarath ist ein ehemaliger Aldarstützpunkt.«

Falkenstein schlug Gardas Zeichen, um das Böse abzuwehren.

Echte Artefakte der Aldar konnten Tausende einbringen, allerdings waren die Märkte voller Fälschungen, die die Leichtgläubigen anlockten. In Falkensteins Brust rangen Habgier und Furcht, aber Zorne zögerte nicht.

»Schauen wir mal, was es zu sehen gibt.« Über der linken Hand ließ er eine glühende Lichtkugel entstehen und ging die Treppe voraus voran.

Im Berg produzierte Zornes Glühkugel genug Licht, um weitere uralte Stufen zu erklimmen. Es gab sogar ein altes Geländer voll blumigem Schnitzwerk, und der sich oben anschließende Korridor, zu dessen beiden Seiten sich Zimmer befanden, war mit zerbrochenen Töpferwaren übersät, die durchstöbert wirkten.

»Hier ist bereits geplündert worden«, bemerkte Falkenstein enttäuscht.

»Davon konnte man ausgehen«, erwiderte Zorne ungerührt. »Komm schon.«

Er führte sie durch den Korridor und dann eine weitere Treppe hinauf, die breiter und aufwendiger verziert war, aber auch bedeutend mehr Schäden aufwies, als wäre jemand von der Schönheit so beleidigt worden, dass er zerstört hatte, was er nur konnte. Dann erreichten sie eine riesige Halle voller Staub und Schutt.

Falkenstein zuckte zusammen. »Abdrücke von Rädern – und noch nicht alt.«

Zorne ging auf ein Knie herunter und untersuchte die Wagenspur im Geröll. »Vyres Leute reisen nach Westen.«

Sie folgten den Spuren, bis sie eine weitere Halle voller Tageslicht fanden. Zwei riesige Torflügel gaben den Weg in ein bewaldetes Tal frei.

»Sie sind durch den ganzen verdammten Berg gefahren«, hauchte Falkenstein.

»Eine Tat von erheblichem Mut – oder vielleicht auch Verzweiflung«, erwiderte Zorne. »Sie treibt mehr als nur die Flucht an. Östlich von hier gibt es ein Dutzend Täler, in denen man lebensfähige Siedlungen aufbauen könnte. Aber sie eilen weiter.«

»Nach Verdessa?«

»Zu dem Ort, der das Ziel von Gospodois Mission war«, prophezeite Zorne. »Er ist in das verdessanische Hinterland gereist, und ich garantiere, dass Vyre dorthin will. Komm, lass uns ihren Weg zurückverfolgen.«

Sie gingen durch die Dunkelheit zurück bis zu der ersten Halle, die sie gefunden hatten, dann begaben sie sich auf einen langen, aber relativ geradlinigen Abstieg durch den Berg, bis Zorne plötzlich stehen blieb und eine Wand anstarrte. Er murmelte etwas, und wo eben nur Stein gewesen war, erschien nun ein Torbogen.

»Eine Illusion, um diesen Durchgang zu verbergen«, bemerkte Zorne. »Sieh es dir an, die Siegel wurden kürzlich gebrochen. Merkwürdig.« Er trat ein, und Falkenstein folgte ihm zögernd in einen Gang voller Wandgemälde. Arkane Symbole darüber erläuterten die Szenen.

»Könnt Ihr diese Worte lesen?«, fragte Falkenstein.

Zorne schüttelte den Kopf. »Das könnte nur ein Gelehrter.« Er hob die Lichtkugel und ging weiter vorbei an ständig freizügiger werdenden Gemälden; allerdings schien er sie kaum zu beachten. »Verschiedene Sprachen sind nicht effizient«, bemerkte er schließlich. »Es sollte nur eine Sprache geben, in einer Schrift. Alles andere ist ein Hindernis.«

»Sprachen machen uns zu denen, die wir sind«, sagte Falkenstein. Das hatte sein Vater immer gesagt.

»Sie trennen nur das, was eins sein sollte«, sprach Zorne emotionslos weiter. »Eines Tages wird es nur noch eine Rasse, eine Sprache, eine Kultur und ein Imperium geben. Das ist das

Schicksal, und jene, die sich dem widersetzen, sind irregeleitet. Begreifst du das?«

Eigentlich nicht, war die ehrliche Antwort, aber stattdessen erwiderte Falkenstein: »Aye, wir sollten vereint sein, und zwar durch das Schwert.« Es schienen in dieser Situation die richtigen Worte zu sein.

»Falls nötig, aber Krieg ist ebenfalls eine Verschwendung«, antwortete Zorne, dann legte er den Kopf schief. »Sei still.« Er lauschte aufmerksam, und Falkenstein hätte sich beinahe selbst davon überzeugt, dass er jemanden flüstern hörte.

Ich hoffe, das bilde ich mir nur ein …

»Folge mir«, befahl Zorne, und Falkenstein gehorchte, auch wenn er sich dazu zwingen musste. Sie gingen weitere Stufen nach unten und kamen in eine Kammer, in der ein Sarkophag mit einem Glasdeckel stand, in dem uralte Knochen lagen.

Ein Aldar, vermutete Falkenstein furchterfüllt.

»Jemand hat ihn erst kürzlich entdeckt – siehst du, der Staub ist verwischt. Ich muss davon ausgehen, dass es einer von Vyres Leuten war«, sagte Zorne. Er hob den Deckel hoch. »Sie haben die Totenmaske genommen.«

Falkenstein erschauderte. »Ein Souvenir?«

»Vielleicht. Das war ein bedeutender Lord der Aldar oder eine Lady. Ihr Gefolge hat ihre letzte Ruhestätte verborgen, also müssen sie am Ende der Mizrakriege gestorben sein, in dem Wissen, dass ihre Zeit vorbei war und jedes öffentliche Grab mit Sicherheit geplündert werden würde. Für gewöhnlich haben die Aldar die Lebenden nicht von den Toten getrennt. Man hat die Familienangehörigen im Stammsitz der Familie bestattet.«

»Heiden.« Wieder machte Falkenstein das Zeichen gegen das große Böse.

Zorne senkte die Kugel auf die vertrocknete Leiche, bis sie das Skelett berührte, das sich sofort entzündete und mit hungrigen blauen Flammen brannte, die schnell die vertrockneten Knochen und den Stoff ergriffen.

Und er redet von Verschwendung, dachte Falkenstein. *Ich habe recht. Er hat keine Seele.*

Der Ramkiseri wandte sich den heidnischen Wandgemälden zu und murmelte Worte, die den Verputz zerbröckeln und in Staubwolken aufwallen ließen. »Derartige Artefakte sollten besser verloren gehen«, sagte Zorne tonlos und begab sich auf den Rückweg.

Falkenstein stolperte orientierungslos hinter ihm her, aber Zorne fand mühelos den Weg zurück zur Küste, wo Trimble auf dem Dollbord des Bootes saß und noch immer sein Rotblatt kaute.

Nicht alle Männer wären nach Sonnenuntergang an einer dunklen und feindlichen Küste auf ihrem Posten geblieben. Zorne nickte ihm knapp zu. »Trimble, richtig?«

»Signalgast Moss Trimble, Herr«, murmelte der Seemann.

»Du hast deine Pflicht erfüllt«, sagte Zorne zu ihm, vermutlich das höchste Lob, zu dem er imstande war. Er wandte sich wieder Falkenstein zu. »Da Vyres Leute hier durchgezogen sind, habe ich vermutlich das von ihm benutzte Praxxis gespürt. Sie befinden sich im Umkreis von hundert Meilen von uns, nordwestlich von diesem Ort. Im ersten Tageslicht setzen wir die Segel. Wir sollten sie innerhalb von zwei Tagen finden.«

»Und dann?«

»Dann werden sie ausgelöscht.«

Falkenstein zauderte. »Bei ihm sind Familien ... Frauen, Kinder.« Eine von ihnen war Angrit, die Mutter seiner Tochter Rosenknospe. Er hatte ihr Unterhalt gezahlt, bis zum Tag ihres Verschwindens. »Sicherlich haben sie Gnade verdient ...«

Zorne sah verblüfft aus. »Die Gesetze müssen aufrechterhalten werden, Hauptmann Falkenstein. Wir müssen sie alle ausrotten. Das ist unsere Pflicht.«

»Das ist es«, murmelte Raythe und blickte durch das Dreieck auf der Ostküste zu Zars identischer Konstruktion auf der westlichen Landspitze. Dem Beobachter mochten sie äußerlich gleich erscheinen, aber die Zauber des fernen Tores waren weitaus weniger komplex; eigentlich stellten sie nicht mehr als ein Netz dar, das alles einfangen sollte, das durch dieses Portal schritt, ihm das Nebulum entzog und in seinen natürlichen Zustand zurückversetzte.

Er verbrachte einen ganzen Tag damit, auf Kemaras solider Arbeit, das Holz vorzubereiten, aufzubauen, sang stundenlang Zaubersprüche und schrieb unzählige Runen aus jeder Praxisdisziplin.

Nur ein Zaubermeister brachte dergleichen zustande. *Und ich schaffe das,* rief er sich ins Gedächtnis.

Alle sahen zu; jeder wusste, dass die Reise nicht weitergehen würde, und aller Wahrscheinlichkeit nach würden sie auch nicht umkehren können – es sei denn, er bekam es genau richtig hin.

Er nahm sich Zeit, überprüfte alle Berechnungen mit Varahana, dann überprüfte er sie erneut, aber schließlich konnte der Augenblick nicht länger hinausgezögert werden.

Also gut ... Er streifte sich dünne Handschuhe über, bevor er in die Gürteltasche griff und ein kleines, mit einem Korken verschlossenes Fläschchen hervorholte. Er brach das Wachssiegel und enthüllte etwa einen Fingerhut scharlachrotes Istariol; es roch wie Ammoniak. Wasser kam hinzu, um es zu einer Paste zu verkneten, die auf den Rahmen des Dreiecks aufgetragen wurde, während die Zuschauer alles nervös verfolgten.

Jetzt kam es auf jede Sekunde an. Raythe bezwang den Drang, alles noch einmal zu überprüfen, denn im Inneren wusste er genau, dass das nur eine Verzögerungstaktik war. Er breitete die Hände aus. »*Cognatus, spiratus igneous; spiratus aerium, questa mei imperandi!*«

Seine Sicht verschwamm, zeigte ihm herbeistürzende Umrisse und Schatten, nicht menschliche Augen und Münder, die sich wie verlaufende Wasserfarben am ganzen Himmel abzeichneten. Die in verblüfftem Schweigen anwesenden Dörfler konnten nicht sehen, wie er diese geringeren Geister mit dem Tor verband, aber als er das Istariol entzündete, ertönte ein ehrfurchtsvolles Aufstöhnen. Die Luft im Inneren des Dreiecks flackerte – und jetzt erschien alles auf der anderen Seite milchig und verzerrt.

Raythe holte tief Luft, aber es hielt …

So weit, so gut. Ohne den Blick von dem jetzt schimmernden, von Flammen umgebenen Durchgang zu nehmen, rief er Jesco und Vidar zu: »Zuerst das Fass …«

Die beiden Männer rollten ein leeres Weinfass herbei und stellten es vor das Tor. Auf sein Signal hin stießen sie es vorsichtig über die Schwelle. Funken sprühten, als die zwischen den Pfeilern schimmernde Schicht sich darumlegte – und es verschwand. Jeder hielt den Atem an. Varahana führte Raythes Fernglas ans Auge und starrte über die Bucht.

Eins … zwei … drei …

Auf der anderen Seite der Bucht flammte eine Fackel auf und wurde geschwenkt: das Signal des Erfolgs.

»Sie haben es – sie haben es!«, rief Varahana.

»Ja«, hauchte Raythe.

Jesco und Vidar stießen einen begeisterten Schrei aus, und die Reisenden brachen in Jubel aus – dann trat Jesco leichtsinnig in das Tor. Raythe erstarrte, sein Blick flog zu Varahana: So hatten sie das nicht geplant.

Die nächsten drei Sekunden fühlten sich wie ein ganzes Leben an – bis Varahana rief: »Er hat es geschafft.« Kaum hörbar fügte sie hinzu: »Der verdammte Narr.«

Ihre Worte riefen bei den Zuschauern neuen Jubel hervor sowie deutlich hörbare Erleichterung. Das magische Portal funktionierte.

»Und Jesco hat sich vor der ganzen harten Arbeit gedrückt«, bemerkte Vidar.

»Er wird auf der anderen Seite genug zu tun haben«, erwiderte Raythe, »und er hat die Frage beantwortet, die sich jeder zu stellen scheute. Es ist für die Lebenden sicher. Bring sie in Bewegung, Vidar. Dieses Tor wird nicht ewig brennen.«

In wenigen Augenblicken herrschte an dem Strand so viel Aktivität wie in einem Bienenstock. Ein Dutzend Männer hatte bereits den anderen Weg über den Fluss genommen, um dabei zu helfen, Ausrüstung und Leute aus dem Tor auf der anderen Buchtseite zu ziehen. Die jungen Frauen und Kinder, die fit genug waren, das Wasser zu überqueren, waren ebenfalls bereits aufgebrochen. Damit blieben die kräftigen Erwachsenen übrig, einen Wagen einen nach dem anderen durch das Tor zu schieben. Gravis' Brauereiwagen war der erste, gefolgt von den Getreidewagen, dann trieb Varahana ihre Schwestern hindurch und winkte, als sie verschwand. Als die Minuten ohne Missgeschick verstrichen, wuchs das Gefühl von Erfolg.

Raythe hielt den Energiefluss aufrecht, aber er sorgte sich, dass das Istariol zu schnell verbraucht wurde; er war noch immer nicht davon überzeugt, dass es jeder auf die andere Seite schaffen würde.

»Geht, geht«, drängte Raythe diejenigen, die noch dort standen. »Schafft den Rest auf die andere Seite – beeilt euch!«

Da packte Vidar seine Schulter und zeigte nach Osten. »Raythe«, murmelte er, »zwei Schiffe haben gerade die Landspitze umrundet.«

Raythe drehte sich um, sein Herz schien stehen bleiben zu wollen. Da segelte eine Fregatte heran. Direkt dahinter kam ein Schiff mit hohen Seiten, zweifellos ein Truppentransporter. Beide Schiffe hatten die Imperiumsflagge gehisst.

Verflucht, sie haben uns gefunden – im vorstellbar schlimmsten Augenblick. Und wir sind so nahe dran!

Er stieß Vidar auf das Tor zu. »Geh zu Zar und Varahana und beschütze sie!«

Der norganianische Bärenmann duckte sich zusammen,

knurrte und sprang durch das Portal. In dem Moment drehte der Truppentransporter zur anderen Seite der Bucht ab – aber die Fregatte schwang zur Küste herum und rollte mit furchterregender Effizienz ihre Kanonen aus.

ACHT

Kanonen und Kugeln

Der Geschmack der gekauten Rotblätter breitete sich in sanften, belebenden Wogen in Moss Trimbles Körper aus und schärfte seine Konzentration, während er zusah, wie sich die Küstenlinie näherte. Wie die meisten Leute der Mannschaft war Trimble Pelarianer und hätte den verdammten Bolgravianern lieber nicht gedient, aber jetzt herrschte das Imperium, und es raubte seinem Land die Luft zum Atmen. Alles von Wert wurde nach Osten verschifft, und die Einheimischen mussten von der Hand in den Mund leben. Jede Arbeit war wertvoll, und wenn man dafür in der von Deo verdammten imperialen Marine dienen musste.

Trimble war seit drei Jahren Signalgast, aber dank seiner beiden größten Laster, Grog und rothaarigen Huren, hatte er kaum mehr als ein paar Silbermünzen zusammengebracht. Aber er hatte sich fest vorgenommen, dass sich das ändern würde.

Also warf er Toran Zorne aus dem Augenwinkel einen misstrauischen Blick zu. *Du bringst uns besser in einem Stück nach Hause, du Bastard,* dachte er, obwohl er bezweifelte, dass sich der Ramkiseri für etwas anderes als sein verkraggtes Imperium interessierte.

Als hätte Zorne seine Aufmerksamkeit gespürt, wandte er sich zu ihm um. »Trimble, richtig?«

Wenigstens spricht er Magnianisch. Die meisten Bolgravianer geben sich nicht diese Mühe. »Aye, Herr.«

»Richte dem Kapitän aus, uns so nahe wie möglich ans Ufer zu bringen und die Kanonen bereit zu machen. Und signalisiert dem Truppentransporter, die Männer am Westufer der Bucht auszuschleusen.« Er streckte den Arm aus. »Siehst du, dort sind auch Leute mit Wagen und Pferden. Wir haben unser Ziel gefunden.«

Trimble salutierte, hisste seine Signalflaggen und spähte dann zum Ostufer, wo ein Haufen Leute, Pferde und Ausrüstung neben einer Holzkonstruktion auf dem Strand versammelt standen. Dann starrte er zu der fernen, aber zahlenmäßig größeren Gruppe im Westen. Als er seinen Blick wieder nach Osten richtete, erregte das Funkeln eines roten Haarschopfs seine Aufmerksamkeit, der wie ein Banner im Wind flatterte, und er fühlte den vertrauten Jagdinstinkt, den Rothaarige stets in ihm auslösten.

Eine hübsche, süße ferreanische Schlampe ... Dafür würde sich das alles hier lohnen ...

Zweifellos hatten diese verrückten Flüchtlinge sie mittlerweile entdeckt – sie und die bolgravianische Flagge, die in der auffrischenden Brise flatterte. Er konnte sich die Panik vorstellen.

Dämliche Bastarde. Ihr werdet alle sterben.

»Matrose Trimble?«, erinnerte Zorne ihn angespannt.

»Ein ferreanischer Rotschopf«, knurrte er und zeigte zur Küste. »Ich mag Rotschöpfe.«

Dann eilte er das Deck entlang, um Zornes Nachricht zu überbringen, und hoffte, dass der Rotschopf lange genug überleben würde, bis er bei ihr war.

Zarelda sah die beiden Schiffe als Erste, genau in dem Augenblick, in dem sie um die Landspitze kamen. Nach zehn Jahren, die sie in Furcht gelebt hatte, wusste sie sofort, was die Flagge bedeutete: *Flüchte!*

Aber die Hälfte der Pferde befand sich noch auf der anderen Seite der Bucht, und die meisten der alten Männer und die Frauen und Kinder waren auf einer Meile Küste verteilt. Und selbst ihr unerfahrenes Auge sah, dass keines der Ufer verteidigt werden konnte.

»Vidar«, rief sie eindringlich, »was sollen wir tun?«

Der Norganianer war vor wenigen Augenblicken eingetroffen und knurrte und spuckte vor Wut. Um sie herum schrien Leute entsetzt auf und suchten nach ihren Familien. Ein Mann wollte zurück durch das Tor laufen, aber Jesco und Banno rissen ihn zu Boden, einen Moment bevor ein Reiter durchkam, dessen Tier sich aufbäumte und wieherte.

»Kragga!«, schrie Jesco den Mann an. »Willst du uns alle umbringen?«

»Du kannst nicht wieder zurück, dieses Tor funktioniert nur in eine Richtung, du Idiot!«, rief Zarelda. Sie warf dem anderen Ufer, an dem ihr Vater war, einen ängstlichen Blick zu. *Ich muss dieses Tor offen halten, ganz egal, was passiert. Das ist die einzige Weise, auf die ich ihm helfen kann.* Aber dann donnerte es ohrenbetäubend. Die Kanonen schossen und hüllten das vordere bolgravianische Schiff in Rauch, während es sich dem anderen Ufer näherte. Gleich darauf sah sie Explosionen am Strand, wo ihr Vater neben dem West-Tor stand.

Kemara Solus sah nervös zu, wie Männer Beca und ihren Karren durch Vyres Portal schoben. »Wie ich mein Glück kenne – wenn etwas schiefgeht, wird das mir passieren«, murmelte sie, aber die Fackeln auf der anderen Buchtseite signalisierten die sichere Passage, also musste sie davon ausgehen, dass alles in Ordnung war.

Sie hatte die Klippe hinunterklettern und den Fluss überqueren wollen, statt Vyres Zauberei zu vertrauen. Obwohl sie dabei geholfen hatte, das West-Tor mit Energie zu versehen, fühlte sie sich in der Nähe des Praxxis schrecklich unbehaglich – selbst nur wenige Sekunden im Geisterreich kamen ihr gefährlich vor.

Aus diesem Grund hatte sie die Maske auch aus ihrem Versteck im Karren entfernt, weil sie nicht abschätzen konnte, was mit ihr im Nebulum geschehen würde. Jetzt war sie unter ihren Röcken verschnürt, ein Schuld einflößendes Geheimnis.

Aber als die imperialen Schiffe erschienen, krallte sich die Angst in ihrem Inneren fest und brachte sie zurück zu diesem schrecklichen, kahlen Raum, den glühenden Eisen und dieser sadistischen Bestie von Prüfer …

Sie kämpfte gegen die Angst an und bahnte sich einen Weg durch die panikerfüllten Frauen und Kinder vor dem Tor. »Bewegt euch! Geht durch – auf der anderen Seite seid ihr sicher.«

Vielleicht ein paar Minuten.

Ihr Blick fiel auf den blassen Raythe Vyre, der eine Hand auf den Rahmen des Portals gelegt hatte und mit der anderen hektisch die Magie beschwor. »Geht!«, brüllte er. »Geht …«

Sie trat an seine Seite, trieb die Reisenden an, die den Schritt hinüber noch vor sich hatten, denn viele hatten genau so viel Angst vor dem in scharlachrote Flammen eingerahmten Tor und der seltsamen trüben Schicht in seiner Mitte wie vor den bolgravianischen Schiffen. Ungefähr zwei Dutzend zauderten noch immer, die kleinen Kinder schrien vor Angst, weil sie zusehen mussten, wie das Tor die Menschen fraß …

»Bewegt euch!«, schrien sie und Raythe gleichzeitig. »Geht!«

Dann sah sie die Blitze an der Seite der Fregatte, die direkt jenseits der Brecher trieb.

»Runter!«, kreischte sie, als es donnerte und Rauchwolken aufstiegen, aber sie befolgte den eigenen Rat nicht und griff nach dem Torbalken, während sich Leute in das Portal warfen oder zu Boden fallen ließen. Entsetzt verfolgte sie, wie drei Kanonenkugeln kein dutzend Meter entfernt in den Strand einschlugen und Kies aufspritzen ließen, während andere vorbeiflogen, um im Hügel einzuschlagen. Ein Geschoss mähte ein Maultier nieder und tränkte Grasbüschel und Steine mit Blut.

Raythe brüllte: »*Cognatus – aqua morai!*« Eine riesige Woge schoss den Strand hinauf und tauchte die drei Kugeln in Gischt. Eine explodierte trotzdem, aber das Salzwasser dämpfte die Wirkung. Im nächsten Augenblick explodierten die Geschosse im Hügel und schickten Schrapnell durch die Luft. Jemand schrie vor Schmerzen auf.

Jetzt wollten alle gleichzeitig durch das Portal, eine Angst hatte die andere besiegt.

»Einer nach dem anderen – überladet das Tor nicht!«, rief Raythe, während er Leute zur Seite riss und den Strom zu regulieren versuchte. Kemara hielt einen Mann zurück, bis seine Frau durch war, dann stieß sie ihn vorwärts.

In der Nähe ertönte die nächste Explosion, ließ Schrapnell an ihrem Gesicht vorbeifliegen. Dann taumelte Raythe, verzerrte das Gesicht. Blut tränkte seine rechte Seite. *O Kragg,* dachte sie und stolperte zu ihm. Sein Blick wurde starr, er schwankte und wäre fast gestürzt. »Raythe!«

»Kemara«, krächzte er, »... brauche ... Hilfe ...«

Sie drückte eine Hand auf seine Seite und versuchte, die Blutung einzudämmen. »Kommt ...«, begann sie und wollte ihn durch das von ihm errichtete Portal ziehen.

Aber Raythe stand da wie ein Baum, als wäre er mit der Erde verwurzelt; seine freie Hand schloss sich um ihren Hals, Verzweiflung lag in seinem Blick. Dann bohrte sich etwas wie ein Messer in ihren Verstand, und seine Stimme, sein Herzschlag, sein ganzes Ich donnerten mit schwindelerregender Wucht in einer erzwungenen Verbindung in ihr Bewusstsein.

HILF MIR dröhnte sein Verstand und ließ ihren Schädel erbeben; er griff tief in sie hinein und packte den Funken, den sie seit zehn Jahren zu ersticken versucht hatte. Seine Faust schloss sich darum und entzündete ihn, beschwor die Magie, als würde er ihr das Mark aus den Knochen saugen.

Lass mich rein, flüsterte da die Aldarmaske, die gegen ihren Oberschenkel drückte, und sie hatte weder die Kraft noch den

Willen, sie aufzuhalten. Blutrotes Feuer überflutete ihren Verstand. Sie versuchte, es noch auszusperren, aber da war es bereits zu spät.

Die Kanonen der Fregatte brüllten erneut auf. Der Lärm zog Larch Falkensteins Aufmerksamkeit auf sich, und er verfolgte, wie die Geschosse einschlugen und explodierten, aber sie hatten sich noch nicht eingeschossen, denn das flammende Tor, Raythe Vyres Zauberei, stand noch immer.

»Kommt schon, macht das verdammte Ding kaputt«, knurrte er.

Aber sein Schiff fuhr dem Westufer entgegen, wo sich der größte Teil der Gejagten befand. Er wandte sich seinen Grenzwächtern aus Teshveld zu. »Zum Langboot«, befahl er. »Wir legen in zwei Minuten ab.«

Der Truppentransporter brodelte vor Aktivität, Pfeifen schrillten, und Offiziere brüllten. Die bolgravianischen Seesoldaten waren auf Position, während die Matrosen sich darauf vorbereiteten, das Schiff anzuluven und zu drehen. Falkenstein hatte nicht die geringste Vorstellung, wie es Vyres Leute geschafft hatten, sich auf zwei Ufern auszubreiten, aber das war ideal: teile und herrsche.

Wir erledigen das, geben diesem verfluchten Ramkiseri-Arschloch sein Massaker, dann gehen wir mit dicken Geldbeuteln nach Hause und ertränken die Erinnerungen in Rye. Ich will nur Rosenknospe und Angrit unbeschadet dort rausholen …

Jorl und Karil, die bolgravianischen Zauberer-Zwillinge mit den schlaffen blonden Haaren und der Verachtung für alle niederen Lebensformen, drängten sich aneinander und manipulierten den Wind, um die Segel zu füllen, während sie durch die Wellen pflügten. Dann hallte die nächste Salve der Fregatte durch die Bucht und riss den Oststrand auf. Vor dem brennenden Tor standen jetzt weniger Leute, und Zornes Flaggschiff bereitete das eigene Langboot vor.

Ob es wohl zu viel ist zu hoffen, dass Zorne von einer verirrten Kugel in den Rücken getroffen wird?

Aber das Westufer ragte vor ihnen auf, und nach dem Signal des Kapitäns saugten die Zauberer-Zwillinge plötzlich die Luft aus den Segeln, das Schiff schwenkte abrupt herum; die Langboote wurden bereits ins Wasser gelassen und platschten in die Wellen. Falkenstein spähte durch die Gischt und entdeckte nur Frauen und Kinder in dem Chaos zwischen Pferden und Wagen. Es hatte nicht den Anschein, als würde jemand am Strand eine Verteidigungsstellung aufbauen.

Rosenknospe musste jetzt ungefähr zwei sein, ein Kleinkind. Soweit er wusste, sein einziges Kind. *Kragg ...* »Ihr verdammten Bastarde, kommt in Bewegung«, brüllte er. »Ich will, dass wir vor den verfluchten Bolgravianern an der Küste sind.«

Seine Grenzwächter eilten in ihr Boot, und er hockte sich in den Bug. Ruderer ließen sie in Richtung Ufer schießen, aber nach wenigen Augenblicken wurde ersichtlich, dass die in grüne Uniformen gekleideten Seesoldaten, die an Rudern ausgebildet waren, weit voraus waren. Falkensteins Männer waren noch sechzig Meter entfernt, da sprangen sie bereits ans Ufer. Sie gingen auf ein Knie, um ihre Musketen anzulegen, es würde ein Massaker.

»Rudert, ihr Scheißkerle«, brüllte Falkenstein, »rudert!«

Vidar beobachtete, wie der Truppentransporter anluvte und die Breitseite zeigte, und er befürchtete einen Beschuss, wie ihm Vyre auf dem anderen Strand ausgesetzt war, aber stattdessen setzte das Schiff mit gedrillter Effizienz drei Langboote aus, die mit Männern in grünen Uniformen und Steinschlossmusketen besetzt waren. *Bolgravianische Seesoldaten ...*

Als er aus dem Portal gekommen war, stieg der Zorn seiner Bärennatur bereits an die Oberfläche, aber die zunehmende Panik unter den Reisenden hatte ihm sofort klargemacht, dass man hier Ruhe brauchte. Also hatte er die Jäger um sich geschart, denn er wusste, wie sehr diese Männer die verhassten Uniformen verabscheuten.

Er bahnte sich seinen Weg durch das Chaos aus kreischenden Kindern, panikerfüllten Tieren und Männern, die nicht wussten, ob sie kämpfen oder flüchten sollten, und brüllte los: »Corbyn, Pick, Varte, ihr alle! Wollt ihr wie Hunde zur Strecke gebracht werden oder kämpfen?«

Mat Varte verzog das Gesicht. »Ich lasse es drauf ankommen«, rief er, drehte sich um und rannte.

Alle Gruppen hatten ihre Abtrünnigen, wie Vidar nur zu gut wusste, aber der Rest schwenkte die Waffen.

Die Männer mit Musketen luden sie bereits, kippten Pulver in die Läufe, stießen die Kugeln fest und überprüften die Feuersteine. Die anderen spannten ihre Bögen und zählten Pfeile. »Damit kann ich sowieso schneller schießen«, meinte einer.

»Das ist wahr«, stimmte Vidar ihm zu. »Jetzt hört gut zu: Diese Seesoldaten werden vielleicht zweimal in der Minute schießen, wenn sie gut sind. Aber sie werden nicht alle auf einmal schießen – sie werden sich in Gruppen aufteilen und abwechselnd feuern, und das bedeutet, dass sie alle fünf oder sechs Sekunden eine Salve abschießen. Das ist der berühmte bolgravianische Salventakt. Aber sie sind am Strand, auf offenem Gelände, und wir werden aus der Deckung kämpfen.«

»Was, wie Feiglinge?«, höhnte einer von Rhamps Söldnern.

»Nein, wie Jäger«, knurrte Cal Foaley.

»Kragg, ja.« Corbyn spuckte aus; Speichel blieb in seinem Bart kleben.

»Ich hasse die verfluchten Bolgies«, fügte Jami Pick hinzu.

Vidar hieb ihm auf die Schulter. »Dann lasst uns gehen!«

Sie breiteten sich in den Dünen aus. Vidar entdeckte Elgus Rhamp, der seine gepanzerten Männer um sich versammelt hatte, und bedeutete ihm, ihnen zu folgen. Der Ritter starrte ihn zuerst nur an, aber dann scheuchte auch er seine Söldner in die Dünen.

Er kann nirgendwohin fliehen – er kann nicht in der Wildnis überleben so wie wir, also steckt er mit drin.

Auf der anderen Seite der Bucht dröhnte die nächste Kanonensalve, und die ferne Stelle, an der Raythe stand, wurde in Flammen gehüllt. Vidar hatte nicht die geringste Ahnung, wie viele Leute dort noch gestrandet waren, aber sicherlich waren die meisten mittlerweile durch das Portal gekommen. *Komm hier rüber, Raythe. Zusammen haben wir eine Chance.*

Vyres langbeinige Tochter stand noch immer neben dem Tor, aus dem weitere Frauen und Kinder stolperten. Über dem Lärm konnte er Varahanas Stimme ausmachen, die die Neuankömmlinge nach hinten trieb. Vor allem der Gedanke, was mit ihr geschehen würde, falls ihre Verteidigung scheiterte, ließ sein Herz mühsamer schlagen.

Das lasse ich nicht zu!

Zwischen einer schmalen Reihe von Dünen suchte er sich einen Platz inmitten von ein paar Grasbüscheln und zielte. Jesco Duretto ließ sich neben ihn fallen und folgte seinem Beispiel. Der Shadraner lächelte, als wäre er auf einem Ball. Jahre schienen von Vidar abzufallen, denn er erinnerte sich an durchbohrte, zerhackte und blutüberströmte Männer, die in Haufen dalagen, sowohl leidenschaftliche Patrioten wie auch zynische Söldner, alle zerfetzt von bolgravianischen Kanonen und ihrem berüchtigten Salventakt.

Verflucht, ich hasse diese Arbeit, dachte er und sah zu, wie das zweite Langboot noch mehr Seesoldaten ausspuckte, die durch die Brandung stolperten, um sich den bereits gelandeten Männern aus dem ersten Boot anzuschließen. *Aber ich liebe sie auch. Sie ist alles, was ich kann.*

Die Bestie in ihm sabberte in Vorfreude, die Last eines jeden Bärenmannes, aber das hier war noch nicht der Mahlstrom aus Blut und Chaos, der seine finsterste Seite zum Vorschein bringen würde. Das würde erst später kommen, beim Kampf Mann gegen Mann.

Raythe sah die Welt durch einen scharlachroten Schleier. Etwas steckte in seiner Seite und schickte bei jeder Bewegung stechende Schmerzen durch seinen Körper. Aber er musste nicht mehr lange durchhalten.

Nur noch zwölf Menschen, dann können Kemara und ich gehen …

Er winkte die letzten Leute durch, ein paar alte Männer, die sich ins Gras geduckt hatten und nun die Frauen und Kinder zuerst gehen ließen. In seiner Nähe lagen vier zerfetzte Leichen, ein Mann und seine Frau mit ihren beiden Kindern, die während der letzten Kanonensalve in der Todeslotterie verloren hatten.

Ohne das West-Tor und Kemara, die ihn stützten, wäre er längst zu Boden gesunken. Er brüllte die Geister an, befahl ihnen, die Erde aufzuwühlen und die rauchenden Kugeln zu verschlucken, bevor sie explodierten, aber er schaffte es nicht immer rechtzeitig, und er konnte spüren, wie die Verbindung, die er wie eine Harpune in einen Wal in Kemara gestoßen hatte, sie bis auf den Kern entleerte. Auch sie schwankte, aber er konnte nicht aufhören. Tat er es, würde er scheitern, und in diesem Moment zu scheitern würde den Tod bringen.

Die Fregatte trieb am Rand der Untiefe, ein Langboot kämpfte sich durch die Brandung, gefüllt mit bolgravianischen Seesoldaten.

»Noch eine Minute«, flehte er Kemara an. »Haltet durch!«

Er fürchtete, sie wäre bereits zu erschöpft, aber sie gab nicht auf; ihr Gesicht war eine vor Schmerz erstarrte Maske. Mit ihren funkelnden Augen und den gebleckten Zähnen sah es fast schon dämonisch aus. Von irgendwoher, irgendeinem tieferen Kern in ihrem Inneren, holte sie neue Energie.

Er riss sich zusammen. »Los!«, rief er den letzten der Reisenden zu, die darauf warteten, durch das Tor zu treten – zwei alte Männer, die einen in Blut getränkten Freund trugen. »Bewegt euch!«

Sobald die letzten Leute durch sind, müssen auch wir gehen … bevor ich das Bewusstsein verliere.

»Bleibt bei mir«, brüllte er Kemara an. »Nur noch einen winzigen Augenblick ...«

Zerrissen von Not und Furcht hatte Kemara einen Wendepunkt erreicht. Raythe war so weiß wie ein Laken und schwankte, aber aus seinem Mund strömten noch immer Runenwörter, die den Erdboden aufrissen und Sprengkugeln erstickten, während er zugleich das West-Tor geöffnet hielt. Aber das Langboot kam auf sie zu, und die Kanoniere hatten jetzt die richtige Distanz gefunden. Die nächste Salve würde sie mit ziemlicher Sicherheit in Stücke reißen ...

Scheiß drauf, es heißt töten oder getötet werden ...

Sie öffnete ihre Seele ganz weit – aber nicht für Raythe Vyre, sondern für die Maske, für *Buramanaka,* und sein wilder Geist überflutete sie; getrieben von seiner Hast, wieder das Leben zu erfahren, erfüllten sein Geruchssinn und sein Geschmacksinn ihren Verstand, und die vor Jahren von Ionia gelernten Worte sprudelten über ihre Lippen.

»*Kaneska alla mizra!*«, brüllte sie und wirbelte zum Meer herum, streckte dem Dutzend oder mehr Männern, die in die Brandung sprangen, die Hand entgegen.

Sie fühlte, wie Raythe entsetzt zurückzuckte – aber dann saugte er noch mehr aus ihr, während er in der Runensprache Flux rief – Energie. Sein Geist verschmolz mit dem ihren wie eine Flamme mit Pulver, wie Blut und Istariol, und ihre ineinander verschränkten Hände knisterten, erfüllt von einem quälenden Machtstrom.

»*Cuzka lectruz a'nakish!*«, schrie sie in der uralten Sprache der Aldar.

»*Probas, aerius filgur!*«, schrie Raythe auf Alt-Magnianisch, um dieselbe Macht zu rufen.

Zwei Bewusstseine, ein Zweck: In der Zauberei nannte man das einen Block, bei dem zwei Praktizierende ihre Kräfte miteinander verschmolzen und ihre Beschwörungen weit über ihre individuellen Kapazitäten hinaus multiplizierten und vergrößerten. Die meisten waren dazu nicht imstande, und denjenigen unter ihnen, die das konnten, gelang es im Verlauf ihrer ganzen Karriere nur mit wenigen anderen Zauberern. Dazu bedurfte es Monate, sogar Jahre der Übung.

Aber irgendwie schafften sie und Raythe es sofort.

Am Himmel ertönte ein beängstigendes Krachen magischer Macht, eine Erschütterung, die ihre Knochen durchschüttelte und ihre Sinne betäubte. Augenblicklich verbrannte ein blendender Blitz aus reinem weißen Licht Kemaras Sicht, als wäre die Realität in zwei Teile gespalten worden und das Licht des Himmels flutete durch den Spalt. Dieser Lichtblitz zuckte aus dem Nichts ins Wasser, wo die bolgravianischen Seesoldaten an Land wateten. Kemara bekam das Ergebnis nur undeutlich mit, da war nur das zerfasernde Bild von Silhouetten, die in einem tödlichen Tanz erstarrten, die mit ausgebreiteten Armen und zurückgeworfenen Köpfen in einer schäumenden Gischtwolke in die Höhe katapultiert wurden und stürzten.

Der Rausch ließ Kemara schwanken, aber noch mehr Energie strömte in sie hinein, überall aus der Umgebung geraubt. Sie sah die drei alten Männer stürzen und fühlte, wie der Verletzte starb. Die Flammen des Tores erloschen, und das Gras zu ihren Füßen verdorrte.

Aber sie und Vyre richteten sich auf, blinzelten nach der Anstrengung, klammerten sich an den Block und brüllten ihre gemeinsamen Befehle, und das in dem Augenblick, in dem eine ferne Stimme an Bord der Fregatte »Kanonen, Feuer!« kreischte.

Je näher die Fregatte ans Ufer kam, umso intensiver fühlte Toran Zorne die magischen Energien, die durch die brennende Konstruktion am Strand flossen. Nur noch ungefähr hundert Meter trennten sie voneinander, und er konnte eine Gestalt in dunkler Kleidung ausmachen, die sich am Rahmen festklammerte, gestützt von einer rothaarigen Frau …

Es ist Vyre … endlich.

Das Langboot durchschnitt eine Welle und kam ans Ufer, die Seesoldaten nahmen die Ruder auf und sprangen dann in das knietiefe Wasser. Der Himmel wirbelte durcheinander, als würde die Natur selbst gegen die verlängerte Entfesselung von Zauberei protestieren. Für Zorne fühlte es sich wie Hitze auf der Haut an; in seinem Kopf schien eine Glocke beharrlich zu läuten.

Es ist ein West-Tor! Endlich begriff er, dass Vyres Fertigkeiten weitaus größer waren, als man ihm gesagt hat. *Er schafft seine Leute über die Bucht – vermutlich gibt es an Land keinen Weg für ihre Wagen.* Es war ein beeindruckendes Werk. *Kein Wunder, dass er mir so lange durch die Finger geschlüpft ist.* Außerdem eröffnete es die Möglichkeit, dass der Otravianer ihm möglicherweise entkam.

»Bereitet die nächste Salve vor«, befahl er dem Kapitän, der neben ihm auf dem Vorderdeck stand. »Schneller!«

Der Kapitän brüllte seine Befehle dem Signalgasten zu, Trimble hob die Flaggen, und die Kanonenmannschaften arbeiteten in fieberhafter Hast, während sich Zorne auf Vyre konzentrierte, seine Sicht mit Praxxis schärfte, damit er das Ende seines Wilds verfolgen konnte.

Im nächsten Augenblick geschah das Unmögliche.

Aus einem purpurfarbenen, an einen Bluterguss erinnernden Fleck am Himmel zuckte ein verästelter Lichtblitz auf das Ufer und die noch im Wasser befindlichen Seesoldaten. Das Ergebnis bekam Zorne kaum mit, aber er hörte die kurzen Schreie, als das Wasser kochte und Dampf in die Höhe stieg.

Er schwankte, seine Gelassenheit war erschüttert. Als er sich wieder konzentrieren konnte, entdeckte er verkohlte, qualmende Leichen, die in den Wellen trieben, eingehüllt in kaum durchsichtigen Wasserdampf und den Gestank von Ammoniak und Veilchen. Neben ihm stammelte der fette Kapitän mit dem Backenbart vor Entsetzen, und Trimble, der noch immer auf seinem schwachsinnigen Rotblatt kaute, starrte einfach nur auf die Stelle.

Unmöglich, schrien Zornes Gedanken. *Das ist unmöglich.*

Seine geblendeten Augen suchten Vyre und die Rothaarige, aber er konnte nur ihre Umrisse ausmachen. Die Flammen des West-Tores waren erloschen, und die beiden waren die Einzigen, die noch am Ufer standen, hielten sich bei den Händen, während sie den jeweils rechten und linken Arm erhoben hatten und auf das Schiff richteten.

Sie werden es erneut tun …

»*KANONEN*«, schrie er. »*FEUER!*«

Aber bevor auch nur die erste Mündung ihre Ladung ausspuckte, verspürte er diese deutlich spürbare Verlagerung im Unsichtbaren, die dem vorherigen Blitz vorausgegangen war, und er wusste, dass er sich bewegen musste.

Während alle um ihn herum wie gelähmt an Ort und Stelle standen, katapultierte er sich über die Reling …

Dann explodierte das Schiff hinter ihm, und ein Dutzend Messer schienen sich in seinen Rücken zu bohren. Etwas traf seinen Hinterkopf mit unwiderstehlicher Wucht und löschte die Welt aus.

Raythe riss sich entsetzt von Kemara los und starrte die bolgravianische Fregatte an – oder vielmehr, was davon noch übrig war, ein zerschmettertes Wrack aus brennendem Holz, das mit einem Zischen in den Wellen versank. Ein weiteres Pulverfass explodierte, und das Achterdeck, der letzte intakte Teil des Schiffes, zerbarst in einem roten Blitz, und noch mehr Splitter regneten aufs Wasser. Leichen trieben in den Trümmern.

Neben ihm verlor Kemara das Bewusstsein und brach zu einem hässlichen Haufen aus Röcken und roten Haaren zusammen. Sein Blick huschte unablässig von ihrem ausdruckslosen Gesicht zu dem Wrack und wieder zurück. Ihre Brust hob und senkte sich, ihr Gesicht war so weiß wie ein Geist.

Wir haben einen Block gebildet, aber sie hat nicht das Praxxis benutzt. Irgendwie hat sie das Mizra beschworen – aber der Block hat trotzdem funktioniert, sogar besser als jeder Block, von dem ich je gehört hätte.

Die schiere Unmöglichkeit des Ganzen verblüffte ihn noch immer.

Eine Verschmelzung von Praxxis und Mizra – wie kann das sein? Das hat es noch nie …

Es war kein Wunder, dass sie ihm gesagt hatte, er solle sich verpissen, als er ihr angeboten hatte, sie im Praxxis zu unterrichten. Diese Tür war bereits geschlossen, und natürlich hätte sie ihm den Grund dafür nicht erzählen können, ohne einen Hexenprozess zu riskieren.

Er stolperte weiter und konzentrierte sich mit Anstrengung wieder auf die Gegenwart.

Zwei alte Männer lagen bewusstlos vor ihm, der andere war tot, die Beschwörungen, die den Rest gerettet hatten, hatten ihm das Leben geraubt. Eine unheimliche Stille hing über dem Strand.

Dann erreichte das ferne Knallen von Steinschlosswaffen seine Ohren. Auf der anderen Seite der Bucht waren winzige, in Rauch gehüllte Gestalten am Strand verteilt – *wo seine Tochter war.* Dort drüben hatte der Feind seine Seesoldaten gelandet. Das West-Tor war geschlossen, und er war eine halbe Meile weit weg und konnte nichts tun, außer zu beten.

Zarelda sah, wie das schwache Glitzern des Portals auf der anderen Seite der Bucht erlosch, und in Gedanken schrie sie: *Vater!*

Aber das Krachen der Musketen hallte über den Strand, eine Bleikugel flog vorbei, und einer von Rhamps Männern, der direkt neben ihr saß, brach mit blutüberströmter Brust zusammen. Ein Drittel der bolgravianischen Seesoldaten am Strand lud in Pulverdampf gehüllt nach, während die anderen nach vorn traten, um die nächste Salve abzufeuern.

Der Schrecken lähmte sie fast, aber sie musste sich zusammenreißen. Das Tor war jetzt nutzlos, also warf sie sich zu Boden, während genau an der Stelle, an der sie eben noch gestanden hatte, eine weitere Kugel ins Holz schlug. Mit dem gutturalen Ruf »*Obvini – obvini!*« – was vermutlich »Angriff!« hieß – liefen die Seesoldaten den Kiesstrand hinauf in die schmale Dünenreihe, und hinter ihnen landete das dritte Langboot an der Küste.

Vidars Stimme ertönte. »Feuer!«

Eine unregelmäßige Salve aus Bleikugeln und Pfeilen traf die Bolgravianer, und ein halbes Dutzend Imperiumssoldaten stolperten und stürzten. Der Feind erwiderte das Feuer sofort und zielte nun in die Dünen, aber Vidars Männer rollten sich in Vertiefungen und hinter Felsblöcke. Die sorgfältig koordinierte Salve ging fehl, genau wie die nächste.

»Bogenschützen!«, rief Elgus Rhamp, und Bogensehnen summten und spickten die feindliche Formation mit Pfeilen. Plötzlich erkannten die Seesoldaten, dass sie in Schwierigkeiten steckten. Ihr Offizier ging mit einem Pfeil in der Brust zu Boden, und jetzt hatte es den Anschein, als würde jede Kugel und jeder Pfeil der Verteidiger ihr Ziel finden und die imperialen Soldaten niedermähen.

»Vorwärts!«, brüllte Sir Elgus, und seine Söldner sprangen auf und rannten, so schnell sie konnten, los, die auseinandergezogene Reihe der von Vidar und Jesco angeführten Jäger dicht hinter ihnen. Sie trafen die verunsicherten Seesoldaten mit Speeren und Schwertern, und was nun folgte, war brutal. Die Bolgravianer wurden von allen Seiten niedergemacht, ihre Formation zerbrach. Jesco bewegte sich wie ein Tänzer, wirbelte herum und sprang vor, während Elgus mit seinem Schwert um sich hieb wie mit einem Knüppel und Gliedmaßen zerhackte. Dabei stieß er wildes Gebrüll aus. Ein Mann versuchte wegzukriechen, aber Tami sprang auf seinen Rücken und schnitt ihm mit einem schrillen Schrei die Kehle durch.

Zarelda schaute zurück zum Strand und sah, wie das letzte

Langboot von den herausgesprungenen Männer gewendet und wieder in Fahrt gebracht wurde; die Besatzung ergriff die Flucht, ohne in den Kampf eingegriffen zu haben, und überließ die Seesoldaten am Strand dem Tod. Es war vorbei, und kurzer Jubel ertönte, der aber schnell zu relativer Stille verblich und nur das Stöhnen der eigenen Verletzten, das Weinen der Kinder und das schrille Wiehern der noch immer verängstigten Tiere hören ließ.

Sie hatten standgehalten – sie hatten gesiegt.

Zar schaute sich um und sah, dass Banno unversehrt, wenn auch blass war; er stand am Rand der jubelnden Söldner, und sie schickte einen atemlosen Dank an Deo, dass er ihn verschont hatte.

Dann fiel ihr wieder ihr Vater ein, und sie wandte sich der anderen Buchtseite zu. *Paps?*, hauchte sie. *Paps?*

Dann trat ein Mann an den Strand, er winkte, und auch wenn er auf die Entfernung winzig war, wusste sie, dass er es war.

Vor schierer Erleichterung fiel Zarelda auf die Knie.

Teil 2

DER VERBORGENE FLUSS

EINS

Der glücklichste Scheißkerl von ganz Shamaya

»Wer ist das?«, fragte Raythe, während er von Patient zu Patient ging. Die Toten lagen unter blutbefleckten Decken hinter den Dünen. Cognatus auf seiner Schulter hatte seine bevorzugte Papageiengestalt angenommen und blieb unsichtbar. Der Familiargeist war verstört, die von Kemara entfesselte Macht hatte ihn verängstigt.

So wie mich ... Liebe Garda, sie ist eine Mizrahexe. Aber sie war auch ihre einzige richtige Heilerin, und auch wenn er unbedingt mit ihr über die Geschehnisse reden musste, musste das warten.

Am Tag nach der Schlacht war die Expedition noch immer damit beschäftigt, sich wieder zu sammeln. Pferde mussten eingefangen und Wagen repariert werden, es galt sich um die Verwundeten und die Sterbenden zu kümmern.

Als Kemara aufschaute und ihn erkannte, konnte sie ein Zusammenzucken nicht ganz verbergen. »Ich kenne ihn nicht. Jemand hat ihn aus dem Meer gefischt.«

»Ein Bolgravianer?«

»Auf jeden Fall ein Angehöriger der imperialen Marine«, erwiderte Kemara. »Die Marine hetzt ihre Pressbanden auf Männer aller Nationen. Er sieht nicht wie ein Bolgravianer aus, oder? Sein Haar ist zu dunkel.«

»Ist er der einzige Überlebende des Feindes?«

»Jetzt schon. Er wurde nach dem Gezeitenwechsel am Oststrand angespült. Einer der Seesoldaten hier am Strand hat eine Weile überlebt, ist aber in der Nacht gestorben.« Sie war seit dem vergangenen Nachmittag auf den Beinen. Raythe hatte ihr über den Fluss und dann die Klippen entlang geholfen, obwohl sie beide völlig erschöpft gewesen waren, aber seitdem hatte sich keiner von ihnen ausruhen können.

Die Karawane hatte vollständig nach Verdessa übergesetzt. Nach dem Gemetzel am Strand war der Truppentransporter weggesegelt, da er zweifellos das gleiche Schicksal wie die Fregatte befürchtet hatte, aber er würde das Dock der verdessanischen Garnison in Rodonoi innerhalb von drei Tagen erreicht haben, und Raythe hatte nicht den geringsten Zweifel, dass man ihnen eine größere Streitmacht hinterherschicken würde. Am nächsten Tag würden sie weiter müssen, ganz egal, wie der Zustand der Verletzten auch war.

»Tut, was Ihr könnt«, sagte er zu ihr. »Und sollte er aufwachen, stellt einen Wächter für ihn ab.«

»Das wird nicht nötig sein. Sein Rücken ist völlig zerfetzt. Er wird sich wochenlang nicht ohne Hilfe bewegen können.«

Raythe zuckte vor Mitgefühl zusammen. »Nun gut, ich werde ihn später befragen. Was ist mit unseren Leuten?«

»Ein paar von Rhamps Männern wurden verwundet, zwei Männer und ein Kind sind von Kugeln getroffen worden. Dann gibt es noch zwei Dutzend weitere mit geringfügigen Verletzungen – Schnitte, Verbrennungen und dergleichen. Neun sind gestorben.«

»Ich weiß.« Raythe klang bedrückt. »Aber wir alle kannten die Gefahr, und alle haben sich trotzdem der Expedition angeschlossen. Ihr und ich müssen über Magie reden.«

»Wenn ich damit fertig bin, die Menschen zu retten, die ihr Leben in Eure Hände gelegt haben.«

Er berührte ihre Schulter. »Wollt Ihr immer noch, dass Eure Macht ausgebrannt wird?«

Sie erwiderte seinen Blick, und dieses Mal stieß sie seine Hand nicht weg. »Ich weiß es nicht«, gestand sie ein. Sie biss sich auf die Unterlippe. »Egal, was man Euch auch erzählt hat, das Mizra ist *nicht* das Böse. Es ist nur anders.«

Das widersprach allem, was er je gelernt hatte – von den Priesterinnen Deos bis zu den Zauberern der Kirche. *Denk an die Quellen,* hätten seine Eltern vermutlich gesagt, die Zyniker bis ins Mark gewesen waren.

»Wie anders?« Er bemühte sich, unvoreingenommen zu klingen.

»Ich weiß es nicht, weil ich nichts habe, womit ich es vergleichen könnte. Es ist ... äh ... ungebändigt ... wie ein nicht zugerittener Hengst.« Sie erwiderte seinen Blick, dieses eine Mal war ihre Abwehr verschwunden. »Es macht süchtig, und es ist ein Todesurteil, aber wenn ich es benutze ...« Sie erschauderte hungrig.

Ihr Antlitz veränderte sich, und es war, als würde man einem Panther dabei zusehen, wie er die Zähne fletschte. Aber wenn er daran dachte, was sie zusammen erreicht hatten, konnte er das nicht verurteilen. »Ich werde Euer Geheimnis wahren«, sagte er und erhielt von ihr ausnahmsweise einen dankbaren Blick.

»Vielen Dank«, flüsterte sie und wandte sich wieder ihrer Arbeit zu.

Noch immer beunruhigt, machte sich Raythe auf die Suche nach seiner Tochter.

Sie saß auf einem Stück Treibholz, und Banno Rhamp hatte seinen Arm um ihre Schultern gelegt. Sie waren so in ihre Unterhaltung vertieft, dass sie ihn nicht kommen hörten.

»Sie ziehen mich deshalb schon den ganzen Tag auf«, sagte Banno gerade. »Ich habe einen Bolgie in die Seite gestochen, aber ich konnte mich nicht dazu überwinden, erneut zuzustoßen, obwohl er hilflos war. Bohrne musste ihn erledigen, während ich ins Meer gekotzt habe.«

Raythes erste Begegnung mit dem Krieg war ziemlich ähnlich

verlaufen, und Banno tat ihm leid, aber für seinen Geschmack sahen sie viel zu vertraut aus, also hustete er laut, und sie sprangen errötend auf.

»Meister Vyre«, stammelte der Junge.

»Da sind Wagen, die noch repariert werden müssen«, sagte Raythe. »Geh und mach dich nützlich.« Er sah zu, wie sich das junge Paar zueinander hingezogen fühlte, sich offensichtlich umarmen wollte, ohne sich zu trauen, dann murmelte Banno etwas und floh.

Zarelda stemmte die Hände in die Hüften. »Nur weil er keinen umgebracht hat, macht ihn das nicht zu einem geringeren Mann.«

»Das habe ich auch nie behauptet.« Er ging zu seiner Tochter und umarmte sie, hielt sie so fest an sich gedrückt, wie es seine verletzte Seite erlaubte. Kemara hatte ihn zusammengeflickt, nachdem sie sicher gewesen war, sämtliche Schrapnellsplitter entfernt zu haben. »Banno ist geblieben, wo ältere Männer geflüchtet sind.« Er strich ihr über die Haare und erschauderte bei dem Gedanken, dass man auf sie geschossen hatte. »Genau wie meine Tochter. Ich bin sehr stolz auf sie.«

Er spürte, wie ihre Stimmung weicher wurde. »Ich hatte solche Angst«, gab sie zu. »Aber ich habe das Tor offen gehalten.«

»Ich weiß, und das hat Leben gerettet. Hättest du das nicht getan, wären die letzten Leute, die es benutzt haben, im Geisterreich gefangen gewesen, bis es sie aufgefressen hätte.«

Er spürte ihren Schauder. »Warum kann das Imperium uns nicht einfach gehen lassen?«, fragte sie traurig.

»Würden sie es tun und würde sich das herumsprechen, dann folgen andere dem Beispiel. Und möglicherweise haben sie die Bedeutung von Gospodois Mission geahnt.« Er dachte darüber nach. »Und da ist noch etwas: Kurz vor unserer Abreise aus Falcombe hat mich jemand gewarnt, dass ein Agent des Ramkiseri auf meiner Spur ist – ein Mann namens Zorne. Er soll unerbittlich sein.«

»Dann hoffe ich, dass er auf dem Schiff war, das du vernichtet hast«, sagte Zar. Genau wie alle anderen glaubte sie, dass er allein für die Lichtblitze verantwortlich gewesen war, die die Fregatte versenkt hatten; nun trat in seiner Nähe ständig ehrfürchtiges Schweigen ein.

»Ich auch.« Aber seine Gedanken waren bei Kemara. Was die Heilerin getan hatte, war illegal, aber das interessierte ihn nicht weiter. Auch theologisch betrachtet war es das Böse, aber auch das störte ihn nicht. Doch es war auf eine tödliche Weise gefährlich, und das jagte ihm Angst ein. Schließlich hatte Mizra einst die ganze Welt vernichtet.

Und wir haben diese Fregatte zusammen *zerstört. Ich kann nicht einmal ihren Anteil dabei von dem meinen trennen.*

Sollte jemand irgendwie herausfinden, was geschehen war, würde man Kemara verurteilen, aber dieser Augenblick ihres Blocks hatte ihm verraten, dass er sie *brauchte.* Sollte das Imperium sie wieder aufspüren, würde sie möglicherweise der Unterschied zwischen Leben und Tod sein.

Kemara beobachtete Raythe, bis er außer Sicht war, dann atmete sie aus und sank in sich zusammen. Ein weiterer Moment herausgeschoben, ein paar Minuten mehr erkauft, in denen sie alles durchdenken konnte.

Ihre Patienten waren jetzt stabil, lagen auf diesem einsamen Strand neben Lagerfeuern. Den ganzen Tag über hatten sich verlegene Männer, die vor dem drohenden Gemetzel geflohen waren, zurück ins Lager geschlichen und so getan, als hätten sie durchgegangene Pferde gejagt oder dergleichen und wären gerade nach dem Ende der Bolgravianer zurückgekehrt.

Tami betrat das Zelt. Sie schloss den Eingang, damit die Patienten sie nicht sehen konnten.

»Habt Ihr ein medizinisches Problem?«

»Nicht unbedingt. Ich will nur nicht schwanger werden, und mir ist die Sauernesselsalbe ausgegangen.«

»Kommt morgen wieder, dann habe ich eine frische Portion für Euch zusammengekocht«, erwiderte Kemara. Sie musterte die andere Frau von Kopf bis Fuß. »Wie seid Ihr mit den Rhamps zusammengekommen?«, fragte sie dann.

»Nachdem die Rebellion gescheitert war, waren es sie oder ein anderer wie sie. Ich brauchte Schutz, und der alte Elgus war das beste Angebot. Er behandelt mich anständig, jedenfalls meistens. Und ich weiß, dass er den Wert einer Zauberin-Heilerin in seinem Lager zu schätzen wüsste.«

Ach so, das ist also eine Rekrutierung. »Ich ziehe es vor, mich aus Rivalitäten herauszuhalten«, erwiderte Kemara.

»Süße, diese Rivalitäten werden sich aber nicht von Euch fernhalten. Nicht jetzt, da wir wissen, was Ihr seid.«

»Und was bin ich?«

»Wir haben es gesehen, diejenigen von uns, die wissen, wonach sie Ausschau halten müssen. Ihr habt Euer Licht verborgen, aber Ihr und Raythe habt Hand in Hand an diesem Strand gestanden und den Blitz vom Himmel gerufen. Ihr seid eine Praxxiszauberin.«

Sie hält das für Praxxis? Das war eine Erleichterung. »Das bedeutet nicht, dass ich eine größere Rolle will, als ich schon habe.«

»So funktioniert das aber nicht. Ihr seid nun eine Spielerin und werdet eine Seite wählen müssen.«

»Nun, das wird nicht Osvards Seite sein, so viel steht fest.«

»Macht Euch wegen Osvard keine Sorgen. Ihr seid nun für Elgus zu wertvoll, dass er zulassen würde, dass sein Sohn Euch Schaden zufügt. Es sei denn natürlich, Ihr schlagt Euch auf Vyres Seite, wenn die Dinge hässlich werden.« Sie kniff die Augen zusammen. »Schlaft Ihr mit ihm?«

Kemara schnaubte. »Ich kann den Mann nicht mal leiden.«

»Das werdet Ihr schon noch. Die einzige Erklärung für die Macht, die Ihr beschworen habt, um diese Fregatte zu versenken, ist ein Block, und das bedeutet, Ihr habt eine echte Verbindung. Ihr werdet am Ende an der Hüfte miteinander verwachsen sein, glaubt mir.« Sie seufzte sehnsüchtig. »Es ist gar nicht so schlimm. Er verfügt über einen gewissen Charme, und er ist ein Überlebenskünstler, also ist es keine sichere Sache, gegen ihn zu setzen.«

Für Rhamps Geliebte klingt sie etwas zu bewundernd. Und wieso weiß sie so viel über Vyre?

»Wie soll ich das verstehen, soll ich ihn nun unterstützen oder nicht?«, wollte Kemara wissen.

»Ich sage nur, dass er Euch auf seiner Seite wollen wird, und er kann sehr überzeugend sein. Ihr müsst die Wahrheit erkennen.« Tami strich unverschämt vertraulich über Kemaras Wange. »Wählt die Siegerseite, Heilerin.«

Dann ging sie und ließ eine verblüffte Kemara zurück. *Hat sie mich gerade gedrängt, Vyre zu unterstützen oder ihn zu verraten? Ist sie auf Rhamps Seite ... oder wartet sie nur auf den richtigen Augenblick, um ihm das Messer in den Rücken zu jagen?*

In den Schatten kicherte Buramanaka und genoss das Dilemma. Sie verbannte den Mizrageist aus ihren Gedanken, zu durcheinander, um sich jetzt mit ihm auseinanderzusetzen, und nahm sich ein paar Momente Zeit, bis sie ihre gewöhnliche Maske der Selbstständigkeit aufgesetzt hatte, damit sie sich um eine weitere Runde Verbände, Umschläge und Blut kümmern konnte. Körper bestanden zu sieben Zehnteln aus Flüssigkeit, und die Welt war voller Möglichkeiten, sie zu vergießen.

Als sie zu dem imperialen Matrosen kam, fand sie ihn wach vor; er lag auf dem Bauch und hatte den Kopf gedreht, damit er sie ansehen konnte. Er hatte ein unscheinbares Gesicht, flach und voller Bartstoppeln. Sie hatte seinen Hinterkopf rasieren müssen, um an die Kopfwunde zu kommen, die ihn fast getötet hatte, und sein Rücken war übel zugerichtet. Die brennenden Splitter hatten ihm die Haut zerfetzt und die Muskeln freigelegt – und sie dann in Salzwasser getaucht. Kein Wunder, dass er für eine ganze Drehung der Welt das Bewusstsein verloren hatte. Sie hatte seine Wunden gesäubert und genäht, und er würde überleben, aber im Moment würde es allein schon eine Qual sein, einfach nur zu existieren.

»Ihr seid wach«, bemerkte sie.

»Aye«, murmelte er und erstarrte, als er sich auf die Seite drehen wollte.

»Liegt still«, riet sie. »Ich habe eine Salbe auf Euren Rücken aufgetragen, um die Schmerzen zu lindern und das Wachstum zu stimulieren.«

»Garda im Himmel«, stöhnte er, »was ist geschehen?«

»Als die Pulverfässer des Schiffes explodierten, wurde Euer Rücken von Holzsplittern getroffen, und Ihr wurdet bewusstlos geschlagen«, erklärte sie ihm. »Ihr seid im Wasser gelandet, aber mit dem Gesicht nach oben, sodass Ihr atmen konntet, und irgendwie seid Ihr ans Ufer gespült worden, bevor Ihr ertrinken konntet. Ihr seid der glücklichste Arsch von Shamaya.«

Er stöhnte, dann brachte er ein atemloses Kichern zustande. »So hat mich noch keiner genannt.«

Sie schnaubte. »Ihr habt Glück, dass er Euch nicht aufgerissen wurde. Wie heißt Ihr, Seemann?«

»Moss Trimble.«

»Das ist ein pelarianischer Name, aber so seht Ihr gar nicht aus.« Er hatte olivenfarbene Haut und ein Gesicht, das weiter nach Osten gehörte.

»Mein Vater war Pelarianer, aber meine Mutter war Krodesh, aus der bolgravianischen Steppe. Ich wuchs in Pelaria auf, kämpfte im Krieg, verlor und endete auf See.«

»Zum Dienst gepresst?«

Er zuckte wieder zusammen, obwohl er sich diesmal nicht bewegt hatte. »Aye.«

Es war die Weise, auf die er das sagte, die sie überzeugte. »Das muss schwer gewesen sein, den Bolgies dienen zu müssen«, sagte sie mitfühlend.

»Aye.« Er ließ den Blick schweifen, sah die Zelte und die Wagen, dann wieder sie. »Ich habe Euch gesehen«, flüsterte er, »Ihr und dieser Mann – Ihr und er – das Schiff … Heilige Garda!«

»Pst«, sagte Kemara. »Das war alles Lord Vyre. Er ist ein Praxismagier. Ich stand zufällig da.«

Wäre das doch nur die Wahrheit.

Trimble nickte, dann murmelte er: »Was geht hier vor? Ich und die Mannschaft, wir wussten nicht einmal, warum wir hier draußen sind. Wo wollt ihr hin?«

»Weg vom Imperium. Wollt Ihr mitkommen?«

Er starrte sie an, blinzelte und nickte langsam. »Ja, ja, das will ich wirklich.« Er streckte die Hand aus und berührte ihre Haare. »Ich mag rotes Haar«, hauchte er. »Das Schönste, was es gibt.«

Sie verzieh ihm die Vertraulichkeit. Für Patienten war die Heilung oft das Intensivste, das sie je durchgemacht hatten, Leben und Tod, Sterblichkeit und der Sinn des Lebens. Männer wurden deswegen emotional und wegen ihr auch. Das musste sie sich oft in Erinnerung rufen, denn für sie war es nur Arbeit.

»Werdet gesund, Matrose. Ihr habt noch einen langen Weg vor Euch, bevor Ihr Euch erholt habt.«

Und ich auch.

»Also los«, rief Raythe, »lasst die Wagen rollen!«

Der Ruf wurde die Reihe weitergetragen, und sie fuhren einer nach dem anderen los. Er ritt im Schritttempo zu der Stelle, an der Elgus Rhamp von den meisten seiner Söldner umgeben stand.

»Sir Elgus, irgendwelche Fragen?«

Der Ritter hob die Hand und kratzte Raythes Pferd zwischen den Augen. »Keine Fragen. Wir warten hier einen halben Tag, dann folgen wir euch, sobald wir uns davon überzeugt haben, dass die Imperialen hinter uns keine Truppen gelandet haben.«

Raythe hob die Hand zum Gruß und trabte los.

Cal Foaley hatte für sie einen Weg gefunden – keine Straße, aber offenes Gelände, landeinwärts, nur eine halbe Meile entfernt. Die Gegend war steinig und öde, aber sie war flach; jetzt flankierten er und die Jäger die Karawane. Es versprach eine langsame Fahrt zu werden, aber bis jetzt standen ihnen keine Feinde im Weg.

Wenn wir schnell genug nach Nordwesten kommen, haben wir eine Chance, der Streitmacht zu entgehen, die uns die Garnison nachschicken wird, vorausgesetzt, ich kann unsere Spuren schnell genug verwischen.

Er ritt zu Mater Varahanas Wagen. Eine der Schwestern fuhr, während Varahana ihre kleine Schulklasse unterrichtete, aber sobald sie seinen Gruß hörte, sprang die Mater ab und kam auf ihn zu. »Raythe, auf ein Wort«, rief sie. »Es ist gut, wieder unterwegs zu sein«, fügte sie hinzu.

»Das ist es.« Er lächelte. »Wie kann ich Euch helfen, Mater?«

»Es geht natürlich um Kemara«, erwiderte Varahana und strich über den Flaum auf ihrem Kopf. »Wenn ich es richtig verstanden habe, will sie ihre Kräfte nun doch nicht ausgebrannt haben.«

Das konnte sie nur von Kemara erfahren haben. »So habe ich es auch verstanden«, bestätigte er.

»Dann erhält sie eine richtige Ausbildung?«

Ah, natürlich, sind wir wieder bei dem Thema ... Zuzugeben, dass Kemara eine Mizrahexe war, stand nicht zur Debatte, aber offensichtlich hatte Varahana gespürt, dass etwas nicht in Ordnung war. »Ich gehe davon aus.«

»Aber sie hat Euch am Strand geholfen, oder?«, fragte die Mater und richtete ihren durchdringenden Blick auf ihn. »Ich habe Zauberer im Krieg gesehen, Raythe – ich habe Euch kämpfen sehen. Und Ihr habt noch nie zuvor etwas so Destruktives getan.«

»Wir haben einen Block gebildet«, gab er zu.

Mehr musste er nicht erklären, denn er sah viele Gefühle in Varahanas Gesicht. Entsetzen, dann Staunen und eine kurz aufblitzende Eifersucht. »Steht Ihr ihr wirklich so nahe?«

Er lachte. »Wir sind kaum höflich zueinander.«

»Aber ich habe immer gedacht, ein Block würde ... äh ... Nähe erfordern.«

»Nicht unbedingt. Manchmal kann ein Paar sich sehr ähneln – wenn sie einen Block bilden, dann für gewöhnlich nur für eine schmale Reihe von Beschwörungen – sagen wir, um mit Feuer zu hantieren, während ein gegensätzliches Paar die Lücken des jeweils anderen ausfüllt. Das ist viel seltener, aber bedeutend mächtiger.«

»Und das seid Ihr und Kemara, nehme ich an.« Varahana überraschte ihn, indem sie ihm über den Arm strich. »Ich hoffe, ihr findet einen Weg, um zusammenzuarbeiten. Aber wenn sie ihre Kräfte behalten will, muss sie nachgeben und lernen.«

»Auf jeden Fall. Auch wenn die Aufgabe als Heilerin dieser Karawane ihre ganze Zeit in Anspruch nimmt.«

»Meine Schwestern haben von ihr gelernt«, erwiderte Varahana, »und sie werden einspringen, falls sie mehr Zeit mit Euch verbringen muss.« Sie legte den Kopf schief, bis sie ihm das halbe Profil zuwandte. »Was meint Ihr, soll ich mich wieder rasieren oder mein Haar wachsen lassen?«

»Ihr seid so oder so wunderschön, Mater.«

»Mein Schatz«, schnurrte sie und gab ihm einen Kuss auf die Wange. »Ich sehe euch heute Abend im Lager.«

Mit ausladendem Hüftgewackel schritt sie zurück zu ihrer wartenden Schulklasse, wo die Kinder kicherten und die Schwestern die Stirn runzelten.

Vermutlich glauben sie, dass ich sie verderbe. Raythe fragte sich, ob er das tatsächlich tat.

Als er Varahana bei Colfars hoffnungslosem Kreuzzug kennengelernt hatte, war sie elegant, witzig, charmant und unerreichbar gewesen, der Kirche verpflichtet, obwohl sie sich weigerte, sich von ihr unterkriegen zu lassen. Da er Mirella erst kurz zuvor verloren hatte, war sie eine ideale Freundin gewesen. Seitdem waren sie in Kontakt geblieben, und zwar genug, dass sie nach ihm nach Teshveld gekommen war. An manchen Abenden waren sie mehr als nur etwas in Versuchung gewesen.

Aber diesen Teil von mir wird Mirella auf ewig haben.

Er schob den Gedanken zur Seite. Varahana hatte recht, er konnte sich nicht davor drücken, sich um Kemara und ihre Magie zu kümmern. Also lenkte er sein Pferd zum Ende des Wagenzugs und hielt nach ihrem Karren Ausschau. Sie musste sich jeden Morgen um alle möglichen Gesundheitsprobleme kümmern, darum verließ sie das Lager unweigerlich als Letzte.

Und tatsächlich bildete sie den Abschluss; er fand sie erst am späten Nachmittag. Vier der Patienten im kritischsten Zustand waren in ihren Karren gepfercht: drei ihrer Leute und der Matrose, Trimble.

Die Heilerin sah Raythe kommen und eilte los; als er ihr nachrief, antwortete sie mit »Ich muss pinkeln«, was verhinderte, dass er ihr folgte. Also gesellte er sich zu den vier Verwundeten, plauderte eine Weile mit seinen Leuten, dann wandte er sich dem Fremden zu.

»Wie heißt du, Matrose?«

Das unscheinbare Gesicht war nun mit dichten Bartstoppeln bedeckt, und der Mann kaute nervös Rotblatt. »Trimble, Herr. Moss Trimble.«

Furcht war die häufigste Reaktion auf einen bekannten Zauberer, vor allem im Imperium, also war sein Unbehagen verständlich. »Ich bin Vyre, Raythe Vyre.«

»Herr.«

Raythe ließ sich Kemaras Bericht bestätigen, dass er ein zur See gepresster Halb-Pelarianer war. Oder zumindest wiederholte der Mann die Geschichte, statt sie zu beweisen. Aber als Raythe fragte, ob sich an Bord ein Mann namens Toran Zorne befunden hatte, zuckte Trimble zusammen.

Nach einem Moment nickte der Matrose. »Aye. Zorne hat den Kapitän herumkommandiert, als wäre er ein Kajütenjunge.«

Natürlich, ein Mann vom Ramkiseri hat eine höhere Befehlsgewalt als selbst ein Schiffskapitän. »Wie hat er ausgesehen?«

Trimble kaute eine Weile. »Dunkles Haar, blass«, sagte er dann. »Hat sehr auf sein Äußeres geachtet. Musste perfekt rasiert und gekämmt sein. Ein unheimlicher Kerl.«

»Merkwürdig. Ich habe ihn mir ganz anders vorgestellt«, bemerkte Raythe. *Seltsam, von einem Mann gejagt zu werden, ohne zu wissen, wie er aussieht.* »Also ist er gestorben, als das Schiff explodierte?«

Trimble kaute wieder eine Weile. »Er stand direkt neben dem Kapitän. Vermutlich ist er also tot.«

»Außer dir haben wir keine weiteren Überlebenden gefunden. Wie kommt das?«

»Ich habe nicht die geringste Ahnung«, antwortete der Seemann. »Mich hat es ins Meer geschleudert.« Sein Blick glitt zu der zurückkehrenden Kemara Solus. »Eine gut aussehende Frau. Ich mag Rothaarige.«

Raythe schnaubte. »Sie hat scharfe Zähne und eine mürrische Zunge. Viel Glück mit deinen Verletzungen. Wie man mir gesagt hat, wirst du mit der Zeit gesunden.«

»Das hoffe ich, Herr, denn mein Rücken schmerzt, als hätte man mich kielgeholt.«

»Und ich dachte, Matrosen wären ans Kielholen gewöhnt«, warf Kemara ein und erntete einen allgemeinen Lacher. »Lord Vyre, seid Ihr wegen Eurer Kopfläuse oder wegen der Schwanzpocken gekommen?«

Die vier Patienten kicherten erneut, und Raythe fühlte, wie er errötete. »Weder noch, Frau Kemara. Ich habe eine Warze, die ausgebrannt werden muss, und dachte, Ihr könnt das mal eben mit Eurem Blick erledigen. Auf ein Wort, bitte.«

Sie schien nach einer Ausrede suchen zu wollen, aber dann murmelte sie: »Natürlich, bringen wir es hinter uns.« Mit großen Schritten begab sie sich außer Hörweite ihrer Schützlinge. »Nun?«, fragte sie, als Raythe sie eingeholt hatte.

»Ich weiß, dass Ihr nicht darüber reden wollt, aber ich muss es verstehen können. Ihr habt gesagt, dass das Mizra nicht das große Böse ist und Ihr es unter Kontrolle habt, aber möglicherweise müssen Ihr und ich erneut einen Block bilden. Wir können das nicht dem Zufall überlassen.«

Sie verzog das Gesicht. »Und das heißt was?«

»Wir müssen das üben.«

»Ihr habt keine Ahnung, was Ihr da verlangt.«

»Nein, das habe ich nicht, da habt Ihr recht – also klärt mich auf. Habt Ihr einen Familiargeist – oder ist es ein ›Dämon‹, wie die Kirche Mizrageister nennt? Seid Ihr überhaupt ausgebrannt worden? Entspricht auch nur irgendetwas von dem, das Ihr uns erzählt habt, der Wahrheit?«

Kemara starrte finster zu ihm hoch. »Sagt der Mann, der mir nie seine Geschichte erzählt hat.«

»Schön, lasst mich das sofort nachholen. Ich war ein otravianischer Adliger, der den König unterstützte. Als die Mandarykes die Macht ergriffen, ist meine Frau übergelaufen und man wollte mich verhaften. Ich habe meine Tochter zurückgestohlen und die Flucht ergriffen. Wir haben uns Colfar angeschlossen, und ich habe eine seiner Divisionen befehligt. Wie Ihr wisst, war das eine blutige Katastrophe. Für Kopfgeldjäger bin ich eine Million Silbermünzen wert, falls Ihr das Glück habt, jemanden zu finden, der die Belohnung tatsächlich mit Euch teilt.«

»Also seid Ihr ein Freiheitskämpfer im Exil.«

»Wenn Ihr wollt, könnt Ihr es so nennen. Otravia war eine konstitutionelle Monarchie mit einem gewählten Parlament. Jetzt sind wir eine unterdrückte imperiale Provinz mit einer Marionettenregierung, die mit Erlassen regiert. Wo wir einst liberal und fortschrittlich waren, machen wir die Bürger jetzt zu Dienern, verbrennen Bücher und hängen Dissidenten. Ich will mein Land und mein Leben zurück, in genau der Reihenfolge.«

Ihre streitlustige Miene wurde etwas weicher. »Sagt mir, dass

Ihr nicht einfach mit dem Istariol verschwindet, sollte diese Mission Erfolg haben.«

»Ihr habt mein Wort ... als ein Vyre.«

»Man hat Eure Familie stets die ›ungekrönten Prinzen von Otravia‹ genannt, nicht wahr? Euer Vater war Premierminister.«

Er ballte die Fäuste, wollte nicht daran denken, was er alles verloren hatte. »Aye. Die Mandarykes haben ihn wegen ›Korruption‹ köpfen lassen, dann haben sie unseren Besitz und unsere Ländereien gestohlen.«

»Und Eure Frau genommen. Ihr müsst sie wirklich hassen. Ich wette, Ihr seid der Ansicht, dass das Opfer dieser Karawane voller Menschen nur ein kleiner Preis dafür wäre, sie zu stürzen.«

»Ich habe ihnen bestimmt nicht vergeben, aber ich bin ein Vyre und ein Otravianer, und ob Ihr mir nun glaubt oder nicht, Ehre hat eine Bedeutung für mich.«

Sie schnaubte, schwieg dann aber. »Also gut, ich nehme Euch beim Wort«, sagte sie dann.

Raythe wurde klar, dass das für sie ein wirklich gewaltiges Zugeständnis war. »Vielen Dank, das bedeutet mir viel.«

Sie verzog das Gesicht. »Aber sicher.«

»Nein, ich meine es auch so. Dieser Block, den wir geteilt haben ...«

»... ist auch schon alles, das wir jemals teilen werden.«

Er errötete. »Ich habe nichts anderes angenommen.« *Verdammt, ist sie schwierig.* »Aber was ist mit Euch? Ihr habt Mizra benutzt. An jedem sogenannten zivilisierten Ort wärt Ihr schon auf dem Scheiterhaufen gelandet.«

Zu ihrer Ehre kam sie ihm nicht mit einer dummen Antwort wie »Ich weiß nicht, was Ihr meint« oder »Ihr müsst Euch irren«. Stattdessen sah sie ihn an. »Ja, aber ich habe meinen eigenen Familiar getötet«, gestand sie ein, »und das hat mich beinahe umgebracht. Ich hatte geschworen, es nie wieder zu benutzen – nicht weil das Mizra böse oder falsch ist, denn das glaube ich nicht, sondern weil es zu gefährlich ist. Die Kirche hat Aufseher auf meine Spur gesetzt. Aber am Strand hatte ich keine andere Wahl.«

»Wenn Ihr keinen Familiar habt, welchen Geist habt Ihr dann kanalisiert, als wir am Strand miteinander verschmolzen sind?«

Sie ließ den Kopf hängen. »Etwas hat sich in diesem Aldar-Rath an mich gehängt. Es ist mir nach draußen gefolgt.«

Der tote Aldar ... Er erstarrte, weil er sich an die Maske erinnerte. *Ich hätte sie zerstören sollen, ich habe es doch gewusst.*

»Kemara, Mizra hat beinahe unsere Welt zerstört. Verratet mir, warum ich in Eurer Gegenwart nicht starr vor Angst sein sollte.«

Finster starrte sie ihn an. »Ist es nicht viel einfacher, die Hexe zu verbrennen, damit die Sache damit erledigt ist?«

»Natürlich nicht – abgesehen von den magischen Fragen seid Ihr ein geschätztes Mitglied dieser Expedition.« Er sah sich um und entdeckte, dass ein paar Leute neugierig in ihre Richtung schauten, und er senkte die Stimme, obwohl niemand nahe genug war, um sie belauschen zu können. »Was wir getan haben, war unmöglich. Wir haben zwei Formen gegensätzlicher Zauberei miteinander verschmolzen, und statt sofort zu implodieren, wurde es größer als jeder von uns. Von Rechts wegen sollten wir beide tot sein, aber stattdessen haben wir die Karawane gerettet. Ist es da nicht wert, es sich näher anzuschauen?«

Sie schaute zu ihm hoch, ihr hartes, aber ansehnliches Gesicht war voller Unsicherheit. Schließlich gab sie nach. »Also gut. Ich war Zauberin in der Ausbildung, eine vereidigte Novizin in Ferrea. Aber meine Manifestation verlief nicht nach Plan. Ich habe den falschen Familiar gewählt, und als die Oberin intervenieren wollte, hat mein neuer Familiar durch mich zugeschlagen, und ich hätte sie um ein Haar umgebracht.«

»Heilige Garda«, flüsterte Raythe. »Wie ging es weiter?«

»Sie hat überlebt, aber die Aufseher haben mich geholt. Man hat mich eingesperrt und gefoltert.«

»Sicherlich hat man doch versucht, Euch zu helfen ...«

»Was, in einen schwierigen Fall Mühe investieren, wo man doch so viele brave Mädchen hat, mit denen man arbeiten kann?«, höhnte sie. »Nein, man übergab mich diesem *verfluchten Sadisten,* der mich eine Woche lang in den Klauen hatte und mich dann für unrettbar böse erklärt hat.«

»Das ist widerwärtig.«

»Spart Euch das«, fuhr sie ihn an. »Ich wurde zum Tode verurteilt. Aber in der Nacht, bevor ich brennen sollte, öffnete sich ein Loch in meiner Zellenwand, und eine Frau kam herein, befreite mich von meinen Fesseln, warf mich über die Schulter und zerrte mich durch einen Tunnel aus Sternen.«

»Eine Mizrazauberin?«

»Ihr Name war Ionia. Wie sich herausstellte, gibt es auf der Welt noch immer ein paar Hexen. Wir sind ein Jahr lang miteinander gereist, haben als Kräuterfrauen gearbeitet. Sie hat mir die Aldarworte und Runen beigebracht, mich ausgebildet und sich um mich gekümmert – sie stand mir näher als meine Mutter.« Einen Augenblick lang konnte sie nicht weitersprechen, dann holte sie tief Luft und machte weiter. »Aber die Kirche hat sie erwischt, und sie ist vor meinen Augen verbrannt worden, während die Zuschauer jubelten. Also habe ich meinen Familiar vernichtet für den Fall, dass die Hexenjäger ihn spüren und mich erwischen, und bin geflohen. Sieben Jahre lang hat es mich immer weiter nach Westen verschlagen.«

Heilige Garda, ich habe tatsächlich einer Mizrahexe Unterschlupf geboten – und sie hat den eigenen Familiar getötet. So etwas hat man noch nie gehört.

»Ihr sagt, dieser Mizradämon hätte sich im Rath an Euch gehängt?«

Sie zuckte zusammen. »Wartet hier.« Sie holte etwas aus ihrem Karren, das wie eine in ein Tuch eingeschlagene Schüssel aussah. Als sie es aufschlug, erkannte er die Aldarmaske, eine blutrote, gehörnte Visage ungezügelter Wildheit. »Ich habe etwas wie einen Geist gesehen – der Geist von Ionia. Ich bin ihr in eine Kammer gefolgt, wo das hier begraben lag.« Sie hielt ihm die Maske hin. »Sein Name ist Buramanaka.«

Diesen Namen hat Varahana auf dem Sarkophag gelesen. Die Maske fühlte sich kalt an. *Ich habe diese Kammer mit Erd-Praxxis und Illusion versiegelt, aber sie hat sie trotzdem gefunden. Irgendwie muss der Mizradämon nach ihr gegriffen haben.*

»Seid Ihr eine Gefahr für uns, Kemara?«

»Ich glaube, nicht«, sagte sie. »Als Ionia und ich zusammen waren, hatten wir die völlige Kontrolle über unsere Kräfte, aber nach ihrem Tod war ich voller Zorn, und mein Familiar hat diesen Zorn weiter genährt – darum habe ich ihn vernichtet. Ich konnte fühlen, wie ich zu all dem wurde, wovon in den Legenden immer die Rede ist – die zerstörerische Bestie, die mit wilder Magie gefüllt ist. Aber diese Person bin ich nicht mehr, und Buramanaka ist anders. Er ist nicht wild – er ist eher wie einer von Deos Seraphim, genügsam und präzise. Sein Zorn ist kalt wie die Gerechtigkeit.«

Nichts davon klang auch nur im Mindesten beruhigend, und man hatte Raythe beigebracht, dass das Mizra bösartig und zerstörerisch war, aber als sie miteinander verschmolzen waren, hatte er nur Zielgenauigkeit und Verzweiflung gefühlt. Trotz der offensichtlichen Gefahren fand er die Möglichkeiten hochinteressant.

Und wenn die Kirche und die Gelehrten die ganze Zeit über falschgelegen haben? Wenn Generationen von Männern und Frauen für nichts weiter verfolgt wurden, als dass sie anders waren? Wenn uns die Akzeptanz dieses Unterschieds komplett macht?

»Ihr sagt kein Wort«, bemerkte Kemara in einem harten Tonfall.

»Nur weil ich etwas überwältigt bin.« *Und wenn das Mizra gar nicht das Gegenteil von Praxxis ist, sondern das Element, das die Zauberei abrundet?* »Versteht Ihr, wir könnten die Sichtweise verändern, die die Menschen vom Mizra haben. Was ist, wenn ...«

»Bei Deos Eiern, Vyre«, unterbrach sie ihn, »in den Augen der Welt seid Ihr ein Renegat und ich die Hure eines Dämons – und so würde nicht nur das Imperium denken, sondern auch jede einzelne Person in dieser Karawane. Sollte mein Geheimnis enthüllt werden, stehe ich einem Lynchmob gegenüber.«

Das entsprach allerdings mit Sicherheit der Wahrheit. Raythe war sich nicht einmal sicher, wie selbst Jesco reagieren würde, sollte er die ganze Wahrheit erfahren. Die Furcht vor dem Mizra saß tief, und jeder wusste, wie die Aldar ihr Ende gefunden hatten.

Sich abzuwenden wäre völlig vernünftig gewesen, aber Kemara trug diese Kraft in sich, und die Vorstellung, dass sie zusammen an der Schwelle eines neuen Verständnisses der Zauberei standen, ließ sämtliche feigen Ideen verschwinden.

»Ihr werdet es mit keinem Lynchmob zu tun haben«, versprach er. »Das bleibt unter uns, wir erforschen das gemeinsam.«

Ein Teil der Anspannung wich aus ihr, aber ihre Miene blieb hart. »Erforschen? Was soll das heißen? Denn dieser Block ...« Sie erschauderte. »Es war intim – zu intim, als könnte ich Euren Speichel schmecken und Eure Gedanken riechen. Das ging Euch vermutlich nicht anders?«

Er nickte und wollte etwas sagen, aber sie ließ ihn nicht zu Wort kommen. »Intimität kommt für mich nicht infrage, und ich empfinde nicht das Geringste für Euch. Wenn das also etwas anderes bedeutet, als während der Beschwörung Eure Hand zu halten, wird es nicht passieren.«

»Kemara, es gibt keine sexuellen Untertöne. Mehr als das, es gibt ausreichend Beweise, dass Sex nur ein Hindernis ist. Die meisten Block-Gefährten gehören demselben Geschlecht an – und ja, ich weiß sehr wohl, dass das eine sexuelle Beziehung nicht ausschließt, aber die meisten Menschen sind nicht so gestrickt. Auf der Academia wurden wir ermutigt, uns mit so vielen anderen wie möglich zusammenzutun. Mein bester Block-

Gefährte war männlich, und er war mir nicht besonders sympathisch.«

»Was ist aus ihm geworden?«

»Er hat sein Land verraten, meinen Vater hingerichtet und meine Frau gestohlen.«

Sie riss die Augen auf. »Heilige Garda.«

»Ja, Luc Mandaryke. Die Welt ist klein.« Er zwang die bitteren Erinnerungen beiseite, die diesen Namen stets begleiteten. »Ich schlage eine Arbeitsbeziehung vor, das ist alles.«

Sie musterte ihn. »Also gut«, sagte sie dann. »Tun wir es.«

Erleichtert wollte er sie umarmen, aber dann wurde ihm bewusst, was er da vorhatte, und er erstarrte mitten in der Bewegung. »Äh ... danke, das weiß ich zu schätzen. Wir werden zusammen erstaunliche Dinge vollbringen.«

Sie schnaubte verächtlich, aber dann sagte sie nur: »Das werden wir sehen.«

Am Abend des fünften Tages seit Aufbruch vom Strand versammelten sich die Anführer in Raythes Lager, um zu beratschlagen. Elgus Rhamps Nachhut hatte sich wieder zu ihnen gesellt und keine Verfolger gemeldet. Der Ritter brachte Banno mit, hatte aber klugerweise auf Osvard verzichtet. Mater Varahana saß neben Vidar, Tami plauderte mit Jesco, und Kemara hockte so misstrauisch wie immer an der Seite.

Raythe zeichnete eine primitive Karte in den Boden. »Wir sind hier, an der Ostküste von Verdessa, und in Rodonoi, ungefähr achtzig Meilen im Westen, gibt es eine imperiale Garnison. Wir nehmen an, dass der Truppentransporter mittlerweile dort angekommen ist, und wir müssen davon ausgehen, dass man gestern Kavallerie ausgesandt hat. Die legt im Schnitt vierzig Meilen am Tag zurück, also haben wir sie in zwei bis drei Tagen am Hals.«

»Und wo ist der See Eures Kartomagikers?«, wollte Elgus wissen.

Raythe berührte eine Stelle in den Bergen im Norden, auf halbem Weg zwischen ihrer Position und Fort Rodonoi. »Hier, in den Ausläufern der Berge, am Rand des Eisherzes. Das Imperium kennt unser Ziel nicht, was unser großer Vorteil ist. Aber sie sind viermal schneller als wir, und das ist ihr Vorteil.«

»Das ist ein verdammt großer Vorteil«, knurrte der Ritter.

»Ich weiß. Im Grunde haben wir ungefähr zwanzig Meilen zwischen der Küste und den Bergen, in denen wir manövrieren können, und wir sind langsamer als sie. Also wird alles Praxxis auf der Welt sie nicht davon abhalten, uns zu finden, falls sie unsere Spur aufnehmen. Irgendwie müssen wir ihnen entgehen. Hat jemand eine Idee?«

»Können wir sie ausschalten?«, fragte der junge Banno.

»Nein.«

»Aber am Strand ...«

»... haben wir Glück gehabt«, unterbrach Jesco ihn. »Dieser Blitz benötigte das richtige Wetter, und die Tatsache, dass sie aus Langbooten angreifen mussten, hat uns in die Hände gespielt. Dieses Mal müssen wir unsere Wagen beschützen, was uns die Verteidigungsstellung aufzwingt, und sie werden angreifen können, wo und wann sie wollen.«

Raythe hatte die Unterhaltung laufen lassen, weil er einige Ideen im Kopf wälzte. Jetzt sagte er: »Ich habe einen Plan. Es ist ein Risiko ...«

»Was ist das bei Euch nicht?«, bemerkte Kemara.

»Meine Risiken bringen Erfolg«, erwiderte er mit mehr Zuversicht, als er hatte. »Hört zu, das sollten wir meiner Meinung nach tun ...«

Larch Falkenstein folgte einem imperialen Späher, einem ferreanischen Söldner, zum Waldrand und schaute zu dem Hügel hinauf, auf dem sich Vyres Leute angeblich verschanzt hatten. Zu seiner Rechten hämmerte die See gegen die Klippen. Obwohl die Sonne gleich aufgehen würde, war die Luft eiskalt.

»Ich habe Wachtposten gesehen«, murmelte der Ferreaner. »Ich habe auch Tiere gehört. Sie sind dort oben.«

»Gut«, murmelte Falkenstein, und der Späher gab jemandem hinter ihnen ein Signal. Augenblicke später gesellte sich ein Mann mit blondem Haar und den Zügen eines Adligen zu ihnen. Alexi Persekoi, der Komandir von Rodonoi, war in Begleitung seiner arroganten Adjutanten.

»Sie sitzen in Falle, yuz?«, fragte der bolgravianische Komandir.

»Sie sind auf einer Landzunge und landeinwärts auf allen Seiten umzingelt«, bestätigte der Späher. »Sie können nirgendwohin, außer ins Meer. Und ich schwöre, sie haben nicht die geringste Ahnung von unserer Anwesenheit.«

Persekoi warf Falkenstein einen Blick zu. »Dieser Vyre, du glauben, er unvorsichtig?«

»Möglicherweise glauben sie, dass sie nicht mehr in Gefahr sind«, antwortete der Hauptmann unbehaglich.

»Du glauben das auch?«, fragte Persekoi. »Dein Ruf stehen auf dem Spiel, ney?«

Ich habe keinen Ruf, dachte Falkenstein mürrisch. *Und ich habe auch nicht damit gerechnet, dass sie so leicht zu finden sind.* Aber in Gegenwart von bolgravianischen Adligen hielt man lieber den Mund und überließ ihnen das Denken. Also sagte er lediglich: »Vyre ist gefährlich, aber es ist eine Tatsache, dass sie in der Falle sitzen.«

»Dann wir machen leisen Vorstoß«, entschied Persekoi. »Keine Schusswaffen, bis wir sein mitten unter ihnen.«

»Was ist mit Gefangenen?«, fragte Falkenstein und dachte an Angrit und Rosenknospe. »Kinder sind unschuldig, und die Frauen …«

»Kinder haben Wert auf südlichen Fleischmärkten«, bemerkte Persekoi. In seinen Augen lag ein habgieriges Funkeln. »Junge Frauen auch. Rest kann sterben.« Er wandte sich seinen Adjutanten zu. »Beginnt Vorstoß.«

Falkenstein gesellte sich wieder zu seinen eigenen Männern. Er fragte sich, wie er damit umgehen sollte. *Angrit muss dort oben sein und unsere Rosenknospe. Wie erreiche ich sie, bevor diese Bastarde zuschlagen?*

»Da kommen sie«, flüsterte Jesco. Er kauerte neben Raythe im Schutz eines Wagens.

Raythe spähte in das Frühlicht und sah eine Reihe in Grau gekleidete Männer mit langen Musketen unterhalb des steilen, mit Büschen bewachsenen Hangs aus dem Unterholz kommen und sich an den Aufstieg machen. Die Sonne würde gleich aufgehen, was gerade für genug Licht sorgte.

»Sind wir bereit?«, fragte er.

»So weit wie möglich«, murmelte der Shadraner. »Gib mir eine halbe Minute.« Geduckt eilte er zu den anderen Männern, die mit schussbereiten Waffen in den Schatten lauerten.

Vidar kauerte rechts von ihm in der Dunkelheit, seine Augen glühten bernsteinfarben, seine Zähne waren gebleckt, sein Atem ging stoßartig. Wieder sorgte sich Raythe, dass der Bärenmann sich nicht von dem Kampf würde lösen können, aber er brauchte ihn hier.

»Immer mit der Ruhe, mein Freund«, sagte er. »Bei diesem Kampf müssen wir fliehen.«

Der Bärenmann antwortete mit einem leisen Knurren.

Raythe trat an das glimmende Lagerfeuer, ergriff einen Scheit und hob ihn in die Höhe. *»Paratus nunc, praesemino igneous«*, sang er und zeichnete *Ignus,* die Rune des Feuers. Cognatus nährte sich an dem Lagerfeuer, zog etwas von der Wärme in sich hinein und gab sie durch das Nebulum wieder von sich.

Auf dem Hang unter ihnen erwachten die Dutzenden von Feuerfallen, die sie dort vorbereitet hatten, zum Leben. Alarmierte Rufe ertönten, als die Flammen durch die Büsche brachen. Jesco und seine Männer eröffneten das Feuer, ein Dutzend Musketen spien Pulverdampf aus, und die Bogenschützen ließen Pfeile von den Sehnen schnellen, die in die Reihen der Soldaten einschlugen. Bolgravianische Stimmen schrien entsetzt auf.

Rosiges Frühlicht erhellte die Hänge. Seine Kameraden luden nach und feuerten wieder, dann traten sie den Rückzug an. »Geht!«, rief Jesco den Männern zu. »Geht, geht, geht ...« Und sie zogen sich zurück in den freien Raum um die Scheite des Lagerfeuers, wo Raythe mit ausgebreiteten Armen wartete. »*Cognatus, ignus nunc!*«

Seine Fingerspitzen zeichneten die Rune, und Cognatus brüllte, ließ Flammen aus dem Nebulum auf die materielle Welt in das Lagerfeuer regnen, das brausend zum Leben erwachte – dann stiegen ein Dutzend oder mehr brennende Scheite raketengleich in die Luft und schossen wie Kometen mit einem Feuerschweif über die im Kreis aufgestellten Wagen hinweg. Sie krachten in die Büsche und explodierten, schickten brennende Splitter wie Schrapnell durch das Unterholz.

»Ganz ruhig, Jungs«, murmelte Larch Falkenstein und führte seine Grenzwächter durch den dünner werdenden Baumbestand die Landspitze hinauf. »Haltet die Köpfe unten.« Bis jetzt hatten die Verteidiger seine Truppe anscheinend noch nicht bemerkt, konzentrierten ihr Feuer auf die Bolgravianer. »Lasst die Bolgies das auffangen.«

Wie zur Antwort flammte über ihnen Feuer auf, und Musketenbeschuss peitschte über Feuerfallen hinweg, die plötzlich lichterloh brannten.

Falkenstein schrie seinen Männern zu, in Deckung zu gehen. Er sah Komandir Persekoi kurz völlig überrascht taumeln, aber dann trat die bolgravianische Wut zum Vorschein, und er brüllte seine Männer an, weiter vorzurücken, obwohl Mündungsblitze den Wagenkreis in der Höhe erhellten und Bleikugeln in die Tiefe regneten. Zwei Männer wurden herumgerissen und stürzten, der Rest ließ sich auf ein Knie nieder und feuerte blind. Auch lautlose und tödliche Pfeile flogen durch die Luft, und Falkenstein warf sich in Deckung

Vyre ist wirklich der Herr der Flammengrube.

Dieser Gedanke ließ ihn zurückbleiben – er hatte sowieso noch nie viel von diesem Unsinn gehalten, der Erste in der Bresche zu sein, erst recht nicht für verkraggte Bolgies.

Außerdem, wo war der Lärm der Tiere oder das Kreischen von Frauen und Kindern?

Es ist eine verkraggte Falle.

»Langsam, Jungs, bleibt bei mir«, befahl er.

Seine Grenzwächter sahen verängstigt aus und folgten bereitwillig seinem Befehl, sich zu Boden zu werfen, während sich die Bolgravianer durch die Flammen weiter nach oben mühten. Dann brach Sonnenlicht über die Berge im Osten und tauchte das Gelände und den Himmel in strahlendes Gold, während es den Rest in Schatten warf.

Sollen Persekoi und seine Bastarde zuerst abbekommen, was Vyre für sie geplant hat.

Sein Instinkt erwies sich Sekunden später als goldrichtig, als die Luft selbst erbebte und die Hügelkuppe explodierte. Brennende Baumstämme flogen in die Höhe und krachten ins Unterholz, setzten alles in Brand, womit sie in Kontakt kamen. In Sekunden wurde der ganze Hang von reißenden Flammen verschlungen, die meisten der bolgravianischen Soldaten waren in diesem Mahlstrom gefangen.

Falkenstein hatte nicht die geringste Absicht, sich in die Falle zu begeben, die Raythe Vyre vorbereitet hatte, also befahl er »Bleibt unten!«, während die Bolgravianer mit ihrem berühmten blinden Mut vorrückten, und seine Grenzwächter gehorchten ihm.

Sollen die Bolgravianer das machen, schließlich ist es ihr verkraggtes Imperium.

Raythe riss sein Stirntuch herunter und schaute sich um. Viel gab es nicht zu sehen – das Lagerfeuer war eine ausgebrannte Aschegrube, und die Bolgravianer, die den Kamm erreicht hatten, waren tot, niedergeschossen von seiner kleinen Gruppe Verteidiger. Zeit zum Rückzug.

Aber noch während er den Mund öffnete, um das Signal zu geben, brach ein halbes Dutzend weiterer Bolgravianer an der Ostflanke in der Nähe der Klippen zwischen den Wagen hervor, angeführt von einem schneidigen jungen Offizier mit einem Schwert in der einen und einer Pistole in der anderen Hand. Es hätte Raythe vor einem Jahrzehnt sein können. Hinter ihm hoben die Männer die Musketen und zielten.

»Ihr da«, rief der Offizier auf Magnianisch, »ergebt euch oder sterbt!«

Im nächsten Augenblick stieg ein Schatten hinter der Abteilung in die Höhe, und eine Axt sauste auf den Schädel des hintersten Soldaten herab und spaltete ihn wie einen Kürbis. Die Bolgravianer fuhren herum, und in dem Moment, in dem der Offizier Raythe aus den Augen ließ, warf er sich zur Seite, während der Mann abdrückte. Die Bleikugel pfiff an Raythes Nase vorbei.

Vidar brüllte, seine linke Pranke riss das Gesicht eines Soldaten auf, dann krachte die riesige, mit einer Hand geführte Axt in den Brustkorb des nächsten. Während die Bolgravianer noch zurückwichen, schnellte Jesco heran, eine Dolchklinge bohrte sich in das Auge eines Mannes, gleichzeitig schlitzte sein Schwert einem zweiten den Hals auf. Dann duckte er sich unter einem zustoßenden Bajonett hinweg und stieß die Klinge in die Brust des letzten Soldaten, und zwar so tief, dass sie aus dem Rücken hervortrat.

Plötzlich stand der bolgravianische Offizier allein da.

Unvermittelt hatte Raythe Mitleid mit dem Mann. »Hau einfach ab«, rief er.

Der junge Bolgravianer zögerte ... und Vidar knurrte.

»Lass ihn …«, rief Raythe, aber es war bereits zu spät. Der Bärenmann machte einen zwanzig Fuß weiten Satz und hieb dem Offizier die Axt in den Rücken, schickte ihn zu Boden. Die Axt hob und senkte sich immer wieder, eine ekelerregende Aufeinanderfolge dumpfer feuchter Laute, und Raythes Proteste erstarben. Vidar sabberte über der übel zugerichteten Leiche und fletschte die Zähne, griff nach einem abgetrennten Arm.

Genau das tut ein Bärenmann, rief sich Raythe in Erinnerung.

»Vidar«, rief Jesco und griff nach dem Handgelenk des Bärenmannes. »Dazu ist keine Zeit, wir müssen gehen.«

Der Berserker brüllte auf, verstand die Worte kaum, das Gesicht mehr Tier als Mensch – aber Jesco drückte die Axt nach unten, beugte sich vor und küsste Vidar auf die Nase. »He, aufwachen, großer Mann.«

Vidars Miene wurde von bestialisch zu ungläubig zu sich selbst bewusst, und plötzlich war er wieder er selbst – und völlig außer sich. »Du Pisser!«, fauchte er und wischte sich energisch das Gesicht ab. Dann taumelte er davon.

»Eines Tages«, knurrte er den Shadraner an.

»Tut mir leid, mein Schatz«, erwiderte Jesco, »aber du bist wirklich nicht mein Typ.«

»Hört auf zu flirten und rennt«, rief Raythe und lief auf die Klippen zu, hinter ein paar Jägern her. Einige davon trugen Bögen und leere Köcher, andere langläufige Flinten. Am Klippenrand warfen sie sich die Waffen über die Schultern.

In den zwei Tagen ihres Aufenthalts hatten sie nicht nur die Illusion eines richtigen Lagers erschaffen. Strickleitern waren vorbereitet worden, um die steilsten Stellen der Klippe zu überbrücken, und am Strand warteten die beiden erbeuteten bolgravianischen Langboote.

Die zwei Dutzend Männer, die zurückgeblieben waren, um den Hinterhalt durchzuführen, jubelten, als sie ablegten. »Die Bastarde haben überhaupt nicht mitbekommen, was da los ist!« Jesco lachte. »Bei Gardas Titten, wir waren gut.«

Als sich die überlebenden Bolgravianer durch die Flammen zum Hügelkamm durchgekämpft hatten, waren Vyre und seine Männer zweihundert Meter von der Küste entfernt. Als man sie entdeckte, waren es schon dreihundert, und sie verschwanden um die Landspitze.

Raythe nahm die Feldflasche, die mit seinem letzten Rye gefüllt war, und reichte sie die Reihe der Ruderer entlang. »Jemand verletzt?«

Ein Stimmenchor verkündete, dass es allen gut ging.

»Nicht mal ein verdammter Kratzer.« Jesco kicherte. »Heute ist ein guter Tag, um am Leben zu sein.«

An der Mündung eines kleinen Flusses gingen sie ungehindert an Land und versenkten die Langboote in der beginnenden Ebbe, bevor sie flussaufwärts wateten, um ihre Spuren zu verbergen. Laut der Karte des Kartomagikers würde sie dieser Fluss bis zu dem See führen, den sie suchten.

Der größte Teil der Expedition war bereits zwei Tage voraus, geführt von Elgus Rhamp.

Hätte der Feind geglaubt, dass wir uns an ihm vorbeischleichen wollen, hätten wir das nicht geschafft, dachte Raythe. Also hatte sein Plan darin bestanden, sich so schnell wie möglich finden zu lassen, damit die imperialen Streitkräfte mit der Suche aufhörten. Und genau das hatten die Bolgravianer auch getan, da sie nun einmal berechenbar waren.

Und sich nach Osten zurückzuziehen lässt sie vielleicht glauben, dass wir zurück nach Hause flüchten – mit etwas Glück verfolgen sie uns in diese Richtung, und wir sind in den Bergen verschwunden, bevor sie ihren Fehler begreifen.

Es war genau, wie Jesco gesagt hatte: Heute war ein guter Tag.

ZWEI

Vergeltung

Zar grunzte auf undamenhafte Weise, schweißgetränkt stieg sie die kurze Steigung hinauf, das schwere Bündel auf dem Rücken machte sie langsamer. Sie zerrte an den Zügeln eines ihrer Pferde, das mit dem Segeltuch eines Zeltes und hundert anderen Dingen von Zeltpflöcken über Teekessel und Proviant beladen war, und sie verfluchte das sich sträubende Tier im Rhythmus ihrer Schritte.

»Dann bist du eben ein Zugpferd«, knurrte sie. »Hältst dich wohl für zu gut, als Packpferd zu arbeiten, was? Gewöhn dich dran!«

Um die Bolgravianer zu täuschen, hatten sie ein halbes Dutzend Wagen an dem Hinterhalt zurückgelassen, also musste jeder jetzt mehr schleppen. Ihr Wagen hatte zu denen gehört, die man geopfert hatte.

Sie schleppte sich auf den Kamm der nächsten Anhöhe und schaute sich um. Dampfwolken stiegen von der Reihe aus Tieren und Menschen empor, die sich vor und hinter ihr erstreckte. Sie machte sich Sorgen um ihren Vater und seine Freunde, die das Imperium von ihrer Spur fortlockten, damit sie entkommen konnten; sie hatte Angst um ihn.

Jesco ist bei ihm, sagte sie sich, *und er wird niemals zulassen, dass Paps stirbt.*

Die Karawane folgte einem mittelgroßen Fluss stromaufwärts

über grauen Kies und blanke Felsen, und der Weg war größtenteils eben. Sie hatten Herden aus Wildziegen gesehen und Wölfe in der Ferne heulen hören. Die Berge, deren Ausläufer stark bewaldet waren, waren nur noch wenige Meilen voraus.

Zar zerrte wieder an den Zügeln ihres verdammten Pferdes, denn der Weg vor ihr stieg erneut an. Ein Aufwallen von Energie brachte sie vor die Hauptgruppe, und so holte sie beinahe Elgus Rhamps Vorhut ein, als sie ihr aus den Weiden am Flussufer zu einer trostlosen Stelle folgte: Düstere Felshänge stiegen über einem nebelverhangenen See in die Höhe.

Sie fand Banno, wie er zu einer Barriere aus schneebedeckten Bergen hinaufstarrte, die den Weg nach Norden versperrte.

»Deo im Himmel, wie sollen wir da rüber?«, fragte sich Banno niedergeschlagen.

Zarelda hatte die Karten gesehen. »Der See wird von den Bergen jenseits des anderen Ufers gespeist. Wir finden den Zufluss und folgen ihm stromaufwärts zum Istariol.«

»Es fällt schwer, zu glauben, dass es nördlich von hier etwas anderes als Eis gibt.«

»Erinnerst du dich, was Varahana über Istariol und das Klima gesagt hat? Eine große Hauptader erwärmt den Boden und schafft Fruchtbarkeit und Leben. Falls die Messungen des Kartomagikers stimmen, finden wir einen üppig wuchernden Ort.«

»Das sollte besser auch so sein«, rief Banno aus. »Sonst werden wir alle hier sterben.«

»Wir schaffen das«, erwiderte sie zuversichtlich. »Paps hat mich aus Otravia und der Rebellion geschafft. Er wird eine Möglichkeit finden.«

»Natürlich«, stimmte Banno ihr zu. »Er ist ein Praxxismagier. Ich bin sicher, er schafft alles.«

Sie teilten ein Lächeln, dann zerrte sie ihr Pferd zu einer vernünftigen Stelle am See. Sie kämpfte mit der Zeltplane und hämmerte die Pflöcke ein. Um sie herum war die Karawane gleichermaßen beschäftigt.

Wie gewöhnlich teilte sich das Lager in drei Zonen: Rhamps Schläger, Mater Varahanas Gläubige und die Jäger und Fallensteller. Zars Zelt stand in der Nähe von Varahanas Lager, war aber nicht Teil davon, obwohl es sie nervös machte, ohne ihren Vater oder Jesco zu sein. In der vergangenen Nacht hatte sie mit dem Dolch in der Hand geschlafen.

Sie schlang eine kärgliche Mahlzeit herunter, dann rollte sie sich erschöpft von der Reise des Tages in ihre Decke. Sie sperrte den frommen Gesang und das raue Gelächter aus Rhamps Zelten aus und schloss die Augen ...

... und erwachte nach einer Zeit, die sich wie Augenblicke später anfühlte. Das Feuer war niedergebrannt, das Lager lag in tiefer Dunkelheit, und eine finstere Silhouette beugte sich über sie. Sie griff nach dem Dolch, aber jemand packte ihr Handgelenk, legte eine Hand auf ihren Mund, und eine leise Männerstimme flüsterte: »Still!«

»Tun wir es jetzt«, beharrte Osvard. »Das ist unsere Gelegenheit.«

»Nein, wir warten«, fauchte sein Vater. Banno schaute nervös zu. So war es nun schon den ganzen Abend gegangen; sein älterer Bruder war auf Blut aus und gab keine Ruhe.

Irgendwann würde es eskalieren, er hatte es schon zuvor erlebt. Elgus Rhamp sprach gern von seiner adligen Herkunft, aber man hatte ihn bereits so oft aufs Kreuz gelegt, dass er zu der Einsicht gekommen war, stets derjenige sein zu müssen, der den ersten Schlag führte. Er vertraute Vyre nicht und wollte das Istariol für sich allein. So einfach war das.

Sofort nach Vyres Zusammenkunft in der Schenke – war das wirklich erst zwei Monate her? – hatte Elgus den Plan erklärt: »Sobald wir den Ort gefunden haben, übernehmen wir das Kommando. Vyre stirbt, so wie jeder, der sich auf seine Seite stellt. Dann graben wir es aus, und zwar so viel wir tragen können, und verschwinden so schnell wie möglich.«

Das war noch immer der Plan.

Aber was ist mit Zar?

Sie war erst sechzehn, aber Banno bewunderte ihre Reife und ihre Abenteuerlust, die man selten bei Mädchen fand oder zumindest nicht bei denen, die er kennengelernt hatte. Die waren alle, von der Welt abgeschirmt, für ein Leben als Ehefrau großgezogen worden, alberne Gänse ohne jede Lebenserfahrung.

Sie ist das erste Mädchen, das ich kennengelernt habe, das ich als Person mag. Ich werde nicht zusehen, wie man ihr etwas antut.

Aber aus den geschlossenen Reihen der Familie auszubrechen war eine große Sache, also konnte er sie nicht warnen, obwohl er es verzweifelt wollte. Das Dilemma brachte ihn schier um. Als er versucht hatte, dafür einzutreten, ihr Versprechen an Vyre zu halten, hatte Osvard ihm die Faust in den Bauch gerammt, und Krähenfuß und Thom der Blutige hatten ihn ihre Verachtung spüren lassen – und sein Vater hatte ihm deutlich klargemacht, dass er, sollte er Zar warnen, nicht länger sein Sohn sein würde.

Aber jetzt hatten sie den See des Kartomagikers erreicht, und Osvard verlangte, dass sie endlich handelten. »Das ist der Ort«, behauptete er, »wir brauchen Vyre nicht länger. Diese Mater ist eine Gelehrte, sie kann den Blutstaub für uns finden.«

»Aye«, stimmte Thom der Blutige ihm zu, »und vermutlich sind Vyre und seine Leute mittlerweile sowieso tot. Oder sie sind Gefangene und erzählen den Imperialen alles. Wir müssen uns das Istariol jetzt schnappen und abhauen.«

»Vyre ist ein Zauberer«, erinnerte Krähenfuß ihn. »Sein Hinterhalt könnte Erfolg haben. Wir können uns nicht darauf verlassen, dass er tot ist.«

Sein Rat, Vorsicht walten zu lassen, fand Unterstützung bei Tami. Die Frau mit dem verkniffenen Gesicht war still geblieben, aber jetzt ergriff sie das Wort. »Man sollte niemals gegen einen otravianischen Zauberer setzen. Ihr habt gesehen, was er mit der Fregatte gemacht hat.«

Elgus blickte seine Frau stirnrunzelnd an, während der Rest

über ihre Worte nachdachte. Tami sprach selten gegen Elgus, aber in diesen Fällen hatte sie meistens recht behalten.

Doch Banno wusste, dass man nicht auf sie hören würde, nicht dieses Mal. *Vater wird das tun ... ich kann ihn nicht aufhalten. Aber ich kann Zarelda beschützen. Doch wird sie mir je vergeben, dass ich sie nicht früher gewarnt habe?*

Elgus streichelte den dichten grauen Bart und bewegte die Lippen, als würde er an einer Zitrone lutschen: seine Denkermiene. Schließlich ergriff er das Wort. »Also gut, stimmen wir ab. Krähe?«

»Wir werden das irgendwann tun«, begann Krähe. »Je näher wir dem Blutstaub kommen, umso vorsichtiger wird Vyre sein. Ich habe einen Praxxiszauberer in der Schlacht erlebt, und das ist kein hübscher Anblick, also müssen wir den Moment sorgfältig wählen. Kehrt er unbeschadet von dem Hinterhalt zurück, wird er sein Misstrauen nicht abgelegt haben, aber wenn hier alles in Ordnung ist, wird er glauben, dass wir auf seiner Seite sind, und er wird in seiner Wachsamkeit nachlassen. Das ist der Augenblick, um zuzuschlagen, nicht jetzt.«

Elgus hob die Hand, um Osvards ungeduldigen Fluch abzuwinken. »Thom?«

Der Veteran runzelte nachdenklich die Stirn. »Jetzt zuschlagen. Nehmen wir die Tochter als Geisel. Schneiden wir ein paar Hälse durch – wir wissen, welche. Dann legen wir am See einen Hinterhalt, um Vyre, Vidarsohn und diese shadranische Tunte zu erwischen, falls sie die Imperialen überlebt haben. Je schneller das erledigt ist, desto schneller können wir die Kontrolle übernehmen. Die Mater wird parieren, genau wie der Rest der Jäger.«

Elgus fummelte an dem Zopf in seinem Bart herum, dann wandte er sich seiner Frau zu. »Tami?«

Sie lächelte auf die Weise, die Banno stets das Gefühl gab, dass sie gleichzeitig auf zwei Seiten spielte. »Ich könnte für beide Vorgehensweisen argumentieren, aber wir müssen mit Bedacht vorgehen. Ich unterstütze meinen Herrn, Elgus, bei der Entscheidung, die er trifft.« Womit sie sich im Grunde um eine Antwort drückte.

»Pah!«, fauchte Osvard. »Warum eine verkraggte Frau fragen? Wir müssen jetzt zuschlagen, genau wie Thom sagt.«

»Banno?«

Es war ein Risiko, aber er schüttelte den Kopf. »Ich stimme Krähe zu.«

»Noch ein verfluchtes Weib!« Osvard schnaubte höhnisch. Seine Augen funkelten wild.

»Halt's Maul«, knurrte Elgus. Dann dachte er noch einen Moment nach und nickte. »Tun wir es heute Nacht.«

Es war noch immer Nacht, nach dem ersten windlosen Abend seit gefühlten Monaten. Kemara schoss plötzlich in die Höhe, herausgerissen aus einem schrecklichen Traum, in dem ein nur mit einer Dämonenmaske bekleideter Aldarliebhaber ihren Oberschenkel leckte.

An der Zeltwand zeichnete sich ein verzerrter Schatten ab, Schritte raschelten im feuchten Gras. Kemara erstarrte, ihre Gedanken rasten. Ihre vier Patienten schliefen im Zelt nebenan. *Schlage ich Alarm und sehe kopflos nach, was da los ist, oder stehle ich mich weg?*

Nur eine dieser Möglichkeiten bot eine Überlebenschance.

Vielleicht ist es ja ein Wachtposten? Aber von denen sollte keiner in der Nähe sein. Vorsichtig befreite sie sich von der Wolldecke und tastete nach dem Dolch, sich bewusst, dass das die schwächste ihrer Waffen war.

Allein bei dem Gedanken bebte die Luft: Buramanaka war wach und lauerte.

Aber in dem Moment, in dem sie ihn beschwor, würde derjenige, der dort draußen stand, es hören – in dieser Stille klang selbst ein Flüstern wie ein Schrei. Also schob sie sich nur zur Seite, den Blick auf den Spalt zwischen Zeltplane und Boden gerichtet, wo ein Stück Fuß und Knöchel zu sehen waren.

Dann drückte etwas gegen die Plane, ein Abdruck von einem Zoll Größe die Mündung einer Muskete, die genau auf ihr Bettzeug zielte. Sie hörte, wie der Hahn gespannt wurde.

Sie krümmte sich zusammen und stach durch die schmale Öffnung, der Dolch bohrte sich in den Fuß des Mannes, und die Nacht explodierte mit einem Knall, eine Flamme zuckte durch das Segeltuch, und etwas bohrte sich durch die Decke und grub sich neben ihrem Kopf in den Boden.

Der Schütze keuchte vor Schmerz auf, der Dolch wurde ihr aus der Hand gerissen, also warf sie sich aus dem Zelteingang in die Nacht. Ein Mann mit einer rauchenden Muskete in den Händen zeichnete sich vor den Planetenringen ab. Die Patienten im Nebenzelt riefen voller Furcht, aber der Mann hinkte auf sie zu, die Muskete erhoben, um ihr mit dem schweren Kolben den Schädel einzuschlagen.

»*Kaneska alla miz …*«, begann sie in dem Wissen, dass es bereits zu spät war.

Etwas flog aus der Dunkelheit und rammte den Angreifer, riss ihn zu Boden. Ringlicht funkelte auf einer Dolchklinge, die einmal und dann noch einmal in die Tiefe zuckte, um sich mit saugenden Lauten und begleitet von Grunzen und mühsamem Stöhnen in einen Körper zu bohren. Dann wälzte sich ihr Retter von dem Angreifer und sackte zusammen.

Der getroffene Schütze unternahm den zuckenden Versuch, einen letzten Atemzug zu nehmen, bevor er reglos liegen blieb. Das Ringlicht enthüllte ihr Osvard Rhamp, in dessen Brust ein Dolch begraben war.

Die Nacht erwachte mit einer Reihe von furchterregenden Geräuschen zum Leben, durchsetzt vom Lärm von Steinschlosswaffen und dem Zischen von Pfeilen, den Schreien der Angreifer und Verwundeten. Aber Kemara hatte dringendere Sorgen. Sie kroch zu dem reglosen Mann, der Osvard getötet hatte, und wälzte ihn herum.

Es war Moss Trimble, der imperiale Matrose, der gequält atmete. Sein Rücken war blutgetränkt, und als sie seinen Arm ergriff, verlor er das Bewusstsein.

»Pst«, zischte Banno. »Beweg dich nicht.« Seine Hand lag auf Zareldas Mund, sein Körper drückte sie zu Boden und verhinderte ihren instinktiven Versuch, ihm zu entkommen. Sie verdrehte den Hals und versuchte, seine Miene zu deuten, aber er spähte zu einer vom Ringlicht schwach erhellten Lichtung, auf der sich eine Gruppe Männer mit gezogenen Waffen näherte. Sie kamen aus der Richtung von Elgus Rhamps Zelten.

Dann rollte er von ihr runter. »Folge mir – kriech!«, murmelte er. Er drückte sie nach links, in Richtung See, und sie schoben sich durch die taufeuchten Büsche, bis er flüsterte: »Runter!«

Sie warfen sich flach zu Boden.

Die Rhamp-Männer erreichten Zars Zelt, in dem sie noch Sekunden zuvor gewesen war, und einen Moment stocherten sie in ihrer Decke herum, überrascht, sie leer vorzufinden.

Dann ertönte eine scharfe Männerstimme: »Rührt euch nicht!«

Sie hätten gehorchen sollen – man hatte sie ohne Deckung erwischt –, aber die Söldner hielten sich für unbesiegbar. Zwei Männer schossen blindlings in die Dunkelheit, während der Rest die Klingen hob.

Drei Musketen donnerten, Pfeile regneten auf die Lichtung herab und schlugen in die kleine Gruppe ein. Die Hälfte der Männer ging sofort zu Boden, der Rest schrie in ängstlichem Zorn auf, blickte sich wild und ungläubig um.

»Lasst die Waffen fallen!«, rief dieselbe Stimme, und jetzt erkannte Zar Cal Foaley, den Jäger.

Zwei Narren versuchten, trotzdem zu stürmen, aber Pfeile schickten sie zu Boden, und diesmal ging das noch unversehrte halbe Dutzend Männer auf die Knie und warf die Waffen weg.

Zarelda biss auf ihre Faust, um ihrer Furcht nicht durch einen Schrei Ausdruck zu verleihen. Fackeln flammten auf.

Banno hielt sie fest umschlungen, verblüfft und unfähig, das zu verbergen. Auch wenn er hier war, um sie zu beschützen, hatte er offensichtlich nicht mit solcher Gewalt gerechnet.

Die Fackeln erhellten die Nacht mit orangeroten Flecken und tauchten die rauen, verwitterten Gesichter einiger der älteren Jäger, wortkarge Einzelgänger, in ihr Licht. Foaley, hochgewachsen und hager, ein grauer Wolf von Mann, führte sie an. Vorsichtig pirschten sie sich heran, entwaffneten die Lebenden wie auch die Toten.

In Rhamps Lager ertönten Stimmen, fragten, was da vor sich ging, aber niemand gab Antwort. Zar entdeckte bei den Siegern auch Dorfbewohner an der Seite der Jäger, und die Besitzer von Feuerwaffen und Bögen machten ihre Waffen wieder bereit. Unter ihnen war auch eine Frau. Tami. Als Banno sie sah, drohten ihm die Augen aus dem Kopf zu fallen.

Dann zeigte Tami direkt auf sie. »Banno Rhamp ist dort drüben mit dem Mädchen. Verletzt sie nicht.«

Zwei Dutzend Köpfe wandten sich in ihre Richtung, und jemand rief: »Steht auf – aber langsam!«

Zarelda schaute Banno an, aber der war vor Entsetzen gelähmt. Sie erhob sich, aber er starrte wie gebannt auf die vielen Toten, und als sie seiner Blickrichtung folgte, entdeckte sie seinen jüngeren Bruder Poel darunter.

Dann rissen grobe Männer, die nach Schweiß und Schießpulver stanken, sie auseinander; schwere Fäuste legten sich auf Zars Schultern. Ein Mann rammte Banno die Faust in den Bauch, und der Junge klappte zusammen und ging zu Boden, wo er würgte und nach Luft schnappte.

»Lasst das«, fauchte Tami. »Ich habe gesagt, ihr sollt sie in Ruhe lassen.«

»Er ist ein Rhamp«, grollte der Jäger. »Er hat es verdient.«

»Der nicht. Er ist der einzige Anständige aus dem Clan.« Tami zog an der Schulter des jungen Mannes, und er stand auf.

»Banno«, begann Zarelda, aber er hörte sie nicht.

»Was hast du getan?«, zischte er Tami ins Gesicht.

»Ich habe viele Leben gerettet, das deines Vaters eingeschlossen«, murmelte die Frau aus Pelaria und scheuchte die Jäger fort. Dann beugte sie sich vor und flüsterte: »So kann man eine Sache glaubhaft abstreiten, Junge. Das war Osvards Initiative und die von ein paar Renegaten, die er auf seine Seite gezogen hat. Kapiert?«

Banno riss die Augen auf. »Warum?«

»Weil Osvard ein Narr ist und dein Vater ein noch größerer Narr, weil er auf ihn gehört hat. Wir brauchen Vyre.«

»Aber du hast dich doch dafür ausgesprochen.« Banno war verwirrt.

»Wirklich? Elgus hatte sich bereits entschieden. Ihm zu widersprechen hätte ihn nur gegen mich aufgebracht und dafür gesorgt, dass mir der Zugang zu seinem Zelt versperrt bleibt, wenn die Pläne geschmiedet werden. Es war Zeit, Osvard seinen Hals in die Schlinge legen zu lassen.« Tami zuckte gefühllos mit den Schultern. »Jetzt komm. Wir müssen noch immer deinen Vater aus der Sache herausholen.« Sie ging davon und rief: »Nehmt sie mit. Regeln wir die Dinge mit Rhamp.«

Nach den ersten Schüssen und Alarmrufen senkte sich Stille über das Lager, was Sir Elgus Rhamps Befürchtungen schürte. Ein Drittel seiner Jungs war dort, die meisten davon Osvards Kumpel. Als er ihnen Krähenfuß hatte zuteilen wollen, hatte sich Osvard ihm widersetzt.

»Die alte Krähe war nicht dafür«, hatte Osvard erwidert. »Das ist keine Arbeit für Zweifler.«

»Lass ihn gehen«, hatte Tami gesagt und ihm dann leise zugeraunt: »Ich folge ihm.« Dabei hatte sie auf diese vertraute Weise über seine Hand gestrichen, die ihn an ihren Körper denken ließ. Entwaffnet und abgelenkt hatte er genickt, und sie alle waren in der Dunkelheit verschwunden, Schatten unter den planetaren Ringen.

In alten Mythen war der Ring der Ehering von Kiiyan, der aldarischen Göttin der Gnade. Sie war mit Saetus verheiratet, dem Tyrann des Himmels; als sich ihr adoptierter Sohn erhob, um den alten Drachen zu töten, hatte sie den Sohn geheiratet. Die Geschichte fiel ihm wieder ein, weil Tami viel näher an Osvards Alter war als an seinem ...

Sie ist gut im Bett, das ist unbestreitbar, aber wie denkt sie über Osvard ...

Obwohl sie ihn mehr als nur einmal vor einem Verrat gerettet hatte, vollständig vertraut hatte Elgus ihr nie. Sie gab gute Ratschläge und blies noch besser, aber ihre gemeinsamen Bande waren oberflächlich.

Die Zeit verstrich, und seine Leute wurden immer nervöser. Er winkte Krähenfuß und Thom den Blutigen zu sich. »Osvard müsste mittlerweile mit dem Mädchen wieder da sein. Es ist auch viel zu ruhig, verflucht noch eins. Wo bleibt der Aufruhr?«

»Vermutlich lässt er sich mit der Heilerin Zeit.« Thom grinste hämisch.

»Er ist unkonzentriert«, meinte Krähenfuß. »Er braucht Disziplin.«

Das stimmte, aber es unter die Nase gerieben zu bekommen, war nicht willkommen. »Er muss zurückkommen, damit wir mit dem nächsten Schritt beginnen können.« Elgus blickte sich um und vermisste ein Gesicht. »Wo ist Banno?«

Niemand wusste es.

Der Junge sollte hier sein ...

»Ich gehe und finde heraus, was passiert ist«, bot Thom an.

»Geh nicht allein«, riet Krähenfuß. In vielerlei Hinsicht waren sie völlig gegensätzlich, aber sie deckten einander immer den Rücken.

Aber während Thom der Blutige seine Männer auswählte, traten Leute aus dem Zwielicht, Reihen von Jägern, auch Dörfler, hauptsächlich Männer, und sie alle waren bewaffnet. Am Rand des Feuerscheins bildeten sie eine Reihe. Cal Foaley führte sie an, zusammen mit Mater Varahana, die mit klarer, strenger Stimme Elgus' Namen rief.

Was zur Flammengrube ...?

Eine neue Erklärung für die unnatürliche Stille nach diesen Schüssen wurde ersichtlich – vor allem, als zwei Jäger einen Toten gefühllos am Rand des Lichtscheins hinwarfen. Elgus sah das leblose Gesicht und hatte das Gefühl, einen Schlag gegen den Hals bekommen zu haben.

Ossi ...

Dann trat ein weiterer Mann vor und warf Poel neben seinen toten Bruder, und es fühlte sich an, als hätte ihm jemand das Mark aus den Knochen gesogen.

Meine Söhne ...

Ein weiteres Dutzend Männer wurde herbeigezerrt, alle gefesselt, und Foaleys Jäger stießen sie auf die Knie. Den Rest konnte sich Elgus denken. Sie waren in einen Hinterhalt gelaufen, und das waren die Überlebenden. Er stellte sich diejenigen vor, die er nicht sehen konnte. Ungefähr ein Dutzend der jüngsten Hitzköpfe. Die Hälfte seiner nächsten Kämpfergeneration, ausgelöscht in nur wenigen Minuten. Aber das war im Augenblick nichts verglichen mit dem plötzlichen, vernichtenden Gefühl des Verlusts, das ihn beinahe zusammenbrechen ließ.

Meine Söhne, zwei meiner Söhne ...

Es kostete ihn seine ganze Kraft, dort stehen zu bleiben und zu den verräterischen Silberringen am Himmel hochzuschauen.

»Wer hat das getan?«, brüllte Thom der Blutige.

»Das haben sie sich selbst angetan«, erwiderte Mater Varahana. »Sollte ein Mann denn sündigen, soll ihn Deos Zorn treffen. Osvard hat Kemara Solus angegriffen – schon wieder. Einer ihrer Patienten hat sie beschützt, und Osvard starb bei der Auseinandersetzung.«

Die Hure hat ihm schöne Augen gemacht, wollte Elgus wüten, obwohl er genau wusste, dass das nicht der Wahrheit entsprach.

Osvard hatte sein Auge auf sie geworfen, und er hatte sich nie von dem Wort »Nein« von etwas abhalten lassen.

Aber Poel war ein guter Junge, mein strahlendes Licht …

Er war sich bewusst, dass die Leute hinter ihm – vierzig im Schlachterhandwerk erfahrene Männer – auf seinen Befehl warteten, obwohl sie in Musketenmündungen und auf Pfeilspitzen blickten. Ein Wort, und die Hälfte der hier versammelten Männer würde sterben.

Heiße, blutige Rache oder ein schneller Tod …

Es war so verführerisch, ein blutdürstiges Brüllen auszustoßen und diesen stinkenden Bauern und Pelzjägern zu zeigen, wie ein richtiger Mann kämpfte. Er würde ein paar Leute verlieren, aber sie würden die Oberhand behalten, und dann würde er diese verdammte Priesterin betteln lassen, und was die Männer anging, die seine Söhne getötet hatten …

Kragg, tun wir es …

»Halt!«, rief eine Frauenstimme scharf.

Tami. Er starrte sie an, und sein Verdacht nahm Konturen an. *Was tust du dort draußen, Frau? Warum hast du meine Jungs nicht gewarnt, was da passiert?*

»Elgus!« Tami stellte sich zwischen Thom und Varahana. Ihre Haltung war dreist und befehlend. »Dein Verlust tut mir leid – und ich bin mir sicher, dass du diesen närrischen Angriff deines rebellischen Sohns verhindert hättest, hättest du davon gewusst.«

Erst da dämmerte ihm, dass sie ihm eine Rettungsleine zuwarf, eine Möglichkeit, dieser tödlichen Situation zu entkommen, ohne sämtlichen Respekt zu verlieren – und ihm damit die Chance gab, später richtig zurückzuschlagen, statt seine Jungs den Feuerwaffen und Pfeilen eines vorbereiteten Gegners zum Fraß vorzuwerfen.

Aber die Jungs wissen, dass ich den Befehl erteilt habe.

Er schwankte, dann traf er die Entscheidung: *Nimm den Verlust hin, gehe der Sache auf den Grund, dann schlage zu, wenn du bereit bist.*

»Osvard war immer wild«, gab er zu. »Konnte nie mit einer Ablehnung umgehen. Und Poel ist ihm wie ein Welpe gefolgt, seit sie Kinder waren. Wusste es einfach nicht besser.«

Liebe Garda. Ich habe in einer verdammten Nacht zwei Söhne verloren. Er blickte sich um. »Wo steckt Banno?«

Jemand holte scharf Luft, dann trat sein mittlerer Sohn – *der einzige ihm verbliebene Sohn* – aus den Schatten. Vyres Tochter trieb sich in seiner Nähe rum. »Ich bin hier, Vater.«

Hat der Junge uns wegen dieses Mädchens verraten?

Sein Blick kroch von Tami zu Banno und zurück. Hatte einer von ihnen Treu und Glauben gebrochen – oder keiner von ihnen? Gab es einen anderen Verräter, oder war Foaley einfach zu misstrauisch gewesen und Osvard in eine Falle gelaufen?

»Komm her, Junge«, rief er brüsk. »Banno, zu mir.«

Ihm entging nicht, wie Banno einen Blick mit dem Mädchen wechselte, dann die Lichtung zögernd überquerte, vorbei an Thom dem Blutigen, dessen Blick ihm finster bei jedem Schritt folgte. »Vater?«

»Wo warst du?«, murmelte Elgus und schäumte vor Zorn über die Möglichkeiten. »Hast du sie gewarnt?«

Bannos Miene war entsetzt. »Nein!«

Er hat nie gelernt, wie man lügt, dachte Elgus. Aber Banno war nicht im Lager gewesen, also war er zumindest losgezogen, um Vyres elende Tochter zu warnen. Thom würde ihn dafür umbringen wollen, so wie die meisten seiner Jungs.

Aber er war jetzt sein einziger Sohn, seine einzige Hinterlassenschaft. *Ich muss ihn beschützen.*

Er beugte sich vor. »Du warst im Wald, um scheißen zu gehen, hast du mich verstanden? Du hast gekackt, während das geschah. Ist das klar?«

Banno nickte. »Äh, ich war zwischen den Bäumen«, sagte er laut genug, um gehört zu werden. »Hatte die Scheißerei.«

Jemand lachte, aber der Rest hörte mit steinerner Miene zu und versuchte, sich ein Urteil zu bilden.

Elgus machte sich die Mühe, seinen Sohn zu umarmen. »Jetzt habe ich nur noch einen Sohn. Der Junge hat seine Brüder geliebt, hätte nicht gewollt, dass ihnen etwas geschieht.«

Seine Männer zögerten, dann murmelten sie zustimmend. Sie alle hatten Fragen, aber Elgus führte eine Söldnerschar an, keinen verfluchten Debattierverein; sie wussten, wann sie den Mund zu halten und ihrem Anführer zu folgen hatten.

»Tami«, rief er. »Komm her. Erzähl mir, was mit meinen Jungs passiert ist.«

Alle Blicke richteten sich auf sie, und sie wand sich. *Wenn sie dort stehen bleibt, ist sie schuldig. Kommt sie zu mir, ist sie es möglicherweise trotzdem – und ich werde es herausfinden.*

Ihre Miene verriet ihm, dass sie das auch wusste, aber ihr fehlte es keineswegs an Mut, ihr nicht. Sie stolzierte an Thom vorbei und kam auf direktem Weg zu ihm. »Ich erzähle dir, was ich gesehen habe.«

»Aye«, knurrte er und wählte den nächstbesten seiner Männer, der fähig war. »Morro, nimm ein paar Leute und hol die Leichen derjenigen, die blöd genug waren, sich in die Sache verwickeln zu lassen. Jeder, der von meinen Jungs verletzt wurde, kann eine Entschädigung beanspruchen. Krähe, Thom, Banno – geht in mein Zelt. Wir müssen reden.«

»Sir Elgus«, rief Mater Varahana, »soll ich die Toten für die Bestattung vorbereiten?«

Dieses kahle Miststück hat vielleicht Nerven. Ich hätte nicht übel Lust, sie …

Aber er atmete aus und ließ den Gedanken fallen. Stattdessen setzte er auch Varahanas Namen auf die Todesliste. »Mater, ich wäre in der Tat dankbar.«

Mit diesen Worten wandte er sich ab und ging zurück in seinen Pavillon. Als sie eintraten, packten Krähenfuß und Thom wortlos Tamis Arme, und der Erstere legte ihr die Hand auf den Mund, um sie zum Schweigen zu bringen. Banno riss die Augen auf.

Mein Junge ist viel zu weich. Aber er muss jetzt seinen Platz einnehmen.

»Sichert das Lager und sorgt dafür, dass jeder in der Nähe bleibt«, befahl er seinen Leutnants. »Keiner rennt los, um sich zu rächen – damit werden sie rechnen. Wenn wir sie niedermachen, dann auf meinen Befehl, wenn ich bereit bin.« Er deutete auf die Zeltstange in der Mitte. »Fesselt meine Schlampe an die Stange.«

Sie wehrte sich, bis sie eine Faust in den Leib bekam und sich krümmte, dann fesselten und knebelten sie sie, damit sie nicht das Lager alarmierte und Varahanas Leute angerannt kamen. Elgus wartete, bis sie sich nicht mehr bewegen konnte, dann packte er sie an den Haaren und riss ihr Gesicht nach oben. »Hast du sie gewarnt?«

Sie schüttelte den Kopf und blickte ihn flehentlich an.

»Hast du sie gewarnt?«, wiederholte er und ballte die Faust. »Jemand hat es getan.«

Wieder ruckte ihr Kopf von einer zur anderen Seite.

Lügnerin.

Mit einem brutalen Schlag brach er ihr die Nase. Blut sprühte durch die Luft, dann lief es ihr das Gesicht hinunter, während sie zusammensackte und ihr Kopf benommen hin- und herrollte. »Du hast meine Söhne ermordet«, beschuldigte er sie. Er holte mit dem mit einer Stahlkappe verstärkten Stiefel aus, trat ihr in die Rippen und hörte Knochen brechen. Sie schwankte und würgte in ihren Knebel, ihre Augen traten hervor, Tränen strömten herunter. Durch den blutigen Knebel rang sie nach Luft.

»Vater«, stieß Banno leichenblass hervor.

Er fuhr zu dem Jungen herum. »Was hast du gesehen, Junge?« Bannos Blick schoss zu Krähenfuß und Thom.

»Ich … ich … ich muss im Wald den falschen Weg gewählt haben«, stammelte er. »Ich kam an den Rand einer Lichtung … Poel und die anderen standen dort, und ein Haufen Jäger – liebe

Garda, sie umzingelten sie und forderten sie auf, sich zu ergeben – aber unsere Jungs glaubten, sie schaffen zu können. Sie griffen an …«

Die Arroganz von Osvard und seinen Kumpeln … Elgus massierte sich die Schläfen, um gegen die rasenden Kopfschmerzen anzukämpfen, die hinter seinen Augen aufstiegen. Krähenfuß starrte Banno mit seinem Raubvogelblick an, und Thom der Blutige steigerte sich langsam in den Zorn eines Bärenmannes hinein.

Elgus ergriff das Wort, bevor einer von ihnen die Kontrolle verlor.

»War Tami bei ihnen?«, wollte er wissen.

Bannos Blick fuhr zu der verletzten Frau, die im Schlamm kauerte, während Blut ihr Antlitz hinunterströmte, und Elgus dachte: *Er hat seine Brüder geliebt. Ich kann darauf vertrauen. Sein Wort bestimmt, ob sie lebt oder stirbt.*

»Nein.« Banno schüttelte den Kopf, und seine Stimme brach. »Ich habe sie dort nicht gesehen.«

Elgus atmete tief aus und wechselte einen angespannten Blick mit Krähenfuß und Thom.

»Das bedeutet nicht, dass sie sie nicht gewarnt hat«, bemerkte Krähenfuß. »Sie sollte unsere Spionin sein – sie hat behauptet, Vyre um den Finger wickeln zu können. Sie hätte es wissen müssen – sie hätte uns warnen müssen.«

»Wir sollten das verdammte Dreckstück töten«, stimmte Thom ihm zu.

»Ich glaube nicht, dass sie jemand gewarnt hat«, meinte Banno. Seine Stimme gewann an Sicherheit. »Foaley und Varahana sind nicht dumm – und Vyre hat mit seiner Praxxismagie vermutlich alles kommen sehen.«

Das ist plausibel, fand Elgus.

»Was ist mit Osvard?«, fragte Krähenfuß Banno. »Du hast Poel gesehen, hast du gesagt, aber nicht Ossi?«

»Ihn habe ich nicht gesehen«, antwortete Banno, »aber Varahana hat die Wahrheit gesagt. Er hat Kemara angegriffen und wurde dabei getötet.«

»Wer war es?«, knurrte Thom.

»Der Seemann. Trimble. Das habe ich gehört.«

Trimble. Elgus setzte den Namen auf die Todesliste. Er nahm Zuflucht bei seiner ganzen mühsam gewonnenen Erfahrung und kämpfte seinen Zorn nieder. Manche Hauptmänner waren nichts anderes als eine Fehlzündung, aber er lud seine Waffe stets sorgfältig, damit sie, wenn der Funke des Feuersteins die Pfanne traf, auch richtig zündete.

»Krähe, Thom«, sagte er schließlich, »dreht eine Runde, vergewissert euch, dass alles in Ordnung ist und die Toten mit dem gebührenden Respekt behandelt werden. Banno, du bleibst bei mir.«

Die beiden Veteranen runzelten die Stirn, aber sie gehorchten und ließen ihn mit seinem Sohn und der übel zugerichteten Gefangenen allein. Elgus begab sich zu Tami und entfernte den blutigen Knebel, damit sie etwas leichter atmen konnte. Ihre Augen blickten furchtsam, aber sie flehte nicht, sondern keuchte nur feucht und angestrengt.

Wozu ist sie jetzt noch von Nutzen?, fragte sich Elgus. *Ich werde ihr nie wieder vertrauen.*

»Und?«, fragte er. »Was soll ich mit dir machen?«

Sie wollte etwas sagen, aber er verschloss ihr mit der Hand den Mund.

»Ich will deine Lügen nicht hören«, sagte er zu ihr, dann griff er nach seinem lederumwickelten Schlagstock. Er reichte ihn Banno. »Töte sie, Junge. Schlag sie tot.«

Banno zögerte. »Vater?«

»Ich habe gesagt, du sollst sie töten, du verfluchter Schwächling. Töte sie!«

»Er wird nichts dergleichen tun«, verkündete eine neue Stimme.

Blind vor Zorn fuhr Elgus herum. Kemara Solus stand im

Zelteingang, Mater Varahana direkt hinter ihr, gleich neben den beiden Wachen, die diese Störung hätten verhindern sollen. Aber sie waren offensichtlich verängstigt, denn blaue Blitze tanzten die Fingerspitzen der Heilerin entlang. Die Luft knisterte, in ihren Augen leuchtete ein bleiches, animalisches Licht.

»Heilige Garda«, hauchte Elgus und erstarrte.

»Tami hat niemanden vor irgendetwas gewarnt«, behauptete Varahana in hochmütigem Tonfall. »Wir wussten von Anfang an von dem Verrat – aber ich bin bereit, Euch zu glauben, dass Osvard nicht auf Euren Befehl gehandelt hat.«

Er ballte die Faust, fand Mut in seinem Zorn. Im Nahkampf war Zauberei eine unhandliche Waffe – sie war zu langsam. Darum verrichteten die meisten Zauberer ihre Arbeit hinter einer Phalanx aus Infanterie. »Wenn ich den Befehl gebe, kommt ihr hier nicht lebend raus.«

»Ihr auch nicht«, erwiderte Kemara. Ihre Miene war hart, das unirdische Licht glühte noch heller. »Wollen wir?«

Er kam zu dem Schluss, dass das ihr Ernst war, und zog langsam die Hand vom Schwertgriff zurück. »Und jetzt?«, stieß er heiser hervor.

»Wir treten alle zehn Schritte zurück und holen tief Luft«, sagte Varahana. »Wir haben getan, was wir tun mussten, um uns zu schützen. Ihr habt nicht gewusst, was Osvard geplant hat. Damit hat die Sache ihr Ende. Übrigens ist ein Läufer eingetroffen – Vyres Gruppe hat die Imperiumstruppen besiegt. Sie werden bald hier sein.«

Scheiße.

Da er erkannte, dass das Spiel vorbei war, täuschte er Erleichterung vor, und nach der Kontrolle der Heilerin über ihre Magie zu urteilen – ihm war nicht klar gewesen, dass sie darin so weit fortgeschritten war –, wäre der Angriff auf sie vermutlich selbstmörderisch gewesen.

»Ich habe wirklich nicht gewusst, was Osvard da vorhatte«, log er. »Es wird keine weiteren Probleme geben.«

Tami wird ihnen die Wahrheit erzählen, wenn ich sie freilasse, aber vermutlich kennen sie sie ohnehin schon. Hier geht es eigentlich darum, ob sie mir abkaufen, dass ich reuig bin und es nicht noch einmal versuche. Weder Varahana noch Kemara waren Närrinnen, aber sie wollten den Frieden bewahren.

»Ich habe Tamis Rolle in dieser Angelegenheit missverstanden«, sagte er, als hätten sie ihn überzeugt. Er beugte sich über sie und streichelte ihre Wange, als würde er alles bedauern. »Von jetzt an stehen wir bis zum Ende hinter Vyre.«

Mit gezogenen und geschärften Messern.

Varahana sagte nichts, sorgte sich vermutlich, dass die Ablehnung seiner Worte Gewalt provozieren würde.

Elgus wandte sich seinem Sohn zu. »Banno, schneide Tami los.«

Sein Sohn gehorchte mit weitaus mehr Eifer als bei dem Befehl, sie zu töten. Nicht nur das, er schob die Schulter unter Tamis Arm und half ihr aus dem Zelt. Varahana folgte ihnen, und Kemara ging zuletzt rückwärts raus.

»Ihr lernt schnell«, sagte Elgus. »Oder gebt Ihr nur vor, eine Zauberin-Novizin zu sein?«

»Das weiß nur ich, und Ihr könnt raten. An Eurer Stelle würde ich meine restlichen Ambitionen begraben, uns zu verraten, Sir Elgus. Wir werden nur Erfolg haben, wenn wir zusammenarbeiten.«

»Oder was?«

Sie schleuderte einen Blitz auf das Gestell mit seinen Rüstungen. Stangen zersplitterten in einer grellen Entladung, Funken flogen und ließen verkohltes Holz zurück. Die Beinschienen, die daran hingen, fielen verbogen zu Boden. Sie glühten rot.

Deo im Himmel ...

»Ein ›oder was‹ gibt es nicht«, grollte sie, dann fuhr sie auf dem Absatz herum und verschwand.

Er stieß langsam die Luft aus und zitterte vor Furcht und Zorn. Dann fragte er sich, ob das der Anfang von seinem Ende war.

Raythe, Jesco und Vidar führten ihre Gruppe ins Lager und sahen sich neugierig um. Cal Foaley empfing sie. Ein Läufer hatte sie flussabwärts abgefangen, damit sie erfahren konnten, was sich im Lager abgespielt hatte. Oder zumindest eine Version davon.

»Was geht vor?«, fragte Raythe.

Foaley, der beträchtlich jünger war, als sein graues Haar und die wettergegerbten Züge glauben ließen, deutete auf Varahanas Zelt.

»Die Heilerin kümmert sich um Tami, Varahana segnet die Toten, und Rhamps Männer heben Gräber aus.«

»Wie nimmt Elgus es auf?«

»Er ist noch nicht aus seinem Zelt gekommen.«

Raythe runzelte die Stirn. »Ich sollte besser gehen und ihm mein Beileid aussprechen.«

»Ist das klug?«, fragte Vidar.

»Vermutlich nicht, aber wir müssen wieder Normalität herstellen.« Raythe schüttelte Foaley die Hand. »Gut gemacht, Cal. Sollte dieses Unternehmen Gewinn einbringen, erhaltet Ihr einen Bonus.«

»Den nehme ich gern, mein Lord«, sagte der sehnige Jäger. »Was ist noch mal das Doppelte von nichts?« Er grinste schmal über seinen Witz und ging.

Trotz Raythes Rückkehr blieb es im Lager still. Die Frauen und Kinder der Jäger und Dörfler wurden von Rhamps Leuten ferngehalten; bewaffnete Männer patrouillierten einen hundert Fuß langen Streifen Niemandsland. Sobald Raythe und Jesco ihn betraten, versammelten sich ein paar von Rhamps Männern hinter Thom dem Blutigen und kamen ihnen entgegen.

»Ihr habt wirklich Nerven, herzukommen«, sagte der große Söldner feindselig.

»Ich halte es für wichtiger, dass wir sofort miteinander reden, statt uns auf die Brust zu trommeln – Ihr nicht?«, erwiderte Raythe.

Thom der Blutige hielt inne. »Wartet hier«, sagte er dann und begab sich zu Rhamps Pavillon.

Nach ein paar Minuten, in denen die anderen Söldner sie stumm anstarrten und Jesco unbekümmert ein Tanzlied pfiff, kehrte Thom mit Sir Elgus zurück. Der große Ritter sah mitgenommen und grau aus, seine Augen waren blutunterlaufen.

»Ihr habt es zurück geschafft«, sagte er düster.

»Aye. Der Plan hat reibungslos funktioniert, wir haben den Bolgravianern eine blutige Nase verpasst, und mit etwas Glück wissen sie noch immer nicht, welche Richtung wir eingeschlagen haben. Der Fluss mit den Istariolspuren mündet am Nordrand dieses Sees. So steht es in den Aufzeichnungen des Kartomagikers. Die eigentliche Jagd beginnt jetzt.«

Der pelarianische Ritter hörte schweigend zu. »Vermutlich nehmt Ihr an, dass ich Euch betrügen wollte«, murmelte er dann.

»Der Gedanke ist mir gekommen.« Raythe hob die Hand, um Elgus nicht zu Wort kommen zu lassen. »Aber ich gehe davon aus, dass es nur Osvard und seine Komplizen waren. Euer Verlust tut mir leid, aber er hat die Grenze einmal zu oft überschritten.«

Schweigend musterten sie einander. Dann fragte Elgus: »Also arbeitet Ihr weiter mit mir zusammen?«

»Natürlich. Müssen die Sünden des Sohns auf den Vater übergehen? Hört mir zu, Elgus, wir sind nur eine Gruppe von Flüchtlingen, die über den Rand der Landkarte marschiert sind. Wir wissen nicht, was auf uns zukommt, aber wenn wir überleben wollen, müssen wir zusammenarbeiten. Osvard hat das nie verstanden, aber ich bin mir sicher, Ihr schon.«

Tatsächlich bin ich mir da alles andere als sicher, aber ich glaube noch immer nicht, dass du unverbesserlich bist.

Wieder führten sie den Wettstreit durch, wer zuerst blinzelte, dann knurrte Sir Elgus: »Ihr habt den Befehl, Lord Vyre. Wir spielen unsere Rollen. Und wenn Ihr mich jetzt entschuldigen wollt, ich muss zwei Söhne begraben.«

Kemara tupfte Tamis Gesicht mit einem feuchten Tuch ab, als die pelarianische Frau sich regte und die Augen aufschlug. Man hatte ihr ein Betäubungsmittel gegeben, und jetzt wachte sie langsam auf, blinzelte ein paarmal, bevor sie Kemara erkannte.

»Was ist passiert?«, fragte sie kaum verständlich.

»Wir haben Euch rausgeholt«, sagte Kemara. »Ich habe Eure Nase gerichtet und Eure Rippen verbunden.«

»Ich glaube, ich erinnere mich ... Eure Augen waren so seltsam.« Sie suchte Kemaras Hand. »Danke.«

»Das waren wir Euch schuldig – aber Ihr wart dumm genug, danach in sein Lager zurückzukehren.«

»Ich dachte, ich könnte dreist bluffen«, krächzte Tami. »Ihr habt recht ... das war verkraggt blöd.« Sie klimperte schwach mit den Wimpern. »Aber du hast mich gerettet. Meine Heldin.«

Kemara machte sich mit einem finsteren Blick von ihr los. »Haltet den Mund und liegt still.«

»Ich sollte mir wohl besser ein neues Lager suchen«, sagte Tami. »Ich glaube, ich gehe zu Raythe.« Sie blinzelte der Heilerin erneut zu. »Er und ich kennen uns von früher.«

Als würde mich das interessieren. »Die Entscheidung liegt bei Lord Vyre. Und jetzt entschuldigt mich.«

Sie ging zu ihren anderen Patienten. Einer der vier hatte eine Lungenentzündung und bekam schwer Luft, aber die anderen beiden waren so gut wie geheilt. Und dann war da Trimble. Ihr Retter.

Ich bin dankbar, aber er bereitet mir Unbehagen. In seinem Blick lag eine beunruhigende Intensität, und sie wünschte sich, er würde ihre Haare in Ruhe lassen. Sie hatte angefangen, sie nach hinten zu binden, damit sie für ihn außer Reichweite blieben. *Aber als Osvard kam, hat er mich gerettet. Er hat sich ein paar Freiheiten verdient.*

»Dreht Euch auf den Bauch.« Sie half ihm, sich herumzurollen. Dann zog sie die Verbände ab. Sein Rücken war eine Masse nässender Wunden, aber sie hatten sich nicht entzündet und waren ordentlich verschorft, bis bei dem Kampf gegen Osvard Rhamp die Nähte gerissen waren.

»Das wird jetzt wehtun«, warnte sie und griff nach Nadel und Faden.

Als sie fertig war, trug sie eine reinigende Salbe auf, und er stöhnte in einer Mischung aus Vergnügen und Schmerz. »Ihr habt gute Hände«, seufzte er. »Die besten, die ich je gespürt habe, gute Frau.«

»Ich heiße Kemara.«

»Ich weiß.« Er schaute mit einem Auge zu ihr hoch. »Aber ich bin mir nicht sicher, wie die richtige Anrede für eine Novizin ist.«

»Ich habe nur das vorläufige Gelübde abgelegt. Garda und ich sind uns noch nicht einig.«

»Du bist eine Verschwendung für die Kirche. Und du kannst mich Moss nennen.« Er versuchte sich an einem Lächeln, was sie mit einem Stirnrunzeln erstickte.

»Beweg dich so wenig wie möglich«, befahl sie ihm. »Wenn du diese Nähte noch einmal platzen lässt, bist du auf dich allein gestellt. Brauchst du sonst noch etwas?«

Er sah sie an. »Ich konnte mich nicht mehr rasieren seit ... dem Schiff. Die Bolgravianer mögen ihre Matrosen glatt rasiert – irgendeine alberne Vorschrift. Also was sagst du dazu? Rasieren oder nicht?«

Sie studierte sein stoppeliges Gesicht. Der dichter werdende Bart verlieh seinen Zügen eine Wärme, die sie sonst vermutlich nicht hatten. Also sagte sie: »Behalte ihn. Da, wo wir hingehen, wird es kalt sein.«

Als sie sich erhob, griff er nach ihrem Pferdeschwanz. »Es gefällt mir, wenn du deine Haare nach hinten gebunden trägst. So fangen sie das Licht anders ein. Wie gefrorenes Sonnenlicht.« Dann ließ er los, bevor sie ihn zurechtweisen konnte.

In Gravis' Schenke war sie jeden Abend angemacht worden,

aber es war lange her, dass jemand es für wert befunden hatte, sie zu umwerben. Es war irgendwie schmeichelhaft.

Also schlug sie ihn nicht.

Raythe trat ans Seeufer. »Und?«, rief er.

Mater Varahana stand bis zu den Knien in dem eiskalten Wasser und starrte eine Phiole an, die sie ins Licht hielt. Der Tag war bewölkt und der Wind schneidend; dichte Wolken verbargen die Sonne.

Die Karawane war im Schatten der Berge zur Nordseite des Sees gezogen. Das hier war der einzige Fluss, der im See mündete, also würde ihr Weg darin bestehen, ihm flussaufwärts zu folgen. Aber Raythe musste sich sicher sein, darum hatten sie Proben entnommen in der Erwartung, dass es eine Formalität sein würde.

»Immer noch nichts«, erwiderte die Mater enttäuscht.

»Kragga«, schäumte Raythe. *Wo bei der Flammengrube ist das Istariol? Die Probe des Kartomagikers war beinahe orange, es sollte mühelos zu finden sein – also wo ist es?*

Der See wies einen matten, leblosen Glanz auf und schien kurz davor zu stehen, zuzufrieren, obwohl es Spätsommer war. Von dem Gletscher in der Nachbarbucht sickerten nur Rinnsale ins Wasser. Die einzigen Laute waren der flüsternde Wind und das Geblöke des noch lebenden Viehs.

Wenn wir keinen Weg finden, sind wir am Arsch.

»Seid Ihr sicher?«

»Ja, ich bin sicher«, erwiderte Varahana gereizt.

Am Ufer sahen Jesco, Vidar, Kemara und Sir Elgus mit besorgten Mienen zu. Der Ritter stand abseits der anderen. Weitere Zuschauer hatten sich am Wasser versammelt und fragten sich, ob sie den ganzen Weg für nichts gekommen waren. Vielleicht waren sie es tatsächlich.

»Raythe?«, rief Varahana.

Er drehte sich hoffnungsvoll um. »Was ist – habt Ihr etwas gefunden?«

»Nein. Ich wollte nur wissen, ob ich jetzt aus dem Wasser kommen kann, bevor meine Muschi zufriert.«

»Ja, natürlich … verdammt!«

Er ging davon, watete durch den flachen Fluss zum anderen Ufer. Das Wasser drang durch das Stiefelleder, und seine Zehen wurden gefühllos, aber er konnte sich jetzt einfach nicht all den anklagenden Blicken stellen. Er musste in Ruhe nachdenken.

Das steinige Seeufer führte ihn um eine Landspitze in die nächste Bucht, wo eine entmutigende Barriere aus Felsen und Eis den Weg blockierte. Der Gletscher, den sie zuvor entdeckt hatten, war eine zerbröckelnde Schlange aus Eis von der vielfachen Höhe seiner Körpergröße und hundert Meter oder mehr breit, die sich aus den Bergen schlängelte. Vor den Mizrakriegen und dem Einsetzen der Eiszeit musste das der Fluss gewesen sein, der diesen See hauptsächlich gespeist hatte. Jetzt kroch er laut den Büchern, die Raythe als Student gelesen hatte, jedes Jahr ein paar Fuß weiter.

Vielleicht habe ich die Aufzeichnungen falsch verstanden – vielleicht fließt ein anderer Fluss irgendwo westlich von hier. Oder es ist der falsche verkraggte See. Vidar behauptet, es sei der richtige, aber vielleicht erinnert er sich ja nicht richtig.

Einen Weg um das Gletscherende zu finden war einfach. Er watete durch das seichte Wasser, wo das Eis langsam schmolz, stieg über Rinnsale voll moosiger Steine und die Überreste uralter Äste, die die Strömung mit sich getragen hatte, bevor der Fluss zu Eis erstarrt war. Er ging weiter …

… und blieb stehen und ging zurück, starrte die schmutzigen Rückstände in einem dieser Rinnsale an.

Eine Minute später hatte er die kleine Landspitze wieder umrundet und schrie, so laut er konnte, damit Varahana und die anderen ihn auf der anderen Flussseite auch verstehen konnten: »*ICH HABE ES GEFUNDEN!*« Er hüpfte vor Aufregung auf der Stelle, ohne sich daran hindern zu können. »ICH HABE ES GEFUNDEN!«

DREI

Der Eisfluss

Sie brauchten einen Tag, um eine Rampe vom Ende des Gletschers zu seiner Oberseite zu bauen, damit sie die übrig gebliebenen Wagen und Tiere mühsam nach oben befördern konnten. Raythe hatte gefürchtet, dass dieser Weg unmöglich sein würde, aber Cal Foaley hatte ihn ausgekundschaftet und bei seiner Rückkehr berichtet, dass es sogar ein überraschend einfach zu begehender Weg war.

»Wasser friert horizontal, wenn es kann«, sagte Foaley. »Die Bewegung des Gletschers hat ihn an einigen Stellen zerbrochen, aber die Oberfläche ist seit Jahrhunderten dem Schnee ausgesetzt. Man kann darauf laufen.« Er lachte. »Langsam glaube ich doch daran.«

»Erst jetzt? Warum habt Ihr Teshveld dann überhaupt verlassen?«

»Es schien eine bessere Idee zu sein, als langsam im Imperium die Luft abgeschnürt zu bekommen. Ich wollte einfach wieder frei atmen können.«

Unglaublich. Aber wenn man nichts hat, hat man auch nichts zu verlieren. Raythe hieb ihm auf die Schulter. »Ich glaube es langsam auch. Habt Ihr eine Lagerstelle gefunden?«

»Wir werden oben auf dem Eis lagern müssen«, antwortete Foaley, »aber auf der windabwärts gerichteten Seite kann man am Rand der Schlucht Feuer entzünden. Das Eis sieht so aus, als wäre es bis zum Erdboden gefroren. Wie alt mag es sein?«

»Vermutlich war es bis zu den Mizrakriegen und dem Entstehen des Eisherzes ein Fluss. Als er gefror, gefroren die Spuren von Istariol auch. Folgen wir dem Gletscher nach Norden, finden wir das Istariol.«

»Diese Reise wird immer beschwerlicher.«

»Wäre es einfach, hätte man es mittlerweile längst gefunden. Ich frage mich, wie lang der Gletscher ist.«

»Ich bin fünf Meilen gegangen, und da war er noch lange nicht zu Ende«, erwiderte Foaley. »Nach der Größe der Schlucht zu urteilen, muss das ein langer, breiter Fluss gewesen sein. Ich würde sagen, der ursprüngliche Oberlauf ist ein gutes Stück im Norden, irgendwo im Eisherz.« Er erwiderte Raythes Blick. »Dort oben leben nicht mal mehr Schneehirsche. Dort wird nichts sein – keine Vegetation, kein Viehfutter, nichts zum Jagen.«

»Ich weiß. Aber Istariolfelder erschaffen ihre eigenen Klimazonen. Zauberer haben Hunderte von Quadratmeilen große fruchtbare Gebiete weit oberhalb von Eisflächen gefunden. Mit Glück gibt es da sogar Tiere, die Ihr noch nie zuvor gejagt habt.«

Foaleys Miene hellte sich auf. »Das klingt interessant.«

»Während Ihr weg wart, hat Vidar die anderen Jäger in der Umgebung nach Wild suchen lassen, und ein paar Leute fischen sogar – der See ist voller Fisch. Was wir erwischen, werden wir heute Abend räuchern, damit es für die Reise hält. Ich bin zuversichtlich, dass wir Lebensmittel für zwei Wochen haben. Das ist nicht unbedingt viel, das ist mir klar, aber dieser Gletscher kann nicht endlos sein.«

»Das muss er aber auch nicht; auf dem Eis werden wir nicht mehr als drei oder vier Meilen am Tag schaffen, Raythe. Euch ist schon klar, dass wir schon nach zwanzig Meilen zu dem Punkt kommen, an dem wir nicht mehr umkehren können?«

»Aye. Idealerweise würden wir hier lagern und eine kleine Gruppe losschicken, die das Istariol sucht, bevor wir alle dem Risiko aussetzen – aber das Imperium könnte uns dicht auf den Fersen sein, also ist das unmöglich.«

Foaley dachte darüber nach. »Aye, wir können nur vorwärts. Aber was ist, wenn wir den Punkt ohne Rückkehr erreichen, bevor wir das Istariol finden?«

»Das entscheiden wir, wenn wir dort sind«, sagte Raythe grimmig.

Er dankte dem Jäger, dann ging er zurück zu seinem immer größer werdenden Lager – Tami gehörte nun dazu wie Kemara und ihre aktuellen Patienten. Heute Nacht war es ein Fallensteller namens Veet Brayda, der am Strand verwundet worden war und jetzt eine Lungenentzündung hatte, und der Matrose Trimble.

Beim Essen saß Raythe zufällig neben dem pelarianischen Seemann. »Also werdet Ihr uns reich machen?«, bemerkte Trimble.

»Wir hoffen es. Was würdest du mit etwas Geld machen?«

»Mir eine gute Frau suchen und mich niederlassen.« Er blickte in Kemaras Richtung. »Ein nettes ferreanisches Mädchen, denke ich.«

»Kemara ist eine Zauberin. Ich gebe dir einen guten Rat: Sieh dich anderswo um.«

»Ich bin mir nicht sicher, ob ich das kann, mein Lord.«

Patienten und Heilerinnen, ein Tanz so alt wie die Zeit, dachte Raythe. *Idiot.*

Kemara löffelte das Betäubungsmittel in Veet Braydas Mund und lauschte seinen flachen, feuchten Atemzügen. Seine Lungenentzündung verschlimmerte sich, und der langsame Weg über den Gletscher in der eiskalten Luft würde ihn vermutlich umbringen, aber sie konnten ihn nicht zurücklassen.

»Schafft er es?«, fragte Moss Trimble. Er lag auf dem Bauch, der Verband auf seinem Rücken war gerade gewechselt worden. Die Haut heilte gut, besser, als Kemara geglaubt hatte. Der Mann war aus hartem Holz geschnitzt.

»Ich hoffe es.«

Mittlerweile hatte sie nur noch zwei Patienten in ihrem Karren. Tami hatte sich in Raythes Lager begeben – und war offensichtlich darauf aus, dem otravianischen Adligen noch näher zu kommen –, während die anderen Patienten zu ihren Familien zurückgekehrt waren.

Um etwas Privatsphäre zu haben und damit Veet sie mit seinen Hustenanfällen in der Nacht nicht störte, hatte sie das Zelt ein Stück abseits von den anderen aufgeschlagen, und so hatte sie nur Trimble zur Gesellschaft. Aber das war nicht schlecht: Der Mann war interessant.

Sie hatten ihre Mahlzeit gerade beendet, da sagte Trimble: »Du bist in Rhamps Lager gegangen und hast ihn konfrontiert, hat man mir erzählt.«

Kemara verzog das Gesicht. »Und?«

»Du hast gesagt, Vyre hat mein Schiff ganz allein in Brand gesteckt.«

»Darüber möchte ich nicht sprechen.«

»Tami hat gesagt, das wäre alles neu für dich.«

Sie zog in Betracht, einfach zu lügen. »Eigentlich nicht, Moss«, gestand sie dann aber ein. »In meiner Jugend war ich auf einer Academia Arcanus, aber ich war dort nicht gut. Also bin ich gegangen. Ich benutze es nicht mehr. Das Imperium mag keine unausgebildeten Zauberer.«

Und es mag wirklich, wirklich, WIRKLICH keine Mizrahexen.

»Kannst du diesem armen Kerl damit nicht helfen?« Moss sah Veet an.

Sie starrte auf den Rest des Lagers, das sich in einem Umkreis von mehreren hundert Metern erstreckte. Die Dorfbewohner und die Jäger hockten nun ungezwungen zusammen, aber Rhamps Söldner wurden von einem Abstand von fünfzig Fuß von den anderen getrennt. Die Stimmung war so kalt wie die Luft.

Sie stand auf, riet Trimble, etwas zu schlafen, und ging zu ihrer eigenen Decke.

»Das wird eine verdammt kalte Nacht«, erwiderte Trimble, dann blinzelte er ihr zu. »Zwei Körper sind wärmer als einer.«

»Verpiss dich«, sagte sie. Aber sie musste kichern, und als sie sich in ihre Decke wickelte und die Augen schloss, lächelte sie noch immer.

Es fiel schwer, zu wissen, wo die Maske endete, selbst wenn er sie trug. Toran Zorne war schon viele Männer gewesen, und für ihn waren Persönlichkeiten etwas, das man vortäuschte und dann zur Seite legte. Er hatte Moss Trimble nicht persönlich gekannt, aber er saugte Eindrücke von Leuten in seiner Umgebung grundsätzlich auf, und als man ihn aus dem Meer gefischt hatte und kaum glauben konnte, dass er noch am Leben war, hatte er sich Trimbles Persönlichkeit bedient, um die eigene zu verbergen.

Seine erste Aufgabe hatte darin bestanden, jeden zu eliminieren, der ihn kannte, also war er trotz der Qualen seines aufgeschlitzten Rückens in der ersten Nacht zu der Trage neben seiner gekrochen und hatte den einzigen anderen Imperialen, den Vyres Leute gerettet hatten, erstickt.

Dann hatte er sich darauf konzentriert, seine neue Identität zu konstruieren. Zum Teil bestand sie aus ihm, um seine deutlich sichtbare Herkunft zu erklären, und zum Teil aus Moss Trimble, einem schlichten Wesen mit primitiven Bedürfnissen. Zumindest war das sein Eindruck gewesen. Er hatte dem Seemann, den er ermordet hatte, sein Rotblatt gestohlen und es gekaut, um die eigenen Zähne zu verfärben, weil Trimble danach süchtig gewesen war. Außerdem war der Mann gierig auf Rothaarige gewesen, aber er hatte seine raubtierhafte Natur mit einem rauen Charme verborgen.

Ich habe Rebellengruppen und Spionageringe infiltriert. Ich schritt an der Seite von Königen und Priestern, Bettlern und Dieben. Ich bin ein Chamäleon.

Aber im Augenblick war er allein, und sein Imperium war weit weg. Er musste sehr vorsichtig sein.

Sobald das Atmen der Heilerin regelmäßiger geworden war, flüsterte er den Namen seines Familiars. »*Animus Ruschto!*« Der Geist drang in ihn ein. Ruschto hatte sich verborgen, aber heute Nacht brauchte Zorne das Praxxis.

»*Consano, corpus caecus*«, murmelte er und befahl dem Geist, weiter an der Aufgabe zu arbeiten, seinen Rücken zu heilen. Beim Praxxis ging es darum, die natürliche Ordnung wiederherzustellen, und der Zauber bildete sich ohne große Mühe. Ein Kribbeln durchdrang seine Haut und machte sie wieder gesund. Seit seiner Rettung hatte er das selten tun können, was die Reise zu einer Qual gemacht hatte, aber eine allmähliche Genesung war plausibler als eine wundersame Heilung.

Während er wiederhergestellt wurde, beobachtete er Kemaras schlafendes Antlitz. Die roten Haare umrahmten ihr scharfes, vom Leben gezeichnetes Gesicht. Eine Frau voller Geheimnisse und Substanz. Trimble hätte sie unbedingt besitzen wollen, aber Zorne verspürte nichts dergleichen. Andere Menschen stanken – er hatte es noch nie gemocht, in ihrer unmittelbaren Nähe zu sein. Seine Eltern hatten nie verstehen können, warum ihr Kind immer in Tränen ausbrach, wenn es umarmt wurde, warum er schon seit frühester Jugend so kalt und distanziert gewesen war. Also hatten sie ihn geschlagen, was die Kluft nur noch größer gemacht hatte.

Es ist kein Wunder, dass ich immer allein bin.

Das war nicht schlimm, er genoss die eigene Gesellschaft. Einsamkeit war kein Faktor in der Gleichung.

Bevor er schlafen konnte, galt es noch eine Arbeit zu erledigen. Er flüsterte den Zauber und zeichnete die nötige Rune, eine Mischung aus Anker und Strömung, um ein psychisches

Leuchtfeuer zu erschaffen, das auf die imperialen Sigilen abgestimmt war. Jeder imperiale Zauberer, der lauschte, würde es spüren und wissen, wo er nachschauen musste, doch sonst würde sie niemand bemerken.

»*Abeo*«, flüsterte er. Der Zauber endete, und Ruschto zog sich in sein Versteck zurück. Sein Rücken war von einem Gefühl warmer Taubheit erfüllt, und eine angenehme Müdigkeit lockte ihn in den Schlaf.

Vyre wird mich zum Istariol führen, und ich werde ihm das Imperium auf den Hals hetzen. Dann beanspruche ich Vyres Kopfgeld und muss nie wieder arbeiten.

Aber so hätte der echte Trimble gedacht. Natürlich würde *er* in seinem Dienst fortfahren. Die Jagd und das Töten waren alles, was er kannte. Das Leben war dazu da, seine Leidenschaften zu erfüllen, und Leute aufzuspüren war seine Leidenschaft.

Die Jagd und das Töten.

Wellen brachen sich an der Küste, aufgepeitscht von dem Wind, der den Rauch aufwirbelte, der von der Landspitze aufstieg, auf der Vyres Falle zugeschnappt und seine bolgravianischen Verfolger erwischt hatte. Larch Falkenstein lungerte in der Nähe des bolgravianischen Komandirs und seiner Adjutanten herum und wartete darauf, dass man ihm Aufmerksamkeit schenkte.

Vyre ist weg, und meine Jungs wollen nach Hause ...

Schließlich winkte Alexi Persekoi ihn zu sich.

»Komandir«, grüßte Falkenstein und salutierte. »Ich erbitte respektvoll eine Klarstellung meiner Befehle. Mein Gouverneur hat mich Unter-Komizar Zorne zugeteilt, der verstorben ist. Wir sind bereit, nach Hause zurückzukehren, Herr.«

Persekois ebenmäßiges Gesicht verzog sich zu einer hässlichen Fratze. »Pelarianer, immer abtrünnig. Darum ihr unterworfenes Volk. Antwort sein ney. Du sein bolgravianischen Militär zugeteilt. Jetzt du unterstehen mir.«

»Aber ...«

»Du gehorchen oder kommen vors Kriegsgericht, Kapitan Falkenstein. Deine Wahl.«

Zur Flammengrube mit ihm. Falkenstein salutierte erneut. »Verstanden, Herr«, sagte er durch zusammengebissene Zähne und marschierte unter dem verächtlichen Blick von Persekois Adjutanten davon. *Und sie können ihm gleich in die Flammengrube folgen.*

Er fand Simolon und die anderen unterhalb der Landspitze an einem Flussufer.

»Was ist, Larch?«, fragte Simolon. Die anderen Männer drängten sich um ihn. »Können wir nach Hause?«

»Persekoi sagt ›ney‹, der Arsch. Wir ziehen mit den Bolgies nach Norden.«

Die Ankündigung wurde von einer Flut von Flüchen begrüßt. Viele Männer hatten in Teshveld Familie.

»Ich weiß«, stimmte Falkenstein zu, »aber hier ist Persekoi das Gesetz.«

»Ich hoffe, Vyres Haufen ist davongekommen«, murmelte Trenchard, einer der Späher.

»Ich nicht«, log Falkenstein, um den Schein zu wahren. »Vyre ist ein Rebell und ein Renegat, und er hat uns jetzt schon zweimal ins Messer laufen lassen. Holen wir uns den Kopf dieses Bastards.«

Und ich hole mir meine Frau und meine Tochter zurück.

»Ja«, murmelte der Rest, und der verlegene Trenchard stimmte in den Chor ein. Nachdem das geklärt war, schickte Falkenstein sie an die Arbeit, damit sie für die Reise ins Landesinnere bereit waren.

»Hauptmann«, sagte Simolon, sobald die anderen Männer beschäftigt waren. »Woher wissen die Bolgies, wo Vyre hin ist?«

»Anscheinend ein Praxxiszeichen. Die Bolgie-Zauberer haben es entdeckt.«

»Warum sollte Vyre eine Spur hinterlassen?«

»Wer weiß? Für mich ist das alles nur Fledermausscheiße.«

Innerhalb einer Stunde waren sie auf dem Weg und marschierten mit der Verstärkung aus bolgravianischen Infanteristen, die Persekoi aus der Garnison in Rodonoi angefordert hatte. Die vier Zauberer – zwei alte Meister hatten sich zu den Zwillingen gesellt – studierten die menschenleere Küste mit verwirrter Geringschätzung, als könnten sie einfach nicht glauben, dass ihr jahrelanges Studium der Magie sie ausgerechnet an diesen Ort gebracht hatte.

Aber als die beiden Neuankömmlinge die Köpfe wandten, überlief Falkenstein ein Frösteln. Beide hatten weiße, blinde Augen. Izuvei: die Verstümmelten. Zauberer, die sich die Sehkraft ausbrannten, um die Geister besser sehen zu können, oder die sich das Gehör raubten, damit sie das Nebulum besser hörten, und andere ähnliche masochistische Schrecken.

Ihr leeres Starren bannte ihn kurz an Ort und Stelle, dann trieben sie ihre Pferde an und ließen ihn und seine Männer zitternd hinter ihnen zurück.

»Die Blinden führen die Blinden«, scherzte Simolon nervös.

»Diese Würmer haben meine Brüder getötet«, knurrte Trenchard. »Pelas govo a nagrei.«

Pelaria wird wieder erstehen.

»Schluss mit dem Rebellengequatsche, Jungs«, fauchte Falkenstein. »Solange sie uns zu Vyre führen, ist alles andere egal.«

Und damit schulterten sie die Waffen und gingen stromaufwärts.

Die Reise den Gletscher hinauf begann mit einer Reihe atemberaubender Ansichten, jede Biegung enthüllte neue Eisspitzen, die unter dem azurblauen Himmel funkelten. Das Wetter hielt sich, ein kleines Wunder, das möglicherweise ihre Rettung darstellte, aber die Luft war bitter und raubte der bloßen Haut jedes Gefühl. Bei einigen legte sich die Kälte auf die Lunge und ließ sie nach Luft ringen.

Raythe bereitete das Sorgen. *Wir werden Leute verlieren.*

Sie mussten langsam gehen; die Leute an der Spitze prüften jeden Schritt, und sie bewegten sich in beinahe völliger Stille. Eine Lawine von den Schluchtwänden konnte sie vernichten, den Weg versperren – oder den Rückweg. Selbst die Tiere spürten die Gefahr und klangen gedämpft. Sie hatten nur noch wenige Wagen. Man hatte die meisten zerstört, um Brennholz zu haben. Übrig gelassen hatte man nur die, die als unverzichtbar galten und darum über den Eisfluss geschleppt wurden. Am ersten Tag waren sie gerade mal vier Meilen weit gekommen, am zweiten dank einer scharfen Steigung voller scharfer Eisbrocken nicht mehr als zwei.

Am Nachmittag des dritten Tages hatten sie weitere acht Meilen geschafft. Raythe begab sich zur Vorhut und kam zu einem Engpass, in dem das Eis nachgegeben hatte und ein Wagen in die Tiefe gestürzt war. Beide Pferde hatten sich die Beine gebrochen und waren getötet worden. Die Trümmer lagen zwanzig Fuß in der Tiefe.

»Wessen Wagen?«, wollte Raythe wissen.

»Gravis Schankwirt«, knurrte Elgus Rhamp und erschien an Raythes Seite. Die Spannung zwischen seinen Leuten und dem Rest war noch immer deutlich spürbar, und jetzt sprachen sie seit dem Morgen von Osvards und Poels Beerdigung das erste Mal wieder. In der Nähe standen hauptsächlich Angehörige seiner Mannschaft und starrten auf die zerschmetterten Fässer. Man zerrte den am ganzen Leib zitternden Gravis in die Höhe. »Sein Wagen war der größte und schwerste – es muss eine Schwachstelle im Eis gewesen sein«, sagte der Ritter und ließ den Kopf hängen. »Diese Expedition wird uns alle das Leben kosten, Vyre.«

Nervöses Gemurmel ertönte bei allen, die ihnen zuhörten, und Raythe verdrängte seinen Ärger. Vor allen seine Angst zu zeigen war das Schlimmste, was ein Anführer im Augenblick tun konnte.

»Sie wird uns reich machen, Elgus«, verkündete er laut, bevor er flüsterte. »Behaltet Eure Zweifel für Euch, Mann.« Er wandte sich den Leuten zu, die daran arbeiteten, den Wagen zu retten. »Nehmt die Ausrüstung und verteilt sie an alle. Seid leise und vorsichtig.« Er schwang sich aus dem Sattel. »Ich helfe euch.«

Es war keine große Sache, aber ihn arbeiten zu sehen, trieb die anderen an. Dorfbewohner, Jäger und Söldner bildeten eine Menschenkette, um das zu retten, was noch zu retten war. Nach der nackten Anspannung der vergangenen Tage fühlte sich die geteilte Arbeit irgendwie wie eine Linderung an. Als sie fertig waren, sicherte sich Raythe mit einem Seil und stieg in das Loch. Leise beschwor er seinen Familiar, dann griff er mit seinen Sinnen in das Eis. Wie gehofft zog sich eine Spur aus schmutzigem Orange durch den unteren Teil des Gletschers: gefrorenes Istariol. Es auszugraben hätte sich nicht gelohnt, aber es war das sichere Zeichen, dass sie sich auf dem richtigen Weg befanden.

Er kletterte wieder nach oben und bat um Ruhe und Platz, dann zeichnete er die Rune Isa für Eis und gab Cognatus seine Befehle. Gemeinsam versiegelten sie das Loch und begruben die toten Pferde mitsamt dem zerschmetterten Wagen. Raythe fragte sich, wie viele Jahrhunderte es wohl dauern würde, bis die Trümmer das Meer erreichten.

Das Staunen auf den Gesichtern der Zuschauer, als das Eis von den Seiten kroch und das Loch füllte, war ebenfalls eine Art Bund, eine Erinnerung an seine Macht und dass sie nicht völlig der Gnade der Natur ausgeliefert waren. Selbst Rhamps Söldner sahen aus, als wären sie beeindruckt von dem Zauberer.

»Er hält für uns den Himmel frei«, hörte er die Frau des Schmieds zu ihren Kindern sagen.

»Nein, das mache ich nicht«, erwiderte er. »Das tun Deo und Garda.« Er blickte sich in dem Kreis aus Gesichtern um. »Behaltet den Kurs. Behaltet den Glauben.«

Zu seiner Überraschung musste er auf dem Rückweg zu seinem Pferd Hände schütteln.

»Ich habe das Imperium verlassen, um den verdammten Politikern zu entkommen«, murmelte Elgus.

»Wo Menschen sind, da ist auch Politik«, erwiderte Raythe. »Das wisst Ihr genau.« Er streckte die Hand aus und registrierte das beifällige Geraune über das kleine Symbol der Versöhnung. »Wir stecken da zusammen drin, Elgus. Bis zum Ende.«

Der Ritter fühlte sich offensichtlich in die Ecke gedrängt, aber er nahm Raythes Hand. »Bis zum Ende«, murmelte er.

Nachdem das erledigt war, ritt Raythe den Zug entlang und warnte jede Gruppe, an der er vorbeikam, vor der geflickten Stelle. Jesco machte den Abschluss und passte auf die Nachhut auf. In Gedanken zählte er die Familien ab, an denen er vorbeikam. Da waren die Borgers, die Holzbrenners, die Geldermarks und Tolleys ...

Aber keine Kemara Solus, die am Morgen bei den Tolleys gewesen war.

»Die Heilerin ist hinter uns, versucht Veet Brayda zu helfen«, sagte Sim Tolley auf die Frage. »Wir wollten auf sie warten, aber sie hat gesagt, dass die Nachhut nicht weit weg ist, also wäre alles gut.«

Der Sonnenuntergang stand kurz bevor, die Vorhut war nun Meilen voraus, und der Hauptteil der Karawane würde mit den Vorbereitungen für das Nachtlager beschäftigt sein. Raythe fing an, sich Sorgen zu machen, und er beschwor Cognatus und suchte sie mit Aspectu, der Rune der Weitsicht. Aber an diesem leblosen Ort gab es nur wenige Geister, und Cognatus fand keinen, mit dem er sich verbinden konnte. Also schickte er den Familiar in der Gestalt eines Vogels los, dann wandte er sich an Jesco.

»Sie ist irgendwo hinter uns, ganz allein. Wir müssen sie finden.«

Der Shadraner spähte nervös in den Himmel. »Dann sollten wir uns beeilen – dein gutes Wetter endet, mein Freund. Heute Nacht gibt es einen Sturm.«

»Und welche Richtung nehmen wir jetzt?«, fragte Banno.

»Ich weiß es nicht«, gab Zarelda zu. »Wir müssen auf Vater warten.«

Ein Zufall bei der Spähereinteilung hatte die beiden ausnahmsweise für dieselbe Patrouille ausgewählt. Angeführt von Vidar, hatten die sechs Leute eine Art Zusammenfluss erreicht; im Moment standen sie auf einem Felsvorsprung, dessen Ausblick das Gebiet jenseits der Schlucht zeigte. Der Gletscher war noch immer da, aber interessanterweise befand sich vor ihnen ein zugefrorener See.

Sie kniff die Augen zusammen und spähte in das einsetzende Zwielicht. Die untergehende Sonne durchschnitt die Wolken und erleuchtete die Nebelschwaden, die eine Meile oder auch weiter entfernt das andere Ufer einhüllten. »Dort drüben könnte es vielleicht sogar Bäume geben.«

»Falls ja, dann sind sie vermutlich tot«, meinte Banno. »Wir sind mindestens zwanzig Meilen ins Eisherz vorgestoßen.«

»Das ist lediglich der Rand«, erwiderte sie. »Das wahre Eisherz ist eine Eiswüste. Aber du hast recht, falls es so weit nördlich Bäume gibt, dann sind sie abgestorben. Die Kälte hat sie seit den Mizrakriegen konserviert.«

Alle trugen dicke Kleidung und hatten die Gesichter wegen des scharfen Windes eingefettet. Aber die Wanderung hatte Zar warm gehalten, genau wie Bannos Nähe, auch wenn er noch immer vom Tod seiner Brüder betroffen war.

Vidar kam zu ihnen. »Schafft ihr es bis ans andere Seeufer, bevor das Licht weg ist?«

»Was denn, etwa ohne Aufsicht?«, sagte Zar spöttisch, während Banno plötzlich hoffnungsvoll aussah.

»Das geht mich nichts an.« Vidar schnaubte. »Aber je schneller wir wissen, was dort drüben ist, umso weniger Zeit müssen wir verschwenden. In der Zwischenzeit gehe ich mit Tasker zurück zu deinem Vater. Hier draußen gibt es niemanden; solange ihr auf euch achtet, wird euch nichts passieren.«

»Das werden wir«, versprach Banno ernst.

Aufgeregt von diesem Vertrauensbeweis, kletterten Zar und Banno die zerborstene Eisbarriere herunter, wo der Gletscher auf den See traf. Auf der flachen Oberfläche kamen sie ungehindert voran und hielten auf die Nordseite zu. Ohne Zwischenfall erreichten sie das Ufer und kamen von reinem Eis zu einem steinigen Untergrund, der mit altem Schnee bedeckt war. Das Licht schwand, trotzdem konnten sie erkennen, dass sie zu einem Plateau gekommen waren. Dann stießen sie auf einen schwarzen und mit Frost bedeckten Baum, dem viele weitere folgten. Der Rand eines Waldes. Es handelte sich nicht um Kiefern, sondern um eine exotische Sorte aus dem Tiefland. Die nackten Äste waren in Eis gehüllt.

»Jeder Baum ist tot«, keuchte Banno. »Genau, wie wir gesagt haben.«

Unbewusst rückten sie näher aneinander, während das Licht stetig weniger wurde und der Nebel näher kam. Zar rief Adefar in sich hinein. Sofort schärften sich ihre Sinne. Zusammen mit Banno eilten sie das Ufer entlang, das zunehmend die Merkmale eines Sumpfes annahm, und suchten nach einem geeigneten Lagerplatz.

»Ich habe ein seltsames Gefühl.« Unwillkürlich flüsterte sie. »Als wären wir nicht allein ...«

»Dieses verfluchte Mistding!« Kemara schlug mit der Faust gegen ihren kaputten Karren.

Veet Brayda lag im Sterben, aber das konnte sie nicht akzeptieren, also war sie zurückgeblieben, während die Tolleys weitergingen. Nur sie, Moss Trimble und der arme Veet. Und natürlich Beca. Allerdings waren sie nicht die Letzten: Vidar hatte ein paar Späher ausgesandt, die nicht weit hinter ihr sein konnten. Trotzdem wünschte sie sich jetzt, Tolley nicht weggeschickt zu haben. Veet hustete Blut, und sie musste oft stehen bleiben, um seine Lunge frei zu machen. Trimbles Rücken schmerzte noch immer viel zu sehr, als dass er eine Hilfe hätte sein können, und die meiste Zeit schlief er.

Dann brach die Achse, ihr Karren krachte auf den Boden, und eine Radspeiche zersplitterte. Sie wurde vom Wagen geschleudert, ihre beiden Patienten, die nebeneinander hinten lagen, wurden durcheinandergeschüttelt. Veet fing wieder zu husten an, Trimbles Nähte rissen. Trotzdem musste er Kemara bei Veet helfen, und die ganze Zeit schrie Beca in ihrem Zaumzeug sie wütend an.

Es gelang ihr, das Maultier zu befreien, dann konnte sie den Karren hoch genug stemmen, damit Moss eine Kiste darunter schieben konnte, um ihn aufzubocken. Sie starrten das Gefährt an und fragten sich, was sie nun tun sollten.

»Ich kann nichts zurücklassen«, sagte sie zu Moss. »Das sind sämtliche medizinischen Vorräte der Karawane.«

»Sie hätten dich nicht so weit zurückfallen lassen dürfen«, meinte er.

»Aber das haben sie«, murmelte sie, »und es ist ja meine eigene Schuld. Ich habe Tolley weggeschickt.«

»Er hätte trotzdem bleiben sollen«, murrte Trimble auf eine Weise, die sie stutzig werden ließ. Bis jetzt war er immer so leutselig gewesen, aber im Augenblick war ein seltsam gefährlicher Ausdruck in seine Miene getreten. Doch dann zuckte er mit den Schultern und war wieder er selbst. »Bestimmt wird man uns vermissen. Vermutlich glauben sie, dass du mit deinem Lieblingspatienten für einen romantischen Abend angehalten hast.«

»Hör auf mit dem Mist.« Sie lachte und war froh, dass sie sich wieder auf vertrautem Terrain befand. »Ich finde Veet überhaupt nicht attraktiv.« Sie schaute in den dunkler werdenden Himmel. Zum ersten Mal seit Tagen wirkte er bedrohlich. »Das können wir nicht selbst reparieren, außerdem ist es dafür sowieso schon zu spät. Da sind ein paar Späher hinter uns. Lass uns das Lager aufschlagen, ihnen eine Mahlzeit zubereiten und uns morgen früh um den Wagen kümmern.«

Moss schaute ebenfalls zu den grauen Wolken hinauf. Er nickte. »Aye, aber ich glaube, das gibt einen ungemütlichen Abend.«

Kemara musste die meiste Arbeit allein erledigen, aber Moss half, so gut er konnte, und kümmerte sich um Veet, während sie die nötigen Utensilien aus dem Karren holte und alles an der windabgewandten Klippe aufbaute. Dann kam das Zelt an die Reihe. Sie band Beca fest und fütterte sie, bevor sie ihren kleinen Vorrat Feuerholz in eine Felsspalte brachte, um dort ein Feuer zu entzünden.

Aber die Zünder waren feucht, sie waren bei dem Unfall in den Schnee gefallen. Bei dieser Entdeckung heulte der erste Windstoß durch die Schlucht und packte das Zelt. Innerhalb von Sekunden wurden die Pflöcke aus dem Boden gerissen, die Zeltplane flatterte davon. Kemara brüllte ihr hinterher; Verzweiflung stieg in ihr auf.

Man wird morgen früh unsere Leichen finden, dachte sie mit einem Schaudern, dann rief sie sich zur Ordnung. »Komm, Moss – bauen wir alles an dieser Böschung auf. In der Spalte suchen wir Zuflucht.«

Sie schleppten alles Wichtige zum Eingang der schmalen Felsspalte, bauten aus den Kisten einen niedrigen Wall, dessen Lücken sie mit Schnee ausfüllten. Die ganze Zeit brüllte Beca ängstlich. Kemara blieb nicht verborgen, dass sich noch mehr von Trimbles Wunden wieder geöffnet hatten; Blut durchtränkte sein Hemd von der einen Schulter zur anderen und von Hüfte zu Hüfte.

»Ruh dich jetzt aus«, sagte sie. »Ich entzünde ein Feuer, dann kümmere ich mich um deinen Rücken.«

Er sah erst sie, dann die ruinierten Zünder an. »Hast du noch andere?«

»Nein. Ich werde Praxxis benutzen müssen. Hast du etwas dagegen?«

Er spannte sich an. »Tu, was du tun musst.« Dann blinzelte er. »Das wird gemütlich.«

O Deo, muss ich ihn mir die ganze Nacht vom Leib halten? Bei dem Gedanken verkrampfte sich ihr Magen.

»Bleib zurück«, warnte sie ihn. »Ich muss mich konzentrieren.« *Und vor allem sollst du mir nicht so dicht auf die Pelle rücken.*

Seine Augen verengten sich etwas, aber sein Ärger war sofort wieder verschwunden. »Ich habe Magie noch nie aus der Nähe gesehen.«

»Ich bin doch keine Jahrmarktattraktion«, fauchte sie. »Beruhige Beca. Ich werde mich mit einem Familiargeist verbinden und ihm dann mit Worten und Zeichen die nötigen Befehle geben. Das dauert nur wenige Augenblicke, und Feuer machen ist leicht. Du darfst mich nur nicht ablenken.«

Sie wandte sich von ihm ab und sprach die verbotenen Worte gerade laut genug für Geisterohren – aber das bedeutete, dass auch Moss sie hören würde. Allerdings würde er nicht wissen, dass es kein Alt-Magniaisch war. *»Kaneska alla mizra.«*

Buramanaka berührte ihren Verstand, eine heiße Liebkosung, die eine hungrige Bereitwilligkeit vermittelte.

»Cuzka inim kasai«, befahl sie und zeichnete die Aldarrune.

Feuer loderte auf, der Familiar tanzte in den Flammen und formte den aufsteigenden Rauch in die Umrisse seiner maskierten Visage. Hinter ihr holte Moss zischend Luft, hastig rief sie: *»Saru!«* Aber Buramanaka ließ sich nicht ohne Gegenwehr wegschicken. *»Ima saru!«*

Die Flammen fielen in sich zusammen und wären beinahe wieder erloschen, als der Geist ins Nebulum gezogen wurde und verschwand.

Kemara drehte sich um. Moss Trimble hielt ihr Küchenmesser in der Hand.

Einen Augenblick lang fürchtete sie um ihr Leben, aber noch während sie nach Worten suchte, rief eine Stimme: »Kemara?«

Sie wandte den Blick nicht von Trimble, der erst sie und dann das Feuer ansah. »Ich dachte, ich hätte etwas gesehen ...«, begann er.

Er hat Buramanakas Antlitz im Rauch gesehen. Verflucht!

»Da war nichts«, versicherte sie ihm, nahm das Messer aus seiner reglosen Hand und legte es zurück zu ihren Kochutensilien. »Da ist jemand.«

Trimbles Gesicht verhärtete sich, als die Stimme außerhalb ihrer kleinen Höhle wieder rief. »KEMARA?«

»Hier drin«, rief sie zurück und erkannte erst jetzt Raythes Stimme, als der Otravianer am Eingang des Unterschlupfs erschien. In der Hand hielt er die Zügel seines Tieres. Wie gewöhnlich war Jesco Duretto direkt hinter ihm.

»Lord Vyre, ich bin wirklich erfreut, Euch zu sehen«, sagte sie ganz ruhig. »Uns ist eine Achse und ein Rad gebrochen.«

»Das habe ich gesehen«, erwiderte Vyre. Er warf Jesco die Zügel zu, und der Shadraner band ihre Tiere neben dem Maultier an. Dann zerrte er den Karren vor den Eingang der Felsspalte. Raythe quetschte sich in die Öffnung und warf einen Blick auf den bewusstlosen Veet Brayda. »Habt ihr die Späher gesehen? Heute waren Mytcha und Rabb Colston hinten, und sie sind mir noch nicht begegnet.«

»Nein«, sagte Kemara. Trimble sah irgendwie verwirrt aus und schien über Vyres Anwesenheit genauso wenig erfreut zu sein wie sie. »Ich war die Letzte in der Reihe, als der Karren seine Panne hatte.«

»Dann haben wir ein Problem.« Vyre deutete nach draußen. »Kommt und seht selbst.«

Er führte sie in das Schneegestöber hinaus und weiter um die nächste hinter ihnen liegende Biegung. Dort verbreiterte sich die Schlucht zu einem kleinen Tal mit steilen Hängen – und das rote Flackern, das im fallenden Schnee gerade noch zu sehen war, deutete darauf hin, dass am anderen Ende mindestens ein Dutzend Lagerfeuer brannten.

»Seid Ihr sicher, dass hinter uns kein Wagen mehr war?«, fragte Kemara. Moss starrte einfach nur in die Richtung, sein Gesicht war wie eine Maske.

»Keine«, sagte Raythe. »Ihr wart das Schlusslicht, und die Späher haben sich nicht zurückgemeldet. Ich fürchte, das sind Männer des Imperiums, und Mytcha und Rabb Colston sind entweder gefangen genommen oder getötet worden.«

Seine Worte raubten ihr die Luft, als hätte man ihr einen riesigen Stein auf die Brust gelegt, was nur eine der vielen schrecklichen Methoden war, mit denen man Mizrahexen leiden ließ. Dann stapelte man immer mehr Steine darauf, bis sie schließlich erstickten.

Niemand kann dem Imperium auf Dauer entfliehen.

VIER

Eis in Flammen

Der Sturm zerrte an Toran Zorne und den drei Flüchtlingen, und er fragte sich, was er nun tun sollte. Nach so vielen Monaten der vergeblichen Jagd hatte ihm das Schicksal Raythe Vyre ausgeliefert – aber er hatte keine Waffe. Und Jesco Duretto war ebenfalls da.

Und Kemara Solus ist eine Mizrahexe ...

Dieser Schock lähmte ihn mehr als alles andere. Vyre war einfach nur eine weitere Mission, mit der ihn seine Herren beim Ramkiseri und ihre Freunde, die Familie Mandaryke, beauftragt hatten. Nur ein weiteres Wild.

Aber sie ist eine Mizrahexe ...

In dem Augenblick, in dem er ihre magischen Worte vernommen und begriffen hatte, dass sie Mizra beschwor, hatte er befürchtet, dass der von ihr herbeigerufene Dämon seine wahre Identität erkennen würde. Er hatte nur einen Augenblick davor gestanden, ihr das Messer in den Rücken zu rammen, als sie sich umgedreht und die Klinge gesehen hatte, und dann hatte Vyre gerufen, und ihm war klar geworden, dass der Otravianer ebenfalls einer von ihnen sein musste – ein weiterer Hexer, ein weiterer Diener der Flammengrube. Kemaras Menschlichkeit, ihre Heilkünste, ihr solider Humor und die hartnäckige Freundlichkeit, das alles war nur eine Maske, wie er sie auch trug. Er steckte in einer Schlangengrube, einer Dämonenloge.

Damit konfrontiert zog er sich wieder hinter die Trimble-Identität zurück. *Ich habe schon zuvor andere Zauberer getötet,* rief er sich in Erinnerung. *Ich habe auch shadranische Klingenmeister getötet. Ich werde sie alle töten – wenn der richtige Augenblick gekommen ist.* Jetzt in diesem Moment etwas zu versuchen, wäre reiner Selbstmord, davon abgesehen wusste niemand genau, wozu eine Mizrahexe alles fähig war.

Es heißt, dass eine Hexe mächtiger als ein Dutzend Zauberer ist, weil ihr Familiargeist viele Jahrhunderte lang mehr Macht sammeln konnte.

Aber seine Aufgabe hatte sich nicht verändert – *infiltrieren und zuschlagen* –, und jetzt waren seine Verbündeten so nah. Morgen früh könnte es enden. Ihm fielen neue Pläne ein, während sie zurück zur Spalte gingen und sich an das Feuer der Hexe kauerten.

Jesco machte sich an die Reparatur der Karrenachse; Kemara kochte, und Raythe und Zorne kümmerten sich um die Decken.

»Ich kann die erste Wache übernehmen«, bot Zorne an, der eine Gelegenheit suchte.

»Das ist nicht nötig«, erwiderte Jesco vom Rand der Spalte. »Ihr seid verletzt, und ich bin an schlaflose Nächte gewöhnt.«

Zorne widersprach nicht, er wusste es besser. Was sich bestätigte, als sich Kemara zu Wort meldete. »Lass mich deinen Rücken sehen. Ich bin sicher, Lord Vyre wird nichts anbrennen lassen.« Sie und Vyre tauschten die Plätze, und Zorne ließ sie das blutige Hemd in die Höhe schieben. Als weitere Krusten aufbrachen, zuckte er zusammen. Sie schnaubte und machte sich an die Arbeit, zog die gerissenen Nähte, massierte sanft eine Salbe ein, um eine neue Entzündung zu verhindern, dann griff sie zu Nadel und Faden.

Die ganze Zeit war sich Zorne bewusst, dass Jesco Duretto seinen nackten Oberkörper musterte, aber er ließ nicht zu, dass ihn der Blick des Mannes – ein schamloser Perverser – nervös machte. Auch er hatte diese Rolle zuvor gespielt; manchmal gab es einfach keine andere Möglichkeit, an sein Ziel zu kommen.

Jesco blinzelte ihm zu, dann kicherte er, als »Trimble« ihm den Finger zeigte.

»Also, Lord Vyre«, sagte Kemara, »was machen wir mit diesen Bolgravianern?«

Vyre schaute auf. »Ich habe ein paar Ideen.« Er beugte sich vor und flüsterte ihr etwas ins Ohr.

Was auch immer er gesagt hatte, Kemara erschien schockiert. »Ist das überhaupt möglich?«

»Mit der Macht, die wir beschwören können«, erwiderte Vyre, »ist alles möglich.«

Die Worte bestätigten Zornes Verdacht. *Sie sind beide Mizrahexen ... und man muss sie aufhalten.*

Die beiden Späher hätten bereits tot sein müssen. Larch Falkensteins Grenzwächter waren der Hauptstreitmacht der Bolgravianer vorausgeeilt und Vyres Leuten vermutlich den Gletscher hinauf gefolgt, obwohl sie kaum Spuren gefunden hatten, dass überhaupt jemand hier vorbeigekommen war. Persekoi hatte ihn darüber informiert, dass Vyre ihre Spuren mit Zauberei verbarg, ein unbehaglicher Gedanke.

Darum hatte sich Falkensteins Gruppe auch nicht beeilt, aber am späten Nachmittag hatten sie ein breiteres Stück der Schlucht erreicht und dort zwei von Vyres Kundschaftern überrascht. Ein Pfeil in den Rücken brachte einen zu Fall, den anderen hatten sie umzingelt, bevor er weglaufen konnte.

Falkenstein kannte beide, Mytcha und Rabb Colston, Bauern aus Teshveld, die mit dem Rest von Vyres Leuten verschwunden waren. Persekoi übergab die Brüder an die Izuvei-Zauberer, und dann wurden die Dinge wirklich schlimm.

Zuerst entzündeten die Zauberer, ein alter Mann und eine Frau, die möglicherweise seine Schwester war, ein großes Lagerfeuer, dann schnitten sie ein riesiges Sechseck in das Eis, zogen die Colstons nackt aus und bemalten sie mit Runen. Man fesselte die Brüder an zwei Holzkreuze, die in der Mitte aufgestellt worden waren.

Die meisten der bolgravianischen Soldaten fanden andere Dinge zu tun, als zuzusehen, und nach ein paar Minuten folgten Falkensteins Männer ihrem Beispiel, aber er verspürte eine morbide Faszination.

Kenne deinen Feind, sagte er sich. *Lerne seine Möglichkeiten.*

Die blinden Zauberer stellten sich zu beiden Seiten der Kundschafter auf und malten weitere Symbole in die Luft, während sie sangen, riefen ihre Familiare zu sich. Zumindest so weit konnte ihnen Falkenstein folgen. Er schaute zu, wie sie Energie aus dem Lagerfeuer in sich hineinzogen und es neu formten, bis sich windende Gesichter mit grausamen Augen in den Flammen erschienen – dann floss der Feuerschein wie Wasser in das geschnitzte Sechseck und erhellte es irgendwie, ohne dabei das Eis zu schmelzen.

Mytcha und Rabb wollten schreien, aber man hatte sie sorgfältig geknebelt; schließlich befanden sie sich im Lawinenland. Sie stemmten sich gegen ihre Fesseln, und die blinden Zauberer sangen und beschrieben anmutige Muster.

Dann begann der wahre Schrecken.

Die Gletscheroberfläche in dem Sechseck verwandelte sich in ein Meer aus blau-weißen Händen und Armen, die in die Höhe stiegen und zu den beiden Männer krochen. Zuerst packten sie ihre Beine, dann arbeiteten sie sich immer höher. Die Augen der Gefangenen traten hervor, die Münder hinter den straffen Knebeln verzerrten sich, sie kämpften gegen die Fesseln, bis sie bluteten, aber das Eis hüllte sie langsam ein, wuchs die Oberschenkel, Hüften, Taille, dann weiter zur Brust hinauf, raubte ihnen die Körperwärme.

Schließlich waren nur noch ihre Köpfe frei – aber sie wanden sich trotzdem, obwohl sie längst hätten tot sein müssen; etwas in dem Zauber bewahrte den Lebensfunken, aber er ersparte ihnen weder den Schaden noch den Schmerz. Unter der Eisschicht löste sich ihre Haut auf, legte Muskeln und Sehnen frei, die sich spannten und hervortraten, um dann inmitten eines Blutschauers zu reißen.

Die Männer hätten tot sein sollen. Hätte Falkenstein es gewagt, hätte er sie aus Gnade selbst getötet, aber alles Gold in Shamaya hätte ihn nicht dazu bewegen können, die beiden grässlichen Zauberer zu unterbrechen.

»Das sein die Macht, die ein Imperium erschaffen«, bemerkte Komandir Alexi Persekoi, der sich zu ihm gesellte. Er lallte. Die Taschenflasche in seiner Hand stank nach starkem Alkohol.

»Aye«, krächzte Falkenstein.

»Wenn sie sein fertig, sie die beiden kennen von innen nach außen, yuz«, fuhr Persekoi fort, aber seine Stimme zitterte trotz des prahlerischen Tonfalls. »Kein Mann können widerstehen. Das sein wahre Macht.«

Das sein verkraggte Travestie, dachte Falkenstein.

»Eines Tages werden ganze Welt Imperium gehören«, prophezeite Persekoi. »Eine Rasse unter Deo und Imperator.«

Die Izuvei-Zauberin knurrte etwas in einem gutturalen Tonfall, und Mytcha und Rabb Colston fielen auseinander wie zwei langsam zersplitternde scharlachrote Vasen.

Falkenstein wandte den Kopf und übergab sich. Persekoi trank lautstark aus der Flasche, gab sich aber Mühe, die Überreste der beiden Männer nicht anzusehen. Schritte näherten sich. Falkenstein hob den Kopf wieder. Die beiden blinden Zauberer standen vor ihnen.

»Dieser Vyre sucht Istariol«, sagte die Frau. Ihre Stimme klang wie knisterndes Pergament. »Eine Hauptader, irgendwo stromaufwärts.«

Falkenstein riss die Augen weit auf, aber er hielt den Mund, bevor das schreckliche Pärchen auf die Idee kam, dass das in seiner Gegenwart zu sagen ein Fehler gewesen war, den man berichtigen musste.

Istariol, liebe Garda, also darum geht es.

Alles ergab auf einmal einen Sinn: Gospodois Mission, sein Tod in Vyres Hütte und das anschließende Verschwinden des halben Bezirks. Istariol, das Pulver, das mehr wert war als Gold, hatte die Bewohner von Teshveld hierher gelockt. Der Traum des Unmöglichen. Beinahe wünschte er sich, er wäre bei ihnen.

Dann schaute er auf die beiden Haufen aus rotem Matsch, die eben noch zwei anständige, aber dumme Männer gewesen waren. *Sie sind zum Untergang verurteilt, das steht fest. Vyre hat keine Chance.*

»Kommt in mein Zelt«, sagte Persekoi zu den Zauberern. »Berichtet mir alles.« Dann fiel ihm plötzlich wieder Falkenstein ein. »Du haben nichts gehört, Kapitan. Nichts. Yuz?«

»Aye, yuz, sicher«, stammelte Falkenstein und wich unter dem blinden Blick der Zauberer zurück. »Nicht das Geringste.«

»Gut. Du gehen zu deinen Männern. Halten dich bereit, morgen schnell zu marschieren.«

Es war einer der glücklichsten Abende in Zareldas Leben, seit sie mit ihrem Vater aus Otravia geflohen war. Sie und Banno schlugen ihr Lager allein auf, plauderten und kochten gemeinsam, als wären sie bereits verheiratet. Es fühlte sich wunderbar natürlich an.

Wolken ballten sich um die Gipfel, hinter denen sie hervorkamen, hüllten die Berge ein, aber hier unten war der Wind sanft. Die Luft trug eine seltsame Wärme in sich, gepaart mit einem leicht unangenehmen Geruch, der Zar an verfaulte Eier erinnerte. Sterne funkelten hinter den zerklüfteten Wolken, und die Planetenringe schimmerten wie eine Schwertklinge. Es war unheimlich, aber auch wunderschön.

»He, das ist nicht übel«, bemerkte sie, als sie den Eintopf aus Trockenfleisch und Gemüse aßen. Sie hatte sich bemüht, den Geschmack mit Pilzen zu verfeinern, die sie gefunden hatte. Zumindest hoffte sie, dass es Pilze waren. »Die beste Mahlzeit seit Teshveld, denke ich.«

»Hm«, erwiderte Banno in Gedanken und starrte in den Himmel. »Ich hoffe, allen geht es gut. In den Bergen gibt es einen Sturm.«

Sie sahen den fernen Blitzen zu und rückten näher zusammen, damit es wärmer wurde, bis sie ihre Decke um sie beide legte und sich an ihn lehnte. Seinen Duft einzuatmen fühlte sich nicht merkwürdig an – tatsächlich fielen ihr diese kleinen Intimitäten leichter, seit sie darin übereingekommen waren, keusch zu bleiben. Nun wussten sie, wo die Grenzen waren.

Sie kuschelten, während das Feuer niederbrannte. Adefar schlief unsichtbar zwischen ihnen.

Dann machte etwas in der Dunkelheit ein Geräusch. Es war wie ein Klicken, das auf der anderen Seite erwidert wurde. Sie erstarrten.

»Da draußen ist etwas«, flüsterte sie.

Sie blickten sich um. Zar sah, wie sich der Feuerschein kurz auf einer kleinen hellen Scheibe spiegelte – etwas wie einem Auge.

Sie lösten sich voneinander. Banno legte zwei Scheite in das Feuer, ließ aber die Enden herausragen, damit sie als Fackeln benutzt werden konnten. Sobald sie brannten, murmelte er: »Auf mein Zeichen stehen wir auf und schwenken diese Scheite.«

Hinter ihnen knirschten leichte Schritte auf dem gefrorenen Boden, und Zar spannte sich an. Ihr Herz pochte. »*Adefar, praesemino*«, flüsterte sie. Der Familiar floss in sie hinein.

Klark-klik-klark, ertönte der Laut erneut. *Klark-klik-klark.* Die Schritte waren nun näher gekommen.

»Jetzt!«

Sie griffen die Scheite, sprangen auf, wirbelten herum und keuchten auf. Riesige, seltsam geformte Kreaturen zuckten vor den Flammen zurück.

Sie brauchten eine Minute, um zu begreifen, dass es sich bei den Kreaturen um gewaltige Vögel handelte, doppelt so groß wie Zar, mit langen Hälsen und adlerähnlichen Schnäbeln, mit denen sie ihnen leicht die Köpfe hätten abreißen können. Insgesamt waren es fünf Tiere; zwei standen vor Zar, eines vor Banno, die beiden letzten kreisten hungrig und stapften anmutig durch die Schneewehen, hoben und senkten ununterbrochen die Köpfe. Ihre Federn waren sehr dick und grellbunt, grün, braun und rot. Ihre runden Augen funkelten. Die Füße bestanden aus drei Zehen mit langen Krallen und waren groß genug, um Zars Taille zu umfassen.

Dann stieß das größte Tier ein bedrohliches Trällern aus, und der Riesenvogel, der am nächsten stand, machte einen Satz nach vorn – und kreischte auf und sprang zurück, weil Zar ihm instinktiv den brennenden Scheit entgegenstieß und in ihrer Furcht Praxxisenergie lenkte. Die Fackel flammte grell auf, und das Feuer erreichte beinahe den gewaltigen Vogelkopf. Das Tier kreischte durchdringend, tänzelte zurück, und seine Gefährten wichen alle ebenfalls zurück, kreischten vor Zorn.

»Es funktioniert – das Feuer gefällt ihnen nicht, also mach weiter«, drängte Banno sie.

Ein weiterer Feuerstoß ließ die Vögel erneut zurückweichen, aber sie gingen nicht weit, und im nächsten Augenblick umkreisten sie sie wieder bedrohlich.

Zar musste mehr tun. *»Adefar, accendo nunc!«*, rief sie und zeichnete Ignus, die Rune des Feuers. Die Flammen blähten sich zu Feuerwolken auf, die in großen Bögen um die beiden herumschwirrten. Die Riesenvögel kreischten und sprangen zurück – dann drehten sie sich abrupt um und flohen in die Dunkelheit.

Banno legte eine Hand auf Zars Schulter. »Deo auf seinem Thron, was war das denn?«

Sie schüttelte stumm den Kopf und starrte in die Dunkelheit, fürchtete, dass die Tiere alle zurückkamen, aber Minuten verstrichen, und der einzige Laut war das Plätschern des schmalen Streifens geschmolzenen Wassers an dem steinigen Ufer. »Ich glaube, sie sind weg«, flüsterte sie und entließ Adefar, bevor er seine Kräfte erschöpfte. »Die Schnäbel waren groß genug, um einen Oberschenkelknochen zu brechen«, staunte sie. »Und diese Klauen! Garda im Himmel!«

Banno warf noch mehr Holz auf das Feuer, hielt das Schwert bereit. »Ich habe noch nie von solchen Dingern gehört«, rief er. »Sie sahen aus wie etwas aus der Flammengrube.«

»Ich glaube, ich habe Bilder von ihnen gesehen«, sagte Zar aufgeregt. Plötzlich wurde ihr etwas klar. »Wenn sie hier leben, müssen sie etwas anderes jagen als Menschen. Ich habe dir gesagt, dass sich die Luft wärmer anfühlt.«

Banno nahm ihren Arm. »Das Istariol muss hier sein!«

Endlich sickerte im Osten das Licht in den Himmel, und die fernen Sturmwolken lösten sich auf und machten den Weg frei für einen kristallklaren Morgen. Sie schlangen den Rest ihrer Rationen herunter und blickten über den zugefrorenen See.

»Wir müssen zurück und ihnen erzählen, was wir entdeckt haben«, sagte Zar aufgeregt.

»Sehen wir uns zuerst um«, meinte Banno. Er studierte den zertretenen Boden um ihr Lager herum und stieß einen Pfiff aus. »Sieh dir das an.« Er deutete auf die Krallenabdrücke der Riesenvögel. »Ich frage mich, wie sie schmecken.«

»Vielleicht wie Hühnchen? Werden die größten Schenkel sein, die es je gab.«

»Und sieh dort!« Banno hob eine grün-orange Feder vom gefrorenen Boden auf. Sie war länger als ein Fuß. »Ich halte das für eine Schwanzfeder – warte, bis wir sie allen zeigen!«

Im Tageslicht fühlte sich dieser tote Wald ganz anders an. Der Wind drehte nach Nordwesten, blies warme, stark duftende Luft in ihre Gesichter. Der Boden wies nicht das erwartete eintönige Grau auf, sondern wurde von grünem Moos durchzogen. Sie folgten einem Flusslauf stromaufwärts und stießen tiefer in den Wald vor, und obwohl sie keine weiteren Riesenvögel mehr sahen, hörten sie ferne, durchdringende Schreie wie von Reihern sowie das Ächzen von etwas, das möglicherweise eine Kröte war.

Als Zarelda den Fluss überqueren wollte, schrie sie erschrocken auf – das Wasser war warm, von der Oberfläche stiegen Dampfschwaden auf.

»Fühl doch nur«, sagte sie zu Banno. »Das Wasser dampft.«

Ein paar Schritte weiter stießen sie auf einen Teich, in dem Luftblasen aus dem Schiefergrund aufstiegen und an der Oberfläche blubberten. Die Luft war jetzt auch viel wärmer, und Zar war in Versuchung, sich die Kleider vom Leib zu streifen und hineinzuspringen; es war so lange her, seit sie in heißem Wasser gebadet hatte – es kam ihr wie ein ganzes Leben vor. Sie hatte das Gefühl, den Dreck niemals wieder von der Haut zu bekommen.

Dann legte Banno eine Hand auf ihre Schulter und zeigte auf den Wald jenseits des Teichs, und jede Neigung, sich zu entspannen, löste sich auf. Ein Torbogen aus Holz erhob sich am Fluss, und jeder Zoll davon war mit stilisierten Dämonenfratzen mit großen hervorquellenden Augen und ausgestreckten Zungen verziert. Die beschnitzten Fundamente zeigten Menschen, deren Gesichter zusehends wilder als die darunter gestaltet waren und in einer großen reptilienartigen Bestie in der Mitte des Torbogens endeten, die die Welt von dort oben anknurrte. Das Ungeheuer war voller Moos und Schmutz, und es sah so alt aus wie die toten Bäume in seiner Umgebung.

Für Zarelda war es eine düstere Erinnerung daran, dass hier einst Menschen gelebt hatten, eine uralte Rasse, die in der Zeit verschollen war.

Sie sind tot und vergessen, dachte sie. *Wird uns das auch geschehen?*

»Da kommen sie«, murmelte Raythe überflüssigerweise.

Er hatte alle Vorbereitungen getroffen, die möglich gewesen waren: Ein Beschwörungskreis war mit Runen und Zeichen ins

Eis gekratzt worden, um Cognatus anzuleiten, der in der Nähe im Nebulum lauerte, dazu bereit, auf ein Signal unverzüglich in ihn hineinzufahren.

Aber die Aufgabe, die vor ihnen lag, war praktisch unmöglich.

Einfach den Weg über den Gletscher zu blockieren, würde nichts ausrichten; er musste ihre Verfolger so gründlich vernichten, dass keiner von ihnen in die Garnison von Rodonoi zurückkehren konnte, um weitere Männer zu mobilisieren. Das bedeutete, dass er zuschlagen musste, wenn die ganze feindliche Streitmacht, vielleicht mehr als fünfhundert Männer, dicht gedrängt zusammen stand. Das lang gezogene Tal im Süden war zu breit für die Lawinen, die seine beste Hoffnung darstellten – er musste die Männer in die Nähe der Schluchtwände bekommen.

Sobald sich der Sturm irgendwann vor der Morgendämmerung aufgelöst hatte, hatte er seine kleine Gruppe den Gletscher eine halbe Meile nach Norden geführt, wo die Schlucht wieder schmaler wurde und steile Wände aufwies; am Ende dieses aufwärts führenden Hohlwegs war ihm ein natürlicher Felskamm aufgefallen. Es war ein besserer, wenn auch keineswegs idealer Ort, denn der Platz in dem Durchgang war möglicherweise zu klein für all die bolgravianischen Soldaten. Aber er würde reichen müssen.

Kemara stand mit einer Pistole in der rechten Hand neben ihm und hatte vor ihrer eigenen Macht offensichtlich genauso viel Angst wie vor dem Feind. Raythe konnte noch immer nicht glauben, dass sie einen weiteren Block riskierten, aber er sah keinen anderen Ausweg. Jesco kauerte über ihm in der Felswand und machte seine Muskete bereit, aber Zauberei würde ihre Hauptwaffe sein; Jesco war da, um sicherzustellen, dass niemand die Augenblicke, in denen die Zauberer am verwundbarsten waren, zu seinem Vorteil nutzte.

Moss Trimble war mit Kemaras Karren zur Karawane zurückgeschickt worden. Seine Verletzungen machten es so gut wie unmöglich, dass er kämpfen konnte, außerdem musste jemand die anderen informieren, falls sie nicht zurückkehrten. Und Raythe kannte den Mann nicht. Egal, ob man ihn in den Dienst auf einem Schiff gezwungen hatte oder nicht, bis vor ein paar Wochen war er noch ein imperialer Matrose gewesen.

Trimble und Kemara hatten bei seiner und Jescos Ankunft am vergangenem Abend ganz schön vertraut ausgesehen, was ihm einen seltsamen Stich versetzt hatte. Die Heilerin konnte einen zur Weißglut treiben, aber da war etwas Verlockendes an ihr, und Trimble um sie herumscharwenzeln zu sehen, hatte einen unerwarteten Zorn provoziert.

Ich kann nicht zulassen, dass sie davon abgelenkt wird, ihre Macht zu meistern, sagte er sich. *Das ist alles.*

Er warf einen Blick in ihr starres Gesicht. Sie murmelte ihre vorbereitenden Zauber, und er fragte sich, ob sie die Mächte, auf die sie sich stützte, auch wirklich zu kontrollieren vermochte. Die Legenden der Mizrakriege berichteten von verheerenden Explosionen von Dunkelheit, die sämtliches Leben gefressen und die Aldar und ihre Werke verschlungen hatten. Die Heilerin erweckte nicht den Anschein, solchen Kräften erfolgreich die Stirn bieten zu können. Aber jetzt war es zu spät für solche Bedenken, denn Jesco hatte den Feind entdeckt.

»Da kommen Späher«, rief er aus der Höhe und holte Raythe ins Hier und Jetzt zurück.

Tief unter ihnen am anderen Ende des Hohlwegs waren sechs Männer erschienen, die in Felle gekleidet und mit Musketen bewaffnet waren. Die Bolgravianer benutzten normalerweise lokale Späher, aber selbst wenn das Pelarianer waren, konnten sie sich keine Gnade leisten.

Raythe sah Kemara an. »Seid Ihr bereit?«

Sie warf ihm einen verbissenen Blick zu. »Und Ihr?« Sie zog die scharlachrote Maske unter dem Umhang hervor, ein Gebilde, das nur aus Reißzähnen, Hörnern und höhlenartigen Augen bestand.

Raythe stellten sich die Nackenhaare auf, als die Maske ohne Schnüre in ihrem Gesicht hängen blieb, aber er stählte sich gegen diese unheimliche Präsenz und trat in den von ihm gezeichneten Kreis. »*Cognatus, animus!*« Sein Familiar flutete in ihn hinein und ließ seine Nervenenden kribbeln. »*Praesemino ... tutela nunc*«, fügte er hinzu, und Bahnen aus Licht explodierten in dem Eis zu seinen Füßen.

Neben ihm bewegten sich Kemaras Lippen, ihre Hände beschrieben arkane Muster. Ihre Augen blitzten tiefrot.

Dann knallte Jescos Muskete, der Schuss hallte durch die Eisschlucht, und zweihundert Meter entfernt griff sich ein Späher an die Brust und stürzte zu Boden. Die anderen suchten Deckung in den Schneewehen. Von dem scharfen Knall abgebrochene Eiszapfen regneten zu beiden Seiten der Klippen in die Tiefe.

Unten im Tal blitzte es dreimal auf, Rauchwölkchen breiteten sich aus, und einen Moment später pfiffen Bleikugeln an den Verteidigern vorbei. Kemara zuckte zusammen, aber Raythe bemerkte sie kaum, die Schlachtfelder von Otravia und Pelaria hatten ihn gelehrt, alles zu ignorieren, was er nicht kontrollieren konnte. »*Cognatus: paratus!*«, stieß er hervor. »*Sonus magna.*« Er deutete auf die Felswände des Hohlwegs.

Ein gewaltiges Krachen hallte von den Klippenwänden und schickte Wolken aus Schnee und Eissplitter durch die Luft. Nervös blickte sich Raythe um, denn er hatte die Befürchtung, der Lärm hätte etwas in der unmittelbaren Nähe ihrer Position gelöst, aber trotz ein paar kleiner herabstürzender Schneewolken hielt alles. Eine ganze Minute lang rutschten vor ihnen Felsen, Eis und Schnee in die Tiefe, bis der Weg zum Teil blockiert war. Raythe nickte zufrieden, sein Vorhaben hatte Erfolg gehabt. Der Feind würde gezwungen sein, in der Gletschermitte vorzurücken. Augenblicke später eilten die Späher in die fernen Bodenspalten und verschwanden. Ihren gefallenen Kameraden ließen sie zurück.

»*Cognatus, opperio*«, bat Raythe seinen Familiar zu warten. »Alles in Ordnung, Jes?«, rief er dann.

»Im Moment schon«, erwiderte der Shadraner. »Ein paar der Eisstürze waren ganz schön nah.«

»Kemara?«

»Ich bin bereit«, antwortete sie. Die Lippen ihrer blutroten Maske bewegten sich unheimlicherweise, wenn sie sprach.

Es gefiel Raythe nicht im Mindesten, aber wenn es half, konnte er damit leben. »Gut. Haltet Euch bereit.«

Er hatte auf zwanzig Minuten gehofft, aber sie bekamen nur zehn, bevor in Grau gekleidete bolgravianische Soldaten in den Hohlweg eindrangen und sich zu Plänklerlinien aufstellten. Dann ertönte das Hufgetrappel von vier Pferden, die eine Kanone zogen, und Raythe wurde noch nervöser. Dann kam noch eine, und die Kanonen wurden hastig aufgestellt und bereit gemacht. Eine Handvoll Offiziere erschien, und der Angriff stand nun unmittelbar bevor.

Das Nebulum um Kemara wogte schwer durch die Anwesenheit ihres Mizrageistes, und Cognatus' Energie brodelte in Raythes Innerem, aber ihm blieb nicht verborgen, dass die unsichtbare, aber unheilvolle Präsenz seinen Familiar zittern ließ. Er biss die Zähne zusammen und gab Kemara ihren Befehl. »In zehn Sekunden.«

Die Augenblicke verstrichen in einer Reihe magischer Formeln, dann berührten sich ihre Bewusstseine – und entflammten.

Toran Zorne war nicht weit gefahren.

Dank seiner Zauberkraft war sein zerfetzter Rücken viel besser geheilt, als die Mizrahexe bemerkt hatte; eine Schicht aus blutendem Narbengewebe hatte die von Magie beschleunigte Genesung verborgen. Falls nötig konnte er laufen und sogar kämpfen. Statt Vyres Befehlen zu gehorchen, steuerte er den Karren um die nächste Biegung und hielt dort an, ließ Veet

Brayda schlafend zurück, nahm aber die Muskete und das Pulver des Mannes.

Meine Leute werden Vyres Position überrennen, dann übernehmen wir die Kontrolle über die Karawane und bringen sie dazu, uns zu verraten, wo das Istariol ist, dachte er.

Er suchte gerade eine günstige Position hinter der Stelle, an der sich Vyre und seine Komplizen aufgebaut hatten, als Schüsse in der Schlucht ertönten. Jesco Duretto lag auf einem Felsvorsprung und lieferte sich ein Feuergefecht mit nicht zu sehenden Angreifern weiter unten. Die Zauberin und der Zauberer – *nein, die Hexe und der Hexenmeister* – standen ein Stück tiefer auf dem Gletscher. Zorne konnte sehen, wie das Eis durch Schutzzauber glühte, und er fühlte, wie sich im Nebulum ein gewaltiger Druck aufbaute.

In einer Entfernung von vielleicht hundert Metern ging er hinter einem Felsen in Deckung und zielte über den langen Lauf auf Vyres Rücken. Er war so nahe dran wie möglich, trotzdem war es ein unsicherer Schuss.

Wenn ich im selben Moment wie die anderen schieße, könnte ich meinen Angriff verbergen.

Er spannte den Hahn und nahm einen tiefen Atemzug – dann donnerte es laut, und in der Höhe zerbarst etwas. Instinktiv schaute er auf und sah ein Stück Eis abbrechen. Er warf sich zur Seite – einen Augenblick, bevor sich das Geschoss genau an der Stelle, an der er gerade noch gewesen war, in den Boden bohrte. Inmitten von umherfliegenden Eissplittern rollte er weiter, während noch mehr in die Tiefe stürzten.

Als er sich vergewissert hatte, dass die Felswände nicht über ihm einstürzen würden, hatte sich die Situation verändert: Die Bolgravianer schossen nicht länger, und Vyre und Kemara gingen umher, was das Zielen problematisch machte.

Er war gezwungen zu warten.

Zehn Minuten vergingen, bevor Raythe und Kemara wieder ihre Positionen einnahmen. Jesco beugte sich über seine Muskete. Aus der Ferne ertönten die Befehle der bolgravianischen Offiziere, gedämpft vom fallenden Schnee.

Wieder kauerte er sich hin, um zu zielen.

Simolon beugte sich zu Falkenstein herüber und murmelte: »Hauptmann, sind diese Bolgies denn alle verrückt?«

»Es sind Bolgies«, erwiderte Falkenstein. »Sie glauben, dass nicht einmal die Natur es wagen würde, sie anzurühren.«

Die Grenzwächter drängten sich an die windabwärts gerichtete Seite einer Gruppe von Felsblöcken direkt am Eingang des breiten Hohlwegs und beobachteten, wie die Bolgravianer die Kanonen bereit machten. Da schon das vergleichsweise leise Knallen der Musketen ausgereicht hatte, auf beiden Seiten der Schlucht Felsstürze auszulösen, wusste Deo allein, was der Kanonenbeschuss anrichten würde. Aber das laute Krachen, das den Schnee in die Tiefe geschickt hatte, ließ erahnen, dass sie hier nicht nur Soldaten gegenüberstanden. Irgendwo dort oben war Vyre.

Und er hat uns gezwungen, in einer schmalen Marschsäule vorzurücken. Selbst wenn er dort oben nur ein paar Männer mit Musketen hat, werden wir es verflucht schwer haben.

Also rief er seine Männer zusammen. »Haltet die Köpfe unten, Jungs. Und wenn sie eine Lawine auslösen, bleibt hier in der Mitte.«

Weitere Befehle ertönten bei den Kanonen, als eine Gruppe Reiter zu ihnen trabte, unter denen sich auch die vier Zauberer befanden. Eine wütende Diskussion fand statt, dann gaben die Bedienungsmannschaften klein bei. Der zornige Persekoi schnauzte seinen Artilleriehauptmann an, bevor er sich seinen Adjutanten zuwandte und Befehle bellte.

»Vermutlich können sogar sie manchmal Einsicht zeigen«, murmelte Falkenstein zu Simolon.

Wenige Minuten später rückten ungefähr sechzig Infanteristen vor, genug, um Vyre dazu zu zwingen, seine Pläne zu verraten, aber nicht genug für eine Niederlage, falls die Dinge schlecht verliefen. Bajonette wurden aufgepflanzt, dann rückten sie die Steigung hinauf.

»Was glaubt Ihr, wie viele von denen kommen zurück?«, flüsterte Simolon.

»Zu viele«, murmelte Falkenstein. Simolon grinste.

Während die Soldaten den rutschigen Weg in Richtung von Vyres Position erklommen, stiegen die vier bolgravianischen Zauberer aus dem Sattel und stellten sich zu einer lockeren Linie auf. Sie hoben Stäbe über die Köpfe, sangen ihre Formeln und schnitzten leuchtende Symbole in die Luft. Um sie herum tanzten plötzlich kleine Wirbelwinde, und die Schatten unter ihren Füßen gerieten in Bewegung. Auf Falkensteins Armen breitete sich Gänsehaut aus, als plötzlich die Temperatur sank.

»Woher wissen diese blinden Bastarde überhaupt, in welche Richtung sie sich stellen müssen?«, murmelte Simolon.

»Vermutlich können sie dich von dort vorn hören«, erwiderte Falkenstein. »Und sie können in dich hineinsehen, also halt dein Maul.«

Er wandte seine Aufmerksamkeit wieder den imperialen Soldaten zu, die gerade die Steigung im hinteren Teil der Schlucht erreichten, direkt unter Vyres Position. Sie waren während ihres Vorstoßes nicht beschossen worden, und Falkenstein fragte sich, ob der Feind wohl geflohen war.

Entweder sind sie weg, oder sie haben noch ein Ass im Ärmel. Er nahm den Kopf runter und betete zu Deo, dass Persekoi nicht ihn und seine Männer als Nächstes dort hinauf schicken würde.

Kemara hatte kurz Zweifel und fragte sich, ob dies das Letzte war, was sie jemals tun würde, aber die Maske auf ihrem Gesicht fühlte sich wie eine Rüstung an, und das Mizra war wie der Tanz auf einem Vulkan, darum war sie bereit, als Raythe Vyre sagte: »Jetzt!«

»*Kaneska alla mizra*«, fauchte sie. Die Finsternis brodelte, und

Buramanaka knurrte. *»Shiku shita kori«*, fügte sie hinzu und schickte das hungrige Bewusstsein des Geistes über die Oberfläche des Gletschers, suchte nach dem darunter befindlichen Felsboden – und nach dem Istariol, das Raythe zuvor entdeckt hatte, ein Kern aus Blutstaub, der von seiner Quelle zum Meer verlief.

Ich hoffe, die verkraggten Bolgies haben davon keine Ahnung, sorgte sie sich, während die Soldaten unter ihnen anhielten, die Waffen von den Schultern nahmen und anlegten. Sie und Raythe standen völlig ohne Deckung und blickten in ihre Mündungen.

Liebe Garda, beschütze uns …

Der Otravianer lenkte seinen Praxxisgeist, sie rief Buramanaka zu: *»Kaneska, shiku istari!«* Ihr Bewusstsein folgte ihrem Familiar durch das Eis in die Tiefe, wo sich das kostbare rote Pulver wie ein Faden durch die Unterseite des erstarrten Flusses schlängelte. Der Mizrageist warf sich darauf, und Kemara spürte Entzücken.

Eine Muskete feuerte. Jesco Duretto war schneller, und unter ihnen ertönte ein scharfer Schmerzensschrei. Jemand bellte einen Befehl, und Raythes Stimme hallte laut. »Jetzt!«

»Kaneska, moyasu istari ima«, befahl sie, und Vyre sagte im gleichen Moment auf Alt-Magnianisch: *»Verbrenne das Istariol jetzt!«*

Im nächsten Augenblick erhellte ein blutroter Blitz das viele Eis vor ihnen, zweihundert Meter schmutzig weißer Gletscher, zuckte über die Gesichter der bolgravianischen Soldaten und ließ sie in plötzlicher Furcht nach unten blicken. Ein paar drückten instinktiv ab, und ihre Waffen spuckten Feuer und Rauch. Ein paar Bleikugel flogen an Kemara vorbei.

Dann explodierte der ganze Gletscher vor ihnen, schleuderte gewaltige Eisstücke und Fontänen aus plötzlich wieder verflüssigtem, kochendem Wasser in den Himmel. Den Soldaten blieb kaum genug Zeit, um entsetzt aufzuschreien, bevor sich der Boden unter ihren Füßen wölbte und zerbrach, sie in Eis und brodelndes Wasser hüllte. Die Männer dahinter gingen zu Boden, als das Schmelzwasser in die Tiefe rauschte, eingehüllt in kochende Dampfwolken. Ein paar Felsen in der Mitte hielten stand, eine Insel, an die sich ein paar Männer verzweifelt klammerten, aber die Kanonen stürzten in den Mahlstrom und verschwanden zusammen mit den Reitern und Fußsoldaten.

Aber am anderen Ende konnte Kemara vier noch immer stehende Gestalten ausmachen. Sie standen mitten auf Eissäulen, die der Energie widerstanden hatten.

»*Lagus, impetus*«, rief Vyre und zog sie tiefer in den Block. Plötzlich fühlte sie nur noch ihn: seinen Geruch, seinen Geschmack, seine Energie, seinen Willen. Als wäre sie nackt in seine Arme gestoßen worden, nur noch viel weiter. Sie konnte seine Absichten lesen und vermengte ihren Willen mit dem seinen. »*Mizu suishkin suru*«, brüllte sie und beschwor das Wasser, noch schneller zu strömen.

Sie konnte sie sehen – Buramanaka und Cognatus, Engel aus Dunkelheit und Licht, einander feindlich gesonnen, aber aneinandergekettet. Etwas, das größer als sie allein war, strömte durch sie, und Kemaras Körper bäumte sich von süßem Schmerz erfüllt auf. Ihre Füße verließen den Boden, und sie schwebte, ihr Mund stieß ein Heulen ekstatischer Agonie aus. Vyre neben ihr tat das Gleiche, und sie fühlte alles, was er fühlte, die ganze exquisite Qual.

Im nächsten Augenblick stürzte das noch an den Felswänden verbliebene Eis auf beiden Seiten in all das, was bereits in die Mitte gefallen war, brodelte zusammen in einen gewaltigen Strom, der gegen die vier Eissäulen prallte und zwei von ihnen zerschmetterte. Kemara spürte, wie zwei der Gestalten in der Flut untergingen.

Aber die beiden Überlebenden waren so unverwüstlich wie Granit, und Kemara hätte geschworen, blinde, milchige Augen zu sehen, deren Blick sie bis auf die Knochen durchdrang. Sie schlug im gleichen Moment wie sie zu, und ihre Kräfte trafen sich in der Mitte wie gigantische Hämmer aus Glas, die beim

Zusammenprall zersplitterten. Die Wucht schleuderte Vyre und sie rückwärts, ließ sie über die glatte Oberfläche schlittern. Kemara landete benommen und zerschunden in einer Schneewehe.

Dann ragte etwas über ihr auf, und trotz ihrer momentan verwirrten Sinne erkannte sie eine Muskete. Sie gab ein Kreischen von sich, das Buramanaka in einen Befehl verwandelte, und der Umriss wurde zur Seite geschlagen.

Raythe war aus ihren Sinnen gerissen worden, Buramanaka heulte durch ihr Inneres, und der Abgrund aus tiefer Finsternis, um den sie die ganze Zeit getanzt hatte, kippte ihr plötzlich entgegen.

Und so verlieren wir die Kontrolle, wurde ihr klar, als sie sich aufzurichten versuchte, um zu kämpfen. *So übermannt uns das Mizra.* Wieder wirbelte die ganze Welt, und sie stürzte ...

Aber jemand packte ihren Arm, die Welt beruhigte sich, und Raythes Psyche verankerte sie wieder im Hier und Jetzt. Die Füße fest im Boden verwurzelt, schrie sie »*Kaneska yameru*« und schlug Buramanaka das Tor vor der Nase zu.

Augenblicklich war der Mizrageist verschwunden und sie wieder zurück. Sie riss sich die Maske vom Gesicht und starrte zu Vyre hoch; ihre Haut war gerötet, ihr Körper brannte und war schweißüberströmt. Sie überkam das impulsive Verlangen, sich in ihm zu verbeißen, ihn zu zermalmen, sich in ihm zu vergraben und nie wieder hervorzukommen ...

... dann kam sie wieder zu sich und stieß ihn fort.

»Seid Ihr in Ordnung?« Raythe keuchte, und die allumfassende Wahrnehmung seiner Person ebbte ab. Auf seiner Stirn stand der Schweiß, seine Hände zitterten. »Kemara? Redet mit mir.«

»Mir geht es gut«, fauchte sie, denn sie war wütend, diejenige gewesen zu sein, die gescheitert war. »Es tut mir leid, ich konnte es nicht halten. Was ist passiert?«

Er beschwichtigte sie, dann half er ihr auf die Füße und zeigte in die Schlucht.

Unterhalb ihrer Position gab es kein Eis mehr: Der verflüssigte Gletscher hatte so gut wie alles mit sich gerissen, die vier Eissäulen mit eingeschlossen, auf denen die imperialen Zauberer ihren Widerstand geleistet hatten. Überall auf dem Boden lagen Leichen, aber am anderen Ende klammerte sich ungefähr ein Dutzend Männer an eine kleine Gruppe von Felsblöcken. Die Kanonen waren völlig zerschmettert.

Kemara starrte auf das sich ihr bietende Bild. »Gut gemacht, glaube ich«, murmelte sie dann. »Es tut mir leid, dass ich keine größere Hilfe war.«

Raythe warf ihr einen verblüfften Blick zu. »Kemara, das seid größtenteils Ihr gewesen.«

»Was?«

»Als müsste man auf einem außer Kontrolle geratenen Stier reiten, so seid Ihr gewesen. Ich konnte mich gerade eben festklammern und gelegentlich an den Hörnern ziehen, um Euch zu lenken.«

Sie starrte weiterhin auf den Anblick und versuchte, das alles zu begreifen.

Hinter ihr stöhnte jemand, und sie drehte sich um. Zu ihrer Überraschung lag Moss Trimble auf dem Rücken und schnappte nach Luft. Neben ihm lag eine Muskete, deren langer Lauf an mehreren Stellen in einem rechten Winkel geknickt war.

Jesco rutschte von seiner Stellung und ging auf den Seemann zu. »Was hast du denn hier zu suchen?«

»Ich kam zurück«, keuchte Moss. »Ich habe mich geschämt, einfach abzuhauen.« Er setzte sich auf und verzog das Gesicht bei der Bewegung. Sein Rücken war wieder blutig.

Ich hätte beinahe Moss getötet, aber Raythe hat mich vom Abgrund gezerrt, wurde ihr klar, und sie war über das entsetzt, was sie beinahe getan hätte. »Moss, ich konnte nicht richtig sehen – ich wusste nicht, dass du das bist.«

Er warf ihr einen unsicheren Blick zu, nickte dann aber. »In der Hitze der Schlacht. Ich hatte kein Recht, hier zu sein.«

»Aber du bist zurückgekommen, um zu helfen.« Sie war sich der Blicke der anderen durchaus bewusst. »Dafür danke ich dir.«

Er war bereit, für mich sein Leben zu riskieren.

Nur Ionia hatte jemals für sie den Tod riskiert, also stürzte sie Moss' Tat in einen Strudel aus Dankbarkeit und Verwirrung. Dann erinnerte sie sich daran, wie Raythe Vyre ihre Sinne während des Blocks übernommen und sie sich von der Andersartigkeit überwältigt gefühlt hatte, als wäre sie nur ein stummer Mitbewohner in ihrem eigenen Körper, eine zweitrangige Präsenz, die jeden Augenblick herausgeworfen werden konnte. Von dem Gefühl verängstigt, stammelte sie: »Es tut mir leid, es tut mir leid, es tut mir leid.« Sie stolperte davon.

Die drei Männer starrten ihr hinterher, aber sie gewann ihre Selbstbeherrschung zurück und konzentrierte sich auf Trimble, der verwirrt aussah, wozu er auch guten Grund hatte. »Schon gut, Moss. Mir geht es gleich wieder gut.«

Aber das tat es nicht – die ganze aufgestaute Angst, schutzlos vor den Musketenmündungen zu stehen, die Bleikugeln, die an ihr vorbeigeflogen waren und sich aus schierem Glück nicht in ihren Körper gebohrt hatten, und vor allem die überwältigende Potenz, die in sie hineingetaucht war, sie durchbohrt und in den Untergang geritten hatte. Das alles zusammen raubte ihr die Kraft aus den Beinen, und sie fiel auf die Knie, schlang die Arme um den Körper und zitterte am ganzen Leib.

Dieses erste Mal am Strand hat nur an der Oberfläche gekratzt. Jetzt habe ich fast alles verloren.

»He«, sagte Raythe sanft und beugte sich vor, um sie wieder auf die Beine zu ziehen. »Ihr habt es überstanden.«

Er wollte nur nett sein, das war ihr klar, aber im Augenblick konnte sie seine Gegenwart einfach nicht ertragen. »Fasst mich bloß nicht an, verflucht. Behaltet Eure verkraggte Ritterlichkeit für Euch.«

Raythe richtete sich mit versteinerter Miene wieder auf. »Ihr müsst an Eurer Kontrolle arbeiten«, fauchte er.

Das stimmte leider. »Das werde ich auch machen«, platzte sie hervor und riss ihren Blick los. *Das muss ich tun.*

Raythe sah zweifelnd aus, aber Moss Trimble sprach mit stiller Ehrlichkeit. »Ich glaube an dich.«

Das war keine große Sache, aber es gab ihr die Kraft zum Weitermachen.

Toran Zorne trat an den Rand des Felsvorsprungs, der jetzt das Gletscherende markierte. Die schmale Schlucht in der Tiefe, die noch vor Minuten mit Eis gefüllt gewesen war, bestand jetzt nur noch aus glatt gescheuertem Stein. Von der bolgravianischen Streitmacht waren nur noch ein paar Dutzend Späher übrig geblieben. *Deo auf seinem Thron, bin ich jetzt auf mich allein gestellt?*

Als sich Vyre zu ihm gesellte, bedurfte es beträchtlicher Kraft, nicht vor ihm zurückzuzucken. »Trimble, ich habe dir befohlen, zurück zur Karawane zu fahren«, sagte der Otravianer angespannt.

»Ich konnte nicht gehen ...«

»In Zukunft tust du, was man dir sagt. Wäre das schiefgegangen, würde keiner wissen, was geschehen ist oder wäre gewarnt worden. Ich dachte, Matrosen könnten Befehle befolgen.«

Zorne senkte den Kopf, seine Trimble-Maske saß jetzt fest an Ort und Stelle. »Es tut mir leid, mein Lord.« Er zeigte nach unten in die Schlucht. »Also ist jetzt der ganze Gletscher weg?«

»Ich bezweifle es«, erwiderte Vyre. »Ich konnte die Wirkung nur auf ein paar hundert Meter spüren, bestenfalls eine Meile.«

Eine Meile ... sie haben eine Meile von einem Gletscher geschmolzen. Das ist unerhört.

»Was werdet Ihr jetzt tun?«, fragte er. »Den Rest auch noch töten?«

»Das ist nicht so einfach. Es gibt noch Dutzende von ihnen, und ich kann diesen Trick nicht wiederholen. Ich kann bestenfalls hoffen, dass es sie davon abhält, uns zu folgen, und sie es auch nicht nach Hause zurück schaffen.«

Zorne war besorgt. *Das könnte in der Tat passieren, aber mein Imperium gibt niemals auf. Jemand wird kommen. In der Zwischenzeit muss ich den Kopf einziehen.* Der Gedanke, sich noch länger bei diesen Schlangen einschmeicheln zu müssen, war schrecklich, aber er stählte sich für die Aufgabe. *Ich bin ausgebildeter Agent des Ramkiseri,* rief er sich in Erinnerung. *Ich kann alles ertragen.*

»Wie habt Ihr das gemacht?«, fragte er, weil er sich versichern wollte, dass Vyre ihm nicht vollständig überlegen war.

»Ich habe die Istariolspuren im Gletscher dazu benutzt, ihn zu schmelzen. Nun ja, ich sage ›ich‹, aber das war in der Hauptsache Kemara.« Er warf Zorne einen Blick zu. »Du solltest dich von ihr fernhalten. Sie benötigt ihre ganze Konzentration, um ihre Kräfte zu meistern.«

Zorne gab vor, über seine Worte auf die Weise nachzudenken, auf die es Trimble seiner Meinung nach getan hätte. *Ich sehe ihn als einen loyalen Mann, der für sein Umfeld eine stille Stütze ist.* »Vielleicht gibt meine Freundschaft ihr ja einen Anker?«, schlug er vor und war erfreut über den Seefahrerjargon in seiner Erwiderung.

Vyre schnaubte. »Es ist dein Leben.« Er ging.

Ist er eifersüchtig?, fragte sich Zorne. Beziehungen waren ein Mysterium für ihn, aber vielleicht begehrte Vyre die Hexe ja. Auch wenn sie oft stritten, waren sie von derselben Sorte.

Vielleicht kann ich das nutzen.

Ihm wurde bewusst, dass er Kemara ansah, und als sie es bemerkte, bemühte er sich um ein Lächeln – und sie erwiderte es. Vielleicht wurde sie langsam mürbe. *Ich werde ihre blinde Stelle sein – und dann der Dolch in ihrem Herzen.*

Teil 3

URALT UND UNVERGÄNGLICH

EINS

Poumahi

»Es ist ein Poumahi«, verkündete Mater Varahana und untersuchte den beschnitzten Torbogen an dem dampfenden Fluss weiter. »Das ist ein Aldarwort – es hat zwei Bedeutungen. In diesem Fall ist damit eine Art Totem gemeint, genau wie die, die die Krodesh benutzen, um ihr Gebiet zu markieren.«

Raythe, Vidar, Kemara und Elgus musterten das Relikt. »Und die andere Bedeutung?«, wollte Raythe wissen.

»Geisterwächter.«

Das wischte das Lächeln von Jescos Gesicht.

Raythe hatte drei Tage gebraucht, um die Expedition einzuholen und alle vom Gletscher über den gefrorenen See in den toten Wald zu schaffen. Er betete darum, dass es die überlebenden Feinde, die in die Heimat krochen, nicht schaffen würden, aber er musste zugeben, dass sture Hartnäckigkeit eines der definierenden Merkmale des bolgravianischen Imperiums war.

Die kurze Zeit guten Wetters war Nebel und niedrigen Wolken gewichen, die die Welt in einen grauen Schimmer verwandelten. Aber sie hatten das Vogelleben gehört, und ein paar von ihnen hatten sogar die Riesenvögel gesehen, die Zar und Banno angegriffen hatten; im Tageslicht hatte es den Anschein, dass sie nicht fliegen konnten.

»Wer auch immer das errichtet hat, ist so tot wie dieser Wald«, sagte Elgus Rhamp. »Benützen wir das Ding als Feuerholz.«

»Nein«, erwiderte Raythe. »Hier gibt es genug totes Holz, da müssen wir kein so uraltes Relikt zerstören. Gebt der Karawane Bescheid: Niemand fasst diese Dinger an. Vidar, sind die Späher zurück?«

»Foaley ist seit einer Stunde wieder da«, antwortete der norganianische Ranger. »Er sagt, es gibt keine Pfade, aber das Unterholz ist vor langer Zeit gestorben, also wird es einfach sein, uns unseren Weg zu bahnen. Übrigens hat er noch drei dieser Säulen mit Gesichtern gefunden.«

»Vielleicht markieren sie einen Weg«, mutmaßte Raythe. »Trotzdem folgen wir dem Fluss, so weit das möglich ist. Ich habe darin Spuren von Istariol gefunden, die Hauptader ist stromaufwärts, und es kann nicht mehr weit sein.«

Sie reagierten mit gedämpfter Aufregung: Drei Monate nachdem sie Teshveld und das Imperium hinter sich gelassen hatten, konnten sie den Erfolg fast schon schmecken.

»Fühlst du das?«, murmelte Kemara und streichelte die Mähne des Maultiers, um es zu ermutigen, als es den Karren aus einer weiteren Senke zog und den Radspuren von Relf Turners Wagen folgte. »Dir wird das gefallen, nicht wahr, mein Mädchen?«

Sie hatten den ganzen Tag damit verbracht, durch den düsteren Wald zu kriechen, aber jetzt stieg das Gelände an; der Wald um sie herum erwachte langsam zum Leben. Die Flussufer erhoben sich nun mehrere Fuß über die Oberfläche, und das Wasser floss schneller, aber trotz des Höhenunterschieds war die Luft keineswegs kühler.

Moss saß in eine Decke gehüllt auf dem Kutschbock.

»Wie hält dein Rücken durch?«, fragte Kemara.

»Ich komme zurecht«, antwortete Moss lakonisch, »aber ich glaube nicht, dass Veet atmet.«

Ach, Kragg ... Kemara ging zur Rückseite des Karrens, während Moss das Maultier zügelte. Sie schaute hinein und zuckte zusammen. Veet lag mit offenen Augen da, an einem Mundwinkel trocknete Blut. Sie fühlte seinen Puls, dann stieß sie einen tiefen Seufzer aus. »Aye, er ist von uns gegangen.«

»Begraben wir ihn hier?«

»Nein, wir warten, bis wir heute Abend das Lager aufgeschlagen haben. Wir wollen allen, die ihn kannten, Gelegenheit geben, sich von ihm zu verabschieden; das ist das Mindeste, was wir tun können.«

Moss schlug das Gardazeichen, und sie schloss Veet die Augen und zog ihm die Decke über den Kopf. *Wie viele sind bis jetzt auf dem Weg gestorben? Achtzehn? Zwanzig? Und das Schlimmste steht uns vermutlich noch bevor.* »Deo, nimm seine Seele bei dir auf«, murmelte sie.

»Aye«, sagte Moss, dann schnalzte er mit der Zunge, und Beca zog den Karren weiter.

»Das verdammte Biest gehorcht dir besser als mir«, murrte sie.

»Das ist nur mein Charme«, erwiderte der Seemann. »Und meine sanfte Berührung.«

Sie verdrehte die Augen und schnaubte, aber sie musste ihr Lächeln unterdrücken, als sie zurück zu ihrem Platz neben Beca ging. Es war lange her, dass ein Mann sie zum Lächeln gebracht hatte, aber Moss gelang das. Er überwand beharrlich ihre Hindernisse. Aber er hatte noch einen weiten Weg vor sich.

Dann hörte sie aus Morfitts Wagen vor ihr einen gequälten Schrei.

O Garda, stöhnte sie. Sie holte ihre Geburtsausrüstung und dachte, dass Veets Tod zwar traurig war, aber dass das Leben immer weiter neues Leben zur Welt brachte.

Hunger weckte Zarelda an einem kalten Morgen, an dem der dampfende Atem von Männern und Tieren wie Bodennebel über dem Lager hing. Aber nach dem Mangel auf dem Weg den Gletscher hinauf nährte sie nun auch die Hoffnung.

Heute gehen wir auf die Jagd.

Ihr Vater war bereits wach, so wie immer, und besprach mit Jesco und Vidar die Vorratssituation. Sie winkte in ihre Richtung und schlug sich in die Büsche.

»Sei vorsichtig«, sagte ihr Vater, als sie etwas später ihr karges Frühstück herunterschlangen. »Diese Vögel, die nicht fliegen können, klingen gefährlich.« Dann lächelte er. »Ich wünschte, ich könnte ebenfalls mitkommen.«

Stattdessen würde er den Tag mit der Suche nach Istariolspuren im Fluss verbringen. Das war natürlich sehr wichtig, aber dieses eine Mal hatte sie das Gefühl, die wichtigere Rolle zu haben. Der Proviant der Karawane war so gut wie verbraucht, und der Hunger war eine sehr reale Bedrohung.

»Ich bringe dir eine Schwanzfeder mit«, sagte sie grinsend, als sie sich bereit machte. »Du kannst sie an deinem Hut tragen.«

»Klar.« Ihr Vater umarmte sie. »Pass auf dich auf, verletze dich nicht, befolge deine Befehle und …«

»Mir passiert nichts«, sagte sie und eilte los; schließlich wusste sie mittlerweile mehr über die Jagd als er. Sie holte Bogen und Pfeile und die Fackel, die sie am vorigen Abend vorbereitet hatte. Dann ging sie los, um Banno zu finden, fühlte sich dabei furchtlos und kein bisschen nervös.

Die Jäger versammelten sich, tauschten Grüße aus, und Zarelda war stolz, die einzige Frau in der Gruppe zu sein. Sie hatte sich einen Ruf als ausgezeichnete Bogenschützin erworben, außerdem verstohlen zu sein und ein gutes Gespür für den Wald zu haben.

Eine große Menge hatte sich eingefunden, um die zwei Dutzend Männer umfassende Jagdgruppe zu verabschieden, also zog Cal Foaley sie in einen Kreis. »Ich instruiere euch nicht hier, wo das halbe Lager zuhört. Winkt ihnen zu, dann folgt mir.« Er führte sie in den Wald, und der Jubel verklang schnell.

»Gut geschlafen?«, fragte Zar Banno.

»Mit dir an meiner Seite hätte ich besser geschlafen«, flüsterte er, und sie teilten ein Lächeln, erinnerten sich an die Nacht allein am See. Selbst die Furcht einflößende Begegnung mit den Riesenvögeln fühlte sich jetzt romantisch an.

Vielleicht halten wir uns das nächste Mal nicht zurück, dachte sie, und ihr wurde heiß, aber auf eine angenehme Weise, aufgemuntert von einem aufgedrehten Gefühl der vielen Möglichkeiten, die sich boten.

Sie kamen zu einer Lichtung, auf der Foaley sie versammelte. »Also gut, hört zu. Gan Corbyn hat eine Herde der Bestien gefunden – Mater Varahana sagt, man nennt sie Phorusvögel, wenn ihr unbedingt den richtigen Namen wissen wollt. Auf einer Lichtung westlich von hier. Also teilen wir uns auf. Ein paar von euch gehen in Richtung Fluss und postieren in einem Hinterhalt Bogenschützen an der Furt. Das ist der Amboss. Der Rest kommt mit mir, und wir sind der Hammer. Wir treiben die Herde in die Falle und erwischen den Haufen mit etwas Glück – das sind ungefähr vierzig Vögel.«

Ein paar Männer stießen leise Pfiffe aus. Einer fragte: »Sind sie wirklich doppelt so groß wie ein Mann?«

»Zar und ich haben sie gesehen«, erwiderte Banno. »Sie haben Krallen wie Dolche und Schnäbel, die einen Schädel spalten können.«

Einige sahen ungläubig aus, aber Gan Corbyn unterstützte ihn. »Ich habe sie auch gesehen, vor nicht mal einer Stunde.«

Anscheinend verlieh die Bestätigung eines Erwachsenen der Geschichte Gewicht, denn die Jäger nickten alle, was Zar innerlich kochen ließ.

Foaley bedeutete allen, zu schweigen. »Das ist kein Vieh, das wir da jagen, sondern richtige Raubtiere. Varahana hat gesagt, dass diese Geschöpfe laut den alten Chroniken in Rudeln jagen und so schnell wie ein Hirsch laufen können. Bringt ihnen Respekt entgegen.«

»Geht nicht zu nahe heran«, fügte Gan Corbyn hinzu. »Nur Pfeile und Speere, mit den Fackeln treiben wir sie vor uns her.«

»Ich kann die Fackeln entzünden, ohne Feuer zu brauchen«, meldete sich Zarelda zu Wort, was ihr ein paar unbehagliche Blicke einbrachte.

»Gut«, sagte Foaley knapp. »Das minimiert das Risiko, dass sie uns entdecken, bevor wir in Position sind, um sie zu treiben. Die Treiber nehmen links von mir Aufstellung, ihr kommt mit mir. Die Fallensteller und Bogenschützen zu meiner Rechten, ihr bleibt mit Gan hier. Noch Fragen, bevor es losgeht?«

Jeder signalisierte seine Bereitschaft, und sie brachen auf.

Der weitere Weg durch den Wald, der immer mehr zum Leben erwachte, in dem aber trotzdem eine Atmosphäre des Verfalls und der Verlassenheit herrschte, verlief ohne weiteren Zwischenfall. Der Nebel verschluckte jedes Geräusch, und die unheimliche Landschaft brachte jede Unterhaltung zum Verstummen.

Ungefähr eine halbe Stunde nachdem sie die Fallensteller hinter sich gelassen hatten, kamen sie zu einer kleinen Lichtung am Fuß eines niedrigen Hügels, an der Gan Corbyns Sohn Tasker die Herde Phorusvögel im Auge behalten hatte. Er berichtete, dass sie ein Nest von katzengroßen Nagetieren entdeckt hatten und sie nun verschlangen.

»Ihr müsst sehen, wie sie sich bewegen«, schwärmte Tasker Corbyn. »Sie haben sich einfach auf diese riesigen Ratten gestürzt und sie niedergemacht – sie graben gerade die letzten Nester aus, direkt auf der anderen Seite des Hügels.«

»Dann sollte der Blutgeruch ihrer Fressorgie unser Näherkommen verschleiern«, sagte Foaley. »Dank Banno und Zarelda wissen wir, dass sie kein Feuer mögen, also lasst uns dafür sorgen, dass sie uns fürchten.« Er ging noch einmal die Einzelheiten durch: Sie würden die Fackeln entzünden und in Hufeisenform ausschwärmen, dann würden sie die Herde auf die Furt zutreiben.

»Zarelda«, befahl Foaley, »zünde sie an.«

Sie hatte noch für niemanden außer ihrem Vater einen Zauber auf Kommando produziert, aber Adefar gehorchte ihrem Ruf und gab ihr das nötige Selbstvertrauen, Feuer zu beschwören und die Fackeln der Männer aus der Handfläche zu entzünden.

»Also gut, das brennt ungefähr eine Stunde«, sagte Foaley, »auf geht's.« Sie schwärmten aus. Zar und Banno gingen nach links, und sobald ihr Anführer das Zeichen gab, traten sie zwischen die Bäume und verloren abgesehen von den Männern unmittelbar rechts und links von ihnen, die jetzt nur noch dunkle Silhouetten mit roten Flammen waren, alle aus der Sicht. Zar hatte Banno auf ihrer linken Seite und einen Jäger namens Goskyll auf der rechten.

Sie kamen zu einer Stelle mit aufgebrochener Erde; die Hinterlassenschaft der Vogelkrallen waren wie Wunden im Boden. Überall lagen die hundegroßen Ratten, die Tasker beschrieben hatte. Gliedmaßen waren von den Körpern gerissen, die Bäuche zerfetzt und die Eingeweide verschlungen. Es stank nach Blut und Fäkalien. Zar drehte sich der Magen um.

Fackeln näherten sich von beiden Seiten und bildeten einen Kordon; sie rückten vor. Das schrille Kreischen der in die Enge gedrängten Ratten und der Lärm der sich um die Beute streitenden Vögel hallte durch die Luft. Dann fing Cal Foaley irgendwo zu Zars Rechter an, ein Kirchenlied von Garda zu singen, und sie alle stimmten ein.

»Mit Ihrer Kraft, die für uns starb, marschiere ich dem Sieg entgegen,
Mit stolz erhobenem Haupt über Land und See,
Durch des Krieges Flammen und der Kanonen Zorn,
Immer weiter und als freier Mensch.
Garda ist meine Kraft und mein Licht; meine Seele verpfände ich Ihr!«

Schlagartig verstummte die Phorusherde, dann stießen ein paar der Tiere gereizte Laute aus. Von dem Lied aufgemuntert, hob Zar die Fackel höher und stimmte den zweiten Vers an, während sie sich ihrer Beute näherten. Zwischen den geisterhaften Bäumen hüpfte ein dunkler Umriss aus dem Zwielicht und stieß einen Laut wie eine Krähe aus; er war doppelt so groß wie sie und hatte große, funkelnde Augen.

»Garda ist meine Kraft und mein Licht; meine Seele verpfände ich Ihr!«

Der Phorusvogel starrte sie an, scharrte im Boden und kreischte, aber sie stieß die flammende Fackel nach vorn, und er zuckte zurück, hackte mit dem Schnabel nach ihr, wagte aber nicht auf Trefferreichweite zu kommen.

Zar machte den nächsten Schritt nach vorn, und sie sangen den dritten Vers und den Refrain. Weitere Phorusvögel tauchten auf. Jetzt hatte sie vier der Tiere vor sich, die Schritt für Schritt zurückwichen, aber es war keine Flucht. Beinahe hatte es den Anschein, als wollten sie die Jäger herausfordern, sich in die Reichweite ihrer Schnäbel zu wagen. Aber Zars Mittreiber kamen aus dem Nebel und versperrten jede Richtung außer die zum Fluss.

Zar erblickte nun ein Dutzend Tiere, die sich um ein riesiges Männchen mit leuchtenden smaragdgrünen und orangen Federn drängten, das bereit aussah, gleich anzugreifen – bis eine Muskete knallte und das Männchen mit einem blutigen Loch in der Brust taumelte. Als es zu Boden stürzte, wich der Rest der Herde zurück, schnappte in die Luft und kreischte, strebte aber auseinander, vom Knall des Schusses genauso verschreckt wie von dem plötzlichen Tod.

Die Jäger marschierten im Gleichschritt weiter.

»Begleite mich bei jedem Schritt auf des Lebens Weg,
Durch die zarte Jugend, in Kraft und Reichtum.
Stärke meine Seele, wenn mir die Kräfte schwinden,
Und stärke meinen Glauben.

Garda ist meine Kraft und mein Licht; meine Seele verpfände ich Ihr!«

Einen Furcht einflößenden Augenblick lang schien es, als würden die Phorusvögel angreifen, aber ein zweiter Schuss in die Luft raubte ihnen den Mut, und in ihrer wilden Flucht stolperten sie beinahe übereinander. Da nun klar war, wer hier der Herr war, wurde aus der Konfrontation ein Viehtrieb. Die Vögel wichen mit wachsender Geschwindigkeit zurück und versuchten, die Treiber und ihre schrecklichen flammenden Stöcke an den Flanken zu umgehen.

Das Lied endete, und die Jäger fingen an zu laufen. Zarelda verlor jegliches Gespür für die Zeit, während sie die Distanz flink zurücklegten, und bevor es ihr bewusst wurde, befanden sie sich auf schlammigem Boden, und sie konnte das melodische Plätschern des Flusses vor sich hören.

Das Gelände senkte sich der Biegung entgegen, die sie ausgewählt hatten, und sie hörte Banno jubeln. Goskyll tauchte wieder zu ihrer Rechten auf und schwenkte die Fackel in Richtung des Dutzend oder mehr Phorusvögel vor ihnen.

Dann schrie er auf, als die Vögel umdrehten, als würden sie die vor ihnen wartende Falle spüren. Ein Vogel stand plötzlich genau vor ihm, und er stieß dem Tier die Fackel ins Gesicht ...

... und ein anderer Vogel sprang heran und schlitzte ihm mit dem Krallenfuß den Bauch auf.

Goskyll stieß einen schrillen Schrei aus und stürzte auf die Knie, und der gewaltige Schnabel des ersten Vogels hämmerte nach unten und spaltete ihm den Schädel. Der Jäger fiel zu Boden, als wäre er sämtlicher Knochen beraubt, und der Vogel zerfetzte seinen Rücken. Dann schaute er auf.

Direkt zu Zar.

Ihr blieb kaum Zeit nachzudenken: Der mörderische Vogel stieß einen Schrei aus und stürmte auf sie zu, gefolgt von seinen Gefährten, direkt auf die einzige Sache zu, die zwischen ihnen und der Freiheit stand. Zar.

Instinktiv schrie sie: »*Ignus!*« Die Fackel in ihrer Hand verdoppelte ihre Flamme, aber die Phorusvögel hatten jetzt Blut geleckt und jede Zurückhaltung verloren. Zar erkannte im letzten Augenblick, dass die Tiere sie trotzdem überrennen und sie wie Goskyll oder die Ratten enden würde, als blutiges Bündel Fleisch.

»*Adefar*«, brüllte sie, »*flamma omnia!*«

Es war der gleiche Zauber, aber in seiner extremsten Form. Hitze brodelte durch ihren Körper und weiter in die Fackel, verbrannte das Holz zu Asche und setzte die Luft vor ihr in Brand. Es war Agonie und Ekstase zugleich, die ihre Sicht in Scharlachrot tauchten und mit Schatten erfüllten.

Es dauerte nur einen Augenblick lang und leerte sie wie einen Becher, dann kippte sie nach vorn und landete vor den Füßen der heranstürmenden Herde auf den Knien.

Aber der vorderste Vogel kreischte auf, denn sein Gefieder entflammte, und der Rest wich zurück, vertrieben von der Hitze und den tanzenden Flammen in der Luft vor ihnen. Als ihr Anführer zusammenbrach, wirbelten die Tiere herum und stürmten voller Panik davon. Dann brüllte Banno ihren Namen und rannte herbei, und einen Augenblick später surrten Bogensehnen, und eine unregelmäßige Salve hallte durch die Luft.

Das war der letzte Laut, den Zar hörte, bevor sie das Bewusstsein verlor.

Zarelda erwachte und roch bratendes Fleisch. Stimmen plapperten. Sie war mit einem Umhang zugedeckt – er gehörte Banno, denn sie erkannte den warmen, erdigen Geruch – und lag gemütlich nahe an einem prasselnden Feuer. Darüber briet der Leib eines Phorusvogels.

Sie setzte sich auf und schaute sich um. Es war Abend. Sie erinnerte sich an den panikerfüllten Augenblick, in dem sie genau das getan hatte, wovor ihr Vater sie gewarnt hatte: sich weit über ihre erarbeiteten Fähigkeiten hinaus zu verausgaben. Das war alles andere als heroisch gewesen.

Genauso gut hätte ich *mich in eine Fackel verwandeln können.*

Foaley erzählte gerade jenen, die nicht dabei gewesen waren, dass die Herde, als sie die Falle gespürt hatte, einen Ausbruchsversuch unternommen hatte. »Als es Goskyll erwischte, hätten wir sie beinahe verloren. Zarelda hat ihre letzte Chance auf die Freiheit zunichtegemacht.« Er sah sie an. »Ohne dich wären sie alle entkommen.«

Und du wärst tot gewesen, fügte Bannos Blick hinzu. »Ich hätte näher bei dir sein müssen«, murmelte er. »Es tut mir leid.«

»Hör auf, dich zu entschuldigen«, fauchte sie ihn an. »Wir haben Glück gehabt, dass sie auf mich zukamen – bei jedem anderen wären sie davongekommen.«

»Aye«, bestätigte Foaley. »Du hast uns stolz gemacht, Mädchen. Du hast deinen Vater stolz gemacht.«

Vermutlich wird er mich ausschimpfen, weil ich so eine Närrin war, dachte sie, aber das schien hier niemand zu wissen, und sie kam zu dem Schluss, dass sie es ihnen auch nicht erzählen musste. »Ist Goskyll …«

Foaley zuckte zusammen. »Aye. Während du geschlafen hast, Mädchen, haben wir ihn begraben. Wenn es dir wieder besser geht, zeige ich dir das Grab.«

Sie nickte. »Das wäre schön«, sagte sie leise.

Dann stimmte Norrin Harfner eine Melodie an, und ein paar bis jetzt sorgfältig verborgene Taschenflaschen mit Alkohol kamen zum Vorschein.

Und Banno reichte ihr ein paar bunte Schwanzfedern als Trophäen.

»Eine ist für Paps«, lachte sie, »um ihn daran zu erinnern, wer hier das Sagen hat.«

ZWEI

Der Badeteich

»Das hier wird als Lager reichen«, sagte Raythe zu Foaley und betrachtete den flachen, trockenen Boden. Ihre kleine Spähergruppe blieb stehen. Es war später Nachmittag und ideal.

Er hatte seine Zeit aufgeteilt und den Fluss erfolgreich auf Istariol geprüft sowie sich den Spähern angeschlossen, die durch den unheimlichen, in Nebel gehüllten Wald streiften. Sie hatten weitere der Riesenvögel entdeckt, die Mörderschnäbel, wie sie sie nun nannten. Sie zu jagen war unnötig gewesen; die Beute vom Vortag war mehr als ausreichend.

Er schickte Jesco zurück, um die Karawane an diesen Ort zu führen, dann half er den anderen Spähern dabei, den Lagerplatz für ihre Ankunft vorzubereiten. An der Seite seiner Leute zu arbeiten, brachte immer eine Belohnung mit sich; es munterte sie auf. Mittlerweile wusste er genau, dass ein Anführer dabei gesehen werden musste, wie er diente.

Kurz darauf traf die Hauptgruppe ein, Kochfeuer wurden entzündet, und Leute beschäftigten sich mit den unzähligen Arbeiten des Tages.

Heute gab es eine zusätzliche Sorge; viele der Frauen versammelten sich um Kemaras Karren, auf dem Regan Morfitt nun schon den zweiten Tag in den Wehen lag. Bis jetzt hatte es auf der Reise vier Geburten gegeben, dafür war einer der alten Männer an Herzversagen gestorben. *Leben und Tod, der ewige Kreislauf.*

»He, Raythe!«, rief eine barsche Stimme, und er drehte sich um. Vidar trabte auf seiner braunen Stute heran.

»Der Mann, den ich sehen wollte«, erwiderte Raythe und ging ihm entgegen. »Was liegt voraus?«

»Grasland, das als langer Hang in ein Plateau übergeht«, erwiderte der Bärenmann, schwang sich aus dem Sattel und übergab die Zügel an einen eifrigen Jungen. »Aber der Fluss verschwindet irgendwie. Ungefähr drei Meilen stromaufwärts werden die Ufer zu einer Schlucht, in der es auf beiden Seiten keinen Weg mehr gibt. Aber wir können ihm weiter oben auf den Klippen folgen. Und es gibt mehr von diesen geschnitzten Pfählen, die meisten sind aber umgestürzt und faulen vor sich hin. Wer auch immer sie aufgestellt hat, ist schon lange weg.«

»Hier ist es so warm wie im Süden von Pelaria«, sagte Raythe. »Das Istariol wird nicht mehr weit weg sein.«

»Garda sei Dank. Es wird schon ein ganz schöner Weg sein, um das Zeug zurück in die Zivilisation zu schaffen. Sollten wir noch einmal durch die Berge müssen, können wir das meiner Ansicht nach unmöglich schaffen.«

»Aber wir werden es schaffen.« Raythe hieb ihm auf die Schulter. »Gute Arbeit, Vidar. Hol dir etwas zu essen und ruh dich aus – falls du kannst. Im Lager geht es heute lebhaft zu. Jeder spürt, dass wir fast da sind.« Er blickte sich um. »Hast du Zar gesehen?«

»Nein. Versuch es am Fluss. Heute Nachmittag hatte sie diese Flanke.«

Raythe machte sich auf die Suche und fand seine Tochter allein am Flussufer sitzend. Ihre Haare waren nass, aber ihre Kleidung war größtenteils trocken. »Warst du schwimmen?« Er setzte sich neben sie und legte den Arm um ihre Schultern. »Diese faulen Späher.«

»Von wegen«, erwiderte sie. »Wir arbeiten schwerer als alle anderen. Ich muss heute dreimal so weit gelaufen sein wie du – und du hattest ein Pferd.« Sie zeigte über den nebelverhangenen

Fluss. »Dort hinten am anderen Ufer gibt es Wasser, das wie ein warmes Bad ist. Einfach himmlisch.«

»Schön, dass du es gefunden hast. Vielleicht benutze ich es selbst.« Er zerzauste ihre Haare. »Es tut mir leid, dass ich dauernd weg bin. Wie geht es dir?«

»Ich übe ständig.« Blitzartig zeichnete sie ein paar Runen in die Luft. »Adefar und ich haben sämtliche Grundzauber drauf. Er ist auch so gehorsam wie ein Engel. Wir müssen nur noch weitere Zauber lernen.« Sie schaute zu ihm hoch. »Lernt Kemara eigentlich? Sie will es mir nicht verraten – und die Leute haben angefangen zu reden.«

»Sie kommt zurecht«, log er. Es war ihm nicht gestattet, das Geheimnis von Kemaras Mizra zu lüften, also wandte er sich einem Thema zu, das für ihn genauso unbehaglich war. »Was ist mit dir und Banno? Seid ihr ... äh ... vorsichtig?« Sie zögerte mit der Antwort. »Ich bin deine Familie, ich habe ein Recht, es zu wissen«, fügte er hinzu.

Sie wand sich und wurde rot. »Paps, wir benehmen uns. Ich bin noch immer ... du weißt schon ... jungfräulich.«

»Oh!« Er war davon ausgegangen, dass seine Ermahnungen, das Praxxis vor die Liebe zu stellen, ignoriert werden würden.

Sie warf ihm einen unfreundlichen Blick zu. Dann fragte sie mit spitzer Zunge: »Und du, Paps? Triffst du dich mit jemandem?«

»Ich? Das geht dich nichts an!«

»Warum, gehöre ich nicht zur Familie?«

»Touché.« Er schnaubte. »Nein, niemandem.«

»Nicht einmal Tami?«

»Erst recht nicht Tami. Sie ist nicht mein Typ.«

»Und welcher Typ ist das?«, fragte sie frech.

»Frauen wie deine Mutter«, erwiderte er in dem Versuch, die Unterhaltung zu beenden.

Leider funktionierte das nicht. »Glaubst du, dass es Mutter gut geht?«, fragte Zar nachdenklich.

»Nein, ich glaube, es wird ihr ganz schön elend gehen, aber wenigstens kann sie sich mit einem großen Marmorpalast, einer Unzahl von Dienern, die ihr jeden Wunsch von den Augen ablesen, und unermesslichem Reichtum trösten«, sagte er bösartig, bevor ihm einfiel, mit wem er hier sprach. »Es tut mir leid. Und danke, dass du wartest.«

»Ha! Ginge es nach mir ... Aber Banno macht sich größere Sorgen über die Schicklichkeit als ich.«

»Tatsächlich?«

»Ja. Erstens hat er Todesangst vor dir. Der geheimnisvolle Praxxiszauberer. Und ich glaube, er will sich mit aller Kraft an die Regeln der Kirche halten. Damit ist es ihm ziemlich ernst.« Sie warf ihm einen sauren Blick zu. »Wenn alle Jungs so wie er sind, werde ich noch als alte Jungfer enden. Würde dich das nicht glücklich machen?«

»Sogar überglücklich.« Er zwinkerte ihr zu. »Geh ins Lager. Ich glaube, ich gehe doch schwimmen.«

Toran Zorne kam zu dem Schluss, dass er den Abend abschreiben konnte, um Kemara Solus noch tiefer unter die Haut zu gehen. Ihr kleiner Karren war im Augenblick der Mittelpunkt einer ganzen Versammlung von Frauen, die alle halfen, gute Ratschläge gaben, kochten oder einfach nur neugierig waren, während sich Regan Morfitts nicht enden wollende Wehen fortsetzten.

»Die Freuden einer Heilerin«, sagte Kemara. »Morgen kannst du fahren – ich werde im Karren schlafen.«

»Natürlich«, antwortete er. »Aber wenn ich nicht gehe, werde ich heute Nacht keinen Schlaf bekommen – und ich glaube auch nicht, dass deine Freundinnen einen Mann hier haben wollen. Ich schlafe an einem anderen Platz.«

Also nahm er sich sein Bettzeug und suchte sich eine Stelle, von der aus man die Geschehnisse am Fluss gut beobachten konnte. Es war später Nachmittag und noch hell, aber nachdem er sich vergewissert hatte, dass niemand in der Nähe war, machte er sich an die Arbeit.

Zuerst zeichnete er mit einem brennenden Scheit ein Symbol, griff nach dem Praxxis und murmelte: *»Animus, Ruschto.«* Er fühlte, wie sein Familiar in seine Sinne kroch. *»Praesemino pharos, intimus Jorl et Karil«*, fügte er dann hinzu und erschuf ein Leuchtfeuer, das nur die Zwillinge Jorl und Karil, die sich hoffentlich bei ihren Verfolgern aufhielten, spüren konnten. Als es bereit war, sammelte er die nötige Energie, beschrieb die Rune des Feuers und sagte: *»Incipere, nunc.«*

Ruschto fütterte den Zauber, und die Sendung pulsierte durch das Nebulum.

Derartige Botschaften waren durch die Entfernung begrenzt, und die Berge bildeten eine weitere Barriere. Die Chancen standen also schlecht.

Aber dann fragte eine neugierige Stimme: *»Zorne?«*

Sein Herz schlug so heftig, dass er die Verbindung beinahe wieder verloren hätte. *»Jorl?«*

In wenigen Augenblicken wusste er alles: Komandir Persekoi hatte seine Männer sammeln können und befand sich nur wenige Tage hinter ihnen. Die beiden Izuvei-Zauberer hatten die Verluste minimieren können. Vierhundert Männer folgten Persekoi, auch wenn sie den größten Teil ihres Schießpulvers, beide Kanonen und so gut wie jedes Pferd verloren hatten.

Jorl bat ihn, zu warten, dann kehrte er schnell zurück. »Persekoi bittet Euch, sie irgendwie aufzuhalten – tötet den Mann namens Vyre, um für Chaos zu sorgen. Wir werden übermorgen zu ihnen aufgeholt haben.«

Zorne verzog das Gesicht. Seine Missionen verliefen viel zu oft auf diese Weise: Ein Vorgesetzter, der die Situation vor Ort nicht begriff, zwang ihn zu einer unklugen Vorgehensweise, für gewöhnlich für den eigenen Ruhm. »Vyre ist zu wichtig«, argumentierte er. »Möglicherweise ist er der Einzige unter ihnen, der das Istariol finden kann.«

»Lord Persekoi sagt, dass die Izuvei das Istariol finden können. Erfüllt Eure Mission und schaltet Vyre aus. Das wird sie in Verwirrung stürzen, und wir fallen von hinten über sie her.«

Zorne schäumte leise, aber er wusste, dass er sich so wie immer verhalten und an das System glauben würde.

Meine Rolle besteht wie immer darin, zu dienen.

»Ich verstehe«, sagte er.

»Ausgezeichnet«, erwiderte Jorl und wiederholte: »Tötet Vyre, haltet die Karawane auf. So lauten Eure Befehle.«

Die Verbindung wurde unterbrochen, bevor er etwas erwidern konnte.

Sobald er seinen Ärger bezwungen hatte, dachte er über die Neuigkeit nach, dass Persekoi zwei Izuvei-Zauberer dabei hatte. *Interessant.* Er hatte einmal in Erwägung gezogen, seine normalen Sinne auszubrennen, um die Meisterschaft seiner magischen Sinne zu verstärken, aber seine Herren beim Ramkiseri hatten andere Pläne für ihn gehabt.

»Eure Gefühle sind bereits ausgebrannt worden, Zorne. Mitgefühl ist Euch fremd. Das ist eine weitaus bedeutsamere Gabe, denn sie macht Euch erbarmungslos und gestattet Euch, Euch in Eurer Aufgabe zu verlieren. Sie befreit Euch vom Zweifel und jedem Bedauern. Behaltet Eure normalen Sinne und schärft Euch zu einer Klinge.«

Und er hatte sein Leben damit verbracht, genau das zu tun.

»*Ruschto, abeo*«, flüsterte er, und der Familiar verschwand aus seinen Sinnen.

Seine Befehle bereiteten ihm Unbehagen, aber natürlich würde er gehorchen. Er würde lediglich einen Dolch brauchen – und davon abgesehen hatte »Trimble« sowieso keine andere Waffe –, also schob er ihn sich in den Gürtel und spazierte zum Rand des Lagers, als würde er sich nur die Beine vertreten. Schließlich entdeckte er Vyres Tochter, die zum Fluss ging, und zwanzig Minuten später nahm Raythe Vyre denselben Weg. Zorne folgte ihm vorsichtig durch den Nebel, der über dem

Fluss hing, und die dichten Büsche, zwischen denen Schlammteiche stinkende Gase in die Luft spuckten.

Dann hörte er Schritte und sprang hinter einen Baum, bevor Zarelda Vyre mit nassen Haaren kam. Sie passierte ihn nur wenige Fuß entfernt.

Zorne tauchte in die Nebelschwaden, die an den Weiden am Flussufer hafteten, und näherte sich seinem Wild. »*Ruschto, animus*«, wisperte er, und sein Familiar kehrte zurück, um Sehkraft und Sinne zu schärfen. Er nahm einen beruhigenden Atemzug der feuchten, lehmigen Luft, die mit den widerlichen Ausdünstungen eines brodelnden Schlammteichs versetzt war. Jeder Sinn kribbelte. Dann stieß er auf Vyres Kleidung, die an einem niedrigen Ast hing. Im Fluss entdeckte er den in Wasserdampf gehüllten Kopf und die Schultern des Mannes, vierzig Meter weit weg an einer Stelle unterhalb des gegenüberliegenden Ufers.

Zorne kauerte sich hinter einen Busch, dazu bereit, mit der Klinge in der Hand in die Höhe zu schnellen und sich auf Vyre zu stürzen, sobald dieser aus dem Wasser stieg.

Aber dann berührte etwas Spitzes und Scharfes seinen Nacken, und er erstarrte.

»Eine solche Disziplin für einen einfachen Seemann«, sagte eine Frau und kicherte. »Falls du das wirklich bist.«

Tami. Er verfluchte sich, denn er war zu sehr auf sein Wild konzentriert gewesen und hatte die eigene Sicherheit vergessen. Ein elementarer Fehler – und möglicherweise ein tödlicher.

Die Pelarianerin zog seinen Dolch aus dem Gürtel, aber die Klinge in seinem Nacken schwankte nicht. »Warum solltest du hinter dem Anführer herumschleichen? Es sei denn, du siehst gern Männern beim Baden zu.«

Er konnte sich ihre Haltung so genau vorstellen, als würde er an der Seite stehen und sie beide beobachten: Der Dolch lag in ihrer rechten Hand, seine Waffe jetzt in ihrer linken – Schwerter waren auf diese nahe Distanz zu langsam. Er kannte ihren

Körperbau: kleiner als er, schlank und drahtig, aber er unterschätzte sie nicht. Ihre Reflexe waren angespannt; bei der kleinsten falschen Bewegung würde sie ihre Klinge in die Stelle rammen, wo Rückgrat und Schädel zusammentrafen, augenblicklich das Rückenmark durchtrennen und die Spitze weiter ins Gehirn stoßen.

Aber wie schnell waren diese Reflexe? Er kam zu dem Schluss, dass sie sehr schnell waren. Doch sie war eine Einzelgängerin, also waren hier nur sie und er – und natürlich Vyre. Und die Ausbildung beim Ramkiseri deckte auch diese Art von Situation ab. Er kannte die Bewegungen, die er brauchen würde, sobald sich die Chance bot.

Sie kam früher, als er zu hoffen wagte. Stromaufwärts rief jemand: »Raythe!« Zorne zögerte nicht, verließ sich darauf, dass ihre Aufmerksamkeit schwankte, wenn auch nur einen Augenblick lang …

Er fuhr herum und duckte sich, und statt ihn zu töten, schlitzte Tamis Messer seine Kopfhaut auf. Aber sein Ellbogen traf ihre Kehle und erstickte ihren Schrei. Ihre Augen quollen hervor, dennoch riss sie den linken Arm zurück, in der Hand seinen Dolch – er trat gegen ihre Beine und brachte sie in dem Moment zu Fall, in dem sie die eigene Waffe in seine Seite stieß. Sie stürzten in den Schlamm, der plötzliche Schmerz verschleierte seine Sicht, aber er lag auf ihr.

Tami wollte ihm die Klinge erneut in den Leib stechen, aber er ignorierte den Schmerz und rollte auf ihren linken Arm, klemmte ihn fest, packte ihr rechtes Handgelenk und hielt es, war Angesicht zu Angesicht mit ihr. Ihre geschundene Kehle schnappte nach Luft, und Zorne biss zu, schlug die Zähne in ihren Hals, da, wo sich die Luftröhre befand, und riss daran, schmeckte Blut und erstickte ihren Schrei. Schnell verlor sie an Kraft, und er nutzte das aus, um seinen Griff um ihr rechtes Handgelenk zu verändern und es mit einem Ruck zu brechen.

Sie bäumte sich auf und ließ ihre Klinge fallen, die er auffing.

Dann löste er seine Zähne, leckte ihr Blut ab und starrte in ihre Augen und ihre Seele.

Tami gab einen flehentlichen Laut von sich, ein hilfloses Würgen, das ihn wie ein Blitz durchzuckte. Die Euphorie der Jagd erfüllte ihn, dieser Augenblick, in dem das Wild sich ergibt. Sein ganzer Körper pulsierte vor Energie, sogar vor Erregung.

Dann stieß er die Klinge in ihre Brust, durch die Rippen in ihr Herz, und sah wie verzaubert zu, wie sie starb, küsste sie, damit er ihren letzten Atemzug einatmen konnte, sonnte sich im Augenblick des ultimativen Sieges, in dem der eine zum Raubtier wurde und der andere nur zur Beute.

Genau dafür *lebe ich. Darum liebe ich meine Arbeit.*

Im nächsten Augenblick durchzuckte ihn der Schmerz der Stichwunde in der Seite und des Schnitts am Hinterkopf. Das Letztere war kaum mehr als ein Ärgernis, aber das Erstere tränkte sein Hemd, auch wenn er es kaum fühlte, betäubt vom Triumph und seinen aufgepeitschten Sinnen.

»Ist da jemand?«, rief Raythe Vyre von der anderen Flussseite.

Zorne drehte sich zur Seite und spähte vorsichtig durch den Busch, um zu sehen, wie Vyre in seine Richtung blickte. Im nächsten Moment spürte er das Summen im Nebulum, das ihm verriet, dass der Zauberer seinen Praxxisfamiliar rief.

Dann ertönte flussaufwärts wieder dieselbe Stimme. »Raythe? Dieser verfluchte Nebel!«

Es ist der Shadraner, erkannte Zorne, während die Glut in ihm abkühlte. Hätte er eine Muskete oder eine Pistole gehabt, hätte er es vielleicht immer noch gewagt, aber er hatte nur kalten Stahl, und Vyre war nun misstrauisch, und Jesco kam näher.

»Ich bin hier«, antwortete Vyre.

Hastig wischte Zorne seinen Dolch sauber und schob ihn in die Scheide, steckte Tamis Waffe zurück in die ihre und hob sie auf. Selbst im Tod war sie so leicht wie ein Spatz. Es dauerte nur einen Moment, um sie zu dem brodelnden Schlammloch zu schaffen und in die Tiefe zu drücken. Ihr ausdrucksloses Gesicht ließ ihn noch immer hungrig erschaudern, selbst dann noch, als es unter die Oberfläche sank.

Als Vyre und Jesco zusammentrafen, war er weg.

Den Rest des Abends verbrachte er damit, seine beiden Wunden mit Praxxis zu versiegeln, danach kehrte er ein Stück weiter flussabwärts zum Wasser zurück, um das Blut auszuwaschen. Mittlerweile war das Hochgefühl nach dem Töten verebbt und hatte ein tiefes Gefühl der Befriedigung zurückgelassen, obwohl er darin gescheitert war, Vyre auszuschalten.

Tami kam und ging, wie sie wollte, also wird keiner sofort Alarm schlagen, wenn man sie vermisst. Und es wird noch andere Gelegenheiten geben. Wenn es länger dauert, als es Persekoi gefällt, nun, dann zur Flammengrube mit ihm. Wer ist er schon, dass er einen Unter-Komizar des Ramkiseri herumkommandieren will?

Als er ins Lager zurückkehrte, hörte er traditionelle Geburtslieder; vermutlich war das die Feier für die Morfitt-Frau, die endlich ihre Brut geworfen haben musste. Er hätte sich zu ihnen gesellen sollen, aber seine Wunden waren zu frisch, der Blutverlust setzte ihm noch immer zu, und eine Heilerin wie Kemara würde die Verletzungen sofort als Messerwunden erkennen.

Ich würde auch sie töten müssen.

So aufregend er den Gedanken auch fand, es war zu früh.

Ihr Leben zu nehmen ist eine Mahlzeit, die genossen und nicht heruntergeschlungen werden will.

DREI

Auf der anderen Seite der Schlucht

Raythe erwachte in aller Frühe aus einem Albtraum, in dem er in einem nebeligen Wald verfolgt worden war; seltsamerweise war der Morgen genau wie seine Traumlandschaft. Aber sie befanden sich jetzt tief im Eisherz, und er war davon überzeugt, dass das Istariol nahe war. Das trieb ihn an.

Und da war er nicht der Einzige; vielleicht lag an der unheimlichen Natur des vom Nebel gefangenen Flusses oder den Poumahipfählen, auf die sie noch immer stießen, diese dämonischen Fratzen, lüsternen Zungen und anzüglich blickenden Augen, die jeden Schritt der Reisenden zu verfolgen schienen. Das Lager war erfüllt von ruhelosem Unbehagen und dem Gefühl der Dringlichkeit. Also war jeder trotz des Katers von der Feier der Geburt von Tyl und Regan Morfitts Sohn bereits auf den Beinen und begierig aufzubrechen.

Sie frühstückten und packten alles ein, ohne angetrieben werden zu müssen. Kinder liefen ausgelassen herum und trieben unter Gan Corbyns Aufsicht den Rest des Viehs zusammen. Jeder war bereit zur Abreise – mit Ausnahme von Tami, deren kleines Zelt unberührt dort stand.

Raythe begab sich dorthin und rüttelte am Eingang. »He, Tami, schläfst du noch?« Niemand antwortete, und er steckte den Kopf hinein, aber sie war nicht da, und ihre Sachen waren unberührt. *Seltsam ...*

»Hast du Tami gesehen?«, rief er Zar zu, die gerade ihr eigenes Bündel packte.

»Nein.«

Es war möglich, dass die Feier am vergangenen Abend für sie mit einem Stelldichein geendet hatte, aber trotzdem hätte sie mittlerweile wieder zurück sein müssen. »Zar, könntest du bitte ihre Sachen zusammenpacken? Sie ist noch nicht zurück, und ich muss die Vorhut einteilen.«

Seine Tochter gab ihm mit einem Winken zu verstehen, dass sie verstanden hatte, und er ließ den Blick durch die Gegend schweifen, rechnete jeden Augenblick damit, dass seine ehemaligen Geliebte mit diesem schiefen Grinsen auf dem Gesicht angeschlendert kam, aber das geschah nicht, und die Pflicht rief.

»Wir sehen uns später«, sagte er zu seiner Tochter, dann stieg er in den Sattel, sammelte Jesco ein und machte sich auf die Suche nach Vidar.

Der Bärenmann instruierte die Späher. »Sollen wir immer noch hinter uns patrouillieren?«, fragte Vidar, als er sich zu ihnen gesellte.

»Gute Frage. Was meinst du?«

»Wären wir das Militär, wäre das keine Frage. Aber die Jungs sind erschöpft, sie sind davon überzeugt, dass dort keiner ist – und diese Poumahi jagen ihnen Angst ein.« Der Pelarianer kicherte. »Ihr solltet mal das Gejammer dieser Burschen hören.«

»Damit ist die Sache entschieden – schick sie los«, warf Jesco ein. »Wir dürfen nicht zulassen, dass die armen Schätzchen weich werden.«

Raythe lachte. »Das ist wohl wahr. Also sichern wir alles: Rückseite, Spitze und beide Flanken. Ich glaube nicht, dass es hier jemanden gibt, aber halten wir unsere Disziplin aufrecht.«

»Aye«, stimmte Vidar ihm zu. »Das Istariol zu finden, könnte der leichte Teil sein. Sobald dem Imperium klar wird, was da passiert ist, wird es weitere Männer aussenden, also behalten wir den Kriegszustand aufrecht.«

»Wenn du dich darum kümmerst, reise ich wieder entlang der Schlucht. Vielleicht kann ich dem Istariol heute bis zu seiner Quelle folgen.« Er wollte losreiten, aber dann hielt er inne. »Hast du Tami gesehen?«

»Nein, aber ich sehe sie ohnehin nur selten.«

»Sie kommt und geht«, stimmte Raythe ihm zu. »Aber für gewöhnlich sagt sie mir, was sie vorhat.« Er runzelte die Stirn, dann schob er den Gedanken beiseite. »Sie wird schon auftauchen. Das tut sie immer.«

Gegen Mitte des Vormittags stiegen sie hinauf in ein Hochland und folgten dabei noch immer dem Fluss, der in einer tiefen Schlucht gefangen war und durch gewundene Stromschnellen toste und über Wasserfälle in die Tiefe stürzte. Raythe kletterte zweimal die Klippen herunter, um das schäumende Wasser zu prüfen, und beide Male enthielt es Istariol.

Aber gegen Mittag erreichten Raythe und Vidar den Rand einer Klippe und blieben perplex stehen. Hundert Meter tiefer schoss der Fluss in einer riesigen Sturzflut aus der Erde. Gischtwolken flogen hundert Fuß in den Himmel. Sie hatten den Quelllauf gefunden.

»Das ist es?«, fragte Vidar.

Raythe zuckte innerlich zusammen; er wollte sich nicht einmal vorstellen, wie schwierig es sein würde, an einer solchen Stelle zu schürfen. »Sieht so aus«, gab er zu. »Ich muss da runter und das Wasser erneut prüfen.«

Liebe Garda, wir könnten nicht einmal ein Boot in diese Höhle schicken, nicht bei diesem reißenden Gewässer.

Da rief eine Stimme: »Raythe, seid Ihr das?« Cal Foaley kam aus dem Nebel geritten. »Da seid Ihr ja. Kommt und seht Euch an, was ich gefunden habe.«

»Solange es kein Weg in diese Höhlen da unten ist, will ich es nicht wissen.«

»O doch, wollt Ihr.«

Sie folgten dem Jäger eine kurze Anhöhe hinauf, traten aus

der Nebelbank, die die unteren Hänge einhüllte, hinaus in unerwartet kühlen, klaren Sonnenschein. Der Ausblick ließ Raythe stehen bleiben.

Sie befanden sich am südlichen Ende einer mehrere Meilen langen Hochebene. Die niedrigen Berge auf beiden Seiten trugen keinen Schnee, und weit im Norden, wo ferne Gebirge weiß schimmerten, erstreckte sich ein hellblauer Himmel. Es war ein atemberaubendes, erhebendes Panorama – selbst ohne den Hügel am Nordende der Ebene, ungefähr drei Meilen entfernt. Er ragte nicht besonders hoch auf, aber die Farbe deutete an, dass es dort so gut wie keine Vegetation gab. Selbst auf diese Entfernung konnte man sehen, dass er in mehreren Ebenen in die Höhe stieg, in zumindest drei konzentrischen Kreisen, die unmöglich natürlichen Ursprungs sein konnten.

»Was ist das?«, fragte Raythe.

Foaley grinste. »Eine Art Festung aus der Vergangenheit. Jeder dieser Kreise ist mit einem Zaun aus Holzpfählen versehen, von doppelter Manngröße. Sie sind größtenteils eingestürzt, aber sie bieten einen Unterschlupf, und mit einigem Aufwand könnte man diese Festung sogar wieder instand setzen.«

»Das Istariol ist dort unten, nehme ich an.« Raythe deutete auf den Boden.

»Das glaube ich nicht.« Foaley grinste so breit, dass seine Zahnlücken sichtbar wurden. »Das Beste habe ich Euch noch gar nicht gezeigt. Dieser Abfluss dort unten? Das ist nicht die Flussquelle. Auf der anderen Seite dieses Hügelforts gibt es noch eine Schlucht, dort treffen zwei Flüsse aufeinander, direkt bevor sie im Boden verschwinden, um vermutlich unter uns wieder ans Tageslicht zu kommen. Und mir fehlen die Worte, um zu beschreiben, was sich auf der anderen Seite dieser Schlucht befindet, also seht Ihr es euch am besten selbst an.«

Jesco zog eine Schnute. »Ich hasse Geheimnisse. Verrate es mir einfach.«

»Du musst warten«, erwiderte Raythe. »Vidar, schick einen

Läufer los, der Mater Varahana und Rhamp holen soll, dann sehen wir uns diesen wunderbaren Anblick gemeinsam an, den Cal uns versprochen hat.«

Sie warteten zwanzig Minuten und studierten das Hügelfort und löcherten Foaley, ihnen mehr zu verraten, aber der Jäger hielt den Mund. Als Mater Varahana endlich auf einem geborgten Pferd anritt – unbehaglich stumm neben Rhamp auf seinem Schlachtross –, brachen sie auf, voller Neugier, was sie erwartete. Wind kam auf und blies ihnen auf der kleinen Ebene kalt ins Gesicht, bis sie zu einem weiteren Torbogen der Poumahi kamen. Die Sonne hatte ihn zu einem silbernen Grau ausgebleicht, genau wie die Holzpfosten, die den Hügel stufenweise umgaben. Dahinter entdeckten sie heruntergekommene Hütten, die in der Mehrzahl offen standen und von Schlingpflanzen und Büschen überwuchert worden waren. Nistende Vögel, glücklicherweise von der kleinen, fliegenden Sorte, stiegen wütend über die Störung auf und kreischten zornig. Das Hügelfort war offensichtlich vor langer Zeit aufgegeben worden.

»Mater Varahana, was denkt Ihr?«, fragte Raythe die Priesterin.

»Das muss ein Dorf des Stammes gewesen sein, der den Aldar gedient hat«, erwiderte sie. »Es ist zu primitiv, um ein Rath der Aldar sein zu können. Sie müssen wie ihre Herren in den Mizrakriegen gestorben sein.« Sie glitt aus dem Sattel, verzog das Gesicht, als sie sich den Hintern rieb, und sah sich um. »Es gab viele Menschenstämme, die unter der Tyrannei der Aldar lebten, aber die sind alle verschwunden, als die Mizrakriege die Eiszeit herbeiführten. Das ist ein unglaublicher Fund.«

Foaley kicherte. »Mit Respekt, Mater, das Beste habt Ihr noch nicht gesehen. Begleitet mich.«

Statt hinauf in das Hügelfort zu steigen, führte er sie um den Hügel herum.

Die untere Palisade war nach dieser Zeitspanne überraschend intakt, und sie diskutierten laut darüber, ob der Stamm nach

Beginn der Eiszeit noch eine Weile durchgehalten hatte. Dann erreichten sie einen Aussichtspunkt, der nach Norden zeigte, und die Worte blieben ihnen im Halse stecken.

Wie Foaley berichtet hatte, endete die Ebene hinter dem Hügelfort an einer weiteren gewaltigen Schlucht. Unter einer offensichtlich von Menschen errichteten Steinplattform kamen zwei Flüsse aus Nordost und Nordwest zusammen und trafen in einem tosenden Mahlstrom aufeinander, der in den Boden stürzte und mit ziemlicher Sicherheit den Fluss bildete, dem sie an diesen Ort gefolgt waren. Aber selbst dieser mächtige Anblick war nichts im Vergleich zu dem, was sich am anderen Ende der Schlucht befand.

Zweihundert Meter hinter der Schlucht stieg ein Berg empor. Auf seinen unteren Hängen erhoben sich Steinhäuser von einer Höhe, die selbst die höchsten Türme von Reka-Dovoi, der Hauptstadt von Bolgravia, weit überstieg. Aber es war nicht nur ihre Größe, wegen der die Reisenden die Augen aufrissen, sondern ihre fremdartige Schönheit – Bögen und Spiralen, seltsame Winkel und spindelförmige Türme, die anscheinend aus Kupfer und Glas gefertigt waren. Die unteren Ebenen waren mit Pflanzen überwuchert; ihr üppiger Wuchs liebkoste die Gebäude, hatte sie aufgebrochen, sie verschlungen und ihre Gebeine begraben.

Aber die oberen Stadtviertel waren frei von den zurückerobernden Tentakeln der Natur – sie schwebten mehrere hundert Meter über dem Rest. An allen Himmelsrichtungen der Kompassrose von massiven Ketten gehalten, gingen sie in die Wälle und Türme einer mächtigen Festung über, die an die Krone auf dem Haupt eines Tyrannen denken ließ.

Ein schwebender Felsen, angekettet an die Erde, ein Thron, von dem ein Imperator der Aldar herrschen würde.

»Heilige Garda!«, krächzte Mater Varahana. »Deo auf seinem Thron!«

»Das ist der Rath des letzten Aldarkönigs«, stieß Jesco hervor.

»Das ist Rath Argentium, das Schloss von Vashtariel höchstpersönlich.«

Jesco könnte tatsächlich recht haben, dachte Raythe ungläubig. *Wir müssen nicht prüfen, welcher der beiden Flüsse das Istariol in sich trägt; es kommt direkt von dort oben.*

Eine lange Weile standen sie einfach sprachlos da und starrten das Gebilde an.

»Seht euch das an«, brach Raythe schließlich das Schweigen. »Wir hätten nicht um mehr bitten können. Wir werden kein Lager aufschlagen müssen, wir haben eine Stadt, die für uns bereitsteht und in der wir leben können. Und es wird bereits Minen geben. Das ist die Antwort auf all unsere Gebete.«

Kemaras Karren kam mitten in einem feiernden Lager zum Stehen. Norrin und Jesco machten Musik, und die, die nicht mit Kochen und Zeltaufschlagen beschäftigt waren, klatschten und sangen mit. Jeder brachte die besonderen Vorräte, die er für diesen Moment gehortet hatte.

Wie gewöhnlich traf sie als Letzte ein; sie hatte einen von Rhamps Männern behandelt, der am Fluss ausgerutscht war und sich das Bein gebrochen hatte. Moss Trimble saß auf seinem mittlerweile üblichen Platz auf dem Kutschbock, und sie fuhr mit dem Söldner, einem Veteranen namens Miki Brond. Er hatte starke Schmerzen, und jedes Hindernis am Boden, über das die Räder gerumpelt waren, hatte ihm schwer zugesetzt, also hatte sie ihm eine Menge ihrer betäubenden Kräuter eingetrichtert.

»Was ist hier los?«, wunderte sie sich.

Das neue Lager breitete sich vor einem seltsamen Hügel aus, der von uralten Holzpalisaden und einer Menge Poumahischnitzereien umringt wurde. Es sah sehr nach einem primitiven Fort aus. Kemara wählte einen Lagerplatz neben Lynd Borger, dem stämmigen Schmied. »Was ist los?«, rief sie. »Haben wir das Istariol gefunden?«

»Aye, gesegnet sei Garda! Auf der anderen Seite des Hügels. Vyre hat nach Euch geschickt. Er wird dort sein.« Dann schüttelte er den Kopf und fügte hinzu: »Ihr werdet Euren Augen nicht trauen, Heilerin.«

Kemara warf Moss einen Blick zu. »Kannst du dich um Miki kümmern?« Ihr neuer Patient hatte mittlerweile das Bewusstsein verloren, sein Bein war geschient und verbunden.

Borger spähte in den Karren und grunzte mit amüsiertem Mitgefühl. »Was hat der Narr angestellt?«

»Wollte ein Tänzchen auf einem rutschigen Felsen machen«, bemerkte Moss und sah sich um.

»Lasst mich euch helfen, ihn vom Wagen zu holen, dann geht und seht es euch an«, bot Borger an. »Das ist nur gerecht, der Rest von uns hat es schon gesehen. Dort findet ihr die Hälfte des Lagers; wenn ihr meiner Frau begegnet, sagt ihr, dass sich das Abendessen nicht von allein kocht.«

Nachdem sie den Söldner in seine Decken gewickelt und die nötigsten Dinge ausgepackt hatten, umrundeten Kemara und Trimble den Hügel und betrachteten ihn neugierig – aber als sie um die letzte Biegung kamen und die Schlucht und die uralte und fremdartige Stadt auf der anderen Seite erblickten, blieben sie wie angewurzelt stehen und starrten sie an.

Nach einem Moment wurde sich Kemara bewusst, dass Moss ihre Hand genommen und sie es nicht einmal gemerkt hatte. Sie entzog sich ihm aber nicht, denn sie brauchte jemanden, an dem sie sich festhalten konnte, während sie die Türme und Turmspitzen in sich aufnahm, die in der Nachmittagssonne funkelten, das Donnern des Mahlstroms und der verblüffende Anblick einer ganzen Bergspitze, die über allem schwebte, gefesselt mit Ketten aus Gliedern so groß wie Häuser.

»*Shansa mor*«, platzte sie heraus. »Das kann nicht real sein.«

»Das ist die Stadt von Vashtariel«, kreischte ein Junge, der an ihnen vorbeilief. »Ich bin der König der Aldar! Grr!«

Kemara warf Moss einen Blick zu, der in einem seltenen Moment verblüffter Offenheit erstarrt war. Entsetzen rang mit Staunen, als hätte solch ein Ort keinen Platz in seiner Welt.

Das war völlig in Ordnung – in ihrer auch nicht. Aber ihr Herz klopfte wild, und sie wollte alles sehen, in der obersten Kammer des höchsten Turms stehen, jetzt sofort.

Aber das war dort drüben, und sie war hier – und sie hielt Händchen mit einem Mann, und so etwas tat sie nicht. Energisch zog sie ihre Finger zurück und holte tief Luft, um sich zu stählen.

Schüchtern trat ein junges Mädchen heran. »Frau Kemara«, sagte sie in einem ängstlichen, ehrfürchtigen Tonfall. »Lord Vyre wünscht, dass Ihr Euch zu ihm am Rand der Schlucht gesellt.« Sie sah Kemara an, dann Moss und kicherte, bevor sie herumwirbelte und floh.

Kemara musste den Drang zu tanzen unterdrücken. »Dann komm, finden wir heraus, was los ist«, sagte sie und setzte sich in Bewegung, Moss dicht hinter sich, durch die Menge der erstaunten Reisenden, den Blick so fest auf den Berg voller Häuser auf der anderen Seite gerichtet, dass sie zweimal stolperte, weil sie nicht sicher auftrat. Am Schluchtrand fand sie einen Felsvorsprung, der von einem Zaun aus noch intakten Holzpfählen vor dem Sturz in die Tiefe gesichert wurde. Vyre stand auf einem Erdhügel an der Brüstung; Elgus Rhamp, Jesco Duretto, Mater Varahana, Cal Foaley und Vidar Vidarsohn waren bereits da. Kemara stieg von Moss begleitet nach oben.

»Das ist eine Versammlung der Anführer«, sagte Raythe mit einem Stirnrunzeln zu ihr.

»Ich vertraue Moss.«

»Das spielt keine Rolle.« Er warf Moss einen kalten Blick zu. »Sie wird nicht lange brauchen.«

Die Miene des Seemannes versteinerte, aber er führte die Hand an die Stirn. »Mein Lord.« Er kehrte nach unten zurück.

»Wir sind hier nicht im verdammten Imperium«, fauchte Kemara.

»Es ist nichts Persönliches«, erwiderte Raythe, »aber diese Gruppe wurde wegen besonderer Fähigkeiten und Einfluss ausgesucht. Sollte er etwas haben, das wir brauchen können, lade ich ihn höchstpersönlich ein.«

»Er scheint ein guter Mann zu sein«, bemerkte Sir Elgus. »Wartet nicht auf Banno. Ich habe ihm befohlen, auf der Südseite das Lager aufzuschlagen. Eure Tochter hilft ihm. Die beiden sind ein gutes Team.« Er schnaubte amüsiert, als Raythe die Stirn runzelte. »Wo ist Tami?«

»Ich habe sie den ganzen Tag nicht gesehen«, meinte Jesco.

»Sie macht, was sie will«, sagte Varahana. »Vielleicht sucht sie nach einem Weg auf die andere Seite.«

»Da wir davon sprechen.« Raythe machte eine großartige Geste. »Seht!« Er deutete nach Westen.

Alle blickten mit zusammengekniffenen Augen in dieselbe Richtung, und ihre erhöhte Position enthüllte einen schmalen Bogen, der das Licht der Nachmittagssonne einfing und wie die Planetenringe funkelte.

»Liebe Garda«, hauchte Kemara, »ist das eine Brücke?«

»Wir glauben, schon«, sagte Raythe, »aber es ist zu spät, das heute noch rauszufinden. Morgen gehe ich selbst rüber.« Alle fingen gleichzeitig an zu reden, und er hob die Hand. »Denkt immer daran, dieser Ort ist Jahrhunderte alt; wenn es eine Brücke ist, ist sie möglicherweise nicht völlig intakt – oder sie könnte in dem Augenblick zusammenbrechen, in dem wir einen Fuß darauf setzen.«

»Die Aldar haben für die Ewigkeit gebaut«, erwiderte Varahana mit beinahe mütterlichem Stolz.

»Sie selbst haben aber nicht überlebt, oder?«, bemerkte Kemara, aber mehr, um Raythe in die Parade zu fahren, als aus ehrlichem Pessimismus. Tatsächlich war sie hocherfreut. Nach allem, was sie durchgemacht hatte, schien dieser unmögliche Traum wahr zu werden.

»Ihr habt recht«, erwiderte Raythe, »aber ich glaube, wir alle sind froh, dass sie weg sind. Wer möchte schon, dass sich uns eine mit Mizra zaubernde Hexenkönigin in den Weg stellt?« Er warf ihr einen Blick zu, der deutlich besagte, dass sie sich benehmen sollte.

Oh, wie schön es doch wäre, eine mit Mizra zaubernde Hexenkönigin zu sein, dachte sie.

»Für den Augenblick lagern wir hier«, fuhr Vyre fort, »und morgen untersuchen wir die Brücke. Und allen einen herzlichen Glückwunsch! Wir haben eine Menge durchgemacht, aber wir haben unser Ziel erreicht.«

Er schüttelte allen die Hände und sparte sich Kemara als Letzte auf. »Auf ein Wort, bevor Ihr geht«, murmelte er ihr zu.

Während sie wartete, vertiefte sie sich in den außergewöhnlichen Ausblick und fragte sich, wie viele Menschen hier wohl einst gelebt hatten. Hatten sie das Ende kommen sehen? Waren sie alle auf einmal umgekommen oder langsam ausgestorben? Lagen ihre Leichen noch immer dort, alte Knochen, begraben in der Vergangenheit? Welche Geister suchten diese Ruinen heim?

Einen kurzen Augenblick lang öffnete sie sich Buramanaka und wurde von einer Woge aus Trauer und Wut getroffen, die so verheerend war, dass sie die Verbindung sofort kappte. Aber das reichte als Bestätigung, dass das hier in der Tat Rath Argentium war, das legendäre Zentrum der Aldarmacht.

Schließlich waren sie allein, obwohl Moss noch immer unten außer Hörweite wartete.

»Kemara«, sagte Vyre, »da wir jetzt hier sind, müssen Ihr und ich anfangen, diesen Block zu üben, wie wir es vereinbart haben. Wir haben nicht eine einzige Sitzung geschafft« – er hob beschwichtigend die Hand, um ihre Erwiderung abzuwürgen – »was genauso mein Fehler wie der Eure ist. Aber jetzt sind wir hier, und es steht ganz oben auf der Liste.«

Das war fair. »Natürlich«, gestand sie ein.

»Habt Ihr Euren Familiar unter Kontrolle?«

Die ehrliche Antwort lautete, dass sie sich nicht sicher war.

Ihr erster Mizrafamiliar war eine Herausforderung gewesen, aber Buramanaka war etwas völlig anderes, ein Prinz seiner Art. Aber sie wollte ihre Ängste nicht zugeben. »Ich werde nicht den Verstand verlieren und uns alle niedermetzeln, auch wenn es an manchen Tagen eine große Versuchung ist.«

Raythe schenkte ihr einen Blick, der besagte, dass man über dieses Thema keine Witze machen sollte. »Ich vertraue auf diesen Block, den wir geteilt haben. Ich bin fest davon überzeugt, dass wir diese Art Macht wieder brauchen werden, sobald wir in die zivilisierte Welt zurückkehren.«

»Also enthaltet Ihr euch eines Urteils, solange ich nützlich bin? Soll ich jetzt dankbar sein?«

»Das bleibt ganz allein Euch überlassen. Aber es ist ein Geheimnis, hört Ihr? Ihr schützt es mit Eurem Leben. Nicht einmal Zarelda darf es wissen.« Er warf dem wartenden Moss Trimble einen Blick zu. »Und kein Bettgeflüster.«

»Da ist nichts ...« Sie errötete. »Das geht Euch nichts an.«

»Es geht auch Mater Varahana nichts an. Vergesst nicht, Ihr seid noch immer eine Novate.«

»Wir wissen doch beide, dass ich das vollständige Gelübde niemals ablegen werde, oder? Ich kann jetzt wohl kaum noch eine vollwertige Schwester werden, nicht wahr?«

»Dann solltet Ihr das offiziell machen.«

Und wieder hatte er recht, in die Flammengrube mit ihm. »Das sollte ich wohl.« Die Tage, in denen sie den Schutz der Kirche brauchte, waren ohnehin vorbei. Alle wussten, dass sie nun eine Zauberin war.

»Ich bin sicher, dass Varahana das verstehen wird«, sagte er in einem überraschend versöhnlichen Tonfall. »Kommt, gehen wir zurück ins Lager, damit ich allen erkläre, womit wir es hier zu tun haben.«

Banno und Zar waren so ziemlich die Letzten, die sich den sagenhaften Anblick auf der anderen Seite der Schlucht ansehen konnten. Sein Vater hatte ihm den Befehl gegeben, das Errichten des Rhamp-Lagers zu beaufsichtigen, und die Aufgaben waren schier endlos – es galt, die Plätze für die Zelte und Futtertröge zu bestimmen, für die Kochfeuer und Latrinengräben, und unzählige weniger bedeutsame Entscheidungen zu treffen –, und die ganze Zeit hatte er sich anhören müssen, wie alle über das staunten, was sie da gesehen hatten. Zar hatte ihm geholfen, aber es hatte trotzdem endlos gedauert.

Schließlich kehrte sein Vater zurück und hatte Mitleid mit ihm. »Geh schon, Junge«, sagte er mit rauem Humor und winkte die Anführer seiner Henkersknechte herbei, Krähenfuß und Thom den Blutigen, um sich mit ihnen zu besprechen. »Nimm Vyres Tochter und sieh es dir selbst an.«

Banno fragte sich, was es für sie wohl dieses Mal zu besprechen gab; trotz sämtlicher Versicherungen und öffentlichen Versöhnungen sorgte er sich noch immer, dass sie irgendetwas vorhatten, sobald das Istariol gefunden worden war. *Zwinge mich nicht, eine Entscheidung treffen zu müssen, Vater,* dachte er.

Er und Zar waren keine hundert Meter weit gekommen, als sie Raythe Vyre höchstpersönlich begegneten – der seiner Tochter befahl umzukehren. »Gleich wird es dunkel. Die Stadt steht auch morgen noch.«

»Aber Paps, wir sind die Einzigen, die sie noch nicht gesehen haben«, protestierte sie.

»In einer Stunde ist es dunkel, und ich halte gleich eine Rede.«

Enttäuschung zeichnete sich auf ihrer Miene ab, und Banno fühlte sich genötigt, etwas zu sagen. »Lord Vyre ...«

»Raythe«, berichtigte ihn der Otravianer, vielleicht ein Zeichen der Akzeptanz.

»Herr«, sprach Banno weiter, der sein Glück nicht auf die Probe stellen wollte, »wir haben uns den ganzen Nachmittag angehört, wie unglaublich das alles ist – aber wir sind die Einzigen, die es nicht gesehen haben. Bitte, wir laufen auch den ganzen Weg. Hin und zurück. Mein Vater hat gesagt, dass es nicht weit ist.«

Raythe runzelte die Stirn, aber dann sagte er: »Also gut, aber beeilt euch. Es würde mir gar nicht gefallen, wenn ihr eine meiner berühmten Reden verpassen würdet.«

Zarelda hieb ihrem Vater gegen den Arm. »Danke, alter Mann.« Sie grinste und lief los.

Banno teilte ein Lächeln mit Raythe; es war das erste Mal. Es fühlte sich wie ein weiterer Schritt in die richtige Richtung an – dann lief er ihr nach, holte sie ein, und sie gingen Hand in Hand weiter.

Als sie die Basis des Hügels umrundeten, passierten sie Kemara Solus und Moss Trimble, die sich angeregt unterhielten – und dann kam die Schlucht in Sicht. Sie blieben wie angewurzelt stehen und stießen ein Keuchen aus. Die untergehende Sonne fing sich auf den Ruinen und funkelte auf der mit Patina angelaufenen Bronze inmitten des Bewuchses, der die unteren Ebenen verschlungen hatte. Aber es war der mächtige Felsen, der über der Stadt angekettet war, und die darauf sich erhebende Festung, die ihre Blicke einfingen und gefangen hielten.

»Als wären wir in einer Legende gelandet«, hauchte Zar.

»Rath Argentium«, flüsterte Banno, der sich für alle Ewigkeit an diesen Anblick erinnern wollte. »Ich habe die Geschichte von Garda und dem Aldarkönig immer geliebt. Aber wie kann ein ganzer Berggipfel auf diese Weise schweben?«

»Das hat mit der Weise zu tun, auf die Istariol mit dem Nebulum reagiert, sobald es aktiviert wurde«, erklärte Zarelda.

»Was ist Nebulum?« Er kam sich ungebildet vor.

»Das Energiefeld, das das Leben erzeugt – Geister leben darin, und Zauberer beziehen daraus ihre Macht.« Sie zeigte auf die riesige schwebende Bergspitze, die einen Durchmesser von mindestens fünfhundert Metern hatte. »Sie enthält genug zum

Leben erwecktes Istariol, um ihr eigenes Gewicht tragen zu können. Jede Wette, ohne diese Ketten würde sie einfach davonfliegen.«

»Was ist darunter?«

»Ich nehme an, das Loch, das sie hinterlassen hat. Vater sagt, dass so etwas von selbst passieren kann. Für gewöhnlich schwebt der herausgebrochene Felsen aber nur ein paar Dutzend Fuß hoch. Die imperialen Minen müssen wirklich weit in die Tiefe führen.«

»Woher weißt du so viel darüber?«

»Ich lese, höre zu.« Sie lächelte verlegen. »Ich bin wie ein Schwamm, ich sauge alles einfach nur auf.«

Sie wandten sich einander zu und küssten sich impulsiv, ein leichter Kuss, der plötzlich gierig wurde, und für ein paar Augenblicke vergaßen sie sogar den wunderbaren Anblick und verloren sich in Berührungen und Geschmack.

Dann löste sich Zar und lächelte. »Wir sollten lieber zurück, bevor mein Vater noch Jesco und Vidar ausschickt, um uns zu suchen.«

Händchenhaltend schlenderten sie zurück, und Banno wurde sich bewusst, dass er vollständig glücklich war. *Wir sind angekommen, und ich glaube wirklich, dass das, was Zar und ich haben, zu etwas ganz Besonderem wird.* Er fühlte sich, als könnte er nichts falsch machen.

Dann blieb sein Blick an etwas im Osten hängen: hauchdünne Dunstschwaden, die hinter den Hügeln zu den Wolken aufstiegen. »Siehst du das?«, fragte er verwirrt. »Diese dunklen Stellen, die sich vor den niedrigen Wolken abzeichnen? Könnte das Rauch sein?«

Zar runzelte die Stirn. »Vielleicht ist es Tami? Ihr Kochfeuer?« Die ehemalige Spionin war noch immer verschwunden, und alle nahmen an – oder hofften –, dass sie die Gegend erkundete.

»Um eine so große Wolke zu machen? Nein, das ist viel zu viel

Rauch für ein Lagerfeuer – und Tami ist wie ein Geist«, behauptete Banno. »Wenn das ein Kochfeuer ist, müsste das schon ein sehr großes Lager sein.«

Sie sahen einander mit großen Augen an, als er erkannte, was er da gerade gesagt hatte.

Andere Menschen? Hier draußen in der Einöde?

»Vielleicht ist es ein Grasfeuer, verursacht von Blitzschlägen«, schlug Zar vor. »Es ist Sommer, auch wenn es kalt ist, und diese Hochlandebenen sind ganz schön trocken.«

»Das ist schon wahrscheinlicher«, stimmte er ihr zu, aber dann kam ihm ein finsterer Gedanke. »Und wenn es die imperiale Streitmacht ist?«, platzte er heraus. »Sie könnten überlebt haben und uns gefolgt sein, aber irgendwie dort drüben gelandet sein.«

»Garda, ich hoffe, nicht«, hauchte Zar.

Die Wolke löste sich hoch oben am Himmel auf, aber eine deutlich sichtbare Spur stieg noch immer in die Höhe. »Ich schätze, das ist ungefähr zwei Meilen weit entfernt«, sagte Banno. »Wir sollten eine Patrouille diesen Hügel hinauf schicken – vielleicht ist es ja nur ein Steppenbrand, aber falls nicht …«

»Wir müssen es meinem Vater sagen«, sagte Zarelda und lief los. Banno warf die Hände in die Luft, dann rannte er hinter ihr her. Sie eilten um den Hügel ins Lager und trafen in genau dem Moment ein, in dem sich ihr Vater an die Reisenden wandte.

Jemand hatte einen Wagen in die Mitte gerollt, und Raythe stieg gerade darauf. Spontaner Jubel ertönte, was ihn überrascht aussehen ließ; nach einem Moment winkte er wie ein Kandidat für den Dorfrat. Es dauerte eine Weile, bis die ausgelassene Menge verstummte.

Banno zog Zar an den Versammelten vorbei, denn er wollte nahe genug heran, um Raythe zu berichten, was sie gesehen hatten, sobald er mit seiner Rede fertig war. Sie fanden einen Platz, rangen nach Luft, und er griff wieder nach Zars Hand.

»Freunde, Freunde«, begann Raythe, »wir haben …«

Ein Schuss knallte, und Hufe donnerten, als Rix Morro und Tasker Corbyn ins Lager galoppierten. Aus dem Lauf von Taskers Muskete quoll Rauch.

»Alarum!«, rief der junge Morro. »Alarum!«

Unruhe breitete sich in der Menge aus. Taskers Pferd stieg auf die Hinterbeine. »Es sind die Imperialen!«, rief er. »Sie sind nur wenige Stunden hinter uns.«

Eines von Gravis' Schenkenmädchen schrie auf, und Chaos brach aus. Männer brüllten, Kinder schrien, keiner wusste, in welche Richtung er laufen sollte. Dann ertönte ein weiterer Schuss. Jesco Duretto rief: »Bleibt stehen, ihr verfluchten Idioten – ihr könnt sowieso nirgendwohin fliehen.«

Das brachte alle für einen Moment zur Ruhe, dann rief Raythe »Bleibt stehen«, und der Ruf wurde von Mater Varahana und Elgus Rhamp aufgegriffen. »Hört mir zu!« Sobald er jedermanns Aufmerksamkeit hatte, zeigte Raythe auf das Hügelfort über ihnen. »Dann haben sie uns eben gefunden. An einem Ort, den wir verteidigen können.«

»Aye!«, donnerte Elgus. »Und die Bastarde werden sich noch wünschen, unsere Spur verloren zu haben.«

Das machte ihnen Mut, aber Banno konnte die Furcht in der Luft förmlich riechen.

Jeder wusste, dass das bolgravianische Imperium niemals aufgab.

»Hört zu«, rief Raythe, und die Leute rückten näher zusammen. »Ich will jeden und alles, was wir besitzen, in diesem Hügelfort wissen. Mater Varahana, Ihr übernehmt den Befehl über den Rückzug und die Verteilung der Wagen und Zelte. Sir Elgus wird die Verteidigungsstellungen einteilen. Frau Kemara wird ihren Verbandsposten auf der zweiten Ebene aufbauen. Meister Foaley, schickt Späher los.« Er klatschte in die Hände. »Bei Garda, wir sind drei Monate und fünfhundert Meilen gereist, und man wird uns jetzt nicht besiegen!«

Um seine Worte zu unterstreichen, beschwor er Licht um

seine Hände, und alles jubelte, als hätte er gerade Blitze gegen die Bolgravianer geschleudert und als hätten sie bereits die Flucht ergriffen.

»Lord Vyre hat die Fregatte zerstört«, sagten die Leute und klammerten sich an die Hoffnung. »Er wird uns retten.«

»Jetzt geht«, rief Raythe, »und lasst uns diesen Ort so verteidigen, wie wir eine Festung verteidigen würden.«

»Garda ist mit uns«, rief Mater Varahana lautstark, und ihre Worte wurden aufgegriffen, als alle zielgerichtet losliefen. Die Zivilisten eilten zu den verbliebenen Wagen, während sich die Kämpfer um Sir Elgus versammelten.

Banno ließ Zars Hand los. »Ich muss zu meinem Vater.« Dann nahm er sie und küsste sie hart, und ihm war egal, wer es sah. Er versuchte, nicht daran zu denken, dass es möglicherweise ihr letzter Kuss war.

»Was ist mit dem Rauch, den wir gesehen haben?«, keuchte sie, als sie sich voneinander lösten.

»Wir haben jetzt größere Probleme«, sagte er. »Wenn es ein Steppenbrand ist, der in diese Richtung kommt, dann lass uns hoffen, dass es die Imperialen erwischt und nicht uns. Geh zu deinem Vater. Er wird dich beschützen.«

Aber Zar ließ das Thema nicht fallen; stattdessen hellte sich ihre Miene auf. »Das ist es!«, rief sie aus. »Das Feuer. Ein Zauberer könnte es in diese Richtung lenken. Vater und ich, wir könnten das schaffen.«

Larch Falkenstein schritt langsam über das Gras und betrachtete das Hügelfort unbehaglich. Die vierzehn Grenzwächter, der Rest, der ihm noch geblieben war, nachdem die Dämonenflut den Gletscher geschmolzen hatte, folgten ihm mit gesenkten Köpfen und murrten. Ihre Rettung war reines Glück gewesen, weil sie sich bereits auf dem Felsvorsprung befunden hatten. Keiner von ihnen wollte noch hier sein.

Persekoi hätte umdrehen und nach Hause gehen sollen, aber diese blinden Zauberer lassen ihn nicht. Und jetzt hat Vyre einen Ort gefunden, den man verteidigen kann.

Und der Glaube, auf der richtigen Seite zu stehen, fiel schwer, wo sich doch seine Tochter und seine Frau – nun, sie war *jedermanns* Frau, aber sie hatte ihm eine Tochter geboren – in diesem Hügelfort befanden.

»Hauptmann Falkenstein«, rief ein Adjutant, und seine Stimme klang so herablassend wie immer. »Lord Persekoi rufen dich.«

»Was will er denn?«, fragte sich Simolon.

»Vermutlich uns befehlen, den Angriff anzuführen«, murmelte Falkenstein, dann wandte er sich an Simolon. »Halte die Jungs beisammen, und wenn irgendein Arsch versucht, unsere Waffen und unser Pulver zu requirieren, sagt ihm, er soll sich verpissen.«

Seine Grenzwächter gehörten zu den wenigen Einheiten, die nach dem Gletscherzusammenbruch noch über ihr Pulver verfügten. Er hatte den Verdacht, dass Persekoi es nur darum nicht konfisziert hatte, weil er seine eigenen Männer für den Verlust bestrafen wollte. In dieser Hinsicht waren Bolgravianer rachsüchtig.

Als er dem Adjutanten durch die Reihen folgte, erhielt er einen genaueren Blick auf das, womit sie es zu tun hatten, einem Hügelfort am Nordende des Plateaus, das sich vor einer Schlucht erhob. Dahinter herrschte ein undurchdringliches Zwielicht, in dem man sich beinahe einen konischen Berg vorstellen konnte, der mit Türmen besetzt war.

Muss an den niedrigen Wolken liegen.

Dann verschwand die Sonne hinter den Hügeln im Westen, und die Sicht nahm sofort ab, was ihn unsicher machte, was genau er da gesehen hatte. Er fand Persekoi bei seinen Speichelleckern. Der Komandir war in selbstsicherer Stimmung und starrte in die Dunkelheit.

»Ah, der tapfere Falkenstein«, verkündete er sarkastisch.

»Endlich wir treiben Vyre in die Ecke, yuz. Endlich Gerechtigkeit.«

Des einen Mannes Gerechtigkeit ist des anderen Mannes Massaker. Wie kann ich meine Tochter nur davor retten?

»Wissen wir, was uns erwartet, Herr?«, fragte er mit sorgfältiger Ehrerbietung.

»Ein paar Dutzend Söldnerabschaum, ein paar Jäger und ein Ungeziefernest.« Persekoi schnaubte. »Und Raythe Vyre.« Er blickte in Richtung seiner Zauberer, und die beiden Izuvei richteten sofort die blinden Augen auf sie. Falkenstein fröstelte. »Für Vyre wir haben besonderen Plan.«

»Gut«, knurrte Falkenstein. »Der Bastard hat ein paar meiner besten Leute getötet.«

»Einer meiner Männer sein zehnmal mehr wert als einer deiner, und ich haben bei dieser Flut achtzig verloren«, fauchte Persekoi. »Komm mir nicht mit Verlusten.« Er deutete auf das Hügelfort. »Du haben so was noch nie gesehen, ney?«

»Nein – selbst die Krodesh sind über Holzforts hinaus. Vermutlich haben das dieselben Primitiven gebaut, die auch diese geschnitzten Pfähle hinterließen.«

»Yuz, ich denken auch. Vayre glauben, er in Sicherheit, aber dicht zusammen man sie leichter töten kann. Wir haben sie in Falle, greifen bei Morgendämmerung an. Deine Männer – mit dem Pulver, das ich dir großzügig überlassen – übernehmen die Westseite. Meine Späher den Osten. Diesmal Vyre nicht entkommen können.«

Wir behalten unser Pulver, und wir müssen Wachdienst schieben. Das ist besser, als es hätte sein können. »Ja, Herr.« Falkenstein salutierte, bevor der bolgravianische Lord seine Meinung ändern konnte.

Er eilte zurück zu seinen Männern und schickte sie an den Rand des Hügelforts, ein paar hundert Meter von den Palisaden entfernt, lotste jeden auf seine Position, bis sie das unwirtliche Gelände vor dem Fort verbarg. Er nahm Simolon zum Rand der

Schlucht mit – und beide Männer starrten durch das schwindende Licht auf die zerfallene Stadt, die nur zweihundert Meter weiter auf der anderen Seite des tosenden Wassers des Zusammenflusses in die Höhe ragte. Es brauchte einige Zeit, bevor einer von ihnen etwas sagen konnte.

Für Falkenstein waren diese uralten Ruinen ein wahrer Albtraum. Derartige Dinge hätten nicht existieren dürfen. Die Aldar kamen aus der Flammengrube, genau wie die Zauberer, ganz egal, was in den heiligen Texten stand.

»Pass auf«, befahl er Simolon. »Wenn sie die Flucht ergreifen, dann vermutlich auf dieser Flanke.« Er blickte zu Umrissen, die ungefähr eine Meile weiter westlich möglicherweise die Schlucht überspannten, aber die nun schnell untergehende Sonne tauchte die Kluft in der Erde in immer tiefere Schatten.

»Keine Heldentaten, Sim«, murmelte er. »Wenn sie kommen, dann verdrück dich, bevor du Alarm schlägst. Sollen die Bolgravianer kämpfen.«

Er wandte sich um und wollte gehen – und erstarrte.

Zwanzig Meter entfernt saßen die Izuvei auf ihren Pferden, und ihre weißen blinden Augen lähmten ihn sofort, denn sie riefen ihm wieder ins Gedächtnis, was sie mit Vyres Spähern gemacht hatten.

»Du da, Falkenstein«, rief der alte Mann. Sein Magnianisch war langsam und mit einem schweren Akzent behaftet. »Ist das dein Sektor, yuz?«

»Ja, Herr«, erwiderte der Hauptmann nervös.

Die blinde Zauberin trieb ihr Pferd näher heran. »Hier besteht die starke Wahrscheinlichkeit eines feindlichen Ausfalls.«

»Soll ich mehr Männer holen?«

»Ney«, erwiderte der Mann. »Tu das nicht.«

»Du wirst Alarm schlagen und dich dann zurückziehen, wir werden mit Soldaten hinter dir stehen und uns jenen stellen, die dort kommen«, sagte die Frau. »Vyre und seine rothaarige Zuke – kennst du die Frau?«

»Klingt nach Kemara Solus«, gab er zu. »Die Frau aus Ferrea.«

»Die Hexe aus Ferrea«, korrigierte ihn die Zauberin. »Wir nehmen sie gefangen und verbrennen sie.«

Falkenstein teilte einen Blick mit Simolon. Die Heilerin hatte ihm eigentlich immer gefallen – sie hatte den Eindruck erweckt, einen ordentlichen Fick zu genießen, obwohl man behauptet hatte, dass sie ein böses Temperament besaß. Aber falls sie wirklich eine Hexe war, war er froh, sich von ihr ferngehalten zu haben.

»Ich habe sie immer nur für eine Heilerin gehalten«, wagte er zu sagen.

»Sie war auf dem Gletscher und hat Vyre geholfen«, knirschte der blinde Mann. »Sie hatte eine selten gefühlte Präsenz bei sich. Für ihre Sünden wird sie leiden und sterben.«

»Also schießen wir, wenn wir sie sehen?«

»Natürlich.« Die Zauberin verzog höhnisch die Lippen. »Bist du kein Soldat? Bleikugeln töten genauso gut wie eine Klinge oder ein Zauber.«

Nach diesen Worten drehten die beiden Izuvei um und ritten weiter nach Westen, was in Falkenstein die Frage aufwarf, ob es dort wirklich eine Brücke gab.

Wenn man einen Zauberer mit einer Bleikugel töten kann, würde ich beiden nur zu gern eine in den Rücken jagen, dachte er feindselig.

Und hätte sich um ein Haar in die Hose gemacht, weil der Zauberer den Kopf wandte und ihn mit seinen toten Augen anstarrte, bevor er weiterritt.

»Keine Kanonen«, bemerkte Sir Elgus. »Auf dem Gletscher habt Ihr behauptet, sie hätten Kanonen, aber davon kann ich jetzt nichts entdecken.«

Raythe grinste. »Ich hatte den gleichen Gedanken. Und noch etwas – keine Wagen.«

»Sie müssen alles in der Flutwelle verloren haben«, meinte

Jesco fröhlich und tätschelte eines der in den Poumahi geschnitzten Ungeheuer. »Die armen Kerle sind vermutlich auch auf halbe Ration gesetzt. Wenn sie das Pulver in ihren Pulverflaschen verbraucht haben, und das können bestenfalls nur noch ein paar Schüsse sein, falls sie es während der Flut trocken halten konnten, müssen sie ihre Musketen als Speere benutzen.«

»Es sind noch immer mehr als dreihundert Mann«, bemerkte Vidar. »Gut gedrillte Soldaten, die mit Bajonetten und Klingen umzugehen wissen. Und diese Palisaden werden sie nicht aufhalten.«

»Niemand sagt, dass es einfach werden wird«, erwiderte Raythe. »Aber die Palisaden werden ihren Angriff behindern und sie zu bestimmten Stellen lenken. Wenn wir ihre Streitkräfte ausdünnen und sie dann mit entschlossener Kraft – und ein paar Tricks – treffen können, haben wir eine Chance.«

Auch wenn sie nicht groß ist.

Alle waren im Fort, und sie waren angenehm überrascht gewesen, wie gut der Bau die Zeit überstanden hatte. Es gab Gräben, die zwar überwuchert waren, aber in denen Männer mit Musketen Schutz vor feindlichem Feuer finden konnten. Die Palisaden mochten nur aus Holz sein, aber sie waren tief eingraben und fest zusammengeschnürt mit haltbaren Seilen, die aus einer Pflanze mit breiten Blättern hergestellt worden waren. Varahana nannte sie Flax.

Mit einem Regiment Otravianer könnte ich hier eine ganze Armee abwehren, zumindest für eine Weile. Aber konnte eine kleine Streitmacht aus Söldnern, ein paar fähigen Jägern und Dörflern mit ihren Frauen und Kindern überhaupt einen konzentrierten Angriff aufhalten? Raythe bezweifelte es stark.

Er machte eine Geste, die alle einschloss. »Hört zu, wir alle haben die Brücke gesehen. Falls es uns gelingt, ihre Reihen in der Nacht zu durchbrechen, können wir jeden auf die andere Seite bringen, und damit hätten wir nur eine Stelle, die wir verteidigen müssten.«

»Das ist mehr als eine Meile weit weg, und sie haben bereits Posten aufgestellt«, meinte Jesco.

»Der Weg ist nicht beschwerlich«, erwiderte Raythe. »Eine kleine Gruppe könnte in der Dunkelheit an den Posten vorbeischleichen, sich vergewissern, dass man die Brücke benutzen kann, und in einer Stunde wieder hier sein.«

»Foaley glaubt, zwei Reiter in Academia-Roben gesehen zu haben, die zur Brücke geritten sind«, sagte Vidar.

Raythe stöhnte. »Imperiale Zauberer.« Er erinnerte sich an die Eissäulen auf dem Gletscher. »Die Brücke ist unsere einzige Chance zu entkommen. Ich muss es mit ihnen aufnehmen.«

Jesco runzelte die Stirn. »Raythe ...«

»Ich nehme Kemara mit«, unterbrach Raythe ihn. »Sie und ich ... nun, sie ist keine Novizin. Beim Gletscher ist ihr und mir ein Block gelungen. Wisst ihr, was das ist?«

Elgus Rhamp stieß einen leisen Pfiff aus, und sogar Jesco sah beeindruckt aus. Varahana runzelte die Stirn; offenbar war sie der Ansicht, dass Kemara zu viel geheim gehalten hatte. »Ihr steckt ja voller Überraschungen«, sagte sie dann aber nur.

»Kemara und ich können diese Zauberer bezwingen«, sagte Raythe mit deutlich mehr Zuversicht, als er verspürte. »Falls sie überhaupt noch dort sind. Wir überprüfen die Brücke und kehren so schnell wie möglich zurück. Sollte sie sicher sein, bringen wir jeden vor Einbruch der Morgendämmerung auf die andere Seite. Sollten sie in der Zwischenzeit angreifen, Elgus, Jesco – dann müsst ihr sie aufhalten.«

»Wir halten die Stellung bis zur Morgendämmerung«, knurrte Elgus. Dann kicherte er. »Es sei denn, sie greifen an, dann sind wir am Arsch. Aber wir versuchen, es so aussehen zu lassen, als sollten sie besser die Finger davonlassen. Jetzt geht – und kehrt schnell zurück, sonst sind wir erledigt.«

Kemara baute zusammen mit den Gardaschwestern ihr Feldlazarett auf. Mittlerweile war es völlig dunkel, und die Bolgravianer schienen es mit ihrem Angriff nicht eilig zu haben; vielleicht zogen sie es vor, bei Tageslicht zu kämpfen. Das war eine Erleichterung, aber es gab allen mehr Zeit, Angst zu haben. Sie schaute auf und entdeckte Raythe Vyre, der zielstrebig auf sie zukam.

»Solange Ihr keine Tasche mit Heilkräutern bringt, habe ich keine Zeit zum Plaudern«, empfing sie ihn, obwohl er diesen Ausdruck hatte, der besagte, dass er etwas wollte.

»Ich brauche Eure Hilfe.«

Ich wusste es ...

»Ihr und ich, wir können alle retten«, fing er an. »Wir haben eine ganz besondere Verbindung.«

»Das kann schon sein, aber jedes Mal, wenn wir es tun, fühle ich mich, als würde ich mich mit Öl übergießen und dann um ein Feuer rumtanzen.«

»Ich weiß, aber wenn wir das hier überleben wollen, brauchen wir diese Möglichkeit. Ich glaube, wir können während der Nacht alle über die Brücke schaffen, aber ich muss sie vorher überprüfen. Allerdings hat man bolgravianische Zauberer gesichtet, die in diese Richtung unterwegs waren. Allein kann ich sie nicht angreifen, aber zusammen können wir es schaffen. Wir lassen Vidar nach den Posten Ausschau halten, und Ihr und ich kümmern uns dann um die Zauberer. Wir können das schaffen, Kemara.«

»Ihr wisst nicht, was Ihr da von mir verlangt«, protestierte sie.

»Ich weiß es, ich weiß es *wirklich,* und glaubt mir, ich würde nicht fragen, wenn ich eine andere Wahl hätte! Aber das da draußen sind Izuvei-Zauberer – ich kann nicht allein gegen sie kämpfen.«

»Und das soll mir Mut machen? Ich bin nicht dazu ausgebildet!« Wütend blickte sie sich um und sah, dass die Schwestern geflissentlich so taten, als würden sie nicht zuhören, aber Moss

Trimble – *er sei gesegnet* – hatte die Ohren gespitzt. Sie warf ihm einen flehentlichen Blick zu und dachte: *Hilf mir hier raus, Moss.* »Ich bin in dieser Festung mehr von Nutzen. Ich versorge die Verletzten.«

Aber als der Matrose sprach, überraschte er sie. »Bei allem Respekt, ich finde, du solltest es tun«, sagte er. »Die Verteidigung wird nicht lange genug standhalten, um überhaupt einen Heiler zu brauchen. Wenn es eine Hoffnung zur Flucht gibt, müssen wir sie ergreifen.« Er sah Raythe an. »Ich komme mit.«

»Nein, das tust du nicht«, sagte Raythe.

Kemara starrte die beiden an. »Ich habe nicht gesagt, dass ich gehe«, sagte sie, um dann zu verstummen. *Habe ich überhaupt eine Wahl?* »Ich bin weder eine Dienerin noch ein Soldat, den Ihr herumkommandieren könnt«, sagte sie stur, dann knickte sie ein. »Also gut, schön. Ich mache es.«

Moss wandte sich an Raythe. »Ich kann mit einem Schwert oder einer Muskete kämpfen. Lasst mich mitkommen, Herr.«

»Ich habe Vidar. Er reicht aus. Je weniger wir sind, umso besser.«

»Wenn Ihr auf Soldaten stoßt, wird Kemara jemanden brauchen, der sie beschützt. Lasst mich das sein.«

»Ich bin nicht hilflos«, beharrte sie. *Diese verdammte Ritterlichkeit wird noch jemanden umbringen.*

Raythe starrte Moss an, der den Blick ungerührt erwiderte. Sie kannte nicht viele, die sich mit einem Zauberer ein Blickduell liefern würden, und sie war sich nicht sicher, ob sie dankbar oder verärgert sein sollte. In ihrem ganzen Leben hatte noch kein Mann auf sie aufgepasst, und sie hatte auch nie darum gebeten.

Vielleicht ist er es wert, ihn in der Nähe zu behalten … Das war ein Gedanke, den sie schon sehr lange nicht mehr gehabt hatte.

»Wir haben keine Zeit, jetzt darüber zu debattieren«, knurrte Raythe. »Eure Entscheidung, Kemara.«

Sie sah beide Männer an. »Moss hat mir mindestens einmal das Leben gerettet«, sagte sie dann. »Er genießt mein Vertrauen.«

Moss warf ihr einen dankbaren Blick zu, aber Raythe war nicht begeistert. »Schön. Gehen wir. Es ist dunkel genug, um uns zu verbergen, aber die Planetenringe werden uns einen Hauch von Licht spenden. Trefft mich in zwanzig Minuten am westlichen Rand der Schlucht hinter dem Hügel.«

Kemara gab den Gardaschwestern noch ein paar letzte Instruktionen, die sie offensichtlich nicht brauchten, bevor sie die Maske aus ihrem Versteck holte und unter dem Rock befestigte. Dann eilte sie hinter Moss, der ein sicheres Orientierungsvermögen bewies, durch das Palisadenlabyrinth. Raythe wartete bereits neben Vidar, der in seinen Fellen entschieden wie ein Bär aussah.

»Keine Feuerwaffen und keinen Laut«, befahl Raythe. »In der Nähe der Schlucht gibt es eine Lücke in der Palisade, dort schlüpfen wir hinaus. Vidar geht als Erster, um den Weg frei zu machen. Werden wir entdeckt, ziehen wir uns zurück.«

»Treten wir den Rückzug an, dann sterben wir morgen alle«, knurrte Vidar.

»Aye, aber wenn Alarm gegeben würde, wäre es dumm, den Weg fortzusetzen.« Raythe wandte sich Kemara zu. »Es ist unsere Aufgabe, uns um die Zauberer zu kümmern. Habt keine Angst vor ihnen, konzentriert Euch einfach auf Eure Zauber, und Euch wird nichts passieren.«

Er hat in Schlachten gekämpft. So selbstständig sie auch war, das hatte sie noch nie getan, also nahm sie sich seine Worte zu Herzen.

Die Männer überprüften ihre Klingen, und Kemara bereitete sich geistig auf das vor, was möglicherweise nötig sein würde. Dann führte Vidar sie zu der Lücke, und sie schlüpften einer nach dem anderen in die Nacht hinaus.

»Wo ist mein Vater?«, fragte Zarelda Jesco drängend.

Der Shadraner schaute von seinem Langschwert auf, das er gerade schärfte. »Zar, mein Schatz, du hast ihn gerade verpasst. Er ist losgezogen, um sich hinter den feindlichen Linien herumzutreiben.«

Ihr klappte das Kinn herunter. »Was …? Ich habe ewig auf ihn gewartet …«

»Niemand hat ihm Bescheid gesagt«, sagte Jesco entschuldigend. »Er will herausfinden, ob wir alle über die Brücke schmuggeln können, die wir vom Aussichtspunkt gesehen haben.«

»Also ist er schon weg?«, rief sie. Das war so typisch für ihren Vater, der sich immer in irgendwelche Schwierigkeiten stürzte und es ihr erst hinterher sagte, damit sie sich fragen konnte, wie nahe sie diesmal davor gestanden hatte, zur Waise zu werden. »Manchmal hasse ich ihn.«

»Er tut sein Bestes, meine Kleine.«

»Klar, für alle anderen«, fauchte sie und eilte davon. Banno, der sich in der Nähe herumtrieb, kam ihr entgegen, und sie fanden einen Platz, an dem sie nicht belauscht werden konnten.

»Was machen wir jetzt?«, fragte er. »Mit meinem Vater sprechen?«

Sie versuchte, ihren Zorn zur Seite zu schieben und das Problem zu lösen. *Kühle Köpfe gewinnen Schlachten,* pflegte ihr Vater stets zu sagen. *Also denken wir kühl nach: Spielt dieser Rauch, falls es tatsächlich Rauch war, jetzt noch eine Rolle?*

»Falls Vater Erfolg hat, müssen wir trotzdem noch jeden unter der Nase der Bolgies aus dem Fort schaffen«, dachte sie laut. »Und wenn er scheitert … dann brauchen wir einen Plan. Schlimmstenfalls könnte es kaum mehr als eine Ablenkung sein, den Steppenbrand über den Hügel zu beschwören, aber im besten Fall könnte es uns alle retten. Also finde ich noch immer, dass wir es tun sollten.«

Banno sah sie zweifelnd an. »Ganz allein?«

»Ich habe einen Familiar. Ich weiß, wie man ein Feuer entzündet und den Wind ruft. Das ist alles Mundeus-Zauberei – meine Spezialität.« Sie hatte noch nie etwas Vergleichbares getan – aber sie war davon überzeugt, es zu schaffen.

»Musst du denn überhaupt an Ort und Stelle sein? Warum nicht einfach ein Feuer außerhalb der Palisaden entzünden?«

»Das würde nie funktionieren«, erwiderte Zar. »Es wäre zu klein, und die Bolgravianer würden es einfach löschen. Es muss in einer gewaltigen Woge kommen, es muss mehr sein, als sie bewältigen können.«

»Aber wir wissen nicht, was dort draußen ist«, sagte Banno. »Auf dem Hügel könnte nicht genug Gras wachsen, um das Feuer zu nähren. Es war nicht einmal eine große Rauchwolke – vielleicht sogar nur die Reste eines alten Feuers.«

»Das finden wir nie heraus, ohne es uns anzusehen«, erwiderte sie, denn sie war nicht in der Stimmung für vernünftige Zweifel. »Wir müssen etwas tun. Wir können es uns ansehen, dann wissen wir zumindest Bescheid.«

»Aber da werden Posten sein ...«

»Es ist dunkel – sie werden uns nicht sehen. Komm schon, hilf mir, Banno – bitte.«

Sie konnte den Grund nicht benennen, aber sie fühlte das dringende Verlangen zu handeln, nicht nur einfach zu warten. Bilder des schrecklichen Tages, an dem Colfars Rebellion zusammengebrochen und die Imperialen den Tross angegriffen hatten, waren für immer in ihre Erinnerung eingegraben. Auf die, die lebendig ergriffen wurden, warteten Vergewaltigung, Folter und Mord, all die Schrecken einer entfesselten Armee.

Ich will keine verlorene Schlacht überleben.

Sie schaute zu Banno hoch und beschwor ihn, der Mann zu sein, den sie brauchte, derjenige, der sie, ganz egal, wobei, unterstützte.

Er enttäuschte sie nicht. »Tun wir es«, sagte er. »Aber wenn wir es jemandem sagen, werden sie es verbieten. Du und ich sind auf uns allein gestellt.«

»Genau, wie es sein sollte«, sagte sie zu ihm und küsste ihn mit ihrer ganzen Kraft. »Du bist der Beste – und jetzt gehen wir.«

Larch Falkenstein ging den ganzen Abend seine Postenreihen ab und schlüpfte zwischen den Männern vorbei, die an der linken, eine halbe Meile langen Flanke des Hügelforts aufgestellt waren. Seine Sorgfalt war aus Furcht geboren; seine Grenzwächter waren durchaus fähige Leute, aber Vyre verfügte über Jäger wie Cal Foaley, die sich wie Geister bewegen konnten. Also verzichtete er auf jeden Schlaf und sorgte dafür, dass seine Männer äußerst wachsam waren. Die Warnung der Izuvei ging ihm nicht mehr aus dem Kopf; er war ebenfalls davon überzeugt, dass Vyre irgendetwas vorhatte.

Also warum hat der verkraggte Lord Persekoi hinter meinen Posten keine zweite Linie aufgebaut? Hoffen sie, Vyre anlocken zu können? Falls das der Fall war, dann betrachtete man seine Männer offensichtlich als entbehrlich, und dieser Gedanke ließ sein Blut kochen. Er verspürte einen perversen Neid auf Vyres Leute: Sie mochten ja auf der Verliererseite dieses Krieges stehen, aber wenigstens würden sie als freie Menschen sterben.

Tot ist tot, schalt er sich. Er kam zum nächsten Posten und überraschte Virgus Boril dabei, wie er gerade pisste. »Halt die Augen auf«, zischte er den ehemaligen Fallensteller an, der es hätte besser wissen müssen.

»Es ist alles ruhig«, grollte Boril.

»Natürlich ist es das, und das wird es auch sein, nachdem du ein Messer in den Rücken bekommen hast.« Falkenstein blickte sich um. Boril hatte einen guten Platz, zwischen ein paar Felsbrocken mit einem guten Blick auf das Fort, obwohl die Kochfeuer mittlerweile gelöscht waren und es nur noch eine dunkle Silhouette war. »Halt die Augen auf – ich sehe nur nach Simolon, dann komme ich zurück.«

Er schlich wieder in die Dunkelheit und näherte sich seinen Posten von hinten, damit er nicht für einen Feind gehalten wurde. Er fand Simolon am Rand der Schlucht, wo der brodelnde Mahlstrom sämtliche Geräusche übertönte. Es war offensichtlich die Stelle mit der größten Gefahr.

Ich werde Verstärkung herschaffen, nahm er sich vor.

»Alles in Ordnung, Sim?«, fragte er und blieb geduckt. Sie blickten auf den Rand dessen, das wie eine Aussichtsplattform aussah, komplett mit einem niedrigen Zaun aus Holzpfählen, von denen die meisten zerbrochen waren. Die Planetenringe erhellten den feuchten Boden, ließen das Gras schimmern und enthüllten die Umrisse der unheimlichen zerstörten Türme auf der anderen Seite des Abgrunds – ein ehrfurchtgebietender Anblick.

Also habe ich es mir nicht eingebildet, dachte er verblüfft. *Was ist das für ein Ort?*

Simolon beugte sich näher heran. »Ich würde hierherkommen, wenn ich Vyre wäre. Genau hier.«

Falkenstein stimmte ihm zu. »Ich werde dir Virgus Boril zur Verstärkung schicke, und die anderen näher rücken lassen. Hat sich etwas bewegt?«

»Noch nicht. Hauptmann, mir gefällt dieser Ort nicht. Ich halte ihn für von Geistern heimgesucht.« Er spähte über den Abgrund und fröstelte. »Es ist fast Herbst. Ich wette, wir werden den ganzen verfluchten Winter hier festsitzen. Meine Frau wird sich mit irgendeinem anderen Kerl verdrücken.«

Traurigerweise war das nur zu wahrscheinlich.

Falkenstein drückte Sims Schulter und wollte sich aufrichten …

… und ein Pfeil bohrte sich in Simolons Auge und stieß seinen Kopf zurück. Bereits tot, rutschte er auf den Rand der Schlucht zu, wo Falkenstein kauerte.

Falkenstein rollte sich nach hinten und kroch auf eine Bodensenke zu, die ihm womöglich Deckung geben würde, aber ein Pfeil schlug in seine rechte Gesäßhälfte und blieb im Hüftknochen stecken. Glühender Schmerz ließ seinen ganzen Körper verkrampfen, und er konnte einen scharfen Aufschrei nicht unterdrücken. Er betete, dass der Laut von dem Wasserrauschen in der Tiefe übertönt worden war, biss die Zähne gegen den Schmerz zusammen und konzentrierte sich darauf, auf die Senke zuzukriechen, die er entdeckt hatte; er erreichte sie in dem Moment, in dem dunkle Schatten in Simolons Stellung rutschten.

Kragg, ich hätte im Lager bleiben sollen. Ich hätte im verdammten Teshveld bleiben sollen.

Aber er war hier, und im Augenblick konnte er nichts anderes tun, als still dazuliegen. Die Muskete in seiner Hand war schussbereit – aber das war nur ein Schuss, und danach würde er ihnen ausgeliefert sein.

Ich lasse sie besser vorbei. Wenn ich Rosenknospe morgen retten will, muss ich das hier überleben.

Er sah vom Ringlicht erhellte Gesichter: Vyre höchstpersönlich und der Bärenmann, der bei seiner Hütte gewesen war. Er betete wieder, diesmal darum, dass ihn die gelben Augen nicht entdeckt hatten. Dann sah er die hartgesichtige rothaarige Heilerin vorbeieilen: Die blinden Zauberer hatten sie als Mizrahexe bezeichnet.

Kurz kam ein viertes Gesicht in Sicht, und er starrte auf sprießende Schnurrbarthaare, die ihm bekannte Züge schmückten.

Das ist der verfluchte Toran Zorne – was zum Kragg?

Dann hörte er leise Schritte, die in seine Richtung kamen. Es existierte eine hauchdünne Chance, dass sie ihn verfehlten, falls er ein Loch fand, das dunkel genug war, also versuchte er den wütenden Schmerz durch den Pfeil im Hintern zu unterdrücken und nicht daran zu denken, dass sein Leben gleich enden konnte, und zwar auf diese demütigende, sinnlose Weise, und er kroch weiter …

… bis der Boden unter ihm verschwand und er nach unten

rollte. Der gezackte Pfeil riss sein Fleisch auf, löste sich aber. Der überwältigende Schmerz machte jeden Gedanken zunichte, dann schlug er gegen einen Felsen und verlor das Bewusstsein.

»Da war noch jemand«, knurrte Vidar Raythe ins Ohr. »Ich habe ihn getroffen, aber er ist weg.«

»Dann lebt er noch«, flüsterte Raythe. Kemara und Trimble waren schon weiter, und er hätte ihnen folgen sollen, aber das war ein loses Ende. »Wir müssen ihn finden, bevor er Alarm schlägt.«

»Ich finde ihn«, erwiderte Vidar. »Du musst weiter, bleib bei Kemara.«

Raythe stimmte zu. »Richtig, ich muss bei ihr sein, erst recht, falls diese Izuvei auftauchen.« Kemara und Trimble waren bereits außer Sicht, verloren im Zwielicht. *Wir sind kaum über den Zaun, und schon läuft es schief.*

Sie standen am Rand einer kleinen Senke. Beide konnten sie den Gestank von Blut riechen, aber der Ort war voller Schatten, und unter ihnen regte sich nichts. *Könnten wir ein kleines Licht riskieren, wäre dies in wenigen Augenblicken erledigt,* dachte Raythe düster, *aber das ist das Risiko nicht wert.*

Nach einem Moment flüsterte er in Vidars Ohr: »Finde ihn, töte ihn, dann hol uns ein.«

Lautlos bewegte er sich zurück an den Rand der Schlucht und suchte sich seinen Weg. Er konnte kaum mehr als eine Minute hinter Kemara und Trimble sein, aber in der Dunkelheit waren sie unsichtbar. Der Wind wurde stärker und zerriss die dichten Wolken, bis sie zerfetzten Segeln ähnelten und den großen Bogen der Planetenringe in ihrer schimmernden Pracht enthüllten. Das Licht zeigte auch zwei Gestalten, die mehr als hundert Meter voraus waren und gleich hinter einer weiteren Geländeerhebung verschwinden würden.

Raythe lief schneller, rutschte über das gefährlich feuchte Moos, und jetzt konnte er den Bogen der Brücke sehen, die höchstens eine halbe Meile entfernt war, angestrahlt vom Ringlicht, das auf dem Fluss unten tanzte. Sie war quälend nahe – und erschien unversehrt.

Es könnte wirklich unsere Rettung sein – solange die verdammten Zauberer dort kein Regiment stationiert haben.

Aber dafür hatte es keinerlei Anzeichen gegeben. Die Bolgravianer glaubten, sie festgenagelt zu haben, und man hatte nur die zwei Izuvei in die Richtung reiten sehen. »Wenn Garda es will, sind sie bereits wieder im Lager«, flüsterte er.

Sich herauszuschleichen war in einer wolkenverhangenen Nacht mit ausreichend Deckung leicht, und Zarelda hatte jahrelange Übung darin. Ihr Vater hatte nicht die geringste Ahnung, was sie in manchen Nächten tat. An den bolgravianischen Posten vorbeizukommen war ein Kinderspiel, selbst mit Banno an ihrer Seite.

Sobald sie die Postenkette durchbrochen hatten, liefen sie los, erreichten die Hügel im Osten und stiegen sie zehn Minuten später in die Höhe. Von hier oben konnten sie die bolgravianischen Lagerfeuer sehen, die das Hügelfort wie Reißzähne umschlossen. Zar betete zu Garda, dass es ihrem Vater gut ging und er es zurück schaffen würde, dann richtete sie den Blick nach vorn.

Als sie den Kamm erreichten, teilten sich die Wolken, und die Planetenringe schimmerten in einem unirdischen Bogen über ihren Köpfen und tauchten die Landschaft in ihren platingrauen Schein. Sie überquerten den Hügel – und blieben verblüfft stehen.

In dem Tal in der Tiefe brannten Feuer, viele Feuer, und sie brannten keineswegs unkontrolliert. Zar konnte ein riesiges, zentrales Lagerfeuer ausmachen, und mindestens drei Ansammlungen von etwas, das Kochfeuer sein mussten, breiteten sich auf der großen Ebene aus, die sich nach Westen zu weiteren Hügeln erstreckte.

Wir sind nicht allein, dachte sie wie betäubt. *Hier leben Menschen.*

Direkt vor ihnen erhob sich ein Poumahitorbogen, der einen Pfad den Hügel hinunter bewachte. Dieses Tor war nicht nur reich beschnitzt, die beiden flackernden Fackeln, die es beleuchteten, enthüllten, dass es erst kürzlich in einem leuchtenden Rot gestrichen worden war.

»Deo auf seinem Thron«, hauchte Banno, »ist das eine andere Expedition? Noch mehr Imperiale?«

Bevor Zarelda eine Antwort finden konnte, trat eine Gestalt zwischen den Torbogen hervor und brüllte eine schrille Herausforderung in einer Sprache, die sie noch nie zuvor gehört hatte.

VIER

Auf der Brücke

Larch Falkenstein kam wieder zu Bewusstsein, als Stiefel über ihm Erde lostraten und Steinchen auf ihn herabregnen ließen. Sein Hintern fühlte sich an, als hätte ein Flammengrubendämon ihm einen flammenden Speer reingerammt, aber als in der Höhe ein dunkler Schatten erschien, biss er die Zähne zusammen und fummelte nach seiner Muskete.

Er wälzte sich herum und drückte ab, der Hahn fuhr herunter ... und das Pulver in der Pfanne zündete nicht.

Ein schwerer Körper landete auf ihm und stieß die Waffe zur Seite, ein Messer blitzte auf. Verzweifelt griff er nach oben und schaffte es irgendwie, das Handgelenk seines Angreifers zu erwischen. Das Gewicht des Mannes quetschte seine Rippen schmerzhaft zusammen und raubte ihm größtenteils die Luft. Er stöhnte.

Es war der norganianische Bärenmann – Vidarsohn hieß er, wie ihm wieder einfiel –, und mit den wie Bernstein funkelnden Augen und dem bestialischen Knurren war er anscheinend bereits auf halbem Weg in den Blutrausch.

Ich bin verloren. Selbst wenn er um Hilfe geschrien hätte, war niemand nahe genug, um ihn zu retten, und er würde gleich den Kampf verlieren, das Messer von seiner Brust fernzuhalten, also quiekte er mit seinem letzten Atem: »Was hat ein Ramkiseri mit Vyre zu tun?«

»Falkenstein?« Die Wildheit auf dem Gesicht des Norganianers wurde durch ein Stirnrunzeln ersetzt. »Was hast du gesagt?«

»Bitte«, flehte er, »meine Tochter ist in dem Fort.«

Vidarsohn legte die Klinge an Falkensteins Hals, aber er schnitt nicht. Auf seinen Zügen zeichnete sich ungläubiges Staunen ab. *»Du hast eine Tochter in unserer Karawane?«*

»Angrits Mädchen«, keuchte der Hauptmann entsetzt, denn er wusste, dass die nächste Sekunde seine letzte sein konnte.

»Die kleine Rosenknospe?«, fragte Vidarsohn. »Das ist dein Kind?«

»Ja, ja, das ist sie – ich habe ihrer Mutter Geld gegeben, aber ich konnte mich nicht um sie kümmern«, stieß Falkenstein in einem Wortschwall hervor. »Ich wollte es ja, aber der Gouverneur hat mich die ganze Zeit durch die Gegend geschickt – und sie gehörte Gravis. Ich wollte immer nur eine Familie haben.« Während er sprach, wusste er, dass er jedes Wort auch so meinte.

»Du hilfst den Bolgies«, grollte Vidarsohn.

»Ich hatte keine Wahl – ich wurde eingezogen. Aber ich schwöre dir, ich bin nur wegen meines Mädchens hier.«

»Bei der Flammengrube, Falkenstein …« Dann kniff der Bärenmann die Augen zusammen. »Was soll dieser Scheiß mit einem Ramkiseri?«

»Dieser Mann, den ich bei Vyre und der ferreanischen Heilerin gesehen habe, Kemara Solus, richtig? *Der Bastard ist ein Agent vom Ramkiseri.* Er hat diese Verfolgungsjagd angeführt. Als die Fregatte in die Luft flog, hielten wir ihn für tot, aber ich schwöre, er ist der Mann bei der Heilerin.«

»Trimble ist ein Ramkiseri?« Vidar hatte Probleme, Falkensteins Worte zu glauben.

»Trimble? So heißt er nicht. Er heißt Zorne – Toran Zorne.«

»Zorne?« Diesen Namen hatte Vidar offensichtlich schon gehört, vermutlich von Vyre. »Bist du sicher?«

»Bitte, Vidarsohn«, bettelte Falkenstein. »Ich werde keinen Alarm schlagen. Das schwöre ich beim Leben meiner Tochter.

Warne Vyre – an der Brücke warten Izuvei-Zauberer auf ihn. Warne ihn, damit er meine Rosenknospe aus dieser Scheiße retten kann.«

Er hatte seinen Fall dargebracht und überließ sein Schicksal dem Zufall und einem Bärenmann, der Blut gewittert hatte …

Kemara eilte die nächste Anhöhe hinauf, Moss an ihrer Seite. Nach fünfhundert Meilen bedeutete ein weiterer Hügel nichts für ihren von der Reise gestählten Körper, aber irgendwie fühlte sich das wie die wichtigste dieser Meilen an. Die Brücke wurde größer und heller, da sich die Wolken geteilt hatten und das Ringlicht das Gelände erhellte. Dann kamen sie wieder in eine Erdspalte und entdeckten, dass sie mit weiteren der uralten, verwitterten Poumahipfählen gesäumt war, die zur Brücke führten.

Auf dem Weg durch den Hohlweg und weiter auf eine Plattform warf sie Moss einen Blick zu. Seine normalerweise so reglose Miene war voller Staunen. Vor ihnen am Fuß der riesigen Brücke hockten zwei große Statuen, die wie Drachen aus den pelarianischen Mythen aussahen, aber da war etwas Fremdartiges an ihnen – nichts Pelarianisches, sondern Jahrhunderte älter. Das grüne Moos auf ihnen schimmerte feucht, und da der Nebel sie wie rauchiger Atem umschwirrte, konnte Kemara beinahe glauben, dass sie lebendig waren.

Dahinter erhob sich die Brücke, die sie aus der Ferne gesehen hatten, in einem sanften Bogen; er endete an einem riesigen Torhaus, das die alte Stadt bewachte. Der Weg war breit genug für zwei Wagen – und was noch wichtiger war, er erschien unversehrt. Und dahinter und darüber erhob sich die zerfallene Stadt und der unmögliche, schwebende Felsen, auf dem die angekettete Zitadelle der Schwerkraft trotzte.

Es ist unglaublich, dachte sie, *als würde man in einen Traum treten.*

Aber noch besser war, dass sie keine Feindsoldaten entdecken konnte; an den steinernen Brückengeländern häuften sich nur vom Wind herbeigewehter Schmutz und abgestorbene Blätter. Auf ihr oder hinter ihr regte sich nichts. »Ist sie sicher?«, murmelte sie, denn es war ihr irgendwie zuwider, an solch einem Ort laut zu sprechen.

»Das ist sie«, sagte Moss mit beunruhigender Sicherheit. Beinahe hätte sie den geduldigen, behäbigen Mann nicht wiedererkannt, der seit seinem Erwachen in ihrem Karren auf so zurückhaltende Weise mit ihr geflirtet hatte. Dieser Mann strahlte Tüchtigkeit und Gefahr aus – und sämtliche Spuren des schaukelnden Matrosengangs waren verschwunden, was ihr irgendwie Unbehagen einflößte.

»Wir sollten auf Vyre warten«, schlug sie vor.

»Er kommt«, erwiderte Moss und strich über die Schnauze der linken Drachenstatue. »Die frühesten Geschichten, die mir einfallen, erzählten von Drachen, die Menschengestalt annahmen und uns Zauberei lehrten. Einige Leute sind der Ansicht, dass alle Zauberer von ihrem Blut abstammen.«

In seiner Stimme lag eine unterdrückte Leidenschaft, ein kalter Hunger, der Kemara plötzlich froh machte, seinen Avancen mit Misstrauen begegnet zu sein.

»Komm«, sagte er, »betreten wir diese Brücke und vergewissern uns, dass sie sicher ist.« Er streckte die Hand auf uncharakteristisch bestimmende Weise aus, und obwohl sie derartiges keineswegs ablehnte – Selbstsicherheit war bei jedem Mann eine attraktive Eigenschaft –, war das nicht der Mann, den sie zu kennen glaubte.

»Wir sollten die Hände frei haben«, erwiderte sie kurz angebunden. »Wir wissen nicht, was dort auf uns wartet.«

Er verzog das Gesicht, und sie vermochte nicht zu sagen, ob er verletzt oder amüsiert war. Dann fuhr er herum und marschierte zwischen den lauernden Drachen vorbei auf die mächtige Brücke. Sie folgte ihm trotz allem und kam sich wie ein Eindringling vor, als sie die Schwelle einer verlorenen Welt überschritten.

Die Planetenringe glühten über dem silbrigen Bogen der großen Brücke, auf die Raythe zuhielt. Mittlerweile rannte er, denn er ging davon aus, dass man sie unbedenklich benutzen konnte, wenn Kemara und Trimble sie betreten hatten, und er war sich bewusst, dass ihnen die Zeit ausging – sollte Kemara den bolgravianischen Zauberern in die Hände laufen, hätte sie nicht die geringste Chance.

Sie hätten warten sollen, schäumte er innerlich. *Warum zum Kragg haben sie nicht gewartet?*

Er sprang über einen kleinen Bach, eilte eine Anhöhe hinauf, dann machte er einen Satz auf eine alte Straße, die an einem von Poumahi gesäumten Hohlweg endete, der direkt zur Brücke führte. Er zog das Schwert und kam auf einer Plattform heraus, wo zwei smaragdgrüne Drachen auf ihn warteten.

Prachtvoll, dachte er, dann wandte er seine Aufmerksamkeit der Brücke zu: Hundert Meter voraus direkt auf dem Scheitelpunkt des Brückenbogens entdeckte er zwei Gestalten, die sich als Silhouetten vor der dahinter liegenden Stadt abzeichneten. Er eilte hinter ihnen her und riskierte nach dem halben Weg einen leisen, drängenden Ruf.

Als sie ihn hörte, blieb Kemara stehen und drehte sich um – und in genau dem Augenblick überfiel ihn von hinten ein kribbelndes Gefühl, das er nur zu gut kannte. Er fuhr herum und entdeckte zwei in Roben gehüllte Gestalten, die zwischen den beiden Drachen standen, im Schatten ihrer Kapuzen glühten bleiche Augen. Sie fingen an, blaue Striche in die Luft zu zeichnen. »Vyre«, flüsterten sie.

Sie kennen meinen richtigen Namen.

Sie waren Izuvei, Fanatiker, die Körper und Seele für Macht opferten, die Sorte, die Colfars Frontlinien auseinandergerissen hatten. Und sie waren viel zu stark für ihn allein.

»*Cognatus, animus – scutum*«, rief er, und ein magischer Schild blitzte um ihn herum auf, während er die Pistole zog und zielte, obwohl die Distanz schwierig war. »Keinen Schritt weiter.«

»Ergib dich, Vyre«, knurrte sein Ziel verächtlich. Der Hohn in der uralten Frauenstimme war gerechtfertigt, denn er wusste, dass er so gut wie keine Chance hatte, sie von seiner Position aus zu verletzen.

»Raythe«, rief Kemara und eilte herbei. Trimble war nahe hinter ihr.

Aber die Izuvei warteten nicht: Sie entfesselten einen Schwall aus unsichtbarer Energie, die ihn traf und blitzende Funken über seinen unsichtbaren Schild flackern ließ. Er stolperte zurück und wäre beinahe gestürzt, aber irgendwie hielt sein Schild.

Jetzt setzten sich die bolgravianischen Zauberer in Bewegung; dabei malten sie Sigile in die Luft und sangen Beschwörungen. Offensichtlich wollten sie ihn unbedingt daran hindern, sich mit Kemara zu vereinigen, obwohl sie zweifellos bereits selbst einen Block gebildet hatten.

In dem Versuch, Zeit zu gewinnen, wollte Raythe seine Pistole abfeuern, aber die gleiche unsichtbare Macht traf sein Handgelenk und brach es beinahe; heißer Schmerz trübte seine Sicht, und die Pistole fiel unbenutzt auf den Steinboden.

Aber Kemara war in der Nähe und brüllte ihre eigenen Beschwörungsformeln. »*Kaneska alla mizra!*«

Der Schmerz in Raythes Handgelenk war eine Qual, aber Cognatus war in ihm, und er riss sich zusammen. Mit der linken Hand zeichnete er eine Rune und begann: »*Cognatus, impet …*« Ein weiterer unsichtbarer Hieb ließ ihn taumeln, der nächste schickte ihn zu Boden. Sein Blick fiel auf Kemara. Sie kämpfte mit Schatten, und die Anstrengung ließ ihre Augen hervortreten, Trimble stand hinter ihr – aber hätte er nicht vor ihr stehen müssen? Und er hielt eine gespannte Muskete …

Kemara, rief er durch das Nebulum, *der Block!* Mit seinem Bewusstsein griff er nach ihr, auch wenn es bereits zu spät schien.

Da stürzte etwas wie ein Komet aus der Dunkelheit und krachte mit einem wilden Brüllen von hinten gegen den männlichen Izuvei. Jemand kreischte auf, und Raythe sah, wie eine riesige Gestalt eine lange, tödliche Klaue in die Brust des Mannes rammte.

Die Zauberin keuchte auf und griff sich an die eigene Brust, als würde sie sich mit ihrem Gefährten ein Herz teilen, aber die Bestie hatte ihre Aufmerksamkeit bereits auf sie gerichtet. Reißzähne schnappten zu und rissen ihr die Kehle heraus. Sie krachte zu Boden.

Mit lautem Knurren riss die Bestie ein Stück Fleisch aus ihrem Körper und fing an, das blutige Stück herunterzuschlingen.

Vidar ... er hat sich verloren ...

Dann knallte ein Schuss und traf den Bärenmann, holte ihn von den Füßen. Mit einem schwachen Knurren versuchte Vidar wieder aufzustehen und scheiterte; seine Umrisse verloren an Konturen.

Raythe fuhr herum und erwartete weitere Bolgravianer auf der Brückenmitte zu sehen, aber da war nur Moss Trimble, in der Hand die rauchende Steinschlossmuskete.

»Kragga«, fauchte Raythe, hob seine Pistole vom Boden auf – aber bevor er abdrücken konnte, hatte Trimble die leere Muskete zur Seite geworfen und Kemara mit einem Würgegriff als Schild an sich gerissen. Er hielt ein Stilett an ihre linke Brust. »Lass die Pistole fallen, Vyre, oder sie ist tot.«

»Vidar?«, rief Raythe über die Schulter, ohne dass die Pistole auch nur schwankte.

Vidar hob den Kopf. »Trimble ... ist Zorne«, ächzte er. Dann fiel er auf die Seite und blieb reglos liegen.

Trimble ist Zorne, Toran Zorne.

»Also haben wir jetzt ein Gesicht zu diesem Namen«, sagte Raythe mit überraschend ruhiger Stimme.

»Du kanntest meinen Namen bereits?«, fragte Trimble – Zorne – neugierig. »Wie das?«

»Freunde in Otravia haben mich gewarnt.«

»Es wird mich interessieren zu erfahren, wer sie sind. Du hast die Pistole noch immer nicht fallen gelassen«, fügte er hinzu und drückte die Klingenspitze in Kemaras Brust, bis Blut erschien. »Das nächste Mal dringt sie ganz ein.«

Raythe zielte auf das Gesicht des Spions. »Du wirst sie sowieso töten.«

Kemara versuchte, etwas zu sagen, aber Zornes Unterarm spannte sich an und würgte ihre Worte ab. »Warum sollte ich? Ich bin noch nicht fertig mit ihr«, sagte er ausdruckslos. »Fünf Sekunden.«

»Wenn sie stirbt, stirbst du auch.«

»Das glaube ich nicht. Vier.«

Hinter Raythe stöhnte Vidar leise. Bärenmänner waren nicht so leicht zu töten. Heilerinnen hingegen ...

»Drei.«

Hat sie eine Idee? Denn ich habe keine. Für diese Art Arbeit ist das Praxxis zu langsam.

»Zwei.« Zorne lächelte schmal. »Eins ...«

»Also gut!«, stieß Raythe hervor und senkte die Pistole.

»Eine gute Entscheidung«, sagte Zorne, als würde er ein Kind loben. »Lass die Pistole fallen und trete zurück.«

Raythe sah die Pistole an, dann Kemara. *Am Ende wird er uns beide sowieso töten.* Einen Augenblick lang zog er in Betracht zu schießen, aber mit der linken Hand war er ein lausiger Schütze. Er legte die Waffe auf dem Boden ab, dann wich er in Richtung des bewusstlosen Bärenmannes zurück. *Wo Leben ist, da ist auch Hoffnung,* sagte er sich.

»Danke«, sagte Zorne langsam, ließ das Stilett in seinem Griff geschickt herumwirbeln, damit es aus seiner Faust nach unten ragte – und rammte es Kemara in die Brust. Blut breitete sich in rasender Schnelle auf ihrer Bluse aus, und sie bäumte sich auf. Zorne ließ sie wie ein Stück Müll fallen, dann zog er den schmalen Dolch aus ihrem Körper. Leblos blieb sie auf dem Steinweg liegen.

Nein ... Kemara ... *nein ...*

»Wie poetisch«, bemerkte Zorne ausdruckslos. »Jetzt habe ich beide deiner Frauen getötet. Tami verrottet in einem Schlammteich nahe der Stelle, an der du gebadet hast.«

Tamis Gesicht blitzte vor Raythes Augen auf, während er in sich zusammensackte. »Du verfluchter Bastard.«

»Nein, ich bin ein legitimer Nachkomme.« Zornes Stimme blieb völlig ausdruckslos. »Gute Familie. Liebevoll.« Es klang wie eine einstudierte Geschichte. Der Ramkiseri hielt das Stilett in die Höhe. »*Mutatio gladius.*« Er zeichnete eine komplizierte, aus mehreren Teilen bestehende Rune.

In Sekunden wuchs das Stilett zu einem Schwert heran, eine Meisterleistung, von der Raythe schon gehört, sie aber noch nie gesehen hatte. Und noch während er den Ramkiseri anstarrte, kam eine bolgravianische Kompanie mit erhobenen Musketen und aufgesetzten Bajonetten durch den Hohlweg gestürmt. Die Falle schnappte zu.

Verlust drohte Raythes Herz zu zerreißen: der Tod von Tami und Kemara, das Wissen, dass er jeden im Stich gelassen hatte, seine Tochter eingeschlossen – und sie alle würden leiden, weil er gescheitert war.

Seine Verzweiflung verwandelte sich in heiße Wut. »Dann komm!« Er zog das Schwert mit der linken Hand und hielt es ungeschickt, stürmte los.

Zorne ließ die herbeigezauberte Klinge anmutig durch die Luft sausen und kam ihm entgegen.

Es kam eine Zeit, in der Gebete nicht mehr ausreichten, und Mater Varahana hatte diesen Moment erreicht. Gebete benötigten Glauben, und ihr ohnehin seichtes Reservoir an Glauben war so gut wie leer.

Die Planetenringe erhellten ihren Weg, während sie von Zelt zu Zelt ging und mit allen sprach, die sich darin aufhielten, Mut zusprach, wo sie konnte. Verängstigte Ehefrauen und Großeltern hielten furchterfüllte Kinder, während die Männer, die sich auf den Kampf vorbereiteten, ihren Frieden mit Deo schlossen. Jeder hieß sie willkommen: Sie wollten die Versicherung, dass das Paradies auf sie wartete, dass Garda sie liebte und in den Himmel holen würde – und dass Wunder geschahen und Rhamp und Duretto ein bolgravianisches Regiment bezwingen konnten, während Lord Vyre einen Ausweg aus dieser Falle fand.

Es war gefühlsmäßig erschöpfend, aber es ließ ihr keine Zeit für ihre eigenen Befürchtungen, was eine Gnade war.

Aber irgendwann nach Mitternacht auf einem einsamen Pfad zwischen zwei Wachtposten gingen ihr die Ablenkungen aus.

Sie packte den nächsten Poumahi und sank in dem nassen Gras auf die Knie, würgte, ohne dass etwas kam, bis sie zumindest einen Anschein von Ruhe wiederfand.

»Ich wollte nie eine Priesterin sein«, stöhnte sie. »Ich wollte einfach nur die Wahrheiten der Welt erfahren.«

Ihr altes Leben in der Königlichen Bibliothek von Magnia stieg in ihrer Erinnerung auf, eine verwöhnte Existenz aus Pergament, altem Leder und uralten Gelehrten, die alles wussten und es mit Begeisterung teilten. Es war eine kurze, goldene Zeit in ihrem Leben gewesen – so wie in der Geschichte von Magnia, bevor die Bolgravianer das Gelehrtentum an das Imperium anketteten und proklamierten, dass »gefährliches« Wissen unterdrückt werden musste. Sie wusste genau, was morgen geschehen würde: Die bolgravianischen Soldaten würden die Männer niedermetzeln und die wenigen Überlebenden zusammentreiben, um dann mit dem »Spaß« zu beginnen. Die Toten würden diejenigen sein, die Glück gehabt hatten.

Deo, Garda, helft mir doch ...

Aber in ihr waren keine Gebete mehr. Die Litaneien waren für sie nie real gewesen, denn Deo war eine Lüge, das wusste jeder Gelehrte.

Aber ich glaube an den Frieden und daran, füreinander das Beste zu tun. Ich glaube an das Gute im Menschen, auch wenn das Böse real ist. Es kommt nicht von Deo oder der Flammengrube, es kommt aus unserem Inneren …

Als sie schließlich wieder die Augen öffnete, sah sie, dass die Schnitzereien auf dem Poumahi, den sie umarmte, das Abbild von Kiiyan waren, der Göttin der Gnade. Seltsamerweise war es das heitere, fremdartige Antlitz der Aldargöttin, das ihr die Kraft zum Aufstehen gab.

Es kam ihr so ungerecht vor, dass sie die Stadt auf der anderen Seite der Schlucht niemals würde erforschen können oder die verlorenen Geheimnisse der Welt erfahren würde. *Ich werde an dieser Schwelle des Wunders sterben, eine frustrierte Gelehrte, die ihre letzten Jahre damit verbracht hat, die Heilige Schrift aufzusagen, wo ich doch hätte leben sollen …*

Sie holte tief Luft und ergab sich in ihre kurze Zukunft. Im Augenblick wurde sie von den Menschen in ihrer Umgebung gebraucht. Und sie konnte immer eine Pistole finden und ihr eigenes Lebensende bestimmen.

Als sie sich den Toren näherte, entdeckte sie schattenhafte Bewegungen in der Nähe von Rhamps Pavillon, der von gedämpftem Laternenschein erhellt wurde. Sie zögerte, da sie bezweifelte, willkommen zu sein, denn Rhamp betrachtete sie als Rivalin und Feindin, und seine Männer, alles typische Soldaten, stellten eine Mischung aus abergläubischen Bedürfnissen und Brutalität dar. Es war wahrscheinlicher, dass sie Feindseligkeit und Verachtung erntete statt Dankbarkeit.

»Es ist meine Pflicht, die Liebe zu Deo zu verbreiten«, zitierte sie in Gedanken. »Es wird immer jene geben, die sich weigern, die Botschaft zu hören, aber sie sollen nicht meine Zunge stehlen.«

Sie stählte sich und trat näher – und blieb wie angewurzelt stehen, als sie eine fremde Stimme sagen hörte: »Yuz, Kapitan Rhamp, du haben Vernunft angenommen.«

Der bolgravianische Akzent ließ ihre Seele zu Eis erstarren.

»Ein Drittel dieser Leute folgen dir, du gesagt haben?«, fuhr die Stimme fort. »Diese anderen werden kämpfen, yuz?«

Varahana erstarrte und betete zu Garda, dass sie sich verhört hatte, aber sie wusste, dass das nicht stimmte.

»Nur wenige von ihnen können kämpfen, Lord Persekoi«, erwiderte Elgus Rhamp. »Wenn Ihr erlaubt, dass meine Männer ihre Waffen behalten, treten wir zur Seite. Wenn der Rest das mitbekommt, werden sie kapitulieren.«

»Natürlich«, sagte der Bolgravianer in seinem schleppenden Tonfall. »Aber Rädelsführer müssen gefangen oder getötet werden. Ich haben Namen: Vyre, Duretto, Vidarsohn, Solus. Und natürlich die Mater. Mit ihr man muss Exempel statuieren. Kirche gehören dem Imperium.«

»Auf dieser Liste steht niemand, dem wir eine Träne nachweinen würden«, warf eine andere Stimme ein. Thom der Blutige.

»Aye«, fügte Krähenfuß hinzu, »aber Vyre, Vidarsohn und Solus sind auf dem Weg zur Brücke – zusammen mit Moss Trimble, einem eurer Matrosen.«

»Sie werden erwartet«, erwiderte der Bolgravianer. »Wir haben Izuvei-Zauberer. Und Soldaten. Moss Trimble sein unser Mann. Er haben gute Arbeit geleistet, weil er uns an diesen erstaunlichen Ort geführt haben. Das Imperium werden alle belohnen.«

Schweiß trat auf Varahanas Stirn.

Trimble ist ein Spion? Liebe Garda, und er hat uns alle getäuscht. Als sie uns in die Ecke getrieben hatten, muss er sich Rhamp zu erkennen gegeben haben, ihm eine Überlebenschance angeboten haben …

»Meine Männer kontrollieren den Haupteingang«, sagte Elgus Rhamp zu dem Bolgravianer. »Gebt mir eine halbe Stunde zur Vorbereitung, und wir öffnen die Tore und unterstützen Euren Angriff, Lord Persekoi.«

»Ausgezeichnet«, sagte Persekoi. »Ich kehren in mein Lager zurück. Also … halbe Stunde, yuz?«

»Einverstanden«, antwortete Elgus Rhamp, und andere Stimmen murmelten Zustimmung.

Varahana hatte genug gehört. Bevor die Männer aufbrechen konnten, ging sie vorsichtig rückwärts den Weg zurück, den sie gekommen war, dabei hatte sie schreckliche Angst, über einen Zeltpflock oder ein Seil zu stolpern und sich zu verraten. In dem Augenblick, in dem sie frei war, schlug sie ihre Kapuze hoch und eilte davon. Hundert Pläne schossen ihr durch den Kopf. Sie alle liefen auf dasselbe hinaus.

Ich muss es jemandem sagen ... Aber Raythe, Vidar und Kemara sind fort. Es muss ...

Der Gedanke hatte sich noch nicht vollständig gebildet, da ragte ein dunkler Schatten vor ihr auf, kräftige Hände packten ihre Arme, und eine scharfe Stimme murmelte: »Halt, Mater. Alles in Ordnung mit Euch?«

»Jesco!«, stieß Varahana hervor, gefolgt von »Deo und Garda sei Dank!«, denn in einer Schlacht gab es keine Ungläubigen.

Zar und Banno starrten die Person ungläubig an.

Zum einen war es eine Frau – jung, vielleicht achtzehn, aber muskulös wie eine Kriegerin. Da bestand nicht der geringste Zweifel, denn sie trug nicht mehr als einen Umhang aus Federn, einen Perlenrock und ein kurzes Mieder.

Darüber hinaus gehörte sie zu keiner Zar bekannten Rasse. Sie war wunderschön. Ihre Haut war von einem dunklen Braun, das krause Haar war schwarz, die Nase flach und die Lippen voll. Sie hatte die Kraft und die Anmut einer Löwin. Das Gesicht war an Wangen und Kinn mit den gleichen Wirbelmustern tätowiert wie auf den Poumahischnitzereien. Sie trug eine Holzwaffe, ein seltsames Ding, das an einen Speer erinnerte. Sie hielt es an dem geschärften Ende, um den langen, polierten Holzschaft wie eine Klinge zu schwingen.

»Re-oko, kono mon kinjuru, sha«, rief die Frau, schüttelte den Federumhang von den Schultern und nahm mit funkelnden Augen eine geduckte Kampfstellung ein.

»Was?« Banno konnte sie nur anstarren.

»Tatak'ki, moshi ma haru«, knurrte sie und stampfte mit dem Fuß auf.

»Was bei der Flammengrube sagt sie?«, fragte Banno nervös.

»Ich weiß es nicht«, erwiderte Zar. »So eine Sprache habe ich noch nie zuvor gehört.«

Banno hob die Muskete und zielte. »Zurück«, rief er. »Zurück, oder ich schieße!«

Die Frau schien nicht zu verstehen; sie stampfte mit dem anderen Fuß auf und wirbelte die hölzerne Waffe mit erstaunlicher Geschicklichkeit herum.

»Was soll ich tun?«, flüsterte Banno. »Ich glaube, sie weiß nicht einmal, dass das eine Waffe ist.«

Die junge Frau trat langsam und geduckt vor, hob die seltsame Waffe über ihren Kopf. Dabei bot sie ein großartiges und völlig fremdartiges Bild.

Zar griff nach Bannos Arm. »Erschieß sie nicht.«

Er senkte die Waffe. »Und wenn sie angreift?«

»Dann verteidigst du dich. Oh! Ich habe eine Idee.« Sie hob beide Hände und rief: *»Animus, Adefar.«* Ihr Familiar fuhr in sie hinein, ihre Nachtsicht wurde schärfer, und sie verspürte einen Überschwang an Sinneseindrücken, und die meisten kamen von der Fremden. Jetzt konnte sie das Mädchen riechen; ihr Körper gab einen Kräuterduft wie Rosmarin ab. »Ignus«, fügte Zar hinzu, und in ihren Handflächen flammte Feuer auf.

Das Mädchen erstarrte, ihre Kriegerhaltung geriet ins Stocken, und ihr Mund formte ein perfektes O.

Aber dann zeichnete sie ein Symbol in die Luft. *»Kaneska alla maho.«* Ein scharlachroter Nimbus flammte um sie auf und verblich, und sie nahm wieder die Kampfhaltung ein.

Zar keuchte auf. »Sie ist eine Mizrahexe ...«

Sofort zielte Banno wieder, aber die Fremde bewegte sich blitzschnell, zuckte zur Seite und gestikulierte mit der offenen Handfläche. Eine unsichtbare Macht schlug die Muskete nach oben und zur Seite, gerade als der Hahn niedersauste, die Funken das Pulver in der Pfanne entzündeten und die Waffe eine Flamme ausspie. Die Kugel flog in den Himmel. Das Mädchen stolperte mit weit aufgerissenen Augen und offen stehendem Mund zurück.

Banno drehte die Muskete in den Händen, um mit dem Kolben zuzuschlagen, aber da hatte sie sich gefasst und ließ die Waffe herumsausen. Mit den anmutigen Bewegungen einer Tänzerin schlug sie die Holzklinge gegen Bannos Schläfe, und er ging wie ein Sack Mehl zu Boden.

Keuchend versuchte Zar einen Zauber zu formulieren, aber bevor sie mehr als auch nur eine Silbe hervorbrachte, hämmerte das stumpfe Ende der Holzwaffe in ihren Bauch. Sie krümmte sich zusammen und schnappte nach Luft. Das Mädchen warf sich auf sie, riss sie zu Boden und hielt sie mit einem Knie auf der Brust dort fest. Ihre Finger legten sich um Zars Hals – aber sie drückte nicht zu. Stattdessen starrten ihre großen glänzenden Augen voller Staunen in Zars.

»Mahotsu-kai?«, fragte sie mit ungläubiger, erstaunter Stimme. »Shiro hada mahotsu-kai?«

Sie ließ einen weiteren Wortschwall folgen, in ihren Augen blitzte ein Licht auf, und dann hörte Zar zu ihrem Erstaunen die Worte auf gewöhnlichem Magnianisch.

»Bist du eine Zauberin?«

Sie schickt ihre Worte durch unsere Familiare – sie kennen beide Sprachen ...

Zar fühlte, wie ihre Augen hervorquollen, durch das Gewicht der jungen Hexe bekam sie kaum Luft. Und Banno lag reglos neben ihnen.

»Bitte«, keuchte sie, »wir kommen in Frieden.«

Sie starrten einander mit offenem Mund an, dann nahm das braunhäutige Mädchen eine Hand von der Waffe und berührte Zars Lippen. Es starrte sie an. »Ich bin eine Zauberin wie du. Wo kommst du her?«

Bevor Zar antworten konnte, strömten ungefähr zwanzig

Männer in Lederrüstungen durch das Poumahitor. Alle trugen ihr Haar in komplizierten Knoten und hielten Stangenwaffen mit Speerspitzen oder Axtklingen. Wie das Mädchen hatten sie braune Haut, ihre Gesichter waren tätowiert.

Die junge Frau stand auf, und erst jetzt sahen die Männer Zar und Banno. Sie starrten die Fremden an und machten einen Schritt zurück, die Augen weit aufgerissen.

Adefar, flüsterte Zar in Gedanken, *kennst du ihre Sprache?*

Zur Erwiderung tat Adefar etwas Unerwartetes, er flitzte auf die Schulter der Fremden, wo eine Echse erschien. Die beiden steckten die Köpfe zusammen, dann kehrte Adefar zurück, und als einer der Männer das Wort ergriff, hörte Zar ihn auf Magnianisch. »Rima, was sind das für Kreaturen?«

Nicht »wer«, sondern »was«.

Die junge Frau, die offensichtlich Rima hieß, legte sich wieder den Federumhang um die Schultern und erntete bewundernde Blicke von den Kriegern. »Das wollte ich gerade herausfinden.« Sie ging zu Bannos Muskete und hob sie neugierig auf. »Ihr alten Männer habt ja lange genug gebraucht, um herzukommen.«

»Was ist das?«, fragte der stämmige Anführer und betrachtete die Waffe.

»Ein Feuerstock.« Rima schnaubte. »Sieht harmlos aus.« Sie warf die Waffe dem Mann zu und blieb vor Zar stehen, die sich noch immer den schmerzenden Magen hielt. »Die da ist eine Zauberin. Sie gehört zu uns.«

Uns?, fragte sich Zar. Aber das konnte warten. »Wir brauchen eure Hilfe«, krächzte sie.

Für die Männer musste sich das wie unverständliches Geplapper angehört haben, denn sie starrten sie an, aber Rima ging neben ihr in die Hocke und griff wieder nach ihrem Kinn. »Du musst mir sagen, wer du bist und wo du herkommst, bleiches Mädchen.«

»Mein Name ist Zarelda«, antwortete sie, »und ich kann dir zeigen, wo ich herkomme.« Sie wälzte sich herum, um sich zu vergewissern, dass Banno noch atmete, und entdeckte erleichtert, dass das der Fall war, dann stand sie mühsam auf. Ohne auf eine Erlaubnis zu warten, stolperte sie zurück zum Hügelkamm und zeigte ins Tal, wo die bolgravianischen Lagerfeuer das kaum beleuchtete Fort noch immer einkreisten.

»Da komme ich her«, krächzte sie.

Rima und die Krieger gesellten sich zu ihr und keuchten erstaunt, als sie die Feuer erblickten, murmelten mit ungläubigen Stimmen Fragen.

»Ist das ein anderer Stamm?«

»Wer sind die?«

»Wo sind die hergekommen?«

»Was haben sie im Verbotenen Land zu suchen?«

Rima wandte sich Zar zu. »Das ist Tangato-Land. Der Zutritt ist verboten. Aber du bist eine Mahotsu-kai – eine Zauberin –, also bist du sicher, falls mein Meister dich akzeptiert.«

Tangato? Zar hatte noch nie von solchen Menschen gehört. Sie starrte das dunkelhäutige Mädchen an. Aus der Nähe konnte sie sehen, dass die Muster auf dem Kinn der jungen Frau in die Haut gemeißelt worden waren, wodurch mit Tinte versehene Wülste entstanden waren. *Sind das Wilde?*, dachte sie, entschlossen, sich nicht anmerken zu lassen, wie viel Angst sie hatte. *Ich bin eine otravianische Zauberin; ich fürchte niemanden.*

»Was ist mit Banno – meinem Freund?«, verlangte sie zu wissen und bemühte sich, Rimas Selbstbewusstsein zu kopieren.

»Der?« Rima grinste. »Wir werden ihn essen.«

FÜNF

Das wie verrückt pochende Herz

Licht verblasste, und Laute wurden leiser, das Klirren aufeinanderprallender Klingen entfernte sich, und Kemara blieb mit ihrem wild schlagenden Herzen allein zurück, das durchbohrt Blut in Richtungen pumpte, in die es nicht gehörte. Und mit ihrem Zorn, der sich größtenteils gegen sie selbst richtete.

Du dumme Kuh … du weißt doch, dass man keinem Mann vertrauen darf … nicht, dass du jemals wieder dazu Gelegenheit haben wirst …

Die feuchte Kälte des Steins drang in ihren Körper – bis sich eine dunkle Präsenz auf ihn und sie legte, ihre Seele, ihren Körper und ihren Verstand erfüllte und das Loch in ihrem Herzen irgendwie inhalierte, das Blut in ihrer Brust hineinsaugte und den Riss wieder versiegelte – und *Bumm – Bumm – Bumm* den Schlag neu startete. Ihre Lunge blies den Weg durch ihre Kehle frei, was ihren ganzen Körper stumm zucken ließ; sie kotzte Blut, dann schluckte sie eine Handvoll Luft. *Leben.*

Ein maskiertes Antlitz kicherte in ihrem Geist. *Kind, noch sind wir nicht tot.*

Ihre Augen flogen auf, ihre Sinne erwachten explosionsartig wieder zum Leben.

Das Lied von Stahl auf Stahl erreichte sie zuerst: Zwanzig Meter weit entfernt konnte sie Trimble sehen – nein, Zorne, Toran Zorne –, der auf Raythe Vyre einhieb, der verkrümmt und mit der linken Hand kämpfte und sich kaum auf den Beinen halten konnte. Gerade trat Zorne zu, traf Vyre an der Seite des rechten Knies, und der Zauberer krachte zu Boden. Verzweifelt warf er sich in eine Rolle und konnte gerade eben noch einem Schlag ausweichen, der zweifellos der letzte gewesen wäre. Stattdessen landete Trimbles – nein, Zornes – Schwert klirrend auf der Steinbrücke. Der Otravianer stand wieder auf; er atmete keuchend. Sein Ausfall zwang Zorne zurück.

»Fast«, bemerkte Zorne ausdruckslos.

Wie habe ich diesen Mann nur jemals an mich herankommen lassen können?, fragte sie sich. *Er ist hohl im Inneren ...*

Ein Stück entfernt hatten sich mindestens zwanzig bolgravianische Soldaten aufgereiht; die vorderen Männer hielten Fackeln, und der Rest hatte die Musketen in den Himmel gerichtet. Sie sahen zu, wie Zorne mit seinem Opfer Katz und Maus spielte.

Mach dich bereit, murmelte Buramanaka, und diesmal musste Kemara entdecken, dass sie ihn deutlich in ihrem Geist sehen konnte. Gekleidet in sich überlappende Streifen aus polierter Bronze, sah er aus wie ein gepanzerter Panther, und er trug die scharlachrote Maske, die sie aus seiner Gruft genommen hatte. In der Hand hielt er ein Schwert mit langem Griff, dessen Klinge eine sanfte Krümmung beschrieb und wie eine Flüssigkeit schimmerte.

Niemand bemerkte, dass sie sich steif aufsetzte oder dass ihr Blut wieder durch ihren Körper pumpte. Die Kämpfer waren völlig aufeinander konzentriert, für die Zuschauer war sie nur ein dunkler Fleck inmitten von Schatten.

Raythe versuchte, sich zu sammeln, da stach Zorne ihn in die Seite und trat ihn dann in den Unterleib. Wie ein Sack stürzte er zu Boden.

»Ich glaube, die Botschaft ist klar angekommen«, bemerkte Zorne und signalisierte den Soldaten. »Fesselt ihn.«

Und Buramanaka flüsterte: *Jetzt, mein Kind ...*

Macht flirrte in ihr, die Klinge, die Buramanaka in ihrem Geist hielt, verschwand – und erschien kalt und real in ihren Händen. Ein neuer Teil in ihrem Hirn erbebte mit dem Wissen, wie sie sie benutzen musste. Die lüstern grinsende blutrote Maske bildete sich über ihrem Gesicht und wurde zu Kemara, während Kemara zu der Maske wurde.

Sie machte einen Schritt, dann machte sie zwei, dann rannte sie, sprang und flog direkt über Zornes Kopf, über den zusammengebrochenen Otravianer hinweg, mitten hinein in die vorrückenden bolgravianischen Soldaten ...

»Ihn essen?« *Garda im Himmel!* »Nein!« Zar stieß Rima zur Seite und stellte sich über den bewusstlosen Banno, konfrontierte eine Mauer aus tätowierten dunklen Gesichtern und kräftigen Körpern. »Er gehört mir!«

Adefar verwandelte die Worte in ihre Sprache, und alle blieben stehen und musterten sie: ein blasses, dürres, kurzhaariges Mädchen in seltsamer Kleidung. Ein paar Krieger schnaubten, und einer, ein riesiger, wild aussehender Mann, spuckte aus und kam auf sie zu.

Sie schluckte, als sie seinem finsteren Gesicht mit den gewundenen Schmucknarben gegenüberstand. Er zuckte nach vorn, als wollte er ihr einen Kopfstoß versetzen, und sie wich instinktiv zurück – direkt in Rimas Hände.

Die Tangato schob sich zwischen sie. »Sei nicht so ein Porohea, Kamo.«

Adefar übersetzte »Porohea« als »Idiot«.

»Mädchen einschüchtern zu wollen entwürdigt dich«, fuhr Rima fort. »Außerdem ist sie für Hetaru beansprucht worden.«

Der stämmige Kamo musterte Rima, ließ den Blick über ihren Körper schweifen, rollte die massiven Schultern und trat mit einer spöttischen unterwürfigen Geste zurück.

Zar atmete dankbar aus.

Rima drehte sie herum. Sie hatten fast dieselbe Größe, aber

die Tangato strahlte eine Tüchtigkeit aus, die weit über ihr Alter hinausging. »Ich habe nur Spaß gemacht«, sagte sie. »Wir haben schon seit Jahren keine Gefangenen mehr gegessen.«

Zar starrte sie an. »Du hast gescherzt? In so einem Augenblick?«

»Für ein Lachen ist immer Zeit«, verkündete Rima, bevor sie sich wieder Kamo zuwandte. »In unserem Tal sind fremde Eindringlinge. Warum unternimmst du nichts dagegen, wie es sich für einen Krieger geziemt?«

Der große Krieger berührte mit ironischer Ehrerbietung seine Brust, als würde es sich um einen Scherz handeln, den sie allein teilten, dann fuhr er plötzlich herum und streckte Zar mit einem bedrohlichen und lüsternen Ausdruck die Zunge heraus.

»Sei nicht so ein Porohea«, sagte Zar.

Er schnaubte nur, als wäre ihr Trotz nicht mal seine Verachtung wert, dann ging er los und brüllte Befehle. Aber Rima war offensichtlich beeindruckt. »Du und ich werden Freundinnen«, sagte sie mit einem Kichern, dann drängte sie sich Zar entgegen und drückte die Nasenspitze an ihre Nase. Zar konnte sich gerade noch rechtzeitig kontrollieren, um nicht vor ihr zurückzuzucken. Die Nase und dann die Stirn aneinanderzupressen war ein seltsames Gefühl, beinahe so intim wie ein Kuss. Rimas Atem roch nach Pfefferminz und einem unbekannten Gewürz.

»Koni'ka, Zarelda«, sagte Rima leise. »Hayeri a mihi.«

Willkommen, Zarelda, flüsterte Adefar. *Komme in Frieden zu uns.*

»Äh, klar«, erwiderte sie unbeholfen.

Die Tangato lächelte tolerant und trat zurück. »Wir sind Tangato, die Uralten und Immerwährenden, die Menschen des Landes«, sagte sie. »Komm. Die Männer werden sich um den Kampf kümmern. Ich muss dich zu Hetaru bringen.«

»Aber du verstehst nicht«, protestierte Zar. »Dort unten sind zwei Seiten – zwei Stämme. Einer ist im Fort – das sind gute Menschen. Die anderen, die Graumäntel, sind böse.«

»Das spielt keine Rolle«, erwiderte Rima. »Das ist das Land

der Tangato, und das Tal ist ein verbotener Ort, also müssen sie alle sterben. Komm, der Meister wartet.«

»Nein!« Zar wich zurück. »Mein Vater ist dort unten.« Sie geriet ins Schwimmen, aber dann hatte sie eine Eingebung. »Er ist auch ein Mahotsu-kai – er führt uns durch diese Länder. Also müsst ihr uns gegen die Graumäntel helfen.«

Rima legte den Kopf schief wie ein Vogel; sie sah verblüfft aus. »Dein Vater auch? *Subarashi.*«

Unglaublich, übersetzte Adefar. *Fantastisch. Unfassbar.*

Die Zauberin eilte hinter Kamo her und verstrickte ihn in eine rasend schnelle Diskussion, dann wandte sie sich wieder Zar zu. »Komm«, sagte sie drängend, »ich muss dich zu Hetaru bringen, schnell.«

Aber bevor sie aufbrechen konnten, erschien eine neue Gestalt in dem Torbogen des Poumahi, und alle Anwesenden erstarrten.

Zars erster Eindruck bestand aus grellen Farben – blutroter Stoff, der so dicht mit Goldstickerei besetzt war, dass er sich kaum bewegte. Das Gesicht war grellweiß, wie bemalt, und wurde von einer hohen Säule aus schwarzem Haar gekrönt, das sorgfältig geflochten und mit goldenen Ketten geschmückt war.

Die aufwendigen Roben verhüllten jede Kontur, und Zar vermochte nicht zu sagen, ob es sich um einen Mann oder eine Frau handelte. Jeder Schritt erweckte den Eindruck, dass das Gewand über den Boden schwebte. Dahinter kamen weitere farbenprächtige Gestalten, dann eine Gruppe stämmiger Männer neben einer Sänfte, die abgesehen von einem aufwendig gestalteten glitzernden Thron leer war.

Aber Zars Blick war von der Gestalt mit dem bemalten Gesicht gebannt. Eine Frau, glaubte sie aufgrund des Schmucks, einem funkelnden, bemalten Fächer und Ringen an jedem der langen, zierlichen Finger.

Rimas Wandlung von Umherstolzieren zu Unterwürfig erfolgte augenblicklich. Sie ließ sich auf ein Knie herab und zog

Zar mit sich, entfesselte einen Wortstrom, den Adefar als »Euch ein langes Leben, Große Königin. Ich lebe, um zu dienen« übersetzte.

Zar hielt den Blick ganze fünf Sekunden gesenkt, bevor brennende Neugier – und der Gedanke, dass Otravianer nicht knieten – die Oberhand gewannen und sie aufschaute.

Die Gestalt stand vor ihr, und das weiße Gesicht war gar kein Gesicht, sondern eine Maske. Rot lackierte Striche am Kinn ähnelten Rimas, waren aber weit aufwendiger gestaltet. Das Maskenantlitz war streng mit schmalen Augenöffnungen und bedeckte das ganze Gesicht, aber die Augen dahinter waren menschlich und funkelten wie die eines Vogels. Und sie waren auf sie konzentriert.

»Bitte«, platzte Zar heraus, und ihre Worte überschlugen sich, »helft meinen Leuten.«

»Sprich nicht ungefragt«, zischte Rima. »Es tut mir leid, Große Herrin, sie ist …«

»Gaikiko«, unterbrach die Herrin sie mit kalter, unbeteiligter Stimme. Fremd.

Ihr Gefolge drängte sich um sie. Alle waren in eine Palette aus funkelnder Seide in allen hellen Farben gekleidet und trugen Masken aus Kupfer, ein paar davon Tieren nachempfunden, andere wiederum menschlich. Sie murmelten miteinander, während sie auf Zar herunterstarrten.

»Fremd«, bestätigte Rima, »aber eine Zauberin.«

»Ah«, wisperten die Höflinge. »Mahotsu-kai.« Heilig.

Mit einer ruckartigen Handbewegung ließ die Herrin ihren Fächer zuschnappen, richtete ihn nach unten, legte die Spitze – dünn wie eine Nadel und so scharf wie ein Stilett – unter Zars Kinn und hob es an, wie Rima es zuvor getan hatte. »Yabanhito«, sagte sie kalt, was Adefar als »Barbar« übersetzte. »Wenn sie eine Zauberin ist, bring sie zu Hetaru. Sie gehört jetzt ihm. Alle anderen Fremden müssen sterben.«

»Nein!«, rief Zar und sprang auf.

Die Augen hinter der Maske traten indigniert hervor, aber bevor jemand etwas sagen konnte, stand Rima auf, packte Zars Arm und fauchte: »Kizetsu!«

Betäube, übersetzte Adefar hilfreich, während eine Faust aus Dunkelheit Zars Bewusstsein über die Sterne verteilte.

Manchmal muss man harte Entscheidungen treffen, rief sich Elgus Rhamp in Erinnerung. *Das fühlt sich nicht immer gut an, aber lebendig ist besser als tot, und das ist die größte Wahrheit von allen.*

Den Jungs gefiel das auch nicht, was verständlich war. Niemand kroch gern vor den verkraggten Bolgies – aber welche Wahl hatten sie? *Wir hatten einen guten Lauf, haben ein paar tolle Sachen gesehen und werden überleben, um davon erzählen zu können, wenn Persekoi sein Wort hält.*

Das musste besser sein, als so weit von zu Hause entfernt abgeschlachtet zu werden, dass ihre Geister für alle Ewigkeit umherirren würden.

Er wartete mit Krähenfuß und Thom dem Blutigen am Haupttor. Banno hätte auch da sein sollen, aber niemand konnte ihn oder Zarelda Vyre finden. *Die Kleine muss ja toll zwischen den Decken sein, um ihm so den Kopf zu verdrehen.* Wenn es ihm gelang, seinen letzten überlebenden Sohn aus dieser Sache unversehrt herauszubekommen, dann hatte sich die Arbeit dieser Nacht gelohnt.

Und wenn nicht, nehme ich mir eine von Gravis' Huren und mache neue …

Ein Läufer der Graumäntel erschien. »Alles bereit, yuz?«, sagte er in diesem hassenswerten Akzent.

»Aye«, grollte Elgus. »Kommt mit.«

Persekoi wollte, dass seine eigenen Männer den Angriff anführten, und Elgus hatte damit nicht das geringste Problem. Mittlerweile war die Kameradschaft zwischen seinen Jungs und den Leuten aus Teshveld viel zu groß, als dass das hier leicht werden würde. »Ein paar Leute sollen sie reinführen«, befahl er Krähenfuß. »Sollen die Bolgies das Schlachten übernehmen.«

Der bolgravianische Läufer kehrte ein paar Minuten später mit den ersten Reihen grau gekleideter Männer zurück. Im Ringlicht erschienen ihre Uniformen geisterhaft. Persekoi führte sie an, sein nichtssagend hübsches Gesicht war zuversichtlich, seine Gedanken bereits bei zukünftigen Belohnungen.

»Sir Elgus«, sagte er hochmütig, »alles bereit, yuz? Ihr kommen mit mir, teilen den Triumph, hm?«

Mit anderen Worten, wenn das hier eine Falle sein sollte, stirbst du auch.

Elgus deutete auf die höheren Hänge. »Meine Klinge gehört Euch.«

Persekoi warf einen kurzen Blick auf Elgus' altes Breitschwert, ein Relikt aus der Zeit, in der Soldaten Rüstungen trugen und Feuerwaffen zu unzuverlässig waren, um eine echte Bedrohung darzustellen. »Behaltet sie«, sagte er mit einem höhnischen Lächeln. »Hängen sie über Kamin für Kinder.«

Das ist das Schwert meines Vaters, du Wichser. Aber Sir Elgus behielt die Worte für sich. Stattdessen verbeugte er sich und ging neben dem Komandir, führte die erste Welle Bolgravianer ins Fort. In wenigen Augenblicken waren Dutzende von ihnen drinnen und stiegen die gewundenen Pfade in die Höhe, wo die Dorfbewohner schliefen. Ihre Bajonette waren silbern funkelnde Nadeln des Todes. Elgus fragte sich, wie viele sterben mussten, bevor sich der Rest ergab. Und vor allem fragte er sich, ob man Persekoi vertrauen konnte.

Wo steckst du, Banno?, sorgte er sich. *Wo auch immer du bist, halte den Kopf unten.*

Er stapfte neben den Bolgravianern her und ärgerte sich noch immer über den abfälligen Scherz über sein Schwert, fühlte sich in seiner klirrenden Rüstung aber wie ein Anachronismus. Persekoi hatte recht: Die alten Bräuche – *seine* Bräuche – starben aus. Männer kämpften heute nicht mehr auf kurze Distanz gegeneinander, sondern schossen aus der Ferne aufeinander, ohne dem Gegner dabei ins Auge sehen zu müssen. Das war der Krieg auf imperiale Weise: Eine Massenabschlachtung ersetzte das altmodische ruhmreiche Bauchaufschlitzen.

Ob es mir gefällt oder nicht, ich muss es akzeptieren. Die Zukunft gehört Persekoi und seiner Sorte.

Sie stiegen durch die leere erste Ebene, denn die Teshvelder hatten die alten Hütten auf den oberen Ebenen hinter den inneren Palisaden besetzt. Die Kochfeuer waren alle erloschen, und niemand war da, der sie hätte anrufen können …

… bis plötzlich eine Salve die Stille zerriss. Über ihnen blitzten Musketenmündungen und schickten Bleikugeln zwischen den Palisaden vorbei in die Ränge der Bolgravianer. Elgus hörte Verwundete kreischen, aber die meisten klappten mit kaum mehr als gequältem Grunzen zusammen und stürzten zu Boden, währen die zweite Salve, dieses Mal Pfeile, in die Tiefe regnete und die grau gekleideten Soldaten, die in Deckung eilten, aufspießte. Es gab nicht viele Möglichkeiten, die Schutz boten; sie waren den Angreifern in der Höhe beinahe völlig schutzlos ausgeliefert.

Wundersamerweise wurde Elgus nicht getroffen, genauso wenig wie Persekoi, der sich hinter denselben niedrigen Erdwall warf. Überall um sie herum ertönten bolgravianische Stimmen, aber zu Elgus' Verwirrung erwiderte keiner das Feuer.

»Schießt doch, verflucht noch mal«, rief er dem Komandir zu, »ihr müsst das Feuer erwidern …«

Der Bolgravianer runzelte finster die Stirn. »Kein Pulver«, musste er dann zugeben. »Ist in Gletscherflut verloren gegangen.«

Der verfluchte Vyre, dachte Elgus, der sich der Ironie bewusst war. *Er ist doch noch mein Tod.*

»Obvini!«, brüllten die bolgravianischen Offiziere. »Obvini!« *Angriff – Angriff!*

Die dazu noch in der Lage waren, erhoben sich und stürmten

den Hügel hinauf – was dazu diente, die Genialität des primitiven Forts zu enthüllen, denn sie liefen direkt in den nächsten Palisadenzaun, der keine Querlatten aufwies, die man hätte hinaufklettern können, sondern nur aus Pfählen bestand, deren Abstand zu schmal war, um sich hindurchquetschen zu können, aber genug Platz für die Verteidiger bot, um von oben dazwischen schießen zu können. Mehr Pfeile regneten auf die Graumäntel herab, dann ließ die nächste Salve die Bolgravianer vor Schmerz, Wut und Furcht brüllend zurücktaumeln.

Elgus konnte die Stimmen erkennen, die dort die Befehle gaben: Jesco Duretto, Cal Foaley und sogar Mater Varahana. *Sie haben Bescheid gewusst – aber wer hat das Maul aufgerissen? Bei Gardas Titten, war es mein Banno? Aber wie hätte er es wissen sollen?*

»Obvini!«, kreischte Persekoi wieder, und die nächste Welle Soldaten stürmte nach oben – direkt in eine weitere grausame Salve hinein, die sie zurücktrieb und noch mehr Leichen auf dem Schlachtfeld hinterließ.

Persekoi wirbelte zu Elgus herum. »Deine Männer – greift an!«

Elgus biss sich auf die Unterlippe. *Wo stecken ihre verkraggten Zauberer? Und wo ist Vyre?* Plötzlich entwickelte sich sein Plan in die Richtung aller vorangegangenen. *Werde ich dabei sterben, wie ich dem verkraggten Imperium helfe?*

Aber er salutierte vor Persekoi, dann rannte er den Hang hinunter, um den Befehl über seine Männer zu übernehmen. »Thom, Krähe, stellt die Männer auf ...«

»Was geht denn da verflucht noch mal vor?«, knurrte Thom der Blutige.

»Blut und Chaos«, brüllte Elgus. »Wir gehen rein.« Er sah den Zweifel im Gesicht seiner Leutnants. »Es heißt Sieg oder Tod, kommt schon!« Er hob sein altmodisches Breitschwert und rief: »Pelarianer, vorwärts!«

Es gefiel ihnen nicht, aber er war stolz, dass sie ihm folgten und sich der nächsten Reihe schwitzender, ängstlicher bolgravianischer Soldaten anschlossen, die sich bereit machten, den

Hügel hinaufzumarschieren. *Vyres Haufen muss das Pulver ausgehen*, sagte er sich. *Sie werden aufgeben.*

Die Bolgravianer stürmten den Hang hinauf, stolperten über die Toten und rutschten auf dem feuchten Gras aus, dabei riefen sie Deo und Garda an. Sie warfen sich gegen die Palisaden und hieben mit Äxten darauf ein – bis die Verteidiger wieder das Feuer eröffneten; die aufblitzenden Musketenschüsse kündigten die dunklen Blumen an, die auf Gesichtern und Brustkörben erblühten, gefolgt von lautlosen Pfeilen, die in die Tiefe sausten und immer mehr der Angreifer niederwarfen.

Elgus' Söldner waren jetzt dran, aber als er zögerte, taten sie es auch.

»Obvini!«, knurrte Persekoi, der an Elgus' Seite erschien. »Ihr angreifen!«

In der einen Hand hielt er den gezogenen Säbel, in der anderen die Pistole. Der Zopf, der seine makellose Uniform schmückte, schimmerte im Ringlicht. »Du bringen deine feigen Wilden auf Trab, Rhamp!«

Das reicht!

Sein Langschwert krachte in Persekois Halsbeuge, brach ihm das Schlüsselbein und durchtrennte die Kehle. Das Gesicht des Mannes erstarrte schockiert, seine Beine gaben nach.

»Doch kein so verkraggtes Relikt, was?«, brüllte Rhamp, trat den toten Körper von der Klinge und brüllte: »PELARIANER! TÖTET DIE VERKRAGGTEN BOLGIE-BASTARDE!«

Söldner waren an derartige plötzliche Wendungen gewöhnt, oftmals war es die einzige Möglichkeit, um am Leben zu bleiben. Sie reagierten sofort, stießen Klingen in die Rücken der Männer vor ihnen, riefen: »PELARIA! PELARIA!«

Nur wenige Augenblicke später war der Rest der Bolgravianer tot oder flüchtete vor Rhamps Männern. Die sich noch hinten befanden, strömten zurück auf die Steppe. Die Pelarianer jubelten, brüllten ihnen Schmähungen nach, als sie in die Dunkelheit flüchteten, und die Verteidiger stimmten ein.

Aber da draußen sind noch immer eine Menge Bolgies, dachte Elgus, *und da ist das kleine Problem, wie ich aus diesem Schlamassel rauskomme. Aber einen Schritt nach dem anderen …*

Er schnappte sich Persekois mit einer Feder geschmückten Hut und steckte ihn auf die Spitze seines Schwertes. »Duretto!«, rief er. »Seid Ihr da? Hier ist Elgus.«

Beredtes Schweigen ertönte.

Dann erscholl Jesco Durettos kühle und verächtliche Stimme. »Sir Elgus? Du meine Güte, seid Ihr das?«

»Gebt vor, dass das alles so geplant war«, murmelte Krähenfuß in Elgus' Ohr.

»So weit war ich auch schon«, murmelte der Ritter. »Wir haben sie ins Fort gelockt und festgenagelt«, rief er dann. »Genau, wie ich versprochen habe.«

Eine unheilschwangere Stille trat ein. »Habt Ihr das? Wann denn genau?«

»Äh …«

»Der Läufer muss sich verlaufen haben«, flüsterte Krähenfuß.

»Der Bote muss sich verlaufen haben«, wiederholte Elgus, dann hatte er eine Eingebung. »Ich habe ihn zu Banno geschickt – ich nahm an, er sei bei euch. Bei Gardas Titten. Sagt mir, dass es meinem Jungen gut geht.«

Es war ein Wagnis. Womöglich war Banno tatsächlich bei ihnen und hatte die eigenen Leute verraten, aber das glaubte er nicht. Der Junge war ein verliebter Narr, aber er war auch ein loyaler Rhamp.

Diesmal war Jescos Antwort nicht ganz so sarkastisch. »Banno ist nicht hier.«

»Deo auf seinem Thron«, rief Elgus erleichtert, »der verdammte Junge kann nicht weiter als bis zu seinem Hosenschlitz denken.« Er blinzelte Krähenfuß zu. »Können wir raufkommen? Wir fühlen uns hier etwas ungeschützt, und die Bolgies gruppieren sich gerade neu.«

Eine Pause trat ein, dann rief Jesco offensichtlich gereizt: »Kommt her.«

Es bestand noch immer die Möglichkeit, dass man ihnen die Köpfe wegpusten würde, aber Elgus entschied, das Risiko einzugehen. Hier auf die Bolgies zu warten, wäre Selbstmord, und Vyres Leute hatten Ehre.

So wie ich einmal … Aber seine Jungs lebten, zumindest bis zur Morgendämmerung. *Kein Bedauern, kein Blick zurück.*

»Wir kommen mit erhobenen Händen, damit ihr wisst, dass wir es sind«, rief er. »Da draußen sind noch immer scheißviele Bolgies. Ich habe ihren Kommandanten getötet, aber sie werden einen neuen finden und wieder angreifen.«

Wieder gab es eine Pause, dann rief Jesco: »Klar, alles gut.«

Krähenfuß hieb Elgus auf die Schulter und grinste.

Thom der Blutige murmelte: »Stürzen wir uns auf sie?«

»Nein. Der Augenblick ist vorbei. Persekoi ist tot, und wir wissen nicht, aus welchem Holz sein Nachfolger geschnitzt sein wird. Und wisst ihr, was? Langsam habe ich das Gefühl, dass man auf das falsche Pferd setzt, wenn man gegen Vyre wettet. Sehen wir, ob der Mistkerl seinen Ausflug zu dieser Brücke überlebt hat und wie alles in der Morgendämmerung aussehen wird, bevor wir uns entscheiden.«

»Aber ein paar Bolgies sind entkommen; die werden wissen, dass wir ihnen in den Rücken gefallen sind.«

»Der Nebel des Krieges«, schnaubte Krähenfuß. »Das ist nie passiert.«

Elgus schob das Schwert in die Scheide und hob Persekois schönen Säbel als Trophäe auf. »Für den Kaminsims«, murmelte er. Dann führte er seine Männer den Hang hinauf. Sie suchten sich einen Weg vorbei an Dutzenden bolgravianischen Leichen, bis sie die Palisade erreichten, an der Duretto und Varahana ihre Bogenschützen und Musketiere so tödlich eingesetzt hatten. Er hielt auf die Lücke zu, in der der viel zu hübsche Shadraner wartete.

»Schlau gespielt«, meinte Jesco mehrdeutig. »Selbst ich war für einen Augenblick im Zweifel.«

Mit anderen Worten, er ist sich fast sicher, dass wir sie reinlegen wollten, kann es aber nicht beweisen.

»Tut mir leid, dass euch der Läufer nicht erreicht hat«, bluffte Elgus. »Zusammenbruch der Nachrichtenkette. Passiert nie wieder.«

»In der Tat, besser wäre es«, sagte der Shadraner. »Kommt rauf.«

Varahana hielt eine rauchende Muskete, wie Elgus zu seiner Überraschung sah. »Ich habe Euch immer für eine Frau des Friedens gehalten, Mater Varahana.«

»Die Notwendigkeit gibt den Ton an«, erwiderte die Mater mit ausdrucksloser Miene. »Auch Garda war eine Kriegerin.«

Elgus blickte sich um und erkannte, dass hier nur die besten Jäger und die zuverlässigsten Dorfbewohner versammelt waren. »Wo sind Frauen und Kinder?«

»Mittlerweile auf dem halben Weg zur Brücke«, antwortete die Priesterin.

»Dann habt ihr von Vyre gehört?«

»Nein, aber wir haben entschieden, dass wir nicht länger warten konnten.«

»Dann seid ihr an der Postenkette im Westen vorbeigekommen?«

»Dort waren nur Männer aus Teshveld«, erwiderte Jesco. »Falkensteins Männer. Sie haben es sich anders überlegt und uns durchgelassen.«

Elgus blinzelte überrascht. »Larch Falkenstein? Vertraut ihm bloß nicht ...«

»Oh, ich glaube, ich weiß, wem ich vertrauen kann«, sagte Jesco neckisch. »Nun kommt, meine Damen, es ist Zeit zu gehen ...«

Plötzlich blieb er stehen. Alle drehten sich um, als auf der Steppe im Süden neuer Lärm ertönte. Der Wind trug die Laute von panischen Stimmen, Schreien und Schlachtgebrüll heran. Feuer flackerte auf und entzündete ein bolgravianisches Zelt nach dem anderen, bis das ganze Lager in Flammen stand.

»Was bei der Flammengrube?«, stieß Elgus hervor.

Krähenfuß und Thom der Blutige sahen genauso verblüfft wie er aus.

»Dort gibt es doch nur Bolgravianer, oder? Haben sie sich gegeneinander gewendet?«

Jesco berührte Varahanas Arm. »Wen interessiert's? Das ist die Chance, die wir brauchen. Kommt, gehen wir.«

Die ersten Augenblicke waren verwirrend und wunderbar. Kemaras Sprung trug sie direkt zur ersten Reihe der bolgravianischen Soldaten, die sich dem hilflosen Otravianer näherten, und Buramanakas Schwert sauste mit einer Kraft und einer Präzision durch die Luft, die nichts mit ihr und alles mit Buramanaka zu tun hatte, der ihren Körper mit blutdürstiger Freude beherrschte.

Noch bevor sie richtig landete, durchtrennte ihr erster Hieb den Hals des Offiziers, bevor sie eine Woge der Kraft entfesselte, die Männer wie Puppen durcheinanderpurzeln ließ und Bajonette und Musketenmündungen zur Seite schlug. Dann war sie mitten unter ihnen und drehte sich wie ein Kreisel, schnitt einen Kreis aus Blut. Ihre Klinge durchtrennte Fleisch, Knochen, Holz und Metall, als wären sie nicht gehaltvoller als Schatten – in drei Sekunden lagen fünf Männer tot am Boden –, dann wich sie so schnell und verschwommen wie ein Schemen nach links aus, fort von zustechenden Bajonetten, und mähte drei weitere nieder. Von einer Woge des Zorns getrieben trat sie zu und brach einem Mann die Nase; ein Sprung, und der nächste wurde durchs Herz gestochen. Ein Bajonett schnitt eine blutige Furche in ihren Rücken, was sie vor Vergnügen aufschreien ließ, bevor sie den Mann köpfte, der es gewagt hatte, sie zu verletzen. Sie machte einen Satz und landete, ging diesmal tief in die Hocke und wirbelte dort herum, und ein weiterer Feind war erledigt, beide Beine auf Kniehöhe amputiert.

Der Rest, kaum noch die Hälfte der ursprünglichen zwanzig Mann, gab auf und rannte zurück in Richtung der Drachenstatuen, als wäre sie die Königin der Flammengrube.

Vielleicht bin ich das auch.

Sie erhob sich aus der hockenden Kampfposition und lachte, wobei Blut aus ihrem Mund rann.

Dann traf sie ein verheerender Schlag, stieß sie von den Beinen und schickte sie zwischen die Leichen. Melodische bolgravianische Stimmen erhoben sich, die beiden Zauberer – Karil und Jorl, verriet ihr Familiar – erschienen auf der Brückenmitte. Sie mussten auf der anderen Seite gewartet haben, um die Falle zu schließen.

Toran Zorne lief zur Brückenseite und hob Raythes weggeworfene Pistole auf, dann breitete er die Arme aus und beschwor einen magischen Schild.

Er ist ein Ramkiseri, begriff sie, *also ist er auch Zauberer.* Wie musste er doch innerlich gelacht haben, als er mit ihr geflirtet hatte. Die Vorstellung brachte ihr Blut zum Kochen.

Aber ihr kam auch der Gedanke, dass es vernünftig war, die Flucht zu ergreifen: Drei Zauberer gegen einen war Selbstmord.

In ihr fauchte Buramanaka: *Töte oder werde getötet. Der Herr des Blutes ergreift nicht die Flucht. Geh dazwischen, bevor sie ihre Beschwörungen beendet haben.*

Raythe Vyre stöhnte, rollte sich herum und schaute zu ihr hoch, wie sie dort mit ihrer scharlachroten Maske und blutgetränkt stand. »Kemara?«

»Steht auf«, befahl sie, den Blick auf die näher kommenden Zauberer gerichtet. »Steht auf und kämpft.«

»Was?« Dann folgte er ihrem Blick und murmelte: »Oh.«

»Genau«, erwiderte sie angespannt. »Kommt schon, Vyre, zeigt uns, aus welchem Holz Ihr wirklich geschnitzt seid.«

Offensichtlich nicht aus dem weichsten Holz, denn er kam

mühsam auf die Beine. »*Cognatus, animus*«, murmelte er kaum hörbar. Dann, mit stärkerer Stimme: »*Praesemino. Habere scutum.*«

Sein Bewusstsein streifte das ihre, die Sinnlichkeit des Blocks flammte zwischen ihnen auf, trug Spuren seines Geruchs, seiner Hitze, seines Geschmacks mit sich. Eine Lichtkugel umgab sie und erhellte um sie herum die Brücke.

Die bolgravianischen Zauberer griffen sofort an, das Feuer, das sie schickten, tauchte ihren Schild in Scharlachrot.

»*Consano*«, rief Vyre, und der Schild wurde verstärkt. Die Flammen verblichen und enthüllten die Gesichter ihrer Feinde, die nur ein Dutzend Meter weit weg standen. Zorne rannte zur Seite und zielte.

Kemara fühlte, wie Buramanaka in ihr knurrte. »*Cuzka kazei!*« Ein Windstoß traf die Zwillinge, aber ihr Block mit Raythe war schwächer als am Gletscher oder am Strand, und die feindlichen Schutzzauber hielten.

Vyre ist verwundet und erschöpft, und ich bin … Sie zögerte, zwischen beiden Gedanken gefangen. *Bin ich zu viel Buramanaka oder nicht genug?* Zuvor hatte Vyre die Führung übernommen, aber seine Verletzungen und der Blutverlust ließen ihn betäubt aussehen.

Dann kreischten die Bolgravianer und hoben die Arme zum Himmel. Krachender Donner ließ den Brückenbogen erzittern, so laut war er, und Kemara sah einen Blitz, griff nach Vyres Arm und hob die andere Hand, lenkte ihn mit der Handfläche ab. Im letzten Augenblick vor dem Einschlag verbog sich die zuckende Lichtlanze und sprengte eine Grube in die Brückenoberfläche, verteilte Steinsplitter in der Luft.

Kemara sah, wie Zorne stolperte, denn ein Trümmerstück hatte ihn getroffen, aber er hielt Vyres Pistole fest und drückte in dem Moment ab, in dem sich ihr Schutzschild auflöste …

Raythe war Teil des Blocks, aber auch wieder nicht, war da und dann wieder nicht. Alles geschah durch einen Schleier der Erschöpfung, nur mühsam konnte er sich an das Bewusstsein klammern. Kemaras Schweiß und Blut füllten seine Nase, aber sie war dort drüben, wo sie in ihm hätte sein müssen.

Dann spaltete etwas mit einem Krachen den Himmel, schoss durch die Luft und blendete ihn. Er taumelte zurück und fühlte, wie ihn das Licht einhüllte und Kemara versagte. Er sackte auf ein Knie. Sofort wollte er wieder aufstehen, obwohl er sich nicht einmal sicher war, wo vorn war, und jetzt flatterte Cognatus wie ein Vogel in seinem Käfig in seinem Inneren und kreischte auf Alt-Magnianisch: *Kämpfe, verflucht noch mal, es geht auch um mein Leben!*

Raythe öffnete rechtzeitig die Augen, um die Flamme aus Zornes Pistolenlauf zu sehen und den Knall des Schusses zu hören. Mit einem weiteren Loch in der Brust taumelte Kemara zurück und fiel auf den Rücken.

»Nein«, krächzte Raythe, hob seine Klinge wieder mit der linken Hand auf, obwohl sich sein Herz mit Hoffnungslosigkeit füllte.

Zorne betrachtete ihn neugierig, schätzte das Risiko ein, dann warf er die leer geschossene Pistole weg und zog das Schwert wieder. »Wir brauchen dich nicht lebend, Vyre. Ich brauche nur den Beweis deines Todes.«

Einmal hat er mich bereits geschlagen.

Und Kemara setzte sich auf, hustete Blut und sagte: »Du verfehlst immer mein Herz, lieber Moss.« Sie stand auf und trat mit raubtierhaften Bewegungen an Raythes Seite. »Vielleicht weißt du ja nicht, wo ich es aufbewahre.«

Die Zauberer-Zwillinge erstarrten. Ihre Augen weiteten sich. »*Nava!*«, stießen sie wie im Chor furchterfüllt hervor.

Nava: das bolgravianische Wort für lebende Tote.

Aber Zorne fauchte: »Ein Mizrageist hält sie aufrecht. Zerstört ihre Verbindung.«

Er trat zur Seite, und im nächsten Moment zuckte Energie aus den Händen der Zauberer – aber Raythe hatte sich bereits Kemaras Hand geschnappt, und diesmal hielt er nichts zurück.

»*Habere, scutum*«, brüllte er, und ihr Schild leuchtete gerade noch rechtzeitig auf, um den Blitz abzuwehren, was ihnen den Augenblick Zeit verschaffte, den sie brauchten, um ihre Seelen miteinander zu verzahnen – und in einem Aufblitzen lebhafter Klarheit erkannte er, dass Buramanaka Kemara Leben zuführte, während sie ihm Energie zuführte. Zum ersten Mal sah er sie, wie sie wirklich war: eine Frau, die gelitten hatte, die Menschen aber noch immer genug liebte, um eine Heilerin zu sein. Trotz der hartherzigen Maske, die sie der Welt präsentierte, war sie eine Kämpferin, die für das eintrat, was richtig war.

Also genau wie er. *Wer hätte das gedacht?*

Der Block entflammte zwischen ihnen, aber trotzdem riss sie der nächste Angriff beinahe auseinander. Raythe fühlte, wie Cognatus und Buramanaka heulten, sie waren wie Sandburgen im Sturm, die Sandkorn für Sandkorn auseinandergenommen worden – aber angetrieben von verzweifeltem Lebenswillen schafften es die vier irgendwie, alles zusammenzuhalten.

Schließlich verströmte sich der Angriff, und jetzt griffen sie wie im Rausch an, stürmten mit erhobenen Klingen die Brücke entlang.

Kemara brüllte ihren Trotz heraus und stürzte sich auf die Zwillinge, ihre herbeibeschworene Klinge durchtrennte beide Hälse mit einem Schlag. Die Zauberer blieben stehen – bis die Köpfe nach vorn kippten und nur noch die Stümpfe hinterließen, aus denen Blut in die Höhe spritzte, und endlich sackten die Körper zu Boden.

Raythes Sprung brachte ihn zu Toran Zorne, der an der Brüstung stand. Seine Klinge schnitt nach unten, und diesmal zerschlug sie Zornes Schwert in zwei Stücke, und der Schwung trieb die Spitze weiter in die rechte Brusthälfte des Ramkiseri, was ihn rückwärts taumeln ließ.

Zorne traf das Steingeländer …

… kippte über die Brüstung und stürzte in die Tiefe, fiel Hals über Kopf in den unten tosenden Strom.

Raythe griff nach der Brüstung und sah zu, wie Zorne auf das Wasser auftraf und unter der Oberfläche verschwand.

Er fluchte, aber im Moment war Kemara wichtiger. Er stolperte ihr entgegen, bevor er *»Abeo«* flüsterte. Cognatus verließ ihn und nahm seine ganze Kraft mit sich, und die Art und Weise, wie Kemara ihm in die Arme fiel, verriet ihm, dass auch sie ihren Familiar – ihren Dämon – entlassen hatte.

Eine Spur der übersteigerten Intimität des Blocks klang noch nach, denn er griff mit Händen und Mund und seiner Seele zu, um den Bund zu konsumieren, den sie geschmiedet hatten.

Und sie versetzte ihm einen Schlag, einen harten.

»He«, keuchte er und sah Sterne.

»Nehmt euch bloß keine Freiheiten heraus«, knurrte sie wie eine verwundete Löwin. »Dieser verfluchte Block hat nichts mit allem anderen zu tun.«

Reuevoll rieb er sich den Kiefer. »Ach, kommt schon. Wir haben gerade einander das Leben gerettet.«

»Wir haben gerade auf einem Vulkan getanzt.«

Das stimmte …

»Aber er ist noch nicht ausgebrochen.«

»Morgen ist auch noch ein Tag.«

Ihr seltsam gebogenes Schwert war verschwunden, genau wie die Maske – und ihre Brust war noch immer mit klebrigem Blut getränkt. Er konnte nicht begreifen, dass sie noch immer lebte. »Versteht das jetzt nicht falsch«, sagte er, »aber ich muss es wissen.«

Er zog ihr zerfetztes, blutiges Mieder weit genug auf, um die Wunden auf ihrer Brust zu entblößen. Das Ringlicht enthüllte eine dreieckige Wunde über der linken Brust und eine runde über der rechten. Beide waren geschlossen und sahen aus, als wären sie schon Wochen alt.

»Heilige Garda«, hauchte er.

Sie zog den feuchten Stoff zusammen und setzte sich dann auf, betrachtete die Leichen, die um sie herum lagen. »Deo auf seinem Thron, was für ein Durcheinander.«

»Das ist alles Euer Werk«, bemerkte Raythe. »Ich wurde nur verprügelt.«

Sie schluckte, dann wandte sie sich abrupt ab und übergab sich.

»Wie könnt Ihr überhaupt noch am Leben sein?«

»Keine Ahnung.« Sie schüttelte den Kopf. »Er hat gesagt, dass er mit mir noch nicht fertig ist. Buramanaka.«

»In den Legenden heißt es, dass die Aldar schwer zu töten waren. Laut den Büchern, die ich gelesen habe, musste man sie zumindest enthaupten oder ihnen das Herz aus dem Körper schneiden und die Leichen dann verbrennen.«

Sie sah ihn ausdruckslos an. »Ich bin nur eine Frau.«

Raythe lachte. »Ihr wart noch nie nur das.«

Er ließ sie mit dem Gedanken zurück und hinkte zu der Stelle, wo Vidar lag. Er suchte nach einem Puls und stählte sich – und sackte erleichtert zusammen, als er tatsächlich einen fand. *Ich habe Tami verloren, aber ich habe Vidar nicht verloren. Danke, Deo, falls Du zuhörst. Was ich mir nicht vorstellen kann, bist Du doch nur eine Einbildung ...*

Er richtete sich auf und spähte zu dem Hügelfort, einer schattenhaften Silhouette unter den Ringen.

Natürlich habe ich vielleicht alle anderen verloren ...

Dann ertönten Rufe, und er entdeckte Gravis Schankwirt, der eine Reihe Dorfbewohner, hauptsächlich Frauen und Kinder, auf die Brücke führte. Sie blieben abrupt stehen und starrten voller Entsetzen auf das Blutbad.

»Wer ist da?«, rief Gravis mit bebender Stimme; er konnte nur ihre Silhouetten ausmachen.

»Ich bin es, Raythe Vyre. Was tut ihr hier?«

»Jesco hat uns befohlen, herzukommen, während er die

Nachhut ist«, keuchte Gravis, dann drehte er sich um. »Es ist in Ordnung, es ist Lord Vyre – er hat uns den Weg frei gemacht, Garda sei Dank!«

Vereinzelter Jubel ertönte von den näher kommenden Teshveldern, die ihre Besitztümer mit sich schleppten. Sie starrten Raythe und Kemara an, und ihm fiel auf, wie viele Zeichen gegen das Böse schlugen.

»Kemara, Vidar ist verwundet«, murmelte er. »Könnt Ihr ihn bitte versorgen? Ich muss die Dinge lenken und …«

»… und Ihr habt keine Ahnung vom Heilen«, beendete sie den Satz für ihn.

»Richtig. Und ich muss Zar finden und herausfinden, was im Fort geschehen ist, und …«

»Ja, ja.« Sie schnaubte. »Geht schon, Lord Vyre. Ich räume hinter Euch auf. Mittlerweile bin ich daran gewöhnt.«

Falls sie zugänglicher wurde, dann war das kaum merkbar – aber als sich ihre Blicke trafen, war da definitiv etwas Neues. Vielleicht hatte sie in seine Seele geschaut, so wie er ihre gelesen hatte, und ebenfalls nicht verabscheut, was sie dort gesehen hatte …

Aber das konnten sie später erforschen. Im Moment beugte sie sich bereits über Vidar, während er die Bemühungen seiner Leute dirigierte und sich die mittlerweile vertraute Last der Verantwortung wieder auf seine Schultern senkte. Schließlich gab es eine Menge zu tun, wenn sie die Nacht überleben wollten. Er zog die ersten Dorfbewohner auf die Seite und schickte sie an die Arbeit. »Werft die Bolgravianer in den Fluss, dann begebt euch auf die andere Seite.«

Auf dem Weg hieb er Gravis Schankwirt auf die Schulter. Schließlich hatte alles damit begonnen, dass der alte Schurke an seine Tür geklopft hatte. Der Himmel hatte sich aufgehellt, und das Licht der Ringe erhellte die majestätische Brücke und die Ruinen, die sich an sie anschlossen – unter dem Schloss der Aldar, das verankert mit diesen massiven Ketten auf diese unvorstellbare Weise darüber schwebte.

Vashtariels Stadt ... und das größte Vorkommen an Istariol, das die Welt kennt, falls die Geschichten der Wahrheit entsprechen.

Dann schaute er zurück zu dem Hügelfort und murmelte ein Gebet, dass die Menschen, die er liebte, es unbeschadet an diesen Ort schaffen würden.

EPILOG

Auf der anderen Seite der Brücke

Die Sonne ging weit entfernt über den Bergen im Osten auf, und Raythe spähte mit zusammengekniffenen Augen von seinem Aussichtspunkt auf dem Torhaus über die große Brücke, die sie zu dieser Zuflucht gebracht hatte.

Zumindest hoffe ich, dass es eine Zuflucht ist und keine Todesfalle.

Fast jeder war mittlerweile eingetroffen: Jesco, Elgus und Varahana waren nach irgendeiner Art Zwischenfall im Hügelfort, den er noch nicht so ganz verstanden hatte, mit der Nachhut eingetroffen. Jesco und Varahana waren davon überzeugt, dass Elgus einen Verrat geplant hatte, aber der Ritter beharrte großmäulig darauf, die Bolgravianer in eine Falle gelockt zu haben, um ihnen eine Überlebenschance zu erkaufen.

»Gegen Ergebnisse kann man nichts einwenden«, hatte er von ganzem Herzen verkündet.

Das kann man schon, wenn sie zufällig entstanden sind und du das Gegenteil vorhattest, dachte Raythe, aber Beweise waren eine andere Sache. Andererseits war er daran gewöhnt, auf seinen Rücken aufzupassen.

Aber er konnte sich nicht ausruhen, nicht, solange Zarelda und Banno noch vermisst wurden.

Er betete darum, dass sie sich ein stilles Plätzchen gesucht hatten, um allein sein zu können, und dann entdeckt hatten, dass sie abgeschnitten worden waren. *Sie werden bald zu uns sto-*

ßen, sagte er sich ständig, aber Schlaf erwies sich als unmöglich, und aus diesem Grund saß er auf dem Torhaus und schaute der Morgendämmerung zu.

»Raythe«, sagte Jesco, der hier eigentlich auf Posten stand, »geh und halte deinen Schönheitsschlaf, ja?«

»Dafür ist es zu spät.«

Der Shadraner musterte ihn und grinste. »Oh, es ist keine völlig verlorene Sache«, säuselte er. »Hast du gewusst, dass wir ein paar zusätzliche Männer aufgenommen haben? Es war Falkenstein, der uns durch die Postenlinie geschleust hat. Er ist jetzt unten bei den anderen.«

»Larch Falkenstein? Aus Teshveld?«

»Genau der.« Jesco kicherte. »Er hat sich dabei beinahe umbringen lassen, aber er wurde wieder mit seiner Familie vereint.«

»Er hat hier Familie?«

»Eine Tochter, mit einer von Gravis' Frauen – Angrit. Die junge Rosenknopse ist begeistert, aber Angrit ist ... nun, das eher weniger, aber es sind schon seltsamere Dinge passiert.« Jesco blinzelte. »So wie du und die hübsche Kemara vielleicht?«

»Ha! Damit ist deine Glaubwürdigkeit dahin.«

»Streite nicht ab, dass du sie bewunderst.« Jesco kicherte. »Das sieht doch jeder.«

»Bewundern, ja, aber das beruht kaum auf Gegenseitigkeit – und es ist ein langer Weg von der Bewunderung zum Begehren.«

»Nicht in meinem Buch.« Jesco lachte. »Ich sage nichts mehr, aber du wirst noch an meine Worte denken.«

»Ich freue mich darauf, sie dir in den nächsten Jahren ins Gesicht schleudern zu können.«

Sie sahen dem Sonnenaufgang zu und bewunderten die Art und Weise, auf die das golden-rosige Licht die majestätischen Ruinen traf und den Fluss glänzen ließ, die grünen Schlingpflanzen erhellte, die die unteren Ebenen umschlangen, und auf dem schwebenden Felsen über ihnen glitzerte.

Dann traf das Licht das Gelände auf der anderen Seite der Brücke, und ihnen verschlug es den Atem.

Dort hatte eine Armee Aufstellung genommen und wartete – aber es war keine Armee, wie Raythe sie je gesehen hatte. Jeder Mann schien eine Lederrüstung zu tragen. Ihre Haut war beinahe so schwarz wie ihre Haare, und ihre Waffen waren auf seltsame Weise primitiv – er konnte nicht eine Muskete entdecken, sondern nur Hellebarden, Speere und Bögen. Über ihnen flatterten seltsame Banner, lange dreieckige Fahnen im hellsten Gelb, Rot, Blau und Grün. Und ein paar von ihnen ritten auf Phorusvögeln.

Hell gekleidete, maskierte Frauen streiften durch die Reihen, Boten oder vielleicht Offiziere, das war schwer zu sagen, während sich andere um einen Thron drängten, den man oben über dem Hohlweg zu den Drachenstatuen und der Brücke aufgebaut hatte.

Darauf saß eine Gestalt mit weißem Gesicht und scharlachroten Gewändern. Raythe holte sein kleines Fernrohr hervor, richtete es auf den Anführer auf dem Thron und fröstelte. Wer auch immer das war, er trug eine Aldarmaske.

Dann entdeckte er jemanden vor dem Thron auf den Knien und keuchte entsetzt beim Anblick seiner Tochter, die eine Leine am Hals trug.

Liebe Garda, stöhnte er innerlich. *Sie haben Zarelda.*

Zar erwachte, und alles fühlte sich taub an. »Ha … was …«, murmelte sie, schlug die Augen auf und blinzelte in dem orangen Fackelschein. Ein seltsamer Geschmack lag in ihrem Mund, und ihr Kinn pulsierte heiß, dabei zitterte sie vor Kälte.

Sie lag auf dem Rücken. Dunkle Silhouetten über ihr verfestigten sich zu einer sitzenden Gestalt: eine junge Frau mit dunklem Gesicht und tätowiertem Kinn. Rima, erinnerte sie sich. Die Tangato saß mit untergeschlagenen Beinen neben ihrer linken Schulter und schaute ernst auf sie herab. »*Koni'ka modoru*«, sagte sie sanft.

Ohne Adefar hatte Zar nicht die geringste Ahnung, was sie meinte, aber es fühlte sich wie *Willkommen zurück* an.

Auf ihrer anderen Seite saß ein alter Mann mit einer weißen Haarmähne, der mit einem Hemd aus Flax bekleidet war. Sein Gesicht war vollständig mit den Tangato-Mustern bedeckt, genau wie seine nackten Schultern und die mit weißen Haaren bewachsene Brust. Er hatte dunkelbraune Augen, deren Blick sich in sie bohrte, aber es war kein wildes oder Furcht einflößendes Gesicht – es gab viele Lachfältchen.

Das muss Hetaru sein …

Plötzlich fiel Zar etwas ein, und sie riss den Kopf hoch. »Banno – Banno?«, rief sie. Die Worte kamen undeutlich heraus.

Haben sie mich unter Drogen gesetzt?

Rima legte eine Hand auf ihre Schulter, und ihre Augen leuchteten, als sie ihren Familiar beschwor. *Ihren Mizrafamiliar …* Dann sagte die Tangato auf Magnianisch: »Dein Mann ist in der nächsten Wohnstätte. Er ist sicher, und du bist es auch.«

Sicher … wo kann man hier sicher sein?

Zar versuchte, sich aufzusetzen, und erkannte, dass sie unter dem Federumhang nackt war. Sie drückte ihn an ihre Brust. »Was ist mit meinem Vater und meinen Leuten?«, fragte sie und schüttelte ihre Lethargie ab.

»Im Moment in Sicherheit«, sagte Rima. »Du wirst schon sehen. Shiazar kommt, um dich zu ihnen zu bringen.«

»Shiazar?«

»Du bist ihr begegnet – sie ist die Imperatorin unseres Volkes.«

Sie erinnerte sich an die herrische maskierte Frau aus der vergangenen Nacht und erschauderte.

Eine Imperatorin … Haben wir gerade ein böses Imperium gegen das andere getauscht?

Hetaru machte eine Bemerkung zu Rima, dann stand er auf und ging. Die Tangato musterte Zars Gesicht und nickte. »Es steht dir.«

Das plötzliche Entsetzen, das in Zar aufstieg, nahm konkrete Gestalt an, als Rima ihr eine polierte Metallscheibe reichte. Sie blickte hinein und sah ihr Spiegelbild: ein dürres, hellhäutiges Mädchen mit schwarzen Strichen, die in ihr Kinn eingegraben waren. Sie waren noch immer wund, ein Muster aus Spiralen und Wirbeln, die bedrohlich und wild aussahen.

»Was hast du mir angetan?«, flüsterte sie mit brüchiger Stimme.

»Das ist eine große Ehre«, erwiderte Rima. »Und notwendig, um dich zu beschützen. Jetzt wissen alle, dass du eine von uns bist: eine Mahotsu-kai der Tangato.«

Eine Stunde später zwang man Zar, vor dem Thron der Shiazar zu knien, der Großen Königin des Irdischen Paradieses, der Wächterin der Schwelle des Todes, der Imperatorin der Tangato und der Heiteren Heiligkeit des Lichts, um ein paar der Titel der Person zu bemühen, die über ihr saß und sich mit ihrem Kriegshäuptling Kamo und ihrem Hohepriester Hetaru besprach.

Ob nun »eine von uns« oder nicht, Zar trug einen Riemen um den Hals und war angeleint wie ein Schoßtier – oder eine Gefangene.

Aber Adefar war in ihr und übersetzte, und er war für mehr bereit, wenn der Zeitpunkt gekommen war. Aber als sie versuchte, Energie zu beschwören, um die Leine um ihren Hals zu lockern, leistete der Riemen Widerstand, und Rima warf ihr einen scharfen Blick zu und schüttelte den Kopf. Stolz stand sie da in ihrem Federumhang und nur wenig mehr, mehr Kriegerin als Frau, und hielt die Fessel um Zars Hals.

Zar begriff, dass ihr Praxxis eingeschränkt war, gab den Kampf auf und hörte stattdessen zu.

»Ihr Anführer ist ein Zauberer«, sagte Hetaru. »Wir müssen mit Vorsicht vorgehen.«

»Aber wir haben seine Tochter«, erwiderte Kamo ungeduldig. »Tötet sie, wenn er sich nicht ergibt.«

»Seine Tochter gehört mir«, betonte Hetaru sanft. »Niemand wird sie, die die Götter gesegnet haben, verletzen.«

Shiazar brachte die Männer mit einer Geste zum Schweigen. »Ihr beansprucht sie für Euch, Hetaru, aber kann eine Bleichhaut tatsächlich gesegnet sein? Oder sie ist die Dienerin eines Nisokami und gekommen, um das Böse zu verbreiten.«

Nisokami – falscher Gott. Zarelda stockte der Atem, als ihr die Bedeutung klar wurde. *Trotz Rimas Versicherungen bin ich keineswegs sicher. Shiazar könnte mich Hetarus Schutz entziehen, und was dann?*

Sie schaute zu Rima hoch und entdeckte Sorge in ihrem Blick.

O Garda … Zar blinzelte Tränen zurück, starrte über den Abgrund zu den fernen Gestalten auf dem Dach des Torhauses und flüsterte: »Vater, bitte hol mich hier raus!«

DANKSAGUNG

Eine neue Serie! Neue Hoffnungen, neue Träume. Neue Charaktere, die mich im Schlaf heimsuchen (oder vielmehr in meiner Schlaflosigkeit). Neue Leben, in die man schlüpfen kann, und neue Regeln, nach denen man spielen muss. Also tun wir es, Bradley!

Ich bedanke mich bei Jo Fletcher und ihrem Team bei JFB und bei Quercus (insbesondere Molly Powell) für ihren Glauben an diese Serie und meine Arbeit als Autor. Ein Dank geht auch an meine Superagentin Heather Adams, die uns alle zusammengebracht hat (und einen Dank an ihren Ehemann und Komplizen Mike Bryan).

Ein Dank für ihre Anleitung und ihre furchtlosen Meinungen geht an die Testleser Kerry Greig, Heather Adams und Paul Linton, die wie immer dabei waren, und an Lee Murray (seht euch Lees Geschichten auf https://www.leemurray.info/ an), herzlich willkommen! Außerdem danke ich allen, die mir ganz besonders nahestehen, vor allem meinen Kindern Brendan und Melissa, meinen Eltern Cliff und Biddy, meiner Schwester Robyn und allen meinen Freunden – ihr wisst, wer ihr seid.

Aber vor allem danke ich meiner wundervollen, geduldigen Frau Kerry, die die Höhen geteilt und mir geholfen hat, die Tiefen zu überstehen. Und natürlich ein Hallo an Jason Isaacs. Tinkety-tonk und nieder mit den Nazis.

David Hair, Neuseeland im Januar 2020

PIPER
BESUCHE
FREMDE
WELTEN
Piper Science-Fiction.de
© gremlin/istock